ullstein

Das Buch

Wien 1421. Die Juden sind in der Stadt verhasst, sie müssen in einem eigenen Viertel leben, das allnächtlich verschlossen wird, und sollen sich von Christen fernhalten. Auch die junge Sarah Isserlein lebt im Judenviertel. Sie führt den Haushalt ihres Vaters, allerdings mehr schlecht als recht, denn viel lieber verbringt sie den Tag mit Zeichnen. Ihre Kunst ist ihr beinahe das Wichtigste im Leben, dennoch wird sie als gute Jüdin das Zeichnen aufgeben müssen, wenn sie demnächst den Rabbi Aaron heiratet.

Der Steinmetz Mathes Rockh arbeitet für den im Bau befindlichen Stephansdom an einem Taufbecken mit geschnitzter Krone. Als er eine Zeichnung von Sarah zu Gesicht bekommt und ihre große Begabung erkennt, bittet er sie, ihm beim Entwurf seiner Taufkrone zu helfen. Nach einigem Zögern lässt sich Sarah auf den Vorschlag des Christen ein, zu verlockend ist die Vorstellung, dass ihre künstlerische Tätigkeit zum ersten Mal gewürdigt wird. Aus der heimlichen Zusammenarbeit wird eine große Liebe – doch beide wissen, dass sie keine gemeinsame Zukunft haben können.

Da beschließen Herzog Albrecht und sein Kanzler, sich das Geld, das sie für den Dombau und den Krieg mit den Hussiten brauchen, bei den Juden zu holen. Eine gnadenlose Hetzjagd beginnt.

Die Autorin

Beate Maly wurde 1970 in Wien geboren. Nach ihrer Ausbildung zur Kindergärtnerin spezialisierte sie sich auf Frühförderung. Sie hat Kinderbücher und Sachbücher veröffentlicht, zuletzt erschien ihr erster historischer Roman *Die Hebamme von Wien*. Beate Maly lebt mit ihrem Mann und ihren drei Kindern in Wien.

Von Beate Maly ist in unserem Hause bereits erschienen:
Die Hebamme von Wien

Beate Maly

Die Zeichenkünstlerin von Wien

Historischer Roman

Ullstein

Besuchen Sie uns im Internet:
www.ullstein-taschenbuch.de

Originalausgabe im Ullstein Taschenbuch
1. Auflage Juli 2010

Umschlaggestaltung: HildenDesign, München
Titelabbildung: Frau: © Barbara Longhi/akg-images/Electa;
Stadtansicht: © akg-images/Erich Lessing
Satz: LVD GmbH, Berlin
Gesetzt aus der Stempel Garamond
Papier: Holmen Book Cream von Holmen Paper Central Europe, Hamburg GmbH
Druck und Bindearbeiten: CPI – Ebner & Spiegel, Ulm
Printed in Germany
ISBN 978-3-548-28194-0

Für Martin

Prolog 1408

Die kleine, dralle Marktfrau schob sich durch die dichtgedrängte Menschenmenge auf dem Wiener Schweinemarkt. Ihre runden Wangen waren vor Aufregung gerötet. In Windeseile hatte sie ihren Verkaufsstand am Bauernmarkt abgebaut und die Körbe notdürftig auf ihrem Holzkarren verstaut. Sie hatte nicht einmal mehr Zeit gefunden, eine frische Schürze umzubinden. Nun musste sie ihre Ellbogen einsetzen, um einen Zuschauerplatz in der Nähe des Holzpodestes zu ergattern, das im Laufe des Vormittags aufgebaut worden war. Sie erntete verärgerte Blicke und unflätige Schimpfwörter.

»He, dräng nicht so!« Das Gesicht des Betteljungen war mager und grau. Er schielte sie aus hungrigen Augen an und hielt sie am Zipfel ihres Rocks fest.

»Lass mich los«, rief die Marktfrau und klopfte dem Jungen auf die schwarzen Finger. Dann griff sie unter ihre schmutzfleckige Schürze und holte eine Münze hervor.

»Kauf dir eine Pastete, und hör auf, Leute zu belästigen!« Sie hatte am Vormittag gut verdient und konnte das Geldstück entbehren. Überrascht bedankte sich der Junge. Er lief gleich hinüber zu einem der geschäftstüchtigen Wirte, die am Rande des Platzes ihre Verkaufsstände aufgebaut hatten.

Rasch drängte die Marktfrau weiter und erkämpfte sich schließlich einen Platz in der ersten Reihe, direkt vor dem Podest, wo in wenigen Augenblicken Konrad Vorlauf, der

Bürgermeister der Stadt, und zwei der Ratsherren geköpft werden sollten.

Ein langer, dürrer Mann trat einen Schritt zur Seite, um der Marktfrau Platz zu machen. Sein Frühstück hatte aus gekochten Zwiebeln bestanden, nun erleichterte er seinen Darm lautstark von unliebsamen Gasen. Die Ausdünstungen gingen unter im Gestank schwitzender, ungewaschener Körper und den Gerüchen einer Stadt, die seit Tagen von einer Hitzewelle heimgesucht wurde.

»Habe ich schon etwas versäumt?«, fragte die Marktfrau.

Der Dürre schüttelte den Kopf. »Die Verurteilten sind noch auf dem Weg.«

»Ist es nicht eine Ungeheuerlichkeit, dass man die drei Männer ausgerechnet auf dem Schweinemarkt köpfen lässt?«

»Wahrscheinlich haben sie genug Dreck am Stecken«, brummte der Dürre. Seine Beine taten ihm weh vom langen Stehen, er verlagerte das Gewicht von einem Fuß auf den anderen.

»Verrat liegt in der Luft!«, flüsterte die Marktfrau.

»Verrat? Wer soll denn wen verraten haben?«

Die Marktfrau zuckte mit den Schultern. Nach zwei Jahren Bürgerkrieg konnte diese Frage niemand mehr genau beantworten. Die Habsburgerherzöge Ernst und Leopold stritten um die Vormundschaft für ihren minderjährigen Neffen Albrecht, den zukünftigen Herrscher, und die wahren Verlierer in diesem Streit waren die Stadt Wien und ihre Bevölkerung.

»Ich frage mich, warum Herzog Ernst nicht eingreift und den Bürgermeister und die beiden Ratsherren vor seinem Bruder schützt. Schließlich sind sie doch seine Anhänger.«

Die Marktfrau sah sich rasch um, ob sie auch niemand belauschte. »Es heißt, die Juden haben die Finger im Spiel«, sagte sie dann leise.

»Die Juden?«, wiederholte der Dürre aufgeregt und schlug sich die Hand vor den Mund. Unter seinen Fingernägeln lag eine dicke Schmutzschicht; die Marktfrau bemühte sich, nicht angeekelt das Gesicht zu verziehen.

»Ja doch«, wisperte sie. »Im Winter hat die Stadt hohe Kredite für das Lösegeld aufgenommen, das Ernst seinem Bruder Leopold für die drei Männer zahlen musste.«

»Die drei, die jetzt geköpft werden sollen?«

Die Marktfrau nickte eifrig.

»Das ist doch völlig absurd!« Verärgert schüttelte der Dürre den Kopf.

»Ja, aber wir kleinen Leute haben da nichts mitzureden«, seufzte die Marktfrau und überlegte kurz, was sie mit all dem Geld hätte anfangen können.

»Wenn Ihr mich fragt, so richten sich's die da oben immer so, wie sie's gerade brauchen.« Die Marktfrau deutete mit ihrem kurzen, runden Zeigefinger Richtung Rathaus. »Aber diesmal ist es halt ein bisserl eng geworden, und nun müssen drei von den mächtigen Herren den Kopf hinhalten.«

Der Dürre furzte erneut. »Es ist trotzdem komisch, dass niemand weiß, was man den drei Männern eigentlich vorwirft. Letzte Woche haben sie noch im Rathaus gesessen.«

»Tja, das ist der Preis, den die Reichen für ihre Macht eben manchmal zahlen müssen.« Die Schadenfreude der Frau war nicht zu überhören.

Plötzlich ertönte eine hohe, laute Stimme: »Ein Fingernagel der heiligen Barbara! Ein Backenzahn des heiligen Ignatius! Die wertvollsten Reliquien der Stadt! Zögern Sie nicht, und greifen Sie zu. Diese Gelegenheit ist einmalig!«

Neugierig verrenkte die Marktfrau ihren Kopf. Der Reliquienhändler kämpfte sich einige Reihen hinter ihr durch die Menge.

»Ein Splitter vom wahren Kreuz Christi!«

»He, du«, schrie die Marktfrau. »Hast du auch ein Haarbüschel von der heiligen Magdalena?« Schon seit Jahren suchte sie nach dieser Kostbarkeit, die angeblich vor ungewollter Schwangerschaft schützte.

»Was suchst du?«

»Ein Haarbüschel …« Weiter kam die Marktfrau nicht, denn nun wurde ihre Aufmerksamkeit erneut abgelenkt, denn das laute Knarren eines Holzkarrens war zu hören.

»Ach, vergiss es«, rief sie und drehte sich wie alle Zuschauer in die Richtung, aus der die Geräusche kamen.

»Platz da!«, bellte ein Mann der Stadtwache. Obwohl er ein Zwerg auf zwei dünnen Beinen war, sprangen die Menschen zur Seite und ließen den Wagen, der ihm folgte, passieren. Männer reckten ihre Köpfe, Frauen stellten sich auf die Zehenspitzen, und Kinder versuchten, auf Podeste zu klettern, um einen Blick auf die Gefangenen zu werfen. Die drei verurteilten Männer standen gefesselt und mit schwerem Eisen aneinandergekettet auf dem Karren. Jede Erschütterung brachte sie ins Wanken, aber sie waren so fest zusammengeschnürt und der Karren so eng, dass ein Umfallen schier unmöglich war. Die einst weißen Krägen ihrer teuren Hemden verrieten, dass sie wohlhabende Männer waren. Als der Wagen kurz anhielt, um einem riesigen Schlagloch im Boden auszuweichen, ging ein Raunen durch die Menge. Manche Menschen tuschelten hinter vorgehaltener Hand, andere schwiegen.

Der Steinmetzmeister Alfred Klayndl gehörte zu jenen, die betroffen schwiegen. Er hob einen blonden Jungen mit wirrem Lockenkopf und riesigen dunkelblauen Augen auf seine breiten Schultern und drehte sich mit ihm zu dem Karren mit den Gefangenen. Anders als die Marktfrau stand er nicht in der ersten Reihe, sondern hatte einen Platz etwas abseits gewählt. Von hier konnten er und der Junge den Wagen, der sich langsam vorwärtsbewegte, gut beobachten und hatten gleichzeitig direkten Blick auf das Podest, wo sich mittlerweile der Scharfrichter der Stadt, eine hohe, dunkle Gestalt, eingefunden hatte. Breitbeinig und die muskulösen Arme auf sein mächtiges Schwert gestützt, wartete er darauf, seine blutige Arbeit zu verrichten.

Weder Alfred Klayndl noch der Junge, der für seine zehn Jahre ungewöhnlich klein und zart war, wagten einen Blick auf den Henker. Ihre ganze Aufmerksamkeit galt Hans Rockh, einem der drei Männer auf dem Karren. Ihn allein schauten sie an, ohne dem lauten Treiben rundherum Beachtung zu schenken.

Hans Rockh, vor einer Woche noch Münzmeister und Judenrichter der Stadt, warf suchende Blicke in die Zuschauermenge. Bevor das Schwert des Henkers sein Leben beendete, wollte er noch einmal in die mitternachtsblauen Augen seines Sohnes blicken. Der Karren hielt an, und der alte Gaul, der davorgespannt war, stieß laut Luft aus. Zwei Männer der Stadtwache, die den Wagen rechts und links flankierten, traten zu den Gefangenen, lösten ihre Fesseln und trieben sie unsanft herunter. Hans Rockh zögerte. Kurz hielt er inne und ließ ein letztes Mal seinen Blick durch die Menge streifen. Da entdeckte er endlich seinen alten Freund Alfred Klayndl, auf seinen breiten Schultern saß der Junge. Erleichtert nickte er in ihre Richtung. Mit seinen Lippen formte er die tonlosen Worte: »Lebt wohl.« Dann drehte er sich abrupt weg und folgte den beiden anderen Gefangenen.

Nun kam Leben in die Zuschauermenge. Einige Stimmen jubelten, und als die drei Männer das Podest erklommen, wurde laut applaudiert. Bevor der erste Gefangene vom

Henker in die Knie gezwungen wurde und seinen Kopf auf den Holzblock legen musste, richtete sich Alfred Klayndl auf.

»Wir gehen nach Hause«, sagte der Steinmetzmeister leise, aber entschieden und hob den Jungen von seinen Schultern. Er stellte ihn neben sich auf den Boden und ergriff seine Hand, die trotz der Aufregung warm war. Der Junge schluckte hart. Selbst wenn er sich zum Podest gedreht hätte, hätte er jetzt nichts mehr gesehen. Die Erwachsenen um ihn herum waren größer und breiter als er. Er senkte den Blick auf den festgetretenen ausgetrockneten Lehmboden. Ab jetzt war sein Zuhause nicht mehr das feine Ratsherrenhaus in der Herrengasse, sondern ein Hof in der Singerstraße. Er würde nicht mehr im Kloster der Dominikaner unterrichtet werden, würde sich nicht mehr mit klugen Schriften, gelehrten Texten und den schönen Künsten, die er über alles liebte, beschäftigen dürfen. Ab morgen würde er das Handwerk eines Steinmetzes erlernen, und er würde dem großzügigen und loyalen Freund seines Vaters, der nun neben ihm ging, ewig dankbar dafür sein.

Als Meister Klayndl die andere Hand auf die schmale Schulter des Jungen legte, konnte dieser sich nicht mehr gegen die Tränen wehren. Warm und salzig rannen sie über seine noch kindlichen Wangen, die über und über mit Sommersprossen bedeckt waren.

»Es ist gut, wenn du weinst. Die Traurigkeit muss raus, sonst erstickt man daran«, sagte Alfred Klayndl.

Als die beiden gegen den noch immer anwachsenden Strom der Zuschauer den Schweinemarkt verließen, sauste das Schwert das erste Mal durch die Luft. Die Menschen hielten den Atem an, dann applaudierten sie. Alfred Klayndl beschleunigte seine Schritte und bog in die nächste Gasse ein.

Sie hörten beide die Schreie der Menschen, in denen sich Schrecken und Entzücken zu gleichen Teilen mischten, als der Henker den Kopf von Hans Rockh triumphierend in die Luft hielt. Aber sie sahen weder den Kopf noch das Blut, das weit spritzte und die Zuschauer in der ersten Reihe besudelte.

Die dralle Marktfrau sprang zurück, entsetzt starrte sie auf ihre rot bespritzte Schürze. Es war gut, dass sie keine frische angelegt hatte.

I

Januar 1421

Müde betrat David Isserlein, der Geldverleiher, sein Haus und warf geräuschvoll die schwere Eingangstür hinter sich ins Schloss.

»Schalom, Vater!« Die Stimme seiner Tochter Sarah klang ihm aus der Küche entgegen, und ihr hektischer Tonfall verhieß nichts Gutes.

»Schalom«, brummte er zurück, nahm seinen schweren Wintermantel ab, schüttelte ihn aus und hängte ihn auf den Haken neben der Tür. Dann schlurfte er über den gefliesten Boden Richtung Küche. Im Türrahmen prallte er entsetzt zurück. Der Küchentisch war mit Gewürzen, Mehl und weiteren Zutaten aller Art bedeckt, auf dem Boden türmten sich schmutzige Putzlumpen und leere Gewürzsäckchen. Seine Tochter hielt ein gerupftes Huhn in der Hand und betrachtete es ratlos.

»Sarah, in weniger als einer Stunde geht die Sonne unter, und der Schabbat beginnt«, rief David und hatte alle Mühe, seine Stimme unter Kontrolle zu halten.

»Ich weiß, Vater«, erwiderte Sarah schnell. Sie wischte sich mit dem Handrücken eine ihrer kastanienfarbenen Haarsträhnen aus der Stirn und versuchte ungeduldig, sie zurück unter den Stoffkranz zu schieben. Leider löste sich dadurch eine weitere Strähne und fiel ihr in die Stirn. Verärgert blies sie die Haare weg.

David versuchte, die unschickliche Frisur seiner Tochter zu ignorieren. »Kannst du mir erklären, was du den ganzen Nachmittag über gemacht hast?«, fragte er. Hinter seiner scheinbar ruhigen Stimme verbarg sich eine riesige Portion Ärger.

»Äh …« verlegen trat Sarah von einem Fuß auf den anderen. Sie überlegte kurz, sah aber dann, wie der Blick ihres Vaters auf die teure Wachskerze am Küchentisch fiel, und entschied sich für die Wahrheit.

»Ich habe gezeichnet«, sagte sie schuldbewusst.

Mit Zorn in den Augen drehte David sich zu ihr: »Sarah, wie oft muss ich dir noch sagen, dass du deine Zeit nicht mit dem Zeichnen vergeuden sollst!«

»Aber du selbst hast mir die teuren Silberstifte und das kostbare handgeschöpfte Papier aus Nürnberg gekauft«, antwortete Sarah trotzig. Sie war diese Diskussionen leid. Einerseits bewunderte ihr Vater ihr Talent, Dinge mit dem Silberstift so festzuhalten, wie sie tatsächlich aussahen, andererseits ließ er keine Gelegenheit aus, ihr klarzumachen, wie unschicklich und unpassend es für eine jüdische Frau war, ihre Zeit mit solchen Tätigkeiten zu füllen.

Sarah stemmte beide Hände in die Hüften und biss sich auf die Unterlippe. David erkannte, dass seine Tochter nicht bereit war einzulenken, sondern störrisch versuchen würde, ihren Willen durchzusetzen. Genau dieselbe Haltung hatte Sarahs Mutter immer eingenommen, wenn sie geglaubt hatte, im Recht zu sein. Beim Gedanken an seine verstorbene Frau durchströmte David eine Welle der Trauer. Er drängte sie zurück und wandte sich wieder Sarah zu. Ja, es stimmte. Er hatte Stifte und Papier gekauft, in der Hoffnung, Sarah damit eine dunkle Zeit zu erhellen. Hätte er auch nur ansatzweise geahnt, was er damit anrichtete, hätte er dem venezianischen Kaufmann am Hohen Markt niemals die unerhört hohe Summe dafür bezahlt.

»Sarah, du wirst am Dienstag nach Schawuot Aaron heiraten, und du weißt, dass er als zukünftiger Rabbiner der Gemeinde eine Frau, die weder kochen noch nähen kann, dafür aber ihre Zeit mit dem Zeichnen von Obst, Gemüse und Tieren verbringt, nicht dulden kann.«

»Am Dienstag nach Schawuot?«, fragte Sarah. Eines der gefüllten und mit Öl bestrichenen Hühner landete unsanft im Tontopf.

»Ja, Rabbi Blümlein und ich haben uns geeinigt.«

»Wann habt ihr den Hochzeitstermin festgelegt?«, fragte Sarah. Schon vor Jahren hatten David Isserlein und der Rabbiner Simon Blümlein vereinbart, ihre beiden Familien durch eine Ehe zu verbinden, um auf diese Weise die beiden größten und bedeutendsten Geldverleihunternehmen zu vereinen. Aber bis jetzt hatte es keinen konkreten Tag für die Heirat gegeben.

»Vor ein paar Wochen.«

»Und du erzählst mir erst jetzt davon?«, fragte Sarah. Das zweite Huhn landete im Topf. Sarah musste zugeben, dass es ebenso unappetitlich aussah wie das erste.

»Ich hatte noch keinen geeigneten Zeitpunkt gefunden«, sagte David. Er hörte sich nun nicht mehr ganz so verärgert an wie zuvor.

»Du hast keinen geeigneten Zeitpunkt gefunden, mir den Termin meiner Hochzeit mitzuteilen?«, fragte Sarah fassungslos.

David ließ sich mit der Antwort Zeit: »Ich weiß, dass Aaron nicht der Mann deiner Träume ist. Aber er ist ein guter Jude und wird dir ein braver Ehemann sein. Außerdem sind wir es seiner Familie schuldig, und das weißt du.«

Verzweifelt starrte Sarah auf die nackten Hühner in dem Topf vor ihr. Leise sagte sie: »Ich kann nichts dafür, dass Judith einen anderen Mann …«

»Schweig, und nenn den Namen nicht. Ich will ihn nicht hören!« David klatschte mit der flachen Hand auf den Tisch, und sein schmales Gesicht verfärbte sich dunkelrot. »Sie existiert für mich nicht mehr.«

Eine unangenehme, fast unerträgliche Stille trat ein. Jedes Mal, wenn sie an diesen Punkt gelangten, weigerte sich David weiterzureden.

Dann atmete er tief durch und wechselte, um Versöhnung bemüht, das Thema. »Es hat schon wieder zu schneien begonnen.«

Sarah ging erleichtert darauf ein. »Dann werde ich später mit dem Schneeschaufeln beginnen. Weißt du, wo die Schaufel ist?«

»Später ist es finster, und du wirst nicht mehr schaufeln können.«

Sarah nickte; sobald die Sonne untergegangen war, begann der Schabbat.

David erklärte: »Gott hat uns zum auserwählten Volk gemacht. Der Preis, den er dafür verlangt, ist das Einhalten seiner Gebote. Die Mitzwot sind für das Überleben unseres Volkes wichtig.«

»Ich weiß, Vater«, sagte Sarah und seufzte. In Gedanken fügte sie hinzu, dass manche Wintertage einfach zu kurz waren und die Sonne viel zu früh unterging, um alle Arbeiten rechtzeitig zu erledigen. Vor allem dann, wenn man den Nachmittag und das Sonnenlicht dazu nutzte, um Entwürfe für Holztruhen zu zeichnen. Nur zu gern hätte Sarah ihrem Vater die Arbeit des Nachmittags gezeigt, Zeichnungen für eine Kleidertruhe mit dem Relief eines Liebespaars. Sie hätten David ganz sicher gefallen. Aber im Moment war der wohl ungünstigste Zeitpunkt dafür.

»Wo hast du denn die Schneeschaufel hingeräumt?«, fragte sie nun.

»Die Schaufel?« David hatte sie gestern benutzt und konnte sich nun nicht mehr daran erinnern, wohin er sie gelegt hatte.

»Egal«, sagte Sarah und machte eine wegwerfende Handbewegung. Der Schnee vor der Haustür musste ohnehin warten.

»Schneeschaufel?« David kratzte sich nachdenklich am Kinn und schaute plötzlich verwirrt. »Warum haben wir schon wieder Schnee? Ist nicht längst Frühling?«

Sarah wischte sich rasch die Hände an der Schürze ab. Sie ahnte, was nun kommen würde, und setzte sich zu ihrem Vater auf die Bank.

»Wir haben tiefsten Winter, es ist völlig in Ordnung, dass es schneit«, erklärte sie ruhig.

»Schnee zum Pessachfest!« David kicherte.

»Vater, es dauert noch Monate, bis wir Pessach feiern!«

»Was denn, willst du schon wieder keine Mazze backen?«

Sarah verdrehte die Augen. »Vater, wenn es so weit ist und wir Pessach feiern, werde ich auch Mazze backen. Aber jetzt ist Winter. In ein paar Wochen ist Purim. Draußen liegt Schnee, und ich brauche die Schneeschaufel, um den Weg vor unserem Haus freizubekommen.«

Davids Blick wurde leer. Er starrte seine Tochter hilflos an, und Sarah schluckte einen dicken, zähen Kloß im Hals hinunter.

»Es ist egal, vergiss die Schaufel. Ich finde sie später«, sagte sie leise.

Verflogen war Sarahs Ärger. Stattdessen machte sich Sorge

in ihr breit. In letzter Zeit geriet Davids Verstand immer wieder durcheinander, und er verwechselte die Gegenwart mit der Vergangenheit. Er erkannte Menschen nicht mehr und konnte sich an bestimmte Ereignisse nicht mehr erinnern. Meist kamen diese Anfälle plötzlich, völlig unerwartet, und endeten so unvermittelt, wie sie begonnen hatten.

»Sag deiner Mutter, sie soll die schwarze Katze füttern«, sagte David jetzt.

Sarah schüttelte traurig den Kopf. Sie hatte es befürchtet und fühlte sich nun schuldig. Hatte sie den Anfall provoziert? Es gab keine Mutter mehr. Elza war letztes Jahr nach einem kurzen, aber heftigen Fieber in den Armen ihres Vaters gestorben. Vielleicht war das der Grund, warum der Verstand des Geldverleihers gelegentlich so durcheinandergewirbelt wurde wie die Schneeflocken vor dem Fenster.

Sarah wusste aus Erfahrung, dass es die Situation nur schlimmer machte, wenn sie nun auf der Wahrheit bestand. In einer Stunde musste David beim Abendgebet in der Synagoge sitzen, und niemand durfte von seinem Zustand etwas bemerken. Deshalb sagte sie so sanft wie möglich: »Ich werde die Katze füttern.« Auch wenn die schwarze Katze vor Jahren vom Hund des Nachbarn zerbissen worden war.

»Aber vorher hole ich dir deinen Tallit. Elias wird gleich da sein und dich fürs Abendgebet abholen.«

»Elias?«, fragte David.

»Dein Sohn«, erklärte Sarah. »Er ist der beste Arzt der Gemeinde. Er hat in Salerno Medizin studiert und leitet nun das Hospital neben der Synagoge.«

Ein Funken der Erinnerung schien Davids Gedanken zu erreichen. »Ja, Elias soll kommen.«

Sarah erhob sich und ging in Davids Schlafkammer, wo sein weißer Gebetsschal mit den schwarzen Streifen lag.

Doch sie wusste, dass die Schabbatruhe heute noch lange nicht einsetzen konnte. In der Küche wartete noch eine Menge Arbeit auf sie. Sarah betete und hoffte, dass Gott ihr dieses Vergehen verzeihen würde.

Zwei Stunden später brieten die Hühner im Ofen. Sarah hatte es geschafft, innerhalb kürzester Zeit die Küche aufzuräumen, den Tisch zu decken, sich selbst zu waschen, frische Kleider anzuziehen und sich neu zu frisieren. Sie hatte die Schneeschaufel gefunden, die im untersten Regal der Vorratskammer gelegen hatte, wo sie ganz sicher nicht hingehörte, und hatte den Platz vor dem Haus freigeschaufelt. Und dann war sogar noch genug Zeit geblieben, um den Entwurf für die Holztruhe, den sie am Nachmittag begonnen hatte, zu beenden. Auch wenn sie wusste, dass sie damit gegen den Willen ihres Vaters handelte, Sarah konnte einfach nicht anders. In ihren Fingern juckte es, und in ihrem Kopf war kein Platz für andere Gedanken, ehe sie eine Zeichnung nicht vollendet hatte. Liebevoll blickte sie auf das Blatt. Es war eine Liebesszene, die eine junge Frau und einen jungen Mann zeigte. Der Mann kniete vor der sitzenden Frau und überreichte ihr eine Blume. Dabei geriet er ein wenig aus dem Gleichgewicht, und die Frau legte ihm schützend die Hand auf die Schulter. Sarah grinste und fühlte sich sehr zufrieden. Diese Zeichnung war genau so geworden, wie sie es sich vorgestellt hatte.

Von der Straße her näherten sich Schritte, und Sarah ließ Papier und Stifte in der breiten Lade unter dem Tisch verschwinden, klopfte ihre Röcke glatt und strich sich das Haar aus der Stirn. Als ihr Vater mit den Gästen das Haus betrat, deutete nichts mehr darauf hin, dass Sarah eben noch über einem Skizzenblock gesessen hatte.

Sie hörte ihre Nichte Miriam »Schalom Schabbat« rufen. Dann kam das Mädchen, das einzige Kind ihres Bruders, zu ihr in die Stube gelaufen und umarmte sie stürmisch.

»Du wirst von Tag zu Tag größer«, sagte Sarah.

»Das sagst du jedes Mal, wenn du mich siehst.«

»Und stimmt es etwa nicht?« Sarah wandte sich ihrem Bruder zu, der nun auch hereinkam. Elias war ein großer hagerer Mann mit grauen Schläfenlocken und einem sonnengebräunten Gesicht. Er war zwölf Jahre älter als Sarah.

»Natürlich hat deine Tante recht«, sagte Elias. »Du wirst wirklich immer größer, und bald wirst du eine erwachsene Frau sein. Aber daran will ich noch gar nicht denken.« Er umarmte zuerst Sarah und schloss dann seine neunjährige Tochter in die Arme. Miriam ließ es sich gerne gefallen.

Nun kamen auch David und Elias' Frau Rachel in die Stube. Rachel sah sich aufmerksam um, so, als suchte sie nach Dingen, die sie beanstanden könnte. Da sie aber nichts fand, drehte sie sich mit hochgezogenen Augenbrauen zu Sarah und meinte spitz: »Wir haben dich in der Synagoge vermisst.«

Sarah nickte. Sie biss sich auf die Zunge, um nicht zu verraten, dass sie die Zeit benötigt hatte, um die Hausarbeit zu erledigen und zu zeichnen.

»Ich habe zu Hause gebetet«, log sie, ohne dabei rot zu werden, und Rachel verdrehte die Augen. Offensichtlich glaubte sie ihrer Schwägerin kein Wort.

»Der Besuch der Synagoge ist zwar nur für Männer verpflichtend, aber er wird auch den Frauen empfohlen«, sagte sie.

Sarah überging die Bemerkung und drehte sich zu ihrem Bruder um. Am Ellbogen zog sie ihn in eine Ecke und flüsterte: »Wie war Vater?«

»Alles bestens.« Elias griff ihr beruhigend an den Oberarm. »Ich habe ihm zwei Opiumkugeln unter die Zunge gelegt, er hat während des Gebetes geschlafen, und nun ist er wieder so klar im Kopf wie heute Morgen. Kann sein, dass er etwas langsamer spricht, aber das fällt nicht auf.«

Sarah entspannte sich. Ihr Vater, Rachel und Miriam hatten bereits am schweren Eichentisch Platz genommen und warteten.

»Komm«, sagte Elias und zog Sarah ebenfalls zum Tisch.

Als alle ihre Plätze eingenommen hatten und Sarah als Hausfrau den siebenarmigen Leuchter entzündet hatte, begann David mit tiefer ruhiger Stimme das Weihegebet, den Kiddusch, zu singen. Als es beendet war, nahm er den silbernen Becher in die Hand, trank einen Schluck Wein und reichte den Becher dann an Elias weiter.

Aus den Augenwinkeln beobachtete Sarah ihren Bruder, wie er ihn übernahm und trank. Sein kantiges Gesicht gab ihr ein Gefühl von Sicherheit.

Elias reichte den Becher weiter an Rachel, die ihn mit ernstem Gesichtsausdruck nahm, daran nippte und dann weitergab an ihre Tochter Miriam. Das Mädchen benetzte nur die Lippen mit dem Wein und streckte den Silberbecher lächelnd Sarah hin. Als auch Sarah vom gesegneten Wein getrunken hatte, holte David die Schüssel und die Kanne für die rituelle Waschung der Hände. Er selbst fing an, goss aus der kleinen Kanne zuerst dreimal Wasser über die rechte und dann dreimal über die linke Hand. Dabei sprach er einen Segensspruch und trocknete sich hinterher beide Hände mit einem sauberen Tuch ab. Er reichte die Schüssel weiter an Elias, und wie zuerst der Becher gingen nun Schüssel und Kanne reihum. Als alle mit der Waschung fertig waren, holte Sarah das Silbertablett mit der Challah, zwei länglich geflochtene Weißbrote, die mit Mohn bestreut waren. David segnete die Brote, brach sie in Stücke und nahm selbst eines davon. Dann reichte er den Korb weiter, so dass jedes Familienmitglied sich ein Stück Brot nehmen konnte. Erst als die Challah gegessen war, nahmen alle Platz, und das eigentliche Schabbatessen konnte beginnen.

»Ich hole die Hühner und das Gemüse aus der Küche«, sagte Sarah und schaute ihre Nichte fragend an. Das Mädchen sprang augenblicklich auf und lief der Tante hinterher.

»Was hast du denn gekocht? Es riecht heute wirklich gut.« Miriam zog ihre Nase kraus. Sie wusste, wie es um Sarahs Kochkünste bestellt war und hatte das Haus des Großvaters schon einige Male mit knurrendem Magen verlassen.

»Gefüllte Hühner«, sagte Sarah, und Miriams Augen weiteten sich entsetzt.

»Nach demselben Rezept wie beim letzten Mal?« Die laschen, fettigen Hühner mit der klebrigen Fülle aus verkochten Karotten, die Sarah zum Laubhüttenfest gemacht hatte, waren ihr noch gut im Gedächtnis.

»Anna Rosendorf, meine Nachbarin, hat mir einen Rat gegeben, denn ich koche nie nach einem Rezept«, sagte Sarah erstaunt.

Aus Höflichkeit verzichtete Miriam auf eine Antwort.

»Wo habe ich das Küchentuch hingelegt?« Suchend blickte sich Sarah in der eigenen Küche um und nahm dankbar das Tuch entgegen, das ihr Miriam wortlos entgegenhielt.

»Großvater hängt es immer über den Stuhl, obwohl es dort nicht hingehört«, sagte Miriam freundlich und beobachtete Sarah, wie sie vorsichtig den Deckel des Tontopfs öffnete. Eine überraschend angenehme Geruchsmischung aus getrockneten Küchenkräutern und knusprigem Huhn stieg ihnen entgegen. Diesmal schien alles gut geklappt zu haben.

Zufrieden spießte Sarah mit einer langen Gabel das erste Huhn auf und legte es auf eine vorbereitete Platte.

»Gestern hatten Vater und Mutter wieder Streit.« Miriams Bemerkung sollte möglichst beiläufig klingen, aber ein nervöses Zucken rund um ihren Mund verriet ihre Aufregung.

»Ist das etwas Ungewöhnliches?«, fragte Sarah.

»Eigentlich nicht, denn die beiden haben häufig Streit«, sagte Miriam und fuhr dann nachdenklich fort: »Aber diesmal ging es um eine Sache, die ich nicht verstehe.«

»Was denn?«

Miriam sah ihrer Tante zu, wie sie das nächste Huhn aus dem Topf nahm und auf die Platte legte. »Mutter hat wieder einmal über Großvater geschimpft, der angeblich den Verstand verliert.«

»Auch das ist nichts Ungewöhnliches, oder?« Sarah wusste, dass ihre Schwägerin noch nie eine besonders hohe Meinung von ihrem Vater gehabt hatte.

»Mutter hat behauptet, dass eine große Schande auf unserer Familie lastet. Eine Schande, mit der sie nichts zu tun haben will und an der Großvater die Schuld trägt«, sagte Miriam. Sie senkte dabei ihre Stimme, dass niemand in der angrenzenden Stube sie hören konnte.

»Hat deine Mutter auch gesagt, um welche Art von Schande es sich ihrer Meinung nach handelt?« In Sarah stieg Ärger über die Schwägerin auf. Sie versuchte, ihm keinen Raum zu geben, und betrachtete ihre Hühner. Nun lag auch das dritte Tier auf der Platte, und Sarah stellte zufrieden fest, dass es recht appetitlich aussah.

»Nein, das hat sie nicht«, sagte das Mädchen.

Sarah hatte nichts anderes erwartet.

»Mutter hat gesagt, dass jemand nach Wien zurückkehren wird, der niemals hätte wiederkommen dürfen. Ich glaube, dass diese Person irgendetwas mit der Schande zu tun hat, von der Mutter andauernd redet.«

Sarahs Herz setzte für einen Moment aus. Das Tranchiermesser, nach dem sie eben gegriffen hatte, rutschte ihr aus der Hand und fiel klirrend auf den Steinfußboden. Es hatte nur knapp ihren Fuß verfehlt.

»Sie will wirklich nach Wien zurückkehren?«, fragte sie tonlos.

»Wer denn?«, gab Miriam aufgeregt zurück. »Du weißt also, was das alles zu bedeuten hat?«

Natürlich wusste Sarah, was Rachel gemeint hatte, aber sie sah sich außerstande, ihre Nichte über die Ereignisse der Vergangenheit aufzuklären. Das zu erzählen war Elias' Aufgabe.

»Wer kommt zurück, und warum ist das so schrecklich?«, drängte Miriam sie.

Langsam bückte sich Sarah nach dem Messer. Nur zu gerne hätte sie ihrer Nichte die Wahrheit gesagt, aber damit hätte sie gegen den Willen ihres Vaters verstoßen, und das war undenkbar. Sarah nahm sich vor, mit Elias darüber zu reden. Aber nicht heute, nicht in Gegenwart ihrer Schwägerin und ihres vom Opium beeinträchtigten Vaters.

»Es tut mir leid, Miriam. Ich würde dir gerne mehr erzählen, aber ich kann nicht«, sagte Sarah.

»Ihr glaubt alle, ich wäre ein dummes kleines Kind, dem man nichts erklären kann!«, sagte Miriam verärgert. Ohne auf eine Antwort zu warten, schnappte sie sich entschlossen die Servierplatte und trug sie in die Stube. Während Sarah ihr folgte, war Miriams Gesichtsausdruck immer noch finster, sie wich ihrer Tante beleidigt aus.

»Hm, das sieht ja köstlich aus«, sagte Elias.

Sarah reichte ihm das Tranchiermesser, und Elias setzte

schwungvoll an, um das Huhn aufzuschneiden. Doch kaum hatte das Messer das Innere des Tieres erreicht, ergoss sich eine klumpige Fülle aus zerkochtem Gemüse auf die Tischplatte. Entsetzt sprang Rachel neben ihm auf. Ihr Stuhl rutschte zurück und fiel krachend auf den Boden. Die graue Flüssigkeit tropfte auf ihr sauberes braunes Kleid aus feinster Wolle.

»O nein!«, schrie sie auf. Fassungslos starrte sie zuerst auf den immer größer werdenden Fleck auf ihrem Kleid und dann auf Sarah.

»Kannst du denn nicht einmal ein Huhn ordentlich füllen?«, kreischte sie nun ungehalten.

»Nun beruhige dich wieder«, sagte Elias. »Das kann schließlich jedem passieren.«

»Nein, kann es nicht. Es passiert immer deiner Schwester, und du nimmst sie dafür noch in Schutz. Mein bestes Kleid ist ruiniert!« Rachel wischte hektisch mit der Hand über den Fleck.

»Es ist bloß ein Fleck auf dem Kleid, und das Huhn kann man noch essen. Wir müssen bloß die Fülle zur Seite legen«, sagte Elias.

Miriam war unterdessen in die Küche gelaufen und hatte zwei Tücher geholt, mit denen sie nun das Gröbste beseitigte.

»Ich werde dein Kleid waschen«, sagte Sarah betroffen. Sie konnte nicht verstehen, warum die Füllung nicht fest geworden war. Sie hatte doch alle Ratschläge der Nachbarin beachtet.

»Bloß nicht«, schrie Rachel entsetzt. »Wenn du mein Kleid wäschst, kann ich es hinterher wegwerfen!«

»Rachel, es reicht!«, sagte Elias.

»Willst du mir den Mund verbieten? Deine Schwester hat

gerade mein Kleid zerstört. Ich habe allen Grund, aufgebracht zu sein.«

David, der bis jetzt wie ein unbeteiligter Zuschauer am Tisch gesessen hatte, schüttelte traurig den Kopf und sagte: »Setzt euch alle wieder hin. Es ist Schabbat, und den wollen wir nun gemeinsam feiern. Mit Huhn oder ohne.«

Obwohl Rachel immer noch aufgebracht war und ihrem Schwiegervater gern ihre Meinung über ihre Schwägerin gesagt hätte, setzte sie sich.

Sarah nahm die Platte mit den Hühnern und stand auf: »Ich werde die zwei anderen Hühner in der Küche zerteilen.«

»Ja, tu das«, brummte David. Sein Ärger über seine Tochter war unüberhörbar, und die Freude, die Sarah vor dem Eintreffen ihrer Familie verspürt hatte, war verschwunden.

2

Mathes Rockh nahm weder den eisigen Luftzug wahr, der beim schlecht abgedichteten Fenster hereinpfiff, noch spürte er die bohrende Kälte, die von dem gestampften Lehmboden aufstieg. Seit Stunden schlug er im gleichmäßigen Rhythmus mit dem Steinbeil auf den wertvollen Salzburger Marmor ein und trug Schicht für Schicht überstehendes Material ab. Sein Leinenhemd war längst durchgeschwitzt, und der dunkelblaue Wollmantel lag achtlos auf einem Hocker neben dem hohen Fenster, durch das heute nur spärlich Licht in die Werkstatt der Dombauhütte drang. Der Himmel war seit den frühen Morgenstunden von dunklen Wolken verhangen, die erneut Schnee ankündigten.

»Soll ich die Kohlebecken neu befüllen?«, fragte Jürgen. Der Lehrjunge hatte den hinteren Teil des Raumes betreten, wo der Steinbildhauer arbeitete. Die Werkstatt der Dombauhütte war ein langgezogenes Gebäude, das sich an der Südseite des Doms befand. Hier arbeiteten Steinmetze, Kunsttischler und Schreiner unter einem Dach zusammen. Mathes Rockh hatte sich im hintersten Teil der Werkstatt durch eine Holzwand einen kleinen Bereich abgeteilt, wo er allein und ungestört arbeiten konnte. Jürgen mochte den freundlichen Künstler, der ihn nicht herumscheuchte, beschimpfte oder schlug, wie es viele der anderen Handwerker und besonders sein eigener Meister taten.

Mathes schüttelte den Kopf: »Nein danke, Jürgen. Mir ist nicht kalt.« Er machte einen Schritt zurück und betrachtete das vorläufige Ergebnis seiner Arbeit. Es gab Steinmetzmeister, die den ersten Bearbeitungsschritt einer Skulptur ihren Lehrlingen überließen, aber Mathes Rockh gehörte nicht zu ihnen. Zum einen bildete er im Moment keinen Lehrling aus, zum anderen wollte er den Stein vom ersten bis zum letzten Schritt selbst formen. Jede Schicht, die er abtrug, legte überraschende Facetten des Marmors frei und sorgte mitunter für neue Ideen. Manchmal waren es die Maserung oder die Farbe des Steins, die über den Faltenwurf eines Kleides entschieden.

»Was hältst du davon?« Mathes sah den Jungen fragend an.

»Ich?«, rief Jürgen erstaunt aus. Er war es nicht gewohnt, nach seiner Meinung gefragt zu werden, und wusste nicht, was er antworten sollte.

Mathes wartete, und als Jürgen nichts sagte, setzte er sein Steinbeil an und führte es beidhändig zum Marmorblock. Augenblicklich sprang ein Stückchen Stein ab und legte eine dunkelrote Stelle im Marmor frei. Erfreut lachte Mathes auf, dabei bildeten sich auf seinen Wangen kleine Grübchen.

»Sieh dir das an!«, rief er begeistert und winkte Jürgen zu sich. »An diese Stelle kommt der Umhang eines Evangelisten. Die rote Farbe eignet sich hervorragend für den Faltenwurf.«

»Evangelisten?«

»Ja, die vier Evangelisten werden den Grundstein des Taufbeckens bilden. Das Becken selbst wird weit über den achteckigen Fuß hinausragen und in vierzehn Flachnischen Christus als Retter der Welt, die zwölf Apostel und schließlich den heiligen Stephanus, den Schutzpatron des Doms, zeigen«, erklärte Mathes voller Vorfreude. Seine dunkelblauen Augen glänzten vor Begeisterung. Er wusste ganz genau, wie das Taufbecken aussehen sollte, wenn es fertig war.

Jürgen hörte aufmerksam zu, konnte sich im Augenblick aber weder einen Evangelisten noch Christus oder den heiligen Stephanus vorstellen. Alles, was er sah, war ein roh behauener Marmorblock.

»Überfordere den armen Jungen nicht«, erklang eine tiefe Stimme aus dem Hintergrund.

Sowohl Jürgen als auch Mathes zuckten erschrocken zusammen. Alfred Klayndl, der Zunftmeister der Wiener Steinmetze, hatte unbemerkt die Werkstatt betreten.

»Ich muss zurück an meine Arbeit«, stotterte Jürgen und drängte sich am Zunftmeister vorbei. Bevor Alfred Klayndl noch etwas erwidern konnte, war er verschwunden.

»Ich wollte den Jungen nicht verjagen«, meinte Alfred betroffen.

»Es ist ohnehin besser, wenn er wieder zurück an seine Arbeit geht. Sonst kriegt er noch Ärger mit seinem Lehrherren.«

»Andreas Rötel ist nicht in der Werkstatt. Ich habe ihn auf dem Weg hierher in einem Wirtshaus verschwinden sehen.«

Mathes schnaufte verächtlich: »Der Mann glaubt, sich alles erlauben zu können. Während sein Geselle und sein Lehrling in der Werkstatt schuften, sitzt er in der Gaststube und trinkt.«

Alfred zuckte mit den Schultern: »Das ist die Angelegenheit des Werkmeisters der Dombauhütte. Wenn er sich nicht daran stört … Rötel ist zwar ein Mitglied unserer Zunft, aber im Augenblick arbeitet er am Dom. Ich werde mich hüten, mich einzumischen.«

Alfred bemühte sich als Zunftmeister der Stadt seit Jahren um ein gutes Verhältnis zwischen Zunft und Dombauhütte. Während Männer, die aus anderen Städten und Baustellen kamen und ausschließlich am Bau des Doms mithalfen, den Regeln der Steinmetzbruderschaft und der Aufsicht des Werkmeisters, dem Leiter der Dombauhütte, unterlagen, mussten sich städtische Zunftmitglieder eigentlich an die Zunftregeln halten, auch wenn sie wie Andreas Rötel der Dombauhütte zuarbeiteten.

»Aber ist es nicht deine Aufgabe, dafür zu sorgen, dass Rötel seine Lehrlinge ordentlich ausbildet?«

»Ja, aber in diesem besonderen Fall ist es etwas schwierig«, murmelte Alfred verlegen.

Mathes schluckte seine nächste Bemerkung hinunter und umrundete den Marmorblock, um ihn nach weiteren Stellen zu untersuchen, an denen er besondere Maserungen vermutete.

»Wie geht es deiner Taufkrone?«, fragte Alfred.

»Die ist so gut wie fertig.«

Vor rund einem Jahr hatte es Lieferprobleme mit dem Marmorblock aus Salzburg gegeben, deshalb hatte Mathes bei seiner Rückkehr nach Wien zunächst mit dem Schnitzen der Taufkrone begonnen. Ein ungewöhnliches Vorgehen, das ihm aber Zeitverlust ersparte.

»Eiskalt ist es hier, du wirst dir den Tod holen.« Alfred rieb sich die Hände und führte sie zum Mund, um sie mit seinem Atem zu erwärmen.

»Wann hast du das letzte Mal einen Marmorblock behauen?«, fragte Mathes.

»Das ist wohl einige Jährchen her.« Alfred trat von einem Fuß auf den anderen. Die Kälte kroch durch die Sohlen seiner Lederschuhe.

»Dann hast du vergessen, wie warm es einem dabei wird«, sagte Mathes. Aber er spürte allerdings jetzt, da er sich nicht mehr bewegte, ebenfalls die Kälte an seinem Körper hochkriechen. Er holte seinen Mantel vom Hocker und legte ihn sich um die breiten Schultern. Mit der staubigen Hand fuhr er sich durch die schulterlangen blonden Locken.

»Ich hasse diese Jahreszeit. Bereits am frühen Nachmittag ist das Licht in der Werkstatt so schlecht, dass man nicht weiterarbeiten kann.« Verärgert begann er, sein Werkzeug mit einem weichen Tuch zu säubern und packte es schließlich zusammen.

»Du könntest die Jahreszeit nutzen, dich in Ruhe deinen Skizzen widmen oder zur Abwechslung mal etwas mit den anderen Steinmetzgesellen und Meistern unternehmen«, sagte Alfred.

Mathes hielt inne und sah von seinem Werkzeug auf. »Alfred, du hast mir erst gestern vorgeschlagen, dass ich mehr unter die Leute gehen soll. Und ich habe dir erklärt, dass ich in Wien bin, um ein Taufbecken zu bauen, und nicht, um in Wirtshäusern zu sitzen.«

»Ich will ja nur, dass du Spaß hast und andere Menschen kennenlernst.«

»Du meinst Frauen.«

Alfred zuckte mit den Schultern. »Was spricht dagegen?«

»Eine ganze Menge Gründe sprechen dagegen, und der Wichtigste von allen ist, dass ich im Moment kein Interesse daran habe, jemanden kennenzulernen.«

Alfred seufzte traurig, und plötzlich sah er so alt aus, wie er tatsächlich war. »Es ist über ein Jahr her, dass du nach Wien zurückgekehrt bist, und seither bist du kein einziges Mal allein aus gewesen.«

»Ich fühle mich eben in deinem Haus sehr wohl«, sagte Mathes trotzig. »Außerdem füllt meine Arbeit mich aus.«

»Ich glaube dir, dass deine Arbeit dich ausfüllt. Aber du kannst dich nicht ewig verstecken. Es macht den tödlichen Unfall deiner Verlobten nicht ungeschehen. Du bist jung und hast das Leben noch vor …«

Mathes unterbrach Alfred ungeduldig: »Danke, ich weiß, wie alt ich bin. Aber glaube mir, ich bin zufrieden mit meinem Leben, so wie es ist.«

Alfred wollte mit seinem Ziehsohn nicht streiten, er war froh, dass Mathes nach der langen Wanderzeit als Geselle und den Jahren seiner Ausbildung zum Steinbildhauer, die er in Florenz verbracht hatte, nun wieder in Wien war, deshalb verkniff er sich weitere Zweifel an Mathes' Worten.

Doch Mathes wusste auch so, was Alfred dachte. »Natürlich bin ich immer noch traurig, dass Carolina tot ist. Sie war eine lebenslustige junge Frau, die zu früh gestorben ist, und ich habe sie sehr gern gemocht.« Seine Stimme klang merkwürdig distanziert.

»Gern gemocht?«, fragte Alfred irritiert. Mathes hatte vorgehabt, Carolina Ghiberti, die Tochter seines Lehrmeisters in Florenz, zu heiraten.

»Du kannst mir glauben, dass Carolinas Tod, so tragisch er auch war, nicht der Grund dafür ist, dass ich nicht ausgehen möchte.«

»Aber was ist es dann?«, wollte Alfred wissen. Eine Pause entstand, in der Mathes an die Decke starrte, so, als suchte er dort nach der Antwort. Schließlich sagte er: »Ich habe keine Lust Rötel über den Weg zu laufen.«

»Er versucht also immer noch, dir das Leben schwerzumachen?« Es war mehr eine Feststellung als eine Frage.

»Rötel hasst mich«, sagte Mathes. »Seit ich wieder in Wien bin, piesackt er mich genauso wie früher.«

»Rötel hasst viele Menschen. Er ist ein verbitterter Mann, der es nie verkraftet hat, dass du der bessere Steinbildhauer geworden bist.«

Mathes zuckte mit den Schultern: »Es gibt hundert andere Steinbildhauer, die besser sind als er selbst, aber er hat es nur auf mich abgesehen.«

»Aber du bist der Einzige, der mit ihm gelernt und ihn überflügelt hat. Dabei wolltest du ursprünglich eigentlich gar kein Steinmetz werden.«

Mathes schwieg. Es stimmte, was Alfred sagte. Eigentlich hatte er immer Gelehrter werden und sich mit den Schriften der alten Griechen und Römer beschäftigen wollen. Erst als er entdeckte, dass man einen rohen Stein nicht bloß zum Quader schlagen, sondern daraus ausdrucksvolle Figuren formen konnte, hatte er die Liebe zu seinem Beruf entdeckt.

»Mag sein, dass Neid der Grund für seinen Hass ist. Aber ich bin es trotzdem leid, dass er mir ständig auflauert und Streit mit mir sucht.«

»Deshalb meidest du alle Plätze, an denen er auftauchen könnte?«, fragte Alfred. Er konnte nicht glauben, dass sein Ziehsohn klein beigab.

»Alfred, du brauchst dir keine Sorgen zu machen. Ich bin wirklich zufrieden«, sagte Mathes. Er wandte sich wieder seinem Taufbecken zu: »Das ist der schönste Marmorblock, den ich bis jetzt bearbeiten durfte.« Fast liebevoll strich er über den kalten Stein, unter dessen staubiger Oberfläche nur der Fachmann den Wert erkennen konnte.

Alfred schluckte die Bemerkung, die ihm noch auf der Zunge lag, hinunter und wechselte ebenfalls das Thema. »Herzog Albrecht lässt sich das Taufbecken seines Doms einiges kosten.« Plötzlich fiel ihm wieder ein, warum er gekommen war. »Der Herzog ist übrigens der Grund meines Besuchs.«

Mathes drehte sich überrascht um: »Warum denn?«

»Mir ist zu Ohren gekommen, dass Andreas Plank, der Kanzler und Domprobst, heute Nachmittag in die Werkstatt kommen wird, um sich ein Bild von den Fortschritten an den Skulpturen und auch von deinem Taufbecken zu machen.«

»Woher weißt du das?«, fragte Mathes.

Alfred zuckte mit den Schultern und sagte: »Ich habe meine zuverlässigen Quellen. Bitte sei höflich zum Kanzler!«

»Ich bin immer höflich!«

Alfred zog seine buschigen Augenbrauen hoch: »Ich meine es ernst, Mathes. Der Kanzler ist einer der mächtigsten Männer des Reiches. Ich will nicht, dass du ihn dir zum Feind machst.«

»Du meinst, ein Feind in dieser Stadt reicht.«

»Ich meine, dass du die Macht dieses Mannes vielleicht unterschätzt. Rötel ist lästig, aber eigentlich ein unbedeutender Wicht, dem man aus dem Weg gehen kann. Plank hingegen ist mächtig, ihm auszuweichen ist schier unmöglich. Du warst viele Jahre unterwegs und weißt nicht, dass unser Herzog Albrecht ein schwacher Herrscher und auf die Ratschläge seiner Berater angewiesen ist. Es gibt Stimmen, die behaupten, dass Andreas Plank die Geschicke des Reiches lenkt und Herzog Albrecht bloß Wachs in seinen Händen ist.«

»Ich werde mich um Höflichkeit bemühen«, sagte Mathes und wirkte dabei völlig unbeeindruckt.

In diesem Moment betrat eine hagere Gestalt mit gebeugtem Rücken den hintersten Teil der Werkstatt. Es war der Kanzler Andreas Plank selbst, er trug wie immer einen langen roten Mantel, der ihn auch als Domprobst auswies. Wien war die einzige Stadt, wo der Domprobst Rot tragen durfte, die Farbe, die anderswo den Kardinälen vorbehalten war. Grund dafür war die anhaltende Auseinandersetzung mit Passau. Während Wien sich seit Jahren darum bemühte, ein eigenständiges Bistum zu werden, mit einem Bischof, der die kirchlichen Angelegenheiten im Sinne der Stadt regelte, versuchte Passau alles, um das zu verhindern. Seit Jahrhunderten gehörte Wien zum Bistum Passau, was dem Passauer Bischof Macht über die Stadt verlieh. Das missfiel den jeweiligen weltlichen Herrschern des Reiches. Vor rund siebzig Jahren hatte Herzog Rudolf beschlossen, St. Stephan zu einem gigantischen Dom auszubauen, um die Macht und den Einfluss der Stadt zu demonstrieren. Der Passauer Bischof war natürlich dagegen gewesen. Woraufhin Herzog Rudolf kurzerhand ein Metropolitankapitel gegründet hatte, dessen Mitglieder Kardinälen gleichgestellt waren. Den Domprobst machte er gleichzeitig zum Kanzler. Seither hatte der Kanzler und Domprobst das Recht, die Farbe Rot zu tragen.

Andreas Plank wirkte trotz der leuchtenden Farbe seines Mantels finster und kühl. Der schmale Mund in dem hageren Gesicht war fest zusammengepresst, und die dunklen, fast schwarzen Augen richteten sich nun kalt und starr auf Mathes. Allein die Nase schien nicht in das blasse Gesicht zu passen, sie war viel zu groß und breit und erweckte den Eindruck, als hätte sie jemand aus Versehen dort hingesetzt. Mathes musste unweigerlich auf diese viel zu breite Nase starren, so lange, bis Alfred ihn sanft in die Seite stieß.

»Herzlich willkommen«, sagte Alfred, zog seine Kappe vom Kopf, knüllte sie zusammen und hielt sie verkrampft gegen die Brust, während er sich verbeugte. Mathes hingegen machte keinerlei Anstalten, den Rücken zu beugen oder auf andere Weise seine Ehrerbietung zu zeigen. Mit einem schlichten Nicken des Kopfes begrüßte er den Kanzler. Kurz wirkte Plank irritiert. Er holte geräuschvoll Luft und streckte den Rücken.

Nach einem Moment des Schweigens verzog sich sein Mund zu einem eisigen Lächeln, das die Augen nicht erreichte. Ohne den Gruß der beiden Handwerker zu erwidern, ging er auf den fast ungeformten Marmorblock zu und sagte: »Das ist also Euer neues Werk.« Der Spott tropfte aus seiner Stimme wie zäher Sirup.

»Ja«, sagte Mathes ruhig.

Plank drehte sich langsam um: »Zeigt mir den Rest Eurer Arbeit!«

»Die Taufkrone steht dort hinten.« Mathes deutete auf eine kleine Nische an der Rückwand der Werkstatt.

Der Kanzler drehte sich in die Richtung, die Mathes angab, und marschierte los. Der lange rote Wollmantel schleifte über den schmutzigen Werkstattboden und hinterließ einen beinahe staubfreien Streifen. Vor einem hohen, mit grobem Leinentuch verhüllten Gegenstand machte Plank halt.

»Ist das die Taufkrone?«, fragte er.

Mathes nickte, trat daneben und zog mit einem kräftigen Ruck das Tuch weg, um sein Werk zu enthüllen. Alfred und der Kanzler sogen hörbar die Luft ein. Obwohl es in diesem Teil der Werkstatt schon beinahe vollständig dunkel war, sah man dennoch genug, um die hohe Kunstfertigkeit zu erkennen, mit der das Schnitzstück angefertigt worden war.

Andreas Plank trat ganz nah an die Krone heran, die einer Turmfiale glich und wie eine Drehbühne wirkte, in der die sieben Sakramente lebensnah dargestellt waren. Fünf der sieben Felder waren bereits fertig ausgefüllt, zwei waren noch leer.

»Die Firmung und die Krankensalbung fehlen noch«, sagte Mathes. »Aber ich war mit meinen Entwürfen bis jetzt nicht zufrieden, irgendetwas hat immer gefehlt.« Zum ersten Mal klang seine Stimme entschuldigend. Doch der Kanzler machte eine wegwerfende Handbewegung.

»Der Werkmeister wusste, warum er Euch aus Florenz hat kommen lassen. Ihr seid mit Abstand der talentierteste Künstler, den Wien in den vergangenen Jahren hervorgebracht hat. Eure Taufkrone wird St. Stephan zu großem Ruhm verhelfen, und wenn Wien erst Bistum ist, werden die Pilger aus allen Teilen des Reiches zu diesem Taufbecken samt Krone kommen.« Plank drehte sich erneut zu Mathes' Kunstwerk um und berührte fast ehrfürchtig die filigrane Schnitzarbeit.

»Der Dom ist ein ehrgeiziger Bau, der viel Geld kostet«, bemerkte Alfred vorsichtig. In Gedanken fügte er hinzu: Geld, das der Herzog im Moment nicht hat.

»Das stimmt leider«, sagte Plank. »Die Hussitenkriege verschlingen Unsummen. Die Kassen des Reiches sind leer. Aber der Kampf gegen die Ketzer ist eine Aufgabe, die Gott von uns erwartet. Wir müssen gegen die Ungläubigen ins Feld ziehen und ihr gefährliches Gedankengut vernichten. Sie sind eine Gefahr für unser Reich und unseren Glauben.«

Mathes konnte sich gut vorstellen, warum dem Kanzler der Kampf gegen die Hussiten so wichtig war. Eine von Jan

Hus' Forderungen war die Abschaffung der Simonie gewesen. Bevor er als Ketzer verbrannt worden war, hatte er gefordert, dass Kirchenämter nicht an den Höchstbietenden verkauft werden sollten und Priester kein weltliches Amt innehaben durften. Nun traten seine Anhänger, die Hussiten, für seine Forderungen ein. Dass ein Mann gleichzeitig Kanzler und Domprobst war, war in den Augen der Hussiten ein unhaltbarer Zustand, in Wien allerdings seit über achtzig Jahre völlige Normalität.

»Die Geldnot sollte uns dennoch nicht daran hindern, Gott einen eindrucksvollen Dom zu bauen und diesen mit den wertvollsten Kunstwerken zu füllen. Der Herzog wird Wege finden, dieses Vorhaben zu finanzieren, und der Schritt zum eigenen Bistum ist nicht mehr weit.« Planks Stimme hatte einen eigenartigen, fast visionären Ton angenommen.

Er wandte sich an Mathes und sagte: »Es wäre schön, wenn Ihr nach Vollendung des Taufbeckens Euren Vertrag verlängern und Euch auf ein weiteres Jahr für St. Stephan verpflichten würdet.«

»Ich habe meine Kunstfertigkeit der Wanderschaft zu verdanken. Das Lernen von und mit anderen Künstlern bereichert mein Leben. Ich kann mir nicht vorstellen, mich an einen festen Ort zu binden«, antwortete Mathes ehrlich.

Plank schürzte die Lippen und verschränkte die Arme vor der Brust. »Wir werden sehen«, sagte er gedehnt. Dann drehte er sich abrupt um und ging zurück zum Marmorblock. Plötzlich blieb er stehen und fasste sich mit beiden Händen an die Brust, er taumelte und schnappte nach Luft. Mathes stürzte besorgt auf ihn zu, griff ihm unter die Arme und bewahrte den Kanzler auf diese Weise davor zu stürzen.

»Danke«, keuchte Plank. Sein ohnehin blasses Gesicht war nun so weiß wie der Schnee, der seit Wochen die Dächer der Stadt bedeckte, auf seiner Stirn hatten sich Schweißperlen gesammelt.

Alfred kam mit einem Hocker und bot ihn dem Kanzler an.

»Setzt Euch!«, sagte er.

Doch der Mann schüttelte den Kopf: »Es geht schon wieder.«

Mathes warf Alfred einen vielsagenden Blick zu und schüttelte kaum merklich den Kopf. »Bitte, setzt Euch einen Moment. Einer der Lehrlinge holt einen Becher kühlen Weißwein, und Ihr werdet Euch gleich besser fühlen.« Mathes führte Plank zum Hocker und drückte ihn fast unsanft nieder. Der Mann ließ ihn gewähren.

Alfred rief Jürgen und schickte ihn nach dem Getränk. Kurz darauf erschien der Junge mit einem Becher sauren Weins. Der Kanzler nahm ihn dankbar entgegen und nippte daran. Die Säure kratzte in seiner Kehle, er verzog den Mund, aber seine Gesichtsfarbe normalisierte sich langsam wieder. Er atmete vorsichtig und flach, sein Blick wanderte vom Boden zu seinem Becher und wieder zurück.

»Danke für den Wein«, sagte er schließlich, drückte Mathes den halbvollen Becher in die Hand und versuchte aufzustehen. Doch er stand unsicher auf den Beinen.

»Sollen wir Euch nach Hause bringen?«, fragte Alfred.

Aber der Kanzler schüttelte den Kopf: »Ich habe noch einen langen Arbeitstag vor mir.«

»Wir können Euch auch in die Hofburg begleiten«, bot Alfred an.

»Ich benötige keine Begleitung. Es geht mir schon wieder gut«, wiegelte der Kanzler ab. Entschieden machte er einen Schritt nach vorn, taumelte aber erneut.

»Ihr solltet lieber nach Hause gehen«, sagte Mathes ernst.

Plank richtete seine Augen, die so dunkel waren, dass man den Übergang zwischen Pupille und Iris nicht erkennen konnte, auf Mathes. »Ich weiß selbst sehr wohl, wohin ich gehen kann.«

Dann drehte er sich langsam um und verließ mit wackeligen Schritten den Raum. Bevor er hinter der Holzwand verschwand, sagte er: »Die Beleuchtung in diesem Raum ist eine Zumutung. Ich werde Euch eine Kiste mit Wachskerzen schicken lassen, damit Ihr zügig weiterarbeiten könnt.« Mit einem knappen Gruß und einer Abschiedsgeste verließ er schleppend die Werkstatt. Als der rote Mantel verschwunden war, fuhr sich Mathes nachdenklich über das glattrasierte Kinn: »Der Mann hat Probleme mit dem Herzen. Ich habe das bei einem Kollegen in Florenz schon einmal miterlebt. Eines Tages fiel er plötzlich um und war tot.«

Alfred nickte. »Kann sein, aber als Kanzler kann er das nicht zugeben. Da lässt er dir lieber eine Kiste voll Kerzen bringen, um von seiner Krankheit abzulenken. Du bist ein Luxuskerlchen.« Alfred stieß Mathes mit dem Ellbogen in die Seite und grinste.

»Kerzen wären großartig, denn diese Öllampen rußen erbärmlich. Aber mal sehen, ob es nicht bloß eine leere Versprechung war.«

»Sicher nicht«, sagte Alfred. Nach einer kurzen Pause fügte er hinzu: »Kannst du mir erklären, warum du dich vor Rötel fürchtest und vor einem mächtigen Mann wie Plank nicht einmal den Rücken beugst?«

»Ich beuge auch vor Rötel nicht den Rücken«, sagte Mathes verärgert. »Und es hat nichts mit Angst zu tun, wenn man sich nicht ständig dem blanken Hass eines Mannes aussetzen will.«

Alfred wiegte nachdenklich den Kopf. Dann legte er versöhnlich den Arm um Mathes Schulter, wobei er sich strecken musste, denn sein Ziehsohn war einen ganzen Kopf größer als er selbst. »Lass uns nach Hause gehen und sehen, was Maria gekocht hat«, sagte er.

Damit war Mathes einverstanden. Mittlerweile war es so dunkel in der Werkstatt, dass auch die vier Öllampen, die noch unbenutzt im Regal standen, das Weiterarbeiten nicht möglich gemacht hätten.

3

Sarah sass in der Küche. Eigentlich hätte sie das Kochen ihrer Linsensuppe überwachen, immer wieder umrühren, nachwürzen und den Topf näher, beziehungsweise weiter weg vom Feuer hängen sollen. Stattdessen galt ihre ganze Aufmerksamkeit einer wertvollen Mappe aus teurem Leder, in der sie all ihre Zeichnungen und Briefe aufbewahrte. Auch die Zeichnung ihrer Mutter, die sie kurz vor dem Ausbruch ihrer Krankheit gemacht hatte, lag darin. Sarah hatte sie auf der Rückseite eines alten Geschäftsbriefs ihres Vaters gemacht. David Isserlein verwendete Papier nie ein zweites Mal, und da Sarah nie genug davon hatte, holte sie oft heimlich das kostbare Papier aus dem Feuerkorb heraus, um es als Zeichenpapier zu verwenden. Jedes Mal, wenn Sarah das Porträt ihrer Mutter in der Hand hielt, durchströmte sie eine Welle des Schmerzes und der Trauer. Liebevoll fuhr sie die Linien der Zeichnung nach, wurde aber jäh unterbrochen, weil aus dem Topf hinter ihr laute Blubbergeräusche zu hören waren.

»Nicht schon wieder«, rief Sarah und sprang auf. Der Geruch von verbrannter Suppe drang ihr in die Nase. Rasch zog sie den Topf vom Feuer und schaute auf die dicke Brühe, die einen ungewöhnlichen Farbton angenommen hatte. In der Vorratskammer waren keine Linsen mehr, also galt es, diese Suppe zu retten. Sarah griff im Küchenregal nach einem sauberen Topf, füllte den obersten Teil der Flüssigkeit um und schüttete den Rest weg. Der Boden des angebrannten Topfes war kohlrabenschwarz, sie würde den ganzen Nachmittag damit verbringen müssen, ihn sauberzukratzen. Erst einmal trug sie den Topf in den Hinterhof, wo er neben unbenutzten Blumentöpfen vorerst nicht weiter auffallen würde. Jetzt wollte sie unbedingt noch den Brief lesen, der ebenfalls in ihrer Mappe lag, einen Brief, der eigentlich nicht an sie, sondern an ihre verstorbene Mutter gerichtet gewesen war. Sarah hatte die Nachricht in den letzten Tagen so oft in den Händen gehalten, dass sie die Sätze bereits auswendig kannte. Dennoch wollte sie den vertrauten Schriftzug noch einmal sehen und die Worte lesen, mit denen ihre Schwester Judith ihre Rückkehr nach Wien ankündigte. Weil sie einen Christen geheiratet hatte und nicht, wie ursprünglich vorgesehen, Aaron, war sie vor Jahren von ihrem Vater verstoßen worden.

Plötzlich klopfte es an der Tür. Sarah erschrak und ließ den Brief, den sie gerade öffnen wollte, in einer eingenähten Tasche unter ihrer Schürze verschwinden. Sie würde ihn später wieder in ihrer Mappe verstauen. Rasch lief sie zur Tür und klopfte das dunkelgrüne Wollkleid und die darüberliegende Schürze ab. Bevor sie aufmachte, ordnete sie noch hastig das Haar und atmete tief durch. Mit einem kräftigen Schwung zog sie die Tür auf und hätte sie am liebsten sofort wieder zugestoßen, denn neben dem Haufen Schnee, den sie am Morgen neben der Tür aufgehäuft hatte, stand

Aaron, ihr zukünftiger Mann. Er hielt ein Stoffsäckchen in der Hand und streckte es ihr grinsend entgegen.

»Schalom, Sarah, die Zuckermandeln sind für dich«, sagte er und trat unaufgefordert an ihr vorbei ins Haus. Seine Hand streifte dabei ihre Hüfte, und Sarah wich zurück. Hinter ihm tauchte Jakob auf, sein sechsjähriger Neffe. Sarah freute sich, den schmalen kleinen Jungen mit den orangeroten Locken und den hellen, fast farblosen Augen zu sehen. Er war ihr in den letzten Monaten ans Herz gewachsen.

»Schalom«, sagte Sarah und schloss die Tür hinter den beiden. Sie nahm ihnen die schweren schneenassen Wollmäntel ab, klopfte sie sauber und überlegte, ob sie die nasse Kleidung mit in die Küche nehmen sollte, um sie über dem Kachelofen zum Trocknen aufzuhängen. Sie blickte auf Jakobs nasse Beinlinge und entschied sich dafür.

»Was riecht denn hier so eigenartig?«, fragte Aaron und zog seine breite, flache Nase kraus.

»Linsensuppe«, sagte Sarah.

»Ah, ein Teller voll Linsensuppe wäre jetzt fein.« Aaron rieb sich über seinen Bauch, der bereits einen kleinen Ansatz zeigte.

»Ich habe keinen Hunger«, sagte Jakob rasch. Sein Geruchssinn war besser ausgeprägt als der seines Onkels.

»Setzt euch«, sagte Sarah und wies auf den Tisch. Die Mäntel hängte sie auf eine Stange über dem Kachelofen.

Aarons Blick fiel auf die dicke Wachskerze auf dem Tisch. »Ist es nicht eine verantwortungslose Verschwendung, am helllichten Tag eine Wachskerze zu entzünden?«

»Der Tag ist bei weitem nicht hell, und ich benötigte das Licht zum ...« Sarah stockte.

»Zum Zeichnen?«, ergänzte Aaron, und seine Augenbrauen zogen sich finster zusammen. Sie hatten dieselbe orangerote Farbe wie Jakobs Haare und die der ganzen Familie Blümlein. Sicher würden Sarah und Aarons Kinder auch einmal rotes Haar haben und mit etwas Glück Sarahs bernsteinfarbene Augen.

»Willst du mir erklären, dass du immer noch dieser unsittlichen Tätigkeit nachgehst?«

»Es ist bloß der Entwurf für meine Mitgift. Du weißt doch, dass die Truhe meiner Mutter beim großen Brand zerstört wurde und in unserem Ehevertrag eine Holztruhe aufgelistet ist.«

Sowohl Aaron als auch Jakob zuckten zusammen, als sie die Worte »großer Brand« hörten. Das Feuer hatte damals weite Teile des jüdischen Viertels zerstört. Nicht nur Häuser waren verbrannt, sondern auch ihre Bewohner und deren Besitz: Bücher, Aufzeichnungen und Schuldenregister, wertvolle Möbel und Schmuck. Eine einzige Nacht hatte zahlreiche hoch verschuldete Christen von ihren Verpflichtungen befreit und gleichzeitig jüdische Geldverleiher in den finanziellen Ruin getrieben. Bis heute hatte nicht geklärt werden können, wie es zu dieser Katastrophe gekommen war. Aber hinter vorgehaltener Hand wurde von Brandstiftung gesprochen.

Wie viele jüdische Kinder hatte Jakob beide Eltern bei dem Brand verloren. Darum lebte er nun bei seinen Großeltern und seinem Onkel. Die Tragödie hatte ihn ernst und schweigsam gemacht. Jakob hatte nur wenige Freunde in seinem Alter, er zog es vor, nach der Schule seine Tage im Haus der Großeltern zu verbringen. Nur hin und wieder ließ er sich zu einem Besuch bei Sarah überreden.

Auch Aaron fürchtete das Feuer. Er war damals im ersten Stock des Hauses eingesperrt gewesen und hatte nur mit viel Glück überlebt. Großflächige Brandnarben auf beiden Schultern und seinem rechten Arm wie auch der rechten

Hand waren schmerzliche Erinnerungsstücke an das grausame Ereignis.

»Ich denke, dass es genug talentierte Künstler gibt, die einen Entwurf für eine Holztruhe machen können«, sagte Aaron ernst und starrte angewidert auf Sarahs Zeichenmappe. Er hatte nicht vor, sich eine Truhe in die Schlafkammer zu stellen, die seine Frau entworfen hatte.

»Aber es wäre doch etwas ganz Besonderes, wenn ich den Entwurf selbst anfertige!«

»Sarah«, sagte Aaron verärgert, »du bist bald die Frau eines Rabbiners. Da darfst du dich nicht mit Zeichnen beschäftigen, es schickt sich einfach nicht.«

Sarah hatte das Säckchen mit Zuckermandeln auf den Tisch gelegt, und Aaron griff nun danach. Er öffnete das kleine Bändchen und fischte eine Mandel heraus. »Du hast doch nichts dagegen, oder?« Er wartete ihre Antwort nicht ab, sondern biss in die mitgebrachte Mandel. Während er kaute, schaute er zur Decke und meinte versonnen: »Nicht schlecht! Wenn das Konfekt von Apotheker Ezel auch so gut ist, kann man ihn durchaus weiterempfehlen. Wir sollten für die Hochzeit in großem Stil bei ihm bestellen.«

Sarah ließ nicht locker. »Es muss ja niemand erfahren, dass ich den Entwurf für die Kiste selbst gemacht habe«, sagte sie.

»Es darf auch niemals jemand erfahren, dass du zeichnest«, sagte Aaron streng. Dann schluckte er und sagte dann mit einem mitleidigen Blick, wie man ihn gerne kleinen Kindern oder geistig minderbemittelten Menschen zuwarf: »Frauen können keine Künstlerinnen sein, sie müssen sich um das Wohl ihrer Familien kümmern.«

Aaron machte eine Pause, steckte sich erneut eine Mandel in den Mund und bemühte sich um ein mildes Lächeln.

Am liebsten hätte Sarah dem selbstgefälligen Mann an

ihrem Küchentisch einen ihrer Kochtöpfe an den Kopf geworfen. Langsam drehte sie sich um, starrte die blitzenden Pfannen an der Wand an, unterdrückte den Impuls, danach zu greifen, zählte bis zehn und atmete tief durch. Dann schaute sie zur Decke und dankte Gott für ihre Gelassenheit.

Erst dann wandte sie sich wieder an Aaron. »Der Entwurf ist mir gelungen, sieh ihn dir doch wenigstens an! Die Truhe würde Teil unseres Familienbesitzes werden. Ich verspreche dir, niemand wird je erfahren, dass ich sie selbst entworfen habe.«

In diesem Moment öffnete sich erneut die Tür, und David Isserlein betrat das Haus. Mit müden, schweren Schritten kam er in die Küche.

»Schalom, David!«

»Schalom, Aaron.« David schleppte sich zum Tisch und ließ sich geräuschvoll neben seinem zukünftigen Schwiegersohn auf die Bank plumpsen. Es hatte erneut zu schneien begonnen, in Davids Schläfenlocken schmolzen dicke Schneeflocken, die nasse Flecken auf seinen Schultern hinterließen. Ein prüfender Blick in Davids Augen verriet Sarah, dass der Geist ihres Vaters im Moment klar war. Erleichtert nahm sie auch ihm den Mantel ab und hängte ihn zu den beiden anderen auf die Stange. Dann ging sie zum Ofen, um Apfelzimtmost für alle zu wärmen, und holte eine Schüssel aus dem Geschirrschrank, die sie mit der Linsensuppe füllte.

»Ich habe gerade Rebenstein, den Weinhändler, getroffen«, erzählte David. »Er hat Verwandte in Böhmen, in der Nähe von Striegau. Dort wurde die ganze jüdische Gemeinde vertrieben, und König Sigismund, der König von Ungarn und Böhmen, hat tatenlos zugesehen, obwohl die Juden unter seinem Schutz stehen. Es soll sogar Tote gegeben haben. Drei Frauen hat man auf dem Scheiterhaufen verbrannt.«

Aaron schüttelte den Kopf: »Rebenstein sieht Gespenster. Er hat letzte Woche ein paar faule Eier an den Kopf bekommen, und wenn ihr mich fragt, so ist er selber schuld daran, schließlich sind die Preise für seine Weine unverschämt hoch. Auf alle Fälle glaubt er jetzt, alle Juden inner- und außerhalb des Reiches befänden sich in Gefahr.«

»Ich weiß, dass Rebenstein letzte Woche angegriffen worden ist. Eine Gruppe betrunkener Burschen hat ihn verspottet und mit allerhand Unrat beworfen. Ich verstehe seine Angst«, sagte David. »Ich glaube, dass ein wenig Vorsicht durchaus berechtigt ist. Es gibt Christen, die behaupten, wir Juden würden die Hussiten unterstützen.«

»Jeder weiß, dass das völliger Unfug ist. Warum sollten wir den Anhängern von Jan Hus Geld geben?« Aaron hatte nun das ganze Säckchen mit Mandeln, das er mitgebracht hatte, allein aufgegessen. Gelangweilt fuhr er sich durch sein rotes Haar und verschob dabei seine Kopfbedeckung, die er aber sofort wieder zurechtrückte.

»Natürlich ist es Unfug. Aber Herzog Albrecht braucht Geld, um seinen Krieg gegen die Hussiten zu finanzieren. Die Hussiten sitzen in Prag und bringen immer mehr Landstriche in Böhmen in ihre Gewalt. Wenn Albrecht nächstes Jahr die Tochter von König Sigismund heiratet, wird von dessen Reich kaum noch etwas übrig sein, wenn er sich nicht rechtzeitig um die Hussiten kümmert.« Davids Gesicht verfinsterte sich, Sorgenfalten machten sich auf seiner Stirn breit. »Was ist einfacher, als die jüdische Gemeinde zu plündern, um zu Geld zu kommen?«

»Herzog Albrecht hat sich dazu verpflichtet, uns zu beschützen. Er selbst hat diesen Vertrag unterzeichnet. Wir zahlen ihm jährlich einen großen Batzen Geld, damit er nicht vertragsbrüchig wird. Er kann es sich gar nicht leisten, uns zu vertreiben. Wir sind seine wichtigste Einnahmequelle. Wenn er Geld braucht, muss er es von uns leihen«, selbstgefällig faltete Aaron die Hände vor seiner Brust.

»Warum soll er es leihen, wenn er es sich einfach nehmen kann?«, fragte David.

Erschrocken fuhr Aaron zurück: »Wie kommst du auf diese schreckliche Idee? So etwas wird in Wien nicht geschehen. Vater ist unser Rabbiner, er würde es wissen, wenn wir in Gefahr wären.«

David zuckte mit den Schultern: »Ich weiß, dass Simon Blümlein ein weiser Rabbiner und kluger Geldverleiher ist, aber ich habe den Eindruck, dass er ein falsches Bild vom Herzog hat. Solange von Wallsee zu Albrechts Beratern gehört, droht uns wohl keine Gefahr. Aber wenn Plank an Einfluss gewinnt …« David beendete seinen Gedanken nicht.

Es war allgemein bekannt, dass die beiden ehemaligen Erzieher des Herzogs, Andreas Plank und Reimprecht von Wallsee, noch immer seine einflussreichsten Ratgeber waren. Während der ehrgeizige Andreas Plank große Pläne für das Reich schmiedete, sagte man von Wallsee Weitsicht und ein gewisses Maß an Toleranz nach.

Fast mitleidig schüttelte Aaron den Kopf: »Du machst dir unnötig Sorgen.«

»Hoffentlich.« David schaute auf Sarahs Zeichenmappe, die noch auf dem Tisch lag. Langsam drehte er sie zu sich und schlug sie auf. »Du hast also wieder gezeichnet«, sagte er. Sarah hatte den Männern den Rücken zugedreht, presste die Lippen zusammen und antwortete nicht. Natürlich hatte sie gezeichnet, warum sonst sollte die Mappe hier liegen? Eine Pause folgte, dann meinte David: »Der Entwurf von dem

Liebespaar ist gut, wir müssen einen talentierten Künstler finden, der diese Zeichnung in eine Schnitzarbeit umsetzen kann. Ich fürchte, in unserer Gemeinde werden wir vergeblich nach so einem Mann suchen.«

»Ist das dein Ernst, Vater?« Sarah wirbelte herum und verschüttete vor Überraschung die Linsensuppe. Gut, dass eine Schürze ihr teures Wollkleid schützte und vor einem hässlichen Fleck bewahrte. Was war bloß in den alten Mann gefahren, dass er einen derartig ungewöhnlichen Vorschlag machte?

»Natürlich ist es mein Ernst.« David hob die Skizze an und prüfte sie eingehend: »Ich habe noch nie einen Entwurf gesehen, der besser gewesen wäre. Du etwa, Aaron?« Der alte Geldverleiher beugte sich zu seinem zukünftigen Schwiegersohn und hielt ihm die Zeichnung seiner Tochter unter die Nase.

»Sarah hat das gemacht«, sagte Aaron vorsichtig.

»Ja, richtig. Meine wundervolle Sarah hat diese großartige Zeichnung gemacht.« David lehnte sich zufrieden zurück und blinzelte Aaron verschwörerisch zu.

Aus den Augenwinkeln beobachtete Sarah ihren Vater. Irgendetwas stimmte hier nicht. War er etwa wieder verwirrt und wusste nicht, was er sagte? Oder führte er etwas im Schilde? Aaron grinste verschlagen zurück, und in diesem Moment wurde Sarah klar, dass sie auf der Hut sein musste. Ohne die Männer aus den Augen zu lassen, nahm sie den Topf mit dem Apfelmost vom Haken und teilte die heiße Flüssigkeit auf drei Becher auf. Sie überreichte jedem ein dampfendes Getränk. Vor Aaron platzierte sie außerdem die Schüssel mit der Suppe. Im Kerzenlicht sah die Brühe nicht ganz so unappetitlich aus, wie sie tatsächlich war.

»Ich habe von einem christlichen Künstler gehört, der aus Florenz nach Wien zurückgekehrt ist. Er soll nicht nur geschickt im Umgang mit Stein, sondern auch mit Holz sein. Vielleicht wäre er dazu bereit, deine Truhe anzufertigen«, sagte David, der noch vor drei Tagen den Entwurf nicht einmal hatte ansehen wollen.

»Du willst einen Christen nach dem Entwurf deiner Tochter unsere Kleidertruhe anfertigen lassen?«, fragte Aaron irritiert. Offensichtlich war er doch nicht ganz in die Pläne seines zukünftigen Schwiegervaters eingeweiht.

»Ja, das will ich«, sagte David. Etwas in seiner Stimme verriet Sarah, dass er dieses Gespräch schon lange geplant hatte. »Wir lassen schließlich auch unsere Schabbatleuchter von christlichen Silberschmieden herstellen, weil man uns Juden die Mitgliedschaft in ihren Zünften verboten hat«, sagte er.

»Da hast du recht«, stimmte ihm Aaron zu. »Ich bin damit einverstanden, aber ich stelle zwei Bedingungen.«

Sarah mochte keine Bedingungen, vor allem dann nicht, wenn sie sie zu erfüllen hatte. Angespannt wartete sie, was Aaron zu sagen hatte. Ihr Vater wusste es offenbar bereits.

»Niemand darf je erfahren, dass Sarah den Entwurf gemacht hat, und sie muss mir versprechen, nach unserer Hochzeit nicht mehr zu zeichnen.« Aaron grinste selbstgefällig, und Sarah ließ erschrocken den leeren Topf auf die Arbeitsfläche knallen. Das war es also. Sie sollte ihre Truhe bekommen und als Gegenleistung ein für allemal mit dem Zeichnen aufhören. Sie fühlte sich wie ein Kind, das ein Pferd haben wollte, aber mit einem Holzspielzeug abgefertigt wurde und hinterher nicht einmal damit spielen durfte.

»Selbstverständlich wird niemand erfahren, wer die Zeichnung angefertigt hat«, sagte David. Die beiden hatten das Gespräch offenbar schon länger geplant, und Sarah kam sich plötzlich furchtbar einfältig vor.

Angewidert starrte Sarah zu den Männern am Tisch, die

ihre Zukunft in der Hand hatten. Was blieb ihr anderes übrig, als einzuwilligen? Wahrscheinlich erwarteten sie auch noch Dankbarkeit von ihr. Schließlich bekam sie, was sie sich wünschte, eine Truhe, die sie selbst entworfen hatte. Welcher Frau wurde das gestattet? Trotzdem blieb ihr vor Zorn die Luft weg, und sie vergaß kurz zu atmen.

Jakob war der Einzige, der ihren Zustand bemerkte. Besorgt sprang er auf und kam ihr zur Hilfe. »Sarah, du bist so blass!«

Doch Sarah schüttelte den Kopf und bemühte sich, den Jungen anzulächeln. Sie musste sich ablenken: »Wollen wir Mühle spielen?«

»Ja, bitte!«, rief Jakob begeistert. Seit er das Haus betreten hatte, hatte er auf diese Frage gewartet. Mit einem Satz hüpfte er von der Bank und lief in die Stube, wo Sarah in einem schmalen Regal über der Bank das Spielbrett mit den Steinen aufbewahrte.

Sarah machte einen Schritt auf den Tisch zu und langte über die Platte, um nach der Kerze zu greifen. Überraschend schnell packte Aaron ihr Handgelenk und sagte: »Was ist nun mit dem Versprechen?«

Wie auf ein hässliches Geschwür starrte Sarah angewidert auf seine Hand. Aber Aaron war von seiner eigenen Großmut dermaßen überwältigt, dass er ihren Blick gar nicht bemerkte.

»Natürlich wird Sarah mit dem Zeichnen aufhören, sobald sie mit dir verheiratet ist. Dein Angebot ist sehr großzügig, und Sarah ist klug genug, das zu erkennen.« Davids Stimme ließ keine Widerrede zu. Es war klar, dass das ganze Gespräch eine Farce war, ein abgekartetes Spiel.

»Dann werde ich mich wohl dem Willen meines Mannes fügen.« Obwohl Sarah genau das sagte, was Aaron von ihr gefordert hatte, war er sich nicht sicher, ob er nun als Sieger aus der Debatte hervorging. Endlich ließ er ihr Handgelenk los und rieb sich die Brandnarbe auf seinem Handrücken.

Mit hocherhobenem Kopf schnappte Sarah nach der Kerze und nahm sie mit in die Stube, wo Jakob bereits auf sie wartete. Kaum war das Licht weg, erkannte Aaron die eigenwillige Farbe seiner Suppe. Widerwillig versenkte er den Löffel in der unappetitlichen Flüssigkeit. »Sarah, bist du sicher, dass das eine Linsensuppe ist?«, fragte er skeptisch.

»Ja, natürlich. Es ist eine meiner Spezialitäten. Im Winter koche ich sie jeden zweiten Tag«, sagte Sarah. Sie hatte ihm bereits den Rücken zugekehrt, und so konnte er ihr Lächeln nicht sehen.

4

»Es ist unglaublich, in welchem Tempo du arbeitest«, sagte Alfred und bewunderte den Marmorblock, der bereits die passende Form angenommen hatte. Zwei der vier Evangelisten saßen seit gestern auf ihren thronartigen Stühlen. Die Faltenwürfe ihrer Kleidung richteten sich nach der Maserung des Marmors. Oder war es umgekehrt?

»Wenn ich zügig weiterarbeite, kann ich die Arbeit noch vor dem Sommer abschließen«, antwortete Mathes.

»Und dann?«, fragte Alfred. Dass er Mathes mit seiner eigenen kleinen Werkstatt nicht halten konnte, war ihm klar, aber er hoffte, dass St. Stephan und die Dombauhütte ihn an Wien binden würden.

Mathes neigte den Kopf zur Seite: »Ich bin mir noch nicht sicher.«

»In meinem Haus wird immer Platz für dich sein«, sagte Alfred ernst.

»Das weiß ich, danke.«

»Habe ich dir schon gesagt, dass Richard nach Wien zurückkehren wird?«

Überrascht zog Mathes die Augenbrauen hoch. Vor Aufregung traten die zahlreichen Sommersprossen auf seinen Wangen und seiner Stirn noch deutlicher hervor: »Nein, du hast es noch nicht erwähnt. Wann wird er kommen?«

Richard war Alfreds viel jüngerer Bruder aus einer Ehe, die Alfreds Vater in hohem Alter mit seiner zweiten Frau eingegangen war. Kurz nach Richards Geburt waren sowohl der Vater als auch die junge Mutter verstorben, und so hatte Alfred für den Bruder die Verantwortung übernommen. Als Mathes ins Haus der Klayndl-Brüder gekommen war, war Richard bereits Geselle gewesen, aber er hatte dennoch viel Zeit mit dem jungen Mathes verbracht, und die beiden waren rasch enge Freunde geworden. Als Mathes kurz nach Beendigung seiner Lehrzeit nach Florenz gegangen war, hatte er Richard aus den Augen verloren. Zurück in Wien, hatte Mathes erfahren, dass Richard geheiratet hatte und mit seiner Frau in Straßburg lebte. Jetzt war Mathes gespannt auf Richards Ehefrau. Mathes wusste, dass Richard bereits Vater von zwei gesunden Söhnen war und das dritte Kind erwartet wurde.

»Ich weiß es selbst noch nicht lange«, sagte Alfred. »Er hat mir einen Brief geschrieben und sich für die nächsten Tage angekündigt. Sobald er in der Wiener Neustadt ist, wird er einen weiteren Brief schicken.«

»Wie lange wird er bleiben?«

»Ich hoffe, für immer«, sagte Alfred ernst. Mathes war bewusst, dass Alfred diese Hoffnung nicht nur für seinen jüngeren Bruder hegte, sondern auch für ihn.

Plötzlich fiel ihm ein, was er Alfred schon heute Morgen hatte fragen wollen. »Was wollte denn der Kotkönig von dir? Als ich gestern in meine Kammer ging, kam er mir im Hof entgegen. Ich habe jetzt noch seinen Gestank in der Nase. Du hast deine Senkgrube doch erst letzten Monat ausräumen lassen. Warum hat er so zufrieden gegrinst?« Mathes wischte sich die Hände ab und setzte sich zu Alfred ans Kohlebecken.

»Er hat mich gebeten, ihm einen Kostenvoranschlag zu machen. Er will das Haus umbauen, das er im Sommer von seiner Schwester geerbt hat«, erklärte Alfred.

»Aber seine Schwester hat in dem Haus ein Bordell geführt!«, sagte Mathes erstaunt.

»Niemand hat Beweise dafür, dass Margarete Ziesels Gasthaus ein Bordell war. Außer du weißt von Dingen, die mir unbekannt sind?« Alfred hob die Augenbrauen und sah Mathes interessiert an.

Doch der schüttelte abwehrend beide Hände: »Ich bin nie bei der gelbhaarigen Margarethe gewesen. Aber die ganze Stadt spricht davon.«

»Das heißt noch lange nicht, dass es die Wahrheit ist. Und selbst wenn? Was kann Günter dafür, dass seine Schwester ein anderes Verständnis von Sitte hatte als der Rest der Bevölkerung? Er war bloß ihr Bruder.« Alfred wiegte den Kopf und verzog den Mund zu einem bitteren Grinsen: »All diese selbsternannten Moralapostel gehen mir mächtig auf die Nerven. Günter Ziesel hat fünf Kinder, die er mit seinem mickrigen Lohn als Kotkönig kaum satt bekommt. Ich finde es gut, dass alle jetzt in ein trockenes, warmes Haus ziehen können und nicht mehr zu siebent in einem windigen Schuppen frieren müssen.«

Mathes hielt inne und musterte Alfred. Mit gespielter Provokation meinte er dann: »Latrinen zu entleeren ist ein unsauberer Beruf, manche behaupten, er wäre nicht ehrenwert.«

»Wenn wir Menschen wie Ziesel nicht hätten, würden wir in unserem eigenen Dreck ersticken«, antwortete Alfred verärgert. »Ehrenwert«, er spuckte das Wort förmlich aus. »Wenn ich das höre, wird mir übel. Wer bestimmt denn, was ehrenwert ist? Du? Der Domprobst? Der Herzog? Die Marktfrauen? Ich sage dir, was ich von dem Wort halte. Ich pfeife darauf. Günter Ziesel ist kein schlechter Mensch. Er hat sich den falschen Vater ausgesucht und wenig Glück gehabt.«

»Schon gut, ich habe deine Botschaft verstanden«, sagte Mathes und hob beide Hände. »Ich wollte dich bloß aus der Reserve locken.«

Alfred machte eine wegwerfende Handbewegung.

»Kindskopf«, murmelte er und fügte dann lauter hinzu: »Ich weiß noch nicht, ob ich den Auftrag übernehme, aber Ziesel hat das gleiche Recht, ein faires Angebot zu bekommen, wie alle anderen Bewohner dieser Stadt.« Alfred legte eine kurze Pause ein, bevor er weitersprach: »Ziesel hat bis jetzt nur Angebote erhalten, die nicht zu bezahlen sind. Es wäre ehrlicher gewesen, man hätte ihm gleich abgesagt.« Er stand auf und stampfte auf den harten Lehmboden, um die Kälte zu vertreiben.

Da kam Jürgen angelaufen. Wieder einmal hatte sein Lehrherr Rötel ihn nur mit dem Gesellen auf die Baustelle geschickt, und nun wurde er von allen herumkommandiert. Jürgen musste niedrige Arbeiten verrichten, ohne dabei das Handwerk zu erlernen. Während Jürgen Steine und Holzbretter schleppte, vertrieb sich Rötel irgendwo in der Stadt die Zeit. Verärgert starrte Mathes auf Jürgens Beinlinge, sie waren viel zu kurz. Auch sein Hemd war seit Monaten zu klein. Es war eine Schande, dass Rötel seinem Lehrjungen keine passende Kleidung kaufte.

»Meister Rockh! Da sind ein Jude und eine junge Frau, die Euch sprechen wollen«, rief Jürgen.

Alfred starrte Mathes fragend an: »Hast du Schulden?«

Mathes schüttelte den Kopf: »Nein, wie kommst du darauf? Ich kenne keine Juden in Wien.«

»Ich will dich nicht weiter aufhalten, außerdem wartet eine Menge Arbeit auf mich. Aber es hat sich gelohnt zu kommen. Dein Taufbecken verspricht ein großartiges Kunstwerk zu werden«, sagte Alfred und wandte sich zum Gehen. In diesem Moment betraten ein alter Mann und eine junge Frau die Werkstatt. Als Alfred die Frau erblickte, blieb er wie angewurzelt stehen und starrte sie ungläubig an. Schließlich stieß Mathes ihn in die Rippen und flüsterte ihm zu: »Kennst du die Frau?«

Alfred schüttelte den Kopf. »Nicht, dass ich wüsste. Wir sehen uns heute Abend.«

Nachdem er sich höflich von Mathes' unbekanntem Besuch verabschiedet hatte, indem er seinen Hut hob und sich leicht verbeugte, verließ Alfred die Werkstatt. Der Jude erwiderte den Gruß, schenkte dem Steinmetzmeister aber keine weitere Beachtung. Er suchte offenbar jemanden.

»Guten Tag, seid Ihr Meister Mathes Rockh?«, fragte der Alte.

»Ja, das bin ich«, sagte Mathes und stand auf, um seinen Besuch zu begrüßen. Obwohl der Jude trotz seines Alters ein großer Mann war, überragte Mathes ihn um eine ganze Kopflänge. Der Alte räusperte sich und stellte sich vor: »Mein Name ist David Isserlein, und das ist meine Tochter Sarah.«

Sarah schlug ihren dicken Wollmantel zurück, und ihr

dichtes kastanienbraunes Haar fiel in üppigen Locken über ihren Rücken. Als noch unverheiratete Frau trug sie eine Schärpe, einen Kranz, der mit einem Gebände unter ihrem Kinn befestigt war. Mathes warf einen faszinierten Blick auf ihr Haar, wobei sein Interesse allerdings rein beruflicher Natur war. Die nächste Madonnenstatue, die er schuf, würde das Haar der jungen Jüdin haben.

»Wie kann ich Euch helfen?«, fragte Mathes und löste seinen Blick nur ungern von der rotbraunen Pracht.

»Meine Tochter Sarah wird im Sommer heiraten und wünscht sich als Aussteuer eine geschnitzte Holztruhe.«

Mathes sah den Geldverleiher verständnislos an und wartete auf weitere Erklärungen.

»Wir hatten gehofft, Ihr würdet diesen Auftrag übernehmen«, sagte David vorsichtig.

»Ich soll Euch eine Holztruhe schnitzen?« Mathes war sich nicht sicher, ob der alte Jude sich über ihn lustig machte.

Da er aber zustimmend nickte, musste er seinen Vorschlag ernst gemeint haben.

Mathes lachte laut auf: »Es tut mir leid, aber ich übernehme schon seit Jahren keine Aufträge in dieser Größenordnung mehr.«

»Ihr meint, der Auftrag ist zu klein?«, fragte David. »Seid versichert, dass wir Euch gut bezahlen.«

»Das glaube ich Euch gerne.« Mathes lachte immer noch und wischte sich eine Träne aus dem Augenwinkel. »Ich kann Euch die Namen von ein paar vortrefflichen Kunstschnitzern nennen, die den Auftrag gerne übernehmen werden.«

Seine ausgelassene Heiterkeit regte Sarahs Widerstand. Zum großen Entsetzen ihres Vaters meldete sie sich zu Wort: »Ich habe Eure Arbeiten gesehen, Ihr seid der einzige Künstler in Wien, der meinen Entwurf umsetzen kann.«

»Euer Entwurf?«, fragte Mathes neugierig.

Trotz der Kälte färbten sich Sarahs Wangen rot, und sie geriet ins Stottern: »Ich meine, dass der Entwurf mir gehört. Ein befreundeter Künstler hat ihn mir geschenkt.«

»Na, dann zeigt mir diesen besonders komplizierten Entwurf.« Spott tropfte aus Mathes' Stimme, und die dunkelblauen Augen funkelten amüsiert.

Verärgert holte Sarah unter ihrem Mantel die Mappe hervor, in der sich ihr Skizzenblock befand. Nur wohlhabende Künstler konnten sich eine derartige Mappe aus teurem Kalbsleder leisten. Der Skizzenblock, den Sarah hervorholte, war ebenso kostspielig. Es handelte sich um handgeschöpftes Papier aus Nürnberg, Mathes' geübter Blick erkannte das Wasserzeichen am unteren Rand des Blattes. Neugierig geworden, nahm er einen der Bögen entgegen und ging damit zum Fenster. Er hielt ihn gegen das Licht, um die feinen, mit sicherer Hand geführten Striche zu betrachten. Es dauerte schier eine Ewigkeit, in der er das Papier wendete, drehte und erneut wendete. Mathes betrachtete die Zeichnung aus allen nur erdenklichen Perspektiven, schließlich hob er den Kopf und blickte Sarah direkt in die Augen.

»Wer hat diesen Entwurf gemacht?«, fragte er ernst. Die Belustigung aus seiner Stimme war verschwunden.

»Ein Freund«, sagte Sarah. Dabei fixierte sie einen imaginären Punkt an der Wand hinter Mathes, um nicht in seine Augen blicken zu müssen, denn das intensive Dunkelblau irritierte sie. Niemand, den sie kannte, hatte solche Augen. Die Iris ließ sie an einen vom Vollmond beleuchteten wolkenlosen Nachthimmel denken.

»Nennt mir den Namen des Freundes«, forderte Mathes.

»Das geht nicht.« Sarahs Antwort kam eine Spur zu schnell.

Neugierig hob Mathes eine Augenbraue und wartete auf eine weitere Erklärung.

»Der Mann ist nicht mehr in Wien. Er ist weitergezogen, wie das bei Künstlern oft der Fall ist.«

»Ich bin selbst ein Mann, der nicht lange an einem Ort verweilt. Aber ich habe einen Namen, und ich nehme an, Euer Freund verfügt auch über einen.« Mathes ließ nicht locker.

»Warum wollt Ihr unbedingt den Namen des Künstlers wissen?«

»Weil es sich um einen außergewöhnlich begabten Künstler handelt, einen Mann mit einem unglaublichen Talent. Ich will ihn kennenlernen.« Das Wort »Mann« betonte Mathes auf eigenartige Weise.

»Aber was, wenn der Künstler ein Jude ist?«, fragte Sarah.

Erschrocken fuhr David herum und warf seiner Tochter einen strengen Blick zu. Eigentlich hatte er sie zu Hause lassen wollen, aber störrisch und uneinsichtig, wie Sarah war, hatte sie darauf bestanden mitzukommen. Ängstlich sah er den Steinbildhauer an, aber Mathes zuckte bloß mit den Schultern: »Wir beten doch alle den gleichen Gott an, und wenn es Euch nicht stört, dass ein Christ Eure Aussteuer anfertigt, wie soll ich mich daran stoßen, nach dem Entwurf eines Juden zu arbeiten?«

Sarah schöpfte Hoffnung. »Das heißt, Ihr übernehmt den Auftrag?« Doch Mathes schüttelte den Kopf: »Nur wenn Ihr mir den Namen des Künstlers nennt.«

»Das kann ich nicht, wie oft soll ich Euch das noch sagen? Ich würde meinen Freund in große Schwierigkeiten bringen.« Sarah fand, dass ihre Lüge einen Funken Wahrheit enthielt.

»Dann muss ich Euch leider enttäuschen. Ich will den Auftrag eines namenlosen Kollegen nicht übernehmen«, sagte Mathes.

Sarahs Hoffnung zerplatzte wie eine bunt schillernde Seifenblase. »Ich nehme an, das Gespräch ist damit beendet«, sagte sie knapp, ballte die Hände zu Fäusten und fragte sich, warum Gott sie als Frau zur Welt hatte kommen lassen.

Mit unterdrückter Wut stieß sie hervor: »Nun gut, dann werden wir uns auf die Suche nach einem anderen Künstler machen.«

David, der als stummer Zuschauer danebengestanden hatte, wusste nicht recht, was er vom Verlauf des Gesprächs halten sollte.

»Ich wünsche Euch viel Glück bei Eurer Suche«, sagte Mathes grinsend. »Ihr entschuldigt mich, um diese Jahreszeit wird es rasch finster, ich muss weiterarbeiten.«

Sarah presste ihren Mund zu einem schmalen Strich zusammen. Nur zu gern hätte sie dem Christ die Wahrheit entgegengeschleudert, aber die Vernunft und ihr Vater hielten sie davon ab. Mit etwas zu viel Schwung nahm sie Mathes die Zeichnung wieder ab und verstaute sie in ihrer Mappe. Vor Aufregung gelang es ihr kaum, die Bänder zuzubinden. Zweimal musste sie ansetzen, denn ihre Finger waren klamm und steif von der Kälte in dieser karg eingerichteten Hütte, die dem Steinbildhauer als Werkstatt diente. Mathes beobachtete sie dabei und grinste unverhohlen von einem Ohr zum anderen, was Sarahs Ärger noch weiter schürte.

Bevor seine Tochter ausfallend werden konnte, ergriff David ihren Ellbogen und zog sie zielstrebig aus der Werkstatt. Zuvor verabschiedete er sich rasch mit übertriebener Höflichkeit von Mathes. Er wusste, dass Sarah auf das Mindestmaß an Höflichkeit verzichten würde, und hatte das Gefühl, diese Unhöflichkeit wiedergutmachen zu müssen.

Kaum hatten er und seine Tochter Mathes den Rücken gekehrt, griff dieser nach seinem eigenen Skizzenbock und versuchte, den Fall von Sarahs langem kastanienbraunen Haar festzuhalten. Leider hatte sich die Jüdin verärgert die Kapuze ihres Wollmantels über den Kopf geworfen, und Mathes musste seine Erinnerung bemühen.

5

Als David und Sarah die Werkstatt verließen und erneut auf den Stephansplatz traten, wehte ihnen ein eisig kalter Wind entgegen. Er wirbelte winzige Eiskristalle von den festgefrorenen Schneeschichten der Dächer und fegte sie den beiden geradewegs ins Gesicht. Sie bohrten sich wie winzige Nadelstiche in die Haut und kühlten Sarahs Wut rasch ab. Sie wickelte sich enger in den Wollmantel, verschränkte die Arme vor der Brust und verhüllte mit dem dicken Wollschal die Hälfte ihres Gesichtes. David beneidete seine Tochter um den warmen Schal. Er selbst durfte sich weder eine Kapuze über den Kopf streifen, noch einen Schal darum binden. Als Jude musste er den absurden Spitzhut tragen, der keinerlei Wärme spendete und ihn der Lächerlichkeit preisgab. An Tagen wie heute musste er den Hut mit einer Hand festhalten, damit er ihm nicht vom Kopf geweht wurde. Der alte Mann zitterte vor Kälte, seine Ohren nahmen eine ungesunde dunkelrote Farbe an und schmerzten im eisigen Wind.

Sarah blickte in den grauen, von dicken Wolken verhangenen Himmel und seufzte. Es würde nicht mehr lang dauern, bis wieder große, weiche Schneeflocken fielen. In den letzten Tagen hatte sie so viel Schnee geschaufelt, dass ihre Arme schmerzten. Die Bauarbeiten am Dom waren wegen der

Wetterlage schon vor Wochen eingestellt worden. Die Gerüste, auf denen die Handwerker im Frühling, Sommer und Herbst herumkletterten, um die Fassade des gewaltigen Bauwerkes zu gestalten, waren abgebaut worden.

Sarah ließ ihren Blick über den freien Stephansplatz streifen. Es war schon einige Wochen her, dass sie zuletzt in den christlichen Teil der Stadt gekommen war. Überrascht bemerkte sie trotz des unwirtlichen Wetters eine kleine Menschenansammlung in einer der fertiggestellten Nischen des Stephansdoms. Die in warme Mäntel gehüllten Menschen umstanden einen hageren Prediger, der eine fadenscheinige Kutte der Dominikanermönche trug. Vor Monaten war die Kutte vielleicht einmal weiß gewesen, jetzt ließ sich die Ordensfarbe unter einer schmierig-grauen Schmutzschicht nur noch erahnen. Der bleiche ungepflegte Prediger stand auf einer wackeligen Holzkiste, um von seinen Zuhörern besser gesehen zu werden. Sicher hatte er sich seit Tagen nicht mehr gewaschen. Die Finger, mit denen er erst mahnend in den grauen Himmel, dann in die Menge zeigte, waren beinahe schwarz. Sarah konnte nicht verstehen, was er rief, aber die Menschen hörten ihm voll Interesse zu und pflichteten der schrillen, unangenehmen Stimme nickend und klatschend bei. Es mussten fesselnde, spannende Worte sein, die er predigte, denn die Menschen gingen trotz der Kälte nicht weiter.

»Was hat dieser Mann zu sagen?«, fragte Sarah und machte neugierig ein paar Schritte auf ihn zu.

David hielt seine Tochter zurück und sagte: »Es ist besser, wir gehen nach Hause. Eine Enttäuschung reicht für diesen Tag.«

»Wieso Enttäuschung?«, fragte Sarah und ging weiter auf den Prediger zu. David hielt sie am Ärmel fest, um zu verhindern, dass jemand auf sie aufmerksam wurde, aber es war bereits zu spät. Die blutunterlaufenen Augen des Mannes hatten Davids Judenhut entdeckt, und mit unüberhörbarem Hass in der Stimme lachte der Dominikaner schrill auf. Er richtete seinen ungewaschenen Zeigefinger direkt auf den alten Mann und lenkte die Aufmerksamkeit seiner Zuhörer auf die beiden Juden.

»Seht hin!«, rief der Prediger. »Dort gehen sie, die Geldverleiher, Blutsauger und Christusmörder!«

Die bösartigen Worte trafen Sarah mit unerwarteter Heftigkeit. Erschrocken machte sie einen Schritt nach hinten und prallte mit ihrem Vater zusammen.

»Während sie sich in warme feine Wollmäntel hüllen, auf dem Geld sitzen, für das wir hart arbeiten, und sich die Ärsche damit wärmen, müssen brave Christen hungern. Mit dem Zinswucher bereichern sie sich und treiben uns in den Ruin«, geiferte der dürre Mann.

Die Zuhörer drehten sich nun alle um und starrten feindselig auf Sarah und David. Hass, Bitterkeit und Neid schlugen den beiden schärfer entgegen als zuvor der Wind. Ein Gefühl von Panik erfasste Sarah. Sie roch verbrannte Dachschindeln, so wie damals, als das jüdische Viertel in Flammen gestanden hatte. Hektisch blickte sie sich um, aber weit und breit war kein Feuer zu sehen. Es musste ein Gespinst ihrer Phantasie gewesen sein. Der Prediger schimpfte und hetzte weiter, doch Sarah hörte ihn nicht mehr. In ihren Ohren begann es zu rauschen, zuerst nur leise, aber dann immer lauter. Sie sah nur noch das Nicken und hörte das beistimmende Klatschen der Leute.

Plötzlich zog ein dürrer zerlumpter Straßenjunge etwas aus der Tasche, das er nun angriffslustig in der Hand hielt. Sarah ahnte, was der Junge vorhatte, war aber wie gelähmt. Sie sah, wie er den Arm hob. Mit einem bösen Grinsen, das schwarze Stummelzähne freilegte, zielte er präzise und genau. Ein altes Ei, eingewickelt in welke Kohlblätter, und ein Stück schimmliges Brot flogen direkt auf Sarah zu, ganz langsam, so schien es ihr, als hielte jemand die Zeit an. Sarah konnte ganz genau sehen, wie die Geschosse auf sie zusteuerten, aber es gelang ihr nicht, ihnen auszuweichen. Mit einem harten, dumpfen Klatschen traf das Ei ihren dunklen Wollmantel und zerbrach. Augenblicklich breitete sich ein fauliger Gestank aus, der Sarah aus ihrer Erstarrung riss und die Erinnerung an Ruß und Rauch verdrängte. Mit einem Mal hellwach, raffte Sarah ihre Röcke und lief Richtung Rotenturmstraße. Sie wollte weg von hier, und zwar so schnell sie konnte, der grölenden Menge und dem hämischen Lachen entfliehen.

David folgte ihr, und die Menschen applaudierten triumphierend, so, als hätten sie ein gefährliches Tier oder einen bösen Gegner in die Flucht geschlagen. Einige von ihnen nahmen die Verfolgung auf, um sich noch weiter an den ängstlichen Juden zu ergötzen. Allen voran lief der dürre Junge. Vom Jubel der Menge berauscht, hielt er erneut einen Gegenstand in der Hand. Diesmal war es ein Brocken aus Eis, Schnee und kleinen Steinen, und Sarah sah nicht, wie er ausholte. Das harte Geschoss traf sie völlig unerwartet am Hinterkopf. Sarah spürte den stechenden Schmerz, fühlte, wie ihr warmes Blut in den Nacken rann und in den dicken Wollstoff ihres Mantels sickerte. Dann wurde es schwarz um sie, die weiche, tröstliche Ohnmacht umhüllte sie wie dunkler Samt. Beinahe dankbar ließ sie sich fallen und merkte nicht mehr, wie sie hart auf dem festgefrorenen Boden aufschlug.

»Meister Rockh!«, rief Jürgen. Aufgeregt lief er in den hinteren Teil der Werkstatt und steuerte auf Mathes zu.

»Bekomme ich schon wieder unangekündigten Besuch?«, fragte Mathes. Er bearbeitete gerade den Kopf des dritten Evangelisten. Lukas' Schädel hatte die Form eines hartgekochten Eis. Unzufrieden wischte Mathes über die runde Stirn aus Marmor und schaute den Lehrling an, auf dessen blassem hageren Gesicht sich nervöse rote Flecken zeigten.

»Euer Besuch ist soeben überfallen worden«, stieß der Junge hervor.

»Wie bitte?« Mathes wusste gar nicht, worum es ging.

»Der alte Jude und seine Tochter, sie sind gerade angegriffen worden.« Der Junge fuchtelte mit seinen langen Armen, um Mathes die Dringlichkeit der Angelegenheit zu veranschaulichen.

»Warum hat man sie angegriffen?« Mathes erhob sich aus seiner knienden Haltung und versuchte, sowohl seine Kleidung als auch seine Gedanken zu ordnen.

»Das weiß ich nicht. Aber die beiden sind Juden, wahrscheinlich war das Grund genug«, sagte Jürgen. »Die junge Frau liegt blutend am Stephansplatz, jemand hat mit einem Eisbrocken nach ihr geworfen, und der alte Mann sitzt völlig verstört daneben. Ich glaube, er hat den Verstand verloren und weiß im Moment nicht einmal, wie er heißt. Er kann seiner Tochter ganz sicher nicht helfen.«

Rasch warf sich Mathes seinen Mantel über, packte Jürgen am Arm und zog ihn ins Freie. »Komm mit«, rief er.

Als Mathes und der Junge am Unglücksort eintrafen, hatten sich bereits zahlreiche neugierige Zuschauer um die beiden Juden versammelt. Ein paar von den Schaulustigen hatten zuvor dem Prediger zugehört. Der Mann in der schäbigen

Dominikanerkutte selbst war allerdings verschwunden und mit ihm seine wackelige Holzkiste.

Die Menschen standen im Halbkreis und begafften David und Sarah, als wären sie zwei Tanzbären auf einem Jahrmarkt. Niemand bot ihnen Hilfe an. Zwei dicke Frauen, die ihre Einkaufskörbe im Schnee abgestellt hatten und nun gierig auf die junge Frau am Boden starrten, unterhielten sich lautstark.

»Ich habe gesehen, wie die Jüdin gestolpert ist, als sie weglaufen wollte. Vielleicht hat sie irgendetwas gestohlen«, sagte die eine mit hoher Stimme. Ihr ausladender Busen hob und senkte sich bei jedem Wort, das sie sprach, und eine riesige Warze auf ihrem Kinn wackelte wie Fleischpudding.

Die Frau neben ihr antwortete gehässig: »Das sähe dem diebischen Pack wieder ähnlich. Nichts ist vor ihnen sicher. Man sollte ihre Säcke untersuchen. Wahrscheinlich haben sie dort Schmuckstücke versteckt, die ihnen nicht gehören.«

Zustimmendes Gemurmel war die Antwort, aber niemand fand sich bereit, die verletzte, ohnmächtige Jüdin oder den teilnahmslos vor sich hin starrenden alten Mann auf angebliches Diebesgut zu untersuchen.

»Schaut euch den Alten an, der hat doch den Verstand verloren, so irre, wie der ins Leere gafft!«

»Vielleicht ist er vom Teufel besessen?«, murmelte jemand anderer hinter vorgehaltener Hand.

»Ja, man hört es immer wieder, dass die Juden mit dem Teufel im Bunde sind.« Die dicke Frau mit der Warze stieß einen jungen Burschen neben sich in die Seite und meinte: »Vielleicht kriegst du einen Finderlohn, wenn du das Diebesgut findest.« Der Bursche warf ihr einen verständnislosen Blick zu, offenbar hatte er nicht vor, sich an einer leblosen Frau zu schaffen zu machen. Aber ein schlaksiger Mann mittleren Alters, der neben ihm stand, war gerne bereit einzuspringen. Mit leuchtenden Augen, als rechnete er sich bereits seinen Finderlohn aus, trat er entschlossen vor. Gerade als er auf Sarah zugehen und sich suchend über sie beugen wollte, schob Mathes die beiden dicken Frauen unsanft auseinander und drängte sich zwischen ihnen hindurch.

»Was soll das?«, krähte eine von ihnen empört.

Doch Mathes schenkte ihr keine Beachtung. Entsetzt starrte er auf Sarah und David und rief laut: »Wir brauchen einen Karren! Sieht denn niemand, dass die Frau blutet und der Mann zittert? Die beiden brauchen einen Arzt!«

»Das ist Judenpack!«, geiferte eine Stimme.

»Das sind eine verletzte Frau und ein verstörter alter Mann! Wenn nicht augenblicklich jemand einen Karren oder einen Wagen besorgt und einer von beiden sterben sollte, zeige ich alle, die hier stehen, beim Stadtrichter an.«

»Und wie soll die Anklage lauten?«, spöttelte die Frau mit der Warze am Kinn.

»Unterlassen von christlicher Nächstenhilfe oder besser noch Beihilfe zum Mord«, sagte Mathes ernst.

»Das ist doch lächerlich!«, kreischte die Frau. Aber Mathes' Äußerung verfehlte die gewünschte Wirkung nicht. Die zweite dicke Frau ergriff augenblicklich ihren Korb und lief davon. Einige andere Zuschauer suchten ebenfalls das Weite. Und schließlich marschierte auch die Frau mit der Warze leise schimpfend davon. Einen Wagen besorgte niemand.

»Rasch, Jürgen! Hol den Handkarren, der im vorderen Teil der Werkstatt steht«, sagte Mathes. Nun war er es, der hektische Flecken auf der Stirn hatte.

Mathes kniete sich zu Sarah und sprach sie an, aber sie reagierte nicht. Ihr Gesicht hatte dieselbe Farbe wie der Schnee, in dem sie lag. Mathes füllte seine Hand mit der kalten

Masse und rieb Sarahs Stirn damit ab. Die Kälte holte sie kurz in die Wirklichkeit zurück. Benommen öffnete sie die Augen, schaute Mathes verwirrt an, erkannte ihn aber nicht.

David kauerte zitternd neben seiner Tochter im Schnee. Er starrte mit leerem Blick auf die Blutlache und schlang die Arme um den Oberkörper, um sich vor der Kälte zu schützen. Er summte eine fremdartig klingende Melodie. Mathes wusste nicht, wer im Moment mehr in Gefahr war, David oder Sarah. Entschlossen zog er seinen Mantel aus und packte den alten Mann darin ein. Dann fragte er: »Wohin sollen wir Euch bringen?«

Langsam drehte David seinen Kopf zu Mathes, seine grauen Augen waren leer.

»Wollt Ihr ins jüdische Hospital oder lieber nach Hause? Ich fürchte, ein christliches Hospital wird Euch nicht aufnehmen.«

David wandte seinen Kopf wieder ab, ohne zu antworten oder auch nur anzudeuten, dass er verstanden hatte.

»Wenn Ihr mir keine Antwort gebt, kann ich es im Franziskanerkloster versuchen. Aber das ist wahrscheinlich verlorene Liebesmüh«, sagte Mathes. Er sagte diese Worte mehr zu sich selbst gerichtet als zu dem Mann, der ihn offensichtlich gar nicht hörte.

Plötzlich reagierte der alte Geldverleiher doch. Mit blutleeren Lippen sagte er: »Elias! Sarah muss zu Elias gebracht werden.«

»In Ordnung. Aber wer ist Elias, und wo finden wir ihn?«, fragte Mathes.

»Im Hospital neben der Männerschul«, sagte David, dann wandte er sich erneut ab und war nicht bereit, noch etwas hinzuzufügen.

Nun saß Mathes mit zwei unansprechbaren Patienten da.

Verunsichert und frierend hockte er im Schnee und sah sich nach Jürgen um, der noch immer auf sich warten ließ. Alle Zuschauer waren verschwunden, und zu allem Überdruss begann es nun auch noch zu schneien. Riesige weiche Schneeflocken segelten aus den tiefhängenden grauen Wolken zu Boden, wo sie liegen blieben. Der heftige Wind hatte sich gelegt, es war auf einmal unwirklich still. Der frische Schnee schluckte die Geräusche der Stadt.

Endlich kam Jürgen. Er schien trotz seiner nackten Knöchel nicht zu frieren.

»Es hat länger gedauert«, keuchte der Junge. »Weil ich noch zwei Decken mitgenommen habe. Die waren im vorderen Teil der Werkstatt versteckt.« Mathes hätte den ungelenken Burschen am liebsten umarmt.

Er lobte Jürgen überschwenglich, und der Bursche freute sich. Er war es nicht gewohnt, gelobt zu werden. Meister Rötel zog es vor, den Jungen wegen jedes kleinen Vergehens mit der Rute über den Rücken zu schlagen.

»Kannst du mir helfen, die beiden zu transportieren?«, fragte Mathes.

Jürgen kratzte sich am Kopf. »Eigentlich soll ich für Meister Rötel einen Eckstein behauen. Wenn er kommt, und ich bin nicht da …« In Jürgens Gesicht zeigte sich Panik.

»Ich erkläre Rötel die Sache und nehme die Konsequenzen auf mich«, sagte Mathes. Insgeheim hoffte er, dass Jürgens Lehrherr nichts von diesem kleinen Ausflug erfuhr und er sich das Gespräch ersparte.

Jürgen warf ihm einen zweifelnden Blick zu, nickte aber.

»Wohin bringen wir sie?«, fragte er.

»Ins jüdische Hospital, neben der Männerschul, das muss ein Teil der Synagoge sein. Dort gibt es einen Elias.«

»Elias?«, fragte Jürgen.

»Das ist vielleicht der zukünftige Ehemann der jungen Frau«, sagte Mathes. »Ich wünsche diesem Elias von ganzem Herzen, dass wir ihm eine lebendige Braut überbringen können.«

6

Elias wickelte den breiten Verband sorgfältig zu einer Rolle auf und sagte ernst: »Verwende niemals schmutziges Verbandszeug, das kann Entzündungen verursachen und deinen Patienten das Leben kosten.« Voll Freude beobachtete er Miriams aufmerksames Gesicht. Das Mädchen hing an den Lippen des Vaters und prägte sich jedes seiner Worte ein.

»Damit später keine Narben bleiben, kann man die verheilte Wunde mit Ringelblumensalbe behandeln. Aber die Kruste muss bereits abgefallen sein, und die Wunde darf nicht nässen«, erklärte Elias weiter. Die beiden saßen in der kleinen Apothekerkammer des Hospitals, die sich im ersten Stock befand. Die weißen Wände des hohen Raums standen voll mit Holzregalen, die mit unzähligen Töpfen, Schalen und Gläsern gefüllt waren. Auf jedem Behälter befand sich ein Schild, auf dem in hebräischen Schriftzeichen die Namen verschiedener Medikamente zu lesen waren. Ein kleines Fenster mit kostbarem Butzenglas führte in den Hof, und unter dem Fenster befand sich ein schmales Bett, auf dem Elias schlief, wenn er die Nacht im Hospital verbringen musste.

Miriam griff nach einem der Tontöpfe und hielt ihr Gesicht ganz nah an den Inhalt. Augenblicklich stieg ihr der würzig-blumige Geruch von Ringelblumensalbe in die

Nase. Das Mädchen liebte es, wenn es der Vater, meist gegen den Willen ihrer Mutter, ins Hospital mitnahm. Rachel wollte, dass ihre Tochter lernte, wie man einen jüdischen Haushalt führte, und nicht, wie man Wunden verband. Aber jedes Mal, wenn Miriam eine Möglichkeit sah mitzukommen, huschte sie gleich nach dem Vater aus dem Haus und lief ihm hinterher.

Während Rachel Miriams Ausflüge ins Hospital als Ungehorsam verstand, freute sich Elias über den Wissenshunger seiner Tochter. Miriam hatte eine rasche Auffassungsgabe und speicherte Elias' Worte wie kostbare Schätze. Elias war stolz auf das kluge und neugierige Mädchen und versuchte, ihm gewissenhaft sein umfangreiches Wissen zu vermitteln. Die beiden genossen die gemeinsamen Nachmittage im Hospital und verbündeten sich zusehends gegen Rachel.

Als Miriam den Topf ins Regal zurückstellte, hörte sie einen Handkarren in den Innenhof des Hospitals rumpeln. Die Räder knirschten unter dem hartgetretenen Schnee. Plötzlich hielt der Karren an, und die Geräusche verstummten. Neugierig trat Miriam ans Fenster, warf einen Blick nach draußen. Da schrie sie erschrocken auf: »Da sind Großvater und Sarah!«

Augenblicklich stand Elias neben ihr. Seine Tochter hatte recht, ein hochgewachsener, kräftig wirkender Mann und ein dünner, schlaksiger Junge standen im Hof und blickten sich suchend um. Auf ihrem Handkarren lag Sarah, und daneben hockte David.

Mit einem Ruck stieß Elias das Fenster auf und rief hinunter: »Wartet, ich bin sofort bei Euch!« Immer zwei Stufen auf einmal nehmend, sprang er die Holztreppe hinunter und lief auf den Hof. Miriam eilte ihrem Vater hinterher.

»Was ist passiert?« Elias stürzte auf den Handkarren zu und nahm sofort den leeren Blick seines Vaters und das verkrustete Blut auf dem Hinterkopf seiner Schwester wahr. Er beugte sich über Sarah und fasste an ihren Hals. Sie atmete und hatte einen stabilen Puls.

»Wer hat ihnen das angetan?« Bleich vor Zorn wirbelte Elias herum und starrte den kräftigen jungen Mann neben dem Handkarren vorwurfsvoll an.

Der Christ hob entschuldigend die Schultern: »Ich weiß es nicht genau. Als ich gerufen wurde, lag die Frau schon auf dem Boden, und ihr Vater saß schweigend daneben. Jürgen und ich haben die beiden auf den Karren geladen und sind auf Anweisung des Geldverleihers hierhergekommen.«

Einen Moment lang schwieg Elias, dann schüttelte er den Kopf und sagte stockend: »Verzeiht mir. Aber ich bin völlig durcheinander.«

»Vater, soll ich die Trage holen?«, mischte sich Miriam ein.

»Ja, bitte!« Elias sah seiner Tochter nach. Sie würde einmal eine großartige Ärztin werden. Selbst in Situationen wie dieser blieb sie gefasst und handelte überlegt.

»Sie liegt in dem kleinen Raum rechts neben dem Eingang!«, rief er ihr nach.

»Würdet Ihr mir helfen, meine Schwester auf die Trage zu heben?«, fragte Elias.

»Eure Schwester?« Der junge Christ wirkte überrascht.

»Vater, kannst du allein hinaufgehen, oder sollen wir dich auch tragen?« In der Hoffnung auf eine Antwort, berührte Elias die Schulter seines alten Vaters, aber der schaute durch ihn hindurch.

»Ich fürchte, wir werden ihn auch tragen müssen«, sagte Elias.

»Selbstverständlich«, sagte der Christ. Er war bereits in die

Knie gegangen, um Sarah auf die Trage zu heben. Die Mühelosigkeit, mit der er das tat, erstaunte Elias.

»Wohin bringen wir Eure Schwester?«

»Zuerst einmal ins Gebäude.« Elias griff nach dem vorderen Ende der Trage und wies dem Mann den Weg. »Hier entlang«, sagte er und zeigte auf das breite Holztor.

»Meister Rockh, wenn Ihr mich nicht mehr braucht, laufe ich zurück zur Bauhütte«, meldete sich Jürgen leise zu Wort.

»Ja, mach das. Und vielen Dank. Falls du Ärger kriegen solltest, lass es mich wissen.«

»Rockh, ist das Euer Name?«, fragte Elias.

»Ja, Mathes Rockh. Ich bin Steinbildhauer und arbeite für die Bauhütte von St. Stephan.«

»Steinbildhauer?«, wiederholte Elias und hielt kurz inne. Er schien zu überlegen, wohin er Sarah bringen sollte, und entschied sich dann für die kleine Apothekerkammer, in der sein eigenes Bett stand.

»Es macht immer einen Unterschied, ob man als Arzt jemanden behandelt, der einem sehr nahesteht, oder jemanden, den man kaum kennt«, sagte Elias und versuchte, damit seine ungewohnte Nervosität zu erklären. Er führte Mathes über die schmale Holztreppe in den ersten Stock. Vor seinem inneren Auge erschien Elza. Elias hatte das Leben seiner Mutter nicht retten können, sie war an dem plötzlich auftretenden Fieber gestorben. Er wusste, dass er sich deshalb immer schuldig fühlen würde, auch wenn er damals nichts falsch gemacht hatte.

In der kleinen Apothekerkammer war kein Platz für die Trage. Deshalb setzten die beiden Männer sie bereits im Gang ab, und Mathes hob Sarah erneut mit einer Leichtigkeit auf, die Elias verblüffte.

»Bitte legt sie hier auf das Bett unter dem Fenster«, sagte er.

Mathes durchschritt die Kammer und setzte Sarah behutsam ab. Er bettete den Kopf seitlich, damit ihre Wunde nicht auf dem Kissen auflag. Als er dabei ihr Haar vorsichtig hinter das Ohr strich, kam Sarah zu sich. Sie öffnete die Augen, blinzelte und schloss sie verwirrt wieder. Elias trat zu ihr und ergriff ihre Hand.

»Alles wird gut. Lass die Augen ruhig zu, du bist im Hospital, in meiner Apothekerkammer und …«

Erschrocken riss Sarah die Augen auf und starrte ihren Bruder entsetzt an: »Wo ist Vater?«

»Beruhig dich wieder. Er sitzt noch im Hof.« Elias streichelte Sarahs Hand, und sie entspannte sich wieder. Kurz blickte sie auf und schien Mathes zu erkennen. Verwunderung spiegelte sich auf ihrem Gesicht, und dann fielen ihr die Augen erneut zu.

Elias stand auf und trat zum Fenster. Im Hof hockte David immer noch auf dem Handkarren des Steinbildhauers, Miriam und Noah, der Küchenjunge der Hospitalsküche, redeten auf ihn ein.

»Wärt Ihr so freundlich und würdet unserem Küchenjungen dabei helfen, meinen Vater hier heraufzubringen?«, wandte sich Elias an Mathes. Er wollte Sarah nicht allein lassen und auch sofort damit beginnen, sie zu untersuchen.

»Auch in diese Kammer?«, fragte Mathes und sah sich skeptisch um.

»Ja, bitte, ich werde ihn zu Sarah legen. Aber es wäre nicht gut, wenn er in diesem Zustand mit anderen Patienten zusammentrifft.«

Mathes fragte nicht weiter nach, griff nach der Trage und machte sich auf den Weg zurück in den Hof. Er kannte Krankenstationen in christlichen Klöstern und Hospitäler in größeren Städten, aber in einem jüdischen Spital war er noch nie gewesen. Er kam durch einen Schlafsaal, wo sechs Holzbetten nebeneinanderstanden, getrennt durch helle Stoffvorhänge und durch niedrige Holztruhen, wo die Patienten wohl ihre Privatgegenstände aufbewahren konnten. Die Vorhänge waren bei drei Betten zur Seite geschoben, bei zweien war die Sicht auf die Patienten nicht möglich, wahrscheinlich schliefen sie. Das sechste Bett war leer, und eine Magd nahm gerade das Leintuch von der Strohmatratze. Erstaunt schaute Mathes ihr zu. Als die Frau bemerkte, dass sie beobachtet wurde, starrte sie Mathes verärgert an. Er lief weiter in den Hof, wo er dem Geldverleiher auf die Trage half.

»Ihr seid aber stark«, sagte Miriam bewundernd, und Mathes musste lachen.

»Du bist auch stark, denn hier sitzt dein verwirrter Großvater, und du läufst nicht davon, sondern wickelst ihn fester in die Decke ein und unterhältst dich mit ihm.«

Miriam zuckte mit den Schultern.

Auf dem Weg ins Apothekerzimmer fragte Mathes den Küchenjungen, der die Trage am anderen Ende hielt, warum man fast saubere Laken von den Betten abziehe.

»Das ist wegen Medicus Isserlein. Er glaubt, dass der Mensch während seiner Krankheit böse Säfte ausstößt, die sich im Bettzeug sammeln. Wenn nun ein neuer Patient in ein bereits benutztes Bett gelegt wird, beschmutzt er sich mit den Säften seines Vorgängers und bekommt zu seiner eigenen Krankheit noch eine weitere hinzu.«

»Böse Säfte?«, fragte Mathes.

»Medicus Isserlein glaubt, dass sie im Schweiß sind. Ähnlich wie im Urin. Aber er hat noch keine Beweise dafür finden können, und die anderen Ärzte finden die Maßnahmen übertrieben. Aber er ist der Leiter des Hospitals, und deshalb wird es gemacht.« An dem bewundernden Tonfall des Jungen war zu erkennen, dass er selbst an Elias Isserleins Theorie glaubte.

»Und die frisch geweißten Wände, die gefliesten Böden und die frischen Binsen mit den duftenden Kräutern?«, fragte Mathes weiter. »In anderen Hospitälern ist das nicht so.«

»Das hat auch Medicus Isserlein veranlasst. Er glaubt, dass man schneller gesund werden kann, wenn man sich in einer sauberen Umgebung befindet. Deshalb riecht es bei uns auch nach Seifenkraut und Lavendel und nicht wie früher nach Eiter und Schweiß.« Der Junge war sichtlich stolz auf die Veränderungen, die Elias im jüdischen Hospital durchgeführt hatte, und Mathes konnte ihn gut verstehen.

Als er Stunden später an dem kleinen Arbeitstisch in seiner Kammer in Alfred Klayndls Haus saß, versuchte er, sich die Bilder aus dem Hospital wieder ins Gedächtnis zu rufen. Er brauchte immer noch die Szene der Krankensalbung für seine Taufkrone. Mathes zeichnete ein Krankenbett und legte einen alten Mann hinein, der das Gesicht des jüdischen Geldverleihers hatte. Doch es war zu leer, unzufrieden schabte er das Gesicht mit einem scharfen Messer wieder weg. Dann versuchte er es noch einmal, diesmal mit einem Patienten, der sichtlich Schmerzen hatte, aber auch das gefiel ihm nicht. Nun war die Stelle des Papiers so dünn, dass er daneben weiterzeichnen musste. Aber wie sollte er den Duft von Seifenkraut und Lavendel in einer Zeichnung festhalten? Verärgert schob er den Skizzenblock weg, blies die Kerze aus und legte sich ins Bett.

7

Nach vielen Tagen trüben Wetters wirkten die ersten Sonnenstrahlen wie Balsam auf die Seelen der Menschen. Gut gelaunt betrat Mathes die Küche und freute sich, dass auch Maria bester Stimmung war. Die zierliche Haushälterin summte ein Lied, während sie kleingehacktes Holz im Ofen nachlegte. Maria lebte in der Singerstraße, seit Mathes sich erinnern konnte. Sie war eine freundliche, stille Frau. Mathes war davon überzeugt, noch nie ein böses Wort aus ihrem Mund gehört zu haben.

Die alte Frau hatte langes graues Haar, das sie unter einer Haube trug, obwohl sie niemals eine Ehe mit einem Mann eingegangen war. Vielleicht war Marias Haar früher hellblond oder rot gewesen, denn sie hatte helle Haut und fast durchsichtige Augen. Mathes war davon überzeugt, dass Maria in ihrer Jugend eine außergewöhnlich schöne Frau gewesen sein musste. Aber ein Schicksalsschlag, den niemand kannte oder über den vielleicht bloß niemand redete, hatte eine Wehmut und Traurigkeit in ihren hellen Augen hinterlassen, die sie an manchen Tagen schier zu überwältigen drohten. Dann trauerten alle in ihrer Umgebung mit ihr.

»Maria, warum bist du denn heute so fröhlich?«, fragte Mathes und spähte in einen der Töpfe. Es war Mathes immer unverständlich gewesen, warum Maria so viele Töpfe zum Kochen verwendete. Die meisten Frauen warfen alle Zutaten in einen Topf, Maria nicht. Sie kochte alles einzeln und servierte auch die meisten Speisen separat. Maria war eine wunderbare Köchin, und schon jetzt roch es verführerisch nach Gewürzen und Kräutern.

»Meister Mathes, heute kommt doch Richard mit seiner Familie zurück nach Wien!«, erklärte Maria.

»Ja, richtig!«, rief Mathes und schlug sich mit der flachen Hand auf die Stirn. Alfred hatte ihm vor ein paar Tagen die Rückkehr seines jüngeren Bruders angekündigt. »Meister Mathes« – Maria war die Einzige, die ihn so ansprach. Damit würdigte sie seine Stellung als Steinmetzmeister, konnte aber mit ihm reden, als wäre er noch immer der Lehrling, der in diesem Haus jahrelang den Platz eines Sohnes eingenommen hatte. Maria hatte sich um ihn gekümmert. Wenn er sich das Knie aufgeschlagen hatte, war es Maria gewesen, die mit Salbe und Verband bereitgestanden hatte. Sie hatte ihm, wenn er krank war, Kamillentee mit Honig gebracht und ihn getröstet, wenn er von einem der Steinmetzmeister korrigiert und getadelt worden war. In all den Jahren hatte sich Maria stets bemüht, Mathes die Mutter zu ersetzen, die er niemals gehabt hatte.

»Glaubt Ihr, dass fünf gefüllte Hühner für alle reichen werden?«, fragte Maria.

Mathes zuckte mit den Schultern. »Ich habe keine Ahnung, Maria. Aber wenn es zu wenig ist, werde ich mir einfach eine doppelte Portion vom Nachtisch nehmen.«

Mathes stand auf und holte sich einen ausgehöhlten Apfel und eine Handvoll Rosinen aus Marias Schüsseln.

»Das wird nicht möglich sein, wenn Ihr Euch jetzt schon über meine gefüllten Äpfel hermacht«, tadelte Maria.

»Fünf Erwachsene und zwei Kinder«, murmelte sie und blickte ihre Hühner sorgenvoll an. »Ich werde noch eine kräftige Gemüsesuppe machen, dann wird es reichen. Oder?«

Maria warf Mathes einen fragenden Blick zu, und der schüttelte erneut den Kopf. Als er die Küche verließ, dachte Mathes darüber nach, dass er Maria selten so glücklich erlebt hatte. Offenbar mochte sie Richards Frau, und Mathes' Neugier wuchs.

Auf dem Weg in die Werkstatt bereute Mathes, dass er seinen Schal in seiner Kammer gelassen hatte. Es war so kalt, dass die Regentonnen bis zum Grund zugefroren waren. Manche Hausbrunnen waren mit einer dicken Eisschicht bedeckt und mussten jeden Morgen aufs Neue aufgehackt werden.

Mathes vergrub seine Hände tief in seinem Mantel. Er lief durch die enge Bäckerstraße, wo die Häuser zu beiden Seiten teils aus Holz, teils aus Stein gebaut waren. Einige von ihnen waren Fachwerkbauten, die massiven dunklen Holzbalken waren mit einer Mischung aus Lehm und Geflecht ausgefüllt und hinterher mit unterschiedlichen Farben bemalt worden. Während Mathes in Köln ausschließlich solche Häuser gesehen hatte, gab es sie in Florenz nicht. Dort hatten die Bewohner einfache Holzhäuser, und die Reichen bauten große Paläste aus Stein. Hier in Wien gab es von beiden Baustilen etwas. Das Stadtbild war so bunt wie manche der Hausfassaden. Diese Vielfalt fand sich allerdings nicht in der Kunst. Während man im Süden versuchte, neue Wege zu gehen, neue Perspektiven zu finden, und die alten Künstler der Antike wiederentdeckte, hielt man sich in Wien an das Altbewährte. In Florenz konnte man sogar Kritik an der Kirche üben, ohne gleich dafür bestraft zu werden. Allerdings forderte das maßlose Treiben der Päpste solche Empörung regelrecht heraus. In Wien hingegen unterdrückte ein strenggläubiger Herzog jeden Widerspruch.

In den letzten Jahren hatte man in Wien begonnen, höher zu bauen. Es gab nun drei- und vierstöckige Wohnhäuser, die zur Straße hin mit zahlreichen Erkern und Balkonen versehen waren. An manchen Stellen führten bogenförmige

Übergänge von einer Seite der Straße zur anderen und verbanden auf diese Weise zwei Wohnhäuser miteinander. So konnten die Bewohner auch bei Regen hin- und hergehen, ohne sich die Schuhe im Schlamm schmutzig zu machen. Auch wenn es Mathes schwerfiel, es zuzugeben, er mochte dieses lebendige Stadtbild.

Mathes überquerte den Hohen Markt. Der Kälte zum Trotz waren die Läden der Geschäfte unter den Laubengängen aufgeklappt und mit Ware voll beladen. Heute hatte die Sonne Käufer aus den Häusern gelockt, reiche Bürger spazierten, in dicke Pelzmäntel gehüllt, an den Auslagen entlang und begutachteten die angebotene Ware. Fremdländische Gewürze aus dem Süden türmten sich neben bunten Bändern, feinster geklöppelter Spitze aus Flandern und hochwertiger Schafwolle aus England. Der Laden mit den Fellen aus dem Osten zog im Moment am meisten interessierte Käufer an.

Ohne besonderes Interesse an all den angebotenen Dingen schlenderte Mathes weiter und blieb vor dem Verkaufsstand seines Lieblingshändlers stehen. Bei Meister Silvio, einem kleinen buckligen Mann, der aus Venedig stammte, kaufte Mathes seine Kohle- und Silberstifte.

»Guten Tag, Meister Rockh«, grüßte der Kaufmann in seinem gesungenen Deutsch, das stark an seine Muttersprache erinnerte.

»Guten Tag, Meister Silvio. Wie gehen die Geschäfte?«

»Ich kann nicht klagen. Aber das kalte Wetter setzt mir zu. Ich würde lieber am warmen Ofen sitzen, als hier im Freien auf Kunden zu warten.« Der dürre Mann rieb sich die rotgefrorenen Finger.

»Das kann ich gut verstehen«, sagte Mathes.

»Arbeitet Ihr heute gar nicht an Eurem Taufbecken? Die

ganze Stadt spricht davon. Es soll ein ganz außergewöhnliches Kunstwerk werden. Unser Kanzler, der die Kunst über alles liebt, ist ganz begeistert von der Taufkrone.« Wie ein Spaßmacher auf dem Jahrmarkt hüpfte Meister Silvio von einem Bein aufs andere,.

»Ich bin mit einigen der Entwürfe noch nicht ganz zufrieden. Und heute kann ich nur kurz in die Werkstatt schauen, weil Richard Klayndl nach Wien zurückkehrt und das ganze Haus in vollem Aufruhr ist. Er hat gestern einen Boten vorausgeschickt, der die Ankunft seiner ganzen Familie für heute Nachmittag angekündigt hat«, erklärte Mathes.

»Richard Klayndl kommt zurück nach Wien! Das ist doch der jüngere Bruder von Alfred Klayndl? Er war in Köln ...«, der Kaufmann überlegte und kratzte sich am Kinn, »nein, er war in Straßburg, da hat er sicher viel dazugelernt. Das wird den Werkmeister in St. Stephan freuen, er kann jeden fähigen Steinmetzmeister gebrauchen. Schließlich soll Wien bald ein Bistum werden, und da braucht die Stadt einen Dom, der sich sehen lassen kann.«

»Ja, ich habe gehört, dass Andreas Plank mit dem Papst wegen eines Bistums verhandelt. Aber ich kann mir nicht vorstellen, dass der Bischof von Passau das zulassen wird. Soviel ich weiß, hat er noch größeren Einfluss auf den Papst.«

Meister Silvio schüttelte den Kopf: »Diese Passauer haben lang genug das Sagen gehabt. Es wird Zeit, dass sich etwas ändert. Seit die Stadt über das verfluchte Stapelrecht verfügt, haben wir Wiener Kaufleute nichts mehr zu lachen.«

Das Stapelrecht verschaffte den Passauer Kaufleuten enorme Vorteile. Während man in Wien die ausländischen Kaufleute nicht mehr dazu verpflichtete, ihre Waren zwei Monate in der Stadt zu lagern und nur dort zum Verkauf anzubieten, bevor sie weitertransportiert werden durften, hatte man der Stadt Passau vor einigen Jahren ein sehr scharfes und striktes Stapelrecht ausgesprochen, was der Stadt Reichtum und Wohlstand verschaffte. Seitdem gelangten viele Waren gar nicht mehr bis nach Wien, und wenn doch, dann zu astronomischen Preisen.

Plötzlich fiel ein Schatten über den Verkaufstisch, und ein breiter, ungewöhnlich großer Mann trat neben Mathes.

»Guten Tag, Meister Rötel.« Der Mann aus Venedig hüstelte. Doch Andreas Rötel beachtete den Kaufmann gar nicht, sondern er baute sich in seiner vollen Größe vor Mathes auf. Dabei stemmte er beide Hände in die Hüften, was ihn noch breiter wirken ließ, als er ohnehin schon war. Über seinem riesigen Bauch spannte sich das Hemd, und selbst der dicke Wintermantel konnte seine Leibesfülle nicht verbergen. Rötels Gesicht war dunkelrot verfärbt, sicher hatte der Mann bereits ein kräftiges Frühstück mit einem ganzen Krug voll Wein hinter sich. Sein strähniges Haar klebte auf seiner schweißnassen Stirn.

»Diesmal seid Ihr zu weit gegangen, Rockh!«, zischte Rötel und spuckte dabei winzige Speicheltröpfchen aus.

Mathes drehte sich angewidert weg. »Wovon sprecht Ihr?«

»Davon, dass Ihr meinen Lehrjungen von der Arbeit abhaltet und ihn dazu zwingt, zwei Hebräerhunde in ein Spital zu bringen!« Rötel schrie so laut, dass die Menschen um sie herum neugierig in ihre Richtung starrten und sich langsam näherten, um nichts von dem Streit zwischen den beiden Baumeistern zu verpassen.

»Jürgen hat mir dabei geholfen, meine Christenpflicht der Nächstenliebe zu erfüllen.«

»Pah!«, spuckte Rötel aus. »Nächstenliebe nennt Ihr es also, wenn Ihr das Judenpack rettet, das den Hussiten das Geld in den Arsch schiebt.«

Die Worte »Juden« und »Hussiten« machten weitere Marktbesucher aufmerksam, und Mathes bemerkte irritiert, dass sich um Meister Silvios Verkaufsstand eine Zuschauertraube gebildet hatte. Er wartete nur darauf, dass sie Beifall klatschten wie bei einem Ringkampf. Ihm war klar, dass er wohl nicht derjenige war, den die Menge unterstützen würde.

»Ich werde hier nicht mit Euch streiten«, sagte Mathes. Er wollte sich an Rötel vorbeidrängen, aber der machte sich noch breiter und stieß Mathes brutal mit dem Ellbogen in die Seite. Mathes fuhr herum und funkelte ihn böse an.

»Bleibt stehen, und hört mir zu«, donnerte der andere Baumeister. Seine Gesichtsfarbe war nun fast violett, an seinem Hals traten die Adern wie dicke Schnüre hervor, und auf seiner Stirn glänzte der Schweiß.

»Ihr habt Glück, dass Klayndl der Zunftmeister der Stadt ist. Bei jedem anderen Mann könnte ich eine Beschwerde gegen Euch einbringen, und Ihr müsstet diese Stadt innerhalb von vierundzwanzig Stunden verlassen. Aber ich werde Werkmeister Fuchs über Euer skandalöses Verhalten informieren.«

»Tut das«, erwiderte Mathes leise. »Ihr wisst, dass mir weder ein Zunftmeister noch der Dombauhüttenleiter etwas anhaben können. Ich bin ein freier Steinbildhauer.«

Wie ein riesiger Karpfen riss Rötel den Mund auf und schloss ihn wieder. Diesen Augenblick der Unsicherheit nutzte Mathes und drängte sich an Rötel vorbei. Als er sich in sicherer Entfernung befand, sagte er: »Ach, übrigens.Ich hoffe sehr, dass Jürgen heute endlich wieder in der Werkstatt ist. Sollte sich herausstellen, dass Ihr den Jungen arbeitsunfähig geprügelt habt, wird es auch von mir eine Beschwerde beim Zunftmeister und bei Werkmeister Fuchs geben. Über Euch. Ich wünsche Euch noch einen angenehmen Tag.«

Rasch drängte sich Mathes durch die staunende Zuschauermenge, ließ einen vor Zorn bebenden Rötel zurück und ging zügig in Richtung Werkstatt. Als er außer Sichtweite war, blieb er stehen und atmete durch. Sein Herz schlug schneller als gewöhnlich. Seit er zurückdenken konnte, hasste Rötel ihn. Schon als Mathes noch ein Lehrling gewesen war, hatte Rötel ihm mit seinen Freunden regelmäßig aufgelauert und sich einen Spaß daraus gemacht, ihn zu verprügeln. Als Richard dahintergekommen war, hatte er Mathes beigestanden, und die Prügeleien hatten ein rasches Ende gefunden. Aber Rötels harte Fäuste hatte Mathes noch gut in Erinnerung. Sollte der Junge, den er seit drei Tagen nicht gesehen hatte, nun schwerverletzt in einer Kammer liegen, so wäre das ganz allein Mathes' Schuld. Bedrückt eilte Mathes zur Werkstatt, er musste herausfinden, was mit Jürgen geschehen war.

8

Als Mathes einige Stunden später den Innenhof von Alfred Klayndls Haus betrat, brannten zwei Fackeln. Offenbar war Richard mit seiner Familie bereits eingetroffen. Rasch klopfte Mathes sich den Schnee von seinen teuren Lederstiefeln, öffnete die Haustür und machte einen Schritt in den Vorraum. Warme Luft schlug ihm entgegen, köstliche Essensgerüche und ein buntes Stimmengewirr. Helle Kinderstimmen sorgten für eine ungewohnte Fröhlichkeit. Hastig legte Mathes seinen Mantel ab, hängte ihn auf den letzten noch leeren Haken an der Wand und betrat die getäfelte Stube. Ein graubrauner Vierbeiner erhob sich und lief ihm entgegen. Als Mathes sich nach dem Hund bückte, sprang ein kräftiger Mann auf und kam auf ihn zu. Es war Richard. Er hatte in den letzten Jahren deutlich an Bauchumfang zugelegt, dafür aber etliche Haare verloren.

»Mathes, mein alter Freund!« Richard, der einen halben Kopf kleiner war als der Steinbildhauer, breitete die Arme weit aus und umarmte Mathes herzlich.

»Konntest du dich nicht von deinem Taufbecken losreißen?«, fragte er. »Alfred hat uns schon erzählt, dass du an einem wundervollen Kunstwerk arbeitest.«

Mathes machte eine abwehrende Handbewegung. »Dein Bruder übertreibt wie immer. Wer ist denn das?« Mathes ging in die Knie, um den Hund zu streicheln, der nun neugierig an ihm schnupperte.

»Das ist Rufus. Er ist uns vor ein paar Jahren zugelaufen und gehört nun irgendwie zur Familie. Mein Bruder übertreibt übrigens nicht, denn dein Ruf reicht mittlerweile bis nach Straßburg. Ich weiß, dass das dortige Domkapitel für den Marienaltar gerne eine Madonnenstatue von dir hätte«, sagte Richard. Der Stolz in seiner Stimme war nicht zu überhören.

»Eine Marienstatue habe ich vor vier Jahren für den Kölner Dom gemacht. Aber ich war mit dem Ergebnis nicht sehr zufrieden. Damals hatte ich meinen Stil noch nicht gefunden. Das Schnitzen von Frauengesichtern habe ich erst in Florenz gelernt.« Auf Mathes' Stirn bildeten sich tiefe Falten.

»Das sehen viele anders. Deine Kölner Madonna gilt als besonderes Kunstwerk und ist sicher die Marienstatue, über die im Moment am häufigsten diskutiert wird.«

Mathes hörte auf, den Hund zu streicheln, und Richard sagte: »Du zeigst Maria als hübsche junge Frau und nicht als überirdische Heilige. Das kommt bei einigen Kirchenmännern gut an, bei anderen weniger. Aber es wird darüber gesprochen, und du hast dir mit der Figur einen Namen geschaffen, den alle einflussreichen Bauhüttenmeister kennen.«

Mathes wechselte das Thema, freundschaftlich klopfte er Richard auf den Bauch: »Dir scheint es in Straßburg ja an nichts gefehlt zu haben.«

Sein Freund grinste: »Da hast du recht. Und damit du auch ein wenig zulegst, sollte ich dich nicht länger vom Essen abhalten. Aber vorher möchte ich dir meine Familie vorstellen. Rufus kennst du ja schon. Das hier ist Judith, meine wundervolle Frau.«

Richard wandte sich zur Fensterbank. Dieser Teil des rechteckigen Raums, der das Zentrum des Hauses bildete, war nur spärlich beleuchtet. Eine zierliche Gestalt mit einem runden Schwangerenbauch stand mühevoll auf und streckte Mathes eine schmale Hand entgegen. Doch der zögerte, sie zu ergreifen, zu sehr war er über den Anblick der Frau überrascht.

»Kennen wir uns?«, fragte er irritiert und sah sie mit zusammengekniffenen Augen an.

»Nicht, dass ich wüsste«, sagte Judith, aber als sie sprach, wusste Mathes, an wen sie ihn erinnerte. Die Frau, die ihm immer noch wartend die Hand entgegenhielt, hatte die gleiche tiefe und melodiöse Stimme wie die Jüdin, die er ins Hospital gebracht hatte.

Sarah Isserlein. Sie sah Richards Frau zum Verwechseln ähnlich. Die beiden hatten die gleichen Gesichtszüge, die gleichen bernsteinfarbenen Augen und das gleiche unverwechselbare Haar. Während die Jüdin die kastanienbraunen Locken offen getragen hatte, war das von Richards Frau unter einer Haube zu einem dicken Zopf geflochten, dessen Breite erahnen ließ, wie dicht es fiel, wenn sie es abends vor dem Schlafengehen öffnete. Allein das Alter unterschied die beiden Frauen. Während Sarahs Haut jung und rosig war, zeigte Judiths Gesicht erste Falten um die Augen.

Nachdem Mathes Judith endlich die Hand geschüttelt hatte, wies Richard stolz auf zwei Jungen. »Und das hier sind meine beiden Söhne Jonas und Josef.« Die zwei sahen aus wie Miniaturausgaben ihres Onkels. Beide hatten Alfreds abstehende Ohren, seine breite Nase und seinen vollen Mund. Den Schalk hingegen, der den Kindern aus den dunklen Augen lachte, hatten sie eindeutig von ihrem Vater.

»Freut mich, euch kennenzulernen«, sagte Mathes und reichte den Jungen die Hand. Als er das tat, kam Rufus angelaufen und stupste ihn freundschaftlich am Bein.

»He, was ist denn mit dir los?«

»Rufus ist der Beschützer der beiden. Aber er ist mit dir einverstanden, denn er wedelt dich an«, sagte Richard.

»Puh, da hab ich ja Glück gehabt«, sagte Mathes und griff nun in seine Umhängetasche aus dickem Leinen. Er hatte am Vormittag an einem der Verkaufsstände am Hohen Markt zwei Säckchen getrocknete und kandierte Früchte erstanden. »Kann es sein, dass euch die schmecken?«, fragte er und überreichte jedem Kind ein Säckchen.

»Für uns?«, fragte Josef. Er war der Ältere der beiden, und seine Augen glänzten vor Begeisterung. Mathes hatte sich soeben die Gunst der Jungen erworben.

»Nun setzt euch endlich und esst«, sagte Alfred. Er war sichtlich zufrieden, alle Menschen, die ihm wichtig und lieb waren, um seinem Tisch versammelt zu sehen. »Maria hat den ganzen Tag gekocht. Wo bleibt sie denn? Ich habe sie gebeten, mit uns zu essen.« Alfred blickte sich suchend um.

In dem Moment betrat Maria die Stube. Sie trug eine Schüssel gefüllter Äpfel, die nach teurem Zimt und Kardamom rochen. »Achtung, die Schüssel ist heiß«, sagte sie und stellte den dampfenden Tonbehälter auf dem Tisch ab.

»Du hast dich wieder selbst übertroffen«, sagte Alfred und nickte seiner Köchin anerkennend zu.

Maria errötete leicht und nahm Platz.

»Darf ich Euch einen meiner Äpfel geben?« Die alte Frau sah Judith, die immer noch auf der Fensterbank saß, fragend an.

»Ich weiß nicht ...«, sagte Judith und blickte auf den köstlich duftenden Nachtisch.

»Es ist weder Butter noch Milch dabei«, versicherte Maria, und Mathes fragte sich, ob Richards Frau wohl irgendein Lebensmittel nicht vertrug.

»Dann gerne«, sagte Judith und lächelte der alten Frau dankbar zu. Bereitwillig füllte diese Judiths Schüssel. Als sie auch Mathes einen Apfel reichen wollte, schüttelte der den Kopf.

»Ich nehme zuerst ein Stück von deinem Huhn«, sagte er und nahm sich eine ordentliche Portion. Voller Vorfreude beugte er sich über seine Schüssel. In diesem Moment stand Judith von der Fensterbank auf und nahm neben Mathes Platz. Als sie ihr Kleid glattstrich, fiel das kleine Buch, das sie in der Hand gehalten hatte, auf den Boden. Judith wollte sich danach bücken, aber ihr großer Bauch, in dem sich ihr drittes Kind befand, war ihr dabei im Weg. Mathes legte sein Messer beiseite und griff nach dem Buch. Es handelte sich um das Alte Testament. Mathes klappte es zu, dabei bemerkte er eine Zeichnung, die herausgefallen war und immer noch am Boden lag. Er griff nach dem Stück Papier und wollte es gerade ins Buch zurückschieben, doch dann hielt er inne und starrte das Blatt fasziniert an. Es war eine Silberstiftzeichnung, sie zeigte einen alten jüdischen Mann. Mathes erkannte sofort den Geldverleiher David Isserlein. Die Zeichnung zeigte dieselbe Handschrift wie der Entwurf für die Holztruhe, die er hätte anfertigen sollen. Die beiden Zeichnungen stammten eindeutig vom selben Künstler.

»Darf ich fragen, wer diese wundervolle Zeichnung gemacht hat?«, fragte Mathes und reichte Judith das Buch mit der Zeichnung.

Judith errötete und zögerte kurz. Sie warf ihrem Mann einen hilfesuchenden Blick zu. Richard sah von seiner Schüssel auf und sagte: »Das Bild zeigt den heiligen Josef und ist von einem unbekannten Künstler gemacht worden. Keine Ahnung, wer es uns geschenkt hat.«

Mathes wusste, dass der Freund log, er kannte Richard lang genug.

»Der heilige Josef trägt aber Schläfenlocken und eine winzige Kappe, wie es nur die Juden tun«, sagte er.

»Der heilige Josef war ein Jude«, kam die scharfe Antwort von Judith.

»Aber niemand zeigt ihn als Juden«, sagte Mathes.

»Das ist einer der Gründe, warum der Künstler trotz seines Könnens niemals zu Ruhm gelangen wird. Seine Zeichnungen kommen bei den Christen nicht gut an.« Richard ließ ein Stück Huhn in seinem Mund verschwinden und kaute.

»Soll das heißen, dass ein Jude diese Zeichnung angefertigt hat?«, fragte Mathes.

Maria ließ ihren Löffel fallen, dann war nur noch das Klappern von Geschirr zu hören. Niemand antwortete auf Mathes' Frage, doch für ihn war die Sache noch nicht erledigt. »Ihr scheint Euch daran nicht zu stoßen«, bohrte er hartnäckig nach.

»Das stimmt, ich stoße mich nicht daran.« Judiths melodiöse Stimme klang fest, was in krassem Gegensatz zu ihren Augen stand, die nervös flatterten. Schützend strich sie über ihren dicken Bauch, wie es schwangere Frauen oft zu tun pflegen.

Alfred runzelte besorgt die Stirn. »Seit Wochen habe ich mich auf diesen Abend gefreut, ich will nicht, dass wir ihn streitend verbringen. Jude oder Christ, ist doch völlig egal, beide beten zum gleichen Gott. Wer will einen gefüllten Apfel?«

»Ich will einen Apfel, Onkel Alfred«, riefen Jonas und Josef gleichzeitig.

»Immer nur her mit den Schüsseln.« Während Alfred die leeren Schüsseln hielt, fischte Maria die Äpfel mit einer Schöpfkelle von der Platte und legte sie hinein. Auf ihrem Gesicht hatte sich wieder diese tiefe, schier bodenlose Traurigkeit breitgemacht.

Obwohl Mathes noch eine Reihe von Fragen auf der Zunge lag, hielt er sich zurück und sagte nichts mehr. Wortlos hielt auch er Alfred seine Schüssel entgegen, um ebenfalls einen gefüllten Apfel zu bekommen. Sein Blick streifte Judith, und er nahm sich vor, sich in den nächsten Tagen nach dem Wohlbefinden Sarah Isserleins zu erkundigen. Er glaubte nun zu wissen, wer den Entwurf für ihre Holztruhe gemacht hatte, und er hatte vor, den Künstler näher kennenzulernen.

Nach dem Essen bat Mathes Alfred um ein vertrauliches Gespräch. Die beiden zogen sich in die kleine Kammer zurück, die direkt an die Stube angrenzte und die Alfred nutzte, um ungestört arbeiten zu können. Der Raum hatte Richard früher als Schlafkammer gedient, nun würden er und seine Familie den hinteren Teil des Hauses beziehen.

»Was kann ich für dich tun?«, fragte Alfred neugierig.

»Ich mache mir Sorgen um Jürgen«, sagte Mathes und

fügte auf Alfreds fragenden Blick hin »Andreas Rötels Lehrling« hinzu. Dann begann er von der Hilfe für die beiden Juden und von Rötels Drohungen zu erzählen, und als er geendet hatte, seufzte der Zunftmeister: »Du sagst, dass Jürgen seit drei Tagen nicht in der Werkstatt erschienen ist.«

Mathes nickte.

»Das ist eine dumme Sache. Rötel ist Jürgens Lehrherr, er darf ihn natürlich bestrafen, wenn er glaubt, dass der Junge etwas Falsches getan oder seine Arbeit nicht ordnungsgemäß verrichtet hat.«

»Er darf ihn aber nicht halbtot prügeln.« Aufgebracht sprang Mathes von seinem Schemel auf und lief unruhig im Raum auf und ab.

»Wir wissen nicht, ob er ihn geprügelt hat«, sagte Alfred.

Mathes blieb stehen und starrte ihn finster an.

»Obwohl ich es mir gut vorstellen kann«, räumte Alfred nachdenklich ein.

»Du bist der Zunftmeister der Steinmetze, du kannst ein Verfahren gegen ihn einleiten und ihn …«

Alfred hob beide Arme und unterbrach Mathes: »Ich habe es dir schon einmal gesagt, so einfach ist das nicht. Ich bin Zunftmeister, aber ich habe keinerlei Beweise für deine Behauptungen. Und ich war nicht nur dein Lehrherr, sondern auch dein Ziehvater. Jeder weiß, wie ich zu dir stehe, und jeder weiß, dass Rötel dich nicht besonders gut leiden kann. Wenn ich gegen ihn vorgehe, wird man mir vorwerfen, im eigenen Interesse zu handeln.«

»Wenn er den Jungen geprügelt hat, dann ist das allein meine Schuld«, sagte Mathes.

Alfred kratzte sich am Kinn und schüttelte den Kopf. Dass Jürgen verprügelt worden war, war bloß eine Vermutung. »Was erwartest du von mir?«, fragte er müde.

»Kannst du herausfinden, warum Jürgen nicht auf der Baustelle erscheint?«

»Natürlich kann ich das. Aber was willst du tun, wenn deine Befürchtungen sich bewahrheiten?«

»Ich werde Rötel bei dir und Meister Fuchs, dem Werkmeister der Dombauhütte, anzeigen«, sagte Mathes trotzig.

»Was erhoffst du dir davon?«, fragte Alfred und beugte sich nach vor. »Du hast den Lehrling eines anderen Meisters von der Arbeit abgehalten und ihn dazu gezwungen ...«

»Ich habe ihn nicht gezwungen«, unterbrach Mathes ungehalten.

»Das werden die anderen Zunftmitglieder anders sehen. Vor allem dann, wenn sie erfahren, dass du zwei Juden zur Hilfe geeilt bist.«

»Aber was könnte ich sonst tun?«, fragte Mathes aufgebracht. Er fuhr sich mit beiden Händen durchs Haar.

»Wenn es dein Gewissen beruhigt, werde ich mich nach Jürgen erkundigen und, falls notwendig, Rötel zwingen, ihn von einem Medicus behandeln zu lassen. Außerdem kann ich versuchen, ihn zu einem Handel zu überreden. Wenn Rötel wirklich so unzufrieden mit dem Jungen ist, kann er nur froh sein, wenn er Jürgen loswerden kann. Soviel ich weiß, sucht Martin Kramer in Hainburg einen Lehrling. Ich selbst kann im Moment niemanden mehr nehmen, weil im Sommer der Sohn von Hannes Sauer zu uns ziehen wird. Außerdem werden in ein paar Jahren Richards Söhne alt genug für eine Ausbildung sein.« Alfred machte einen Schritt auf das dunkle Fenster zu und starrte in den lichtlosen Hof. Die Fackeln waren längst ausgegangen. »Ist das in deinem Interesse?«

»Ja, danke«, sagte Mathes und fühlte sich plötzlich wieder wie der Zwölfjährige, der darum bat, statt des Steinquaders einen Drachen formen zu dürfen.

9

»DER VERBAND AUF DEINEM Kopf sieht aus wie eine Krone, und du bist eine Prinzessin«, sagte der kleine Jakob. Aarons Neffe saß neben Miriam an Sarahs Küchentisch und tupfte mit dem Zeigefinger die letzten Brösel eines saftigen Honigkuchens auf. Es war einer der Nachmittage, an denen Sarah sich um Jakob kümmerte, weil seine Großmutter in der Synagoge die wohltätigen Arbeiten der Frauen aus guter Familie organisierte. Eine Aufgabe, die Sarah übernehmen würde, sobald Aaron Rabbiner der Gemeinde war. Miriam hatte es sich angewöhnt, die »Jakobnachmittage«, wie sie diese Tage nannte, bei ihrer Tante zu verbringen, denn hier war es viel lustiger als zu Hause.

Der Überfall auf David Isserlein und seine Tochter hatte sich rasch im jüdischen Viertel herumgesprochen und für große Aufregung gesorgt. Während einige Juden besorgt waren, versuchte Rabbi Simon Blümlein, die Gemeinde zu beruhigen. Nach dem Gebet in der Synagoge hatte er alle dazu aufgerufen, Ruhe zu bewahren. Es gebe keinen Grund zur Besorgnis, da Herzog Albrecht sich zum Schutz der Juden verpflichtet habe. Er könne es sich nicht leisten, diesen Vertrag zu brechen. Nicht alle teilten Blümleins Sorglosigkeit, und es machte sich hier und dort Unmut breit. Aber noch wurde nur im kleinen Kreis und hinter vorgehaltener Hand getuschelt. Anna Rosendorf, Sarahs Nachbarin, gehörte zu jenen, die sich ängstigten. Sie hatte beim großen Brand drei ihrer Kinder und ihren Mann verloren, böse Stimmen behaupteten, der Brand habe ihr auch den Verstand genommen. Als die alte Frau Sarah gestern den Honigkuchen gebracht hatte, von dem Jakob sich gerade ein weiteres Stück nahm, hatte sie Sarah aus angstgeweiteten Augen angestarrt, sie am Arm gepackt und gemeint: »Glaubt mir, das ist erst der Anfang. Wenn Ihr weggehen könnt, dann tut es. Euer Vater hat genug Geld, um mit Euch und Eurem Bruder anderswo ein neues Leben zu beginnen. Ich selbst habe nichts mehr zu verlieren, ich werde bleiben. Aber Ihr habt noch so viel vor Euch.« Sarah hatte lange über die Worte der alten Frau nachgedacht, es aber nicht gewagt, mit ihrem Vater darüber zu sprechen. David hatte sich von dem Überfall immer noch nicht erholt. Er wirkte verwirrter denn je.

Jakob unterbrach Sarahs Überlegungen. »Wie lange musst du denn deine Krone noch tragen?«, fragte er, und Miriam stieß ihn mit dem Ellbogen an: »Das ist doch keine Krone!«

Sarah überging Miriams Bemerkung. »Elias hat gemeint, ich könne den Verband morgen oder spätestens übermorgen wieder abnehmen. Wollt ihr noch ein Stück Kuchen?«

Beide Kinder schüttelten den Kopf. »Nein danke.« Nach drei großen Stücken konnten sie beim besten Willen nicht mehr. »Zeichnest du uns wieder ein Tier?«, fragte Jakob stattdessen, und Miriam nickte zustimmend.

Immer wenn Jakob zu Besuch war, bat er seine zukünftige Tante um ein Spiel, das er und Miriam sich ausgedacht hatten. Während Sarah zeichnete, versuchten die beiden Kinder zu erraten, um welches Tier es sich handelte. Sowohl Sarah als auch Jakob wussten, dass sie das Spiel nur spielen konnten, wenn David nicht im Raum war. Aber der lag seit dem Mittagessen mit offenen Augen in seiner Kammer, summte leise vor sich hin und starrte auf die breiten Balken seiner weißgetünchten Decke. Als Sarah vorhin nach ihm geschaut hatte, hatte er sie nicht erkannt, sich aber ohne Protest von ihr zudecken lassen. Sarah hoffte, dass er bald in einen erholsamen Schlaf fand und danach mit klarem Kopf aufwachte. Aber sie wusste, dass die Chancen dafür schlecht standen.

»In Ordnung«, sagte sie und seufzte ergeben. »Ich räume nur rasch das Geschirr weg, dann hole ich meinen Block, und wir können beginnen.«

»Ich helfe dir«, sagte Jakob und sprang von seinem Stuhl auf. Miriam hatte die Reste des Kuchens bereits in die Vorratskammer getragen.

Wenig später saßen die drei am Küchentisch, vor ihnen die dicke Wachskerze und Sarahs Skizzenblock. Sie hatte den teuren Block heimlich bei dem netten Kaufmann aus Venedig gekauft und sich das Geld dafür vom Mund abgespart. Nun strich sie liebevoll über das geschöpfte Nürnberger Papier und begann dann, mit sicheren, zügigen Strichen den Kopf eines Tiers zu zeichnen.

»Was ist das denn?«, fragte Jakob. »Eine Ratte?«

Sarah lachte: »Aber nein!«

Miriam hatte den Ellbogen auf die Tischplatte gestützt und kaute hingebungsvoll an ihrem Daumennagel.

»Aber die großen Ohren«, gab sie zu bedenken.

»Ja, genau, das wird ganz sicher eine Ratte.« Nun steckte auch Jakob nachdenklich einen Finger in den Mund.

Sarah schüttelte den Kopf und gab dem Tier einen kurzen Hals, einen dicken behäbigen Körper und vier ebenfalls dicke Beine.

»Dieses Tier gibt es nicht«, sagte Jakob.

»Doch, aber du musst etwas Geduld haben, denn etwas Wichtiges fehlt dem Tier noch.« Da klopfte es an der Tür, und Sarah setzte den Stift ab.

»Wer ist das?«, fragte Jakob.

Miriam hob den Kopf. »Hoffentlich nicht Mutter«, flüsterte sie so leise, dass nur Jakob sie hören konnte.

»Mal sehen.« Sarah stand auf und ging zur Tür. Sie erwartete keinen Besuch, doch in den letzten Tagen waren immer wieder Nachbarn und Freunde gekommen, um sich nach ihrem Wohlergehen zu erkundigen.

Schwungvoll öffnete sie die Haustür und erschrak. Davor stand der junge Steinmetzmeister, der es abgelehnt hatte, ihre Truhe anzufertigen, und sie anschließend vor dem Pöbel gerettet und zu Elias ins Hospital gebracht hatte.

»Guten Tag«, sagte Mathes. Er hatte den Staub aus seinem blonden Haar gekämmt, eine saubere dunkelgrüne Tunika übergezogen und sich die Hände gründlich gewaschen.

»Schalom«, sagte sie erstaunt.

Mathes warf einen besorgten Blick auf Sarahs Kopfverband. »Euer Bruder hat mir gesagt, dass es Euch wieder bessergeht und Ihr zu Hause seid. Er hat mir verraten, wo Ihr wohnt.«

»Hat er das?«, fragte Sarah. Dann besann sie sich und erklärte: »Es geht mir gut, danke. Der Verband sieht schlimmer aus, als es in Wirklichkeit ist.« Sie war in der Eingangstür stehen geblieben und versperrte Mathes den Weg.

»Darf ich hinein?«, fragte Mathes und zeigte ins Innere des Hauses. Auf seinem Gesicht breitete sich ein Lächeln aus, dem Sarah nicht widerstehen konnte.

»Ja, natürlich«, sagte sie rasch und trat verlegen einen Schritt zur Seite. Sie führte den Christen in ihre Küche, wo Jakob und Miriam ihn neugierig musterten.

»Schalom«, sagte Jakob laut, und Miriam flüsterte den Gruß. Sie hatte den fremden Besucher schon einmal im Hospital gesehen.

»Guten Tag«, erwiderte Mathes. Unaufgefordert trat er an den Tisch.

»Der Elefant ist gut gelungen, es fehlt ihm nur noch der Rüssel«, sagte er.

Entzückt sprang Jakob auf und klatschte begeistert in die Hände: »Ein Elefant! Natürlich, das ist ja ganz einfach! Sarah, ich habe das Tier erraten, du musst das nächste zeichnen!«

Miriam stieß den Jungen erneut mit dem Ellbogen in die Seite. Diesmal so heftig, dass er aufschrie: »Aua! Was ist denn los?«

»Psst«, zischte Miriam ungehalten und rollte genervt mit den Augen. Manchmal zweifelte sie an Jakobs Verstand. Wie konnte er nur einem Fremden verraten, dass Sarah zeichnete? Außerdem hätte er den Elefanten ohne Hilfe niemals erkannt.

Sarahs Wangen liefen rot an, sie versteckte verlegen ihre Hände unter ihrer Schürze und überlegte fieberhaft, wie sie aus diesem Schlamassel wieder herauskam.

»Wollt Ihr einen Becher heißen Apfelmost trinken?«, fragte sie verlegen, denn etwas Besseres fiel ihr im Moment nicht ein.

»Ja, gerne«, sagte Mathes. Er ließ sich neben den Kindern auf der Bank nieder.

»Könnt Ihr auch zeichnen?«, wollte Jakob wissen.

Miriam holte erneut mit dem Ellbogen aus, doch Sarah sah es und schüttelte ernst den Kopf. Ihre Nichte zuckte mit den Schultern.

»Ein wenig«, sagte Mathes. Er griff nach dem Silberstift und bemerkte, dass es ein teurer Stift aus gutem Material war. Es gab nur einen Mann in der Stadt, der solche Stifte verkaufte. Mathes wog das Zeichengerät anerkennend in der Hand, dachte kurz nach und setzte es dann aufs Papier. Er begann mit winzig kleinen Ohren, einem großen Kopf, riesigen Zähnen und einem plumpen, festen Körper. Zuletzt bekam das Tier vier dicke, kurze Beine.

»Dieses Tier kenne ich nicht«, sagte Jakob.

»Ich auch nicht.« Miriam bearbeitete erneut ihren Daumennagel.

Neugierig geworden, kam Sarah zum Tisch. Sie stellte die vier Becher mit dampfendem Apfelmost, die sie auf einem kleinen Tablett trug, vor sich ab und betrachtete den Skizzenblock.

»Falls das ein Nashorn sein soll, so fehlt ihm noch das Horn«, sagte sie.

»Gut geraten, aber es soll ein Flusspferd sein«, sagte Mathes.

»Ein Flusspferd?«, fragten Miriam und Jakob gleichzeitig. Von so einem Tier hatten sie noch nie gehört.

»Ich habe es auf einer Darstellung der Arche Noah in Florenz gesehen«, erklärte Mathes und fügte hinzu. »Es tut mir leid, wenn es zu schwierig war. Ich versuche etwas Einfacheres.«

Mit raschen geübten Strichen setzte er ein winzig kleines Tier auf das Blatt. Jakob erkannte es sofort und rief: »Eine Maus!«

Mathes nickte und streckte Jakob den Stift hin: »Jetzt du!«

»Mit dem Stift?«, fragte Jakob. »Ich habe bis jetzt nur mit einem Griffel auf einer Wachstafel hebräische Schriftzeichen geübt.«

»Na, dann wird es höchste Zeit, einmal einen Silberstift auszuprobieren.« Mathes hielt ihm immer noch den Stift entgegen, aber Jakob zögerte. Da griff Miriam beherzt zu und nahm sich den Stift.

»Ich probiere es«, sagte sie entschlossen, beugte sich konzentriert über den Block und setzte vorsichtig an.

»Aber man sieht ja gar nichts!«, rief sie dann verärgert.

»Du musst etwas fester aufdrücken«, sagte Mathes und

fügte hinzu: »Aber Vorsicht. Wenn du zu fest aufdrückst, machst du ein Loch ins teure Papier.«

»Komisch, es sieht immer so leicht aus, wenn Tante Sarah zeichnet«, sagte Miriam und machte einen neuerlichen Versuch. Diesmal gelang ihr ein heller, fast nicht sichtbarer Kreis.

»Das ist wirklich schwierig«, jammerte sie, gab aber nicht auf und zeichnete ein winziges, kaum erkennbares Tier.

Jakob schob die Unterlippe vor und überlegte: »Ein Vogel?«

Miriam schüttelte den Kopf: »Es lebt im Wasser.«

»Ein Fisch«, rief Mathes.

Miriam nickte und gab den Stift erleichtert an Mathes zurück. »Mein Griffel und die Wachstafel sind mir lieber.«

»Willst du es wirklich nicht versuchen?« Mathes sah Jakob fragend an, aber der Junge schüttelte den Kopf. »Nein danke. Ich glaube, wir müssen gleich gehen.«

Erschrocken blickte Miriam zum Fenster: »Du hast recht, es wird gleich dunkel. Jakob, soll ich dich nach Hause bringen?«

Der Junge nickte.

»Ihr seid keine Geschwister?«, fragte Mathes.

Miriam schüttelte den Kopf. »Nein. Sarah ist meine Tante, und im Frühling wird sie Jakobs Tante werden, denn sie heiratet Aaron Blümlein, das ist Jakobs Onkel.«

»Ich verstehe«, sagte Mathes.

»Ihr müsst uns versprechen, dass Ihr nichts von unserem heimlichen Zeichenspiel verratet«, sagte Miriam ernst.

Fragend zog Mathes die Augenbrauen hoch.

Miriam hob die Hand vor den Mund und flüsterte vertraulich: »Aaron will nicht, dass Sarah zeichnet.«

»Das ist schade«, sagte Mathes betroffen.

Miriam zuckte mit den Schultern, dann nahm sie den jüngeren Jakob an der Hand und wandte sich zum Gehen.

»Ich gebe euch mein Ehrenwort und schwöre auf alle Heiligen!«, sagte Mathes ernst. Die Kinder starrten ihn verwirrt an, und Mathes begriff, dass die beiden mit einem Schwur auf christliche Heilige nichts anfangen konnten. Rasch verbesserte er sich: »Ich gebe euch mein Ehrenwort.«

»Gut.« Miriam war beruhigt.

Die Kinder holten ihre Mäntel, verabschiedeten sich, und schon flog die Tür krachend hinter ihnen ins Schloss.

»Grüßt Ruth und Rachel von mir!«, rief Sarah ihnen noch nach. Doch die beiden hörten sie nicht mehr, sie liefen bereits am Stubenfenster vorbei. Miriam trieb Jakob zur Eile an und zog ihn hinter sich her. Dann war es still. Plötzlich war Sarah allein im Raum mit einem fremden Christen.

Mathes griff nach einem der Becher auf dem Tisch und sagte: »Die beiden haben ihren Apfelmost gar nicht getrunken.«

»Die waren wohl noch voll vom Honigkuchen. Wollt Ihr ein Stück?«

»Nein danke. Sehr freundlich. Aber der eigentliche Grund meines Besuchs ist weder Apfelmost noch Honigkuchen.«

»Sondern?« Sarahs Herz klopfte plötzlich ungewöhnlich schnell. Sie glaubte, die Antwort zu wissen, und fürchtete sie so sehr, wie sie sich freute. Bestimmt würde der Christ ihr ein Angebot machen und die Truhe doch für sie schnitzen.

»Ich habe vor ein paar Tagen eine Zeichnung gesehen, die Euren Vater zeigt«, sagte Mathes.

Sarahs Reaktion überraschte ihn. Ihre Augen weiteten sich erschrocken, die rosige Farbe wich aus ihrem Gesicht, und sie musste sich am Tisch festhalten. Benommen ließ sie sich auf einen der Stühle sinken. Wie war die Zeichnung, die sie ursprünglich für ihre Mutter angefertigt hatte, in die Hände des Steinbildhauers gekommen?

»Die Zeichnung trug dieselbe Handschrift wie Euer Entwurf und wie die einfachen Zeichnungen hier auf Eurem Skizzenblock«, erklärte Mathes und senkte die Stimme. Er wollte Sarah nicht noch mehr erschrecken.

»Was wollt Ihr von mir?«, fragte Sarah tonlos. Sie ließ den Christen nicht aus den Augen, so als könnte sie von seiner Stirn ablesen, was dahinter vor sich ging. Sie fühlte sich von dem Mann in die Enge getrieben.

»Ihr habt den Entwurf für Eure Truhe selbst angefertigt, und da Ihr eine Frau seid, dürft Ihr die Wahrheit nicht zugeben.« Ein Lächeln umspielte Mathes' Mund. Lag Triumph darin?

»Und wenn ich nun gestehen würde, dass ich den Entwurf gemacht habe? Was würde sich für Euch verändern?«, fragte Sarah. Es hatte keinen Sinn, weiter zu lügen. War der Christ in Geldnot, wollte er sie erpressen? Aber dazu wirkte er zu freundlich.

»Ich bitte Euch, einen Blick auf die Taufkrone meines Taufbeckens zu werfen«, sagte Mathes ernst.

»Wie bitte?«, fragte Sarah. Ihre sonst so melodiöse Stimme klang schrill. Hatte sie sich verhört?

Mathes erklärte: »Mir fehlen immer noch zwei der sieben Darstellungen der Sakramente, und ich komme einfach nicht weiter. Irgendetwas fehlt den Entwürfen, etwas, was Ihr mit leichter Hand in die Zeichnung von Eurer Truhe eingearbeitet habt. Etwas Einfaches und Alltägliches.« Bittend fügte er hinzu: »Ich bin davon überzeugt, dass Ihr mir helfen könnt.«

Es folgte eine Stille, in der man eine Haarnadel hätte fallen hören. Sarah starrte den Steinbildhauer mit einer Mischung aus Fassungslosigkeit und Neugier an. Er schien sich nicht über sie lustig zu machen, sondern seine Worte völlig ernst zu meinen. Schließlich fragte sie: »Ich soll einen Entwurf für ein Taufbecken überarbeiten?« Am liebsten hätte sie laut aufgelacht.

Doch der Steinmetz schien das alles gar nicht komisch zu finden, er nickte bedächtig. Offensichtlich war ihm auch gar nicht bewusst, dass er etwas Unmögliches erbat. Sarah war nicht nur eine Frau, sie war Jüdin und hatte keine Ahnung von den christlichen Sakramenten.

»Ich weiß, dass mein Anliegen ungewöhnlich klingt, aber Ihr seid eine großartige Künstlerin, und ich erbitte Euren Rat. Dieses Taufbecken und die dazugehörende Krone bedeuten mir sehr viel. Ich möchte eine wirklich gute Arbeit abliefern.«

Überrascht über diese Worte schüttelte Sarah den Kopf. In den dunkelblauen Augen des Steinmetzmeisters lag nicht die geringste Spur von Spott. Gegen ihren Willen fühlte sich Sarah geschmeichelt. Ein seltsam warmes, sehr befriedigendes Gefühl machte sich in ihrem Bauch breit. Mathes Rockh hatte sie eine »Künstlerin« genannt!

»Ich habe von christlichen Sakramenten gehört, weiß aber nicht, worum es sich dabei handelt«, sagte sie vorsichtig und wusste, dass es völlig verkehrt war, was sie tat.

»Oh, das ist rasch erklärt«, sagte Mathes eine Spur zu eilig, und Sarah musste lächeln.

Was war das bloß für ein seltsamer Mensch? Sarah war klar, dass er alles behaupten würde, damit sie ihm bei seinem Entwurf half. Auch diese Hartnäckigkeit schmeichelte ihr. Aber als ehrbare Jüdin durfte sie sich nicht mit dem christlichen Glauben auseinandersetzen. Sie hatte ihre eigene Religion, in der offenbar für zeichnende Frauen kein Platz war.

Aber würde sie diese herrliche Tätigkeit wirklich aufgeben können? Jetzt, nachdem Mathes sie als »Künstlerin« bezeichnet hatte? Das Wort war eine süße Verlockung, der sie nicht widerstehen konnte.

»Ich könnte ja vielleicht …«, begann sie.

Das war genau die Antwort, auf die Mathes gewartet hatte. Er lächelte, und zwei fröhliche Grübchen auf seinem mit Sommersprossen überzogenen Gesicht ließen ihn wie einen kleinen Jungen aussehen.

Hinterher war sich Sarah nicht sicher, ob diese Grübchen dazu beigetragen hatten, dass sie sich zurücklehnte, die Arme vor der Brust verschränkte, den Christen musterte und sagte: »Ich wage es im Moment nicht, allein den christlichen Teil der Stadt zu betreten.«

Eilig, damit Sarah keine Zeit hatte, sich die Sache anders zu überlegen, sagte Mathes: »Sagt mir, wann ich Euch vor den Toren des jüdischen Viertels abholen soll!«

»Übermorgen um die zweite Stunde nach Mittag«, sagte Sarah. Sie hoffte, dass ihr Vater um diese Zeit seinen Mittagsschlaf halten würde. »Aber ich habe nur eine Stunde Zeit.«

»Eine Stunde«, wiederholte Mathes, und die Freude in seiner Stimme war unüberhörbar. »Bitte bringt eine Mappe mit Euren wundervollen Zeichnungen mit, ich würde sie mir gern alle ansehen.«

Sarah errötete und nickte. Und dann wurde ihr bewusst, dass sie gerade zugesagt hatte.

10

Der Kanzler Andreas Plank ignorierte die Wachposten am Treppenansatz und eilte mit raschen Schritten die schmale Treppe der Hofburg hinauf in den ersten Stock, wo sich Herzog Albrechts Arbeitsräume befanden. Das Gebäude entsprach in keiner Weise einem zeitgemäßen Repräsentationsgebäude, es trug noch die Spuren des letzten Babenbergers Ottokar, der 1278 vom ersten Habsburger in der Schlacht bei Dürnkrut geschlagen und getötet worden war. Seither regierten Habsburger das Reich und die Stadt Wien. Die verwinkelten dunklen Gänge und die spärlich beleuchteten winzigen Räume waren eine Schande für den Regierungssitz eines aufsteigenden Reiches. Das Gebäude mochte einst gute Dienste geleistet haben, als es noch eine Festung gewesen war, aber das war über zweihundert Jahre her. Jetzt bedurfte es einer dringenden Renovierung und ausgiebiger Umbauarbeiten, jeder unbedeutende Ritter hatte eine eindrucksvollere Empfangshalle in seiner Burg. Plank musste dringend mit Herzog Albrecht über einen Umbau reden. Fähige Steinmetzmeister sollten Pläne anfertigen und ausrechnen, wie lange die Arbeiten dauern und vor allem, was sie kosten würden. Wien brauchte eine repräsentative Burg wie Salzburg oder Prag.

Der Kanzler seufzte und atmete kurz durch, denn das rasche Treppensteigen hatte sein Herz wieder zum Rasen gebracht. Es war ein Jammer. Immer öfter hatte er Probleme mit seiner Gesundheit, dabei sprach er weder fettigem Essen noch dem Wein in größeren Mengen zu. Dennoch spielte sein Herz an manchen Tagen verrückt. Plank musste einen Medicus finden, der ihn heilen konnte, er hatte noch lange nicht vor, aus diesem Leben zu scheiden.

Umständlich ordnete Plank seinen roten Mantel und klopfte gegen die hohe dunkelbraune Tür aus schwerem Nussholz. Dann trat er ein, ohne auf ein Zeichen des Herzogs zu warten.

Herzog Albrecht saß hinter seinem Schreibtisch und diktierte einem seiner Schreiber, einem kleinen buckligen Mann, einen Brief. Neben ihm saß Reimprecht von Wallsee. Beim Anblick des dicken, freundlich dreinblickenden Mannes verzog sich Planks Gesicht säuerlich. Von Wallsee war einer der reichsten Männer des Landes und gleichzeitig Planks größter Gegenspieler. Gemeinsam hatten sie den jungen Albrecht erzogen, als seine beiden Onkel Ernst und Leopold um die Vormundschaft gestritten hatten, aber von Wallsee war Plank immer ein Dorn im Auge gewesen. Ein Adeliger, der in Reichtum und Überfluss aufgewachsen war und nie um irgendetwas hatte kämpfen müssen. Sein Ziel war es, die Ordnung im Reich zu erhalten, während Plank Visionen hatte, das Reich vergrößern wollte und für Wien endlich das langersehnte Bistum erkämpfen wollte.

Wenn von Wallsee ihm nicht ständig dazwischengepfuscht hätte, wäre er heute vielleicht schon Bischof und der Herzog ein willensstarker Herrscher. So aber war Albrecht schwach geworden und abhängig. Plank war davon überzeugt, dass das ganz allein von Wallsees Schuld war. Er hatte den jungen Albrecht verwöhnt, so dass er jetzt verweichlicht war.

Als Albrecht seinen Kanzler erblickte, schickte er den Schreiber mit einer beiläufigen Handbewegung weg. Der Bucklige zog sich mit eingezogenem Kopf zurück und verließ rückwärtsgehend den Raum.

»Mein lieber Kanzler«, sagte der Herzog mit seiner ungewöhnlich hohen Stimme, die gar nicht zu seinem Körperbau passte. Albrecht war ein kleiner untersetzter Mann, mit dichtem schwarzen Haar, das er in Nackenlänge trug, und einem ebenso dichtem dunklen Schnurrbart, den er nach der letzten Mode gestutzt hatte. Er trug farbenfrohe prächtige Kleider, und um seinen Hals hing eine dicke, schwere Goldkette.

Der Herzog stand auf und begrüßte Plank. »Setzt Euch zu uns. Wie Ihr seht, habe ich Besuch von unserem geschätzten Herrn von Wallsee.« Albrecht deutete auf den besetzten Stuhl, und Reimprecht von Wallsee nickte dem Kanzler freundlich zu. Plank fragte sich, warum der Mann so oft lächelte. Er wusste, dass von Wallsee nicht einfältig war, daher war das Grinsen vermutlich eine Form der Gerissenheit.

»Was führt Euch zu mir?« Der Herzog setzte sich wieder, und auch Plank ließ sich auf dem angebotenen Stuhl nieder und strich seinen roten Mantel glatt.

»Es geht um die Vertreibung der Deutschen aus Böhmen. Jan Žižka sitzt wie ein Kaiser auf der Prager Burg und führt ein straffes Regiment. Er jagt alle Prager, die Deutsch sprechen, davon und verbrennt all jene, die nicht bereit sind, die Lehren des Ketzers Jan Hus anzunehmen«, sagte der Kanzler.

»Das heißt, die Hussiten lehnen es immer noch ab, Sigismund als König von Böhmen anzuerkennen«, sagte Albrecht mit Entsetzen in der Stimme.

»Sie lehnen es ab und verteidigen nicht nur Prag, sondern haben inzwischen halb Böhmen in ihrer Hand«, erwiderte Plank.

»Aber das geht doch nicht!« Albrechts hohe Fistelstimme überschlug sich. »Sigismund wird im Herbst mein Schwiegervater, er muss als König von Böhmen anerkannt werden.« Der Herzog stampfte mit einem Bein auf, wie ein trotziges Kind, dem man sein Spielzeug verweigerte. Ein lächerlicher Anblick. Von Wallsee räusperte sich, doch der Herzog nahm die diskrete Kritik nicht wahr. Plank verdrehte die Augen. Er wusste, wenn man Albrecht auf etwas aufmerksam machen wollte, musste man ihn direkt ansprechen.

»Wir müssen Sigismund mit weiteren Truppen unterstützen«, sagte der Kanzler ernst.

»Wie stellt Ihr Euch das vor?«, stieß der Herzog mit schriller Stimme hervor. »Die Staatskassen sind leer. Der Bau des Doms verschlingt Unsummen. Ich kann unmöglich den Einsatz weiterer Truppen finanzieren.«

»Es bleibt Euch nichts anderes übrig, Ihr müsst«, sagte Plank bestimmt. Er klang wie ein Lehrer, der keine Widerrede duldete. Albrecht kannte diesen Ton. Er hatte ihn als Kind oft gehört, und wenn er es doch gewagt hatte zu widersprechen, hatte er die Konsequenzen mit einer dünnen Reitgerte spüren müssen. So lange, bis von Wallsee Plank Einhalt geboten hatte.

»Was schlagt Ihr vor?«, fragte Albrecht seinen Kanzler.

Planks Stimme nahm wieder einen versöhnlicheren Ton an, auch wenn er sich darüber ärgerte, dass der Herzog nicht ihn, sondern von Wallsee ansah und dieser sein Lächeln nicht ablegte.

»Ihr werdet die Truppen in den nächsten Tagen aussenden, und wir werden uns überlegen, wie wir rasch und möglichst bequem zu Geld kommen. Macht Euch keine Sorgen, der Herr wird uns einen Weg weisen.«

»Bei aller Wertschätzung, die ich Euch entgegenbringe, lieber Andreas Plank, aber das müsst Ihr etwas genauer erklären«, meldete sich nun von Wallsee zu Wort. Plank hätte ihn am liebsten vor die Tür gesetzt, damit er sich nicht einmischen und seine wohlüberlegten Pläne stören konnte. Sein Herz machte erneut einen kurzen Aussetzer, und er musste sich zurückhalten, um sich nicht an die Brust zu greifen.

»Es gibt eine Bevölkerungsgruppe in diesem Reich, die

über sehr viel Geld verfügt …« Plank legte den Kopf schräg und hoffte, dass dieser Satz ausreichte. Aber von Wallsee zog die Augenbrauen hoch, schlug eines seiner dicken Beine über das andere und wartete.

»Wir werden mit der jüdischen Gemeinde verhandeln müssen«, sagte Plank.

»Die Geldverleiher betreiben Zinswucher. Ich kann es mir nicht leisten, noch weitere Summen von ihnen zu borgen.« Der Herzog war aufgesprungen und lief nun aufgeregt in dem kleinen Raum auf und ab. Seine Absätze schlugen hart auf dem dunklen Parkettboden auf.

»Es hängt davon ab, wie wir verhandeln«, sagte Plank.

Von Wallsee verschränkte die Arme vor der Brust: »Ich hoffe, dass es bei Verhandlungen bleibt. Ich erinnere mich noch mit Schrecken an den blutigen Zwischenfall mit dem verheerenden Brand im Judenviertel. Dabei sind zahlreiche Menschen unschuldig gestorben.«

»Manchmal kann ich mich des Eindrucks nicht erwehren, dass Ihr ein Freund der Juden seid«, sagte Plank spitz.

»Unsinn.« Von Wallsee schüttelte den Kopf. »Ich denke bloß, dass die Wiener Bevölkerung in den letzten Jahren genug mitgemacht hat. Die Wunden des Bürgerkrieges sind immer noch nicht verheilt, der Streit zwischen Ernst und Leopold um die Vormundschaft des Herzogs hat viele Tote gekostet. Erinnert Euch an all die grausamen Hinrichtungen, an die Ernteverluste im Zuge der Auseinandersetzungen und an den Einbruch des Handels, der zu Armut geführt hat. Die Stadt ist gerade dabei, sich von alldem zu erholen. Wir können uns eine weitere Welle der Gewalt nicht leisten.«

»Um Gewalt zu verhindern, müssen wir handeln«, sagte Plank genervt. »Die Nachfolger von Jan Hus verwüsten in der Grenzregion im Nordosten ganze Ortschaften. Wollt ihr tatsächlich warten, bis die Hussiten bis nach Wien vordringen und die Stadt dem Erdboden gleichmachen?«

Plötzlich klopfte es an der Tür. Verärgert wandte Plank den Kopf, um zu sehen, wer das Gespräch unterbrach. Ein Diener trat ein und erinnerte den Herzog höflich daran, dass er einen Termin mit seinem Falkner habe.

»Ich komme sofort«, antwortete der Herzog. Als der Diener die Tür hinter sich wieder geschlossen hatte, wandte sich Albrecht an die beiden Männer, die einander feindlich anstarrten.

»Meine Herren, wir müssen unser Gespräch zu einem späteren Zeitpunkt fortführen. Meine Geschäfte rufen.« Er verabschiedete sich höflich und verließ den Raum.

Fassungslos blickte Plank dem Herzog hinterher, er konnte nicht glauben, dass der Herrscher zu seinen Falken ging, während sein Kanzler sich um die Zukunft des Reiches sorgte.

Von Wallsee konnte die Gedanken des Kanzlers erraten, er lachte laut. Sein dicker Bauch wirkte wie ein riesiger Resonanzkörper und gab seiner Stimme ein unglaubliches Volumen. »Kennt Ihr ihn nach all den Jahren denn immer noch nicht?«

Plank verstand die Heiterkeit seines Gegenübers nicht: »Der Herzog will eines Tages Sigismunds Platz einnehmen und sein eigenes Reich mit dem des Königs vereinen. Wie soll er je diese Verantwortung übernehmen können, wenn seine Gedanken sich ausschließlich um seine Falken drehen?«

»Warum sollte er selbst nachdenken, wenn er doch Euch hat?« Auch von Wallsee war nun ernst geworden. Er stand schwerfällig auf. »Ich wünsche Euch einen angenehmen Tag«, sagte er und ging.

Der Kanzler blieb allein zurück und überlegte, wie von Wallsee seine letzte Bemerkung wohl gemeint hatte.

11

Wie jedes Jahr Anfang März waren die Menschen sicher, den längsten und härtesten Winter seit langem zu erleben. Es schneite immer noch, die Schneedecke, die seit Oktober die Stadt bedeckte, schmolz einfach nicht. Die anhaltende Kälte ließ das Brennmaterial knapp werden, und wie immer um diese Jahreszeit stiegen die Preise für Lebensmittel in astronomische Höhen. In den meisten Haushalten befand sich außer einem Topf Sauerkraut, einem Sack getrockneter Linsen und ein paar verschrumpelten Zwiebeln nichts mehr in den Vorratskammern. Wer nicht selbst ein paar Hühner und eine Ziege im Stall hatte, musste schon seit Wochen auf frische Eier und Milch verzichten.

Die heftigen Schneefälle machten die engen, meist ungepflasterten Straßen der Stadt schwer passierbar. Fuhrwerke blieben stecken, und selbst Pferde und Maultiere hatten Schwierigkeiten vorwärtszukommen. In den Hospitälern drängten sich die Kranken, und die Ärzte und Bader verdienten in einer Woche so viel wie sonst in einem halben Jahr. Auch im jüdischen Hospital herrschte Hochbetrieb. Viele Patienten hatten hohes Fieber, und wegen der vereisten Straßen gab es deutlich mehr Knochenbrüche. Sowohl die beiden großen Säle, in denen weniger wohlhabende Männer und Frauen getrennt voneinander lagen, als auch die Einzelräume, in denen die reichen Patienten untergebracht waren, waren voll belegt. In vielen der schmalen Einzelbetten lagen zwei, manchmal sogar drei Kranke nebeneinander.

Seit drei Tagen verbrachte Elias Tag und Nacht im Hospital. Rabbi Simon Blümlein hatte nach dem Abendgebet die Gemeindemitglieder dazu aufgefordert, bei der Krankenpflege mitzuhelfen, aber nur wenige hatten sich gemeldet. Viele hatten auch zu Hause Kranke zu versorgen. Gegen den Willen ihrer Mutter wich Miriam in diesen Tagen dem Vater nicht von der Seite, sie versuchte, ihn zu unterstützen, wo sie nur konnte. Das Mädchen wusch die Kranken, wechselte Verbände und fütterte Kinder mit einer stärkenden Suppe. Am Vormittag hatte Elias seine Tochter gegen ihren Willen nach Hause geschickt, weil sie blass war und dunkle Ringe unter den Augen hatte. »Wenn du jetzt nicht nach Hause gehst und ein paar Stunden schläfst, muss ich dich am Nachmittag als Patientin aufnehmen«, hatte Elias gesagt, und Miriam hatte sich murrend auf den Weg gemacht.

Nun saß er in dem winzigen Apothekerraum und widmete sich seiner Schwester Sarah.

»Wann wird dieser schrecklich lange Winter endlich zu Ende gehen?«, fragte sie ihn gerade.

»Genauso gut kannst du mich fragen, wann Gott unser Volk erlösen wird. Auch darauf kann ich dir keine Antwort geben«, sagte Elias. »Und nun setz dich hin, damit ich deinen Verband abnehmen und sehen kann, wie die Wunde verheilt ist.« Elias drängte seine Schwester, auf dem Tisch Platz zu nehmen, auf dem er für gewöhnlich Salben anrührte und Tees zusammenmischte.

»Was machst du mit all den kranken Menschen? Hast du genug Medizin für sie?« Sarah war durch den überfüllten Saal mit kranken jüdischen Frauen gegangen und hatte noch nie so viele hustende Menschen gesehen, die mit glasigen Augen ins Leere starrten.

Elias zuckte mit den Schultern: »Eine Mischung aus Lindenblüten- und Holunderblütentee, damit die Patienten schwitzen. Umschläge mit kaltem Essig für ihre Waden, damit das Fieber sinkt. Kaltansatz aus Eibischwurzeln und warme Wickel aus Leinöl für die Hustenden. Kornelkirschen- und Sanddornsirup für die Kinder, die seit Wochen kein frisches Obst mehr gegessen haben, und viel kräftigende Hühnersuppe für alle.«

»Und das reicht?«, fragte Sarah.

»Du stellst mir schon wieder eine Frage, die ich nicht beantworten kann. Mehr habe ich nicht.« Elias' Augen lagen in dunklen Höhlen. Sarah wusste, dass er seit Tagen kaum geschlafen hatte.

»Wenn du nicht aufpasst, liegst du auch bald in einem der Betten im großen Schlafsaal.«

»Ich kann nicht krank werden, es gibt kein freies Bett mehr. Und jetzt halt endlich still!« Elias entfernte langsam und sorgfältig den Verband von Sarahs Kopf. »Schwesterherz, du hattest Massel.«

»Ich weiß«, sagte Sarah.

»Oder besser noch, einen heldenhaften Retter.« Elias hatte den Verband nun vollständig abgenommen und war mit dem, was er sah, sehr zufrieden. Er hatte die Fäden bereits vor Tagen gezogen, was zurückgeblieben war, war lediglich eine kleine dunkelrote Narbe in der Länge eines Kinderfingers.

»Der Christ ist hier gewesen und hat nach Vaters Haus gefragt. Hat er dich besucht?« Elias wollte beiläufig klingen, aber es gelang ihm nicht. Seine Neugier war nicht zu überhören.

»Ja«, sagte sie vorsichtig.

»Und was wollte er?«, fragte Elias.

»Er hat sich danach erkundigt, wie es mir geht«, antwortete Sarah wahrheitsgetreu.

Elias holte einen Topf mit Ringelblumensalbe aus einem der Regale und betupfte Sarahs Narbe damit. Seine Schwester zuckte unter der Berührung zusammen.

»Es ist bloß Ringelblumensalbe«, sagte Elias. »Der Christ ist ein freundlicher Mann. Wusstest du, dass er Steinmetzmeister ist und in der Bauhütte von St. Stephan arbeitet?« Er verschloss den Topf mit der Salbe wieder und stellte ihn zurück ins Regal.

»Natürlich weiß ich das. Vater und ich waren vor dem Zwischenfall mit dem Stein bei ihm und haben ihn gefragt, ob er eine Holztruhe nach meinem Entwurf anfertigen würde«, berichtete Sarah.

»Tatsächlich?« Davon hatte David nichts erzählt. Aber schon vor dem Überfall war der Vater sehr müde und unkonzentriert gewesen, jetzt saß er nur noch abwesend in einer Ecke und starrte teilnahmslos vor sich. Es schien, als hätte der Nachmittag am Stephansplatz das Fortschreiten seiner Krankheit beschleunigt.

Elias schob die Sorgen um den Vater zur Seite und fragte: »Und, wird er die Truhe anfertigen?«

Sarah ließ sich vom Tisch gleiten und landete mit beiden Beinen am Boden.

»Ich weiß es noch nicht. Zuerst hat er abgelehnt, aber jetzt glaube ich, dass er sie doch machen wird.«

Elias wischte sich die Hände mit einem Tuch ab und faltete es fein säuberlich zusammen. »Weiß Vater schon davon?«

Sarah schüttelte den Kopf.

»Wahrscheinlich würde es ihn den letzten Rest seines Verstandes kosten, sollte er erfahren, dass du von einem Christen besucht wirst.«

»Ich habe nicht vor, unseren Vater noch weiter in den Wahnsinn zu treiben. Außerdem hat Vater selbst vorgeschlagen, zu Meister Rockh zu gehen. Er wollte, dass der Meister die Truhe anfertigt, im Gegenzug musste ich ihm und Aaron versprechen, nie mehr zu zeichnen.« Sarahs Ärger war unüberhörbar.

Für einen Moment schwieg Elias, dann fragte er erstaunt: »Sie haben von dir verlangt, nie mehr zu zeichnen?« Er wusste, sie hätten Sarah ebenso gut verbieten können, nicht mehr zu atmen.

Sarah nickte, und Elias schüttelte fassungslos den Kopf.

»Du darfst dieses Versprechen nicht geben. Verzichte auf diese Truhe«, sagte er mit Nachdruck.

»Es ist ganz egal, ob ich die Truhe bekomme oder nicht. Aaron will nicht, dass ich zeichne, und Vater will, dass ich Aaron heirate, weil diese Ehe den angeschlagenen Ruf unserer Familie retten kann. Außerdem hat Aaron Vaters Geschäfte bereits übernommen.«

»Unsere Schwester hat sich gegen unseren Glauben entschieden. Die Menschen werden über uns tratschen, solange sie sich an diese Geschichte erinnern können, ganz egal, wen du heiratest.«

»Hast du Judiths Entscheidung verstanden?« Sarah hatte den Namen ihrer Schwester seit Jahren nicht ausgesprochen. Nun klang er eigenartig und vertraut zugleich.

»Dass sie statt Aaron einen jungen Christen geheiratet hat?«

Sarah nickte.

»Ich bin davon überzeugt, dass es ihr nicht leicht gefallen ist und sie sich den Schritt gut überlegt hat. Ich wünsche ihr von ganzem Herzen, dass sie glücklich ist. Ich würde es niemals wagen, sie zu verurteilen, nur weil sie beschlossen hat, ihr Leben so zu gestalten, wie sie selbst es für richtig hält.«

»Judith ist keine Jüdin mehr«, sagte Sarah traurig.

»Dafür ist sie vielleicht eine glückliche Frau«, erwiderte Elias. »Rachel ist Jüdin, und glaube mir, sie ist nicht nur verbittert, sondern auch zutiefst unglücklich. Und ich bin nicht nur außerstande, daran etwas zu ändern, ich bin der Grund ihres Unglücks.«

»Aber es ist nicht deine Schuld«, erklärte Sarah aufgebracht. »Rachel ist undankbar und ungerecht. In der ganzen jüdischen Gemeinde gibt es keinen liebevolleren Mann als dich.«

Elias lachte: »Das ist sehr lieb von dir, danke. Aber Rachel sieht das anders.«

»Rachel ist eine …«

Elias legte seine Hand auf Sarahs Oberarm und unterbrach sie: »Sag es bitte nicht.« Als er weitersprach, war das Lächeln aus seinem Gesicht verschwunden. »Ich danke Gott jeden Tag, dass er uns Miriam geschenkt hat. Sie gibt der Ehe mit Rachel einen Sinn, den einzigen Sinn.«

»Eigentlich sollte der Glaube unserem Leben Sinn geben«, sagte Sarah nachdenklich.

»Eine Ehe mit einem Mann, den du nicht liebst, und ein Leben ohne Zeichnen. Ist dein Glaube tatsächlich so stark, dass du daran nicht zerbrichst?«, fragte Elias.

Sarah schluckte hart. »Was soll ich denn machen? Weglaufen und einen Christen heiraten, so, wie Judith es getan hat?« Sarahs Stimme wurde lauter.

»Gibt es denn jemanden, zu dem du laufen willst?«

»Nein, natürlich nicht.« Sarah schüttelte den Kopf. Nach einer Pause fragte sie: »Wenn Judith wieder nach Wien käme, würdest du sie sehen wollen?«

»Selbstverständlich«, sagte Elias, ohne zu zögern. »Sie ist meine Schwester.«

»Vater hat sie verstoßen.«

»Vater wollte nicht aus Wien wegziehen. Er musste sie verstoßen, um weiter in dieser Gemeinde leben zu können.«

In diesem Moment stolperte Noah, der Küchenjunge, aufgeregt in den kleinen Raum. Noah war elternlos, und Elias hatte ihn gegen den Willen der anderen Ärzte eingestellt. Aber er war ein kluger und sensibler Junge, der genau auf die

Symptome der Kranken achtete und auch die geringste Veränderung bemerkte. Zurzeit war er nicht nur in der Küche, sondern auch bei der Pflege der zahlreichen Kranken unentbehrlich. Elias hatte es bis jetzt noch nie bereut, den Jungen aufgenommen zu haben.

Noah war so außer Atem, dass er die Worte nur stotternd herausbrachte. »Die Frau des Gemüsehändlers«, keuchte er. »Sie hustet ununterbrochen und kann nicht mehr aufhören. Ich glaube, sie erstickt gleich. Sie ist schon ganz blau im Gesicht.«

»Ich komme«, sagte Elias und wandte sich zum Gehen. Er verabschiedete sich rasch von Sarah und lief Noah hinterher.

Sarah hörte seine Schritte im Flur verhallen und andere aufgeregte Stimmen nach ihrem Bruder rufen. Sollte sie bleiben und ihre Hilfe anbieten? Nein, sie verspürte das Bedürfnis, das Hospital so rasch wie möglich zu verlassen, um in Ruhe nachzudenken. Gedankenverloren griff sie nach ihrem Mantel und ging hinaus.

Direkt an das Hospital grenzte die Synagoge, ein unauffälliges Gebäude, ganz anders als die Kirchen der Christen, die durch ihre hohen Glockentürme schon von weitem als Gotteshäuser erkennbar waren. Sarah ging an drei großen Spitzbogenfenstern vorbei, hinter denen sich die Frauenschul befand. Kurz überlegte sie, ob sie in die Synagoge gehen sollte, um die Ruhe des Tempels zum Nachdenken zu nutzen. Doch die Gefahr, dort auf Aaron zu stoßen war zu groß, deshalb entschied sie sich für einen Spaziergang. Sie lief an der hohen Wand aus dicken Holzbrettern entlang, die das jüdische Viertel umgab und vom Rest der Stadt abtrennte. Die Wand war hässlich und dennoch auf beiden Seiten erwünscht. Denn in einem Punkt waren Juden und Christen sich einig: Die Religionen durften nicht vermischt werden.

12

Als Sarah nach Hause in die Kleeblattgasse kam, wartete ihre Schwägerin vor der Haustür. Neben ihr hockte Jakob im Schnee und formte kleine Bälle, die er übereinanderstapelte. Rachel wirkte ungeduldig und verärgert. Sarah konnte sich nicht an eine Verabredung mit Rachel erinnern, lächelte ihr aber zur Sicherheit entschuldigend zu, während sie aufsperrte und die beiden ins Haus bat.

»Wir warten schon eine Ewigkeit. Glaubst du, ich hätte nichts anderes zu tun, als in der Kälte zu stehen?«, machte Rachel ihrem Unmut Luft. Sarah schwieg. Offenbar war ihr doch entfallen, dass Rachel sich angekündigt hatte. Vielleicht war die Krankheit ihres Vaters ansteckend?

Das Feuer im Ofen war ausgegangen, und es war unangenehm kalt im Haus. Sarah rieb sich die Hände, ging rasch zum Ofen, kniete sich davor und schichtete Holzscheite hinein. Dann machte sie sich daran, mit ihrem Zündzeug einen Funken zu schlagen.

»Ich bringe die Hamantaschen, oder hast du heuer selbst welche gebacken?« In Rachels Frage schwang ein böser Sarkasmus mit, und sie knallte ihren Korb unnötig laut auf den Küchentisch. »Hast du schon deine Lieferung vom Weinhändler Rebenstein bekommen?

»Eine Weinlieferung?«, fragte Sarah. Es war ihr gelungen, einen Funken mit dem Zunder aufzufangen. Rasch warf sie die Flamme ins aufgestapelte Holz, und schnell loderte ein Feuer auf, dessen Knistern gleich ein wenig Behagen im Raum verbreitete. Sarah stand auf und ordnete ihre Röcke: »Welche Weinlieferung?«

»Das kann doch nicht dein Ernst sein! Hast du vergessen,

welches Fest morgen gefeiert wird?« Rachels Stimme drohte überzuschnappen vor Empörung.

»Purim!«, sagte Sarah, und nun fiel es ihr wie Schuppen von den Augen. Sie brauchte Wein, viel Wein. Denn an Purim war es den Juden erlaubt, so viel zu trinken, dass sie den Satz »Verflucht sei Haman« nicht mehr von »Gesegnet sei Mordechai« unterscheiden konnten. Sowohl David als auch Elias, die beide sonst nur wenig Wein tranken, füllten an Purim ihre Becher so oft nach, dass sie am nächsten Morgen über Kopfschmerzen klagten.

»Rebenstein hat meine Lieferung vergessen!«, sagte Sarah und schlug sich die Hand vor den Mund.

»Kann es sein, dass du es verabsäumt hast, bei ihm zu bestellen?«, fragte Rachel. Ein triumphierendes Glitzern in ihren Augen verriet Sarah, dass ihre Schwägerin genau wusste, wie sich die Sache verhielt. Gleich würde Rachel wieder beweisen können, was für eine schlechte Hausfrau und Jüdin Sarah doch war.

»Wie kommst du darauf?«, fragte Sarah vorsichtig.

Rachel verschränkte die Arme vor ihrer schmalen Brust: »Rebenstein hat mir heute Morgen den Wein gebracht und mich gefragt, ob er mir noch drei weitere Tonkrüge dalassen soll, weil du heuer nicht bei ihm bestellt hättest und ihm zwei Krüge für eine so große Familie recht wenig zu sein scheinen.« Die Genugtuung in Rachels Gesicht war nicht zu übersehen, ihr schmaler Mund verzog sich zu einer Grimasse, die man beinahe als Lächeln bezeichnen konnte.

Bis jetzt hatte Sarah den Weinhändler immer gut leiden können, im Moment war sie sich nicht sicher, ob das auch in Zukunft so sein würde.

»Hast du mehr Wein genommen?«, erkundigte sie sich.

»Natürlich habe ich das, und ich habe doppelt so viele

Hamantaschen gebacken wie in den Jahren zuvor, weil ich geahnt habe, dass du auch diesen Tag wieder mit sinnlosen Dingen vergeuden wirst. Außerdem bin ich mir nicht sicher, ob man Hamantaschen aus deiner Küche irgendjemandem zumuten kann.« Rachel bemühte sich nun überhaupt nicht mehr um Freundlichkeit. Der Seitenhieb auf Sarahs mangelhafte Kochkünste hatte gesessen, sie wollte Sarah mit purer Absicht verletzen.

»Hast du wenigstens die Geschenke für die Armen und Bedürftigen vorbereitet, damit wir sie morgen vor dem Abendgebet verteilen können?«, fragte Rachel.

»Ich ...«, begann Sarah. Was sollte sie ihrer Schwägerin erzählen? Dass sie den ganzen Vormittag über ihren traurigen Bruder nachgedacht hatte, für dessen Unglück sie Rachel die volle Verantwortung zuschrieb? Oder dass sie sich heute Nachmittag mit einem Christen treffen wollte, um über einen Taufstein zu sprechen?

Verlegen stammelte sie: »Ich habe die Geschenke vergessen, aber ich werde mich heute noch darum kümmern.«

Dieser Satz und die Selbstverständlichkeit, mit der Sarah ihn aussprach, brachten für Rachel das Fass zum Überlaufen. Ihr Gesicht lief dunkelrot an, und ihre Augen funkelten böse. »Du bist eine Schande für die ganze Gemeinde und trittst unseren Glauben mit Füßen. Du willst einen Rabbi heiraten und vergisst unsere wichtigsten Feste. Du bist nicht würdig, dich eine Jüdin zu nennen!«

Sarah trat erschrocken einen Schritt zurück, unfähig, etwas zu erwidern.

Rachel fuhr fort: »Ich werde auch für dich Mischloach Manot vorbereiten, damit du morgen etwas verteilen kannst und der Schein nach außen gewahrt wird. Aber das ändert nichts an der Verachtung, die ich dir entgegenbringe.« Rachel drehte sich abrupt um. Nun fiel ihr Jakob ein, der das ganze Gespräch mit angehört hatte und sich möglichst unauffällig in eine Ecke duckte: »Deine zukünftige Schwiegermutter hat mich gebeten, Jakob zu dir zu bringen, da sie in der Synagoge Vorbereitungen für morgen treffen muss.«

»Aber ich kann nicht ...«, stammelte Sarah.

Rachel wirbelte herum. »Sag mir, was wichtiger ist, als auf einen Jungen aufzupassen, der bald dein Neffe sein wird.«

»Ich ...«, Sarah brach ab und schüttelte resigniert den Kopf. »Nichts!«

»Eben«, zischte Rachel. »Du machst den ganzen Tag nichts.«

Ohne sich zu verabschieden, verließ sie die Küche, gleich darauf hörte Sarah die schwere Haustür ins Schloss fallen.

Betroffen stand Sarah da und lauschte auf Rachels Schritte, die sich rasch entfernten. Nach einer Weile kam Jakob aus seiner Ecke und trat neben Sarah.

»Ich glaube, sie hat das nicht so gemeint, sie war bloß wütend«, versuchte der Junge, sie zu trösten.

»O doch, sie hat jedes Wort so gemeint, wie sie es gesagt hat.«

Sarah schüttelte nicht nur den Kopf, sondern auch die Schultern, so, als wollte sie die beleidigenden und verletzenden Worte abschütteln. Dann sah sie Jakob an und sagte entschlossen: »Weißt du was, wir suchen jetzt in der Vorratskammer nach Nüssen und getrockneten Äpfeln. Die füllen wir in kleine Stoffsäckchen und binden hübsche Schleifen darum. Morgen wird Rachel nicht die Einzige sein, die Mischloach Manot an die Armen verteilt.«

Jakob war einverstanden.

13

Mathes stand vor der hohen Holzwand zum jüdischen Viertel. Das Haupttor war bereits geschlossen worden, nur noch ein kleines Seitentor war geöffnet, um Fußgänger durchzulassen. Nach Anbruch der Dunkelheit würde auch das von der Stadtwache verschlossen werden. Wer sich bis zu diesem Zeitpunkt nicht im richtigen Stadtteil befand, lief Gefahr, die Nacht im anderen Teil verbringen zu müssen. Was mitunter sehr unangenehm sein konnte, denn es gab nur wenige christliche Gasthöfe, in denen jüdische Gäste willkommen waren, und umgekehrt.

Als Sarah gemeinsam mit Jakob durch den niedrigen hölzernen Bogen schritt, hatte Mathes die Hoffnung, dass sie kommen würde, schon beinahe aufgegeben. Seine Ohren waren trotz seiner Mütze rot angelaufen, und seine Finger, die er tief in seinem Mantel vergraben hatte, schmerzten.

Jakob erblickte den Steinbildhauer zuerst und lief auf ihn zu. Sarah folgte ihm.

»Wir sind so spät, weil wir noch ein paar Geschenke vorbereiten mussten«, erklärte Jakob.

Sarah nickte bestätigend und entschuldigte sich ebenfalls für die Verspätung.

»Geschenke?« Mathes' Augenbrauen rutschten fragend hoch.

»Wir feiern morgen Purim. Das ist cin Freudenfest zur Erinnerung an die Rettung der Juden im persischen Reich unter König Xerxes. Vor dem Abendgebet werden Geschenke an die Armen verteilt«, erklärte Jakob wichtig.

»Ach ja«, sagte Mathes. Er hatte noch nie von einem König namens Xerxes gehört, aber ihm gefiel die Idee, Geschenke an bedürftige Menschen zu verteilen.

»Und wie wird dieses Fest gefeiert?«, wollte er wissen.

Jakobs Gesicht strahlte, nur zu gern erklärte er dem netten Christen die jüdische Tradition. »Beim Abendgebet in der Synagoge wird die Estherrolle gelesen. Esther war die Frau, die unser Volk vor Xerxes gerettet hat. Immer wenn bei der Lesung der Name Haman fällt, wird so laut geschrien, dass man den Namen nicht hören kann. Es ist der einzige Tag im Jahr, an dem wir Kinder in der Synagoge Lärm machen dürfen. Manche von uns bringen Rasseln mit, damit sie noch lauter sind. Onkel Aaron hat mir eine ganz besonders laute gekauft.«

»Ich verstehe«, sagte Mathes. Während Jakob weitererzählte, beugte Mathes sich zu Sarah, die um einen ganzen Kopf kleiner war als er, und flüsterte: »Hat Euer Verlobter einen Aufpasser mitgeschickt?«

Empört schüttelte Sarah den Kopf. »Natürlich nicht. Er hat keine Ahnung, dass ich da bin, und Jakob hat einen Schwur ablegen müssen, dass er mich nicht verrät.«

»Ihr nehmt ein großes Risiko auf Euch«, sagte Mathes ernst. »Vielen Dank!«

Sarah blickte zur Seite und antwortete nicht.

»Darf ich Eure Mappe tragen?«, fragte Mathes.

Sarah hatte die kalbslederne Mappe mit ihren Zeichnungen fest unter ihren Arm geklemmt. Es befanden sich nun ausschließlich Zeichnungen darin und keine Briefe mehr. Die hatte Sarah herausgenommen und unter ihrer Matratze versteckt. Sie überreichte Mathes die Mappe. Beim Überfall am Stephansplatz hatte das Leder etwas gelitten. Mathes drückte die Zeichnungen an die Brust, als handle es sich um einen unbezahlbaren Schatz.

»Wohin gehen wir?«, fragte Jakob neugierig.

»In die Werkstatt«, sagte Mathes.

»Ist der Weg weit?«

Mathes verneinte, und der Junge wirkte enttäuscht. Jakob durfte das jüdische Viertel nur selten verlassen, eigentlich nur dann, wenn er neue Schuhe brauchte oder einen neuen Mantel. Da es Juden untersagt war, Mitglied einer städtischen Zunft zu werden, konnten sie kein Handwerk ausüben, und daher gab es bei ihnen nur wenige Schneider oder Schuhmacher. Jakob mochte den christlichen Teil der Stadt, er war schmutziger, ungeordneter und lauter als sein eigenes Viertel. Hier liefen sogar Schweine auf den Straßen herum, winzige rosarote Ferkelchen mit lustigen Ringelschwänzchen. Nur zu gern hätte Jakob sich eines davon geschnappt und gestreichelt. Er war froh, dass es ihm verboten war, diese entzückenden Tiere zu essen.

Sarah hingegen fühlte sich in den christlichen Vierteln nervös und unruhig. Als sie über den Stephansplatz gingen, blieb sie stehen und blickte panisch um sich. Mathes schien ihre Gedanken zu erraten und zog sie sanft weiter.

»Heute droht Euch keine Gefahr. Kommt!«

Sarah schüttelte die Erinnerung ab und ließ sich bereitwillig mitziehen.

Wenig später hatten sie ihr Ziel erreicht – viel zu früh für Jakob, er hätte noch Stunden durch die Straßen laufen können. Sie betraten die Werkstatt der Dombauhütte. Zum Glück befanden sich die anderen Steinmetze um diese Zeit im Dom, Mathes wäre jetzt nur sehr ungern Rötel oder einem anderen Handwerker begegnet. Rasch führte er Sarah und Jakob in den hinteren Teil, wo sich sein abgetrennter Arbeitsbereich befand, der vor unerwünschten Zuschauern sicher war. Er ging an dem Taufbecken vorbei, wo nun schon alle vier Evangelisten auf ihren Stühlen thronten. Sarah hätte den Stein gern betrachtet, aber Mathes schob sie weiter. Die Taufkrone war das Stück, das ihm Sorgen bereitete.

Jakob lief mit offenem Mund hinter den beiden her. Noch nie in seinem Leben war er in so einer Werkstatt gewesen. All die verschiedenen Werkzeuge, die Werkbänke und die unfertigen Kunstwerke erregten sein Interesse. Begeistert eilte er von einem Gegenstand zum nächsten. Er nahm ein Steinbeil in die Hand und erschrak über das Gewicht dieses mächtigen Hammers.

»Lass das liegen!«, zischte Sarah ungehalten. Doch Mathes beschwichtigte: »Komm mit uns nach hinten, dort kannst du dir die Werkzeuge genau ansehen.«

Jakob lief voraus, während Mathes Sarah zu seiner Taufkrone lenkte.

»Hier«, sagte er und zog das schützende Tuch von der Schnitzerei.

Für einen Augenblick war Sarah sprachlos, dann stieß sie Begeisterungsrufe aus. Aber Mathes brachte sie mit einer ungeduldigen Handbewegung zum Schweigen. Er wollte Verbesserungsvorschläge und keine Bewunderung. Langsam und aufmerksam schritt Sarah um die Krone herum. Sie war ein Meisterwerk der Schnitzkunst, völlig anders als alles, was Sarah bisher kannte. Diese Arbeit zeigte keine entrückten Heiligen und keine überirdischen Wunder wie viele andere Skulpturen in christlichen Kirchen, sondern Menschen, die mitten im Leben standen. Sarah bemerkte schnell, dass zwei der sieben Felder, die sich um das Kunstwerk zogen, noch nicht fertiggestellt waren. Sie sah einen Kranken, der in einem Bett lag, vor ihm kniete ein christlicher Pfarrer, und hinter ihm standen drei angedeutete Figuren. Es war weder erkennbar, ob es Frauen oder Männer werden sollten, noch, welchen Alters die Figuren waren oder was sie mit dem Kranken verband.

»Ich komme mit dieser Tafel einfach nicht voran«, stöhnte Mathes. »Ich habe die Figuren bereits dreimal gezeichnet, konnte mich aber nie dazu entschließen, den Entwurf umzusetzen.«

»Wollt Ihr mir die Entwürfe zeigen?«

Mathes schüttelte den Kopf: »Ich habe sie verbrannt, weil sie so schlecht waren.«

Sarah musste lächeln. Sie kannte den Ärger über eine nicht gelingen wollende Zeichnung. Ernst ließ sie die unfertige Szene auf sich wirken, presste nachdenklich die Lippen zusammen und biss sich konzentriert auf die Unterlippe.

Schließlich meinte sie: »Was würde jemand am Bett eines Kranken tun? Ich denke, eine der Frauen sollte hinter dem Kranken stehen und ihm die Polster aufschütteln.«

Mathes blickte ratlos. »Wie stellt Ihr Euch das vor?«

Nun wirbelte Sarah herum und strahlte Mathes begeistert an. In seinem Hals bildete sich ein Kloß, der ihm für einen Moment das Sprechen unmöglich machte.

»Gebt mir einen Block und einen Stift, ich zeige Euch, was ich meine!«, rief sie entschlossen.

Mathes ging zu einem winzigen Schreibpult, das vor einem der hohen Fenster stand und klappte die Schreibfläche hoch. Aus der Lade darunter holte er Papier und Schreibzeug hervor und überreichte sie Sarah. Er wies ihr einen unbequemen niedrigen Hocker am Fenster zu, wo sie genug Licht hatte, um zu arbeiten. Über eine andere Sitzgelegenheit verfügte er leider nicht.

»Das Aufschütteln der Polster ist eine fürsorgliche, ehrliche Handlung und gleichzeitig so alltäglich, dass sich jeder in dieser Szene wiederfinden kann«, sagte Sarah und begann zu zeichnen.

»Jeder?«, fragte Mathes zweifelnd.

Sarah verzog den Mund zu einer Grimasse: »Zumindest jede Frau, die für die Versorgung der Kranken im Haus zuständig ist.«

Darauf erwiderte Mathes nichts.

»Wo habt Ihr das nur gelernt?«, fragte er, während er Sarah fasziniert beim Zeichnen beobachtete.

»Ich konnte es einfach immer schon.«

Mit sicheren, raschen Strichen zeichnete Sarah den Kranken und den Geistlichen, die Mathes bereits dargestellt hatte. Sie war sich ihrer Handführung so sicher, dass sie weder ein kleines Messer noch einen Bimsstein benötigte, um einen Strich wieder auszubessern. Jede Linie saß perfekt. Die drei Figuren im Hintergrund bekamen Gestalt und Gesichter. Schon bald waren ein Mann und zwei Frauen zu erkennen. Alle drei blickten den Kranken fürsorglich an. Eine Frau war deutlich älter, auf ihrem Gesicht konnte man die Sorge und die Angst, die sie fühlte, erkennen. Die andere Frau war jünger und praktisch veranlagt, sie schüttelte dem Kranken die Polster auf, was der Szene die Schwere nahm und sie zu etwas ganz Besonderem machte. Mathes fühlte sich an seinen Besuch im jüdischen Hospital erinnert. Dort hatte er ähnliche Hilfeleistungen beobachtet. Aber es wäre ihm nie in den Sinn gekommen, sie auf seinem Skizzenblock festzuhalten.

Sarah drehte das Blatt in Mathes' Richtung und sah ihn fragend an, aber die Antwort stand bereits auf seinem Gesicht geschrieben.

»Das ist großartig!«, sagte er ernst. Da war er wieder, dieser Kloß, der seine Stimme rau klingen ließ. Mathes schaute vom Block auf und blickte direkt in Sarahs Augen. Die Ehrlichkeit seiner Worte überraschte sie, so dass sie vor Verlegenheit rot anlief.

»Ihr habt ein außerordentliches Talent«, sagte Mathes beinahe tonlos.

»Was nutzt das Talent, wenn man es als Frau nicht einsetzen darf?«, erwiderte sie leise.

Verschwunden waren die Begeisterung auf ihrem Gesicht und der Mut, mit dem sie sich ans Zeichnen gemacht hatte.

»Es wird Euch leider kein Trost sein, aber auch den christlichen Frauen ist das Zeichnen verboten. In diesem Punkt scheinen sich Christen und Juden einig zu sein. Sie alle haben Angst davor, dass die Frauen die besseren Künstler sein könnten.«

»Und Ihr teilt diese Angst nicht?«

Mathes lachte auf. »Nein, ich bewundere Euer Talent und hoffe, von Euch lernen zu dürfen.«

Er ging zur Taufkrone und wollte Sarah gerade die zweite fehlende Szene erklären, als jemand den hinteren Teil der Werkstatt betrat. Die festen Schritte eines schweren Mannes näherten sich rasch.

»Richard!«, rief Mathes überrascht. Als Richard Sarah auf dem Hocker vor dem Fenster sah, blieb er wie angewurzelt stehen und starrte sie ungläubig an. Er erkannte augenblicklich die Ähnlichkeit zwischen ihr und seiner Frau und ahnte, um wen es sich handelte.

»Mach den Mund wieder zu«, flüsterte Mathes dem Freund zu und stieß ihn mit dem Ellbogen in die Seite. Dann deutete er auf Sarah. »Darf ich vorstellen, das ist Sarah Isserlein. Sie ist so freundlich und schaut sich meine Taufkrone an.«

Sarah sprang von ihrem Hocker auf. Dabei rutschten ihr Block und Stift vom Schoß. Sie griff rasch danach und konnte den Block noch erwischen, aber der Stift fiel auf den

Boden. Mathes bückte sich, aber genau in diesem Moment langte auch Sarah danach, und sie stießen mit den Köpfen zusammen.

»Au!« Sarah rieb sich die Stirn mit der Narbe. Benommen sackte sie zurück auf den Hocker.

»Entschuldigt«, sagte Richard leise, dann wandte er sich an Mathes und meinte: »Ich komme später wieder.« Er war nicht darauf vorbereitet gewesen, seiner Schwägerin in der Werkstatt der Dombauhütte zu begegnen, auch wenn sie keine Ahnung hatte, wer er war.

»Aber nein, bleib doch«, sagte Mathes. Er wollte den Freund nicht vertreiben und außerdem vermeiden, dass er wegen Sarah unbegründete Vermutungen anstellte. Aber Richard wandte sich bereits zum Gehen.

»Ich werde mir die Taufkrone ein anderes Mal ansehen«, sagte Richard. »Ich muss nur noch meine beiden Söhne suchen. Den ganzen Nachmittag war ich in der Kammer des Werkmeisters. Meister Fuchs hat versucht, mich dazu zu überreden, einen Chorstuhl zu bearbeiten, aber ich werde ablehnen müssen, denn Alfred braucht mich. Unterdessen waren Josef und Jonas hier irgendwo unterwegs. Die beiden sind schlimmer als ein Sack voll Flöhe.«

»Warum hast du die Jungen denn überhaupt mitgenommen?«, wollte Mathes wissen.

»Ich dachte, es wäre eine gute Gelegenheit, dass sie eine Dombauhütte kennenlernen. Sie müssen sich bald entscheiden, ob sie lieber hier oder in einer kleinen Werkstatt wie der meines Bruders lernen wollen. Ich hatte gehofft, dass sie irgendeinem Gesellen bei der Arbeit zusehen können. Aber offenbar sind alle Männer im Dom.«

»Wo steckt eigentlich Jakob?« Mathes sah sich um, und aus Sarahs Gesicht wich auch noch der letzte Rest Farbe.

»Wer ist Jakob?«, fragte Richard.

»Mein Neffe«, erklärte Sarah, und Mathes verbesserte: »Zukünftiger Neffe.«

Richard schüttelte verwirrt den Kopf und rief dann verärgert: »Josef! Jonas!«

Niemand meldete sich.

»Rufus!«

Augenblicklich hörte man ein Rascheln im vorderen Teil der Werkstatt und kurz darauf das Geräusch von Pfoten auf hartgetretenem Lehmboden.

Ein graubraunes Fellknäuel rannte auf Richard zu und sprang an ihm hoch. Richard drehte sich um und sah nun aus derselben Richtung drei völlig verstaubte Gestalten kommen. Die Kinder juchzten und hatten offensichtlich eine Menge Spaß. Vor dem Taufbecken blieben sie stehen.

»Vater, wir haben einen neuen Freund«, rief Josef begeistert und zeigte auf Jakob, der dicht hinter ihnen stand und bis über beide Ohren grinste.

»Das ist schön«, sagte Richard. »Aber wir müssen nach Hause.«

»Darf Jakob uns besuchen kommen?«, fragte Jonas. Bis jetzt war es den beiden Jungen immer schwergefallen. Freundschaften zu knüpfen, da die Familie so oft auf Wanderschaft gewesen war.

»Das geht nicht«, sagte Sarah schnell.

»Warum denn nicht?« Die Enttäuschung war nicht zu überhören.

Sarah überlegte, was sie nun antworten sollte. Schließlich entschied sie sich für die Wahrheit: »Jakob und ich sind Juden.«

»Na und, das macht doch nichts. Unsere ...«

Richard fiel seinem Sohn unfreundlich ins Wort: »Wir

müssen jetzt gehen.« Dann ergriff er Josef am Oberarm und zog ihn fort.

»Ich wünsche allen einen angenehmen Abend«, sagte er und nahm auch die Hand seines jüngeren Sohnes. Er verließ das spärlich beheizte Gebäude so eilig, als wäre er mit den Kindern auf der Flucht.

Traurig winkte Jakob den neuen Freunden hinterher. Jonas drehte sich noch einmal um und winkte zurück. Auch er wirkte enttäuscht.

Kaum hatten die drei die Werkstatt verlassen, wollte auch Sarah aufbrechen. Sie müsse zurück nach Hause, erklärte sie, die versprochene Stunde sei sicher schon vorbei. Mathes drängte sie, sich noch die zweite unfertige Szene anzusehen, aber Sarah vertröstete ihn.

»Ein anderes Mal«, versprach sie.

»Ich habe noch keinen Blick auf Eure Zeichnungen werfen können«, sagte Mathes und deutete auf Sarahs Mappe, die neben ihm auf einem rohen Marmorblock lag.

»Ihr könnt sie behalten, bis wir uns das nächste Mal sehen«, sagte Sarah.

Erleichtert atmete Mathes auf: »Das ist gut, denn so habe ich die Sicherheit, dass Ihr noch einmal kommt.« Etwas in seinen dunkelblauen Augen blitzte auf, und Sarah wurde es ganz warm im Bauch.

Dann begleitete Mathes Sarah und ihren zukünftigen Neffen zurück zum Judenviertel. Bevor Sarah wieder hinter der Holzwand verschwinden konnte, hielt Mathes sie zurück.

»Wann werdet Ihr die zweite Szene meiner Taufkrone mit mir besprechen und Eure Mappe abholen?«, fragte er.

Die Dringlichkeit, mit der Mathes seine Bitte vorbrachte, amüsierte Sarah.

»Heute in einer Woche«, sagte sie.

»Selbe Zeit, selber Ort?«

»Darf ich wieder mitkommen?« Die Erwachsenen achteten gar nicht auf Jakobs Wunsch.

»Können wir einen anderen Ort wählen? Die Vorstellung, erneut einem Eurer Freunde zu begegnen, gefällt mir nicht. Ich glaube, es wäre für uns beide besser, wenn möglichst wenige Menschen von unseren Treffen erfahren«, sagte Sarah.

Mathes fragte sich, ob seine Kammer in Alfred Klayndls Haus ein sicherer Ort war. Die Kammer verfügte zwar über einen separaten Eingang, aber die Gefahr, Richard, Alfred oder Judith über den Weg zu laufen, war sehr groß. Mathes überlegte einen Moment, aber da ihm nichts Besseres einfiel, schlug er sie vor.

»Eure Kammer?«, stieß Sarah entsetzt hervor, und Mathes war augenblicklich klar, wie skandalös sein Vorschlag war. Als ehrbare unverheiratete Frau konnte Sarah unmöglich die Kammer eines Mannes besuchen. Umso größer war Mathes' Verwunderung, als Sarah nach einer kurzen Pause »In Ordnung« sagte.

»Bitte, Sarah, lass mich wieder mitkommen! Jonas und Josef wohnen auch in dem Haus, sie haben es mir gesagt«, drängte Jakob.

Sarah verdrehte die Augen und sagte. »Meinetwegen. Aber das ganze Vorhaben ist völlig unvernünftig.«

Jakob war das gleich, Hauptsache, er durfte wieder mit. Dann verabschiedeten sich Sarah und Jakob von Mathes und schritten durch das kleine Seitentor.

Auf dem Weg zu Rabbi Blümleins Haus musste Jakob Sarah zehnmal versprechen, dass er den Besuch im christlichen Teil der Stadt für sich behalten und auch über ihr weiteres Treffen mit Mathes in einer Woche nichts verraten würde.

»Nur, weil ich noch ein Kind bin, bin ich noch lange nicht dumm«, empörte sich Jakob schließlich.

Sarah biss sich auf die Lippen: »Ich weiß, dass du nicht dumm bist. Aber ich bin mir nicht sicher, ob ich selbst noch ganz bei Verstand bin.«

14

Das Gasthaus zum Weissen Einhorn war um diese Zeit noch recht leer. Die langen Tische und Bänke waren nur spärlich besetzt, und die Luft roch zwar nach Bier und kaltem Braten, aber es war ein angenehmer Geruch, der hungrig machte. In wenigen Stunden würde der Schankraum so voller Gäste sein, dass man sein eigenes Wort nicht mehr verstand und im Dunst der warmen Speisen und dem Rauch des offenen Kamins sein Gegenüber kaum mehr sehen konnte.

Der Wirt, ein dicker Mann mit Glatze, war aufmerksam und beobachtete genau, was in seinem Gasthaus geschah. Die beiden Gäste, die in einer abgetrennten Nische saßen und so leise sprachen, dass man sie nicht belauschen konnte, waren in den letzten Monaten regelmäßig gekommen, und jedes Mal hatte ein kleiner Geldsack den Besitzer gewechselt. So wie jetzt gerade. Der junge Ritter sah sich hastig um und holte einen Beutel unter seinem Mantel hervor. Der Wirt widmete sich seinen leeren Tonkrügen. Er wollte nicht, dass die Gäste seine Blicke spürten.

»Wie immer die vereinbarte Summe«, flüsterte Wolkenstein. Er war ein junger Draufgänger, ein Mann, der auf sein

Äußeres großen Wert legte und durch den Einsatz auf dem Schlachtfeld über einen kräftigen Körper verfügte. Seine Kleidung war teuer, aber nicht mehr neu. Hier und dort war sie geflickt, und der Saum seines Hemdes wies Flecken auf, die selbst die tüchtigste Magd nicht mehr entfernen konnte. Ein Patrizier, der nicht genug Geld hatte, einen entsprechenden Lebensstil zu führen. Ein kleiner, aber prall gefüllter Geldbeutel verschwand rasch in der Hand seines Gegenübers.

»Es wird Zeit, die Forderung zu erhöhen«, grinste Rötel.

Wolkenstein schüttelte langsam den Kopf: »Ich habe kein Geld, und das wisst Ihr.«

»Wer spricht von Geld?«, sagte Rötel, und seine Stimme klang ölig.

Wolkenstein starrte ihn verärgert an. Er wusste, wie hinterhältig dieser Mann sein konnte.

»Was wollt Ihr?«, fragte Wolkenstein.

»Ich will die Leitung der Dombauhütte übernehmen.«

Wolkenstein lachte trocken und humorlos auf. »Ihr seid verrückt. Wie soll ich Euch dabei behilflich sein, einen Posten zu übernehmen, für dessen Vergabe der Domprobst zuständig ist?«

»Es heißt, Ihr habt großen Erfolg im Kampf gegen die Hussiten. Ihr habt Einfluss auf den Herzog, und Ihr kennt Andreas Plank persönlich.« Rötel schnalzte mit der Zunge und spitzte seine Lippen, die vom fetten Speck glänzten.

»Ihr überschätzt meinen Einfluss bei weitem«, sagte Wolkenstein.

Rötel grinste. »Dann werdet Ihr dafür sorgen müssen, dass er größer wird.«

Hilflos schüttelte Wolkenstein den Kopf. Der Steinmetz ließ sich sein Schweigen teuer bezahlen. Es war ein Jammer, dass ausgerechnet Rötel ihn dabei erwischt hatte, wie er im Hinterhof einer schmierigen Spelunke seinen Vetter, den rechtmäßigen Erben seines Onkels, im Streit erstochen hatte. Was eigentlich ein Unfall gewesen war, hatte wie Mord ausgesehen. Und da niemand die Wahrheit glauben würde, musste Wolkenstein Rötels Forderungen erfüllen.

»Es ist eine Sache, Geld aufzutreiben, aber eine ganz andere, Andreas Planks Entscheidungen zu beeinflussen«, sagte Wolkenstein verärgert.

»Spätestens im Sommer wird Meister Fuchs zu alt sein, um als Werkmeister zu arbeiten, und ein neuer Dombauhüttenleiter muss bestellt werden. Dann sollte Plank davon überzeugt sein, dass ich der beste Mann dafür bin.« Rötels Augen glänzten. Er holte den kleinen Geldsack wieder unter seinem Mantel hervor und schob ihn zurück zu Wolkenstein.

»Kein Geld, sondern eine kleine, feine Fürsprache.« Rötel grinste. »Das kann doch nicht so schwer sein. Und wenn nicht ...« Er ließ das Ende des Satzes unausgesprochen, doch Wolkenstein wusste auch so, was Rötel meinte.

Der Ritter griff seufzend nach dem Geldbeutel und zog ihn zu sich: »Ich werde mein Bestes versuchen. Aber ich kann nichts versprechen.«

»Ich bin davon überzeugt, dass Euer Bestes reichen wird«, sagte Rötel. Er griff nach seinem Becher und stellte fest, dass er leer war. Mit einem lauten Schnipsen winkte er die Schankmagd zu sich und bestellte einen weiteren Krug Würzwein. Heute würde er nicht mehr auf die Baustelle gehen.

15

Die Feierlichkeiten zogen sich bis spät in die Nacht. Nach dem Abendgebet, bei dem die Estherrolle verlesen worden war und die Synagoge sich in ein schreiendes Tollhaus verwandelt hatte, wohnte die jüdische Gemeinde noch dem alljährlich stattfindenden Theaterspiel bei. Heuer hatten der Bäcker, der Weinhändler und ein Tuchhändler sich kurze Schwänke ausgedacht und zum Besten gegeben. In einfachen Szenen spielten sie Ausschnitte aus Esthers Geschichte nach. Die Gemeindemitglieder lachten und applaudierten ausgelassen, während die Kinder in der ersten Reihe tanzten und fröhlich mithüpften. Hinterher wurde Wein ausgeschenkt, es wurde reichlich getrunken, und sogar Rachel unterhielt sich gut. Ihre Wangen hatten eine rosige Farbe angenommen, und es sah aus, als hätte sie ihren Ärger vergessen. Auch der Heimweg war ohne Streit verlaufen. Als zukünftiger Schwiegersohn hatte Aaron sich der Familie Isserlein angeschlossen, Jakob war bei ihm. Rabbi Blümlein und seine Frau Ruth wollten nachkommen, sobald die Synagoge sich geleert hatte. Man scherzte mit den Nachbarn und erzählte sich lustige Geschichten. David hatte heute einen seiner mittlerweile sehr seltenen klaren Momente. Dafür dankte Sarah Gott, denn an diesem Abend hatte die ganze Gemeinde sehen können, dass die Gerüchte, David Isserlein sei verrückt geworden, nicht stimmen konnten. Bis zur Hochzeit musste David als geschäftsfähig gelten, erst dann durfte Aaron offiziell die Geschäfte seines Schwiegervaters übernehmen.

Immer noch gut gelaunt betrat man die Stube in der Kleeblattgasse, wo der Tisch bereits festlich gedeckt war. Neben den traditionellen Hamantaschen, die Rachel mit Mohn und Nüssen gefüllt hatte, gab es reichlich Wein und getrocknete Früchte. Die Familie Isserlein war wohlhabend, und an Tagen wie diesem sollte das auch jeder sehen. Sarah hatte ihre Geschenke vor dem Abendgebet verteilt und sich dabei neben dem Dank der Beschenkten auch die überraschten Blicke ihrer Schwägerin abgeholt.

Sarah füllte die Becher randvoll mit Wein und reichte jedem erwachsenen Gast einen davon. Miriam und Jakob erhielten heißen Apfelmost.

»Ich habe nur wenig Zeit und kann nicht lange bleiben«, sagte Elias. Er nippte bloß an seinem Becher, während die anderen ihre in einem Zug leerten. Er hatte auch nach dem Abendgebet nur wenig getrunken. Nach all den Anstrengungen der letzten Tage sah er sehr müde aus, aber er wollte nach einem kurzen Umtrunk im Haus seines Vaters wieder eilig ins Hospital zurück, um sich um seine Patienten zu kümmern.

»Immer nur arbeiten!« Aarons Zunge war schwer geworden, er war bereits nicht mehr ganz klar zu verstehen. Sein kantiges Gesicht hatte eine dunkelrote Farbe angenommen, und seine hellen Augen waren glasig. »Du hast eine hübsche Frau, die du nicht ständig allein lassen solltest.« Aaron bedachte Sarah mit Blicken, die ihr unangenehm waren, und warf dann Rachel ein schiefes Grinsen zu.

»Die Kranken fragen nicht danach, ob es mir gerade passt, ihnen zu helfen«, entgegnete Elias scharf. Er machte sich nicht die Mühe, seinen Ärger über Aarons unpassende Bemerkung zu verbergen. Mit einem Schlag war die gute Laune in der Stube verschwunden, wie eine Flamme, die erlosch, weil sie zu wenig Luft hatte.

Aaron schien Elias' Unmut nicht zu bemerken, der Wein

hatte seine Sinne getrübt. Erneut griff er zum Weinkrug, um sich nachzuschenken.

Elias stellte seinen Becher schwungvoll auf den Tisch, so dass Flüssigkeit herausschwappte.

»Ich muss los«, sagte er ernst und erhob sich.

»Wir sind doch gerade erst nach Hause gekommen.« Im Grunde wusste Sarah, dass sie den Bruder nicht zum Bleiben überreden konnte.

»Ich komme mit«, sagte Miriam. Das Mädchen sprang von ihrem Stuhl auf und lief dem Vater hinterher.

»Du bleibst hier.« Rachels Stimme klang schneidend scharf, alle im Raum erschraken. Selbst Aaron zuckte zusammen.

Mit raschen Schritten war Miriam an der Seite ihres Vaters und versteckte sich hinter seinem Rücken. Sie vermied es, die Mutter anzusehen. Von der Straße ertönte ausgelassenes Lachen gutgelaunter Menschen; es klang wie ein Ton, der sich versehentlich in ein falsches Musikstück verirrt hatte.

»Ich kann jeden freiwilligen Helfer gebrauchen«, rechtfertigte sich Elias.

Rachel ballte ihre Hände zu Fäusten. »Deine Tochter ist noch nicht einmal zehn Jahre alt. Es ist nicht gut, wenn sie die ganze Nacht mit Kranken in einem Hospital verbringt.«

»Und warum nicht?«, fragte Elias.

»Weil sie bloß auf dumme Gedanken kommt. Sie soll keine Tees mischen und Salben anrühren, sondern lernen, wie man Challah bäckt und den Schabbat vorbereitet. Oder willst du, dass sie eines Tages wie …« Rachel warf einen vielsagenden Blick in Sarahs Richtung, beendete ihren Satz aber nicht.

»Das reicht«, sagte Elias. »Du vergisst, dass du im Haus meines Vaters bist.«

Ohne weitere Erklärungen nahm Elias den Mantel seiner

Tochter vom Haken und reichte ihn Miriam. Die ergriff ihn so rasch, als hinge ihr Leben davon ab, und ließ sich von ihrem Vater auf die Straße schieben. Im nächsten Moment fiel die Tür krachend hinter den beiden ins Schloss.

Das unangenehme Schweigen, das nun folgte, war noch schlimmer als der Streit zuvor.

David war der Erste, der reagierte. Langsam und schwerfällig erhob er sich und schob den Becher zurück in die Tischmitte.

»Ich gehe zu Bett«, sagte er und wandte sich zur Treppe.

Sarah starrte ihm ungläubig nach. Hatte er wirklich vor, sie jetzt mit Rachel und Aaron allein zu lassen? Und was sollte sie tun, wenn Rabbi Blümlein und seine Frau noch kamen? Aber David war bereits in seiner Schlafkammer verschwunden.

Rachel rieb nervös ihre Handflächen in ihrem Rock. Dann lachte sie auf und wandte sich an Aaron: »Noch kannst du dir überlegen, ob du in diese Familie einheiraten willst.«

In ihrem Blick lagen Enttäuschung, Hass und etwas, das nicht sofort einzuordnen war. Als Rachel sich abwandte, erkannte Sarah, dass es Verachtung war.

Auch ihre Schwägerin holte sich ihren Mantel und verließ das Haus. Das Krachen der Tür hallte noch lange nach. Die Szene, so dramatisch sie war, erinnerte Sarah an einen der Schwänke, die nach dem Abendgebet zum Besten gegeben worden waren. Nach und nach verschwand ein Schauspieler nach dem anderen von der Bühne. Mit dem kleinen Unterschied, dass hier niemandem zum Lachen war.

Plötzlich waren Sarah, Aaron und Jakob allein in der Stube. Jakob hatte sich auf der Bank neben dem Kachelofen wie ein kleiner Hund eingerollt und schlief tief und fest.

»Ich hoffe, dass das nicht meine Schuld war«, sagte Aaron.

Er wirkte plötzlich wieder völlig nüchtern, auch wenn sein Gesicht nach wie vor dunkelrot war.

»Mach dir keine Sorgen, es hat nichts mit dir zu tun«, beruhigte Sarah. »Elias und Rachel brauchen keinen Dritten, um einen Grund zum Streiten zu finden.«

Ungeschickt ergriff Aaron Sarahs Hand. Seine Finger waren weich und feucht, und die hässliche Narbe, die das Feuer vor Jahren hinterlassen hatte, ließ seine Haut wie die eines alten Mannes aussehen.

»Unsere Ehe wird anders«, sagte er und sah Sarah mit einer Mischung aus Treuherzigkeit und Begierde an. Beides missfiel ihr, und sie versuchte, ihre Hand unter Aarons weichen Griffen hervorzuziehen. Aber Aaron deutete ihr Anliegen falsch und griff nach ihrer zweiten Hand. Seine Finger waren fleischig, sie fühlten sich beinahe glitschig an. Ein Fisch, ging es Sarah durch den Kopf. Dieser Mann hatte Hände wie ein fetter Karpfen. Die Vorstellung, dass er damit bald ihren ganzen Körper berühren würde, ließ sie erschaudern. Gleichzeitig hasste sie sich für diese Gedanken, denn Aaron bemühte sich wirklich, nett zu ihr zu sein. Die Namen von mindestens einem Dutzend junger Frauen fielen ihr ein, die alles für einen Augenblick wie diesen gegeben hätten. Bis auf die Narbe war Aaron durchaus gutaussehend. Er legte großen Wert auf eine gründliche Rasur und drehte seine Schläfenlocken regelmäßig mit dem Brenneisen zu hübschen Kringellocken. Alles an ihm war sauber, gepflegt und ... langweilig. Jetzt beugte er seinen Kopf über den Tisch zu Sarah. Sein Gesicht war nun ganz nah an ihrem, und sie konnte seinen sauren Weinatem riechen. Gleich würde er versuchen, sie zu küssen. Sarah spürte, wie sich ihr Körper verkrampfte.

Plötzlich klopfte es an der Tür. Aaron fuhr erschrocken hoch, und Sarah ließ rasch ihre Hände unter der Tischplatte verschwinden. Das Klopfen wiederholte sich und wurde drängender.

»Entschuldige«, sagte Sarah. Erleichtert stand sie auf und eilte zur Tür. Ganz egal, wer nun kam, er war willkommen. Auf der Straße stand Rabbi Simon Blümlein, Aarons Vater.

»Es ist leider sehr spät geworden«, sagte er entschuldigend. »Ruth ist bereits nach Hause gegangen, sie hatte Kopfschmerzen von dem Toben in der Synagoge. Den ganzen Tag über hat sie sich schon nicht besonders gut gefühlt, und der Lärm war nun zu viel für sie.«

»Hoffentlich wird sie nicht krank«, sagte Sarah. Sie öffnete die Tür, um den Rabbi einzulassen, aber der schüttelte den Kopf.

»Ich bin bereits auf dem Weg nach Hause. Ich wollte Jakob holen und Aaron sagen, dass er nicht auf uns warten soll. Ich habe heute so viele ermüdende Gespräche geführt und unzählige Gemeindemitglieder davon überzeugen müssen, dass uns keine Gefahr vom Herzog droht, dass ich zu müde bin, um weiterzufeiern.«

»Glaubt Ihr denn wirklich, dass Herzog Albrecht uns wohlgesinnt ist?«, fragte Sarah. Die Narbe an ihrem Hinterkopf begann zu pochen.

»Natürlich besteht gar kein Grund zur Sorge«, sagte Rabbi Blümlein ärgerlich. »Wir bringen dem Herzog so viel Geld, dass er nicht auf uns verzichten kann. Auch wenn er es wollte. Diese ganze Aufregung wegen einiger Angriffe auf Juden ist völlig übertrieben. Es tut mir unendlich leid, dass es Euch getroffen hat. Aber das Ganze war nicht mehr als ein harmloser Lausbubenstreich.«

Sarah griff sich an den Hinterkopf. Was der Rabbi als harmlosen Zwischenfall bezeichnete, hatte ihr tagelange

Kopfschmerzen bereitet. Ihr zukünftiger Schwiegervater konnte sie weder beruhigen noch überzeugen. Sie bedachte ihn mit einem skeptischen Blick, erwiderte aber nichts.

»Wo ist Jakob?«, fragte Rabbi Simon Blümlein.

»In der Stube, er schläft tief und fest«, sagte Sarah und fügte rasch hinzu: »Da der Junge sicher zu schwer für Euch ist, kann Aaron Euch helfen, ihn zu tragen. Bei uns sind ohnehin schon alle im Bett, und ich bin ebenfalls sehr müde.« Sie gähnte überdeutlich, und noch ehe Aaron wusste, wie ihm geschah, stand er mit seinem Vater vor der Tür und hielt den schlafenden Jakob im Arm.

Sarah wünschte beiden eine gute Nacht. Sie wollte gerade die Tür schließen, als Aaron noch etwas einfiel. »Wir müssen uns in den nächsten Tagen treffen, um über die Hochzeitsvorbereitungen zu sprechen. Schließlich ist es nicht mehr lange hin.« Er warf seiner zukünftigen Braut einen sehnsuchtsvollen Blick zu.

»Ja, das müssen wir wohl«, antwortete Sarah und zog die Tür so entschieden zu, dass es beinahe unhöflich war. Schnell drehte sie den Schlüssel zweimal im Schloss um. Erst dann fühlte sie sich vor Aarons kalten Fischhänden sicher.

16

Obwohl draussen die Sonne schien und der Schnee das gleißende Licht reflektierte, war es in den Räumen der Hofburg dunkel und kalt. Daran konnten auch die Flammen im offenen Kamin und der hohe Kerzenständer auf dem Schreibtisch des Herzogs nichts ändern. Herzog Albrecht hatte seine beiden wichtigsten Berater, Andreas Plank und Reimprecht von Wallsee, zu sich gerufen.

Der Kanzler saß kerzengerade auf einem der alten gepolsterten Stühle und schwitzte trotz der Kälte. Die Schmerzen in seiner Brust waren nach dem Frühstück wiedergekehrt und wollten diesmal einfach nicht abklingen. Er versuchte, den Druck und die Atemnot zu ignorieren, aber ohne Erfolg.

Von Wallsee, der ihm gegenübersaß, verfolgte jede seiner Bewegungen. Er war ein aufmerksamer Beobachter und wusste über Planks Gesundheitszustand Bescheid. Am liebsten wäre der Kanzler aufgesprungen und hätte dem dicken Mann ins Gesicht geschrien, dass er völlig gesund sei. Er werde die nächsten zehn Jahre Kanzler bleiben, die Geschicke des Reiches lenken und dafür sorgen, dass man den Dom mit den kostbarsten Kunstschätzen der Christenheit füllte.

»Ritter Wolkenstein hat sich angekündigt, er wird jeden Moment erscheinen«, unterbrach der Herzog mit seiner hohen Fistelstimme den wortlosen Dialog seiner Berater.

»Der Mann, der seinen Vetter erstochen hat, um an das Erbe des Onkels zu kommen?«, fragte von Wallsee angewidert.

»Das ist ein böses Gerücht. Es gibt keine Zeugen und keine Beweise für diese Behauptungen«, sagte Plank. Nur schwer widerstand er dem Drang, sich an die Brust zu greifen, um die Schmerzen zu lindern.

»Wolkenstein ist mein bester Mann im Kampf gegen die Hussiten. Er ist der Einzige, der es mit Jan Žižka, dem Anführer der Hussiten, aufnehmen kann.« Herzog Albrecht stand auf und trat hinter den Stuhl des Kanzlers, was Plank nervös machte.

»Hat Wolkenstein an den Kämpfen in Zwettl teilgenommen?«, fragte der Kanzler. Er versuchte, seinen Stuhl so zu verrücken, dass der Herzog nicht mehr hinter ihm stand.

»Ja, er war in Zwettl. Angeblich haben sich die Kämpfe bis nach Retz und Poysdorf im Nordwesten ausgedehnt.«

»Ich frage mich, warum es unseren Truppen nicht gelingt, diesen Jan Žižka aufzuhalten«, sagte der Kanzler verärgert und kniff die Augen zusammen.

In diesem Moment klopfte es an der Tür, und ein livrierter Diener kündigte Ritter Wolkenstein an. Gleich darauf betrat ein hochgewachsener bewaffneter Mann in Reitstiefeln den kleinen Raum. Er machte eine schneidige Verbeugung und nahm Platz, nachdem Albrecht ihn dazu aufgefordert hatte. Der Ritter trug einen modischen Schnurrbart und lange dunkle Locken, die ihm über die Schulter fielen. Offenbar hatte sie sein Diener vor kurzem mit dem Lockeneisen bearbeitet, und auch sein Bart sah frisch geschnitten aus. Trotz seiner nicht mehr ganz neuen Kleidung strahlte Wolkenstein ein Selbstbewusstsein aus, um das ihn so mancher Mann beneidet hätte.

»Was habt Ihr uns zu berichten?«, fragte der Herzog.

»Die Hussiten sind in die Stadt eingefallen und haben alles dem Erdboden gleichgemacht«, sagte Wolkenstein.

»Wie kann das sein?«, schrie der Herzog entsetzt. »Ich habe doch Truppen zur Verstärkung geschickt, und König Sigismund mit seinen Männern ist ebenfalls gekommen.«

»Der König hat selbst kaum noch Ressourcen. Die Hussiten kämpfen schlau. Žižka hat selbstentworfene Kampfwagen bauen lassen, mit denen er in die Schlacht zieht.«

»Kampfwagen?« Die Stimme des Herzogs überschlug sich, und der Ritter sah den Mann, der an der Spitze des Reiches stand, erstaunt an.

»Große Streitwagen mit Schießscharten. Jeder Wagen ist mit sechs Männern belegt. Während des Kampfes stellen sie die Wagen in Kreisform auf und benutzen die Gefährte wie eine bewegliche Festung, von der aus sie die Angriffe starten.

Jeder Wagen hat eine große Klapptür, durch die sie geschützt hinein- und herauskriechen können. Massive Läden auf beiden Seiten des Wagens dienen als Schutzschilde«, erklärte der Ritter und geriet dabei beinahe ins Schwärmen.

»Was sollen wir machen?«, rief der Herzog. Von Panik gepackt, lief er aufgeregt in seinem winzigen Arbeitsraum auf und ab. Die Sohlen seiner neuen Schuhe klapperten auf dem gefliesten Boden. Plank sah den neidvollen, begehrlichen Blick, den der Ritter auf seinen Herzog warf. Bestimmt bedurften seine eigenen Stiefel dringend einer Reparatur.

Plank konnte die Unruhe des Herzogs nicht länger ertragen. »Setzt Euch!«, sagte er streng und fügte dann ein milderes »Bitte« hinzu. Wie ein kleiner folgsamer Junge ging Herzog Albrecht zu seinem Stuhl zurück und ließ sich geräuschvoll hineinfallen.

»Wir brauchen Geld«, sagte Ritter Wolkenstein.

»Wir oder Ihr?«, fragte von Wallsee verärgert. Er machte kein Geheimnis daraus, welche Meinung er von dem jungen Ritter hatte.

»Woher soll ich das Geld nehmen? Ich habe keines!«, rief der Herzog entsetzt.

»Aber die Juden haben Geld«, sagte der Ritter. »Wenn Ihr sie vertreibt, könnt Ihr Euch ihr gesamtes Vermögen aneignen. Die jüdische Gemeinde verfügt über volle Goldkisten und über jede Menge Schuldscheine. Mit diesem Geld könnten wir drei Kriege gewinnen.« Er sprach aus, was in der Armee des Herzogs seit Wochen besprochen wurde. Dabei dachte er auch an seine eigenen Schuldscheine bei Rabbi Blümlein und die lästigen Zinsen, die er ständig zahlen musste, so dass er sich kein neues Streitpferd leisten konnte. An die Stiefel mochte er gar nicht denken, denn das war zu demütigend.

»Die Juden«, sagte Herzog Albrecht angewidert. »Dieses Pack von Christusmördern ist mir schon seit langem ein Dorn im Auge.«

Plank horchte interessiert auf. Das Gespräch verlief ganz nach seinem Geschmack.

»Ich bin auch kein Freund der Juden«, gab er zu. »Es ist sicher klug, die Gemeinde ein wenig bluten zu lassen.«

»Zwischen Bluten lassen und Vertreiben ist ein großer Unterschied«, warf von Wallsee ein.

»Ich habe nicht von Vertreibung gesprochen. Hört mir aufmerksamer zu.« Planks Stimme klang scharf. Warum hielt der dicke Mann nicht einfach seinen Mund?

»Ich hätte nichts dagegen einzuwenden, wenn das Pack mein Reich verlassen würde«, sagte der Herzog voller Ekel. Plank nickte zufrieden. Seine Erziehung zeigte endlich Früchte. Er träumte von einem starken Christentum mit prachtvollen Kirchen, großartigen Kunstschätzen und einem mächtigen Bischof. Dabei verstand es sich von selbst, dass er die Bischofswürde persönlich übernehmen würde. Andersgläubige, die noch dazu über Geld und Einfluss verfügten, waren ihm beim Erreichen seines Ziels im Weg.

Von Wallsee unterbrach Planks Tagträume, stand auf und ging zum Fenster. Von hier aus konnte er allen drei Männern direkt in die Augen sehen. »Die Juden zu vertreiben wäre eine Fehlentscheidung«, erklärte er. »Sie besitzen nicht nur Geld, sondern sie liefern uns auch regelmäßig große Summen ab. Ohne die Steuern und Abgaben der Juden könnten wir die Hofburg zusperren und den Bau des Stephansdoms einstellen.«

»Aber wenn wir ihnen ihr ganzes Geld wegnehmen«, mischte sich Ritter Wolkenstein ein, »wenn wir sie ein für allemal vertreiben, könnten wir ihre Häuser verkaufen und ihr

Gold für den Krieg gegen die Hussiten verwenden.« Beim Wort »Gold« glitzerte die Gier in seinen Augen auf.

Von Wallsee schnaubte verächtlich: »Die Welt ist nicht so einfach, wie sie auf dem Schlachtfeld erscheint.«

Verärgert über die Zurechtweisung sagte der Ritter: »Die Juden unterstützen den Feind. Es gibt Stimmen, die behaupten, es fließe Geld aus Wien nach Prag.«

»Ihr meint, die Juden geben den Hussiten Geld?«, schrie der Herzog empört.

Von Wallsee schüttelte ärgerlich den Kopf: »Dieses Gerücht hat Euer Kanzler in die Welt gesetzt.« Er wandte sich Plank zu und warf ihm einen eisigen Blick zu: »Er hat vorgesorgt, um beizeiten den Druck auf die jüdische Gemeinde zu erhöhen. Habe ich recht?«

Eine neue Schmerzwelle überrollte Plank. Kalte Schweißtropfen bildeten sich auf seiner Stirn. Am liebsten hätte er von Wallsee persönlich vor die Tür gesetzt. Der Mann war einfach nur anstrengend. Er selbst brauchte Ruhe und einen Medicus, und beides möglichst rasch. Der kalte Schweiß auf seiner Stirn rann ihm über die Schläfen, und im Bereich seiner Achselhöhlen bildeten sich dunkle Flecken auf dem Mantel.

Herzog Albrecht bemerkte nichts von den gesundheitlichen Problemen seines Kanzlers. »Die Gelehrten an der Universität sind zu dem Schluss gekommen, dass die Juden sowohl mit den Waldensern als auch mit den Hussiten kooperieren.«

Plank nickte zufrieden. Herzog Albrechts Hass auf die Juden saß so tief, dass er nicht durchschaute, wie die Gelehrten zu diesen Ergebnissen gekommen waren. Er selbst hatte die Studien in Auftrag gegeben.

Von Wallsee warf ihm einen Blick zu, der einer Kampfansage gleichkam. Plank runzelte die Stirn und wechselte vorläufig das Thema. Er würde später wieder darauf zurückkommen.

»Wir sind hier, um über die Lage im Norden und Nordosten des Landes zu sprechen. Lasst Ritter Wolkenstein berichten, damit wir über die nächsten Schritte entscheiden können. Wo ist die Landkarte?«, sagte der Kanzler mit ernster Stimme.

Herzog Albrecht zeigte wortlos auf seinen Tisch, und der junge Ritter trat entschlossen darauf zu. Er beugte sich breitbeinig über die Karte und suchte mit dem Finger die Orte, die von den Hussiten angegriffen worden waren. Dann nahm er einige der bunten Holzsteine, die danebenlagen, und platzierte sie auf die Karte. Die unbemalten Steine standen für die eigenen Truppen, die bunten für die der Feinde. Sehr rasch wurde die Karte im Grenzgebiet erschreckend bunt. Wolkenstein demonstrierte mit den Steinen, wie schnell sich Žižka mit seinen Leuten fortbewegte und wie effizient er seine Kampfwagen einsetzte. Herzog Albrecht und seine Berater verstanden nicht alles, was der Ritter erklärte, denn keiner von ihnen hatte selbst gekämpft. Sie beobachteten eine Schlacht bestenfalls aus sicherer Entfernung von einem Hügel aus. Als der Ritter eine Stunde später aus der Hofburg ritt, ließ er drei nachdenkliche und schweigsame Männer zurück.

»Ritter Wolkenstein ist ein fähiger Mann. Leider ist er ständig mit eigenen Geldsorgen beschäftigt, ich fürchte, das lenkt ihn von seiner Aufgabe sehr ab«, gab Plank zu bedenken.

»Das stimmt«, pflichtete ihm von Wallsee ausnahmsweise bei. »Die Burg, die er von seinem Onkel geerbt hat, ist desolat und baufällig. Er hat enorme Schulden bei den Juden.« Er beugte sich vor. »Das ist auch der Grund, warum er gegen die Juden vorgehen möchte. Eine kurzsichtige Denkweise.«

Verärgert wandte sich Plank an den dicken Mann: »Ihr verkennt die Lage. Wir brauchen dringend Geld, um diesen Krieg zu finanzieren, auch Eure eigenen Besitzungen im Norden des Reiches sind in Gefahr. Und wir brauchen gute Strategen wie diesen jungen Ritter. Er ist ein Geschenk des Himmels.«

»Ich habe nie bestritten, dass wir uns der Hussiten annehmen müssen. Aber ich bin davon überzeugt, dass uns eine geschickte Verhandlungsstrategie eher zum Ziel bringt als ein endloser Kampf mit niedergebrannten Landstrichen und unzähligen Toten. Was das Reich braucht, um sich zu erholen, ist Ruhe und Sicherheit.«

»Ruhe und Sicherheit!« Plank schnaufte verächtlich. »Die Juden haben das Geld, das uns fehlt. Deshalb müssen wir höhere Forderungen stellen und den einen oder anderen Juden enorm unter Druck setzen, damit den Hebräerhunden bewusst wird, wie ernst uns die Sache ist.«

»Was schlagt Ihr vor?«, fragte der Herzog. Aus der Fensternische, in die er sich zurückgezogen hatte, trat er nun wieder zu seinen Beratern.

»Zuerst stellen wir Wolkenstein einen Tötbrief aus. Damit entledigen wir ihn all seiner Schulden und machen ihn gleichzeitig von uns abhängig.«

»Tötbrief?«, fragte der Herzog. »Aber ich habe doch erst letzten Monat einen Tötbrief für Graf Mendel ausgestellt. Meint Ihr nicht, dass ich etwas sorgfältiger damit umgehen sollte?«

Plank grinste. Für einen Moment vergaß er sogar den Schmerz in seiner Brust, so begeistert war er von seiner Idee: »Wolkenstein hat Schulden bei Simon Blümlein, dem Rabbiner der Gemeinde. Wenn wir Wolkenstein einen Tötbrief ausstellen, bedeutet das, dass er dem Juden keinen Gulden mehr zurückzahlen muss. Der Verlust wird den Rabbi treffen, und er wird die Warnung verstehen. Danach wird es ein Leichtes sein, auch auf den Rest der Gemeinde zusätzlichen Druck auszuüben. Sie werden bereitwillig höhere Abgaben zahlen aus Angst, dass der Herzog noch mehr Tötbriefe ausstellt.«

»Aber wenn ich einen Tötbrief ausstelle, verliere ich den Anspruch auf all die Abgaben und auch auf den Anteil der Zinsen, der mir zusteht«, rief der Herzog empört.

»Dafür gewinnt Ihr die uneingeschränkte Loyalität Eures besten Ritters und erhöht elegant den Druck auf die jüdische Gemeinde«, sagte Plank.

Von Wallsee schwieg, was der Kanzler und der Herzog als Zustimmung werteten.

»Nun gut. Dann werde ich eben noch einen Tötbrief ausstellen«, seufzte Albrecht, drehte sich um und ging rasch zur Tür. »Ich wünsche Ihnen noch einen schönen Tag. Ich werde mich jetzt angenehmeren Dingen zuwenden.« Mit diesen Worten verließ er den Raum, seine Falken warteten bereits auf ihn. Als die Tür sich hinter ihm schloss, sank Plank erleichtert in seinem Stuhl zurück. Er schloss für einen Augenblick die Augen.

»Ihr braucht einen Medicus«, sagte von Wallsee unvermittelt. Er war an den Stuhl des Kanzlers herangetreten und musterte ihn besorgt.

»Glaubt Ihr, das weiß ich nicht?«

»Was ich jetzt sage, wird Euch nicht gefallen. Der beste Medicus der Stadt ist ein Jude. Ihr solltet ihn konsultieren, wenn Ihr nicht vorzeitig vor Gottes Angesicht treten wollt.« Ohne ein weiteres Wort drehte sich von Wallsee auf dem Absatz um und verließ den Raum. Die Tür fiel laut hinter ihm ins Schloss. Plank hatte ihn nicht einmal nach dem Namen des Medicus fragen können.

17

Bücher und Papiere türmten sich auf Alfred Klayndls rechteckigem Schreibtisch, ein kleines Vermögen in Form verleimter Lumpenfetzen und Pergamente. Der Tisch war auf zwei Seiten mit Holzladen versehen, die neben Silberstiften, Kohle, Bimsstein und Wachs auch Kerzen und Zündzeug enthielten. Ein offener Zirkel lag obenauf und wartete darauf, in einer der Schubladen verstaut zu werden. Aber Richard dachte nicht daran, den Tisch seines Bruders aufzuräumen. Er raufte sich die wenigen Haare, die er noch hatte, und beugte sich kopfschüttelnd über einen unfertigen Entwurf.

»Mein Bruder ist völlig verrückt. Er will einem Kotkönig ein baufälliges Bordell umbauen, um es in ein gefälliges Wohnhaus zu verwandeln.« Verärgert knallte er den Stift auf die Tischplatte und stand auf. Dabei geriet der Stuhl ins Wanken, und Richard musste sich rasch umdrehen, um die Lehne festzuhalten. Mit zusammengezogenen Augenbrauen trat er zu Mathes, der in einer Ecke saß und über einer Zeichnung brütete. Seit über einer Stunde versuchte der Steinbildhauer, Sarahs schnelle Striche zu verbessern und zu ergänzen, aber es wollte ihm einfach nicht gelingen, denn die Aufgabe war schier unmöglich. Die Zeichnung war perfekt. Jede Linie saß genau dort, wo sie sein sollte. Wie war es möglich, dass eine junge jüdische Frau ohne Ausbildung so rasch eine derart perfekte Skizze aufs Papier zaubern konnte?

»Du hörst mir gar nicht zu«, sagte Richard verärgert und blinzelte neugierig auf das Zeichenblatt im Schoß des Freundes.

»Wie bitte?« Mathes hob fragend den Kopf. Sein hellblondes Haar war ihm in die Stirn gerutscht, er schüttelte es ungeduldig weg. Das hatte nur zur Folge, dass ihm noch mehr Haare ins Gesicht fielen. Seufzend strich er sie mit der Hand hinters Ohr.

»Worüber denkst du nach?«, fragte Richard.

»Über eine äußerst talentierte Künstlerin, die unglaubliche Zeichnungen macht«, sagte Mathes. Er drehte den Zeichenblock zu Richard in der Erwartung, Ausrufe des Erstaunens zu ernten, aber Richard warf bloß einen flüchtigen Blick auf die Zeichnung und setzte sich zu Mathes auf die Fensterbank.

»Lass die Finger von der Frau!«, sagte er ernst.

»Ich bin nicht an der Frau interessiert, sondern an ihrem unglaublichen Talent. Außerdem bist du mit ihrer Schwester verheiratet, aber das weißt du ja längst«, sagte Mathes. Was zuerst nur ein Verdacht gewesen war, hatte sich in den letzten Tagen immer mehr zur Gewissheit entwickelt. Mathes war davon überzeugt, dass Judith eine konvertierte Christin war, die sich im Grunde ihres Herzens immer noch als Jüdin fühlte, auch wenn sie freitags keine Schabbatleuchten anzünden durfte und am Samstag arbeiten musste. Judith hielt nach wie vor, so gut es ging, an ihren Speisegesetzen fest. Sie aß kein Schweinefleisch und achtete darauf, dass Milch, Rahm und Käse in separaten Töpfen gekocht und niemals gemeinsam mit Fleisch serviert wurden. Maria störte sich nicht an den ungewöhnlichen Kochgewohnheiten von Richards Frau.

»Ja, ich bin mit Sarah Isserleins Schwester verheiratet«, sagte Richard bitter. »Aber ich habe Judiths Familie nie kennengelernt. Ihre Eltern wollten nicht einmal meinen Namen erfahren. Ich weiß bis heute nicht, ob ihr Vater weiß, wie ich heiße oder welchen Namen seine Tochter und seine Enkelkinder jetzt tragen. Du hast selbst gesehen, dass Sarah Isserlein mich nicht erkannt hat. Die Familie hat Judith verstoßen.«

Mathes schwieg betroffen.

»Der Kontakt zu Sarah Isserlein kann dich deine Karriere kosten«, warnte ihn Richard. »Du bist von der Kirche abhängig, sie ist dein Arbeitgeber. Gib zu, du würdest niemals glücklich werden, wenn du, statt Steinskulpturen und Holzkunstwerke zu gestalten, das Haus eines Kotkönigs umbauen müsstest.«

Mathes zuckte mit den Schultern, Richard hatte recht.

Plötzlich klopfte es laut und aufgeregt an der Tür, und im nächsten Augenblick wurde sie schon aufgerissen. Maria kam in die kleine Kammer neben der Stube gelaufen, sie war völlig aufgelöst.

»Andreas Rötel ist da«, sagte sie mit erstickter Stimme.

»Er kommt sicher wegen Jürgen.« Mathes stand auf und legte den Skizzenblock zur Seite.

»Der Lehrling, der dich ins jüdische Hospital begleitet hat?«

Mathes nickte.

»Lass ihn herein«, sagte Richard zu Maria, doch die zarte alte Frau schüttelte entsetzt den Kopf.

»Nein«, hauchte sie.

»Ach, Maria«, sagte Richard. »Nun stell dich nicht so an. Er wird dich schon nicht fressen.« Aber Maria schüttelte noch einmal den Kopf, und Richard seufzte.

»Dann mach ich ihm eben auf.«

Rasch verschwand Maria in der Küche, und Richard ging zur Haustür.

Kaum hatte er sie geöffnet, versuchte Rötel, sich an Richard vorbeizudrängen, doch der blieb im Türrahmen stehen und verstellte ihm den Weg.

»Was ich mit meinem Lehrling mache, ist ganz allein meine Sache«, polterte Rötel ohne Begrüßung oder Vorrede los.

»Wovon sprecht Ihr?«

»Davon, dass unser Zunftmeister«, Rötel spuckte das letzte Wort verächtlich aus, »behauptet, ich hätte meinen Lehrling nicht anständig behandelt.«

»Und, habt Ihr ihn anständig behandelt?« Richard trat auf Rötel zu, so dass dieser einen Schritt in den Hof machen musste. Nun erschien auch Mathes, er blieb hinter Richard in einigem Abstand zu Rötel.

»Dieser verdammte Judenfreund da hat meinen Lehrling von der Arbeit abgehalten. Ihm hätten die Prügel gehört!« Rötel hob die Faust und hielt sie drohend in Mathes' Richtung. Er machte Anstalten, sich auf ihn zu stürzen, aber Richard stand noch immer direkt vor ihm.

»Also stimmt es, dass Ihr den Jungen geschlagen habt.« Mathes spürte Wut in sich aufsteigen, begleitet von schlechtem Gewissen. Er hatte es gewusst!

»Das ist mein gutes Recht und sogar meine Pflicht als Lehrherr«, schrie Rötel aufgebracht.

In diesem Moment betrat Alfred den Hof. Er schritt durch das offene Rundbogentor und kam auf die drei streitenden Männer zu.

»Meister Rötel, beruhigt Euch«, sagte er besänftigend.

Der aufgebrachte Steinmetz fuhr herum. Die Adern an seinem hochroten Kopf drohten zu platzen.

»Ich werde dafür sorgen, dass Eure Tage als Zunftmeister gezählt sind. Was ich mit meinem Lehrling mache, geht Euch gar nichts an.«

»Ihr wisst, dass das nicht stimmt«, sagte Alfred. Er blieb weiterhin ruhig. »Ich habe mich lediglich nach Jürgens Wohlergehen erkundigt, weil der Junge seit Tagen nicht in der Werkstatt erschienen ist.«

»Das ist die Werkstatt der Dombauhütte, und da habt Ihr nichts zu suchen«, zischte Rötel.

»Das stimmt. Aber der Junge geht mich sehr wohl etwas an.« Es war erstaunlich, dass Alfred immer noch nicht lauter wurde.

Er fuhr fort: »Leider habe ich in Eurem Haus keine Auskunft bekommen. Deshalb werde ich den Rat zusammenrufen müssen. Und damit Euch diese Nachricht nicht völlig unerwartet trifft, habe ich mir erlaubt, Euch schon im Vorfeld zu warnen. Vielleicht habt Ihr Eure Meinung ja inzwischen geändert.«

»Was meint Ihr damit?«

»Habt Ihr meinen Vorschlag vergessen?« Alfreds Gesicht nahm einen überraschten Ausdruck an.

Rötel starrte verärgert zurück.

»Ich hatte Euch vorgeschlagen, dass Ihr Jürgen freigeben könnt, damit der Junge in Hainburg bei Meister Kramer seine Lehrzeit beenden kann.« Alfred lächelte. »Auf diese Weise werdet Ihr einen Lehrling los, mit dem Ihr ohnehin unzufrieden seid, und ich werde davon Abstand nehmen, Euch vor dem Zunftgericht den Prozess zu machen.«

»Ihr würdet es nicht wagen, mich anzuzeigen!«, keuchte Rötel.

»Seid Ihr Euch da sicher?« Alfreds Stimme war immer noch freundlich, aber nun war die Drohung deutlich zu hören.

Rötel spuckte verächtlich aus. »Ich werde dafür sorgen, dass es bald keinen Zunftmeister in Wien mehr geben wird. Der Werkmeister der Dombauhütte ist ein schwacher Mann. Wenn er wollte, hätte er Euch das bisschen Macht, das Ihr habt, schon lange nehmen können. Wien hat die Dombauhütte, die Stadt braucht keine Steinmetzzunft mehr.«

Alfred ging nicht auf Rötels Drohung ein. »Was ist nun mit Jürgen?«

»Nehmt den verdammten Bengel. Er taugt ohnehin zu nichts.« Rötel drehte sich um und ging zum Tor. Bevor er den Hof verließ, blieb er noch einmal stehen und wandte sich an Mathes: »Rockh, nehmt Euch in acht, ich werde Euch nicht aus den Augen lassen!« Dann schritt er durch das Tor.

Die drei Männer starrten ihm betroffen nach. Schließlich sagte Mathes: »Verstehst du nun, warum ich versuche, ihm aus dem Weg zu gehen?«

Alfred schwieg.

In dem Moment wurde die Haustür aufgerissen, und die schwarze Katze sauste heraus. Alle drei Männer sprangen erschrocken zurück. Hinter der Katze folgten zwei graue Gespenster, sie gaben unmenschlich tiefe Töne von sich. Alfred fasste sich in gespieltem Schreck an die Brust, Mathes machte einen Schritt nach hinten, und Richard donnerte: »Josef, Jonas! Hört sofort damit auf!« Mit drei großen Sprüngen war er bei seinen Kindern und nahm ihnen die grauen Leintücher ab. Beide hielten sich breite Trichter an ihren Mund.

Josef senkte das Küchenutensil und sagte: »Aber Maria hat es erlaubt.«

»Maria hat euch erlaubt, den alten Hauskater zu erschrecken?«

»Nein, aber sie hat uns die Tücher und die Trichter geliehen.« Jonas Stimme klang trotzig und enttäuscht zugleich.

Die Katze war weg, dabei hätte er sie diesmal beinahe erwischt.

Mathes musste lachen. »Wirklich schade, dass ihr zwei erst jetzt auftaucht. Rötel wäre deutlich schneller gegangen, wenn ihr etwas früher gekommen wärt.«

Im allgemeinen Gelächter vergass Richard völlig, seine Söhne für den Streich auszuschimpfen.

18

SARAH TRAT IN DIE STUBE und nahm die Schürze ab. Ihr Vater lag auf der Ofenbank und schnarchte. Jakob saß neben ihm und beobachtete interessiert, wie sich David Isserleins Schläfenlocken jedes Mal bewegten, wenn er geräuschvoll Luft ausblies.

Hätte Sarah sich im Moment nicht so große Sorgen um ihren Vater gemacht, hätte sie über die Szene schmunzeln können. So aber fragte sie sich, ob sie David den Nachmittag über allein lassen konnte. Seit Purim waren die Augenblicke, in denen ihr Vater nicht verwirrt war, immer seltener geworden.

»Gehen wir?«, fragte Jakob und sprang auf. Sarah legte mahnend ihren Zeigefinger auf die Lippen. Sie wollte vermeiden, dass ihr Vater aufwachte. Sie hatte ihm zwar nach dem Mittagessen zwei von Elias Opiumkügelchen unter die Zunge geschoben, aber sie wusste nicht genau, wie lange die beruhigende Wirkung der Medizin anhalten würde.

Sarah bedeutete dem Jungen, sich mit ihr aus der Stube zu schleichen. Sie hatte Mathes versprochen zu kommen und wollte ihn nicht warten lassen. Während sie sich den dicken warmen Winterschal um den Kopf wickelte, richtete sie eine Bitte an Gott: »Bitte lass ihn schlafen, bis ich wiederkomme!« Dann zog sie die Haustür hinter sich zu und eilte mit Jakob zum Tor, das in den christlichen Teil der Stadt führte. Um nicht erkannt zu werden, hatte sie nur einen kleinen Teil ihres Gesichts freigelassen und auch Jakob dick in seinen Mantel eingepackt.

Als sie durch das kleine Seitentor traten, wartete Mathes bereits hinter einem Schneehaufen. Obwohl sie sich vorgenommen hatte, nicht nervös zu werden, schlug Sarahs Herz schneller, als sie die hohe, schlanke Gestalt des Christen erblickte. Mathes hatte sie noch nicht bemerkt, er trat mit der Fußspitze gegen den Schneehaufen und formte gelangweilt eine kantige Figur.

»Wollt Ihr Euch auf das Modellieren von Schnee spezialisieren?«, fragte Sarah.

Mathes zuckte zusammen und blickte hoch. Ein warmes Lächeln breitete sich auf seinem Gesicht aus und löste ein Kribbeln in Sarahs Magengegend aus. Verlegen drehte sie sich zur Seite.

»Schön, dass Ihr gekommen seid«, sagte Mathes. Er begrüßte auch Jakob und grinste schief: »Wieder mit Anstandsdame?«

Dann griff er nach Sarahs Hand und zog sie von der Holzwand weg, bevor die Leute auf der anderen Seite der Straße auf sie aufmerksam werden konnten. Sarah war überrascht, wie warm Mathes' Hand trotz der Kälte war. Sie vermittelte Sicherheit und Kraft, und Sarah wehrte sich nicht gegen die Berührung. Als Mathes sie kurz darauf wieder losließ, war sie fast enttäuscht.

Rasch liefen die drei über den Hohen Markt und vorbei an

der Schranne, dem Gerichtsgebäude, zur Rotenturmstraße und schließlich über den Stephansplatz, um hinter dem Dom in die Singerstraße einzubiegen, wo das Haus der Kayndls stand. Sie traten durch das Tor und blieben unter dem breiten Torbogen stehen. Mathes bat Sarah, kurz zu warten. Er wollte sichergehen, dass ihnen niemand über den Weg lief. Der Hof schien leer zu sein, und auf der hölzernen Galerie, die um drei Seiten des Gebäudes lief, war ebenfalls niemand zu sehen. Nur Rufus döste vor der großen, schweren Eingangstür aus dunklem Holz. Er hob kurz den Kopf und schaute in ihre Richtung, doch als er Mathes erkannte, bellte er nicht, sondern lief ihnen schwanzwedelnd entgegen.

»Rufus, du guter Hund«, sagte Jakob. »Bringst du mich zu Jonas und Josef?« So als könnte der Hund ihn verstehen, trottete er los, und Jakob folgte ihm. Mathes wollte die beiden schon zurückrufen, aber als er sah, dass der Hund mit Jakob im Schlepptau Richtung Scheune ging, schwieg er. Dort spielten die Jungen gern, wenn sie ungestört bleiben wollten, niemand würde Jakob sehen.

»Wir holen dich später von der Scheune ab, du kennst dich ja schon aus«, rief Mathes dem Jungen leise nach. Jakob nickte.

»Warum kennt er sich aus?«, fragte Sarah.

»Er war in den letzten Tagen schon zweimal hier. Habt Ihr das nicht gewusst?«, fragte Mathes erstaunt.

»Nein, ich hatte keine Ahnung!«, stieß Sarah entsetzt hervor.

»Wir sollten uns beeilen, bevor uns jemand sieht«, flüsterte Mathes. Erneut griff er nach Sarahs Hand und zog sie mit sich über den Hof und die steile Holztreppe hinauf zu seiner Kammer. Rasch sperrte er die Tür auf und bat Sarah einzutreten. Der winzige Ofen, ein Luxus, den Alfred für ihn hatte einbauen lassen, war eingeheizt, es war angenehm warm in dem kleinen Raum, der mit einem Bett, einem Schreibpult mit Hocker und einer Kleiderkiste möbliert war. Mathes nahm Sarah den Mantel ab und bat sie, auf dem Hocker Platz zu nehmen. Er selbst setzte sich auf sein Bett.

Mathes hatte noch nie eine Frau in seine Kammer mitgenommen. Wenn er sich mit Frauen getroffen hatte, dann hatten diese Treffen stets irgendwo in der Stadt stattgefunden.

»Erzählt mir von Jakobs Besuchen«, forderte Sarah.

Mathes zuckte mit den Schultern: »Da gibt es nicht viel zu erzählen. Ich glaube, dass außer mir niemand davon weiß. Der Junge ist heimlich gekommen, ich habe ihn nur gesehen, weil ich später in die Werkstatt gegangen bin. Ich denke, er hat jemanden auf der Straße nach dem Wohnhaus von Richard Klayndl gefragt und wurde hierhergeschickt. Weder Jonas noch Josef haben von seinen heimlichen Besuchen erzählt.«

»Das ist doch völlig verrückt!«, sagte Sarah. Sie hätte wissen müssen, dass es nur Schwierigkeiten geben würde, wenn sie den Jungen mitnahm.

»Was ist an einer Freundschaft zwischen drei kleinen Jungen so verkehrt?«

»Es ist verkehrt, dass Jakob sich heimlich davonstiehlt und weder seinen Großeltern noch mir etwas davon erzählt.«

»Habt Ihr denn jemanden von Eurem Besuch heute Nachmittag erzählt?«

»Nein, natürlich nicht«, sagte Sarah entsetzt. Es entstand eine kurze Pause, und schließlich musste Sarah lachen. Mathes fand den Klang ihres Lachens herrlich erfrischend, er bedauerte, ihn nicht mit Steinhammer und Meißel einfangen zu konnte.

»Ich habe versucht, den Entwurf, den Ihr in der Werkstatt

gemacht habt, zu verbessern«, sagte er. »Aber es ist mir nicht gelungen. Die Aufteilung ist perfekt. Ich werde ihn genauso umsetzen, wie Ihr ihn gezeichnet habt.«

Sarahs Wangen liefen rot an. Sie sah plötzlich viel jünger aus.

»Die andere Szene, bei der ich Eure Hilfe brauche, ist die Firmung«, sagte Mathes. »Ich habe mich erkundigt und glaube, dass die Feier am ehesten mit Eurer Bar Mitzwah zu vergleichen ist. Wobei wir Christen bei diesem Fest keinen Unterschied zwischen Männern und Frauen machen, bei uns werden beide Geschlechter gefirmt.«

Sarah lächelte und fragte sich, woher Mathes seine Informationen über den jüdischen Glauben hatte.

»Mein armseliger Versuch liegt in dem Skizzenblock auf dem Schreibpult vor Euch«, sagte Mathes.

Sarah sah sich um. Das Pult war überladen mit Büchern, Briefen, Papieren, Zeichenstiften und auch mehreren Skizzenblöcken. Sie hatte nicht die geringste Ahnung, welchen der Steinbildhauer meinte. Mathes erhob sich vom Bett und kam zu ihr. Er stand so dicht neben ihr, dass sie die Wärme seines Körpers spüren konnte. Er roch nach Sandelholz und Kiefer. Sarah fühlte sich in einer Weise zu dem Christen hingezogen, die sie einerseits beunruhigte und andererseits zu faszinieren begann.

»Hier«, sagte Mathes und reichte Sarah den Block. Seine Finger streiften die ihren, diesmal zuckte Sarah zurück, aus Angst vor dem plötzlichen Wunsch, seine Hand zu ergreifen.

Sarah klappte den Block auf, und ein kleines Stück Papier flatterte ihr entgegen. Neugierig hob sie es auf und stieß einen Überraschungsschrei aus.

»Woher habt Ihr dieses Blatt?«

Mathes betrachtete das Papier und hätte sich am liebsten

selbst geohrfeigt. Heute Morgen hatte er Josef gebeten, die Zeichnung aus dem Gebetbuch seiner Mutter zu entwenden, weil er das Gesicht des alten Mannes für einen seiner Evangelisten verwenden wollte. Josef hatte Mathes versprochen, die Zeichnung nach dem Mittagessen wieder in das Buch seiner Mutter zurückzulegen, aber nach einer Strafpredigt seines Vaters hatte er es offensichtlich vergessen. »Es tut mir leid, die Zeichnung gehört nicht mir. Es ist das Blatt, von dem ich Euch erzählt hatte. Alfred Klayndls Neffe hat mir die Zeichnung organisiert«, gab Mathes zu.

»Und woher hat der Neffe die Zeichnung?«, fragte Sarah.

»Aus den Händen der Besitzerin.«

»Das kann nicht sein, Meister Rockh. Ich habe diese Zeichnung für meine Mutter gemacht, und die ist seit über einem Jahr tot«, sagte Sarah.

Gelassen gab Mathes zurück: »Dann nehme ich an, dass Eure Mutter vor ihrem Tod die Zeichnung an die Frau geschickt hat, der sie jetzt gehört.«

»Wollt Ihr mir damit sagen, dass meine Schwester in diesem Haus wohnt?«, fragte Sarah tonlos.

Mathes zuckte nur mit den Achseln.

»Judith hat gegen den Willen meines Vaters einen Christen geheiratet. Sie war mit Aaron verlobt«, sagte Sarah.

»Der Mann, den Ihr nun heiraten werdet?«, fragte Mathes überrascht.

Sarah nickte. »Es war der einzige Weg, dass wir weiterhin in der Gemeinde bleiben konnten. Mein Vater hat Judith verstoßen und der Familie Blümlein versprochen, dass ich anstatt meiner Schwester Aaron heiraten werde. Auf diese Weise können unsere beiden Familienunternehmen zusammengelegt werden.«

»Es geht also ausschließlich ums Geld«, sagte Mathes.

»Und um die Familienehre.«

»Ich nehme an, die ist sehr wichtig?«

Sarah seufzte laut: »Ja, sie ist wichtig. Aber noch wichtiger ist der Fortbestand unseres Unternehmens. Elias ist Arzt, er kennt sich mit dem Geschäft des Geldverleihens nicht aus. Judith hat sich für einen Christen entschieden, und nun bleibe nur noch ich ...«

»Das ist eine große Last, die Euer Vater Euch da aufbürdet«, sagte Mathes.

»Im Moment bin ich mir nicht sicher, ob mein Vater überhaupt noch mitbekommt, was er tut.« Sarah war überrascht, wie leicht es ihr fiel, diesem fremden Mann ihr Herz auszuschütten.

»Wollt Ihr Eure Schwester wiedersehen?«, fragte Mathes neugierig.

Sarah ließ sich mit der Antwort Zeit.

»O ja. Unbedingt. Aber nicht heute, nicht jetzt. Das kommt alles so unerwartet und schnell. Ich brauche Zeit, um darüber nachzudenken. Aber es ist ein schönes Gefühl zu wissen, dass sie hier ist und dass es ihr gutgeht. Es geht ihr doch gut, oder?«

Mathes lächelte: »Ja, es geht ihr gut, das kann ich Euch versichern.«

Erleichtert lehnte Sarah sich zurück.

»Wie steht es mit Euch? Könnt Ihr Euch eine Freundschaft mit einem Christen vorstellen?«, wollte Mathes neugierig wissen.

»Natürlich kann ich mir das vorstellen«, sagte Sarah rasch und fügte dann hinzu: »Aber alles Weitere ist undenkbar.«

»Ich verstehe«, sagte Mathes reserviert. Instinktiv rückte er ein Stück von Sarah weg, was sie einerseits begrüßte und anderseits unendlich bedauerte.

»Darf ich Euch meinen bescheidenen Entwurf zeigen?«, fragte Mathes.

»Ja, bitte.« Sarah war froh, das Thema zu wechseln.

Bevor Sarah den Skizzenblock öffnete, überreichte sie Mathes die Zeichnung, die ihren Vater zeigte. »Ich hoffe, dass Judith die Zeichnung wiederbekommt. Es ist alles, was ihr von Vater geblieben ist«, sagte sie.

Mathes nickte: »Bereits heute Abend wird die Zeichnung wieder dort sein, wo sie hingehört.« Er hoffte, dass Josef es schaffen würde, die Angelegenheit heimlich und ohne Aufsehen über die Bühne zu bringen. Wenn Mathes Sarah zurück zum Judenviertel gebracht hatte, würde er noch auf den Hohen Markt gehen und dem Jungen zur Belohnung ein Säckchen kandierter Nüsse kaufen.

19

Als Sarah und Jakob zwei Stunden später durch das Tor ins Judenviertel schritten, war Sarah so verwirrt, dass sie keinen klaren Gedanken fassen konnte. Jakob redete die ganze Zeit über aufgeregt auf Sarah ein. Er erzählte ihr von seinen Spielen mit Jonas und Josef und war stolz darauf, dass niemand ihn gesehen hatte. Die Worte sprudelten förmlich aus ihm heraus. Aber Sarah hörte ihm kaum zu. Mathes war von ihrem Entwurf für scin Bild mit dem Sakrament der Firmung begeistert gewesen. Besonders gut gelungen fand er die liebenswerte Szene, in der die Mutter ihrer Tochter noch schnell das Haar zu einem ordentlichen Zopf flicht, ehe der Bischof ihr das Sakrament der Firmung spendete. Je mehr

Zeit Sarah mit dem christlichen Steinbildhauer verbrachte, umso anziehender fand sie ihn. Wenn er sie anlachte, flatterte eine Schar Schmetterlinge in ihrem Bauch. Sarah mochte sein Lachen, das eine geheimnisvolle Traurigkeit umgab, und auch seine starken, warmen Hände und die Art, wie er seine Locken aus der Stirn pustete. Es wurde höchste Zeit, den Kontakt zu ihm abzubrechen. Aber er hatte sie gebeten, ihm auch beim Entwurf seines Taufbeckens zu helfen, und sie hatte es nicht fertiggebracht, die Bitte abzulehnen. Die ehrliche Bewunderung, die er ihrer Arbeit entgegenbrachte, war einfach zu angenehm. Sarah konnte der Versuchung nicht widerstehen, auch wenn ihr Verstand ihr sagte, dass das, was sie tat, völlig verrückt war.

Plötzlich fiel Sarah ein, dass der Steinbildhauer immer noch ihre Mappe mit den Zeichnungen hatte. Schon aus diesem Grund musste sie ihn noch einmal treffen. Fast beruhigt setzte Sarah ihren Weg fort. Und Judith – sie würde ihre Schwester wiedersehen!

Aufgewühlt erreichte Sarah das Haus in der Kleeblattgasse, nachdem sie Jakob bei den Blümleins abgesetzt hatte. Die Haustür war unversperrt, und leicht verwundert trat sie ein.

»Vater?«, rief sie fragend. Erst als sie keine Antwort bekam, begann sie, sich Sorgen zu machen, und lief suchend durch das Haus.

»Vater! Wo bist du?« Sarah spürte, wie Angst in ihr aufstieg. David Isserleins Mantel hing auf dem Haken neben der Tür, und sein dicker Schlüsselbund baumelte direkt daneben. Aber er antwortete nicht.

Sarah lief die Stufen hinauf in den ersten Stock und schaute in die Schlafkammern, aber beide waren leer. David hatte tief und fest geschlafen, als sie und Jakob das Haus verlassen hatten. Die Wirkung der Mohnkügelchen konnte noch nicht nachgelassen haben. Oder doch?

Das letzte Mal, als David das Haus in verwirrtem Zustand und ohne Mantel und Schlüssel verlassen hatte, war er in der Stadt herumgeirrt. Frau Rosendorf, die Nachbarin, hatte ihn am Ufer der Donau gefunden, wo er wie ein kleiner Junge Steine ins Wasser geworfen hatte. David hatte die Frau nicht erkannt, aber sie hatte einfach seinen Arm unter ihren Ellbogen geklemmt und ihn nach Hause gebracht. Anna Rosendorf war keine Frau, die tratschte. Sie hatte nie ein Wort über den Geisteszustand des Geldverleihers verloren, wofür Sarah ihr sehr dankbar war.

Sarah trat wieder auf die Straße. Sie musste David finden, und zwar rasch. Bald würde es zu dämmern beginnen, und wenn es dunkel war, wurde das Tor zum Judenviertel verschlossen. Es war nicht auszudenken, was einem verwirrten Juden im christlichen Teil der Stadt alles zustoßen konnte. Ein Stein auf den Hinterkopf wäre da wohl noch das Harmloseste. Plötzlich fiel Sarah ein, dass David wieder zur Donau gelaufen sein könnte. Teile des Gewässers waren zugefroren. Was, wenn David versuchte, auf dem Eis spazierenzugehen? Sie sah ihren Vater vor sich, wie er in den Wellen der Donau gegen das Ertrinken kämpfte und unter eine Eisscholle geriet. Kalter Angstschweiß lief über Sarahs Rücken, ihr Herz raste.

Schnell raffte sie ihre Röcke und lief zum Hospital, wo sie mit Sicherheit Elias antreffen würde. Ihr Bruder musste ihr bei der Suche helfen.

20

SARAH HATTE ELIAS NICHT IM Hospital, sondern zu Hause bei seiner Familie gefunden. Miriam wollte sich sofort an der Suche nach ihrem Großvater beteiligen, doch Rachel hatte sich nur widerwillig dazu bereit erklärt.

Seit zwei Stunden suchten Rachel und Miriam nun das jüdische Viertel ab, während Sarah und Elias durch die christlichen Viertel der Stadt liefen.

»Es beginnt bereits zu dämmern, wir müssen Vater endlich finden!« Sarah bemühte sich, ihre Tränen zurückzuhalten. Verzweifeltes Weinen war das Letzte, was ihnen jetzt weiterhelfen würde. An der Hand ihres Bruders lief sie weiter durch enge Gassen und verwinkelte Häuserschluchten.

Vor einem baufälligen Holzhaus blieb Elias stehen. Vor dem Eingang stand ein dickes Hausschwein und fraß die Abfälle, die ihm die Besitzerin des Hauses hingeschüttet hatte. Es stank nach menschlichen Ausscheidungen. Elias starrte das Tier an und hoffte, dass man ihm nicht den Inhalt eines Nachttopfs verfütterte. Angeekelt kratzte er sich am Kopf: »Es hat keinen Sinn, wir müssen getrennt nach Vater suchen.«

Sarah wusste, dass ihr Bruder recht hatte. Aber der Gedanke, allein durch die schmutzigen und bald schon dunklen Gassen eines unbekannten Stadtteils zu laufen, gefiel ihr ganz und gar nicht.

»Ich suche die Gasthäuser der Stadt ab, während du am Donauufer nach ihm schaust«, sagte Elias. »Auch wenn du ihn nicht findest, geh zurück zum Judentor, bevor es dunkel und das Tor abgeschlossen wird.«

»Und du?«, fragte Sarah.

»Der Wärter kennt mich, er hat mich schon öfter durch das Tor gelassen, wenn ich zu einem kranken Christen gerufen wurde. Der Mann wird mir öffnen, wenn ich ihm genug Geld zahle.«

Sarah atmete tief durch, raffte ihre Röcke und lief Richtung Donauufer. Sie hörte Elias' Stimme, die ihr nachrief: »Sei vorsichtig!«

Dasselbe hätte sie ihm gern gesagt, doch sie war bereits zu weit von ihm entfernt. Die Vorstellung, dass ihr Bruder mit seinem absurden Judenhut ein Gasthaus betreten wollte, in dem sich betrunkene Christen aufhielten, jagte ihr noch mehr Angst ein. Benommen lief sie die Rotenturmstraße hinunter, passierte das Stadttor und kletterte einen schmalen Weg zum verschneiten und vereisten Donauufer hinab. Im Sommer knirschte hier der Kies unter den Füßen, im Moment waren es Eis und Schnee. Das Ufer war völlig menschenleer, wenn auch zahlreiche Fußspuren bezeugten, dass der Pfad ein beliebter Spazierweg war. Auf dem Hauptarm der Donau, der sich weiter östlich befand, gelangten immer noch Schiffe in die Stadt, aber dieser schmale Seitenarm war zugefroren, hier war seit Wochen kein Schiff mehr unterwegs gewesen. Wer hierherkam, wollte die ungewohnte Winterruhe am vereisten Wasser genießen.

Ein leichter Wind kam auf, bauschte Sarahs Röcke und bewegte trockenes, längst abgestorbenes Buschwerk am Wegrand. Winzige Eiskristalle wurden hochgewirbelt und über die Eisfläche geblasen. Als sie sich in der Mitte der Fläche befanden, ließ der Wind nach, und die Kristalle schwebten auf das Eis. Ob das Wasser auch in der Mitte tief genug gefroren war, um einen Menschen zu tragen? Mit einem dicken Stecken, den ein Kind oder Wanderer hier hatte liegen lassen, hackte Sarah prüfend auf das Eis ein. Es gelang ihr nicht, bis auf den Grund zu gelangen. Doch sie befand sich am Ufer, in der Mitte des Flussarms gab es warme Quellen, das wusste sie vom Baden im Sommer, in ähnlichen Donauarmen weiter südlich der Stadt. Dort könnte das Eis so dünn sein wie ein Zeichenblatt ihres Skizzenblocks.

Plötzlich fiel ihr Blick auf einen dunklen, kegelförmigen Gegenstand. Ihr Herz begann zu rasen, sie ahnte sofort, um was es sich handelte. Der Gegenstand lag am Ufer und wurde vom eisigen Wind hin- und herbewegt. Rasch lief Sarah darauf zu, und mit jedem Schritt wuchs die Gewissheit. Es war David Isserleins Judenhut.

»Vater!«, flüsterte Sarah tonlos. Sie bückte sich und hob den Hut auf. Verzweifelt blickte sie sich um, konnte aber niemanden entdecken. Auf der Eisfläche befanden sich Steine in unterschiedlichen Größen. Offensichtlich hatte David sie geworfen, so wie damals im Sommer, als Anna Rosendorf ihn gefunden hatte.

»Vater!« Sarah konnte sich nicht dagegen wehren, warme Tränen suchten sich ihren Weg und flossen unaufhörlich über ihre eiskalten Wangen. Blind vor Angst und Sorge lief Sarah am Ufer entlang, suchte jeden Busch ab und rief nun laut und immer verzweifelter nach ihrem Vater. Sie bemerkte nicht, dass es längst dunkel geworden war. Als sie ihre Finger vor Kälte nicht mehr spürte, ließ sie sich auf einem Stein nieder und weinte so lange, bis ihre Augen rot und geschwollen waren.

Wieder tauchte das schreckliche Bild vor ihr auf, das ihren Vater ertrinkend unter einer Eisscholle zeigte. Sarah hatte erst einmal in ihrem Leben eine Wasserleiche gesehen. Damals war sie acht Jahre alt gewesen und hatte mit ihrer Schwester Judith beim Flussufer gespielt, als am gegenüberliegenden Ufer ein Fischer eine Leiche aus dem Wasser fischte. Obwohl Sarah das Geschehen nur aus weiter Entfernung mitbekommen hatte, würde sie die bläulich verfärbte Haut der Leiche niemals vergessen. Judith hatte sie damals weggezerrt und nach Hause gebracht.

Sie schüttelte den Kopf, um die Erinnerungen loszuwerden. Am liebsten wäre sie aufs Eis gegangen, hätte nach einer Einbruchstelle gesucht, nur um die Gewissheit zu erhalten, wo sich ihr Vater befand. Benommen stand sie auf und taumelte langsam zurück zum Stadttor. Der Wärter war ein gutmütiger Mann und winkte sie murrend durch, ohne lästige Fragen zu stellen oder Extrageld zu verlangen.

Als Sarah beim Eingang zum Judenviertel ankam, stellte sie merkwürdig gelassen fest, dass das Tor bereits geschlossen war. Dieser Wärter war ein buckliger griesgrämiger Alter und nicht so freundlich wie der Mann am Stadttor. Er war nicht dazu zu bewegen, das Tor für sie zu öffnen. Er verließ nicht einmal seine warme Kammer, sondern blaffte ihr aus dem winzigen Fenster seines Wohnturms zu: »Verschwinde, Gesindel! Siehst du nicht, dass das Tor verschlossen ist?« Dann knallte er die Fensterläden lautstark zu.

Sarah lehnte sich gegen die eiskalte Steinwand des Turms und glitt langsam in die Hocke. Sie vergrub ihr Gesicht in den von der Kälte klammen Fingern, aber weinen konnte sie nicht, sie hatte alle Tränen bereits am Donauufer vergossen. Wo mochte ihr Vater jetzt sein? Lag er tatsächlich am Grund der Donau? Oder hatte er bloß seinen Hut verloren und war weitergegangen? Aber wohin? Es gab tausend Möglichkeiten, und die Ungewissheit machte Sarah rasend vor Verzweiflung. Benommen stützte sie den Kopf auf die Knie und versuchte nachzudenken. Was sollte sie nun tun? Das Tor zum Judenviertel war verschlossen, und es versprach, eine eisige Nacht zu werden. Wenn sie nicht erfrieren wollte, brauchte sie nun dringend einen guten Einfall oder ein warmes Quartier für die Nacht.

21

Als Elias die dunkle verrauchte Wirtshausstube betrat, wusste er sofort, dass er einen Fehler begangen hatte. Alle Blicke in dem nur spärlich beleuchteten Raum richteten sich auf ihn, er konnte nicht mehr unbemerkt umkehren. Die Gespräche verstummten, die Aufmerksamkeit aller Anwesenden war ausschließlich ihm zugewandt. Es roch nach Rauch und altem ranzigen Öl, nach billigem Wein, Bier und Schnaps. Die Gäste waren ausschließlich Männer, und die meisten schienen bereits einiges getrunken zu haben.

»Was will der Jude hier?«, rief eine krächzende Stimme aus einer dunklen Ecke. Die Worte waren lang gezogen und klangen nach einem fortgeschrittenen Stadium der Trunkenheit.

»Ich suche einen alten Mann mit einem Judenhut, hat ihn vielleicht jemand gesehen?«, fragte Elias. Er rechnete nicht mit einer ernsthaften Antwort, aber er wollte nichts unversucht lassen.

»Noch ein Christusmörder?« Ein dürrer Mann mit Buckel und einem Gesicht wie ein Wiesel stand auf und trat nah an Elias heran, der instinktiv zurückwich. Der Mann hatte nur noch wenige Zähne, und die waren gelbbraun und standen so schief im Mund, dass man Angst haben musste, sie würden ihm auf der Stelle ausfallen. Ein fauliger Geruch kam Elias entgegen.

»Mein Vater ist trotz seines Alters groß und schlank. Habt Ihr ihn gesehen?«, fragte Elias noch einmal und versuchte, ruhig zu bleiben.

»Haben wir einen hochgewachsenen Hebräerhund gesehen?« Der dürre Mann drehte sich um und blickte mit rot unterlaufenen Augen in die Runde.

»Vielleicht haben wir ihn gesehen. Aber im Moment rennen so viele Ratten durch die Stadt, dass es schwer zu sagen ist, ob es dein Vater war.« Das war wieder die lallende Stimme aus der dunklen Ecke. Lautes Gelächter brach aus und erfüllte donnernd den niedrigen Raum. Einige Zuhörer klopften zustimmend auf die schweren Holztische, was in Elias' Ohren wie eine Kampfansage klang.

Er drehte sich um und wollte das Gasthaus verlassen, doch der dürre Mann hielt ihn zurück. Knochige Finger krallten sich in Elias' Mantel und bohrten sich in seinen Oberarm.

»Hier geblieben, wir haben dir noch nicht erlaubt zu gehen!«, krähte der Mann.

»Ich glaube nicht, dass ich Eure Erlaubnis brauche«, sagte Elias ruhig. Er starrte die Hand an, die ihn immer noch festhielt, und schüttelte sie angewidert ab.

»Habt ihr das gehört, der Jude glaubt, er kann hier tun und lassen, was er will. Sollen wir ihm zeigen, dass wir das anders sehen?« Der dürre Mann grinste. Eine neue Woge fauligen Gestanks aus seinem Mund traf Elias mit voller Wucht. Übelkeit stieg in ihm auf.

Plötzlich erhoben sich drei breitschultrige Männer von einem der Tische und bildeten einen Kreis um Elias. Einer davon schien der Wirt zu sein, denn er hatte eine nicht mehr ganz saubere Schürze um den dicken Bauch gebunden. Sein teigiges rotes Gesicht glänzte von Bratenfett und Schweiß.

»Was haltet ihr davon, wenn wir dem Juden zeigen, wer

hier das Sagen hat?«, fragte er und blickte sich Zustimmung heischend in seiner Wirtsstube um. Er schob sich die Ärmel seines Hemdes hoch und spuckte sich in die ungewaschenen Handflächen.

Elias wurde heiß, er wusste, diese Männer würden ihn aus purer Lust an der Gewalt verprügeln. Fieberhaft suchte er nach einem Ausweg. Seine Gedanken überschlugen sich. Da erhob sich ein unauffälliger Mann und kam lautlos auf die Gruppe zu. Im Gegensatz zu den anderen Anwesenden sah er gebildet aus. Die Finger seiner rechten Hand waren schwarz vor Tintenflecken, was davon Zeugnis ablegte, dass der Mann schreiben konnte und diese Tätigkeit auch regelmäßig ausübte. Vielleicht war er Sekretär oder Schreiber.

»Seid Ihr nicht der jüdische Medicus, der letztes Jahr den Ratsherren Grösig von einem lästigen Fieber befreit hat?«, fragte der Mann. Er war untersetzt und hatte eine ungesunde blasse Gesichtsfarbe. Sein schwarzes Haar hing ihm fett und strähnig in die Stirn. Aber seine Augen blitzten wach, und er sprach deutlich und klar.

»Ja, das bin ich«, sagte Elias in der Hoffnung, durch ein Gespräch Zeit zu gewinnen.

Der Schreiber legte seinen Kopf schief und schien kurz zu überlegen, dann wandte er sich an den Wirt: »Lasst den Mann los, ich muss ihn zu Andreas Plank bringen.«

»Was will der Kanzler denn mit einem Juden?«, schrie der Wirt.

»Ich weiß es nicht«, erwiderte der Schreiber wahrheitsgemäß. Herr von Wallsee hatte ihn heute Nachmittag beauftragt, einen guten Medicus aufzutreiben, aber nicht gesagt, warum der Kanzler einen Arzt brauchte. Der Adel stellte Forderungen und erteilte Befehle, aber er erklärte nichts.

Und von Wallsee hatte von dem jüdischen Arzt geredet, der den Ratsherren Grösig kuriert hatte. Es war ein Wink des Schicksals, dass ausgerechnet dieser Jude dem Schreiber heute Abend über den Weg lief.

»Es kann Euch gleichgültig sein, was der Kanzler von dem Juden will«, fügte der Schreiber ärgerlich hinzu.

»Es ist uns aber nicht gleich!«, schrie einer der dicken Männer. »Wir wollen unseren Spaß mit dem Kerl haben, und du willst uns dieses Spielchen verderben.«

Der Sekretär konnte sich gut vorstellen, in welchem Zustand sich der Jude nach dem Spielchen befinden würde. Er würde kaum in der Lage sein, den Weg in die Herrengasse zurückzulegen.

»Ich muss diesen Mann unverzüglich zum Kanzler bringen. Vielleicht hat er etwas ausgefressen, vielleicht soll er eine große Summe zahlen, was weiß ich. Aber wenn ich einen verletzten Juden abliefere, wird der Zorn des Kanzlers all jene treffen, die dafür verantwortlich sind, denn Plank überlässt das Verprügeln von Juden lieber den Wachmännern des Herzogs.«

Verärgertes Murren war die Antwort. Aber den Ärger des Kanzlers wollte sich niemand einhandeln. Was immer Plank von dem Juden wollte, man durfte ihm dabei nicht ins Handwerk pfuschen.

»Nimm den verdammten Juden, und verschwinde«, brummte der Wirt verärgert. Er versetzte Elias einen so heftigen Stoß, dass dieser ins Stolpern geriet. Ein anderer Mann stellte ihm ein Bein, und Elias stürzte und landete mit dem Gesicht nach unten auf dem schmutzigen Wirtshausboden. Lautstark ertönte gehässiges Gelächter. Elias war auf einem Haufen abgenagter Hühnerknochen gelandet, sein Kopf dröhnte, und seine Wangenknochen schmerzten. Sein Magen zog sich zusammen, beinahe hätte er sich erbrochen. Er schluckte hart, um sein Publikum um diesen Scherz zu betrügen.

Rasch machte der Sekretär einen Schritt auf Elias zu, zog ihn hoch und zerrte ihn energisch aus der Wirtsstube. »Kommt!«, zischte er ungehalten.

Benommen taumelte Elias hinter dem Mann her. Er war sich nicht sicher, ob er ihm danken sollte. Noch war ihm nicht klar, was der Unbekannte von ihm wollte.

Im Freien blies Elias ein heftiger Windstoß ins Gesicht, der die Benommenheit und die Übelkeit vertrieb.

»Warum habt Ihr mich soeben gerettet?«, fragte er misstrauisch.

»Hab ich doch eben gesagt«, knurrte der Schreiber unhöflich. »Ich soll Euch zum Kanzler bringen.«

»Was kann Andreas Plank von mir wollen?«, fragte Elias verwundert. Er wusste, dass der Kanzler kein Judenfreund war, er bemühte sich, die antisemitischen Schriften der Universität unters Volk zu bringen. Der Mann an seiner Seite zuckte mit den Schultern: »Wie soll ich das wissen? Wahrscheinlich braucht irgendwer einen Arzt. Und nun steht nicht länger herum und stellt Fragen, sondern kommt. Bald gehen die ersten Nachtwächter durch die Stadt, und ich habe keine Lust, mich von ihnen aufhalten zu lassen.« Elias wusste, dass im christlichen Teil der Stadt nach Anbruch der Dunkelheit Nachtwächter ihre Runden zogen, um Betrunkene und Randalierer festzunehmen. In einer kalten, stickigen Gefängniszelle konnten die Gefangenen dann ihren Rausch ausschlafen, und nicht selten kam es vor, dass der eine oder andere das Gefängnisgebäude erst Wochen später wieder verließ. Manche nie wieder.

Elias seufzte. Eigentlich hätte er lieber weiter nach David

gesucht, aber er fühlte sich diesem Mann verpflichtet, der ihn davor bewahrt hatte, zusammengeschlagen zu werden.

»Dann lasst uns gehen«, sagte er, konnte das Gefühl aber nicht loswerden, dass er sich gerade in noch größere Gefahr begab.

22

Sarahs Finger waren von der Kälte so taub, dass sie Angst hatte, nie wieder einen Silberstift halten zu können. Über eine Stunde lang hatte sie vor dem verschlossenen Tor auf ihren Bruder gewartet, damit Elias den störrischen Torwärter bestechen und sie in die sichere Kleeblattgasse bringen würde. Aber mittlerweile waren die Straßen und Gassen menschenleer. Die Leute saßen zu Hause in den warmen Stuben, wo Kachelöfen wohlige Wärme spendeten. Sarah zitterte vor Kälte, ihre Zähne schlugen aufeinander, wenn sie noch länger hier hocken blieb, würde sie jämmerlich erfrieren. Ein heftiger Wind hatte eingesetzt und trieb in immer stärker werdenden Böen Schneehaufen vor sich her. Eiskalte Kristalle trafen Sarahs Gesicht und zwangen sie, die Augen zusammenzukneifen. Heute Morgen hatte der Gemüsehändler behauptet, ein heftiger Wind würde einen Wetterumschwung bringen. Aber im Moment war davon noch nichts zu bemerken. Im Gegenteil, der Wind ließ die Kälte nur noch eisiger erscheinen. Sarah wusste nicht mehr, wie sie ihren Körper schützen sollte.

Ob Elias vielleicht schon zu Hause war? Sarah schloss die Augen, um das Bild des ertrinkenden Vaters zu vertreiben, das erneut vor ihr auftauchte. Sie versuchte, sich stattdessen

David vorzustellen, wie er auf seinem Lieblingsplatz in der Stube saß, den Rücken gegen den Kachelofen gelehnt, und schlief. Vielleicht war er längst wieder in die Kleeblattgasse zurückgekehrt? Solange er verwirrt war, würde er sich bestimmt keine Sorgen um seine Tochter machen.

Sarah erhob sich. Es hatte keinen Sinn, hier weiterhin zusammengekauert zu warten, sie musste irgendwo um Hilfe bitten. Der einzige Christ, dem sie vertraute, war der junge Steinbildhauer Mathes Rockh, und wenn er die Wahrheit gesprochen hatte, dann wohnte Judith ganz in seiner Nähe. Ihre Schwester würde sie liebevoll aufnehmen, dessen war sie sicher. Wenn Sarah nicht erfrieren oder von der Stadtwache eingesammelt werden wollte, musste sie sich auf den Weg machen. Ohne weiter nachzudenken, ging sie los, Richtung Singerstraße. Um diese Uhrzeit war kaum jemand unterwegs. Sarah bemerkte einen alten Mann mit einer Laterne, der das kleine flackernde Licht vor dem Wind schützte, und eine ärmlich gekleidete Frau, die mit ihrem Kind zielstrebig in eine dunkle Seitengasse einbog. Das Kind weinte, aus Angst oder Kälte, aber die Mutter hatte keine Zeit, es zu trösten, sie zog das Kleine barsch hinter sich her. Keiner der drei schenkte Sarah Aufmerksamkeit. Sie lief die Rotenturmstraße entlang Richtung Stephansplatz und hielt zitternd die Kapuze ihres Mantels fest, damit der Wind sie ihr nicht vom Kopf wehte. Völlig durchfroren erreichte sie die Singerstraße und erkannte sofort den schmalen gemauerten Rundbogen, der in den Hof des Steinmetzmeisters Klayndl führte. Mit klopfendem Herzen blieb sie im Schutz der Mauer stehen. Durch das Butzenglas eines winzigen Fensters von Mathes' Kammer drang diffuses Licht. Er war in seiner Kammer und nicht in Meister Klayndls Stube, das war gut. Würde er ihr Erscheinen falsch verstehen? Sarah war sich plötzlich gar nicht mehr sicher, ob ihre Idee so gut gewesen war. Aber sie hatte keine andere Wahl.

Mit ihrem letzten Rest Mut schlich sie rasch über den Innenhof und erschrak, als plötzlich der Hund aus dem Dunkel auftauchte. Doch er bellte nicht und knurrte sie auch nicht an, sondern begrüßte sie freudig und wedelte mit dem Schwanz. Offenbar erkannte er sie wieder. Sarah streichelte dem Tier über den Kopf.

»Lauf zurück!«, flüsterte Sarah und war überrascht, dass die treuherzig dreinblickenden Augen sich von ihr abwandten und der Hund tatsächlich zum Haus zurücklief. Sarah atmete erleichtert auf. Der Wind hatte die Fackel im Eingangsbereich ausgeblasen, was ihr Vorhaben erleichterte. Dennoch hoffte sie inständig, dass niemand aus einem der Fenster blickte und sie vor Meister Rockhs Kammer entdeckte. Über die schmale Holztreppe kletterte sie hoch zur Galerie und blieb unschlüssig vor Mathes' Tür stehen. Sie wollte bereits anklopfen, als sie der Mut verließ und sie den Arm wieder sinken ließ. Es ging nicht, sie konnte unmöglich einen unverheirateten Christen darum bitten, ihr nächtlichen Unterschlupf zu gewähren, bis das Tor zum Judenviertel wieder geöffnet wurde.

Noch bevor sie sich entscheiden konnte, ging die Tür auf, und Mathes starrte Sarah mit offenem Mund an. Seine Augen weiteten sich, Überraschung, Verwirrung, aber auch Freude waren darin zu erkennen. Es dauerte eine Weile, bis er seine Stimme wiedergefunden hatte.

»Sarah Isserlein!«, stotterte er verwundert. »Ich habe Geräusche gehört und bin neugierig geworden. Ich dachte, Rufus hätte sich zu mir verirrt. Dass Ihr zu so später Stunde noch den Weg zu mir sucht, hätte ich niemals vermutet.«

Sarah war rot angelaufen und froh, dass Mathes es im

Dunkel nicht sehen konnte. »Das Tor zum Judenviertel ist versperrt, und der unhöfliche Wärter beim alten Turm war nicht bereit, es für mich noch einmal zu öffnen.«

»Ich verstehe«, sagte Mathes betroffen. »Kommt erst mal herein, damit wir überlegen können, was zu tun ist.« Er öffnete die Tür seiner Kammer weit und ließ Sarah eintreten.

»Nehmt Platz«, sagte er und bot ihr wieder den winzigen Hocker vor seinem Schreibpult an. Dankbar ließ Sarah sich nieder. Sie zitterte immer noch.

»Wollt Ihr eine Decke? Ihr seht ja völlig durchgefroren aus. Rückt doch näher an den Ofen.«

Sarah nickte dankend und legte sich die angebotene Decke um die Schultern. Wie bereits am Nachmittag lehnte Mathes sich gegen sein Schreibpult, verschränkte die Arme vor der Brust und musterte sie neugierig. Sein Blick machte Sarah nervös, ihre Augenlider begannen zu flattern. Mathes schien auf eine Erklärung zu warten.

Nach kurzem Zögern begann Sarah zu erzählen, von Davids Verschwinden, seinem verwirrten Zustand und davon, dass Aaron schon seit Monaten die Geschäfte der Isserleins übernommen hatte. Dann berichtete sie von der vergeblichen Suche nach ihrem Vater und schließlich von ihrem schrecklichen Fund, dem Hut am Donauufer, den sie unter ihren Mantel gesteckt hatte.

»Ich habe so schreckliche Angst, dass er ertrunken ist.« Gegen ihren Willen flossen erneut die Tränen.

Mathes kam zu ihr und hockte sich vor sie auf den Boden: »Vielleicht ist er schon längst zu Hause und wartet nun auf Euch.«

Sarah nickte. Erneut traten Tränen in ihre Augen, die sie mit dem Handrücken wegwischte.

»Ihr könnt natürlich die Nacht hier verbringen«, sagte

Mathes. »Aber ich nehme an, dass Ihr dieses Angebot nicht annehmen wollt.«

In Sarahs Blick lag Verzweiflung.

»Ich würde mit einer Decke am Boden vorliebnehmen«, sagte Mathes.

»Euer Angebot ist sehr großzügig«, flüsterte Sarah. »Aber ich hatte gehofft, dass es vielleicht irgendeine andere Lösung gibt.« Sie kam sich unverschämt vor, aber der Gedanke, allein mit Mathes Rockh eine Nacht in seiner Kammer zu verbringen, war einfach undenkbar. Sollte irgendjemand jemals dahinterkommen, wäre ihr Ruf auf ewige Zeit ruiniert.

»Seid Ihr bereit, Eure Schwester wiederzusehen?«, fragte Mathes vorsichtig.

»Ich denke, dass ich nun keine Wahl mehr habe. Ich kann das Treffen nicht weiter hinauszögern«, sagte Sarah und war froh, dass die Entscheidung nun gefallen war. »Bitte bringt mich zu ihr.«

»Jetzt gleich?«, fragte Mathes.

»Es wird in einer Stunde nicht leichter sein.«

Als sie die Decke zur Seite schob und sich erhob, waren ihre Knie weich vor Aufregung. Ob sie ihre Schwester überhaupt wiedererkennen würde? Aber neben all dem Zweifel wuchs die Freude in ihr.

»Lasst uns gehen!«, sagte sie entschlossen und trat zur Tür, damit sie der Mut nicht wieder verließ.

23

Elias folgte dem Schreiber in einen völlig überheizten, stickigen Raum. Sofort traten ihm Schweißperlen auf die Stirn. Am liebsten hätte er auf der Stelle eines der drei mit teuren grünen Butzenscheiben versehenen Fenster aufgerissen und frische Luft hereingelassen. Er sah sich um. Das Zimmer war mit dunklem Holz getäfelt, auf dem Boden lagen dicke Wollteppiche, und an den Wänden hingen düstere Bilder, die von bekannten flandrischen Künstlern stammten. Er hatte schon ähnliche Werke bei wohlhabenden christlichen Patienten gesehen. Auf einer Kommode befanden sich eine kleine Statue einer Madonna und daneben ein Kreuz aus Silber, das mit Halbedelsteinen besetzt war. Alles in dem Raum wies darauf hin, dass der Besitzer dieser Gegenstände ein Liebhaber schöner und ausgefallener Dinge war. Neben einem Kachelofen gab es auch einen offenen Kamin, in dem ein Feuer brannte. Davor saß Andreas Plank in einem breiten gepolsterten Stuhl. Er war in dicke Decken eingewickelt und trug wie immer seinen roten Mantel. Trotz der Hitze im Raum schien er zu zittern.

Er musterte seinen Besuch aus dunklen Augen und antwortete weder auf den Gruß des Schreibers noch auf Elias' angedeutete Verbeugung.

»Ihr bringt mir einen Juden?«, fragte er den Schreiber. Trotz seiner Schwäche klang die Stimme des Kanzlers schneidend scharf.

»Der Herr von Wallsee sagte, ich soll Euch den besten Medicus der Stadt bringen«, erklärte der Schreiber rasch. Er war die Strenge seines Dienstgebers gewöhnt, und die Unterwürfigkeit, die er an den Tag legte, gehörte zu seiner Rolle als

Sekretär. Wer sich nicht tief genug verbeugen konnte, hatte in dieser Position nichts verloren.

»Dieser von Wallsee glaubt wohl, sich in alles einmischen zu müssen. Ich brauche einen Medicus und keinen Juden!« Der Kanzler starrte angewidert auf den Judenhut seines Besuchers.

Elias spürte den Blick, nur zu gern hätte er die Kopfbedeckung abgenommen. Er hasste das kegelförmige Unding.

So, als könnte er Gedanken lesen, sagte der Kanzler: »Denkt nicht einmal daran, den Hut abzunehmen. Der heilige Thomas von Aquin hat geschrieben, dass Juden Kleidervorschriften einzuhalten haben, damit sie von braven Christen unterschieden werden können.«

Elias schluckte geräuschvoll, um die Antwort, die ihm auf der Zunge lag, nicht auszusprechen. Ja, es gab Kleidervorschriften, an die sein Volk sich hielt. Aber sie sprachen nicht von hässlichen Hüten, die Juden von den Christen unterschieden und sie öffentlich demütigten.

»Dieser Jude ist der beste Medicus in der Stadt. Er hat letztes Jahr die Ratsherren Grösig und Weizek kuriert. Es heißt, er kann Fieber senken und schweren Husten lindern. Außerdem befreit er von schlimmen Ausschlägen und eitrigen Pusteln«, erklärte der Schreiber. Er klang wie ein Bader auf dem Jahrmarkt, der seine selbstgemischten Wundermittel gegen seltsame Leiden anpries.

Der Kanzler kniff die Augen zusammen und musterte Elias feindselig: »Stimmt das, was mein geschwätziger Sekretär behauptet?«

Elias zuckte mit den Schultern: »Ich bin Arzt. Wenn es Gottes Wille ist, dass ein Mensch gesund wird, so kann ich ihn dabei unterstützen.«

»Und wenn Ihr versagt, schiebt Ihr die Schuld einfach Gott zu. Wie praktisch.« Plank schüttelte den Kopf. Der

Jude war ein frecher Gotteslästerer. Er sollte ihn eigentlich auf der Stelle davonjagen, aber die Schmerzen in seiner Brust waren seit dem Nachmittag immer schlimmer geworden.

Mit einer lästigen Handbewegung schickte er seinen Schreiber aus dem Raum. Als Elias dem Mann folgen wollte, sagte er scharf: »Ihr bleibt hier.«

Beinahe geräuschlos verließ der Schreiber den stickigen Raum und zog leise die Tür hinter sich zu. Elias starrte auf den einzigen Ausgang. Nun war er allein mit dem Kanzler.

»Kommt näher, Jude, oder wollt Ihr mich von der Tür aus untersuchen?«, der Kanzler richtete sich mühsam in seinem Stuhl auf.

Überrascht näherte sich Elias dem wohl mächtigsten Mann im Reich. Er hatte nicht geahnt, dass der Kanzler selbst krank war und die Hilfe eines Arztes benötigte.

»Wie heißt Ihr?«, fragte Plank.

»Elias Isserlein.«

»Seid Ihr verwandt mit dem Zinswucherer David Isserlein?«

»Mein Vater David Isserlein ist Geldverleiher«, korrigierte Elias. Es reichte, wenn der Kanzler ihn kränkte, er musste nicht auch noch seinen Vater beleidigen.

»Er wuchert mit Zinsen und schröpft brave Christen.« Plank musterte den Juden, der weder Angst noch Respekt vor ihm zeigte.

»Wisst Ihr, wo Euer Vater sich im Moment aufhält?«, fragte er. Der Unterton in seiner Stimme klang heimtückisch und gefährlich zugleich.

Elias zuckte zusammen und starrte den dürren, bleichen Mann erschrocken an: »Ihr wisst, wo mein Vater ist?«

Der Kanzler unterdrückte ein Grinsen. Das war die Reaktion, die er erwartet hatte.

»Habe ich das gesagt?« Scheinbar gelangweilt zog Plank seine Worte künstlich in die Länge.

»Falls Ihr wisst, wo sich mein Vater aufhält, so bitte ich Euch, es mir zu sagen. Ich habe den ganzen Nachmittag die Stadt nach ihm abgesucht, leider ohne Erfolg.« Elias wollte würdevoll klingen, aber es gelang ihm nicht. Seine Verzweiflung war unüberhörbar.

Der Kanzler spitzte die schmalen Lippen und faltete die Hände. Er wusste, dass er den Juden nun völlig in der Hand hatte.

»Euer Vater scheint dem Wahnsinn verfallen zu sein. Er lief ohne Judenhut am Stephansplatz herum und suchte nach einer angeblich verlorenen Tochter. Die Stadtwache hat ihn abgeführt und ins Gefängnis gesteckt.« Plank beobachtete interessiert sein Gegenüber und schien sich an der entsetzten Reaktion des Arztes zu erfreuen.

Die Farbe war aus Elias' Gesicht gewichen. Seine schlimmste Befürchtung war Wirklichkeit geworden, David saß im Gefängnis, und es gab nur wenige Möglichkeiten, ihn wieder herauszuholen. Die Gefahr, dass sein Verstand sich im Gefängnis noch mehr trüben würde, war groß. Einen verrückten Juden, der noch dazu gegen die Kleidervorschriften verstoßen hatte, würde man so schnell nicht wieder freilassen. Nicht auszudenken, was ein paar Tage Kerker für Davids Gesundheitszustand bedeuten konnten.

»Ich muss meinen Vater aus dem Gefängnis holen«, sagte Elias tonlos.

»Jetzt sofort?« Der Sarkasmus tropfte aus Planks Stimme.

»Mein Vater hat in den letzten Jahren eine Tochter und seine Frau verloren, er trauert und ist krank. In einer engen Gefängniszelle geht er zugrunde.« Elias sprach, ohne auf das Mitgefühl seines Zuhörers zu hoffen.

»Euer Vater verliert also den Verstand, und Ihr wollt, dass niemand davon erfährt, damit seine Geschäfte nicht gefährdet sind.« Plank presste nun nicht mehr die ganzen Handflächen, sondern nur noch die einzelnen Fingerkuppen gegeneinander. Seine Finger waren lang, dünn und knochig.

Elias antwortete nicht, aber der Kanzler fuhr fort: »Ich bin krank, brauche Hilfe und will nicht, dass jemand davon erfährt.« Er sah Elias eindringlich an, und dieser begriff. Der Kanzler schlug ihm einen Handel vor: die Freiheit seines Vaters gegen eine Behandlung und Schweigen. Aber was passierte, wenn er dem Kanzler nicht helfen konnte?

»Wie viele Ärzte haben Euch schon untersucht?«, fragte er.

Der Kanzler schnaubte: »Ihr seid bereits der dritte. Aber bis jetzt ist den Quacksalbern nichts anderes eingefallen, als mich zur Ader zu lassen. Ich habe bald kein Blut mehr in mir.«

»Welche Beschwerden quälen Euch?«, fragte Elias. Er legte seinen Mantel ab und hängte ihn ungefragt über einen Stuhl. Die Hitze war unerträglich, wenn er nicht bald ein Fenster öffnen durfte, würde er ersticken.

»Wenn Ihr auch nur ein Wort über diesen Besuch erzählt, seid Ihr ein toter Mann«, sagte Plank, und Elias zweifelte nicht an seinen Worten.

»Ihr braucht mir nicht zu drohen«, sagte er. »Ich habe in Salerno studiert und meinen Beruf immer ernst genommen. Ich tratsche nicht über meine Patienten. Und jetzt verratet mir, warum ich hier bin.« Elias spürte, wie er nervös wurde. Noch war der Handel nicht geschlossen.

»Es ist mein Herz«, sagte Plank. »Es bereitet mir Schmerzen.«

»Habt Ihr Brustschmerzen und ein Druckgefühl hinter dem Brustbein?«, fragte Elias.

Der Kanzler nickte.

»Ein Engegefühl im Brustkorb, so als säße jemand auf Euch?«

Wieder ein Nicken.

»Ziehen die Schmerzen in den linken Arm, den Hals und die Schulter?«

Diesmal sagte der Kanzler erstaunt: »Ja, genau so ist es.«

»Manchmal quälen Euch Atemnot, Übelkeit und Todesangst?«

»Ja, ja! Woher wisst Ihr das?«

»Ich muss Euren Puls messen und Euer Herz abhören«, sagte Elias. »Es kann sein, dass Eure Lunge krank ist. Aber ich fürchte, dass Euer Herz einfach nicht kräftig genug ist.«

»Habt Ihr eine Medizin für mich?«, fragte der Kanzler. Zum ersten Mal an diesem Abend hatte er seinen Hochmut und die Arroganz abgelegt, nun war er einfach nur ein ängstlicher Patient, der sich Linderung und Heilung erhoffte.

»Wenn es Euer Herz ist, das Hilfe braucht, könnt Ihr Euch nur selbst heilen, indem Ihr Euch Ruhe gönnt und Euch von Aufregungen fernhaltet«, sagte Elias.

»Phh, wie soll das gehen?«, schnaufte der Kanzler verächtlich. »Ich bin Domprobst und Kanzler.«

Und Ihr regiert dieses Reich, ergänzte Elias in Gedanken. Laut sagte er: »Ich werde Euch einen herzstärkenden Trank aus Borretsch, Enzian, Herzgespann, Rosmarin und Weißdorn mischen, den könnt Ihr regelmäßig zu Euch nehmen. Außerdem werde ich Euch einen Saft schicken, in den ich eine winzige Spur Digitalis Purpurea mische.«

»Ihr wollt mich mit Fingerhut vergiften?« Der Kanzler fuhr erregt auf.

»Fingerhut ist giftig, aber in winzigen Dosen verabreicht, hat er eine stärkende Wirkung auf das Herz«, erklärte Elias.

Aus seinem Geldbeutel holte er ein dünnes Silberrohr hervor. Seit er in Salerno seine Ausbildung zum Arzt abgeschlossen hatte, trug er es immer bei sich. Er legte es nur nachts zum Schlafen zur Seite.

»Macht Euch frei, damit ich Euch abhören kann«, sagte er.

Der Domprobst runzelte die Stirn: »Wollt Ihr zuvor nicht einen Handel mit mir abschließen?«

»Natürlich will ich das, aber ich bin Arzt. Meine Aufgabe ist es, kranke Menschen zu behandeln.«

Der Kanzler grinste kalt. Obwohl der Mann ein Jude war, war er beeindruckt. Er erinnerte ihn ein wenig an diesen unverschämten blonden Steinmetzmeister, der sich strikt weigerte, sich für den Bau zu St. Stephan dauerhaft zu verpflichten.

»Sobald Ihr mir Eure Medizin geschickt habt, werde ich die Freilassung Eures Vaters veranlassen«, sagte der Kanzler knapp.

Elias nickte. Lieber hätte er seinen Vater noch heute Nacht mitgenommen, aber er wusste, dass das unmöglich war.

»Ihr solltet rechtzeitig beim Gefängnis sein, damit der Geldverleiher«, aus dem Mund des Domprobstes klang die Berufsbezeichnung wie ein Schimpfwort, »in seinem verwirrten Zustand nicht gleich wieder wegläuft. Ein so großzügiges Geschenk wie heute Nacht vergebe ich nur einmal im Leben.«

»Ich werde da sein, und jetzt zieht Euch aus, damit ich Euer Herz abhören kann.«

24

Judith sass in der Stube und war mit einer Stickarbeit beschäftigt, als es an der Tür klopfte.

»Das wird Mathes sein. Sicher braucht er wieder einen Bimsstein oder einen Silberstift«, sagte Richard und stand auf, um zu öffnen. Als er in die Stube zurückkam, stand tatsächlich Mathes hinter ihm, aber neben ihm eine Frau mit kastanienfarbenem Haar, das ihr in üppigen Locken über die Schulter fiel.

Judith stieß einen unterdrückten Schrei aus, das Stickzeug glitt ihr aus der Hand und rutschte auf den Holzfußboden.

»Ich habe jemanden mitgebracht, der für heute Nacht ein Dach über dem Kopf sucht«, sagte Mathes.

Judith starrte mit offenem Mund auf ihre Schwester. Langsam stand sie auf und ging auf sie zu. Doch die letzten Schritte brauchte sie nicht mehr zu machen, denn Sarah stürzte sich auf sie und umschlang sie mit beiden Armen.

Hinterher hätte niemand mehr sagen können, welche der Frauen heftiger geweint hatte. Beider Schultern waren völlig durchnässt, und Judith führte ihre Schwester zum riesigen Kachelofen und schob sie dort auf die Bank.

»Du bist schwanger«, sagte Sarah und strich liebevoll über Judiths Bauch.

»Ja, es ist mein drittes Kind.«

»Dein drittes?«, staunte Sarah. »Ich hatte keine Ahnung!«

Judith zuckte mit den Schultern, sie lächelte. »Josef ist sieben und Jonas fünf Jahre alt. Die beiden schlafen bereits.«

»Sind das die Jungen, mit denen Jakob immer spielt?«

»Wer ist Jakob?« Judith lehnte sich zurück und legte beide Hände auf den Bauch. Das Kind in ihr strampelte wild. Es war mit der Aufregung seiner Mutter nicht einverstanden.

»Aarons Neffe«, sagte Sarah.

»Der Aaron?«

Sarah nickte. »Ich werde ihn nach Schawuot heiraten.«

Judith schlug sich mit der rechten Hand vor den Mund: »Ist das dein Wunsch oder der von Vater?«

Sarah senkte den Blick. Als sie den Kopf wieder hob, trafen ihre Augen die von Mathes, und sie wurde rot.

»Es tut mir leid, dass du nun tun musst, wozu ich nicht imstande war.« Judith ergriff Sarahs Hand. Plötzlich wurde die ganze Last des Tages zu viel für Sarah. Sie legte ihren Kopf in Judiths Schoß und weinte.

Judith bedeutete den beiden Männern, den Raum zu verlassen. Möglichst geräuschlos schlichen Richard und Mathes aus der Stube.

Völlig überwältigt von den Gefühlen ihrer Schwester strich Judith Sarah durchs Haar, was dazu führte, dass diese noch heftiger weinte.

»Vater verliert den Verstand. Er ist heute Nachmittag einfach verschwunden.« Immer wieder von lautem Schluchzen unterbrochen, erzählte Sarah noch einmal die ganze Geschichte. Judith hörte mit gemischten Gefühlen zu. Auf der einen Seite teilte sie die Sorge um ihren Vater, auf der anderen Seite spürte sie Verbitterung und Enttäuschung ihm gegenüber, weil er sie verstoßen hatte. Er hatte ihr den Kontakt mit der Schwester, dem Bruder und der geliebten Mutter verboten und verlangte nun von ihrer Schwester, dass sie einen Mann heiratete, den sie ganz sicher nicht liebte. Davon war Judith überzeugt, denn warum sonst traf Sarah sich heimlich mit Mathes?

»Weißt du, was wir jetzt machen?«, fragte Judith.

Sarah schüttelte den Kopf.

»Kannst du dich daran erinnern, was Mutter immer gemacht hat, wenn wir traurig oder verzweifelt gewesen sind?«

»Sie hat uns heiße Honigmilch zubereitet und eine Prise Zimt hineingegeben.« Sarah richtete sich auf. Ihr Haar war zerwühlt, und ihre Augen waren rot vom Weinen, aber irgendwie brachte sie ein Lächeln zustande.

Judith nickte. Sie ergriff Sarahs Hände und drückte sie: »Du kannst dir gar nicht vorstellen, was dieser Augenblick für mich bedeutet. Ich habe dich so sehr vermisst.«

»Zuerst habe ich dich gehasst, weil du uns verlassen hast, weil du *mich* verlassen hast. Aber dann habe ich dich nur vermisst.«

»Denkst du, du kannst mir vergeben?« Judith schaute ihrer Schwester in die verweinten Augen.

»Was denn? Dass du den Mann geheiratet hast, den du liebst?«

Judith nickte.

»Komm, lass uns die heiße Milch trinken. Ich bin froh, dass ich dich wiederhabe. Wir haben uns so viel zu erzählen.«

Gemeinsam standen die beiden auf und gingen in die Küche, wo Mathes, Richard und Maria um den quadratischen Holztisch saßen und schweigend in die Flamme einer rußenden Kerze starrten.

Judith sah sich suchend um: »Wo ist Alfred?«

»Beim Kotkönig. Er will die Umbauarbeiten besprechen.«

»Mitten in der Nacht?«

»Wahrscheinlich haben die beiden zu tief in den Weinbecher geschaut, und jetzt ist mein Bruder so betrunken, dass er lieber auf der Küchenbank von Günter Ziesel schläft, anstatt nach Hause zu kommen«, sagte Richard.

»Ich verstehe«, sagte Judith. Dann wandte sie sich an Maria. »Würdest du uns heiße Honigmilch mit einer Prise Zimt machen?«

»Gerne«, sagte die alte Frau und stand auf.

Dann sagte Judith zu Mathes: »Meister Rockh, ich muss Euch danken. Ihr habt das Unmögliche möglich gemacht und mir meine Schwester gebracht. Allein hätte ich es wohl nie gewagt, nach ihr zu suchen.«

Mathes warf Sarah einen vorsichtigen Blick zu. Sie erwiderte ihn kurz, errötete und senkte rasch die Augen. Augenblicklich schlug Mathes' Herz schneller, er schluckte an einem dicken Kloß und verkniff sich eine Antwort. Es war nicht notwendig, Judith zu erklären, dass auch Sarah es nicht so schnell geschafft hätte, ihre Schwester wiederzusehen.

Obwohl es schon weit nach Mitternacht war, saßen sie noch lang beisammen und unterhielten sich über die vergangenen acht Jahre. Judith und Richard erzählten von ihren Erlebnissen in Straßburg und Köln, Mathes berichtete von Florenz, und Sarah schilderte, wie es ihrer Familie und der von Elias und Rachel ergangen war. Jeder bemühte sich, bei der Wahrheit zu bleiben, diese aber in ein etwas rosigeres Licht zu tauchen. Die Grausamkeiten des Lebens konnten warten. Als die Stundenkerze bis auf einen kleinen Stumpen zusammengeschmolzen war, stand Mathes als Erster auf und verabschiedete sich. Er wünschte allen eine gute Nacht und bot sich an, Sarah morgen früh zum jüdischen Stadtteil zu begleiten.

25

Der Kanzler fühlte sich deutlich besser. Es war erstaunlich, wie rasch die Medizin des jüdischen Arztes wirkte. Nach dem Frühstück hatte er die erste Dosis eingenommen und sich noch einmal kurz hingelegt, jetzt waren die Schmerzen in der Brust beinahe verschwunden. Zum ersten Mal seit Tagen hatte er nicht mehr das Gefühl, jemand säße direkt auf seinem Brustkorb und hindere ihn am Atmen. War da jüdischer Zauber im Spiel, oder war die medizinische Ausbildung in Salerno tatsächlich so gut? Er musste diesen Medicus noch entlohnen. Zwar hatte er seinen Teil des Handels erfüllt und den verwirrten alten Geldverleiher aus seiner Zelle entlassen, aber er wollte dem Medicus auch die Medizin abgelten. Plank trat an seinen Schreibtisch, öffnete eine Lade und holte eine kleine Holzschachtel heraus. Vorsichtig klappte er den Deckel auf. In der Schachtel befand sich ein winziges goldenes Kreuz, das an einer wertlosen Schnur hing. Plank zog es heraus und musterte es kritisch. Das Kreuz war die Arbeit eines talentierten, aber schlampigen Goldschmieds. Für einen Laien ein kostbares Schmuckstück, doch für einen Kunstkenner wie Plank nicht mehr wert als das Gold, aus dem es bestand. Plank lachte auf. Ja, das war eine angemessene Bezahlung für die Dienste des jüdischen Medicus. Niemand sollte ihm nachsagen, er sei geizig. Der Jude konnte selbst entscheiden, ob er sich verhöhnt fühlte oder das großzügige Angebot annahm und zum einzig wahren Glauben konvertierte.

Zufrieden setzte sich der Kanzler hinter den Tisch und griff nach den Schreiben, die seit gestern ungeöffnet auf der Tischplatte lagen. Zwei davon stammten vom Passauer Bischof, der sich zweifelsohne wieder einmal darüber beschwerte, dass Plank den Dombau so rasch vorantrieb und besonders begabte Künstler und Handwerker nach Wien lockte, indem er ihnen unverschämt hohe Summen zahlte. Diese Briefe legte der Kanzler ungeöffnet zur Seite. Er würde sich später mit dem Neid und dem Ärger der Passauer beschäftigen. Viel interessanter war das Schreiben des Pfarrers aus Enns. Plank konnte sich an das Gesicht des Mannes nicht mehr genau erinnern, aber er hatte eine vage Vorstellung von einem kleinen unsicheren Mann mit einem nervösen Zucken um den Mund. Was er wohl wollte?

Rasch brach er das Siegel auf und breitete den Brief aus. Ungeduldig überflog er die Zeilen. Der Pfarrer schrieb, dass sich in seiner Pfarrgemeinde ein Skandal unglaublichen Ausmaßes ereignet habe. Eine Hostienschändung. Nun fragte der Priester den Domprobst um Rat, wer wegen dieser Sache informiert werden solle. Der Herzog, da die Juden unter seinem Schutz standen und rechtlich gesehen sein Eigentum waren? Oder der Bischof in Passau?

Plank faltete das Schreiben zusammen. Diese Sache war eine Angelegenheit des Herzogs und somit seine.

Plötzlich klopfte es, und der Diener streckte erneut den Kopf zur Tür herein.

»Was gibt es?«, fragte Plank verärgert. Er wurde nicht gern beim Lesen seiner Post gestört.

»Der Herr von Wallsee wünscht Euch zu sprechen«, sagte der Diener entschuldigend, so als wäre von Wallsees Besuch sein persönlicher Fehler.

Plank ließ den Brief in einer seiner Schreibtischladen verschwinden und seufzte: »Er soll kommen.«

Verwundert, dass er weder ungehaltenen Protest noch einen lauten Wutausbruch hörte, verschwand der Diener rasch und schloss die Tür geräuschlos hinter sich. Kurz darauf wurde sie erneut geöffnet, diesmal schwungvoll und mit Lärm. Mit schweren Schritten trat Reimprecht von Wallsee ein, grüßte und nahm unaufgefordert Plank gegenüber Platz. Von Wallsee wählte Planks Lieblingsstuhl, mit breiten Armlehnen und einem gepolsterten Rückenteil. Der Kanzler verzog missgelaunt seinen ohnehin schmalen Mund zu einem kaum mehr sichtbaren Strich.

»Es freut mich, Euch heute mit rosiger Gesichtsfarbe zu sehen«, sagte von Wallsee.

»Kann es sein, dass der abendliche Besuch eines jüdischen Medicus gestern mit Euch zu tun hatte?«, fragte Plank säuerlich.

»Jetzt, wo Ihr es sagt, erinnere ich mich wieder. Es kann sein, dass ich Eurem braven Sekretär einen Wink gegeben habe.« Von Wallsee zwinkerte.

Plank schüttelte ärgerlich den Kopf: »Der Medicus versteht etwas von seinem Handwerk, aber er ist ein Jude.«

»Ich hatte gehofft, dass gerade diese Tatsache Euch milder stimmen würde.«

»Milder gegen die Juden?«

»Ich werde Euer Vorhaben nicht unterstützen«, sagte von Wallsee ernst. »Ich habe Euch gestern schon erklärt, warum, aber ich will es heute noch einmal wiederholen.« Der dicke Mann beugte sich vor, und der Stuhl unter ihm knarrte. »Wenn der Herzog keine Juden mehr hat, fehlen ihm die wichtigsten Einnahmen. Der Adel nimmt Kredite bei den Juden auf, und die zahlen dem Herzog dafür enorme Abgaben. Auf diese Weise bleibt das Geld dort, wo es hingehört, in den Händen des Herzogs und des Adels. Wenn wir keine Juden mehr im Land haben, werden gerissene Kaufleute die Geldwirtschaft übernehmen, so, wie es in der Lombardei bereits der Fall ist. Wollt Ihr ein starkes Bürgertum und reiche Kaufleute, die dem Herzog sagen, wie er das Reich regieren soll?«

»Ich brauche Geld, um die Hussiten zu bekämpfen, den Dom zu bauen, ihn mit Kunstwerken zu füllen und die Hofburg zu renovieren«, zischte Plank verärgert. Er wollte die Worte seines Gegenspielers nicht hören.

»Welcher Umbau der Hofburg?«, fragte von Wallsee.

»Eine längst fällige Angelegenheit, über die ich mit dem Herzog noch reden muss«, sagte Plank beiläufig, so als handle es sich um eine winzige Kleinigkeit, die man im Vorbeigehen erledigen könnte.

Von Wallsee schüttelte den Kopf: »Sobald sich die Wirtschaft erholt hat, wird es wieder mehr Geld geben, und Ihr könnt Eure Ideen umsetzen. Aber die Folgen des Bürgerkrieges sind immer noch deutlich zu spüren, und das wisst Ihr. Habt ein wenig Geduld.«

»Ich habe keine Zeit zu warten«, presste Plank hervor. »Ich brauche das Geld jetzt!« In Gedanken fügte er hinzu, dass er nicht ewig leben würde und vor seinem Tod Bischof von Wien werden wollte. Laut sagt er: »Und wenn es dabei Opfer zu beklagen gibt, so muss man das hinnehmen. Solange es sich bloß um Juden handelt, spielt das ohnehin keine Rolle.«

»Ich sehe, Ihr habt kein Wort von dem verstanden, was ich Euch gesagt habe«, sagte von Wallsee. »Es geht mir nicht um die Juden, sondern um die Ordnung in diesem Reich. Ich hatte gehofft, dass Ihr das begreift.« Er stand auf, und dabei geriet sein Stuhl ins Wanken, doch der dicke Mann bemerkte es gar nicht.

»Ich verschwende hier bloß meine Zeit. Aber seid versichert, dass ich alles in meiner Macht Stehende tun werde, um ein Vorgehen gegen die Juden zu verhindern.«

Ohne einen Gruß verließ von Wallsee den überheizten Raum und ließ die Tür geräuschvoll hinter sich ins Schloss fallen.

Plank starrte ihm fassungslos nach. Er griff sich auf die Brust, plötzlich war das Gefühl der Beklemmung wieder da. Das war ganz allein von Wallsees Schuld. Der Medicus hatte gesagt, er solle Aufregungen meiden. Der Kanzler lehnte sich zurück und versuchte, zur Ruhe zu kommen. Langsam schloss er die Augen. Zu lange schon hatte er zugesehen, wie dieser aufgeblasene Adelige sich wichtig machte. Jetzt musste Schluss damit sein. Und er hatte auch schon einen Plan. Plank läutete nach seinem Sekretär, es war Zeit für ein vertrauliches Gespräch unter vier Augen.

26

Die heftigen Stürme der letzten Tage hatten einen Wetterumschwung gebracht, und der langersehnte Frühling schien nun viel zu plötzlich einzusetzen. Die riesigen Schneemassen tauten in der Sonne, tropften von den Dächern und hinterließen riesige Wasser- und Schlammmassen.

Sarah und Miriam waren auf dem Weg vom Gemüsehändler nach Hause und versanken trotz ihrer Holztrippen knöcheltief im Unrat. Angeekelt hielt Sarah ihre Röcke und den Mantel hoch, doch es half nichts, die kostbaren Stoffe saugten sich mit braunem Tauwasser voll. Miriam, die fröhlich neben ihr herlief, störte sich nicht an dem weichen Untergrund. Im Gegenteil, sie hielt ihren Blick konzentriert auf den Boden gerichtet und suchte gezielt nach verlorenen

Münzen und Wertgegenständen, die im Laufe des Winters unter den Schneemassen verschwunden waren.

»Halt!«, rief das Mädchen aufgeregt.

Sarah verdrehte die Augen. Sie waren auf dem kurzen Stück vom Gemüsehändler zur Kleeblattgasse bereits dreimal stehen geblieben.

Miriam schob ihren Ärmel hoch und bückte sich. Mit der nackten Hand wühlte sie tief in einer graubraunen Schlammpfütze.

»Ha, hab ich es doch gewusst!«, rief sie begeistert.

Triumphierend hielt Miriam ein braunes Etwas in die Höhe. Emsig befreite sie ihr Fundstück vom Schlamm und quietschte vor Vergnügen.

»Tante Sarah, sieh nur!« Miriams Wangen röteten sich vor Aufregung. »Ich habe eine Haarspange gefunden. Sie sieht aus wie eine Libelle und ist mit kleinen Edelsteinen besetzt.«

»Zeig her!« Sarah machte einen Schritt auf Miriam zu und bereute es sofort, denn ihre Trippe blieb samt Schuh im Schlamm stecken.

»Ver …« Sarah schluckte den Rest des Wortes hinunter.

»Man flucht nicht«, tadelte Miriam.

Sarah bückte sich nach ihrem verlorenen Schuh und fischte ihn umständlich aus dem stinkenden Schlamm. Sie schlüpfte wieder hinein und wandte sich erneut Miriam zu. Das Mädchen hatte tatsächlich ein wertvolles Schmuckstück gefunden, das Werk eines talentierten Silberschmiedes.

»Die Spange ist ein kleines Vermögen wert«, sagte Sarah und bewunderte die kleine Libelle. »Wem sie wohl gehört?«

»Jetzt gehört sie dir«, sagte Miriam und drückte Sarah die Haarspange in die Hand.

Sarah schüttelte den Kopf. »Das kann ich nicht annehmen. Schenk sie lieber deiner Mutter.«

Entsetzt schüttelte Miriam den Kopf. »Ich will, dass sie dir gehört.«

Sarah überlegte. Ihr Blick wanderte von der Libelle zu Miriam und wieder zurück.

»Ich mache dir einen Vorschlag. Ich hebe die Haarspange für dich auf, bis du alt genug bist, ein derart kostbares Schmuckstück zu tragen.«

Miriam schob die Unterlippe nach vor, runzelte die Stirn und sagte schließlich: »In Ordnung.« Dann gingen die beiden weiter. Es war nicht mehr weit bis zur Kleeblattgasse.

Als sie vor dem Haus der Isserleins standen, wurde die Tür schwungvoll aufgerissen. Ein Adliger, den Sarah vom Sehen kannte, dessen Name ihr aber nicht einfallen wollte, betrat die Straße. Der Mann fluchte, als er den ersten Schritt machte und bis zum Unterschenkel im sumpfigen Untergrund versank. Mit angewidertem Gesichtsausdruck ging er weiter. Erst als er um die nächste Ecke verschwunden war, traten Sarah und Miriam ins Haus.

»Zieh deine Schuhe aus, wir müssen sie sofort waschen und zum Trocknen aufhängen«, sagte Sarah. Sie selbst streifte sich Trippen und Lederschuhe von den Füßen, nahm beides in die Hand und wollte damit in die Küche. Auf dem Weg dorthin kam sie an der Stube vorbei und sah Aaron, der konzentriert über den Rechnungsbüchern ihres Vaters saß. Er blickte auf, als er sie kommen hörte, und lächelte sie an.

»Sarah, mein Schatz, komm her!«

Nur widerwillig folgte sie seiner Aufforderung.

»Ich muss die Schuhe und die Trippen reinigen«, sagte sie. Doch da tauchte Miriam hinter ihr auf. »Ich kann beides nehmen und saubermachen!«, bot sie freundlich an.

»Danke«, presste Sarah hervor.

»Komm, setz dich.« Aaron bot Sarah in ihrer eigenen Stube einen Platz an. Die Geste kam ihr völlig unpassend vor.

»Ich habe eben ein Gespräch mit einem Kunden deines Vaters geführt. Er kann seine Schulden nicht rechtzeitig zahlen, deshalb haben wir einen neuen Vertrag aufgesetzt und eine neue Summe als Rückzahlung vereinbart. Da er ein verlässlicher Kunde ist, habe ich die Summe nicht so hoch angesetzt wie im Moment üblich.«

»Wenn er ein verlässlicher Kunde ist, warum zahlt er dann nicht termingerecht seine Schulden zurück?«

»Seine Tochter heiratet, und er muss eine teure Hochzeit ausrichten und die Mitgift zahlen«, sagte Aaron und warf Sarah einen vielsagenden Blick zu.

Augenblicklich errötete sie und wollte aufstehen, doch Aaron hielt sie am Arm fest. »Wir müssen über unsere Hochzeit reden«, sagte er ernst.

Sarah schluckte. Sie spürte, wie die Kälte vom Fußboden her in ihre nackten Zehen kroch.

»Ja, das müssen wir wohl«, sagte sie leise.

»Aber vorher habe ich noch eine andere Frage«, sagte Aaron, ließ Sarahs Oberarm los und griff nach einem der dicken Bücher seines Schwiegervaters, die auf dem Tisch lagen.

»Laut der Aufzeichnungen deines Vaters sollte er im Besitz eines Pfandbriefes sein, den ich nicht finden kann.«

Sarahs Augen weiteten sich. Sie hatte mit den Geschäften ihres Vaters nichts zu tun. Das Verleihen von Geld, Eintreiben von Zinsen, Ausstellen von Pfandbriefen und Hypotheken sowie die hohen Abgaben an den Herzog hatten sie nie interessiert.

Aarons Gesicht verfinsterte sich: »Ich sehe, du hast keine Ahnung.«

Sarah nickte.

»Weil du lieber zeichnest.«

Wieder nickte Sarah.

»Das wird sich jetzt ändern«, sagte Aaron streng.

»Weil du mich in die Geheimnisse der Geldgeschäfte einweihen wirst?«

Aaron schüttelte den Kopf und lächelte. »Weil du nicht mehr zeichnen wirst.«

Sarah blieb ernst. Die Kälte, die von den Zehen aufstieg, breitete sich in ihrem ganzen Körper aus und setzte sich rund um ihr Herz fest.

»Ich hoffe, wir finden den Schein, denn es geht dabei um sehr viel Geld«, sagte Aaron.

»Bei Vaters Geschäften geht es immer um sehr viel Geld.«

»Ja, ich weiß«, sagte Aaron. »Aber im Moment brauchen wir diesen Pfandbrief ganz dringend. Denn der Herzog hat seinem Ritter Wolkenstein einen Tötbrief ausgestellt. Mein Vater war der Geldverleiher des Ritters. Die Sache hat uns riesige Verluste beschert.«

»Oh, das wusste ich nicht«, sagte Sarah betroffen. Offenbar musste sie sich öfter in der Synagoge zeigen, um die Neuigkeiten der Gemeinde zu erfahren.

Sie seufzte. »Ich werde in Vaters Unterlagen danach suchen. Wie sieht denn so ein Pfandbrief aus?«

»In der Regel ist es ein Blatt Papier oder ein Pergament, auf dem festgehalten wird, was dein Vater dem Schuldner zu welchen Konditionen geliehen hat und welches Objekt der Schuldner deinem Vater übergeben muss, sollte er seine Schulden nicht zurückzahlen können«, erklärte Aaron. »Wenn die Schulden beglichen sind, wird der Schuldschein vernichtet.«

»Und was für ein Betrag muss auf dem Schein stehen?«, fragte Sarah weiter.

»Ein sehr hoher. Es geht um einen kleinen Stadtpalast in

Venedig, der deinem Vater zufällt, sollte der Schuldner nicht rechtzeitig bezahlen.«

»Ein Stadtpalast in Venedig?«, rief Sarah überrascht. »Wie kommt Vater denn dazu?«

Aaron zuckte mit den Schultern: »Ich weiß es nicht.«

Sarah überlegte, und schließlich erinnerte sie sich daran, dass ihre Mutter eine Base in Venedig hatte, die ebenfalls mit einem Geldverleiher verheiratet war. Vielleicht gab es da irgendeine Verbindung?

»Die Vertragsunterzeichnung liegt schon einige Jahre zurück. Jahrelang wurden die Raten rechtzeitig bezahlt, dein Vater hat alles in seinem Einnahmebuch verzeichnet. Aber im letzten Jahr blieben die Summen aus.«

»Vielleicht hat er bloß vergessen, die Summen einzutragen? Oder er war zu verwirrt.«

»In den letzten Monaten habe ich die Geldeingänge selbst kontrolliert«, sagte Aaron. »Glaube mir, es ist nichts aus Venedig eingetroffen.«

»Ich verstehe«, sagte Sarah. Aber sie hatte lediglich begriffen, dass sie nach einem Papier oder Pergament suchen musste. Das sollte doch nicht so schwierig sein, oder?

»Gut«, sagte Aaron. Er stand auf und umrundete den Tisch. Neben Sarah blieb er stehen und ergriff ihre Hände. »So, und nun reden wir über unser Hochzeit.«

Unruhig rutschte Sarah auf ihrem Stuhl hin und her.

»Wie du weißt, geht es deinem Vater nicht gut, und es wird von Tag zu Tag wichtiger, dass wir bald heiraten und ich auch offiziell seine Geschäfte übernehmen kann. Heute habe ich dem Kunden deines Vaters erklärt, dass David Isserlein an einem bösen Fieber leidet.«

»An einem Fieber?«, fragte Sarah überrascht.

»Was hätte ich sonst sagen sollen? Dass er verwirrt ist, niemanden, nicht einmal seine eigene Tochter erkennt und im Bett liegen muss?«

Sarah zuckte zusammen. Aaron hatte völlig recht. Die Geschäfte mussten weitergeführt werden, sie mussten so rasch wie möglich heiraten, um nicht das gesamte Vermögen der Familie zu verlieren. Aber was half all das Geld, wenn Aaron ihr das Zeichnen verbat und sie für den Rest ihres Lebens mit seinen nasskalten Händen anfassen würde?

Von den frühlingshaften Temperaturen war in der Werkstatt nichts zu bemerken, hier herrschte nach wie vor eisige Kälte. Aber Mathes störte sich nicht daran, denn seine Arbeit trieb ihm den Schweiß auf die Stirn. Seit heute Vormittag meißelte er die Inschrift auf das Taufbecken. Plank hatte auf einem Text aus dem Markus-Evangelium bestanden: »Geht hinaus in die ganze Welt, und verkündet das Evangelium allen Geschöpfen! Wer glaubt und sich taufen lässt, wird gerettet; wer aber nicht glaubt, wird verdammt werden.« Mathes hätte auf den zweiten Teil der Inschrift gerne verzichtet, denn der Gedanke, dass alle ungetauften Menschen, also auch Sarah, von Gott verdammt wurden, missfiel ihm gewaltig. Warum sollte Gott diese Frau verurteilen, die so wundervolle Entwürfe für dieses Becken beigesteuert hatte?

Als Mathes gerade zum letzten Wort ansetzte, betrat ein Geselle die Werkstatt. Er war ein großer, drahtiger Mann mit rot unterlaufenen, tränenden Augen, der einen stechenden Schweißgeruch, vermischt mit Knoblauch und Bier, verströmte. Mathes kannte ihn vom Sehen, wusste aber seinen Namen nicht.

»Man benötigt Eure Hilfe im Dom«, sagte der Geselle. Er stieß die Worte so schnell hervor, dass Mathes Mühe hatte, ihn zu verstehen.

»Wie bitte?«

»Ihr sollt in den Dom kommen«, sagte der Mann nun etwas deutlicher. »Wir müssen einen Kerzenhalter an der Decke befestigen, aber das Ding ist schwerer als gedacht, und es sind zu wenige Männer da. Meister Rötel kann nicht selbst auf das Gerüst steigen, weil er sich am Vormittag den Knöchel verstaucht hat. Ihr seid der Einzige, der noch auf der Baustelle ist und mithelfen kann«, erklärte der Geselle.

»Ich habe im Moment keine Zeit, das siehst du doch.« Mathes wandte sich verärgert wieder seinem Taufbecken zu.

»Es wäre besser, wenn Ihr kommt«, sagte der Geselle. »Plank selbst hat angeordnet, dass der Kerzenhalter angebracht wird, und der Werkmeister will, dass das Ding heute Abend hängt. Wenn er erfährt, dass Ihr nicht mithelfen wolltet …« Die Schadenfreude in der Stimme des Gesellen war unüberhörbar.

»Plank hat auch angeordnet, dass diese Inschrift bis zum Ende der nächsten Woche auf diesem Taufstein ist, und ich glaube nicht, dass Ihr imstande seid, diese Aufgabe für mich zu übernehmen.« Mathes wusste, dass er sich mit überheblichen Sprüchen wie diesem keine Freunde machte. Nach einer Pause fügte er hinzu: »Sobald ich die Inschrift übertragen habe, komme ich in den Dom.«

Der Geselle nickte und ging.

Verärgert fuhr Mathes mit seiner Arbeit fort. Er hatte Höhenangst, und Rötel wusste davon. Bestimmt wollte er sich wieder einmal einen Spaß daraus machen, ihn vor den anderen zu demütigen. Wenn Mathes die Mithilfe verweigerte, würde er in Zukunft nicht nur von Rötel, sondern von allen Männern auf der Baustelle geschnitten werden. Vor allem aber würde er sich Ärger mit dem Bauhüttenleiter und dem Domprobst einhandeln. Diese geschickt eingefädelte Aktion trug eindeutig Rötels Handschrift. Rötel war schlau vorgegangen, er hatte gewartet, bis alle die Baustelle verlassen hatten und nur noch Mathes zur Verfügung stand. Vermutlich wollte er sich für die Geschichte mit Jürgen rächen. Mathes hatte keine Wahl, er musste sich überwinden und ausnahmsweise auf ein Gerüst klettern. Verärgert legte er die Schablone zur Seite. Es war wohl besser, er brachte die unangenehme Sache rasch hinter sich, bevor er sich stundenlang Gedanken darüber machte.

Als er das Seitenschiff des Doms betrat, lag der schwere Kerzenständer am Boden, und die Männer saßen herum und warteten. Nur Rötel stand, trotz seines angeblich verstauchten Knöchels. Als er auf Mathes zutrat, konnte dieser kein Hinken erkennen.

»Na, endlich«, knurrte Rötel und murmelte: »Schwieriger Künstler.« Der Geselle mit dem unangenehmen Geruch grinste, aber Mathes überhörte Rötels Bemerkung geflissentlich. Ein weiterer Steinmetz erhob sich ebenfalls, ein dunkelhäutiger Mann aus dem Süden, mit schwarzen Locken und dunkelbraunen Augen. Er war erst letzte Woche auf die Baustelle gekommen, um das Frühjahr und den Sommer hier zu arbeiten. Mathes kannte den Mann nicht, er war schweigsam und beherrschte die deutsche Sprache nur bruchstückhaft.

»Dieses Ding muss an die Decke?«, fragte Mathes. Er warf einen skeptischen Blick auf einen riesigen sperrigen Leuchter.

»Ja«, sagte Rötel, und Mathes fühlte sich in seine Lehrzeit zurückversetzt. Wie oft hatte Rötel ihn auf ein Gerüst gejagt und ihn dann, statt ihn zu sichern, einfach losgelassen oder das Gerüst gar ins Wanken gebracht, bis Mathes sich verzweifelt irgendwo festklammerte.

Nun deutete der dicke Steinmetzmeister auf ein Gerüst, das an der Wand lehnte und bis zur Decke reichte.

»Zu dritt schaffen wir es nicht. Wir brauchen Eure Hilfe. Also krempelt die Ärmel hoch, und packt mit an. Schließlich werdet Ihr aus der gleichen Kasse bezahlt wie wir alle.«

Kurz überlegte Mathes, ob er sich einfach umdrehen und den Dom wieder verlassen sollte. Aber er wollte keine weitere Auseinandersetzung mit Rötel.

Mit ruhiger Stimme sagte er: »Ich muss Euch nicht erklären, wofür ich bezahlt werde.« Der Baumeister baute sich vor Mathes auf und wollte zu einer Erwiderung ansetzen, doch Mathes sagte: »Lasst uns die Arbeit rasch hinter uns bringen, ich habe nicht den ganzen Abend Zeit. Wer klettert hinauf und befestigt das Seil an der Rolle?«

Der Baumeister schnaufte, murmelte etwas Unfreundliches in seinen Bart und zeigte auf den fremden Steinmetz. Rasch schnappte sich der Mann das Seil und kletterte flink wie ein Eichhörnchen auf das Gerüst. Immer höher stieg er hinauf, bis er für die Zuschauer unten erschreckend klein wirkte. In Mathes' Hals bildete sich ein unangenehmer zäher Kloß, den er nicht schlucken konnte. Geschickt befestigte der Mann das Seil an einer Rolle, die von unten nicht mehr erkennbar war, und kam ebenso schnell wieder herunter. Mathes war beeindruckt von der Sicherheit, mit der sich der Südländer auf dem Gerüst bewegte.

»Mit meinem verletzten Bein kann ich nicht hochklettern, deshalb müsst Ihr gemeinsam mit Lothar den Kerzenhalter an der Decke anbringen.« Andreas Rötel deutete mit seinem dicken Kinn auf den Gesellen.

»Verletztes Bein?«, fragte Mathes spöttisch.

»Ja, ich kann nicht auftreten«, sagte Rötel. Der Geselle verdrehte hinter dem Rücken des Meisters seine rot unterlaufenen Augen, und Mathes wurde klar, dass es sich allenfalls um eine kleine Verletzung handeln konnte.

Mathes wagte einen letzten Versuch: »Warum schickt Ihr den Mann aus dem Süden nicht mit auf das Gerüst? Er ist äußerst geschickt und hat mit Sicherheit mehr Erfahrung auf einem Gerüst als ich.«

Doch Meister Rötel schnaufte verächtlich: »Ich kann einen Mann, den ich nicht kenne und von dem ich nicht weiß, ob er zuverlässig arbeitet, nicht mit dem Befestigen eines Kerzenhalters beauftragen. Wenn das Ding wieder runterkommt, trage ich die Verantwortung. Schließlich hat der Werkmeister mir den Auftrag erteilt, und der Domprobst selbst hat darauf bestanden, dass der Leuchter heute noch aufgehängt wird.«

Während Meister Rötel und der fremde Steinmetz den Kerzenhalter von unten über die Rolle zur Decke hinaufzogen, stiegen Mathes und der Geselle mit dem unangenehmen Geruch, der Lothar hieß, auf das Gerüst. Bereits wenige Meter über dem Boden überfiel Mathes der vertraute Schwindel. Er hasste das Gefühl, keinen Halt unter den Füßen zu haben und ins Leere zu blicken. Ihm standen Schweißperlen auf der Stirn. Ängstlich hielt er sich am Geländer fest und stieg langsam nach oben. »Nur nicht nach unten schauen«, dachte er. Plötzlich spürte er heftigen Hass auf Rötel, er hätte ihm am liebsten entgegengebrüllt, dass er ein aufgeblasener, mieser Steinmetz sei, der seine Lehrlinge halb zu Tode prügelte, ein unzufriedener, aggressiver Versager. Die Wut half ihm, seine Angst zu überwinden. Mit jeder Holzstufe, die er höherkletterte, wurde er ruhiger. Dennoch ging sein Atem schnell, und er konzentrierte sich auf den Kerzenhalter, der sich neben ihm und dem Gesellen in die Höhe bewegte. Eiskalter Schweiß rann unter seinem Hemd seinen

Rücken entlang. Auch von seiner Stirn tropfte es, aber um sie abzuwischen, hätte er das Gerüst loslassen müssen. Viel zu rasch stieg Lothar über die knarrenden Holzbretter empor, Mathes musste ihm wohl oder übel folgen. Die Decke kam immer näher, und Mathes wusste, dass sie ihr Ziel bald erreicht hatten. Er wollte noch nicht daran denken, wie er oben, ohne sich festzuhalten, an der Decke herumschrauben sollte.

Plötzlich schrie unten der Mann aus dem Süden auf, Meister Rötel war das Seil aus der Hand gerutscht. Halbherzig versuchte er, danach zu greifen, während der fremde Steinmetz es angestrengt allein hielt. Aber die Last war zu schwer, das Seil rutschte durch die Handflächen des Mannes und verbrannte seine Haut. Mit einem lauten Krachen sackte der Kerzenhalter einige Meter in die Tiefe, bevor Meister Rötel nach dem Seil fasste und es wieder festhielt. Erschrocken starrte Mathes nach unten. Beim Blick auf die baumelnde Metallkonstruktion kam er selbst ins Schwanken. Er hielt sich fest, konnte aber den Blick nicht vom Boden wenden, Schwindel erfasste ihn. Plötzlich spielte ihm seine Erinnerung einen bösen Streich, er sah unter sich einen verrenkten Frauenkörper liegen, leblos und zerschmettert – Carolina. Das Bild verschwamm vor seinen Augen, der Kerzenhalter rotierte wie ein sich schnell drehender Kreisel, Mathes verlor das Gleichgewicht. Er hörte Lothar rufen, er solle sich festhalten, aber es war zu spät. Mathes rutschte ab und stürzte in die Tiefe.

27

Reimprecht von Wallsee hatte beschlossen, die ersten Sonnenstrahlen zu nutzen und seiner Lieblingsbeschäftigung nachzugehen: der Jagd. Wann immer es ging, verließ er Wien und begab sich auf sein ausgedehntes Anwesen außerhalb der Stadt.

Gleich nach dem Frühstück ließ er sein Pferd, einen stattlichen braunen Hengst, satteln, er wollte keine Zeit verlieren und den Tag, der Sonnenschein und einen klaren, wolkenlosen Himmel versprach, im Wald verbringen. Voller Vorfreude machte er sich auf den Weg in die Stallungen, schritt zügig über den Hof und betrat das niedrige hölzerne Gebäude, das er erst im letzten Winter für seine Pferde hatte umbauen lassen. Der Geruch von frischem Heu und sauberem Stroh stieg ihm in die Nase. Von Wallsee liebte diesen Duft, er war Beweis dafür, dass der Stallknecht, ein Junge aus der Gegend, seine Arbeit ernst nahm.

Langsam näherte sich von Wallsee seinem Hengst. Das Tier schnaubte und tänzelte unruhig in seiner Box. Irgendetwas stimmte nicht. Das Pferd war sonst nicht nervös, ganz im Gegenteil, es war ein ruhiges, ausgeglichenes Tier. Unruhig blickte von Wallsee sich um. Befand sich außer ihm noch jemand im Stall? Jemand, den der Hengst nicht kannte? Von Wallsee lauschte. Er kniff die Augen zusammen, starrte ins Halbdunkel und konzentrierte sich auf die Geräusche. Neben ihm raschelte es. Hatte er da eben einen Schatten hinter den aufgestapelten Strohballen verschwinden sehen? Er ging um die Ballen herum, doch der Platz war leer. Bestimmt hatte ihm das diffuse Licht einen Streich gespielt, und er hatte sich die Gestalt bloß eingebildet.

Kopfschüttelnd wandte er sich seinem Pferd zu. Der Hengst begrüßte ihn freundlich und stieß schnaubend Luft aus. Der Geruch seines Besitzers hatte eine beruhigende Wirkung auf das Tier.

»Braver Junge«, sagte von Wallsee und tätschelte ihm liebevoll den kräftigen Hals. Der Stallknecht hatte gute Arbeit geleistet, das Pferd war frisch gestriegelt, und sein dunkelbraunes Fell glänzte. Nie zuvor hatte von Wallsee ein prächtigeres Tier besessen. Voll Vorfreude auf den bevorstehenden Ritt band er den Hengst ab und führte ihn in den Hof.

Er musste sich die Hand vor die Augen halten, als er den Stall verließ, denn das helle Sonnenlicht blendete. Er war sich nun sicher, dass er sich die Person gerade eben bloß eingebildet hatte. Eine Täuschung der Sinne, hervorgerufen von Licht und Schatten. Kaum hatten seine Augen sich an die Sonne gewöhnt, kam der Pferdeknecht vom Hauptgebäude herbeigelaufen. Ein hochgewachsener, drahtiger Bursche mit Zähnen, die ihm große Ähnlichkeit mit den Tieren verliehen, die er so gut versorgte.

»Herr, ich habe nicht gewusst, dass Ihr schon hier seid«, der Junge machte eine entschuldigende Verbeugung. Eigentlich wäre es seine Aufgabe gewesen, das Tier aus dem Stall zu führen.

»Schon gut, Thomas«, sagte von Wallsee. »Von Zeit zu Zeit gehe ich gerne in den Stall. Vor allem dann, wenn er so ordentlich ausgemistet ist.«

Die abstehenden Ohren des Jungen liefen bei diesem Lob rot an. »Soll ich Euch aufs Pferd helfen?«, fragte er und beobachtete, wie sein Herr einen Fuß in den Steigbügel setzte.

»Nicht nötig.« Trotz seiner enormen Körperfülle schwang sich von Wallsee geschickt auf seinen Hengst.

Thomas blinzelte. Er betrachtete das Lederband, mit dem

man den Sattel festzurrte. Besorgt kratzte er sich hinter dem Ohr. Manchmal narrten ihn seine Augen, aber nur auf weite Entfernung. Dennoch irritierte ihn etwas.

»Habt Ihr etwas am Sattel verändert?«, fragte er mit gerunzelter Stirn.

»Nein«, sagte von Wallsee. »Stimmt was nicht?«

Thomas zuckte mit den Schultern. »Der Gurt kommt mir etwas locker vor, aber ich kann schwören, dass ich ihn fest angezogen habe.«

»Du hast deine Aufgabe sicher gewissenhaft erfüllt. Und jetzt gib mir bitte meinen Bogen und die Ersatzpfeile. Ich will keine Zeit verlieren.«

Thomas sah sich suchend um. Von Wallsee hatte seinen Bogen auf dem Boden abgelegt, ehe er in den Sattel stieg. Rasch bückte sich der Bursche und reichte beides seinem Herrn.

»Danke«, sagte von Wallsee und befestigte geschickt Bogen und Köcher am Sattelrand. Dann richtete er sich im Sattel auf.

»Wünsch mir Glück, und sag der Köchin, dass sie heute Abend einen Rehbraten zubereiten wird.«

»Werde ich machen«, rief der Junge. Als von Wallsee durch das hohe Rundbogentor ritt, hatte Thomas erneut den Eindruck, dass der Sattel ein wenig verrutscht war. Aber das war unmöglich, denn er hatte ihn ordentlich festgezogen, und außer ihm war niemand im Stall gewesen.

28

MÜHEVOLL ERHOB SICH Judith vom Frühstückstisch, als sie Jonas und Josef über den Hof jagen hörte. Sicher hatten sie wieder irgendeinen Unfug angestellt. Sie seufzte und ging zum Fenster, konnte aber keinen ihrer Söhne entdecken. In ihrem Bauch strampelte das Kind und trat ihr gegen die volle Blase. Judith erlebte diese dritte Schwangerschaft als besonders anstrengend. Nachts schlief sie schlecht, wachte oft auf und spürte ständig ein unangenehmes Brennen in der Speiseröhre, ganz egal, wie viel sie aß. Maria empfahl ihr heiße Milch gegen das Sodbrennen. Anfangs hatte Judith abgelehnt, aber als sie sah, dass Maria einen eigenen Topf für die Zubereitung von Milchgerichten verwendete, hatte sie die Milch getrunken. Und es half wirklich.

Auf einmal kam jemand über den Hof gerannt. Es war Richard, der vor Aufregung einen hochroten Kopf hatte. In der Eile sprang er mitten in eine der Schlammpfützen und bespritzte seinen guten Mantel von oben bis unten mit Matsch. Kurz darauf riss er die Tür auf und polterte ins Haus.

»Judith!«, schrie er laut.

»Ich bin in der Küche.« Judith öffnete die Tür zum Flur, wo Richard heftig schnaufend stehen geblieben war.

»Mathes liegt im Franziskanerkloster«, stieß er hervor. »Er ist gestern Abend vom Gerüst gestürzt und hat sich schwer verletzt. Deshalb ist er nicht nach Hause gekommen! Und ich dachte schon, er läge bei irgendeinem hübschen Mädchen im Bett.« Richard betrat die Küche und ließ sich auf einen der Stühle plumpsen. Das schmale Möbel krachte bedenklich unter seinem Gewicht. Sein Brustkorb hob und senkte sich heftig.

»Woher weißt du das?«

»Auf dem Weg zur Baustelle hat uns ein Laufbursche vom Kloster eine Nachricht überbracht. Wir sind sofort losgerannt. Alfred ist bei Mathes geblieben.«

»Wie geht es Mathes?«, erkundigte sich Judith besorgt.

Richard seufzte. »Er schläft, sieht aber ganz erbärmlich aus.«

»Hat er sich etwas gebrochen?« Offenbar musste Judith ihrem Mann jede Einzelheit aus der Nase ziehen.

»Die Mönche sagen, er hat sich das Schlüsselbein und einige Rippen gebrochen.«

»Und sonst …?«

»Er ist seit seinem Sturz noch nicht zu sich gekommen!«

Judith stieß einen kleinen Schrei des Entsetzens aus. »Wird er wieder aufwachen?«, fragte sie leise.

Hilflos sah Richard seine Frau an. »Man weiß es nicht. Mathes ist aus großer Höhe gestürzt. Er kann innere Verletzungen haben, sein Schädel könnte gebrochen sein. Im Moment lassen die Mönche ihn zur Ader, um die bösen Säfte abzuleiten, wie sie sagen. Aber ich habe den Eindruck, das schwächt ihn nur noch mehr.«

»Mein Bruder Elias ist Arzt. Er hat in Salerno Medizin studiert«, sagte Judith vorsichtig.

Richard schöpfte Hoffnung: »Meinst du, er würde Mathes behandeln?«

Judith zuckte mit den Schultern. Sie wusste nicht, ob Elias immer noch bereit war, Christen zu helfen. Vor Jahren hatte er es getan, doch seither war viel passiert. Aber vielleicht konnte Sarah vermitteln?

»Ich werde Sarah eine Nachricht zukommen lassen, vielleicht kann sie mit ihm reden. Selbst wenn Elias helfen will, er kann als jüdischer Arzt nicht einfach in ein christliches

Kloster marschieren«, sagte Judith und stand schwerfällig auf. Sie ging in die kleine Kammer, in der sich der Arbeitstisch ihres Schwagers befand. Es war lange her, dass sie die hebräischen Schriftzeichen, die sie so sehr liebte, verwendet hatte. Auch wenn der Anlass schrecklich war, spürte sie ein kleines Glücksgefühl in sich aufsteigen, als sie mit einer frisch zugeschnittenen Feder die ersten Zeichen aufs Pergament setzte.

Wenig später stand Judith am Tor zum jüdischen Viertel und wartete darauf, dass jemand vorbeikam, dem sie ihr Schreiben in die Hand drücken könnte.

Es war später Vormittag, und es herrschte ein reges Treiben. Ständig fuhren Wagen hinein oder hinaus, zahlreiche Fußgänger gingen durch das Tor. Judith hatte Angst, erkannt zu werden, und hielt deshalb die Augen gesenkt.

Plötzlich fiel Judiths Blick auf ein Mädchen mit braunen Locken, dessen Alter sie schwer schätzen konnte. Zehn Jahre? Oder schon zwölf? Es sah klug und verständig aus und trug einen Reisigbesen in der Hand, den es offenbar bei einem der Händler vor dem Tor erstanden hatte. Entschlossen trat Judith auf das Mädchen zu.

»Kannst du diese Nachricht Sarah Isserlein übergeben? Sie wohnt in der Kleeblattgasse.«, Judith sprach eilig, die Worte schossen geradezu aus ihr heraus, und sie blickte sich gehetzt nach rechts und links um. Sie wollte so rasch als möglich wieder zurück in die Singerstraße. Das Kind nickte und nahm ihr das Schreiben aus der Hand.

»Du kennst sie? Es ist ganz wichtig, dass nur Sarah Isserlein selbst den Brief entgegennimmt«, sagte Judith eindringlich und schaute dem Mädchen fest in die bernsteinfarbenen Augen. »Hast du mich verstanden?«

Die kleine Jüdin nickte erneut, und Judith lächelte dankbar. Sie griff unter ihren Mantel und fischte nach einer Münze, die sie dem Kind in die Hand drücken wollte, aber das Mädchen schüttelte entschieden den Kopf, drehte sich um und lief durchs Tor.

»Danke«, rief Judith ihr hinterher.

Kaum hatte Miriam das Tor passiert, blieb sie stehen und drehte sich noch einmal um. Aber die hochschwangere Frau mit den ängstlichen Augen, die ihrer Tante Sarah so ähnlich sah, hatte sich bereits wieder auf den Weg gemacht. Ob das die Person war, wegen der ihre Eltern in den letzten Tagen ständig gestritten hatten?

Als Miriam atemlos in die Küche ihrer Tante stürmte, überlegte Sarah gerade, womit sie das gerupfte Huhn vor sich füllen sollte.

»Der Geflügelhändler hat gesagt, eine Handvoll Rosmarin. Hat er damit seine eigene Hand gemeint oder meine?« Sarah sah Miriam fragend an.

»Ich weiß es nicht«, sagte Miriam. »Ich habe eine Nachricht für dich, von einer Christin, die genauso aussah wie du.«

Sarah schob das Huhn zur Seite und drehte sich zu ihrer Nichte um.

»Ich glaube, dass sie meine Tante ist«, sagte Miriam mutig.

Sarah starrte ihre Nichte an. »Wie kommst du denn auf die Idee?«

»Mutter hat im Streit mit Vater von einer Schwester geredet. Sie hat gesagt, dass diese Schwester unseren Glauben verraten und einen Christen geheiratet hat.« Erwartungsvoll sah sie Sarah an. »Weißt du, wer sie ist?«

»Ja«, antwortete sie tonlos.

»Wie heißt meine Tante?«, fragte Miriam neugierig. Sie hatte einen Teil des Rätsels gelöst und wollte nun auch den Rest erfahren.

»Judith Klayndl!«

»Das ist ein schöner Name. Er passt zu ihr.«

»Weiß Judith, wem sie ihre Nachricht übergeben hat?«, fragte Sarah verwirrt.

Miriam überlegte. »Ich glaube nicht. Woher denn?«

Sarah schüttelte den Kopf. Natürlich hatte Judith nicht ahnen können, wem sie den Brief übergeben hatte.

»Reich mir die Nachricht«, sagte Sarah, wischte sich die Hände an einem Tuch ab und griff nach dem Pergament, das Miriam ihr entgegenhielt. Rasch entrollte sie es und überflog die Worte der Schwester. Mit jeder Zeile, die sie las, wurde sie blasser. Das Pergament rutschte ihr aus den Fingern und landete auf dem rohen Huhn.

»Was ist geschehen?«, wollte Miriam wissen.

Sarah ließ die Frage unbeantwortet. »Ich muss sofort zu Elias«, flüsterte sie mit erstickter Stimme. »Ist er im Hospital?«

Miriam schüttelte den Kopf: »Nein, er ist zu Hause.«

»Komm mit!« Ohne weitere Erklärung nahm Sarah ihre Schürze ab, warf sich den Mantel über und verließ das Haus. Verwirrt, neugierig und ärgerlich, weil sie wieder nichts erfahren hatte, folgte Miriam ihrer Tante.

29

»Du willst einen Christen in unserem jüdischen Hospital behandeln?« Rachels Stimme überschlug sich. Sie hatte sich vor ihrem Mann aufgebaut, beide Hände in die Hüften gestemmt und bebte vor Zorn.

»Was spricht dagegen?«, fragte Elias möglichst ruhig. Er war die ewigen Streitgespräche mit seiner Frau leid. Früher hatte Rachel mit ihren Vorwürfen wenigstens gewartet, bis sie zu zweit waren und keine Zuhörer mehr hatten. Doch seit einigen Wochen nahm Rachel darauf keine Rücksicht mehr. Sie hatte angefangen zu schimpfen, sobald sie von Sarahs Bitte gehört hatte, ohne sich darum zu kümmern, dass sowohl ihre Schwägerin als auch ihre Tochter im Raum waren.

»Sarah sagt, die Mönche im Franziskanerkloster sind mit dem Verletzten überfordert. Sie wissen nicht, wie sie ihm helfen können. Ich bin Arzt. Mir ist es ganz egal, ob mein Patient Jude, Christ oder Mohammedaner ist«, erklärte Elias. Seine Stimme klang ruhig, aber Sarah und Miriam, die sich beide an die Wand drückten, konnten den Ärger darin hören.

»Du verrätst dein Volk!« Rachels Worte troffen vor Verachtung. »Genau wie der Rest deiner Familie.« Hass lag in dem Blick, den sie Sarah zuwarf. Unwillkürlich wollte Sarah einen weiteren Schritt nach hinten machen, aber da war die Wand. Mehr Abstand konnte sie in diesem Zimmer nicht zwischen sich und Rachel bringen.

Rachel geiferte: »Jeder weiß, dass deine Schwester einen Christen geheiratet hat. Und nun will die andere Schwester einen Christen in unserem Hospital einquartieren. Wer weiß, vielleicht will sie ihn auch heiraten?« Hätte sie nicht in ihrer eigenen Stube gestanden, vielleicht hätte sie dann vor Sarah ausgespuckt.

»Mach dich nicht lächerlich«, sagte Elias. »Sarah wird Aaron heiraten. Der junge Mann, der meine Hilfe benötigt, ist jener Christ, der Sarah und Vater nach dem Zwischenfall am Stephansplatz zu mir ins Hospital gebracht hat. Ich fühle mich dazu verpflichtet, ihm zu helfen.«

»Wir sind den Christen gegenüber zu gar nichts verpflichtet«, zischte Rachel. »Und wenn du es wagst, einen Christen in unser Hospital zu bringen, dann werde ich dafür sorgen, dass unsere ganze Gemeinde davon erfährt. Dann sind deine Tage als Leiter des Hospitals gezählt.« Rachel sah ihren Mann triumphierend an.

»Wovon würdest du dann leben?«

»Lieber verhungere ich in der Gosse, als dass ich zusehe, wie du uns alle verrätst.« Niemand zweifelte daran, dass Rachel ihre Worte ernst meinte.

»Dein Hass und deine Engstirnigkeit jagen mir Angst ein. Du bist mir so fremd wie nie zuvor«, sagte Elias traurig.

»Ha«, schrie Rachel auf. »Fremd!« Sie lachte kalt und schrill. »Du warst mir vom ersten Tag an fremd und wirst es immer bleiben. Mein Vater hat mein Leben zerstört an dem Tag, an dem er mich zwang, dich zum Mann zu nehmen. Ich werde nicht zulassen, dass du christliche Patienten in unserem Hospital aufnimmst und behandelst. Sie verlangen von unseren Männern, lächerliche Hüte zu tragen, sie quetschen uns aus, erpressen uns und lassen uns für ihre größenwahnsinnigen Tempel zahlen, die sie Kirchen nennen. Der Tag, an dem ein Christ in einem unserer Betten liegt, ist der Tag, an dem ich nicht mehr hier leben möchte.« Ohne ein weiteres Wort zu sagen, verließ Rachel den Raum und knallte die Tür so fest hinter sich zu, dass der Schabbatleuchter auf der Truhe ins Wanken geriet. Die plötzlich eintretende Stille schmerzte in den Ohren wie zuvor der Streit.

Sarah hatte damit gerechnet, dass ihre Schwägerin verärgert sein würde. Aber diese heftige Reaktion machte sie sprachlos. Vorsichtig blickte sie zur Seite. Miriam stand neben ihr und wirkte völlig gefasst.

»Nun gut.« Elias wandte sich seiner Schwester zu. »Das heißt, ich kann den Steinmetzmeister nicht im Hospital behandeln.«

Sarah spürte Wut in sich aufsteigen. Wie konnte ihr Bruder sich dem Willen seiner schrecklichen Frau beugen?

»Was aber nicht heißt, dass ich ihn nicht untersuchen werde.« Ein Grinsen machte sich auf Elias' Gesicht breit. »Ich werde ihn in seinem Haus untersuchen. Sarah, kannst du veranlassen, dass Meister Rockh vom Kloster entlassen und in sein Haus transportiert wird?«

Sarah nickte: »Ich denke schon. Aber Meister Rockh hat kein eigenes Haus, er wohnt bei Meister Klayndl.«

»Klayndl?« Elias zog seine rechte Augenbraue hoch. »Dieser Klayndl?«

Sarah nickte. Elias öffnete den Mund zu einer Frage, schloss ihn aber wieder und sagte seufzend: »Also schön. Ich werde über all das später nachdenken. Hoffentlich kann ich etwas für Meister Rockh tun. Ein Sturz aus großer Höhe ist eine gefährliche Sache, die nur selten unbeschadet überlebt wird.« Elias brach ab und sprach nicht weiter. Er sah die Angst in Sarahs Augen und fragte sich, ob Rachel mit ihren gehässigen Bemerkungen über den Christen vielleicht recht gehabt hatte.

»Darf ich mitkommen?«, fragte Miriam.

»Warum das denn?«

»Weil ich gerne meine Tante kennenlernen möchte. Sie

heißt doch nun Klayndl, also muss sie im selben Haus wie der verletzte Steinbildhauer wohnen.«

Elias' Kinnlade klappte nach unten. Sein Blick wanderte fragend zwischen seiner Tochter und seiner Schwester hin und her.

»Soll das heißen, Judith ist wieder in Wien?«

Erneut nickte Sarah.

»Ich glaube, dass du mir einiges zu erklären hast«, sagte er und starrte seine Schwester fassungslos an.

»Später.« Sarah war bereits am Weg zur Haustür. »Meister Rockh muss aus dem Kloster in die Singerstraße gebracht werden.«

»Singerstraße. Wohnt dort meine Tante?«, fragte Miriam.

Sarah antwortete nicht, sie hatte die Klinke bereits gedrückt und verließ das Haus. Als Miriam ihr folgen wollte, hielt Elias sie am Oberarm fest. »Du bleibst hier«, sagte er ernst. »Die Aufregung ist auch so schon groß genug.«

»Aber ich will sie jetzt endlich kennenlernen«, jammerte Miriam.

»Das kann ich gut verstehen. Aber du solltest deine Mutter nicht noch mehr verärgern.«

»Dann erzähl mir von Tante Judith.« Trotzig schob Miriam ihre Unterlippe vor.

»Einverstanden.« Elias nahm auf der Bank Platz und wartete darauf, dass Miriam sich zu ihm setzte. »Es wird ohnehin ein Weilchen dauern, bis man den Steinbildhauer vom Kloster in die Singerstraße gebracht hat, diese Zeit können wir nutzen.« Versöhnlich legte er den Arm um Miriams Schultern und begann, von seiner Schwester zu erzählen. Während er sprach, wurde ihm klar, wie sehr er sich darauf freute, sie nach all den Jahren wiederzusehen.

30

Alfred und Richard brachten die Trage, auf der Mathes blass und leblos lag, vorsichtig vom Franziskanerkloster in die Singerstraße. Beide Männer gaben sich Mühe, den Verletzten möglichst wenigen Erschütterungen auszusetzen. Was gar nicht so einfach war. Richard, der die hinteren Griffe hielt, hatte keinen freien Blick auf den Boden und konnte daher nicht sehen, wohin er gerade trat. Immer wieder stieß er gegen einen Stein oder Unrat, der auf der Straße lag.

»Verdammt«, fluchte Richard. Ein spitzer Gegenstand bohrte sich durch die weiche Sohle seiner Lederschuhe. Er schielte seitlich zu seinem Fuß, wodurch er die Trage etwas schräg hielt, so dass Mathes darauf verrutschte.

»Pass doch auf«, schimpfte Alfred. »Oder willst du, dass Mathes in den Dreck rollt?«

Betroffen humpelte Richard weiter. Sein Freund auf der Trage stöhnte im Halbschlaf auf. Er war immer noch nicht zu Bewusstsein gekommen.

Die Menschen, die ihnen entgegenkamen, starrten neugierig auf den Verletzten. Ein alter Mann tuschelte hinter vorgehaltener Hand: »Das ist Meister Rockh, der das Taufbecken für St. Stephan machen soll. Nun wird der Taufstein niemals fertig werden. Ein schlechtes Zeichen. Wien wird nie ein Bistum werden. Gott will es einfach nicht. Der Dompropst ist zu ehrgeizig.«

Alfred und Richard versuchten wegzuhören, zügig gingen sie weiter. Kurz bevor sie in die Singerstraße einbogen, erschraken sie. Lautes Hufgetrampel und schreiende Menschen waren aus der Rotenturmstraße zu hören. Eine Gruppe berittener Soldaten preschte geradewegs auf sie zu, an ihrer Spitze ein Ritter mit braunen Locken. Die Männer trieben ihre Tiere, riesige Streitrösser, zum vollen Galopp an. Rücksichtslos trampelten die Pferde nieder, was sich ihnen in den Weg stellte. Hühner flatterten laut kreischend auf, und Menschen flohen in Hauseingänge. Ein Handkarren kippte um, und eine Ladung Äpfel landete im Matsch. Der Besitzer, ein alter Mann, hob die Faust und schimpfte den Reitern laut, aber erfolglos hinterher. Im letzten Moment schnappte eine Mutter nach ihrem spielenden Kind und konnte so verhindern, dass es zu Tode kam.

Richard reagierte rasch. Er machte einen großen Schritt zur Seite und zog Alfred mit sich in einen Torbogen. Er bedeutete seinem Bruder, sich dicht an das verschlossene Holztor zu drücken, das etwas nach innen versetzt war, und die Trage mit Mathes möglichst nah zum Tor zu halten. Der Verletzte rutschte an die Außenkante der Trage und stöhnte erneut auf, sein Gesicht war nun nicht mehr blass, sondern so grau wie das eines leblosen Greises. Richard presste seinen Körper fest gegen das hölzerne Eingangstor. Ein rostiger Nagel drückte durch den Ärmel seines Hemdes, er bemerkte es kaum. Da donnerte die Reitergruppe an ihnen vorüber und bespritzte sie erbarmungslos von oben bis unten mit dunkelbraunem Schlamm. Auch die Trage wurde besudelt, und Mathes' blutleeres Gesicht mit Schlammspritzern bedeckt. Eines der Pferde scheute und bäumte sich auf. Sein Reiter hatte alle Mühe, das Tier an den Zügeln herumzureißen und in die nächste enge Gasse zu treiben. Der Lärm der Reiter hallte noch lange nach. Als Richard glaubte, dass die Gefahr vorbei war, hörte er erneut ein lautes Kreischen. Er blickte über den Stephansplatz, von wo der Schrei gekommen war. Ein junger Soldat, der sein Pferd kaum im Griff hatte, preschte hinter der Gruppe her. Mit verbittertem Blick galoppierte er über den Platz, nicht darauf achtend, dass er mitten in eine Gruppe plaudernder Frauen stürmte. Eine junge Magd konnte nicht mehr rechtzeitig zur Seite springen. Mit einem lauten Aufschrei landete sie am Boden, das Pferd sprang über sie hinweg und galoppierte weiter. Sein Reiter würdigte die Magd keines Blickes, Augenblicke später war er in der nächsten Gasse verschwunden. Blutverschmiert und den Kopf unnatürlich zu Seite gedreht, lag die junge Frau im Dreck. Ein alter Mann näherte sich vorsichtig und beugte sich über sie. Er schüttelte fassungslos den Kopf. Das Pferd war nicht über die Frau, sondern direkt auf ihren Brustkorb gesprungen und hatte ihn zerschmettert. Für sie kam jede Hilfe zu spät.

»Hast du gesehen, wer das war?«, flüsterte Richard tonlos. Er zitterte, sein Herz schlug laut, als wollte es ihm die Brust sprengen. Alles war so schnell gegangen, er hatte keinen der Reiter erkennen können.

»Ritter Wolkenstein und seine Männer«, sagte Alfred bitter.

Er löste sich wieder von der Mauer und trat zurück auf die Straße. Richard folgte ihm.

»Er hat die junge Frau einfach niedergetrampelt«, sagte Richard. Es fiel ihm schwer, die Trage zu halten und das Zittern der Hände zu kontrollieren.

»Man wird behaupten, dass die Magd nicht rechtzeitig aus dem Weg gesprungen ist«, sagte Alfred.

Als die Reiter endlich verschwunden waren, kamen Menschen aus ihren Häusern und liefen zu der Unfallstelle. Alfred drängte Richard weiterzugehen.

Ein Mönch in brauner Kutte kam auf sie zugelaufen.

»Ist die Frau von Wolkenstein selbst niedergetrampelt worden?«, fragte er.

»Nein«, brummte Alfred. Er wollte schnell weiter in die Singerstraße.

Ein weiterer Mann blieb stehen und rief aufgeregt: »Habt Ihr schon gehört? Von Wallsee ist bei einem Jagdunfall ums Leben gekommen! Er ist vom Pferd gestürzt und hat sich das Genick gebrochen. Der Herzog hat nun alle wichtigen Männer des Reiches in die Hofburg gerufen.«

»Von Wallsee ist tödlich verunglückt?«, wiederholte der Mönch und setzte zu weiteren Fragen an.

Ungehalten versuchte Alfred, sich an den beiden vorbeizudrängen.

»Würdet Ihr bitte einen Schritt zur Seite gehen? Wir tragen einen Verletzten«, sagte er barsch. Endlich machten die Männer Platz, und Richard und Alfred konnten ihren Weg fortsetzen.

Als Sarah und Elias in der Singerstraße eintrafen, lag Mathes bereits in der kleinen Kammer neben der Stube. Judith war so aufgeregt, dass sie es trotz ihrer fortgeschrittenen Schwangerschaft nicht schaffte, sich hinzusetzen. Nervös ging sie im Hof hin und her, ihr Herz klopfte vor Aufregung so laut, dass sie Angst hatte, man könnte es hören. Auf ihrem Gesicht hatten sich kleine rote Flecken gebildet. Als sie Elias das letzte Mal gesehen hatte, war er ein junger Mann gewesen, fast noch ein Junge. Er wollte nach Salerno gehen, um dort Medizin zu studieren. Judiths Hände begannen zu zittern. Sie erkannte ihren Bruder sofort, auch wenn die Jahre ihn verändert hatten. Ein leicht gebeugter Rücken, Falten und graues Haar. Aber seine Augen strahlten immer noch dieselbe Wärme und Freundlichkeit aus wie vor sechzehn Jahren, nur so unerschrocken wie damals sah er nicht mehr aus. Als ihre Blicke sich trafen, war es, als wäre gar keine Zeit vergangen. Ein warmes Glücksgefühl breitete sich in Judith aus, und die Nervosität verschwand. Augenblicklich beruhigte sich auch ihr Kind in ihrem Bauch. Eben noch hatte es wild getreten, jetzt schmiegte es sich behaglich gegen die Bauchdecke. Ohne Vorwarnung trat Elias auf Judith zu und nahm sie in den Arm. Er roch sogar noch so wie vor sechzehn Jahren. Judith konnte sich gegen die Tränen, die ihr über die Wangen liefen, nicht wehren.

»Schalom, Judith! Ich danke meinem Herrn, dass er mir diesen Augenblick geschenkt hat.«

»Schalom, Elias!« Judiths Stimme brach, sie schluckte salzige Tränen hinunter und schniefte. Ein mühlsteingroßer Ballast aus Ängsten und Verletzungen fiel von ihren Schultern und ließ ein Gefühl der Erleichterung zurück.

»Kannst du mir verzeihen?«, fragte Elias.

Judith wischte sich die rinnende Nase an ihrem Ärmel ab. »Wofür?«

»Dass ich zu feig und zu schwach war, schon früher nach dir zu suchen.«

»Du bist mein großer Bruder, ich verzeihe dir alles!«, sagte Judith.

»Wir haben einander so viel zu erzählen, aber das muss warten. Wo liegt Meister Rockh?« Elias schob Judith sanft von sich. Auch seine Augen waren gerötet, und seine Nase tropfte.

»Komm mit.« Judith führte ihren Bruder und ihre Schwester vor die kleine Kammer neben der Stube. Sie klopfte leise an die Tür und öffnete sie dann fast geräuschlos. Der winzige saubere Raum war verdunkelt. Auf einem schmalen Bett lag blass und leblos Mathes, daneben saß Alfred auf einem Hocker, hielt die schlaffe Hand des Verletzten und blickte müde auf, als die Tür aufging. Auf seiner hohen Stirn standen Sorgenfalten, seine sonst so wachen Augen wirkten stumpf und tränenfeucht. Mühevoll, so als wäre er in den letzten vierundzwanzig Stunden um Jahre gealtert, erhob er sich. Höflich begrüßte er den Medicus und dessen Schwester.

»Ich bin Euch sehr dankbar, dass Ihr gekommen seid«, sagte er leise.

»Dankt mir nicht zu früh, ich weiß noch nicht, ob ich dem jungen Mann helfen kann.« Elias kniete sich vors Bett und ergriff Mathes' Hand, um seinen Puls zu fühlen. Zufrieden legte er sie zurück auf die Bettdecke. Der Puls war schwach, aber regelmäßig.

»Ich gehe in die Stube«, sagte Judith und trat zurück.

Elias nickte seiner Schwester zu und wartete darauf, dass auch Sarah den winzigen Raum verließ. Doch die ignorierte die wortlose Botschaft ihres Bruders und trat entschlossen an Mathes' Bett. Hörbar sog sie die Luft ein und unterdrückte nur mit Mühe einen kleinen Aufschrei, als sie Mathes' blasse und leblose Gestalt sah. Sie musste sich sogar an der weißgetünchten Wand abstützen. Dann suchten ihre Augen die ihres Bruders. In ihrem Blick lag nur eine einzige Frage, doch die konnte Elias ihr noch nicht beantworten. Er wusste nicht, wie schwer die Verletzungen des Steinbildhauers waren.

Elias, der immer noch kniete, holte sein Metallröhrchen hervor und fragte: »Stimmt es, dass Meister Rockh seit dem Sturz nicht mehr aufgewacht ist?«

»Nein, er hat bereits einige Male die Augen aufgeschlagen, hat mich aber nie erkannt«, erklärte Alfred.

»Dass er Euch nicht erkannt hat, ist nicht weiter schlimm, das kommt bei Kopfverletzungen häufiger vor. Viel wichtiger ist, dass er bereits bei Bewusstsein war. Hat er etwas zu sich genommen?« Elias schob die Decke weg und machte sich daran, das Hemd des Verletzten hochzuziehen.

Alfred schüttelte den Kopf: »Nein, aber er hat sich schon dreimal übergeben.«

»Auch das ist nicht ungewöhnlich«, meinte Elias. Dann zog er erstaunt die Augenbrauen hoch. »Sehen alle Steinmetze so aus?«, fragte er amüsiert.

Alfred schüttelte den Kopf, über sein besorgtes Gesicht huschte ein kleines Lächeln. Mathes war sechzehn Jahre lang ein kleiner, zarter Junge gewesen und hatte sich mit Einsatz des Stimmbruchs in einen muskulösen, drahtigen Mann verwandelt.

»Der Mann erinnert mich an die heidnischen Statuen der alten Römer in Salerno«, sagte Elias und verstummte. Er hatte vergessen, dass seine Schwester immer noch im Raum war. Rasch drehte er sich zu ihr und warf ihr einen strengen Blick zu, der keine Widerrede zuließ. Sarah errötete, denn auch sie hatte Mathes' Oberkörper voller Interesse betrachtet.

»Ich komme später wieder«, sagte sie leise und verließ verärgert die Kammer. Als sie die Tür hinter sich zugezogen hatte, machte sich Elias daran, Mathes' Herz abzuhören. Er war mit dem Ergebnis zufrieden.

»Wie ist der Unfall genau passiert?«, fragte Elias.

»Wir wissen es nicht. Aber ein Geselle aus dem Süden hat behauptet, Mathes sei auf ein Gerüst geklettert, um einen Leuchter aufzuhängen. Dabei ist er vom Gerüst gefallen.«

»Warum klettert ein Steinbildhauer auf ein Gerüst?«, fragte Elias. »Ich dachte, er arbeitet an einem Taufbecken.«

Alfred zuckte hilflos die Schultern: »Wenn Not am Mann ist, helfen eben alle mit.«

»Ich verstehe«, sagte Elias.

»Merkwürdig an der Sache ist, dass einer von Mathes' ältesten Gegnern in den Unfall verwickelt war«, sagte Alfred.

»Ihr glaubt, dass jemand bei dem Sturz nachgeholfen hat?«

Alfred zuckte müde mit den Schultern. Er wusste es einfach nicht.

»Rötel kann es nicht ertragen, dass Mathes mehr Erfolg hat als er selbst«, sagte er. »Er versucht sich seit Jahren als Steinbildhauer, aber seine Werke dienen gerade mal dazu, einen Balken mit Blättern zu zieren.« Alfred schnaufte verächtlich.

Während Alfred sprach, untersuchte Elias mit fachkundigen Händen Mathes' Oberkörper. Dann zog er vorsichtig das Hemd wieder nach unten und bedeckte den Patienten mit der leichten Wolldecke.

»Die Mönche hatten recht, Meister Rockh hat drei gebrochene Rippen, und das Schlüsselbein ist gebrochen. Daran wird er nicht sterben. Es ist ein Wunder, dass er sonst keine Knochenbrüche erlitten hat. Ich hoffe, dass auch seine Wirbelsäule in Ordnung ist. Das werden wir in den nächsten Tagen erfahren, sobald Meister Rockh zu sich kommt. Am meisten scheint sein Kopf gelitten zu haben. Sein Gehirn wurde durchgeschüttelt. Ich hoffe, dass es durch den Aufprall nicht an den Schädelknochen geschleudert wurde, denn dann …« Elias machte eine Pause.

Alfred kniff seine Augen zusammen und musterte Elias interessiert: »Woher wisst Ihr, wie es im Kopf eines Menschen aussieht?«

»Ich habe in Salerno studiert«, sagte Elias. Er war der Meinung, dass diese Antwort ausreichend war, doch der alte Mann sah ihn immer noch abwartend an.

»Im Moment hat Eure Kirche dort immer noch wenig Einfluss auf die medizinische Schule, was sich aber ändern kann, sollten die Spanier sich in Salerno breitmachen», sagte Elias vorsichtig. »Wollt Ihr wirklich wissen, woher ich mein Wissen beziehe?«

Der alte Steinmetzmeister schloss die Augen für einen Moment. Jetzt erst begriff er, was der Jude ihm mitteilen wollte. Judiths Bruder hatte Menschen aufgeschnitten und sie untersucht. Laut Papst und Bischöfe war das eine der größten Sünden und wurde mit dem Tod bestraft.

Langsam schüttelte Alfred den Kopf: »Nein, ich denke, ich will es nicht wissen.«

»Gut.« Elias lächelte. Er mochte diesen alten Christen, der nun sein Schwager war.

»Es ist wichtig, dass Meister Rockh viel Ruhe bekommt und ständig von jemandem überwacht wird«, sagte Elias. »Wenn er aufwacht, wird er große Kopfschmerzen haben. Ich lasse Euch Schmerzmittel für ihn da: Weidenrindentee und Mohnkügelchen. Im Notfall gebt ihm beides, aber haltet Euch an meine Dosierung.«

Alfred nickte.

»Er muss in den nächsten Stunden unbedingt Flüssigkeit zu sich nehmen, sonst trocknet sein Körper aus. Bereitet ihm einen Tee aus Weidenrinde, Günsel und Kamille. Meister Rockh wird keinen Hunger haben, aber irgendwann muss er auch etwas essen. Versucht es mit einer Haferschleimsuppe, und würzt sie mit Minze und Fenchel, das kann helfen, die Übelkeit zu lindern. Falls es zu irgendwelchen Komplikationen kommt, lasst mich rufen. Ich versuche zu kommen, so schnell ich kann.« Aus seiner Umhängetasche aus Leder holte Elias das Schmerzmittel hervor und reichte es Alfred.

»Ihr kommt wieder?«, fragte der alte Mann.

»Nur, wenn Ihr damit einverstanden seid«, sagte Elias überrascht.

Eilig antwortete Alfred: »Natürlich bin ich einverstanden, ich danke Euch sehr.«

»Ich kann noch nicht sagen, wann ich morgen vorbeischauen kann. Im Moment ist es für mich nicht leicht, Euer Haus zu besuchen, ohne Tratsch in meiner Gemeinde zu riskieren. Ich muss den richtigen Augenblick abwarten.«

Alfred nickte.

»Nicht alle Menschen sind so mutig wie Judith und lassen es darauf ankommen, von ihrer Gemeinschaft ausgestoßen zu werden.«

»Wie hoch ist der Wert einer Gemeinschaft, die einen nur dann ehrt, wenn man sich ihren Regeln unterwirft? Ganz egal, wie hoch der persönliche Verlust ist?« Alfreds graue Augen musterten Elias ernst. »Und ich meine den Verlust von Glück, Zufriedenheit, Zuversicht und Hoffnung.«

»Das Glück des Einzelnen darf nie über das der Gemeinschaft gestellt werden«, erwiderte Elias.

»Wer sagt das?«, fragte Alfred verärgert. »Nur jene, die vom Glück der Gemeinschaft profitieren.«

»Ihr seid ein …«, Elias fehlte das passende Wort.

»Würde ein Pfarrer meine Worte hören, würde er mich einen Ketzer nennen, ich weiß!« Alfreds Lachen klang rau und beinahe schmerzlich.

»Nein, Ihr seid … Ihr seid Eurer Zeit einfach voraus. Vielleicht wird das Glück des Einzelnen irgendwann einmal höher geschätzt. Ich bin mir aber nicht sicher, ob dieses Ziel erstrebenswert ist.«

»Glaubt mir, das ist es«, sagte Alfred wissend. Er wog die Medizin in seiner alten Hand und fragte: »Was bin ich Euch schuldig?«

Elias hob abwehrend die Hände. »Wollt Ihr mich beleidigen?«

Alfred grinste: »Nein, das ist ganz sicher nicht meine Absicht.«

Als Elias die Kammer verlassen hatte, setzte er sich zu Judith in die Stube. Sarah wollte die beiden nicht stören; sie schlich zu der Tür, hinter der Mathes lag.

Vorsichtig klopfte sie an, und augenblicklich, so, als hätte er auf sie gewartet, öffnete Alfred die Tür. Er warf ihr einen vielsagenden Blick zu und sagte: »Ich gehe kurz hinaus und lass Euch allein.«

»Danke«, hauchte Sarah tonlos und schlich an seiner breiten Gestalt vorbei.

Geräuschlos zog Alfred die Tür hinter sich zu. Es dauerte einen Moment, bis Sarah begriff, dass sie nun allein mit Mathes war. Sie rückte den Schemel näher an sein Bett und setzte sich. Mit dem aufmerksamen Blick einer Künstlerin, die es sich selbst zur Aufgabe gemacht hatte, Dinge naturgetreu wiederzugeben, betrachtete sie Mathes. Sein Gesicht war so blass, dass sie gern mit roter Farbe nachgeholfen hätte. Auf seinem Kinn wuchsen blonde Bartstoppeln. Die Nase und die Wangen waren mit Sommersprossen bedeckt, und wie Sarah nun wusste, waren auch seine breiten Schultern voll davon. Auf seinen drahtigen, muskulösen Unterarmen kringelten sich hellblonde Härchen, die so fein waren, dass Sarah den Wunsch verspürte darüberzustreichen. Es war völlig verrückt, aber sie fühlte sich mit jeder Faser ihres Körpers hingezogen zu diesem Mann, der leblos vor ihr lag.

»Meister Rockh, bitte macht die Augen auf«, flüsterte sie, und obwohl sie wusste, wie unwahrscheinlich das war, hoffte sie dennoch, dass Mathes die dunkelblauen Augen öffnen und sie mit seinem wachen Blick mustern würde. Aber er tat es nicht, er lag leblos vor ihr, fast so, als wäre er tot. Diese

Möglichkeit jagte Sarah einen eisigen Schauer über den Rücken. Sie wollte diesen Mann, der ihr zum ersten Mal in ihrem Leben das Gefühl gegeben hatte, eine Künstlerin zu sein, nicht verlieren. Mathes Rockh nahm sie ernst und versuchte nicht, sie von dem abzuhalten, was ihr das Liebste war, dem Zeichnen.

Ängstlich ergriff Sarah Mathes' rechte Hand. Zu ihrer Überraschung war sie warm, so wie an dem Tag, an dem er sie in seine Kammer geführt hatte. »Meister Rockh«, flüsterte sie. »Ich weiß, Ihr könnt mich nicht hören. Aber ich bitte Euch ganz dringend: Bitte geht noch nicht. Es ist zu früh!«

Mathes' Mundwinkel zuckten, die Pupillen unter seinen geschlossenen Augenlidern rollten hin und her. Erwartungsvoll setzte Sarah sich auf, beugte sich vor und hoffte erneut, nun gleich in seine Augen schauen zu können. Aber sie blieben fest geschlossen.

31

Während auf den Strassen der Stadt der Schnee nun endgültig weggeschmolzen war und selbst die schattigen Plätze hoch oben im Wienerwald schneefrei waren, herrschte in den finsteren Räumen der Hofburg eine feuchte Kälte, an der auch das Kohlebecken und der offene Kamin nichts ändern konnten. Ritter Wolkenstein war vor einer Stunde aus dem Norden zurückgekehrt und betrat, noch ungewaschen nach dem langen Ritt, das düstere Zimmer des Herzogs. Augenblicklich begann er zu zittern. Wie stets saß nicht nur der Herzog, sondern auch sein Kanzler vor dem mächtigen

Schreibtisch und erwartete ihn mit einem Gesichtsausdruck, welcher die Kälte im Raum widerspiegelte.

Wolkenstein begrüßte die beiden Männer und brachte rasch sein Anliegen vor, um den Raum so bald wie möglich wieder verlassen zu können: »Sobald das Wetter beständiger ist, werden Jan Žižka und seine Männer wieder mit voller Macht angreifen. Im Moment zieht Žižka seine Männer im Osten zusammen und wartet auf eine passende Gelegenheit, um zuzuschlagen.« Der Ritter verlagerte sein Gewicht von einem Bein auf das andere. Zum einen war er nach dem langen Ritt müde und hätte gerne auf einem der gepolsterten Stühle Platz genommen, zum anderen verhinderte die Bewegung, dass die Kälte durch seine neuen Reitstiefel drang.

Herzog Albrecht sah aus, als hätte er die letzten Nächte nicht geschlafen. Der Tod seines Beraters hatte ihm heftig zugesetzt, er wartete darauf, dass Wolkenstein fortfuhr.

»Wir brauchen Geld, um genug Soldaten anheuern zu können. Notfalls müssen wir Söldner anwerben«, sagte Ritter Wolkenstein.

Herzog Albrecht sprang auf und schob dabei geräuschvoll seinen schweren Stuhl zurück: »Ich habe kein Geld, wie oft muss ich Euch das noch erklären? Auch wenn der Papst eine weitere Kreuzzugsbulle unterschreibt, kann ich König Sigismund nicht unterstützen.«

»Der König braucht viertausend Mann. Nachdem er die Schlacht bei Sudomer verloren hat, will er im Sommer die Prager Burg auf dem Hradschin zurückerobern. Žižka hat sich dort verschanzt und lässt sich feiern wie ein Herrscher. Es heißt, er lässt noch weitere Streitwagen bauen.«

»Dieser elende Hund«, zischte Herzog Albrecht. »Böhmen und Mähren gehören mir, schließlich werde ich Sigismunds Tochter heiraten. Aber was helfen mir die Ländereien, wenn Žižka darauf sitzt?« Nervös lief der Herzog im Raum auf und ab, so lange, bis Plank sich in seinem dicken roten Wollmantel aufrichtete und entschieden sagte: »Setzt Euch wieder.«

Doch zum ersten Mal wehrte der Herzog sich. »Ich soll mich setzen? Wie kann ich, wenn ich doch kein Geld habe, um die Hussiten zu bekämpfen? Die Kassen sind leer. Der Bürgerkrieg meiner Onkel hat ein Vermögen gekostet. Und nun habe ich auch noch meinen Berater verloren.« Herzog Albrechts Gesicht verzog sich zu einer schmerzvollen Grimasse.

Verärgert schüttelte Plank den Kopf, schluckte hinunter, was er gerne gesagt hätte, und meinte versöhnlich: »Wir alle haben mit dem überraschenden Tod unseres Freundes von Wallsee einen wichtigen Weggefährten verloren. Dennoch müssen wir an den Fortbestand des Reiches denken.«

»Das tu ich ja!«, schrie der Herzog aufgebracht.

»Ich weiß.« Plank nickte zufrieden und fuhr fort: »Deshalb müssen wir gemeinsam überlegen, wie wir rasch zu Geld kommen können. Wie Ihr Euch sicher erinnert, habe ich Euch schon vor Wochen vorgeschlagen …«

Der Herzog machte eine abwehrende Handbewegung: »Vergesst die Sache mit den Juden. Ich habe von Wallsee zwei Tage vor dem schrecklichen Unfall versprochen, dass ich nicht gewaltsam gegen sie vorgehen werde.«

»Was habt Ihr?«, rief Plank entsetzt und schlug mit der flachen Hand auf seine Armlehne. Der selbstgefällige dicke Mann machte ihm selbst tot noch Schwierigkeiten. Planks Herz begann zu rasen, und auf seiner Stirn bildete sich kalter Schweiß.

Herzog Albrecht schaffte es nicht, seine Worte zu wiederholen.

»Was ich Euch jetzt zu sagen habe, hätte auch Reimprecht von Wallsee dazu veranlasst, seine Meinung zu ändern«, sagte Plank und fügte hinzu: »Er war ein braver Christ.«

Der Kanzler schob den Oberkörper vor und suchte den direkten Blickkontakt zu Herzog Albrecht. Dieser versuchte auszuweichen, schaffte es aber nicht. Gebannt und neugierig wartete er darauf, was Plank zu sagen hatte.

»In Enns hat es einen Hostienfrevel gegeben!«

Die Worte trafen den Herzog genau dort, wo er am verwundbarsten war. Als tiefgläubiger Mensch und Herrscher eines katholischen Landes fühlte er sich der Kirche verpflichtet.

»Einen Hostienfrevel?«, wiederholte er fassungslos.

Plank nickte und ließ das Wort wirken. Nach einer Weile sagte er: »Es ist die größte Sünde, die begangen werden kann. Die Schändung des Leibes Christi!«

»Ihr meint, ein Jude hat die Hostie aufgeschnitten, und sie hat zu bluten begonnen?«, fragte der Herzog. Seine Stimme schwankte zwischen Ekel und Erregung ob dieser Ungeheuerlichkeit.

»Schlimmer noch. Nachdem die Hostie zu bluten begonnen hat, sprang ein Kindlein heraus, und das hat der Jude, sein Name war Israel, in einen Brunnen geworfen und ertränkt.«

Die Kinnlade des Herzogs klappte herunter, er griff sich an die Brust.

»Diese Tat gehört bestraft«, flüsterte er fassungslos.

Plank nickte zufrieden.

»Seid Ihr nicht auch sicher, dass von Wallsee mir zugestimmt hätte?« Der Blick des Herzogs wanderte nun von Plank zu Wolkenstein und wieder zurück.

Der Ritter hatte den Wortwechsel zwischen dem Herzog und dem Kanzler voll Faszination verfolgt. Nun nickte er eifrig: »Ich bin davon überzeugt, dass von Wallsee einen Hostienfrevel verachtenswert gefunden hätte und dagegen vorgegangen wäre.«

Wolkenstein nahm das wohlwollende Nicken des Kanzlers aus den Augenwinkeln wahr. Er hatte sich soeben die Sympathie des mächtigsten Mannes im Reich gesichert.

»Was werdet Ihr jetzt tun?«, fragte der Herzog seinen Kanzler. Wolkenstein fand, dass man diese Frage ihm hätte stellen sollen und dass sie vom Kanzler hätte kommen müssen. Aber Plank antwortete sofort.

»Wir werden ein prachtvolles Osterfest feiern, und anschließend einen Schauprozess gegen die Hostienschänder einleiten. Alles Weitere wird sich von selbst ergeben.«

»Ihr wollt Euch an den Juden rächen?«

»Nennt es, wie Ihr wollt, aber es wird uns genug Geld liefern, um einen Krieg gegen die Hussiten zu gewinnen und diese eisig kalte Hofburg umzubauen.« Der Kanzler rieb sich die Schultern, erhob sich und verließ zitternd vor Kälte den Raum. Wolkenstein starrte ihm fasziniert nach.

32

Bereits in der ersten Nacht, nachdem Mathes ins Haus der Klayndlbrüder gebracht worden war, bekam er Fieber. Elias, der wie versprochen jeden Tag vorbeischaute, versuchte, mit Weidenrindentee das Fieber zu senken, aber ohne Erfolg. Mathes lag schweißdurchtränkt im Bett, wälzte sich unruhig hin und her. Gelegentlich wachte er auf und blickte mit starren Augen ins Leere.

Sarah kam täglich, konnte aber immer nur kurz bleiben, weil ihr ebenfalls pflegebedürftiger Vater darauf wartete, gefüttert zu werden. Sie hatte die verschwiegene Anna Rosendorf gebeten, auf David zu schauen, solange sie selbst nicht zu Hause war, und die alte Frau hatte sich gern dazu bereit erklärt. Sarah hatte Judith noch nichts über den Zustand ihres Vaters erzählt, und Judith hatte bis jetzt der Mut gefehlt, sie nach David zu fragen.

An einem Nachmittag, als Sarah an Mathes' Bett saß und seine glühend heiße Stirn mit kaltem Essigwasser kühlte, fasste er nach ihrer Hand und murmelte heiser: »Carolina.«

Sarah zuckte erschrocken zurück und befreite ihre Hand aus seinem Griff: »Wie bitte?«

»Carolina!« Mathes drehte sich zu ihr, sein glasiger Blick war auf ihr Gesicht gerichtet.

»Ich weiß nicht, wer Carolina ist. Ich heiße Sarah.«

Aber Mathes erkannte sie nicht. Er erkannte niemanden mehr und begann zu phantasieren. Immer wieder murmelte er den Namen Carolina, dann schrie er laut auf und wälzte sich verzweifelt in seinem Bett hin und her. Die Versuche, Mathes Tee einzuflößen oder ihm ein paar Löffel Suppe zu geben, scheiterten kläglich, und Elias' Sorge, dass sein Patient austrocknen könnte, wuchs mit jedem Tag.

Am vierten Tage nach dem Unfall ging das Fieber plötzlich zurück. Bereits am Morgen bemerkte Judith, dass Mathes' Stirn nicht mehr so heiß war wie an den Tagen zuvor, und als Alfred nach dem Frühstück zu Mathes in die Kammer schaute, lag der Patient mit klaren Augen im Bett.

»Er ist wach«, rief Alfred begeistert und vergaß, dass der jüdische Medicus Ruhe verordnet hatte. Sofort drängten sich Richard, Judith und Maria in die Kammer.

Mathes blinzelte benommen und sagte schwach: »Ich

habe das Gefühl, ein Marmorblock ist auf mich niedergesaust und hat mir sämtliche Knochen zerschmettert.«

Alfred trat ans Bett. Seine Augen wurden feucht, am liebsten hätte er seinen Ziehsohn umarmt. Aber er hatte Angst, ihm weh zu tun.

»Du bist von einem Gerüst im Dom gefallen.«

Richard nickte im Hintergrund, und Judith hielt sich die Hand vor den offenen Mund, um nicht vor Freude zu schreien.

»Gerüst?« Mathes bewegte den Kopf langsam hin und her und bereute die Bewegung augenblicklich. Er hatte das Gefühl, als würde in seinem Kopf ein ganzer Bienenschwarm aufgeregt herumsurren. Mathes versuchte, sich zu erinnern. Rötel erschien vor seinem inneren Auge, ein riesiger Metallüster, das verdammte Gerüst und das Bild von Carolina, das Letzte, woran er sich erinnern konnte. Ja, Alfred hatte recht, er war gestürzt.

»Wir hatten alle furchtbare Angst um dich«, sagte Alfred. »Judiths Bruder Elias, ein jüdischer Medicus, hat dich behandelt, denn die Mönche im Franziskanerkloster hätten dich mit ihrem ewigen Aderlassen umgebracht. Du hattest sogar schon die Sterbesakramente erhalten.«

»Na, dann kann mir ja nichts mehr passieren«, meinte Mathes trocken.

»Du bist bestimmt müde«, sagte Alfred. »Ruh dich aus, und versuche zu schlafen. Elias Isserlein hat gesagt, du brauchst Ruhe und Erholung. Kannst du deine Beine bewegen?«

»Elias Isserlein«, wiederholte Mathes, und seine Augen verrieten, dass ihn der Name an etwas erinnerte. Er bewegte die Beine unter der Decke, und Alfred stieß einen Seufzer der Erleichterung aus. »Du hast großes Glück gehabt.«

Mathes warf einen Blick in die Gesichter der Menschen,

die sich offensichtlich herzlich freuten, dass er wieder aufgewacht war. Ein merkwürdig warmes Gefühl breitete sich in ihm aus. Ja, er hatte tatsächlich Glück, und plötzlich wusste er, was es bedeutete, nach Hause zu kommen.

33

»Meister Rockhs Fieber ist gesunken, er ist wieder bei Bewusstsein!«, rief Jonas und lief Sarah aufgeregt entgegen. Sarah ließ den Korb mit der Medizin ihres Bruders fallen, fasste Jonas unter den Armen und drehte ihn übermütig im Kreis. Der Junge juchzte begeistert, und Josef verlangte, ebenfalls gedreht zu werden. Was Sarah auch bereitwillig tat, denn hätte sie die Jungen nicht herumgewirbelt, hätte sie springen und vor Freude schreien müssen. Das hätte in dem fremden Haus sicherlich für Verwirrung gesorgt.

Als Sarah an die Tür zu Mathes' Kammer klopfte, waren ihre Wangen von der körperlichen Anstrengung gerötet, und ihr Herz klopfte rasch, was nicht allein auf das Spiel mit ihren Neffen zurückzuführen war. Ohne auf eine Antwort zu warten, trat sie ein.

Mathes saß aufrecht im Bett und sah überraschend erholt aus. Seine Gesichtsfarbe war zwar immer noch sehr blass, aber das lag daran, dass Mathes zu der Sorte Mensch gehörte, deren Haut auch bei viel Sonnenschein hell blieb. Seine Sommersprossen leuchteten orangebraun auf der hellen Haut. Jemand hatte Mathes geholfen, die Bartstoppeln zu entfernen, seine Wangen glänzten frisch rasiert, und auf seiner linken Wange befand sich ein winziger Schnitt.

Als er Sarah erblickte, lächelte er ihr freundlich entgegen. Augenblicklich begann es, in ihrem Magen zu kribbeln, ein Gefühl, als tobte ein ganzer Schmetterlingsschwarm darin.

»Es freut mich, dass es Euch wieder bessergeht«, sagte sie ehrlich und drückte die Hand gegen den Magen, um den Aufruhr zu beruhigen, aber ohne Erfolg. »Wir haben uns große Sorgen um Euch gemacht.«

»Das habe ich heute schon einmal gehört, aber aus Eurem Mund freut mich dieser Satz ganz besonders.«

Sarah blickte verlegen zu Boden, sie spürte, wie sich ihre Wangen röteten.

»Ihr hattet hohes Fieber und habt phantasiert.«

»Phantasiert?«, wiederholte Mathes. Davon hatte ihm Alfred nichts erzählt. »Habe ich unanständige Dinge von mir gegeben?«

Rasch schüttelte Sarah den Kopf. »Nein, das nicht.«

»Na, da bin ich ja froh.« Mathes richtete sich auf. »Verratet Ihr mir, was ich im Fieber ausgeplaudert habe?«

Sarah fragte sich, ob Mathes wusste, wie unwiderstehlich seine samtigen Augen waren. Niemand sonst hatte solche Augen, sie waren fast unnatürlich dunkelblau. Nun blickten sie Sarah aufmerksam an, und sie geriet ins Stottern.

»Ihr … habt den Namen … einer Frau genannt. Immer und immer wieder habt Ihr den Namen gemurmelt … Carolina«, sagte Sarah. Neugierig beobachtete sie Mathes' Reaktion und war betroffen, wie entsetzt er aussah. Ohne ihn aus den Augen zu lassen, nahm Sarah unaufgefordert auf dem Hocker neben dem Bett Platz, faltete ihre Hände und begann, sie unbewusst zu kneten. Die Frage hatte sie seit Tagen beschäftigt, und auch wenn sich für sie selbst durch die Antwort nichts ändern würde, so wollte sie es doch wissen: »Ist diese Carolina Eure Frau?«

Woher nahm sie bloß den Mut und die Dreistigkeit, diese Frage zu stellen? Sarah hörte, wie Mathes laut schluckte.

Vom Hof drangen die Stimmen von Jonas und Josef und das Gebell von Rufus durch das geschlossene Fenster.

»Es ist der Name der Frau, die ich heiraten sollte«, sagte Mathes, selbst überrascht darüber, wie leicht ihm die Worte über die Lippen kamen.

Neugierig geworden, beugte Sarah sich zu ihm vor. Ohne es zu bemerken, knetete sie noch immer ihre Hände. Sie wollte mehr wissen.

»Ihr habt es nicht getan?«

»Carolina war die Tochter von Lorenzo Ghiberti, einem der größten Goldschmiede und Bildhauer von Florenz«, sagte Mathes mit eintöniger Stimme.

»Sie *war* seine Tochter?« Sarah sah ihn fragend an.

»Carolina ist aus dem Fenster gestürzt«, sagte Mathes leise. Er hielt inne und wartete auf die schreckliche Leere, das schwarze Loch, in das er jedes Mal zu stürzen drohte, wenn vor seinem inneren Auge Carolinas zerschmetterter Körper auftauchte, aber das Gefühl blieb aus.

»Das ist ja schrecklich«, sagte Sarah bestürzt.

Mathes horchte weiter in sich hinein, aber das vertraute Gefühl blieb aus. Er sprach weiter, ohne Sarah dabei anzusehen.

»Ich habe bei Ghiberti gelernt. Er ist ein großartiger Lehrer, der die Ideale der Antike neu belebt hat. Er versucht, die Ideen von Platon, Cicero und Vitruv auch in der Malerei und der Architektur umzusetzen.« Mathes lächelte kurz bei der Erinnerung an seinen Meister.

»Ich verdanke ihm sehr viel. Er ließ mich im Dom von Santa Maria del Fiore mitarbeiten. Während er seine großartige Bronzetür schuf, konnte ich meine Fertigkeiten als

Steinbildhauer verbessern. Ghiberti war mein einflussreichster Fürsprecher.« Erneut machte Mathes eine Pause, das Reden strengte ihn noch sehr an.

»Ghiberti hatte neben mehreren Söhnen auch eine Tochter, Carolina. Sie war eine wunderschöne, lebenslustige Frau, die einem reichen Patrizier versprochen war.«

Sarah beugte sich noch weiter vor und wäre beinahe auf Mathes gefallen. Verärgert über sich selbst richtete sie sich wieder auf.

»Auf irgendwelchen Umwegen erfuhr der Patrizier, dass Carolina keine Jungfrau mehr war, und daraufhin weigerte er sich, sie zur Ehefrau zu nehmen. Es war ein fürchterlicher Skandal, der wochenlang die Stadt erschütterte.«

»Ihr habt …?« Fassungslos riss Sarah die Augen auf.

»Nein.« Mathes schüttelte den Kopf und bereute die Bewegung sofort, denn augenblicklich kehrte das Pochen zurück. Er schloss die Augen kurz, bevor er weitersprach.

»Ghiberti hat mich gefragt, ob ich bereit wäre, Carolina zu heiraten.«

Sarah sah ihn erstaunt an. »Hat er Euch etwas dafür angeboten?«

»Ich mochte Carolina. Sie war eine lustige Frau, mit der ich lachen konnte. Wir hatten eine Menge Spaß, und die Tatsache, dass sie keine Jungfrau mehr war, hatte keinen Einfluss auf meine Gefühle zu ihr.«

»Ihr habt sie geliebt?« Sarah biss sich auf die Zunge. Ihr Mund war schneller als ihr Verstand.

»Ich habe gesagt, dass ich sie gerne mochte«, sagte Mathes ernst. »Ich weiß nicht, ob das für eine Ehe gereicht hätte.«

Nun war es an Sarah, laut zu schlucken. Auch sie war im Begriff, jemanden zu heiraten, den sie nicht einmal richtig mochte. Um den Gedanken an Aaron rasch wieder zu verdrängen, fragte sie: »Ihr sagtet, Eure Verlobte sei aus dem Fenster gestürzt?«

Vorsichtig, kaum merklich nickte Mathes: »Ja, es war ein Unfall. Sie beugte sich weit über das Fensterbrett hinaus, um einer Freundin etwas zu erzählen. Die beiden lachten und scherzten. Ich war auf dem Weg zur Baustelle und kam gerade an ihrem Haus vorbei. Ich sah Carolina lachen und wollte ihr zurufen, sie solle vorsichtig sein, schließlich befand sich ihr Zimmer im dritten Stockwerk. Ich selbst habe, obwohl ich Steinmetz bin, Angst vor großen Höhen. Da sah sie mich, lachte noch lauter, winkte mir zu und …« Mathes brach mitten im Satz ab.

»Oh, wie schrecklich.« Sarah hielt sich die Hand vor den Mund. »Ihr habt sogar zugesehen, wie Eure Braut in den Tod gestürzt ist.«

»Ich werde ihren Gesichtsausdruck niemals vergessen.«

»Das ist fürchterlich«, sagte Sarah tonlos.

»Das Schlimmste ist, dass ich statt ihres Lachens ihren Hilferuf im Ohr habe und statt ihres hübschen Gesichts immer diesen angstverzerrten Ausdruck vor mir sehe. Seit diesem Unfall ist es für mich fast unerträglich, auf ein Gerüst zu klettern. Versteht Ihr, was ich meine?«

»Ich denke, ja«, sagte Sarah.

Mathes schwieg. Nach einer langen Pause ergriff Sarah das Wort: »Nach dem Tod meiner Mutter hatte ich monatelang nur ihr von Krankheit verzehrtes Gesicht im Kopf. Ich habe eine Zeichnung von ihr gemacht, als sie noch gesund war. Sie half mir, das schöne Bild meiner Mutter zurückzuholen und in meiner Erinnerung zu verankern.«

»Ich habe kein Bild von Carolina. Aber ich habe in Florenz eine Madonna geschnitzt, die ihre Gesichtszüge trägt.«

»Ihr solltet nach Florenz gehen und Euch diese Statue noch einmal ansehen«, sagte Sarah.

»Vielleicht mache ich das eines Tages«, meinte Mathes.

»Warum habt Ihr Florenz verlassen, um nach Wien zu kommen?«

Mathes verzog den Mund: »Zuerst dachte ich, ich könnte vor der Erinnerung fliehen. Aber die Vergangenheit holt einen immer wieder ein. Jetzt weiß ich, dass ich Heimweh hatte.«

»Wärt Ihr glücklich geworden mit Carolina?«

Mathes zuckte mit den Schultern: »Wer kann das sagen? Aber egal, wie die Ehe verlaufen wäre, Carolinas Tod war sinnlos und viel zu früh.«

»Der Tod eines jungen Menschen erscheint uns immer sinnlos zu sein. Aber es liegt in Gottes Hand, darüber zu entscheiden, wann er jemanden zu sich holt«, sagte Sarah. Im selben Moment wurde ihr klar, dass sie eigentlich anders darüber dachte. Sie hätte es Gott nie verzeihen können, wenn er Mathes jetzt schon zu sich geholt hätte.

Langsam, kaum merklich lehnte sich Sarah nach vorne und näherte ihr Gesicht dem von Mathes.

»Werdet Ihr jemals wieder eine Frau so sehr verehren können wie Carolina?«, fragte sie. Sofort hätte sie sich am liebsten auf die Zunge gebissen. Wieder war ihr Mund schneller gewesen als ihr Verstand. Was war sie nur für eine törichte Frau.

Verwundert schossen Mathes' Augenbrauen nach oben. »Natürlich«, sagte er überrascht, »ich verehre Euch und Euer Talent. Ihr seid eine großartige Künstlerin. Ich bin nie zuvor einem Mann oder einer Frau begegnet, die so wundervoll zeichnet wie Ihr.«

Sarah erwiderte nichts. Mathes' Lob war genau das, was

sie immer hatte hören wollen. Aber in diesem seltsamen Moment schienen diese Worte nicht auszureichen. Sie setzte sich wieder auf und starrte ihre Hände an. Sie waren rot, weil sie sie die ganze Zeit über geknetet hatte.

»Ich werde jetzt gehen.«

»Werdet Ihr wiederkommen?«, fragte Mathes.

»Um Euch beim Entwurf Eures Taufbeckens zu helfen?« Sarahs Stimme klang brüchig. Was hatte sie nur so verletzt? Etwas in ihr drohte zu zerbrechen.

Als sie aufstand und sich zum Gehen wandte, packte Mathes rasch ihr Handgelenk und hielt sie zurück. Sein Griff war fester, als Sarah erwartet hätte, und seine Hände waren warm und trocken.

»Sarah Isserlein, Ihr selbst habt mir erklärt, dass Ihr als Jüdin einem Christen niemals ganz nahe kommen werdet.«

Sarahs Herz raste. Es war falsch, was sie tat, es war völlig verkehrt, was sie sich wünschte, und dennoch würde sie sich nach seiner Berührung sehnen, sobald er ihr Handgelenk wieder freiließ.

»Habe ich das gesagt?«, fragte sie tonlos.

»Ihr habt andere Worte gewählt, aber der Sinn war in etwa der gleiche.« Neugier lag in seiner Stimme – oder war es Hoffnung? Sarah blieb die Luft weg, gleich würde sie einfach umfallen.

Und dann tat Mathes endlich das, was sie sich seit Wochen heimlich wünschte, wovon sie mit offenen Augen träumte und was sie so verwerflich fand, dass sie Angst hatte, es vor sich selbst zuzugeben. Trotz seiner fürchterlichen Kopfschmerzen beugte er sich vor und küsste Sarah sanft auf den Mund. In dem Moment, in dem sich ihre Lippen berührten, wusste Sarah, dass es Aaron niemals im Leben gelingen würde, solch ein Gefühl in ihr auszulösen. Sie wusste, dass sie diesen Augenblick niemals vergessen würde, auch wenn es Verrat an ihrem Glauben war.

In diesem Moment klopfte es, und die Tür ging auf. Elias steckte den Kopf in die Kammer und zerstörte den Zauber.

Erschrocken sprang Sarah auf und strich hektisch ihre Röcke glatt. Ihr Blick hatte etwas Entrücktes, keine Spur von Reue lag darin.

»Ich werde jetzt gehen«, sagte sie hastig. Verlegen klopfte sie noch einmal ihre Röcke auf und strich sie glatt. Schweigend drängte sie sich an ihrem Bruder vorbei. Ohne ihn oder Mathes noch einmal anzusehen, lief sie den Gang entlang zur Haustür. Sie musste weg von hier, musste Mathes, diese Kammer, dieses Haus und den christlichen Teil der Stadt verlassen, um in Ruhe nachzudenken und diesem wunderbar warmen Gefühl in ihrem Bauch nachzuspüren, von dem sie wusste, dass sie nicht mehr darauf verzichten wollte.

34

»Und Mosche sprach zum Volk: »Gedenkt dieses Tages, an dem ihr aus Mizraim gezogen seid, aus dem Sklavenhaus, dass mit starker Hand euch der Ewige von hier herausgeführt, und nicht soll Gesäuertes gegessen werden.« Aaron saß am Küchentisch und machte ein strenges Gesicht, während er Sarah beim Zubereiten der Mazzot, des ungesäuerten Brotes, zusah.

»Aaron, du brauchst mir nicht aus der Thora zitieren. Ich kenne den Text und weiß, warum wir in den nächsten acht Tagen kein gesäuertes Brot essen werden.« Verärgert knetete

Sarah einen Klumpen Teig, zornig schlug sie ihn auf die Tischplatte. In den letzten Tagen war sie nicht in die Singerstraße gegangen, denn sie wusste nicht, wie sie sich Mathes gegenüber verhalten sollte. Wider Erwarten hatte Elias sie nicht auf das angesprochen, was in Mathes' Kammer geschehen war. Und obwohl sie im Moment mit den Vorbereitungen für das Pessachfest beschäftigt war, konnte sie an nichts anderes denken als an Mathes und an den warmen Schauer, den sein Kuss in ihr ausgelöst hatte. Sie sehnte sich nach seinen dunkelbauen Augen und seinen großen, warmen Händen. Nachts träumte sie von ihm, und am Morgen schämte sie sich ihrer Träume. »Ich bin Jüdin«, sagte sie sich immer wieder. »Ich kann und darf keinen Christen lieben.« Aber es half nichts. Je öfter sie sich diesen Satz vorsagte, desto größer wurde die Sehnsucht nach Mathes. Wann hatte sie angefangen, sich nach diesem Mann zu verzehren, der nicht nur die Frau in ihr sah, sondern auch die Künstlerin?

»Natürlich kennst du die Texte, schließlich bist du eine jüdische Frau«, sagte Aaron und holte Sarah aus ihren Tagträumen zurück in die Wirklichkeit, in die kleine Küche der Kleeblattgasse.

»Aber in letzter Zeit benimmst du dich oft seltsam, und es gibt Gerüchte …« Aaron brach ab. Er griff nach den Haselnüssen, die in einer Schale auf dem Tisch standen, und steckte sich eine davon in den Mund.

»Wovon sprichst du?«, fragte Sarah scharf. Sie knallte den Teig so kräftig auf den Tisch, dass dieser heftig wackelte und die Holzbeine laut auf den Steinfliesen aufschlugen.

»Nun ja«, Aarons Augenbrauen zogen sich zusammen, manchmal zeigte seine künftige Ehefrau eindeutig zu wenig Respekt vor ihm, »es heißt, dass du in den letzten Wochen regelmäßig ins christliche Viertel gegangen bist, um dort jemanden zu besuchen.« Aarons Hand wanderte erneut zur flachen Schüssel und griff diesmal gleich eine ganze Ladung voll Nüsse, die in seinem Mund verschwand. Mit kräftigen, kurzen Kaubewegungen zermahlte er sie und beobachtete, wie Sarah bleich wurde.

»Jemanden?«, wiederholte sie leise. Sprach sie nachts im Traum, und hatte ihr verwirrter Vater sie in einem Moment der Klarheit belauscht?

»Ich will ehrlich sein«, sagte Aaron. »Es heißt, dass du die Frau, die einst deine Schwester gewesen ist, besucht hast.«

Ein riesiger Felsbrocken fiel von Sarahs Schultern. Aaron sprach von Judith!

»Judith ist mit einem Christen verheiratet. Aber sie wird immer meine Schwester bleiben«, sagte sie ruhig. Sie lächelte erleichtert dabei, was bei Aaron ungewohnten Zorn hervorrief.

Verärgert schüttelte er den Kopf: »Sie hat unser Volk verlassen und verraten.«

Sarah antwortete schnell und ohne nachzudenken: »Kann es sein, dass du Judith verurteilst, weil du es warst, den sie hätte heiraten sollen?«

Augenblicklich verfärbte sich Aarons Gesicht dunkelrot. Er schlug mit der Faust auf den Tisch und schrie ungewöhnlich laut: »Diese Frau hat Kinder! Es sind jüdische Kinder, weil sie eine Jüdin ist. Aber sie weigert sich, sie nach unseren Geboten zu erziehen. Damit verrät sie Gott und uns alle.«

Sarah schloss die Augen. Irgendwo tief in ihrem Inneren gab sie Aaron recht. Aber sie konnte Judith nicht böse sein. Richard war ein guter Mann, der Judith liebte und sie auf Händen trug. Wieder tauchte Mathes' sommersprossiges Gesicht mit den leuchtend blauen Augen vor ihr auf. Sie konnte den Geruch von Sandelholz und Steinstaub wahrnehmen.

Aaron deutete Sarahs Schweigen falsch. Seufzend erhob er sich, trat zu ihr und griff nach ihren mehligen Händen.

»Ich verstehe, dass du dich nach deiner Schwester sehnst. Aber als angehender Rabbi kann ich es mir nicht leisten, eine Frau zu heiraten, die sich ständig mit einer trifft, die vom Glauben abgefallen ist. Es ist schlimm genug, dass so eine Frau zu deiner Familie gehört hat.«

Mit einem energischen Ruck entzog Sarah ihre Hände Aarons Griff: »Sie ist meine Schwester!«

»Das ist sie nicht mehr.« Aarons Stimme wurde wieder ungehalten und laut.

»Was willst du tun, wenn ich mich weiter mit Judith treffe?«, zischte Sarah.

»Dann werde ich dich nicht heiraten können.« Aarons Mund verzog sich zu einem schiefen Grinsen. »Und du weißt, dass dann deine Familie ruiniert ist. Denn weder dein Vater noch dein Bruder können die Geschäfte weiterführen. Du bist auf mich angewiesen.«

Noch nie zuvor hatte er die Wahrheit so direkt ausgesprochen, aber jedes einzelne Wort stimmte. Wenn Aaron sich weigern sollte, Sarah zu heiraten, würde das gesamte Vermögen der Familie Isserlein verlorengehen und wie eine Pfütze Wasser im Sand versickern. Elias war ein guter Arzt, aber er hatte keine Ahnung vom Geschäft seines Vaters.

»Ich habe mich in den letzten Monaten eingearbeitet. Mittlerweile weiß ich über die Geschäfte deines Vaters mehr als er selbst. Er ist so verwirrt, dass er längst keine Entscheidungen mehr treffen kann. Ohne mein Wissen seid ihr alle verloren, denn ihr habt kein Geld, von dem ihr in Zukunft leben könnt.« Auf Aarons kantigem Gesicht spiegelte sich Genugtuung wider. Er weidete sich an Sarahs entsetztem Blick und wartete darauf, dass sie klein beigab.

»Du verlangst von mir, den Kontakt zu Judith aufzugeben?«, fragte sie tonlos.

»Du wirst diese Frau nie wiedersehen und hörst mit dem Zeichnen auf. Ich will auch niemals diese schreckliche Holztruhe in meinem Haus stehen haben, die ein christlicher Handwerker nach deinem Entwurf anfertigen soll. Lieber verzichte ich auf diesen Teil der Mitgift.«

Benommen rückte Sarah von Aaron ab. »Du solltest jetzt besser gehen«, sagte sie leise.

»Sarah, ich wollte nur ehrlich sein.« Kurz hatte es den Anschein, als bereute Aaron seine Worte. Er machte erneut einen Schritt auf Sarah zu, die sich nun entschieden von ihm wegdrehte.

»Aaron, ich habe verstanden, was du gesagt hast.«

Eine Pause entstand, Aaron starrte sie an. Schließlich sagte er: »Dann sind wir uns also einig. Das ist gut. Ich werde in den nächsten Tagen vorbeikommen, damit wir endlich mit den Vorbereitungen für die Hochzeit beginnen können.«

Sarah nickte langsam. In ihrer Kehle saß ein dicker Kloß, den sie nicht hinunterschlucken konnte.

»Wenn ich es nicht besser wüsste, müsste ich glauben, du zögerst dieses Gespräch absichtlich hinaus.« Aaron lachte. »Was natürlich völlig unsinnig wäre. Jeder in der Gemeinde weiß, dass diese Ehe das Beste ist, was dir passieren kann.«

Erneut nickte Sarah. Wie kam es, dass alle anderen wussten, was gut für sie war, während sie selbst voller Zweifel war?

35

Während im jüdischen Viertel das Pessachfest vorbereitet wurde, richtete man sich im christlichen Teil auf den Beginn der Karwoche ein. Die vierzigtägige Fastenzeit ging dem Ende zu. Viele Christen arbeiteten weniger und gingen dreimal pro Tag in die Kirche, um dort zu beten.

Mathes gehörte nicht zu ihnen. Er hatte sich wieder weitgehend erholt und verbrachte den Großteil seiner Zeit in der Werkstatt. Es gelang ihm zwar noch nicht, das Steinbeil zu führen, dafür arbeitete er mit einem Lotrahmen und übertrug Punkt für Punkt die letzten Maße seines Entwurfs auf den massiven Marmorblock. Es war eine Vorgehensweise, die von Künstlern im alten Rom entwickelt worden, im Lauf der Jahrhunderte aber beinahe in Vergessenheit geraten war. Mathes hatte den Lotrahmen in Florenz kennen- und schätzen gelernt. Während er arbeitete, ging ihm Sarah nicht aus dem Sinn. Tag und Nacht musste er an sie denken. Warum ließ sie sich von ihm küssen, wenn sie ihm gleichzeitig sagte, dass eine gemeinsame Zukunft undenkbar war? Mathes wurde aus ihr einfach nicht schlau.

Müde und erschöpft kehrte er aus der Werkstatt zurück. Als er den Hof der Kayndls betrat, kam ihm Richard aufgeregt entgegen.

»Mathes, ich brauche deine Hilfe«, rief er. Sein schütteres Haar stand ihm vom Kopf ab, und in seinen Augen mischte sich Angst mit Verzweiflung.

»Was ist passiert?«, fragte Mathes in beruhigendem Tonfall.

»Judiths Wehen haben eingesetzt. Aber diesmal sind sie deutlich heftiger als bei den ersten beiden Geburten.« Richard fasste Mathes am Oberarm und sah ihn flehend an.

»Sie hockt am Boden und schreit nur noch. Sie braucht eine Hebamme, und weder Alfred noch Maria sind zu Hause.«

»Eine Hebamme?«, wiederholte Mathes fragend.

»In der Jasomirgottstraße soll eine wohnen. Bitte lauf hin, und hol sie, dann kann ich bei Judith bleiben. Auch wenn ich nicht helfen kann, der Gedanke, dass ihr etwas passiert, wenn ich nicht da bin ...« Richard brach ab.

»Wie heißt die Frau?«

Doch Richard zuckte bloß mit den Schultern. Er wusste es nicht.

»Egal, ich werde sie schon finden.« Mathes machte auf dem Absatz kehrt und lief zurück zum Stephansplatz, wo die Jasomirgottstraße mündete.

Er fragte ein Kind mit rußverschmiertem Gesicht, das in einem dunklen Hauseingang mit einem Reifen spielte, wo hier eine Hebamme wohnte. Das Mädchen deutete auf ein kleines, halb verfallenes Holzhaus. Mathes bedankte sich, ging zu der niedrigen Eingangstür, bückte sich und klopfte. Im Inneren des Hauses war nichts zu hören. Mathes klopfte erneut, und schließlich öffnete sich ein Fensterladen direkt über seinem Kopf. Eine Frau mit einem zahnlosen ungewaschenen Gesicht schaute zu ihm hinunter.

»Was is los?«, krächzte die Alte. Obwohl sie sich gut eine Armlänge über Mathes befand, roch er den billigen Fusel in ihrem Atem.

»Die Ehefrau von Richard Klayndl braucht deine Hilfe«, rief Mathes.

»Keine Zeit«, lallte die Alte und schlug den Fensterladen wieder zu.

Verzweifelt klopfte Mathes erneut. Auch wenn diese Frau nicht besonders vertrauenserweckend wirkte, war sie immer noch besser als gar keine Hebamme.

Eine Weile geschah nichts, und Mathes klopfte immer lauter. Plötzlich wurde der Fensterladen noch einmal aufgerissen, und die Alte kippte in einem kräftigen Schwall den Inhalt ihres Nachttopfs aus. Mathes konnte gerade noch zur Seite springen, angeekelt blickte er auf die stinkende braune Brühe neben ihm.

»Verfluchtes Weib!«, schrie Mathes. Doch die Alte lachte krähend und schlug den Fensterladen krachend zu.

Ohne Hebamme eilte Mathes zurück in die Singerstraße. Maria war inzwischen vom Markt zurückgekehrt und trug gerade eine Schüssel mit frischem Wasser und saubere Tücher in die Schlafkammer.

»Meister Mathes, wo ist die Hebamme?«, fragte die alte Frau und spähte an ihm vorbei, so als könnte sich dort jemand verstecken. »Meister Richard hat Euch doch nach ihr geschickt.«

»Die alte Vettel war betrunken und hat versucht, mir ihren Nachttopf über den Kopf zu leeren. Ich habe keine Ahnung, wo es noch eine Hebamme in der Stadt gibt.«

»Wart Ihr denn nicht bei Brunhilde?«, fragte Maria erstaunt.

»Keine Ahnung, wie die Alte geheißen hat.«

»Brunhilde wohnt vor den Stadtmauern in der Au«, sagte Maria. »Sie kennt sich mit schwierigen Geburten aus.«

»Warum wohnt sie so weit draußen?«

Ein dunkler Schatten legte sich über das Gesicht der zerbrechlichen alten Frau. »Es hat vor Jahren einen bösen Prozess gegen sie gegeben. Eigentlich hatte man sie verbrennen wollen. Aber Meister Klayndl, drei andere Zunftmeister und ein Ratsherr haben damals ihre Stimmen erhoben und die Frau vor der Hinrichtung bewahrt.«

»Alfred und die anderen Männer haben die Hebamme gerettet?« Mathes hatte immer geglaubt, alles über seinen Ziehvater zu wissen.

Maria nickte: »Ja, im letzten Moment. Und jetzt beeilt Euch. Judith braucht dringend Hilfe. Nehmt das alte Pferd.«

»Rosalinde?«, fragte Mathes entsetzt. Er wusste, dass es schier unmöglich war, dieses Tier zur Eile anzutreiben, geschweige denn zum raschen Trab oder gar zum Galopp zu bewegen.

»Josef und Jonas sollen sie für Euch satteln.«

»Haben wir schon!«, rief Josef und hüpfte in den Vorraum. Er deutete hinaus in den Hof, wo sein Bruder mit der alten Haflingerstute bereitstand.

»O nein«, stöhnte Mathes.Aber er hatte keine andere Wahl. Zu Fuß würde er für den Weg Stunden brauchen.

Ein hoher, spitzer Schmerzensschrei drang aus dem hinteren Teil des Hauses. Mühevoll, denn seine drei Rippen schmerzten immer noch, kletterte Mathes auf Rosalindes Rücken, und das Tier marschierte gemächlich los. Der Weg durch die Stadt verlief friedlich, aber kaum hatte er die Stadtmauer passiert, bockte Rosalinde und wollte nicht mehr weitergehen. Mathes versuchte es mit gutem Zureden, mit Streicheln, Schimpfen, Treten, aber es half alles nichts. Das Tier ließ sich allenfalls zu einem langsamen Trott bewegen. Es grenzte an ein Wunder, dass Mathes irgendwann tief in den Donauauen war, wo er auf kleine, vereinzelt stehende Blockhäuser auf Stelzen traf. Vor dem ersten Haus spielte eine Handvoll Kinder im Sumpf. Mathes fragte nach Brunhilde und wurde den Fluss weiter abwärts geschickt. Endlich erreichte er eine alte, baufällige Hütte. Sie sah noch viel erbärmlicher aus als das Haus in der Jasomirgottstraße.

Mathes stieg vom Pferd und klopfte vorsichtig an die

schief hängende Tür, nur ganz sacht, um die Tür nicht aus den Angeln zu drücken.

Eine junge Frau öffnete ihm. Sie war ärmlich gekleidet, aber ihr Gesicht und ihre Hände waren sauber. Sie trug ihr hellblondes Haar offen und musterte ihn neugierig aus grünen Augen. Ohne Angst sah sie ihn von oben bis unten an, bevor sich ein spöttisches Grinsen auf ihrem hübschen Gesicht zeigte.

»Habt Ihr Euch im Sumpf verirrt?«, fragte sie mit tiefer und melodiöser Stimme.

»Ich suche nach Brunhilde. Wohnt sie hier?«, fragte Mathes.

»Kann sein, kann aber auch nicht sein. Was wollt Ihr von ihr?«

»Die Frau meines Freundes braucht eine erfahrene Hebamme. Sie bekommt ihr drittes Kind und schreit und windet sich unter fürchterlichen Schmerzen.«

»So, so die Frau Eures Freundes.« Das Grinsen wurde breiter. »Niemand kriegt lachend sein Kind. Eine Geburt bereitet immer Schmerzen.«

Mathes spürte, wie seine Ungeduld wuchs.

»Judith Klayndl hat schon zwei Kinder geboren. Diesmal ist es anders. Sie braucht Hilfe, und zwar rasch!«

»Klayndl?«, fragte die Frau. »Ihr meint den Baumeister in der Singerstraße?«

»Ja!« Nervös trat Mathes von einem Fuß auf den anderen. »Judith ist die Frau von Richard Klayndl.«

Die junge Frau kniff die Augen zusammen und umrundete Mathes mit langsamen Schritten. Sie hatte die Arme vor der Brust verschränkt.

»Dann sollten wir keine Zeit verlieren.«

»Seid Ihr denn eine Hebamme?«

»Ich bin Magdalena, Brunhildes Tochter«, sagte die junge

Frau. Plötzlich war das Lachen aus ihrem Gesicht verschwunden und damit auch ihre Schönheit. Mathes sah eine Narbe, die sich über ihre rechte Gesichtshälfte zog und bis jetzt von ihrem Haar versteckt worden war.

»Ich hole meinen Korb.« Mit den Worten verschwand sie in ihrer schiefen Hütte. Als sie wieder erschien, hatte sie ein Tuch um ihr Haar gewickelt. Sie zog die Tür hinter sich zu.

»Worauf wartet Ihr noch?«

»Wollt Ihr Euer Haus nicht verriegeln?«, fragte Mathes verwundert.

Magdalena lachte bitter auf. »Wenn jemand eindringen will, hält ihn ein Riegel nicht auf.«

Sie hob ihre Röcke, sprang behende auf Rosalindes Rücken und wartete darauf, dass auch Mathes aufstieg. Magdalena erwies sich als ausgezeichnete Reiterin. Es gelang ihr, Rosalinde zu einem flotten Trab zu bewegen und den Weg in der Hälfte der Zeit zurückzulegen, die Mathes zuvor gebraucht hatte.

Als sie in der Singerstraße eintrafen, war es bereits dunkel. Alfred hockte mit seinen beiden Neffen in der Küche, während Richard und Maria bei Judith waren.

»Sie hat nicht mehr genug Kraft zu schreien«, sagte Alfred, als Mathes eintrat, und schüttelte traurig den Kopf. »Hast du die Hebamme mitgebracht?«

»Nein, aber ihre Tochter«, sagte Mathes.

»Ich wusste nicht, dass Brunhilde eine Tochter hat.« Alfred hob den Kopf und sah Magdalena mit neugierigem Blick an. »Geht es Eurer Mutter gut?«

»Sie ist seit drei Jahren tot«, sagte Magdalena.

»Sie ist tot?«, fragte Mathes verwirrt. »Aber Ihr habt doch gesagt …«

»Dass sie nicht da ist«, unterbrach ihn Magdalena scharf. Dann horchte sie auf. Aus der Kammer am Ende des Gangs hörte sie wimmernde Geräusche. Ohne Alfred zu beachten, ging sie auf die Tür zu und betrat den Schlafraum. Judith lag blass und schweißgebadet in ihren Polstern. Auf der Bettkante saß Maria, hielt ihre Hand und wischte mit einem feuchten Tuch über ihre Stirn. Richard ging unruhig im Zimmer hin und her. Magdalena legte ihm entschlossen eine Hand auf die Schulter und schickte ihn hinaus. Dann trat sie ans Bett.

Als der Blick der Hebamme die alte Frau traf, zuckte sie zusammen, ihre Augen füllten sich mit Tränen.

»Ihr seht Eurer Mutter sehr ähnlich«, sagte sie leise.

»Ich bin auch genauso beliebt wie sie.« Magdalenas Lachen war bitter. Sie warf ihr blondes Haar zurück und zeigte die Narbe, die ihr Gesicht verunstaltete.

Maria sog lautstark die Luft ein.

»Manche Männer mögen es nicht, wenn Frauen anderen Frauen helfen«, sagte Magdalena düster.

»In diesem Haus ist Eure Hilfe willkommen.« Maria sprach leise und ließ dabei Judiths Hand nicht los.

»Ich weiß«, sagte Magdalena. Dann wandte sie sich Judith zu.

»Und nun zu Euch.« Sie machte sich daran, die Gebärende zu untersuchen, dabei flüsterte sie ihr aufmunternde Worte zu: »Das Kind liegt verkehrt, aber das macht nichts. Ihr habt schon zwei Geburten hinter Euch, gemeinsam schaffen wir das.«

Die Worte der Hebamme gaben Judith neue Kraft, und während Magdalena aus Kräutern und Tinkturen eine Paste zusammenmischte, die dem Kind den Weg nach draußen erleichtern sollte, wurde Judith deutlich ruhiger. Magdalena flößte ihr einen Kräutertrank ein, der die Schmerzen linderte und gleichzeitig die Geburt beschleunigen sollte.

Richard wich nicht von der Tür des Schlafzimmers, aufgeregt schritt er noch immer auf und ab. In einer Wehenpause trat Magdalena aus der Kammer und sagte zu ihm: »Trinkt in der Stube einen Becher Gewürzwein, und hört auf, Euch Sorgen zu machen. Alles wird gut.«

Auch Richard ließ sich ein wenig beruhigen. Etwas widerwillig zog er sich zurück und setzte sich zu Mathes und seinem Bruder in die Stube.

Kurz vor Mitternacht war es dann endlich so weit. Der helle Schrei eines gesunden Neugeborenen ertönte im ganzen Haus, und alle, die zitternd in der Stube ausgeharrt hatten, atmeten erleichtert auf.

Richard ließ sich nicht mehr zurückhalten. Er lief den Gang entlang, riss die Tür auf und stürzte in die Kammer. Doch Magdalena drängte ihn erneut hinaus. »Es ist alles in Ordnung, Eure Frau hat soeben eine wunderschöne Tochter zur Welt gebracht. Aber weder sie noch ich wollen Euch hier haben, bevor nicht beide sauber und gewaschen sind.«

Maria drängte sich an Richard vorbei und lächelte ihn erleichtert an.

»Eure Tochter ist gesund«, flüsterte sie und lief in die Küche, um frisches heißes Wasser und noch mehr saubere Tücher zu holen.

Erst weit nach Mitternacht kehrte Ruhe im Haus ein. Richard hatte seine kleine Tochter ausführlich bewundert, und Maria schlug für Magdalena ein notdürftiges Bett auf.

Als sie durch die Stube schlich, um in ihre eigene Kammer zu gelangen, sprach Magdalena sie an.

»Wäre meine Mutter noch am Leben, so wäre sie trotz der Gefahr, in die sie sich begeben hätte, selbst gekommen.«

»Davon bin ich überzeugt«, sagte Maria leise.

»Ich weiß, dass Meister Klayndl meine Mutter vor dem Scheiterhaufen bewahrt hat.«

»Das ist lange her.« Maria wollte weitergehen, aber die junge Frau hielt sie zurück.

»Meine Mutter hat sich ihr ganzes Leben lang schuldig gefühlt. Sie hat sich große Vorwürfe gemacht.«

»Das tut mir sehr leid, denn sie hatte keinerlei Schuld.«

»Sie hat immer geglaubt, dass sie …«

»Bitte sagt nichts mehr.« Maria sah Magdalena bittend an. »Was Meister Klayndl für Eure Mutter getan hat, hätte er für jeden gemacht. Er ist ein großzügiger, warmherziger Mann, der Ungerechtigkeit verabscheut. Eure Mutter hat später alles getan, was in ihrer Macht stand. Leider war es zu wenig.« Die Traurigkeit, die Maria überfiel, war greifbar. Nach einer schier endlos langen Pause fügte sie hinzu: »Ich bitte Euch, reißt keine alten Wunden auf.«

Endlich ließ Magdalena die alte Frau gehen. Sie drehte sich zur Wand, rollte sich ein und täuschte einen tiefen Schlaf vor, den sie die ganze Nacht nicht finden konnte.

36

Am Ostersonntag lag Judith mit ihrer kleinen Tochter, die sie nach ihrer Mutter Elza benannt hatte, noch im Wochenbett. Daher konnte sie den Ostergottesdienst nicht besuchen. Dieser Zufall kam ihr sehr gelegen, denn gerade zu Ostern fiel es Judith schwer, in eine christliche Kirche zu gehen und nicht in einem jüdischen Tempel Pessach zu feiern. Während man im Stephansdom auf dem kalten Steinboden kniete, lateinische Lieder sang und Gott für die Auferstehung Christi dankte, betete man in der jüdischen Synagoge in hebräischer Sprache und dankte dem Herrn für den Auszug aus Ägypten. Judith fühlte sich stets zerrissen, aber meistens trug sie der Trubel in ihrer lebhaften Familie darüber hinweg. Aber Feste wie Ostern oder Weihnachten führten ihr immer vor Augen, dass sie im Grunde ihres Herzens ihrem Glauben nie wirklich abgeschworen hatte und viel lieber Pessach und Chanukkah gefeiert hätte.

Deshalb lächelte Judith ihre kleine Tochter zufrieden an, als die Kirchenglocken, die seit dem Gründonnerstag geschwiegen hatten, nun doppelt so lang und laut läuteten und auch in den entlegenen Teilen der Stadt zu hören waren. In diesem Jahr musste sie kein schlechtes Gewissen haben und konnte entspannt im Bett liegen. Alles, was ihr im Moment zum absoluten Glück gefehlt hätte, wäre ein Besuch ihrer Schwester gewesen. Aber das war an einem Tag wie dem Ostersonntag unmöglich. Die Tore zum jüdischen Viertel waren verschlossen und würden frühestens übermorgen, wenn der Ostermontag vorüber war, wieder geöffnet werden.

Während Judith sich in ihrem Bett rekelte, tummelten sich auf dem Stephansplatz die Gläubigen. Sie strömten aus dem Dom, dessen alte romanische Mauern immer noch standen und erst abgerissen werden sollten, wenn die neuen Langhauswände, die wie Schalen rund um die alten Mauern wuchsen, fertig errichtet waren. Auf diese Weise konnte auch auf der Baustelle ein Gottesdienst abgehalten werden.

Die Klayndl-Brüder, Richards kleine Söhne, Mathes und

Maria hatten der Messe beigewohnt und waren nun auf dem Heimweg in die Singerstraße.

Jonas hüpfte auf einem Bein und freute sich, dass es ihm gelang, nicht aus dem Gleichgewicht zu geraten.

»Mathes, werdet Ihr zu Hause wieder Tiere für uns zeichnen?«, fragte er. Als er sich umdrehte, geriet er ins Taumeln, stolperte und ging auf beiden Beinen weiter.

»Natürlich zeichne ich euch wieder ein Tier, und ich wette, dass ihr es nicht erkennen werdet«, sagte Mathes. Das Spiel, das Richards Söhne so liebten, war genau das gleiche, das Sarah mit Jakob immer spielte. Und wie so oft in letzter Zeit musste Mathes wieder an Sarah denken.

»Du hörst mir ja gar nicht zu«, erklang Richards verärgerte Stimme. Er war stehen geblieben und hielt Mathes nun am Ärmel fest.

»Wie bitte?«, fragte Mathes verwirrt, und Sarahs Bild verschwand.

»Da drüben steht der Kotkönig und unterhält sich mit meinem herzensguten Bruder. Die beiden winken uns zu sich. Kommst du mit?«

Mathes zuckte mit den Schultern und nickte.

Während Maria die beiden Jungen an den Armen ergriff und mit ihnen zurück in die Singerstraße ging, traten Richard und Mathes zu den beiden Männern, die sich offensichtlich blendend unterhielten.

»Seht nur, was Günter Ziesel uns geschenkt hat«, sagte Alfred und hielt ihnen einen Korb mit einem riesigen Osterschinken entgegen.

Der Kotkönig sah verlegen zu Boden: »Ihr könnt Euch nicht vorstellen, wie wohl wir uns alle in unserem neuen Haus fühlen.«

»Das Haus ist doch noch gar nicht fertig. Erst letzte Woche war ich auf der Baustelle, es ist noch allerhand zu tun«, wunderte sich Richard.

»Das stimmt«, sagte Ziesel. Er trug heute frische Kleidung und war in einer der Badestuben der Stadt gewesen. Nichts deutete auf seinen Beruf hin. »Aber selbst wenn einige Zimmer noch unbewohnbar sind, so ist das Haus jetzt schon bei weitem besser als unser altes. Die Kinder schlafen in einem Raum, dessen Dach dicht ist, und meine Frau kocht in einer Küche, wo der Ofen einen Abzug ins Freie hat. Wir sind Euch zu großem Dank verpflichtet.« Der dürre Mann wischte sich mit der knochigen Hand übers Gesicht. Seine Augen waren rot, aber es war nicht zu erkennen, ob sie das aus Rührung oder aufgrund einer Entzündung waren.

»Es war ein ganz normales Geschäft und kein Akt der Nächstenliebe. Ihr zahlt mir dieselbe Summe, die jeder andere bezahlt hätte«, sagte Alfred ernst.

Günter Ziesel legte den Kopf schräg und blinzelte: »Es war durchaus etwas anderes. In der Stadt gibt es Männer, die über Euch herziehen, weil Ihr dem Kotkönig ein Bordell umbaut.«

»War es eigentlich wirklich ein Bordell?«, wollte Alfred beiläufig wissen.

Ziesel schüttelte den Kopf.

Alfred sagte: »Es ist mir völlig egal, was die anderen über mich reden. Wenn der Umbau fertig ist, haben alle vergessen, wem das Haus früher gehört hat. Die Menschen vergessen schnell.« Er klopfte dem dürren Mann so fest auf die Schulter, dass dieser beinahe aus dem Gleichgewicht geriet. Ziesel grinste und legte eine Reihe schwarzer Zähne frei.

»Vielen Dank für den Osterschinken!«, verabschiedete sich Alfred. »Ich wünsche Euch noch einen schönen Feiertag.«

»Den wünsche ich Euch auch, und genießt den Osterfrieden, solange er anhält.«

»Wie meint Ihr das?«

Der Kotkönig zuckte mit den Schultern: »Ich weiß nicht, es ist bloß eine Vorahnung. Aber es gibt Gerüchte, dass die Hussiten immer stärker werden und Dörfer im Norden und Osten des Reiches niederbrennen. Ich frage mich, wie lange es noch dauert, bis sie nach Wien vordringen. Und wir wissen alle, dass der Herzog kein Geld hat, um unsere Stadt zu verteidigen.«

Alfred nickte. »Die Menschen sind unzufrieden, und nun haben sie auch noch Angst. Das ist eine gefährliche Mischung. Eine, aus der Neid und Hass entstehen.«

»Ja, es scheint, als schwebte eine Gefahr über uns«, sagte der Kotkönig düster.

Mathes spürte die Bedrohung ebenfalls, aber er hatte keine Lust, sich den Feiertag verderben zu lassen. »Lasst uns nach Hause gehen und diesen köstlichen Osterschinken anschneiden«, sagte er. Sein Magen knurrte, das Frühstück war schon einige Stunden her. Bestimmt hatte Maria sich wieder selbst übertroffen und außergewöhnliche Köstlichkeiten auf den Tisch gezaubert.

37

AUCH IN DER HOFBURG WURDE festlich getafelt. Die köstlichen Speisen, die die herzoglichen Köche aufboten, hätten selbst den Papst erfreut, der ein berühmter Genießer war.

Neben glacierten Äpfeln, frischen Kräutern und würzigem Brot wurden unterschiedliche Saucen und Pürees gereicht. Es gab gebratene Wachteln und gefüllte Enten. Das Einzige, was nach der vierzigtägigen Fastenzeit gemieden wurde, war Fisch. Davon hatten der Herzog und sein Gefolge in den letzten Wochen genug gegessen.

Nachdem man den vielfältigen Gerichten reichlich zugesprochen hatte, wurde die Tafel geräumt, und der erste Koch der herzoglichen Küche ließ sein vielgerühmtes Dessert, eine köstliche Honig-Mandel-Creme, servieren. Er hatte dafür eimerweise süße Sahne und eine ganze Kiste Eier verarbeiten lassen. Das Ergebnis war überwältigend. Die vornehmen Silberschüsseln wurden so sauber in die Küche zurückgeschickt, dass die Küchenmagd überraschend wenig Arbeit mit dem Abwasch hatte.

Anschließend ließ man sich im Garten der Hofburg nieder, um sich dort, zufrieden und satt, unerfreulicheren Dingen zuzuwenden. Eines der wichtigsten Gesprächsthemen an diesem hohen Feiertag waren die Hussiten. Carel Woizek, ein Gesandter des böhmischen Königs Sigismund, war eigens aus Prag angereist und schilderte nun in drastischen Worten, wie sich in seiner Heimatstadt die Lage zuspitzte.

»Jan Žižka gewinnt an Einfluss. Er vertreibt deutsch sprechende Männer und Frauen aus Prag oder lässt sie gar auf Scheiterhaufen verbrennen. Er sitzt in beiden Burgen und führt sich auf wie ein König.«

Herzog Albrecht sprang von seinem Stuhl auf. Sein Gesicht war vom schweren Wein gerötet. Verärgert stampfte er auf.

»Warum unternimmt mein künftiger Schwiegervater nichts gegen ihn?«, schrie er.

»Er versucht es«, versicherte Woizek. »Aber es fehlen ihm die Mittel und die notwendigen Männer. Mit seinen raffinierten Kampfwagen gewinnt Žižka eine Schlacht nach der anderen. König Sigismund braucht dringend Unterstützung!«

»Woher hat Žižka das Geld für seine Kampfwagen?«, schaltete sich jetzt Andreas Plank ein, der sich bis dahin dezent im Hintergrund gehalten und die Unterhaltung beobachtet hatte. Er hatte auf den richtigen Zeitpunkt gewartet, um mit einer passenden Bemerkung die Debatte in die von ihm gewünschte Richtung zu treiben.

»Žižka hat Unterstützung vom böhmischen Adel. Sie alle sehen in König Sigismund den eigentlichen Mörder von Jan Hus. Der Ketzer ist in den letzten Jahren zu einem Helden geworden, sein Tod hat ihn noch beliebter gemacht, als er zu Lebzeiten war. Es gibt unter dem böhmischen Adel den starken Wunsch nach einem eigenen Reich, sie wollen sich von den Deutschen lossagen, und deshalb unterstützen sie Žižka«, erklärte Woizek.

»Jan Hus war ein Ketzer, er hat auf dem Scheiterhaufen seinen verdienten Tod gefunden«, sagte Plank. Rundherum war zustimmendes Murmeln zu hören.

Aber der Abgesandte hatte dem Kanzler nicht die Antwort geliefert, die er hatte hören wollen. »Ich bin davon überzeugt, dass Žižkas Unterstützung nicht allein vom böhmischen Adel kommt«, sagte er und warf Ritter Wolkenstein einen auffordernden Blick zu. Es war an der Zeit, dass der junge Mann seinen Teil der Aufgabe übernahm. Plank hatte ihm vor dem Treffen genau erklärt, was heute auf dem Spiel stand. Wolkenstein kannte seine Rolle.

Der Ritter, der neben dem Wiener Bürgermeister saß, erhob sich und trat in die Mitte. Sein Haar war mit dem Brenneisen gelockt und sein mächtiger Schnauzbart perfekt gestutzt.

»Es gibt Gerüchte, dass die Juden die Hussiten mit Geld unterstützen«, sagte er ohne Umschweife und löste damit die gewünschte Unruhe unter den anwesenden Männern aus.

Ein Aufschrei der Empörung ging durch die Runde. Zufrieden lehnte Plank sich zurück.

»Ihr meint, dass die Juden das Geld, das sie uns aus der Tasche ziehen, dem Feind in den Rachen werfen?« Der Abt des Benediktinerklosters war aufgestanden und hob drohend die Faust in den Himmel.

»Schon vor drei Jahren sind unsere Theologen an der Wiener Universtät zu dem Schluss gekommen, dass die Juden mit den Waldensern und den Hussiten gemeinsame Sache machen. Aber niemand hat die Untersuchungen bis jetzt ernst genommen!«, sagte Johann Gwerlich, ein Jurist, der seit vier Jahren an der Universität unterrichtete und endlich seine Theorien bestätigt sah.

»Wir dürfen uns das nicht weiter gefallen lassen«, rief ein dicker Kaufmann und Ratsherr der Stadt, dessen Namen Plank vergessen hatte. Der Mann war ein unangenehmer Emporkömmling, der seiner Meinung nach hier nichts zu suchen hatte. Leider verfügte er über viel Geld, aber solange er gegen die Juden sprach, sollte es ihm recht sein.

Plötzlich erhob sich der Bürgermeister der Stadt, Hans Musterer, der seit Januar im Amt war. Er räusperte sich verlegen und sagte: »Warum sollten die Juden die Hussiten unterstützen? Das würde gegen ihre Geschäftstüchtigkeit sprechen und wäre zudem merkwürdig, denn schließlich war Hus kein Freund der Juden, noch ist es jetzt Žižka.«

Verärgert wandte Plank sich dem Mann zu. Wieder spürte er das beklemmende Gefühl in seiner Brust. Was bildete dieser einfache Kaufmann sich ein? Wollte er sich gegen ihn auflehnen?

»Kann es sein, dass Ihr mit den Juden sympathisiert?«

»Nein«, sagte Musterer entsetzt. Er hob beide Hände und streckte sie von sich. »Aber wir dürfen nicht vergessen, wie wichtig die Juden für Wien sind. Sie garantieren einen funktionierenden Handel, indem sie Geld verleihen und in Umlauf bringen.«

»Judenfreund«, zischte der Benediktinerabt. Andere Männer unterstützten ihn.

Nun meldete sich der Herzog wieder zu Wort. Seine Zunge war vom Wein langsam und schwer: »Mein lieber Kanzler, erzählt den Männern von den schrecklichen Vorfällen in Enns.«

»Welche Vorfälle?«, fragte ein älterer Ritter.

Genüsslich lehnte Plank sich zurück und gab die Geschichte der Hostienschändung zum Besten. Noch während er sprach, setzte die gewünschte Reaktion ein.

»Ein Skandal!«

»Diese Hunde gehören bestraft!«

»Sie treten unseren Glauben mit Füßen und verhöhnen Gott! Das können wir uns nicht gefallen lassen.«

Plank hörte zufrieden zu, die aufgebrachten Männer überschlugen sich mit Beschimpfungen und Forderungen nach Rache. Schließlich erhob er sich und bat um Ruhe.

»Natürlich gibt es die Möglichkeit, gegen die Juden vorzugehen. Da ihre Vergehen so schwerwiegend sind, könnten wir das Viertel sperren, sie alle offiziell enteignen und dazu zwingen, ihr Vermögen herauszurücken. Schließlich ist es ihre Schuld, dass wir einen Krieg gegen die Hussiten zu führen haben.«

Die Männer klatschten begeistert Beifall.

»Aber was, wenn die Juden ihrer Religion abschwören und zum einzig wahren Glauben wechseln wollen?«, verschaffte sich ein dicker Geistlicher mit einem gutmütigen, aber einfältigen Gesicht Gehör.

»Wenn sie dazu bereit sind, werden wir sie großherzig in unserer Gemeinschaft aufnehmen«, sagte Plank. Niemand sollte ihm nachsagen, dass es ihm an Großzügigkeit fehlte. Eine Zwangstaufe für Kinder kam ihm in den Sinn und hellte seine Stimmung noch weiter auf.

Plötzlich wirkte Herzog Albrecht wieder nüchtern. Er rief begeistert: »Die Juden sind mein Eigentum! Wenn wir ihr Viertel sperren und ihnen den Besitz abnehmen, gehört ihr ganzes Gold mir, und meine Staatskassen sind endlich wieder voll.« In seinen Augen spiegelte sich die Gier wider.

Einige der Anwesenden wechselten vielsagende Blicke. Plank versuchte, die Stimmung noch einmal anzuheizen, um jede Kritik am Herzog im Keim zu ersticken.

»Was wir tun, tun wir für Gott und unseren Glauben!«, erklärte er laut. »Als brave Christen dürfen wir nicht tatenlos zusehen, wie die Juden unsere Feinde, die Ketzer, unterstützen und unseren Glauben mit Füßen treten, indem sie den Leib Christi schänden.«

»Ganz recht!«, riefen einige Männer und applaudierten. Andere schlossen sich an, und als Herzog Albrecht sich erhob, um sich zurückzuziehen, waren alle der Überzeugung, dass im Interesse des christlichen Glaubens gegen die Juden vorgegangen werden musste. Alle Männer, auch der Bürgermeister, klatschten dem Herzog Beifall.

38

Sarah öffnete die Läden ihres Fensters und atmete die milde, warme Frühlingluft ein. Heller Vogelgesang kündigte einen schönen Frühsommertag an. Auf der Wiese des kleinen Gartens hinter dem Haus glitzerten Tautropfen, und die Blüten der Frühlingsblumen öffneten sich, um erste Insekten anzulocken. Sarah mochte diese stille Zeit, die ersten Stunden eines Tages, bevor die Stadt erwachte und die Menschen auf die Straße traten. Wie an jedem Schabbat dauerte es deutlich länger, bis die Menschen aus ihren Betten stiegen, und Sarah blieb genügend Zeit, die Farbenpracht des Frühlings zu genießen.

Da zerriss plötzlich und ohne jede Vorwarnung ein ohrenbetäubendes Krachen die Stille. Ein Rammbock donnerte gegen das Tor zum jüdischen Viertel. Einmal, zweimal, ein drittes Mal ... und der breite, solide Balken, der jahrelang Sicherheit vorgegaukelt hatte, brach entzwei wie ein hohler abgenagter Hühnerknochen. Holzsplitter flogen durch die Luft. Bewaffnete Männer drangen ins Judenviertel ein, trampelten mit schweren Soldatenstiefeln über die Reste des Tores und verschafften sich Platz. Sarah lief zu einem Fenster, das auf die Straße ging, und beugte sich weit hinaus. Laut und rücksichtslos stürmten Soldaten durch die Gassen, Männer mit Lanzen, Schwertern und Säbeln gegen eine Gemeinde schlafender Juden. Fackeln wurden drohend gegen die Häuser geschwenkt, aber es wurde kein Feuer gelegt. Überall flogen die Fensterläden auf, und entsetzte Juden starrten hinab auf die Angreifer. Bald schon liefen die Menschen aufgeregt durch die Gassen.

Um mehr sehen zu können, lehnte sich Sarah noch weiter aus dem Fenster. Die Soldaten rannten Richtung Synagoge, wenn sie mehr erfahren wollte, musste sie ihnen folgen. Rasch zog sie sich an, polterte die Holztreppe hinunter und stürzte auf die Straße. Hektisch liefen Menschen an ihr vorbei, ohne sie wahrzunehmen, Sarah wurde angerempelt und zur Seite gestoßen. Der Ellbogen einer Frau landete in ihrem Magen und nahm ihr für einen Augenblick die Luft.

»Was ist passiert?«, keuchte Sarah fassungslos, bekam aber keine Antwort. Sie hielt einen Jungen auf, doch der schüttelte den Kopf, hob die Schultern und lief weiter. Da erblickte Sarah in der Menge ihre Nachbarin Anna Rosendorf. Die alte Frau hielt sich beide Hände vor den Mund und starrte entsetzt auf einen Soldaten, der hemmungslos auf einen jungen Mann einprügelte. Der Mann hatte versucht, dem Soldaten den Eintritt in sein Haus zu verwehren. Sarah drängte sich zu Anna Rosendorf und wiederholte ihre Frage.

»Der Herzog lässt uns alle einsperren«, sagte die alte Nachbarin tonlos.

»Wie bitte?«, fragte Sarah. Doch die alte Frau sah entsetzt durch Sarah hindurch. »Es gibt kein Entkommen, der Herr prüft sein Volk.«

Sarah ließ Anna Rosendorf stehen und lief weiter zur Synagoge, wo auch das Hospital lag.

Auf dem Platz vor dem Tempel standen Rabbi Simon Blümlein und andere wichtige Vertreter der Gemeinde. Sarah erblickte Aaron, der sich etwas abseitshielt. Er war kreideweiß im Gesicht, zitterte und schwitzte am ganzen Leib. Unter seinen Achselhöhlen hatten sich dunkle Flecken gebildet.

»Was ist der Grund für diesen Überfall?«, fragte der Rabbi einen Mann des Herzogs, der vor ihm stand. Er trug eine Uniform und sah wie ein Schreiber oder ein Mann der Verwaltung aus.

»Die Juden unterstützen unsere Feinde, die Hussiten, mit Geld. Deshalb hat der Herzog den Befehl gegeben, sie ins Gefängnis zu werfen oder in den Häusern, die ab sofort dem Herzog gehören, festzuhalten«, sagte der Mann. Er war groß, hatte breite Schultern und einen riesigen Bauch. Offensichtlich konnte er von seinem Gehalt gut leben. In beiden

Händen hielt er vor sich das Schreiben des Herzogs, wie eine Waffe gegen all jene, die sich dem Befehl des Herzogs widersetzen wollten.

Ein Schrei des Entsetzens ging durch die Zuschauermenge.

»Ihr wollt uns alle einsperren?«, fragte Rabbi Blümlein fassungslos.

»So ist es. Alle Juden werden festgesetzt, und ein Teil von ihnen wird ins Stadtgefängnis gebracht!«

»Aber was werft Ihr uns vor? Niemand von uns hat je die Hussiten unterstützt. Das können wir beweisen!« Der Rabbi raufte sich das Haar, so dass sein Judenhut verrutschte.

Der Mann in Uniform zuckte gelangweilt mit den Schultern. »Außerdem hat ein Jude in Enns eine schändliche Hostienschändung begangen«, sagte er mit tiefer Stimme.

»Weil ein Jude in Enns ein Stück Brot geschändet haben soll, müssen wir alle ins Gefängnis gehen? Das ist doch lächerlich!«, schrie Aaron entsetzt.

Rabbi Blümlein bedeutete seinem Sohn zu schweigen. Unbedachtes Gerede konnte die Lage nur noch schlimmer machen.

»Wir feiern unseren Schabbat. Niemand von uns kann heute in ein Gefängnis gehen«, erklärte der Rabbi.

Der Schreiber holte ein weiteres Dokument aus seiner Brusttasche. »Der Kanzler hat das vorhergesehen und ist bereit zu Verhandlungen. Wer es sich leisten kann und eine gewisse Summe zahlt, kann sich einen Aufschub von zwei Tagen erkaufen.«

Rabbi Blümlein nickte seinem Sohn zu: »Aaron, hol die Truhe mit dem Geld für die Witwen und Waisen.«

Aaron drehte sich auf der Stelle um und lief in die Synagoge.

»Die Summe ist hoch, sie sollte reichen, um allen Mitgliedern meiner Gemeinde einen Schabbat im Kreis ihrer Familie zu ermöglichen«, sagte der Rabbi.

Doch der Schreiber schüttelte den Kopf. »Allen bestimmt nicht«, sagte er und deutete zum Hospital, wo geräuschvoll die Tür aufgestoßen wurde.

Sarah fuhr herum und stieß einen hohen, spitzen Schrei aus. Eine Handvoll bewaffneter Männer in den Uniformen des Herzogs schleiften die ersten Gefangenen aus dem Gebäude. Zwischen zwei von ihnen ging Elias. Er hatte eine Platzwunde an der Schläfe, aus der Blut auf sein Hemd tropfte. Seine Hände waren fest auf dem Rücken zusammengebunden, als wäre er ein gewalttätiger Schwerverbrecher.

»Elias«, schrie Sarah und drängte sich durch die Menschenmenge. Sie hörte nicht mehr, was der Rabbi und der Schreiber miteinander verhandelten. Verzweifelt stürzte sie Elias entgegen.

»Lasst meinen Bruder frei«, rief sie aufgeregt. Aber die Umstehenden hielten sie fest.

»Beruhig dich, du kannst ohnehin nichts ändern«, sagte ein alter Mann und hielt ihr seinen Stock vor die Beine.

Sarah raffte ihre Röcke hoch und versuchte darüberzusteigen. »Nehmt Euren Stecken weg, ich muss zu ihm!«

Der Alte schüttelte den Kopf: »Wenn du dich ihnen in den Weg stellst, nehmen sie dich auch mit.«

»Er ist mein Bruder, und er ist unser Medicus.« Verärgert griff Sarah nach dem Stecken, drückte ihn weg und brachte den Mann damit aus dem Gleichgewicht.

»Sie ist verrückt geworden«, sagte eine Frau neben ihr.

Plötzlich packten sie zwei feuchtkalte Hände von hinten und hielten sie an den Oberarmen fest.

»Sarah, es hat keinen Sinn!«, sagte Aaron, der versuchte, sie aufzuhalten.

Wollte ihr denn niemand beistehen? »Lass mich los. Ich muss zu Elias!«

»Du kannst ihm nicht helfen!«

Verzweifelt blickte Sarah zu den Wachmännern. Sie waren alle schwer bewaffnet, während Elias nicht einmal seinen Mantel trug.

»Elias!«

In dem Moment drehte sich ihr Bruder um. Er erkannte Sarah in der Menge und versuchte, ihr zuzulächeln. Aber es gelang ihm nicht.

»Pass auf Miriam auf, und kümmere dich um Vater!«, rief er ihr heiser zu. Einer der Männer schlug ihm brutal mit der Faust in den Rücken.

»Halt's Maul, du elender Jud!«, brüllte er. Elias taumelte, ging in die Knie und rappelte sich wieder auf.

Fassungslos schaute Sarah zu, wie die Soldaten ihren Bruder und die anderen Gefangenen abführten. Aaron hielt sie immer noch fest, aber es war nicht mehr notwendig.

»Warum führen sie gerade Elias ab?«, fragte sie tonlos.

»Ich habe gehört, dass der Herzog eine Liste von Juden hat, von denen er glaubt, dass sie kein Geld besitzen«, erklärte Aaron. »Sie lässt er als Erste einsperren, er will sie auf Flößen die Donau hinunterschicken. Er will sie nicht mehr in seinem Reich haben.«

»Elias hat kein Geld, aber Vater hat welches!«

»Das wissen wir, aber der Herzog weiß es nicht.«

»Aaron, du musst etwas unternehmen, du musst den Soldaten Geld geben. Hol Elias zurück!« Sarah klammerte sich an Aaron fest und flehte ihn an.

»Sarah, sei vernünftig. Im Moment kann ich gar nichts machen.« Er versuchte, sie wegzuziehen, aber Sarah hielt dagegen. Sie starrte Elias nach, sah, wie ihr Bruder zwischen den beiden breitschultrigen Männern taumelte und mit ihnen in einer der engen Gassen verschwand. Sie wollte ihnen nachlaufen, wollte sehen, wohin sie Elias brachten. Aber Aaron hielt sie erneut zurück. Er schüttelte traurig den Kopf.

»Wir werden versuchen zu verhandeln. Das ist die einzige Möglichkeit, die wir haben«, sagte er ernst. »Der Herzog will unser Geld, und wir werden es ihm geben, wenn er dafür unser Leben schützt.«

Aarons Worte beruhigten Sarah ein wenig. Geld, das war der Schlüssel zur Sicherheit. Und ihr Vater hatte genug davon. Wenn Aaron dem Herzog eine große Summe übergab, würde Elias wieder freigelassen.

»Die Männer des Herzogs sind in der Kleeblattgasse und dringen dort in die Häuser ein!«, rief ein Junge, der an Sarah vorbeilief.

»Vater!«, sagte Sarah entsetzt. »Er liegt im Bett und schläft. Wir müssen zu ihm!«

Sie sah Aaron erwartungsvoll an, doch der wich ihrem Blick aus. »Ich muss zurück in die Synagoge«, sagte er rasch.

Sarah sah die Angst in seinen Augen und begriff, dass er sie nicht begleiten würde. Ohne ein weiteres Wort drehte sie sich um und lief los.

39

So schnell sie konnte, rannte Sarah zurück in die Kleeblattgasse. Mehrmals stolperte sie, strauchelte, rappelte sich aber wieder auf und rannte weiter. Kurz vor ihrem Haus blieb sie wie angewurzelt stehen. Jemand hatte offenbar die Tür aufgetreten. Sarahs Herz setzte kurz aus, dann begann es zu rasen. Der Vater! Mit einem Satz sprang sie durch die offenstehende Eingangstür und stürmte ins Vorzimmer. Von oben hörte sie lautes Poltern, etwas wurde umgestoßen. Ein dumpfer Knall und raues Lachen.

»Vater«, schrie Sarah verzweifelt und nahm immer zwei Holzstufen auf einmal. Keuchend hielt sie sich am Treppengeländer fest und schnaufte.

»Wen haben wir denn da? Das Töchterlein des Geldverleihers. Vielleicht weiß sie, wo der Alte seine Münzen versteckt hat.« Ein ungewaschener Mann mit kaputten Zähnen im schief grinsenden Mund stand vor der Schlafkammer ihres Vaters. Er war um zwei Köpfe größer als Sarah und mindestens doppelt so breit wie sie. In seinem Blick lag nicht nur die Gier nach Geld. Sarah spürte, wie sich ihre Nackenhärchen aufstellten und ihr ein eisiger Schauer über den Rücken lief. Im Türrahmen tauchte ein kleinerer, aber genauso stämmiger Mann auf. Er hatte kein einziges Haar mehr auf dem Kopf, sein Gesicht war von Pockennarben entstellt, und Sarah sah, dass die Hand, die auf seinem Schwert lag, nur noch vier Finger aufwies.

»Denkst du dasselbe wie ich, Hans?«, fragte der Riese.

»Etwas Spaß mit dem Täubchen?« Der Pockennarbige grinste. Obwohl er mindestens drei Schrittlängen von Sarah entfernt stand, schlug ihr sein fauliger Atem in einer warmen Welle entgegen. Sarah erstarrte. Was sollte sie tun?

»Der Alte in seinem Bett stört uns sicher nicht dabei.« Nur die Senkgrube hinter dem Haus stank ähnlich widerlich wie dieser Mann. Sarah würgte.

Der Riese machte einen Schritt auf sie zu und schielte gierig auf ihren Busen. Instinktiv trat Sarah zurück, vergaß für einen Augenblick, dass sie sich am Treppenabsatz befand, und stieg ins Leere. Im letzten Moment konnte sie sich noch am Geländer festhalten. Ihre aufgeschürften Handflächen schmerzten, Blut rann über die Innenseite ihres Unterarms. Sarah spürte es kaum. Der Mann lachte auf und kam nun auf sie zu. Mit einer Kraft, der Sarah nichts entgegenzusetzen hatte, zog er sie hoch und stieß sie brutal auf den Boden. Krachend landete sie auf den Holzdielen. Ihr Hinterkopf dröhnte, ihr ganzer Körper bebte vor Angst.

Die beiden Männer grinsten.

»Wer zuerst?«, fragte der Riese. Der Pockennarbige schnalzte genüsslich mit der Zunge und deutete mit dem Kinn auf den großen Mann, der mit einem Knie auf Sarahs Magen kniete und mit einer seiner monumentalen Hände ihre Handgelenke festhielt.

»Gerne!« Mit der freien Hand zog er seine Beinkleider nach unten und entblößte seine erregte Männlichkeit. Ein Gestank nach Urin und ungewaschenem Männerkörper schlug Sarah entgegen. In ihren Ohren begann es zu surren, ihr wurde schwarz vor den Augen, erneut musste sie würgen. Der Mann schob sein Knie zwischen ihre Beine.

Plötzlich hörte sie einen heiseren Aufschrei. Das Geräusch kam von der Tür, wo der Pockennarbige darauf wartete, auch an die Reihe zu kommen. Sarah verdrehte den Kopf und erblickte ihren Vater. David stand barfuß und in seinem Nachthemd im Türrahmen. Er zitterte. In beiden Händen hielt er den silbernen Schabbatleuchter, von dem Blut tropfte. Es war das Blut des Narbengesichtigen, der ausgestreckt auf dem Boden lag. David hatte ihn mit einem gezielten Schlag auf den Schädel getötet. Grenzenloser Zorn stand in seinem Gesicht, aber ganz sicher keine Verwirrung.

»Ihr Hurensöhne«, zischte er und hob den Leuchter ein weiteres Mal. Aber der zweite Angreifer war schneller. Er ließ Sarah los, spang auf und hatte sofort die Hand am Griff seines Schwertes, das immer noch an seiner Seite hing. Mit einem lauten Aufschrei schlug er zu und streckte David mit einem einzigen Hieb zu Boden. Langsam sackte der alte Mann in sich zusammen. Er öffnete den Mund, um etwas zu sagen, es kam aber kein Ton mehr heraus. In seinem Blick lag Überraschung. Zitternd streckte er noch eine Hand nach Sarah aus, so, als bitte er seine Tochter um Verzeihung, dass er sie nun nicht mehr beschützen konnte.

»Nein!«, schrie Sarah. Sie war ebenfalls aufgesprungen, stürzte sich auf David und warf sich über ihn. »Vater!« Aus der riesigen Wunde, die seinen Brustkorb spaltete, drang schwallweise das Blut, seine Augen schlossen sich.

Plötzlich spürte Sarah keine Angst mehr. Wütend fuhr sie herum und brüllte den halbnackten Riesen an: »Du Schwein! Du hast meinen Vater umgebracht. Verschwinde aus meinem Haus!« Sie griff nach dem blutigen Schabbatleuchter und hielt ihn drohend in die Höhe.

Benommen zog der Soldat seine Beinlinge hoch und stolperte die Treppe hinab. Die Lust war ihm vergangen. Diese blutverschmierte Frau war eine Furie und keine wehrlose Jungfrau.

Als er verschwunden war, beugte sich Sarah erneut über David und begann, bitterlich zu weinen. Heiße Tränen tropften auf seinen aufgerissenen Brustkorb.

»Vater, Judith ist wieder in der Stadt«, schluchzte Sarah. »Sie wünscht sich so sehr, dass du ihr vergibst.« Sie zitterte am ganzen Körper, fühlte nur noch Traurigkeit, Leere und Kälte.

»Bitte vergib ihr, Vater.« Doch David würde nie wieder antworten. Sarah hob den Kopf und starrte an die Holzdecke. Wie konnte Gott so etwas zulassen?

»Warum tust du das? Warum?«, rief sie mit erstickter

Stimme. Die Wut war plötzlich stärker als die Trauer, und sie richtete sich ausschließlich gegen Gott.

Da hörte sie Schritte auf der Holztreppe. Es war der feste Tritt muskulöser Männerbeine. Panisch sah sie sich nach einer Fluchtmöglichkeit um. Das Fenster stand offen, mit einem gezielten Griff hätte sie einen starken Ast des Kirschbaums, der gerade voll in der Blüte stand, ergreifen können. Es wäre ein Leichtes gewesen, vom Kirschbaum in den kleinen Garten zu springen. Zwei Schritte zum Zaun, die Röcke gerafft und mit einem Satz über den Bretterzaun in den Garten von Anna Rosendorf.

Aber Sarah konnte sich nicht rühren. Ihre Beine waren wie gelähmt, während sie hörte, wie die Schritte immer näher kamen. Ein Kaninchen in der Falle, das zitternd dem Tod ins Auge blickte.

Lauf, schrie eine Stimme in ihr, aber ihr Körper war schwer wie Blei. Als sie aufsah, erschien der erste Soldat im Türrahmen, ein kräftiger Mann mit einem Schwert in der Hand, das er ihr drohend entgegenhielt. Hilflos ließ Sarah ihren Kopf auf die blutige Brust ihres Vaters sinken, sie schloss die Augen, um sich von David zu verabschieden.

Da wurden ihre Arme brutal hochgerissen. Der Soldat fesselte ihr die Hände auf den Rücken, und Sarah wehrte sich nicht. Während sie die Stufen hinuntergezerrt und auf die Straße geschleift wurde, hielt sie die Augen halb geschlossen. Sie wollte nicht sehen, wie die Männer aussahen, die ihr das antaten. Und sie wollte nicht in die betroffenen Gesichter der Menschen schauen, die am Straßenrand standen und sie erkannten. Sarah Isserlein, mit zerrissenen Röcken, blutverschmiertem Gesicht, verweinten Augen und gefesselten Händen. Wie eine Schwerverbrecherin auf dem Weg ins Stadtgefängnis. Zur Trauer und Wut gesellten sich Scham und Angst, und diese Mischung war schlimmer als alles, was Sarah bis jetzt gefühlt hatte.

40

ELIAS FAND SICH IN EINER dunklen engen Zelle wieder. Alles war so schnell gegangen, dass es ihm beinahe wie ein böser Traum vorkam. Aber als die Zellentür sich zum dritten Mal öffnete und zwei weitere Gefangene in das kleine Loch geschoben wurden, war ihm klar, dass es kein Erwachen geben würde. Dies hier war die Wirklichkeit. Er war ein Gefangener, und das Einzige, dessen er sich schuldig gemacht hatte, war sein Glaube.

Verzweifelt sah er sich um. Es war kalt, von den Steinwänden tropfte das Wasser und sammelte sich in einer Ecke der Zelle, wo es im festgetretenen Boden zusammen mit dem Urin der Gefangenen versickerte. Wer hier länger als eine Woche blieb, verlor seinen Verstand, dessen war sich Elias sicher. Er hockte am Boden, hatte die Beine angezogen und gab sich Mühe, sich nicht an den nassen Wänden anzulehnen. Drei der sechs Menschen, mit denen er die Zelle teilte, kannte er. Es waren der Fischhändler Graet mit seinem kleinen Sohn und der Geflügelhändler Blautal.

Samuel Graet saß neben ihm. Er hielt seinen Sohn im Arm, der in etwa in Jakobs Alter war, und streichelte ihm beruhigend übers Haar. Das Bild trieb Elias die Tränen in die Augen. Man hatte Graet angeboten, seinen Sohn taufen zu lassen, aber der Fischhändler hatte abgelehnt. Lieber wollte er gemeinsam mit seinem Sohn sterben. Elias wusste, dass

Rachel ebenso handeln würde. Sie würde Miriam in den Tod schicken, im festen Glauben, das einzig Richtige zu tun.

Niedergeschlagen stützte Elias den Kopf auf die Knie und versuchte zu beten, wie es die anderen taten. Aber das wollte ihm nicht gelingen. Miriams Gesicht tauchte vor ihm auf, weinend, verzweifelt. Er konnte nichts tun, um ihr Leben zu schützen. Seine Gedanken wanderten zu Sarah und David. Die Soldaten hatten nur wenige Erklärungen abgegeben. Elias wusste, dass man ihn und all die anderen, von denen man glaubte, dass sie kein Geld besaßen, auf Zillen die Donau hinunterschicken würde. Aber was würde mit denen passieren, die Geld hatten? So wie sein Vater und Sarah?

Plötzlich wurde die Zellentür aufgerissen, und zwei weitere Gefangene wurden hereingestoßen. Ein junger Bursche stolperte und fiel direkt vor Elias' Füße.

»Meister Isserlein?«, fragte der Bursche. Es war Noah, der Küchenjunge aus dem Hospital, der Elias in den letzten Monaten immer häufiger bei der Krankenversorgung unterstützt hatte.

Elias sah Noah betroffen an: »Haben sie dich also auch erwischt.«

Der Junge rappelte sich auf. »Sie haben mich am Tor gefangen genommen.«

»Hast du gesehen, was mit meiner Familie geschehen ist?«, fragte Elias. »Miriam, meine Frau und meine Schwester?«

Der Junge schluckte hart. Er kannte die Antwort, zögerte aber.

»Noah, bitte sag mir, was du weißt!«, sagte Elias eindringlich.

»Euer Vater …«, begann der Junge leise, brach dann aber wieder ab.

»Was ist mit meinem Vater?«

»Sie haben ihn erschlagen«, sagte Noah.

Elias schloss die Augen und holte tief Luft. Das war sicher noch nicht alles.

»Eure Schwester ist in der Nebenzelle. Sie ist gemeinsam mit mir abgeführt worden.«

»Sarah ist auch hier?« Elias' Herz setzte für einen Moment aus. »Der Allmächtige stehe uns bei.«

Noah wagte nicht, dem Medicus zu erzählen, wie erbärmlich Sarah ausgesehen hatte, blutbeschmiert und mit zerrissenen Kleidern.

»Und meine Tochter und meine Frau?«, brachte Elias heraus.

»Ich glaube, sie konnten in die Synagoge fliehen«, sagte Noah.

Erleichterung machte sich in Elias breit. Er stieß den Atem aus, den er angehalten hatte. Dann war Miriam für den Moment wohl in Sicherheit. Er verschränkte die Hände unter dem Kinn.

»Aber der kleine Junge ist verschwunden«, sagte Noah.

»Welcher kleine Junge?«

»Jakob, der Enkelsohn von Rabbi Blümlein. Er war wie vom Erdboden verschluckt, sein Großvater hat ihn verzweifelt gesucht«, sagte Noah.

»Jakob kann nicht einfach verschwunden sein. Er wird sich irgendwo versteckt haben«, sagte Elias.

»Das ganze Judenviertel wurde gründlich durchsucht. Manche wollten zu den Christen fliehen, aber dort wird das Verstecken von Juden hart bestraft«, erklärte der Junge.

Elias hob alarmiert den Kopf und erwiderte nichts. Er wusste, dass es im christlichen Teil eine Familie gab, die Jakob bei sich aufnehmen würde. Doch damit würden Judith,

Maria und die anderen sich selbst in Gefahr bringen. Bedrückt schwieg Elias, und es entstand eine lange Pause.

Nach einer Weile brach der Fischhändler das Schweigen: »Sie müssen uns da rausholen.Rabbi Blümlein wird alles Geld zusammenkratzen. Die Christen können wohl kaum neunhundert Juden festnehmen, wir sind ein Fünftel der Bevölkerung von Wien.«

»Was ist ein Fünftel?«, fragte sein Sohn.

»Viel, sehr viel«, sagte der Fischhändler und strich Samuel weiter durchs Haar.

Elias hätte die aufmunternden Worte des Mannes gerne geglaubt. Aber es gelang ihm nicht. Erneut versuchte er zu beten. Er versuchte, sich die Synagoge vorzustellen, die sechseckige Birma, das Pult zum Vortragen der Thora mit dem Baldachin und der steinernen Brüstung, aber immer schob sich das weinende Gesicht von Miriam dazwischen. Elias hoffte, dass Rachel ihre Tochter an sich drückte, wie Graet es mit seinem Sohn tat. Aber ob sie einander wirklich Trost spenden konnten?

41

»Jakob, du musst gehen. Gleich wird uns Maria zum Frühstück rufen. Sie hat keine Ahnung, dass du da bist, und kennt dich nicht. Vielleicht wird sie böse, wenn wir einen Freund zu Besuch haben, ohne vorher Bescheid zu sagen«, sagte Josef. Er drängte Jakob zur Dachbodenluke. Wie so oft in letzter Zeit hatten die drei Jungen die frühen Morgenstunden dazu genutzt, unbemerkt auf dem Dachboden der Scheune zu spielen. Dort hatten sie sich aus alten Brettern einen Verschlag gebaut, der ihnen als Geheimversteck diente.

»Kommst du morgen wieder?«, fragte Jonas.

Jakob zuckte mit den Schultern. »Ich weiß nicht«, sagte er. »Jemand hat den Spalt im Bretterzaun geflickt. Jetzt ist er so schmal, dass ich kaum noch durchkomme. Ich habe mir heute zum zweiten Mal den Mantel zerrissen. Wenn mich die Großmutter fragt, muss ich mir wieder einmal eine gute Ausrede einfallen lassen.«

»Du darfst aber nicht verraten, dass du hier warst!«, sagte Jonas ernst.

Jakob grinste schief. »Natürlich nicht. Meine Großmutter würde mich zu Hause einsperren, wenn sie wüsste, dass ich heimlich mit Christen spiele.«

»Aber du musst wiederkommen«, sagte Josef. »Unser Versteck ist noch nicht ganz fertig, und wir müssen noch eine geheime Vorratskammer anlegen.«

»Ich komme, so bald ich kann«, versprach Jakob. Dann kletterte er über die steile Leiter hinab in die Scheune, versicherte sich, dass niemand ihn beobachtete, lief über den Hof und schlüpfte durch das unversperrte Tor. Jonas und Josef winkten dem Freund nach, dann gingen sie zu Maria in die Küche, bevor diese nach ihnen suchen konnte.

Jakob lief über den Stephansplatz und wunderte sich, dass trotz der frühen Morgenstunde schon so viele Menschen unterwegs waren. War er heute länger geblieben als sonst? Aber die neue Schlaguhr von St. Stephan hatte ganz sicher noch nicht die achte Stunde geschlagen.

Als Jakob in die Rotenturmstraße einbog, sah er noch mehr Menschen auf der Straße. Aufgeregt riefen sie durcheinander, einige von ihnen trugen Lanzen, andere Besen oder

Sensen. Sie sahen aus, als rüsteten sie sich für einen Kampf, und sie rannten alle in die gleiche Richtung wie Jakob. Die feinen Härchen in seinem Nacken stellten sich auf, ein kalter Schauer lief ihm über den Rücken. Irgendetwas stimmte hier nicht.

Plötzlich rief eine dicke Frau neben ihm: »Verbrennt das elende Judenpack!« Sie starrte Jakob hasserfüllt an. Schnell ließ Jakob seine verräterische Kopfbedeckung unter seinem Mantel verschwinden. Der Menschenstrom zerrte Jakob weiter, und er wurde mitgerissen, ohne sich dagegen wehren zu können. Als er aufblickte, sah er die hölzerne Trennungsmauer, hinter der Rauchschwaden aufstiegen.

»Feuer!«, rief eine hohe Stimme. »Sie fackeln das Judenviertel ab!«

Jakobs Herz setzte für einen Moment aus. Er blieb wie angewurzelt stehen und starrte auf den weißgrauen Rauch. Ein junger Bursche kam von hinten angerannt und stieß heftig mit ihm zusammen.

»He, du kannst nicht einfach stehen bleiben«, schimpfte der Junge, schubste Jakob zur Seite und lief an ihm vorbei. Jakob strauchelte und landete auf dem staubigen Boden. Jemand stieg auf seine Finger, er unterdrückte einen Schrei. Irgendwie gelang es ihm, sich wieder aufzurappeln und in einen Hauseingang zu flüchten.

Im Schutz der breiten Holztür starrte er fassungslos auf die immer breiter werdenden Rauchsäulen. Der Geruch von Asche und brennendem Holz stieg ihm in die Nase. Jakob würgte, wie in Trance lief er weiter. Die Stimmen rund um ihn wurden lauter und hasserfüllter, doch sie prallten an ihm ab, er nahm sie kaum noch wahr. Vor dem Tor zum Judenviertel wurden die Menschen aufgehalten. Schwerbewaffnete Soldaten des Herzogs bewachten das zerstörte Holztor, sie ließen niemanden passieren. Einige Zuschauer beschimpften die Soldaten, sie wollten hinein ins Judenviertel.

»Wir wollen auch ein Stück vom Kuchen«, rief ein alter Mann und bedrohte mit seinem Stock einen Soldaten, der um zwei Köpfe größer war als er selbst. Der Soldat grinste bloß.

Da kamen uniformierte Männer von innen durch das Tor, sie führten Gefangene ab. Jakob erstarrte. Zwischen zwei riesigen Wachmännern ging Elias Isserlein, der Medicus. Man hatte ihm die Hände gefesselt, und er blutete aus einer offenen Wunde am Kopf. Jakob wollte ihm etwas zurufen, aber seine Stimme gehorchte ihm nicht. Er zitterte am ganzen Leib.

Plötzlich begriff er, dass es besser war, nicht mehr durch die Lücke im Zaun zu schlüpfen. Er machte auf dem Absatz kehrt und lief über die Rotenturmstraße zurück zum Stephansplatz. Während er sich gegen den Strom der Menschen drängte, die alle zum Judenviertel wollten, füllten sich Jakobs Augen mit Tränen. In seiner Phantasie vermischte sich der Geruch brennenden Holzes mit dem Gestank verkohlter Leichen. Er sah die schwarzen entstellten Überreste seiner Eltern vor sich und lief immer schneller, als könnte er dem grässlichen Bild entkommen. Er stieß Passanten zur Seite, drängte sich an Schaulustigen vorbei und schleppte sich schließlich völlig außer Atem in den Hof der Klayndls. Erschöpft brach er vor dem Brunnen zusammen.

42

Die erste Nacht im Gefängnis verbrachte Sarah schlaflos. Obwohl sie müde und erschöpft war, gelang es ihr nicht, die Augen zu schließen. Ihr war, als müsste sie sich selbst beweisen, dass dies hier die Wirklichkeit und nicht bloß ein böser Traum war. Während ihre Mitgefangenen vor sich hin dösten oder in einen unruhigen Schlaf fielen, hockte Sarah in einer Ecke und dachte nach. Wie hatte es so weit kommen können? Was gab den Christen das Recht, ihren Vater abzuschlachten wie Vieh, ihren Bruder abzuführen wie einen Verbrecher und sie selbst in eine Gefängniszelle zu stecken?

Sarah wusste, dass sie nie eine gute Jüdin gewesen war. Sie hatte die Gebote ihres Glaubens nicht ernst genug genommen und sich den Regeln des Vaters widersetzt. Sie war nie stolz darauf gewesen, zum auserwählten Volk zu gehören. Ganz im Gegenteil, manchmal hatte sie all die Gebote und Verbote nur als Last empfunden. Vielleicht war das nun die strenge Strafe Gottes? Aber warum mussten so viele Menschen mitleiden? Weder ihr Vater noch ihr Bruder hatten sich falsch verhalten, und dennoch war ihr Vater nun tot, und Elias saß ebenfalls im Gefängnis. Nein, es konnte nicht Gottes Wille sein, dass die Familie Isserlein litt, weil Sarah seine Gebote missachtet hatte.

Als ein schwacher Lichtstrahl durch einen schmalen Luftschacht in die Zelle drang und den Morgen ankündigte, war Sarah zu einem Schluss gekommen. Sie war davon überzeugt, dass allein die Geldgier des Herzogs die Christen dazu antrieb, sich gegen ihre Familie und ihr Volk zu stellen. Und während man Gott gegenüber machtlos war, gegen geldgierige Menschen konnte man sich wehren. Aus dieser Erkenntnis schöpfte sie frische Kraft. Ihr Lebenswille erwachte, und obwohl sie sich müde fühlte, war sie fest entschlossen, diese Tortur zu überleben. Herzog Albrecht durfte es nicht gelingen, das jüdische Volk zu vernichten.

Irgendwann im Laufe des Vormittags schob ein Wärter Wasser und schimmliges Brot durch eine Luke in der schweren Holztür. Sarah zwang sich, von dem brackigen Wasser zu trinken, um nicht zu verdursten, aber bereits nach dem dritten Schluck spürte sie ein gefährliches Grummeln im Magen, und sie spuckte das Wasser wieder aus. Spätestens heute Abend würden alle Durchfall bekommen. Schon jetzt stank es erbärmlich in der Zelle, weil die Frauen in einer Ecke ihre Notdurft verrichten mussten.

Am späten Nachmittag öffnete sich die Zellentür zum ersten Mal. Zwei Wachmänner traten ein und stellten sich breitbeinig auf. Einer zog geräuschvoll die Nase hoch und schrie laut: »Ruth Grünsteudl, Ehefrau des Gewürzhändlers Samuel Grünsteudl!«

Zitternd und verunsichert stand eine Frau mittleren Alters auf. Ihre Haube war verlorengegangen, und ihr grau durchzogenes Haar hing ihr ungekämmt über die Schultern. Die Frau war sich ihres schlampigen Äußeren bewusst und fasste sich verschämt an ihr Haar, um es im Nacken zusammenzudrehen.

»Bist du das?«, keifte der Wachmann.

Die Frau nickte und wurde augenblicklich hart am Oberarm gepackt. Der eben gedrehte Knoten löste sich wieder, und ihr Haar fiel erneut über Schultern und Rücken. Eigentlich durfte nur der Ehemann das offene Haar seiner Frau sehen, aber Regeln des Anstandes galten innerhalb der Gefängnismauern nicht. Unnötig brutal schleppte der Wachmann

Ruth Grünsteudl aus der Zelle auf den Gang und schlug die Zellentür krachend hinter sich zu.

Ein aufgeregtes Flüstern setzte ein.

»Wo wird sie hingebracht?«

»Was werden sie mit ihr tun?«

»Vielleicht hat ihr Mann so viel Lösegeld bezahlt, dass sie nun wieder frei ist«, überlegte eine der Gefangenen. Doch ein markerschütternder Schrei machte diese Überlegung zunichte. Entsetzt starrten die Frauen auf die Zellentür, hinter der Ruth Grünsteudl verschwunden war. Die Mütter hielten ihren Töchtern erfolglos die Ohren zu.

Irgendwann hatte Sarah den Eindruck, dass die schmerzerfüllten Schreie leiser wurden, und dann war plötzlich gar nichts mehr zu hören. Sarah verbarg ihren Kopf zwischen ihren Knien und seufzte. Sie fuhr wieder hoch, als mit einem unerwartet lauten Ruck die Zellentür aufgerissen wurde. Die Wachmänner stießen ein blutendes Bündel Mensch in die Zelle zurück und knallten die schwere Holztür krachend wieder zu. Alle starrten auf die Frau am Boden, die mehr tot als lebendig schien, doch niemand wagte sich in ihre Nähe. Im Gegenteil, einige der Gefangenen wichen entsetzt zurück. Das Halbdunkel in der Zelle ließ die Verletzungen der Frau nur erahnen.

Entschlossen stand Sarah auf und atmete tief durch. Sie kniete sich zu Ruth und zwang sich, nicht wegzusehen. Man hatte Ruth die Daumennägel gezogen, auf ihrer Brust befanden sich Brandwunden, und ihr rechtes Handgelenk war unnatürlich verdreht.

Langsam näherte sich nun auch eine andere Frau. Sie sog geräuschvoll die Luft ein und presste die Faust auf den Mund, um nicht zu schreien. Alles, was Sarah empfinden konnte, war Wut, blanke Wut, die sich nicht nur gegen den

Herzog, sondern auch gegen die Vollstrecker seiner Befehle richtete.

»Bring mir Wasser, damit wir Ruths Wunden notdürftig säubern können«, sagte sie, ohne den Blick von Ruth Grünsteudl zu wenden.

»Es hat keinen Sinn, sie wird sterben«, sagte die andere Frau, die nun dicht hinter Sarah stand.

Wütend fuhr Sarah herum. In ihren Augen loderte Zorn: »Der Herzog und seine Männer werden versuchen, uns zu demütigen, und vielleicht werden sie uns umbringen. Aber sie werden uns nicht unseren Stolz nehmen und ganz sicher nicht den Willen weiterzuleben! Und nun gib mir endlich das verdammte Wasser, damit ich versuchen kann, die Schmerzen der armen Frau zu lindern.«

Eingeschüchtert machte die Angesprochene einen Schritt zurück und brachte Sarah den Wasserkübel. Sie stellte ihn vorsichtig ab und zog sich rasch ins Dunkle zurück.

Sarah verdrängte den Gedanken daran, wie diese Wunden zustande gekommen waren, und machte sich daran, sie zu verbinden. Sie ging so vor, wie Elias es ihr beigebracht hatte, und dabei wuchs ihr Wille, diese Zelle lebend wieder zu verlassen.

43

Rufus hatte Jakob als erster entdeckt und so lange gebellt, bis Judith aus der Küche gelaufen kam. Doch ehe sie ihn schimpfen konnte, erblickte sie Jakob am Boden und rief sofort nach ihren Söhnen. Zu dritt brachten sie den Jungen ins Haus.

Nun saß Jakob in der Stube und blickte in betroffene Gesichter. Vor ihm standen eine Schüssel Apfelmus und ein Becher heißer Milch mit Honig. Judith war der Überzeugung, dass man mit vollem Magen schlimme Dinge besser verkraften konnte. Auch wenn es im Moment nicht so aussah, als hätte sie recht. Jakob saß kreideweiß vor dem Apfelmus, unfähig, auch nur einen Löffel davon zu essen, und versuchte zu erzählen, was er gesehen hatte.

»Das ... Judenviertel ... es ... brennt!«, stammelte er.

»Aber dann müssten wir doch die Löschwagen hören und die Feuerglocken!«, sagte Judith.

»Soldaten ... überall sind ... Soldaten, und sie führen ... sie führen Juden ab.«

In diesem Moment kam ein Stadtschreier am Hof vorbei und bestätigte Jakobs wirre Worte. Herzog Albrecht habe den Befehl gegeben, alle Juden in seinem Reich zu verhaften. Den Christen sei es bei Strafe verboten, Juden bei sich aufzunehmen.

Judith rannte über den Hof und auf die Straße. »Was sagst du da?«, rief sie entsetzt.

Der junge Mann wiederholte seine Nachricht. Judith war starr vor Schreck, sie ließ sich hilflos gegen die Steinmauer sinken. Der Stadtschreier nahm keine Notiz von ihr und zog weiter.

Judith lehnte den Kopf gegen die kalte, raue Mauer und hörte das Rauschen ihres Blutes. Was war mit ihrer Familie, was geschah mit ihrer Schwester, ihrem Bruder? Ihr wurde schwindelig. Erst der hungrige Schrei ihrer kleinen Tochter Elza holte sie in die Wirklichkeit zurück. Benommen lief Judith zurück in die Stube und legte die Kleine an die Brust.

»Kann Jakob jetzt bei uns bleiben?«, fragte Josef.

»Ich weiß es noch nicht«, sagte Judith. Es gelang ihr kaum,

einen klaren Gedanken zu fassen. In ihrem Kopf saß die Angst und lähmte sie. Bilder von brennenden Häusern und Scheiterhaufen zogen an ihr vorbei. Sie sah Gefolterte und Tote, und alle hatten Sarah, Elias oder Davids Gesicht.

»Aber er kann nicht zurück ins Judenviertel und muss irgendwo unterkommen«, drängte Jonas.

»Ja, das muss er wohl.« Judith zuckte hilflos mit den Schultern. »Aber …«

»Was denn?« Jonas konnte das Zögern seiner Mutter nicht verstehen.

Elza hatte aufgehört zu trinken, und nun hielt Judith sie aufrecht gegen ihre Schulter, damit sie aufstoßen konnte. »Ihr habt gehört, was der Stadtschreier gesagt hat. Alle Christen, die Juden Unterschlupf gewähren, sollen bestraft werden. Sie müssen hohe Geldstrafen bezahlen, oder ihr Besitz wird beschlagnahmt.«

»Jakob kann sich in unserem geheimen Lager verstecken«, sagte Josef.

Judith sah ihn erstaunt an. »Welches Lager? Wo habt ihr ein Lager?«

»Wir haben es auf dem Dachboden der Scheune heimlich gebaut. Du bist die Einzige, die nun davon weiß«, sagte Josef, und dann gab er zu, dass Jakob in den letzten Wochen regelmäßig gekommen war und niemand es bemerkt hatte.

Judith fühlte sich plötzlich sehr schwach. Schließlich hatte sie erst am Sonntag entbunden. Für einen Moment schloss sie die Augen.

»Ein geheimes Lager ist eine gute Sache«, sagte sie dann. »Am besten ist, ihr versteckt euch alle drei dort, bis ich wieder zurück bin.«

»Wo willst du hin? Lass mich mit dir gehen«, sagte Josef.

»Nein«, erwiderte Judith entschieden. »Ich muss zum

Kotkönig und euren Vater holen. Sarah und Elias, sie sind in Gefahr, wir müssen etwas unternehmen …«

Jakob hob seine traurigen Augen. »Elias ist von den Soldaten abgeführt worden, ich habe es gesehen.«

Judiths Herz setzte für einen Moment aus. Aber dann fasste sie sich wieder. Richard sagte immer, man dürfe nie aufgeben.

»Ich muss zu eurem Vater. Versprecht mir, dass ihr euch still verhaltet und euch auf dem Dachboden versteckt, bis ich wiederkomme.«

Judith legte die nun schlafende Elza in ein Tuch, das sie sich um die Brust band, und legte sich ein weiteres um die Schultern. Etwas in Jakobs Augen hielt sie davon ab, den Jungen in die Arme zu nehmen, deshalb streichelte sie ihm nur sacht übers Haar. Dann schickte sie die drei Jungen mit etwas Proviant auf den Dachboden und machte sich auf den Weg. Während sie durch die engen, verwinkelten Straßen lief, überlegte sie, wo eigentlich Maria so lange blieb. Sie hatte die Haushälterin in der Früh auf den Markt geschickt, aber die alte Frau war noch nicht zurückgekehrt. Hoffentlich war ihr nichts zugestoßen.

44

JUDITH LIEF QUER DURCH DIE STADT. Immer noch waren viele Menschen auf der Straße, und sie alle drängten zum Judenviertel. Doch Judith marschierte in die entgegengesetzte Richtung. Günter Ziesels Haus befand sich in einer ärmlichen Gegend. Hier standen niedrige Häuser, die meisten aus Holz gebaut und nur die wenigsten mit Erkern oder Balkonen. Die winzigen Fenster hatten keine Fensterscheiben, sondern waren mit gespannten Tierhäuten ausgekleidet oder einfach nur leere Öffnungen in den Wänden, die nachts mit schiefen Brettern abgedeckt wurden. Die Straßen waren so breit, dass zwei Fuhrwerke locker nebeneinander Platz hatten, doch der lehmige Untergrund war ungepflastert und bereits beim geringsten Regen unpassierbar.

Vor jedem Haus spielte eine ganze Schar von Kindern. Hunde, Schweine und Hühner liefen frei herum, fraßen den Unrat von den Straßen oder lagen faul im Dreck. Vor den Hauseingängen hockten müde aussehende Frauen in schäbigen Kleidern, sie schälten Gemüse oder flochten Körbe.

Judith sah Ziesels Haus schon von weitem. Das ehemalige Bordell war ein solider Steinbau, der unter all den Baracken hervorstach. Sie trat durch ein breites Tor und gelangte in einen begrünten Innenhof. Wilder Wein und Efeu rankten sich an einer breiten Wand empor. In der Mitte des Hofes befand sich ein Brunnen, dort standen Richard, Alfred und Mathes und unterhielten sich lautstark über ein Problem der Statik. Offenbar hatten die Männer von dem Geschehen in der Stadt noch nichts mitbekommen.

Alfred war der Erste, der Judith bemerkte. Überrascht rief er ihr zu: »Um Himmels willen, Judith! Was machst du hier? Du bist ja ganz blass! Setz dich, bevor du uns zusammenbrichst!«

Als Richard den Namen seiner Frau hörte, fuhr er herum. Mit einer Geschwindigkeit, die man ihm bei seiner Leibesfülle nicht zugetraut hätte, stürzte er auf Judith zu und verhinderte im letzten Moment, dass sie samt Elza zu Boden stürzte. Erleichtert sank sie in Richards Arme und lehnte sich an seine breite Schulter. Das Rauschen in ihren Ohren nahm zu, die Stimmen um sie herum wurden ferner, ihr wurde schwarz vor den Augen. Im letzten Moment spritzte ihr Mathes etwas Wasser ins Gesicht, so dass Judith rasch in die Wirklichkeit zurückkehrte. Es dauerte einen Augenblick, bis sie sich wieder erholt hatte.

Judith richtete sich auf, ließ sich von ihrem Mann zum Brunnen führen und nahm auf einer Steinstufe Platz. Dann erzählte sie, was in den letzten Stunden geschehen war. Sie berichtete auch, dass Jakob auf ihrem Dachboden versteckt war, während Elias im Gefängnis saß.

»Wo ist Sarah?«, stieß Mathes aufgeregt hervor, als Judith endete.

Hilflos zuckte sie mit den Schultern: »Ich weiß es nicht. Jakob hat sie nicht gesehen.« Sie schloss für einen Moment die Augen, und sofort zogen wieder die schrecklichen Bilder an ihr vorbei. Sie versuchte, sich zu beruhigen, vielleicht war Sarah und dem Vater gar nichts geschehen?

Mathes unterbrach ihre Gedanken. »Ich muss erfahren, was mit Sarah los ist«, sagte er entschieden. »Ich mache mich sofort auf den Weg zu ihrem Haus!«

»Man wird Euch nicht durchlassen!« Die Stimme kam vom Hauseingang. Günter Ziesel hatte das Gespräch ungewollt belauscht und trat nun in den Hof.

»Woher wisst Ihr das?«, fragte Richard. Seit wann stand der Kotkönig im Hof, und wie viel hatte er mitgehört?

Elza unterbrach das Gespräch, indem sie unerwartet zu schreien begann. Judith bemühte sich, das Mädchen wieder zu beruhigen.

Günter Ziesel trat nun näher heran. Der magere Mann kratzte sich den fast kahlen Kopf und erklärte: »Der Herzog muss die Sache schon lang geplant haben, denn die Gefängnisse wurden in den letzten Wochen geleert. Halunken, die seit Monaten im Gefängnis saßen, hat man auf freien Fuß gesetzt, damit die Zellen leer werden.«

Mathes schüttelte verwirrt den Kopf: »Das verstehe ich nicht.«

Richard sagte bitter: »Das ist doch klar: Der Herzog hat die Gefängnisse räumen lassen, damit er Platz für andere Gefangene hat. Welche, von denen er sich mehr Geld erhofft.«

»Aber warum komme ich nicht mehr ins Judenviertel?«, fragte Mathes.

»Das Viertel wurde abgeriegelt«, erklärte der Kotkönig.

Mathes schüttelte verwirrt den Kopf.

»Verstehst du denn nicht?«, fragte Richard ungeduldig. »Du bist doch sonst nicht so langsam von Begriff. Der Herzog will das Geld der Juden haben. Er lässt sie alle einsperren oder hält sie in ihren Häusern fest. Als christlicher Handwerker kannst du nicht einfach in abgesperrtes Gebiet marschieren.« Dann drehte er sich zu Günter Ziesel und fragte: »Woher wisst Ihr das alles?«

»Mein Schwager ist Gefängniswärter. In unserer Familie gibt es eine Menge Berufe, die von den meisten Menschen verachtet werden«, erklärte Ziesel.

Doch Alfred, der bis jetzt geschwiegen hatte, machte eine abwehrende Handbewegung: »Ein Gefängniswärter ist so wichtig wie ein Kotkönig, ein Koch oder ein Goldschmied.« Nach einer Weile fügte er hinzu: »Hat Euer Schwager Euch noch mehr erzählt?«

Ziesel schüttelte den Kopf.

Mathes, der seine Mütze nervös in den Händen geknetet hatte, setzte sie nun wieder auf und sagte: »Ich muss erfahren, wo Sarah ist und wie man ihrem Bruder, dem Medicus, helfen kann. Auch wenn die Tore zum jüdischen Viertel abgesperrt sind, ich werde dennoch versuchen durchzukommen.«

Richard schüttelte den Kopf. »Du wirst nichts erreichen«, sagte er und fügte hinzu: »Ich bringe Judith nach Hause.«

Alfred war blass geworden. Er nickte nachdenklich und wandte sich an Günter Ziesel: »Habt Ihr vielleicht einen Schluck Bier für mich? Die Aufregung setzt mir zu. Ich fühle mich etwas schwach.«

»Ja, natürlich«, sagte der Kotkönig rasch.

»Ihr habt mir noch nie erzählt, dass Euer Schwager Gefängniswärter ist. Wie kam er denn zu diesem Beruf?«, fragte Alfred neugierig und folgte dem Kotkönig ins Haus.

»Oh, das ist schnell erklärt …«

45

»DAS APFELMUS IST LEER, und ich habe immer noch Hunger«, jammerte Jonas. Der Junge saß am staubigen Holzboden und schleckte mit dem Finger die leere Schüssel sauber.

»Du musst warten, bis Mutter oder Vater wiederkommen«, erklärte ihm Josef ernst.

»Ich habe aber jetzt Hunger!«

»Sei still!«, schimpfte Josef. Warum war sein lästiger kleiner Bruder nur so schwer von Begriff? Mutter hatte ihnen ausdrücklich gesagt, sie sollten sich verstecken und leise sein. Aber nun quengelte Jonas so laut herum, dass jeder, der den Hof betrat, ihn hören musste.

Während die beiden Brüder stritten, kauerte Jakob teilnahmslos in einer Ecke unter dem Bretterverschlag. Immer wieder zogen vor seinem inneren Auge die Bilder des brennenden Judenviertels vorbei. Gleichzeitig tauchten Erinnerungen an seine Eltern auf, und ein tiefer Schmerz nahm von ihm Besitz, gegen den er sich nicht wehren konnte. Seit Judith weggegangen war, hatte er kein Wort mehr gesprochen.

»Ich gehe jetzt hinunter und hole mir noch eine Schüssel Apfelmus«, sagte Jonas entschlossen.

»Das tust du nicht«, zischte Josef. Sein Finger wanderte zu seinem Mund, und er zischte: »Psst!«

»Ach, lass mich doch!«, sagte Jonas und ging auf die Falltür zu.

Da riss Josef der Geduldsfaden, er sprang auf und stürzte sich auf den Bruder, um ihn zurückzuhalten. Dabei stürzten beide, rollten quer über den Bretterboden und stießen gegen eine alte Holztruhe, auf der ein kaputter Milchkrug stand. Mit einem lauten Klirren schlug der Krug neben ihnen am Boden auf und zerbrach in zahllose Stücke.

Erschrocken fuhren beiden Jungen hoch.

»Das wollte ich nicht«, stammelte Jonas, »das ist allein deine Schuld!« Sein kleiner, rundlicher Kinderfinger zeigte vorwurfsvoll auf Josef. Doch der hörte dem Bruder gar nicht zu, denn von unten näherten sich plötzlich schwere Schritte.

Josef sprang auf und lauschte.«Jetzt kommen die Soldaten und holen uns alle ab«, sagte er mit Panik in der Stimme.

Jonas riss die Augen weit auf und sah zu Jakob hinüber, der immer noch teilnahmslos in seiner Ecke hockte. »Ich will aber nicht, dass Jakob ins Gefängnis muss!«

»Dann sei endlich still«, zischte Josef. Langsam schlich er zur Dachluke. Er kniete sich nieder und legte das Ohr darauf. Aber die näher kommenden Schritte waren bereits laut zu hören. Mit einem heftigen Ruck wurde das Brett aufgestoßen, und Josef prallte zurück. Das Brett hatte ihn direkt an der Schläfe getroffen, er taumelte zu Boden. Benommen blieb er liegen und sah nicht mehr, dass es kein Soldat war, der sich durch die Luke drängte, sondern eine alte Frau mit schmalen Schultern und einem leicht gebeugten Rücken.

»Was in aller Welt macht ihr auf dem Dachboden?«, fragte Maria. Mühevoll kletterte sie durch die Luke, richtete sich auf und sah jetzt erst, dass Josef am Boden lag und seine Hand auf eine blutende Stelle an der Schläfe hielt. Entsetzt schlug sie die Hände über dem Kopf zusammen.

»Warum habt ihr denn nicht geantwortet?«, fragte sie, kniete sich zu dem Jungen und stellte erleichtert fest, dass es bloß eine kleine Platzwunde war. Fragend sah sie Jonas an. Der starrte verlegen auf seine Füße. »Wir dachten, du bist ein Soldat und willst uns mitnehmen.«

»Euch mitnehmen?« Maria schüttelte den Kopf. »Warum sollte jemand das tun?«

»Na, weil wir doch Jakob hier verstecken«, sagte Jonas.

»Wer ist Jakob?«

»Unser jüdischer Freund.« Josef richtete sich wieder auf und deutete auf den stillen, immer noch schweigenden Jungen in der Ecke des Dachbodens. Jakobs Gesicht war nun so weiß wie das alte Bettlaken, das hinter ihm an einer Wäscheleine hing.

Als Maria den rothaarigen, blassen Jungen erblickte, setzte ihr Herz einen Moment lang aus. Ihr war, als käme ihre weit zurückliegende Vergangenheit auf einen Schlag zurück.

»Wer bist du?«, flüsterte sie.

Verschüchtert kam Jakob aus seinem Versteck hervor und näherte sich vorsichtig der alten Frau. Irgendetwas an ihr erschien ihm vertraut, und die Angst, die ihn seit Stunden gefangen hielt, wurde etwas geringer.

»Ich bin Jakob Blümlein«, sagte er zaghaft.

Maria schüttelte langsam den Kopf. »Das kann nicht sein.«

»Doch«, sagte Jakob. Er spürte, dass von der alten Frau keine Gefahr ausging. »Meine Eltern sind beim großen Brand gestorben.«

Maria zog geräuschvoll die Luft ein, ihre Beine wurden schwach, und sie war froh, dass sie bereits am Boden saß.

»Ich lebe bei meinen Großeltern, Ruth und Simon Blümlein, kennt Ihr sie?«

»Blümlein«, wiederholte Maria leise. »Ich kannte eine Frau, die Ruth Goldblatt hieß, aber das ist sehr lange her.« Der Schmerz in Marias Stimme war unüberhörbar. Keiner der Jungen wagte es, weiter nachzufragen.

Maria schüttelte den Kopf, als könnte sie damit auch die Erinnerungen abschütteln. Mühevoll stand sie auf, klopfte ihr Kleid ab und sagte: »Wir müssen Josefs Wunde verbinden. Kommt, lasst uns in die Küche gehen.«

»Und was machen wir, wenn die Soldaten kommen?«, fragte Jonas, immer noch verunsichert.

»Dann lassen wir sie nicht rein«, erklärte Josef. Er hatte seinen Mut wiedergefunden, und der reichte für alle vier. Entschlossen kletterten die drei Jungen und die alte Frau die schmale Leiter hinunter.

46

Nachdem Sarah die Wunden von Ruth Grünsteudl verbunden hatte, fiel die Frau in einen unruhigen Schlaf. Immer wieder wachte sie auf, jammerte und weinte. Ihr geschundener Körper reagierte mit Fieber und heftigen Schüttelkrämpfen. Sarah saß neben ihr und wischte ihr die Schweißtropfen von der Stirn. Die Wunden bluteten immer noch, die notdürftigen Verbände, die Sarah angelegt hatte, waren dunkelrot. Dennoch war Sarah froh, dass die schlimmen Verletzungen nun versteckt waren.

Mitten in der Nacht flüsterte Ruth: »Mir ist so kalt.« Sie zitterte, obwohl ihre Stirn glühend heiß war. Eine junge Frau, die Ehefrau eines Goldhändlers war und Rebecca hieß, legte ein Wolltuch über die Verletzte, doch sie zitterte immer heftiger. Als das Tuch Ruths Brust berührte, stöhnte sie vor Schmerzen auf.

»Warum machen sie so etwas? Was wollen sie von uns?«, fragte die junge Frau.

»Sie wollten wissen ...«, stammelte Ruth Grünsteudl, »wo ... das Geld ...« Sie stöhnte.

»Was, was wollten sie wissen?«

»Sie ...« Ruth musste husten. Sie klapperte mit den Zähnen, ihr Körper bebte.

»Sie wollen unser Geld«, ergänzte Sarah, und die alte Frau nickte schwach.

»Und dafür sperren sie uns ein und foltern uns?« Rebecca hielt sich entsetzt beide Hände vor den Mund.

»Es ... ist ... nicht nur das«, hauchte Ruth. Ihre Stimme war nun so leise, dass Sarah ihr Ohr ganz nah an das Gesicht der gefolterten Frau halten musste, um sie zu verstehen.

»Sie ... hassen ... uns«, sagte Ruth. Dann sackte ihr Kopf zur Seite, sie war in eine Art Erschöpfungsschlaf gefallen.

»Werden sie uns alle töten?« Rebecca Kraus richtete ihre großen dunkelbraunen Augen, die vor Angst weit aufgerissen waren, auf Sarah.

»Sie werden es versuchen, aber ich habe nicht vor, mich umbringen zu lassen«, sagte Sarah entschlossen.

»Aber was können wir tun?«

Sarah berührte den Unterarm der aufgeregten jungen Frau. Sie war überrascht, wie ruhig sie sich fühlte.

»Versuch zu beten«, sagte sie. »Es ist nicht das erste Mal, dass Gott sein Volk prüft.«

»Aber ich habe stets alle Gebote und Verbote der Mitzwot beachtet. Warum sollte Gott mich bestrafen?« Rebecca schüttelte Sarahs Hand entschieden ab und sprang aufgeregt auf. »Sie sollen mir nicht weh tun! Ich will nicht gefoltert werden!« Sie schrie immer lauter, begann zu weinen und raufte sich ihr langes blondes Haar, bis es ihr wirr vom Kopf abstand.

Eine alte Frau, die Sarah nicht kannte, stand wortlos auf, ging auf Rebecca zu und schlug ihr mit der flachen Hand ins Gesicht.

»Reiß dich zusammen!«, sagte sie scharf.

Rebecca wehrte sich nicht. Benommen taumelte sie zurück auf ihren Platz, ließ sich schluchzend nieder und rieb sich die Wange. Nur die Tränen liefen ihr noch über die Wangen.

Sarah schloss die Augen. Ihre Gedanken wanderten zu David. Ob sein Leichnam immer noch ausgestreckt auf dem Holzboden vor seiner Kammer lag? Wer würde das Totenritual für ihn vollziehen? Jemand musste ihm seinen Tallit anlegen, den er von seinem Schwiegervater zur Hochzeit bekommen und seither täglich zum Gebet getragen hatte, jemand musste die Zizit, die vier Schaufäden, vom Tallit abschneiden. David brauchte sie nun nicht mehr, denn er musste nie wieder an das tägliche Gebet erinnert werden. Und Elias, sein einziger Sohn, hätte das Kaddischgebet für seinen toten Vater sprechen müssen, damit David vor dem himmlischen Gericht einen gläubigen Sohn vorweisen konnte. Aber Elias wusste nicht einmal, dass David tot war!

Sarah dachte daran, dass sich David auch nie mit Judith versöhnt und ihr nicht verziehen hatte. Dieser Gedanke machte sie unendlich traurig. Zum Glück hatte ihr Vater nie erfahren, dass sie Entwürfe für christliche Taufbecken gezeichnet und einen Christen geküsst hatte. Er wäre ganz sicher nicht damit einverstanden gewesen. Dennoch bereute sie nicht, was sie getan hatte. Im Gegenteil, es waren die besten Augenblicke ihres Lebens gewesen. Sollte sie tatsächlich in den nächsten Tagen sterben, würde sie die Erinnerung daran ins Jenseits mitnehmen und sagen können: »Ich habe gelebt.«

Sarah kniff die geschlossenen Augen ganz fest zusammen und drückte die Fäuste dagegen, so lange, bis sie helle Flecken sah. »Schade, dass du mich nie richtig kennengelernt hast, Vater. Jetzt ist es zu spät«, flüsterte sie.

Als Sarah die Augen wieder aufschlug, sah sie, dass Ruth nicht mehr zitterte. Rasch fasste sie an den Hals der alten Frau und spürte keinen Puls mehr. Ruth hatte aufgehört zu atmen, sie war tot. Vorsichtig zog sie das Wolltuch über Ruths Körper und ihr Gesicht. Die Leiden der Frau hatten ein Ende. Benommen versuchte sie zu weinen, aber es gelang ihr nicht. Sie hatte ihre Tränen bereits aufgebraucht und fühlte sich seltsam leer.

Plötzlich näherten sich der Zelle schwere Schritte. Einige der Frauen wurden unruhig, ängstliches Gemurmel kam auf.

Rebecca sprang erneut auf, doch die Alte von vorhin, die nun neben ihr saß, zerrte sie wieder nach unten. »Bleib sitzen, und rühr dich nicht«, herrschte sie die junge Frau an.

Mit einem Krachen öffnete sich die Zellentür, und zwei Wachmänner traten ein. Es waren andere als zuvor, die Frauen hatten sie noch nie gesehen. Einer von ihnen trug eine

Fackel, und die ungewöhnliche Helligkeit ließ alle in der Zelle blinzeln.

»Sarah Isserlein!«, blaffte einer der Wärter. Er war ungewöhnlich groß und hager und musste seinen Rücken beugen, um nicht mit dem Kopf an die niedrige Decke anzustoßen.

Sarah zuckte zusammen. Sie war also das nächste Opfer. Erschrocken und benommen zugleich stand sie auf. Sie schwankte ein wenig und sagte mit rauer Stimme: »Ich bin Sarah Isserlein!« Der lange Wärter musterte sie mit einem begehrlichen Blick, Sarah musste all ihre Kraft aufbringen, um nicht zu zittern.

»Was ist mit der da?«, fragte der andere Wärter. Er war klein und untersetzt und hatte kein einziges Haar mehr am Kopf. Mit seinem breiten Kinn deutete er auf Ruth Grünsteudl.

»Sie hat Eure Behandlung nicht überlebt«, krähte die alte Frau neben Rebecca aus der Ecke, in ihrer Stimme war keinerlei Angst zu hören.

»Was soll das heißen?«, bellte der lange Dünne.

»Dass sie die Folter nicht überlebt hat und gestorben ist«, sagte nun Sarah. Es war Trotz und nicht Mut, was aus ihr sprach.

»Verdammt«, zischte der Wärter mit dem kahlen Kopf. »Hat sie schon gesagt, wo ihr Mann das Geld versteckt hat?«

»Egal«, sagte der andere. »Diese Sarah Isserlein soll mitkommen, hinterher kümmern wir uns um die Tote.« Er machte einen Schritt auf Sarah zu und packte sie fest am Oberarm. Es machte ihm sichtlich Freude, ihr Schmerzen zuzufügen, denn er grinste schief.

»Lass sie los«, sagte der andere Wärter. »Wir müssen die Tote melden und wegbringen. Der Herzog will, dass die Juden verhört werden, er braucht sie wohl noch. Wenn wir eine Tote hier liegen lassen, breiten sich Seuchen und Krankheiten aus.«

»Ich soll das Täubchen wieder loslassen?«, grinste der Dünne. Er nahm seine Hand von Sarahs Oberarm und griff ihr fest an den Busen. Sarah unterdrückte einen Schrei. Am liebsten hätte sie dem Mann ins Gesicht gespuckt, aber sie wusste, dass er diese Provokation nicht ungestraft lassen würde.

»Komm schon, dazu ist später noch Zeit«, sagte der Kahlköpfige. Nur widerwillig löste sich der dünne Wärter von Sarah, aber er ließ zu, dass ihn sein Kamerad aus der Zelle drängte.

»Ich komme wieder«, sagte er heiser, ehe die Zellentür hinter ihm zuschlug. Augenblicklich wurde es wieder dunkel.

Sarah sackte auf dem kalten feuchten Zellenboden zusammen. Sie umklammerte ihre Beine, biss in ihr rechtes Knie, um nicht laut zu schreien oder hemmungslos zu schluchzen, und wartete, bis die anderen Frauen aufhörten zu flüstern. Erst als alle fest schliefen, erlaubte sie sich, leise zu weinen.

47

Mathes lief zum jüdischen Viertel, um dort etwas über Sarah zu erfahren. Immer wieder musste er Menschen ausweichen, die in die gleiche Richtung unterwegs war. Je näher er kam, desto aufgeregter wurde das Stimmengewirr auf den Straßen. Im Vorüberlaufen erhaschte er Satzfetzen.

»Jetzt macht der Herzog endlich ernst und vertreibt das ganze Judenpack aus der Stadt.«

»Auf dem Scheiterhaufen sollen sie brennen, die Christusmörder und Hostienschänder.«

Mathes versuchte, die bösartigen Stimmen zu ignorieren, er lief, so schnell er konnte, weiter. Mit einem Stechen in der Brust und völlig außer Atem kam er beim Tor zum Judenviertel an. Wie befürchtet, war es abgesperrt. Ein breitschultriger Wachmann stand schwerbewaffnet davor, rund um ihn hatte sich eine Menschentraube gebildet. Mathes musste seine Ellbogen einsetzen, um sich einen Weg nach vorn zu bahnen. Doch auf seine Frage, ob er ins Judenviertel dürfe, bekam er bloß ein hämisches Grinsen und ein kaltes Kopfschütteln.

»Niemand darf ins Judenviertel!«

Doch Mathes wollte nicht aufgeben: »Ich brauche eine Auskunft über die Familie Isserlein.«

»Ihr habt Freunde im Judenviertel. Seid Ihr etwa selber Jude?« Der Wachmann musterte Mathes aus schmalen Augen. Seine Stimme hatte plötzlich einen drohenden Unterton.

»Ich bin kein Jude, und wen ich zu meinen Freunden zähle, ist meine Sache«, sagte Mathes verärgert.

Der Wachmann grinste schief, ihm fehlte einer der Vorderzähne.

»Heute machen wir mit Judenfreunden kurzen Prozess«, sagte er, schob seinen Schwertgurt zurecht und stellte sich breitbeinig vor Mathes auf. Seine Hand umfasste seinen Schwertgriff. »Die Hebräerhunde haben uns lang genug ausgesaugt und es sich mit unserem Geld gutgehen lassen!«

Mathes verkniff sich eine Antwort und schluckte hart. Er sah ein, dass hier nichts zu erreichen war, und machte am Absatz kehrt. Doch hinter ihm standen zwei hochgewachsene junge Burschen, die den Wortwechsel mit dem Soldaten gehört hatten.

»Sieh an, ein Judenfreund«, sagte einer von ihnen und schlug mit der Faust in die offene Hand. Der andere stieß Mathes in die Seite, so dass ihm die Luft wegblieb. Der Bursche hatte eine der beim Sturz verletzten Rippen erwischt. Er schlug erneut zu, und Mathes ging zu Boden.

Der Soldat am Tor griff nicht ein, er wandte sich ab und schaute in eine andere Richtung. Die beiden Burschen lachten laut, und der Dickere der beiden beugte sich über Mathes und wollte erneut zuschlagen. Plötzlich warf er den Kopf zurück und schrie auf. Jemand hatte ihm einen Stockhieb auf die Schulter gegeben.

»Lasst Meister Rockh in Ruhe«, schimpfte ein älterer Mann. Er hatte den Akzent eines Südländers. Mathes sah hoch und erkannte Meister Silvio, den Kaufmann vom Hohen Markt.

»Das ist einer der Steinbildhauer vom Stephansdom! Wenn ihr ihm auch nur ein Haar krümmt, kriegt ihr es mit dem Kanzler zu tun!«, schrie er.

Die beiden Burschen trollten sich fluchend.

Mathes stand auf und klopfte sich den Staub von den Kleidern: »Vielen Dank, Meister Silvio!«

»Gern geschehen«, sagte der Venezianer. »Aber seid in Zukunft etwas vorsichtiger. Ich will meinen besten Kunden nicht verlieren. Wer außer Euch kauft so viele Silberstifte?«

»Die junge Jüdin, Sarah Isserlein«, keuchte Mathes. »Ihr kennt sie sicherlich, denn sie verwendet Eure Silberstifte. Außer Ihr habt in Wien Konkurrenz bekommen, und ein anderer Kaufmann bietet auch Silberstifte an.« Mühevoll richtete Mathes sich auf.

»Natürlich kenne ich Sarah Isserlein. Sie hat die Stifte immer heimlich gekauft, damit ihr Vater nichts davon erfuhr.« Meister Silvio kicherte. Doch das Lachen verschwand sofort wieder aus seinem Gesicht. Ernst fügte er hinzu: »Die junge Jüdin ist heute Morgen ins Stadtgefängnis gebracht worden. Ich habe mit eigenen Augen gesehen, wie man sie abgeführt hat.«

Niedergeschlagen schloss Mathes die Augen. Seine schlimmsten Befürchtungen hatten sich bewahrheitet. Wie sollte er Sarah nun helfen?

Meister Silvio starrte Mathes an und stieß ihm sanft mit dem Ellbogen in die Rippen. Hinter vorgehaltener Hand flüsterte er: »Auch wenn Ihr betroffen seid, bitte zeigt es nicht. Ich kann nicht immer mit meinem Stock hinter Euch stehen.«

»Ihr sagt, Ihr habt sie gesehen. Wie sah sie aus? Ist sie verletzt?«

Meister Silvio zuckte traurig die Schultern.

»Ich muss zum Gefängnis«, sagte Mathes.

»Es ist sinnlos, man wird Euch nicht hineinlassen. Und wenn sich herumspricht, dass Ihr so großes Interesse an einer Jüdin habt …« Meister Silvio beendete seinen Satz nicht.

Mathes griff sich an die schmerzenden Rippen. Wahrscheinlich hatte der Kaufmann recht. Aber er konnte nun unmöglich einfach nach Hause gehen. Er musste in Erfahrung bringen, wie es Sarah ging und was man mit ihr vorhatte. Entschlossen drängte er sich an Meister Silvio vorbei und lief zum Stadtgefängnis.

48

Herzog Albrecht überflog zufrieden die Listen mit dem Geld und den Wertgegenständen, die man den Juden bereits abgenommen hatte. Schon wenige Tage nach den ersten Verhaftungen waren seine Staatskassen aufgefüllt. Und dies war erst der Anfang. Wenn er tatsächlich mit den Juden fertig war, würde er sich um Geld keine Sorgen mehr machen müssen. Nicht einmal im Traum hatte er geahnt, wie viel Geld die Hebräerhunde besaßen. Und bestimmt hatten sie noch viele Schätze versteckt!

Nun konnte er seinen großartigen Dom fertigstellen lassen, den Krieg gegen die Hussiten mit neuen Truppen und Waffen führen und endlich mit den Umbauarbeiten der Hofburg beginnen, von denen sein Kanzler schon so lange sprach. Gleich morgen wollte er fähige Baumeister mit dieser Aufgabe betrauen.

Als die Tür zu seinem Arbeitszimmer aufging und Plank in seinem roten Mantel eintrat, war Albrecht in allerbester Stimmung. Er summte zufrieden eine fröhliche Melodie und begrüßte den Domprobst überschwänglich.

»Mein lieber Kanzler, wie schön, Euch zu sehen!«

Plank brummte einen unverständlichen Gruß, schritt auf einen der Stühle zu und setzte sich, ohne auf eine Aufforderung zu warten. Offensichtlich war seine Laune längst nicht so gut wie die des Herzogs.

Herzog Albrecht ließ sich nicht stören. »Ich werde mich in den nächsten Tagen um die Umbauarbeiten der Hofburg kümmern«, sagte er. »Was haltet Ihr von einem Steinmetzmeister namens Rötel?«

»Rötel?« Irritiert zog Plank eine Augenbraue hoch, was

seine dicke Nase noch breiter aussehen ließ. »Hat Ritter Wolkenstein Euch gebeten, Rötel zu beauftragen?«

»Ja«, sagte Herzog Albrecht überrascht. »Woher wisst Ihr das?«

Planks Gesicht verfinsterte sich. Wolkenstein hatte ihn vor Tagen angesprochen, ob er nicht Rötel als Nachfolger von Meister Fuchs vorschlagen könnte, als Werkmeister und Leiter der Dombauhütte. Aber Plank konnte diesen aufgeblasenen dicken Steinmetzmeister, der ständig in irgendwelchen Wirtshäusern herumhing, nicht ausstehen. Der Mann hatte keinerlei Gefühl für Kunst und Schönheit. Er hatte Wolkenstein eine Abfuhr erteilt.

»Ich frage mich, warum Wolkenstein sich dermaßen für diesen Rötel ins Zeug wirft.« Planks Augen verengten sich.

»Wahrscheinlich mag er ihn«, sagte Herzog Albrecht. Eigentlich war ihm die Sache gleichgültig. »Wenn Ihr Rötel für ungeeignet haltet, dann beauftragt einen anderen. Schließlich gibt es genug Baumeister in Wien.«

Doch Plank überlegte weiter: »Es muss eine Verbindung zwischen Rötel und Wolkenstein geben, von der wir nichts wissen.«

Herzog Albrecht zuckte mit den Schultern und machte eine abfällige Handbewegung: »Vergesst die beiden. Kümmern wir uns um wichtigere Dinge.«

Plank seufzte verärgert. Er würde der Sache auf den Grund gehen. Wolkenstein war kein Mann, der sich aus purer Sympathie für die Interessen eines anderen einsetzte. Entweder war Wolkenstein Rötel etwas schuldig, oder er wurde unter Druck gesetzt. Beides missfiel Plank. Wolkenstein war einer seiner wichtigsten Männer im Krieg gegen die Hussiten. Er war loyal, mutig, ein wenig skrupellos und ein hervorragender Stratege, sowohl auf dem Schlachtfeld wie auch auf dem

Parkett der Diplomatie. Falls er Dreck am Stecken hatte, so musste Plank das erfahren, bevor er mehr Vertrauen in den Mann setzte und ihm größere Aufgaben zutraute.

»Habt Ihr die Liste mit den Summen gesehen, die wir bereits eingenommen haben?«, fragte der Herzog und reichte Plank ein umfangreiches Pergament. Er hatte die Sache mit dem Steinmetz längst vergessen. »Die Juden haben unglaubliche Schätze.«

Plank nahm die Liste entgegen und runzelte die Stirn. »Es ist tatsächlich mehr, als wir gedacht hatten. Dabei habe ich den Eindruck, dass die meisten Juden nur einen Teil ihres Vermögens angeben.«

»Wie bitte?«, rief der Herzog erstaunt. »Sie sollen gefälligst alles hergeben, schließlich bin ich der rechtliche Besitzer ihres Vermögens.«

»Wir vermuten, dass ein Teil der Schätze irgendwo versteckt ist.«

»Es gibt Mittel und Wege, Menschen zum Reden zu bringen«, sagte der Herzog kalt.

»Ja, die gibt es, und unsere Männer leisten in den Folterkammern des Gefängnisses bereits ganze Arbeit.« Andreas Plank trommelte mit den Fingern auf die geschnitzte Armlehne seines Stuhls. Er dachte daran, dass die Juden nicht nur verrieten, wo sich das Geld befand und wer noch etwas hatte, sondern unter der Folter auch über persönliche Schicksale sprachen. Geschichten, die man später in Geld umwandeln konnte.

»Gut so.« Der Herzog setzte sich und wirkte wieder entspannt. »Wie steht es mit den Taufen? Wie viele werden sich für den einzig wahren Glauben entscheiden?«, fragte er und betrachtete einen seiner großen Ringe. Gelangweilt drehte er an dem riesigen Rubin.

»Einige haben sich zur Taufe entschieden. Aber es sind

nur wenige«, sagte der Kanzler. Er räusperte sich erneut und fügte hinzu: »Papst Martin hat sich zu Wort gemeldet. Er hat davon erfahren, dass Ihr alle Kinder unter fünfzehn Jahren zur Zwangstaufe zwingen wollt, und hat das mit einer Bulle unterbunden.«

»Er hat was?«, rief der Herzog schrill. Seine Stimme überschlug sich fast, und er sprang erbost von seinem Stuhl auf.

»Papst Martin hat eine Urkunde unterzeichnet, die er ›Licet Iudaeorum omnium‹ überschrieben hat. Darin droht er allen Priestern mit der Exkommunikation, die Kinder unter zwölf Jahren gegen den Willen ihrer Eltern taufen. Die Nachricht ist an alle Bistümer gegangen. Heute Morgen ist ein Bote aus Passau gekommen und hat mir ein Schreiben des Bischofs überbracht. Wollt Ihr es lesen?« Plank griff in seinen Mantel, um einen Brief herauszuholen, aber der Herzog achtete nicht darauf.

»Wie kann der Papst es wagen, sich in meine Angelegenheiten zu mischen? Er hat diese Bulle nur geschrieben, um mich zu ärgern. Und noch dazu so schnell! Ich frage mich, woher er von meinen Plänen wusste.« Der Herzog starrte auf den Wandteppich vor sich. »Ich säubere mein Reich von Hebräerhunden, und als Dank erhalte ich eine Bulle aus Rom.«

Sein Gesicht war dunkelrot angelaufen, zornbebend marschierte er im Zimmer auf und ab. »Der Papst sollte uns lieber unterstützen!«

Plank versuchte, den Herzog wieder zu beruhigen. »Es geht lediglich um die Taufe. Scheinbar haben die Juden mächtige Fürsprecher in Rom.«

»Rom ist ein Ort der Sünde«, sagte Albrecht verächtlich. Er war stehen geblieben und wandte sich nun erneut seinem Kanzler zu.

»Ich lasse mir keine Vorschriften machen«, sagte er leise und drohend. »Gleich morgen früh werde ich alle Juden, die kein Geld haben, taufen lassen. Dann setzen wir sie auf ein ruderloses Floß und schicken sie auf der Donau Richtung Osten. Dies ist mein Reich, und ich bestimme, wer hier wohnen darf. Lang genug haben wir die Judenbrut ertragen. Aber sie haben den Leib Christi geschändet und die Ketzer mit Geld unterstützt. Ich kann sie hier nicht länger dulden. Sie müssen verschwinden. Allesamt.«

»Ihr solltet nichts überstürzen«, sagte Plank vorsichtig. »Wenn wir den Papst verärgern, könnte das nachteilig sein für unsere Pläne, Wien zum Bistum zu machen.«

»Was ist das für ein lächerlicher Papst? Er sollte uns lieber mit einem Bistum belohnen, weil wir die Christusmörder aus unserem Reich vertreiben!«

Plank legte den Kopf zur Seite. Im Grunde teilte er die Meinung des Herzogs, aber im Spiel um Macht und Einfluss gab es Regeln, die es einzuhalten galt. Der Einfluss des Passauer Bischofs war nicht zu unterschätzen. Der Mann würde alles daransetzen, den Aufstieg Wiens zum Bistum zu verzögern. Doch Herzog Albrecht war im Moment nicht zugänglich für Ermahnungen und Erklärungen, deshalb begnügte Plank sich damit zu sagen: »Wir sollten die Bulle ernst nehmen und von den Zwangstaufen Abstand nehmen.«

Herzog Albrecht zog einen Schmollmund. Er presste seine dicken Finger gegeneinander, bis die Kuppen blutleer und weiß waren. Schließlich sagte er: »Nun gut, dann verzichte ich auf die Zwangstaufen und schicke die Juden ungetauft Richtung Osten.«

Erleichtert nickte der Kanzler. Herzog Albrecht trat zum Fenster und schaute versonnen auf den kleinen Innenhof: »Aber es ist der Papst, der sich vor Gott zu verantworten hat. Wenn die armen Kinder in der Donau ertrinken, werden sie es tun, ohne zuvor die heiligen Sakramente der Kirche empfangen zu haben.«

49

Kurz vor Sonnenaufgang stand Mathes auf und schlich in die Küche. Vor Sorge um Sarah hatte er die ganze Nacht nicht geschlafen und sich unruhig von einer Seite zur anderen gedreht. Er musste irgendetwas tun, um nicht den Verstand zu verlieren. Deshalb beschloss er, einen Korb mit Essen zu richten und ihn zum Gefängnis zu tragen. Gestern hatte er dort nichts erfahren können. Der ungepflegte, aber nicht unfreundliche Gefängniswärter am Eingang hatte ihm zwar den Zugang verweigert, ihm aber bestätigt, dass eine Jüdin names Sarah Isserlein in einer der Gemeinschaftszellen saß. Vielleicht gelang es Mathes heute wenigstens, den Gefangenen einen Korb voll Essen zukommen zu lassen. Da bestimmt die Hälfte davon im Magen des Wärters verschwinden würde, packte Mathes den Korb so voll wie möglich und verließ das Haus.

Die Straßen füllten sich bereits. Handwerker waren unterwegs zu ihren Werkstätten, Händler zogen ihre Karren zum Markt, und aus der Bäckerstraße drang der Duft von frischem Brot und Semmeln. Plötzlich durchbrach ein ungewöhnlicher Lärm die morgendlichen Geräusche. Mathes blieb stehen und schaute in die Richtung, aus der das Rufen und die Peitschenknalle kamen. Ein berittener Soldat lenkte sein Pferd in die Rotenturmstraße und bellte einen Befehl.

Hinter ihm tauchte eine Gruppe zerlumpter Gefangener auf, ein trauriger Zug müder Männer und Knaben. Einige von ihnen trugen die lächerlichen Judenhüte, andere hatten nichts auf dem Kopf. Sie hielten, wie es die jüdische Tradition vorschrieb, schützend eine Hand auf ihr Haar, damit ihr Kopf nicht unbedeckt in den Himmel zeigte. Neben den Gefangenen liefen schwerbewaffnete Soldaten. Sie sorgten dafür, dass die Gruppe sich flott fortbewegte.

Erschrocken blieb Mathes stehen. In der vordersten Reihe erkannte er Elias.

»Auf die Seite«, schrie der Soldat auf dem Pferd. Er ließ seine Peitsche auf den Boden knallen, und Mathes sprang schnell aus dem Weg. Fluchend drückte er sich gegen die Hauswand und starrte entsetzt auf die grauen Gestalten, die an ihm vorbeizogen.

Der Medicus hielt den Kopf gesenkt, er sah nur auf das Kopfsteinpflaster unter seinen nackten Füßen.

Mit einem kräftigen Ruck stieß sich Mathes von der Mauer ab und lief Elias hinterher. »Medicus Isserlein«, rief er.

Der Soldat, der direkt neben Elias ging, drehte sich zu Mathes und blaffte ihn an: »Es ist verboten, mit den Gefangenen zu reden!«

Mathes wechselte auf die andere Straßenseite, folgte dem Zug aber weiterhin. Er rief noch einmal nach Elias. Diesmal hob dieser den Kopf. Seine Augen waren stumpf, doch er erkannte Mathes und nickte ihm müde zu. Elias' Haar war in den letzten Tagen grau geworden, an manchen Stellen sogar weiß. Auf seiner Schläfe klebte eingetrocknetes Blut. Jemand hatte ihm die Schläfenlocken abgeschnitten.

»Was geschieht mit den Gefangenen?«, fragte Mathes den Soldaten, der hinter ihm ging. Er wirkte etwas freundlicher als Elias' Begleiter auf der anderen Straßenseite.

»Sie werden auf einem Floß auf der Donau nach Osten geschickt«, erklärte der junge Mann.

Entsetzt blieb Mathes stehen. Elias war auf dem Weg in den sicheren Tod, und er konnte nichts dagegen tun.

Der Zug der Gefangenen war inzwischen eilig weitergegangen, Mathes musste laufen, um sie wieder einzuholen. Er war nicht der einzige Begleiter. Immer mehr Schaulustige kamen aus den umliegenden Gassen und Straßen und schlossen sich an. Aus den Fenstern schauten Leute, manche von ihnen warfen Unrat auf die Gefangenen. Andere liefen neben den Juden her, beschimpften und bespuckten sie, faulige Essensreste flogen durch die Luft. Ein paar Straßenjungen warfen sogar kleine Steine.

Mathes sah sich um. Es wurden immer mehr Menschen und das trotz der frühen Morgenstunde.

Plötzlich traf ein hartes Stück Brot, in dem offenbar ein schwerer Kieselstein steckte, einen jüdischen Jungen am Hinterkopf. Der Junge ging augenblicklich in die Knie, sackte zusammen und blieb am Boden liegen. Ein riesiger Wärter schlug mit der Peitsche auf das Kind ein, doch es rührte sich nicht.

»Hört auf damit«, rief Mathes schrill.

Da drängte ihn jemand unwirsch zur Seite, Mathes fuhr herum. Er erkannte die blonde Frau mit der hässlichen Narbe auf der Wange, es war Magdalena, die Hebamme, die ihn am Oberarm festhielt.

»Haltet den Mund, Ihr Narr. Oder wollt Ihr von den Soldaten mitgenommen werden?«, zischte sie.

Mathes wollte sich losreißen, aber die schmalen Hände der Hebamme waren kräftiger, als sie aussahen.

»Ihr könnt hier gar nichts ausrichten«, sagte Magdalena und ließ Mathes' Arm los. »Gar nichts!«

Mathes drehte sich wieder nach dem kleinen Jungen um und sah, dass Elias neben ihm stand. Der Medicus schrie den Wärter an: »Der Junge ist bewusstlos, er kann nicht aufstehen! Und er hat niemanden, der ihm hilft, denn sein Vater ist tot. Ihr habt ihn umgebracht.«

»Dann trag ihn doch«, brüllte der Wärter und lachte laut.

Elias kniete sich nieder und schulterte den kleinen Jungen. Stolpernd ging er weiter.

Mathes wollte ihm folgen. »Ich muss ihm helfen!«, sagte er, aber erneut spürte er die schmalen, starken Hände der blonden Hebamme an seinem Arm.

»Lasst mich los!«, rief er.

»Dann hört auf, Euch in Gefahr zu begeben, und tut lieber etwas Sinnvolles. Die Gefangenen brauchen Proviant«, sagte Magdalena. Mit dem Kinn deutete sie auf den Korb in Mathes' Hand. »Wenn es ihnen gelingt, sich vor dem Ertrinken zu retten, brauchen sie Essen, um auf dem Floß nicht jämmerlich zu verhungern.«

Entschieden schüttelte Mathes ihre Hände ab. »Ihr habt recht, sie brauchen etwas zu essen«, sagte er und bog in die Bäckerstraße ab. Magdalena schüttelte den Kopf und verschwand in einer Seitengasse, während Mathes auf den ersten aufgeklappten Laden zulief.

»Ein Sack voll Brot!«, keuchte er. »Schnell!« Er schüttete der Bäckerin alle Münzen aus seinem Geldbeutel auf den Holzladen.

Verwundert starrte die rotbackige Frau auf das Geld. Dann steckte sie es gierig in ihre Schürze und ging in den hinteren Teil ihres Geschäfts. Sie packte alle Semmeln und kleinen Brote, die sie hatte, in einen großen Sack und reichte ihn Mathes. Neugierig beobachtete sie, wie Mathes den Inhalt seines Korbs ebenfalls in den Sack leerte, diesen oben zusammenband und schließlich schulterte. Ohne Gruß lief er zurück in die Rotenturmstraße. Der Zug der Gefangenen war bereits beim Roten Tor angelangt.

Mathes folgte ihnen eilig. Völlig außer Atem durchschritt er das Tor und gelangte zur Floßlände. Die hasserfüllten Begeisterungsrufe der Zuschauer schmerzten in seinen Ohren. Entsetzt sah Mathes auf das armselige Gefährt, das im Wasser lag. Ein Floß ohne Ruder oder Steuer, das man nachlässig aus grob behauenen Holzstämmen zusammengebunden hatte.

»Rauf mit dir, du dreckiger Jud!«, schrien die Menschen am Ufer und applaudierten, als einer der Soldaten einen alten Mann auf das Gefährt stieß, das gefährlich schwankte. Um nicht zu kentern, krabbelten die Männer, die bereits auf dem Floß waren, auf allen vieren in die Mitte und kauerten sich dort zusammen. Die Zuschauer bejubelten das Schauspiel.

In Mathes' Ohren begann es zu surren, ihm war übel. Nun wurde Elias auf das Floß gestoßen. Der riesige Soldat mit den breiten Schultern stieß ihm eine lange Stange in den Rücken, Elias verlor das Gleichgewicht, und der Soldat lachte. Er versetzte ihm sofort einen weiteren Stoß. Mathes sah, wie Elias die Zähne zusammenbiss, um nicht aufzuschreien. Er trug immer noch den Jungen auf seiner Schulter. Erneut traf ihn ein Schlag im Rücken. Nun rutschte der Junge von Elias' Schulter und glitt ins Wasser.

Mathes hörte Elias' verzweifelten Aufschrei. »Nein!«

Die Menge grölte. Elias drehte sich um, seine ruckartige Bewegung ließ das Floß noch mehr schaukeln. Auch Elias drohte jetzt ins Wasser zu fallen. Er krallte sich mit beiden Händen an einem Holzstamm fest und starrte dorthin, wo er den Jungen verloren hatte. Er versuchte, nach dem Kind zu angeln, erwischte aber nur seinen Umhang.

Mathes' Herz setzte für einen Moment aus. Genau wie Elias starrte er fassungslos auf das nasse Stück Stoff in der Hand des Medicus. Der leblose Körper des Jungen war untergegangen wie ein Sack voll Steine. Erneut wackelte das Floß.

»Seht nur, der Jude bringt das Floß zum Kentern«, rief ein aufgeregter Junge am Ufer. Er hüpfte freudig auf und ab.

»Kippt das Boot! Kippt das Boot!«, rief ein anderer und klatschte dazu im Takt.

Nun kroch ein junger Bursche, der Mathes aus dem Hospital bekannt vorkam, auf allen vieren zu Elias, um ihm zu helfen. Er spähte ins Wasser, griff ebenfalls hinein. Dann schüttelte er traurig den Kopf und zog Elias zu den anderen Gefangenen in die Mitte. Ein enttäuschtes Raunen ging durch die Menge. Die Zuschauer hatten auf mehr Ertrinkende gehofft. Aber noch war das Schauspiel in vollem Gang.

Mathes lief zur nächsten Brücke, die sich etwas unterhalb der Anlegestelle befand. Auch dort hatte sich bereits eine Gruppe applaudierender Wiener eingefunden. Rücksichtslos setzte Mathes seine Ellbogen ein und drängte sich in die erste Reihe.

Zwei Frauen murrten. »He, was soll das? Wir waren zuerst da!«

Aber Mathes achtete nicht auf sie. Er wartete.

Es war beinahe windstill, und die Donau floss träge dahin. Die noch tiefstehende Sonne hinter ihm ließ das Wasser glitzern und warf bunte Farbreflexe. Mathes musste eine Hand über die Augen legen, um die Anlegestelle erkennen zu können. Jetzt griff einer der Soldaten nach seinem Schwert und durchtrennte mit einem dramatischen Hieb das letzte Seil, mit dem das Floß festgebunden war. Die Menschen grölten und jubelten, so als habe man soeben eine bösartige Bestie bezwungen. Das Floß drehte sich, schwankte etwas und trieb in die Mitte des Flusses. Es grenzte an ein Wunder, dass es nicht kippte, doch die Gefangenen saßen still in der Mitte und versuchten, die Balance zu halten. Rasch trieb das Gefährt auf die Brücke zu, auf der sich Mathes befand. Er musste genau zielen und durfte den Sack erst fallen lassen, wenn sich das Floß direkt unter ihm befand. Es war Präzisionsarbeit, genau wie beim Bearbeiten eines Steins.

Nun war das Floß fast unter der Brücke.

»Elias!«, rief Mathes laut den Vornamen von Sarahs Bruder. Mit einem dumpfen Aufprall landete der Sack direkt auf dem wackeligen Floß. Elias schaute auf, erkannte den Steinmetz und sah ihn überrascht und hilfesuchend an. Er formte drei Worte mit seinen Lippen, und Mathes verstand sie, obwohl er sie nicht hören konnte. »Rettet meine Tochter.« Mathes nickte und war betroffen, wie erleichtert der Medicus aussah. Er hatte soeben ein Versprechen gegeben, das er vielleicht nicht halten konnte.

Rasch drängte Mathes sich durch die Menge und rannte zurück zum Ufer. Inzwischen hatten einige Zuschauer begriffen, dass jemand den Juden etwas zugeworfen hatte. Einer schrie, dass man den Judenfreund aufhalten solle, aber Mathes war schneller. Er rannte zurück zur Stadtmauer und verschwand in einem Torbogen. Dort blieb er stehen, keuchte heftig und hielt sich die schmerzende Seite.

Plötzlich sah er neben sich aus einer dunklen Seitengasse eine schmale Gestalt auftauchen. »Hier entlang«, zischte sie leise.

Mathes erkannte Magdalena, ohne zu fragen, folgte er ihr. Sie lief direkt auf die Rupprechtskirche zu und bedeutete Mathes hineinzugehen.

»Und Ihr?«, fragte er.

Magdalena lachte bitter auf: »Das ist kein Platz für mich!«

»Warum helft Ihr mir?«

»Eine offene Rechnung und ein schlechtes Gewissen«, sagte die Hebamme.

Verblüfft starrte Mathes in das entstellte Gesicht der Frau, die ihm plötzlich gar nicht mehr jung, sondern sehr alt vorkam. Rasch drehte sie sich um und lief davon.

Mathes hörte Stimmen und Fußgetrampel aus einer der Seitengassen. Er zog die schwere Holztür der kleinen Kirche auf, die um diese Tageszeit nicht verschlossen war, und schlüpfte lautlos ins dunkle kühle Innere. Schnaufend ließ er sich in einer der Holzbänke in der letzten Reihe auf die Knie fallen und faltete scheinbar andächtig die Hände. Und während der Priester, der in einer der Nischen saß, sich über die Frömmigkeit des jungen Mannes freute, dachte Mathes über den seltsamen Satz nach, den Magdalena eben gesagt hatte. Aber er konnte keinen Sinn darin erkennen. Und so legte er den Kopf auf die Knie und flüsterte: »Gott, wo bist du?«

Diese Frage hatte er das letzte Mal gestellt, als er neun Jahre alt gewesen war.

50

Es dämmerte bereits, als Mathes Stunden später in die Singerstraße zurückkehrte. Er hatte den Nachmittag bei Meister Span, einem Kunsttischler in der Naglergasse, verbracht, der ihm glattpolierte Kirschholzbretter verkauft hatte, das beste Material, was ihm derzeit zur Verfügung stand. Mathes hatte auf der Stelle damit begonnen, das Holz zu bearbeiten.

Kaum betrat Mathes den Hof, lief ihm Rufus bellend und schwanzwedelnd entgegen. Der Hund begleitete ihn zum

Haus, blieb aber vor der Haustür stehen und legte sich auf eine Decke, die offenbar eigens für ihn ausgebreitet worden war.

»Sehe ich das richtig, dass du nun unser Wachhund bist?« Mathes streichelte dem Tier über den struppigen Kopf. Dann betrat er das Haus und ging schnurstracks in die Stube, wo man bereits auf ihn wartete. Ein Gemüseeintopf stand in der Mitte des Tisches, und Judith füllte gerade die Schüsseln.

»Na, endlich!«, rief Richard. »Wir haben alle Hunger.«

Mathes murmelte eine Entschuldigung und ließ sich müde auf den leeren Stuhl fallen. Er fragte sich, ob Judith bereits von Elias' Schicksal wusste, und Richard beantwortete seine unausgesprochene Frage.

»Heute Morgen hat man die ersten Juden auf ruderlosen Flößen die Donau hinuntertreiben lassen. Elias war dabei.«

Mathes nickte stumm.

»Man erzählt sich, dass der Teufel dort war«, fuhr Richard fort. »Er soll den Juden einen Sack voll Brot auf das Floß geworfen haben.«

»Wie bitte?« Mathes blickte von seiner Suppenschüssel auf.

»Einige Leute behaupten, sie hätten sogar den Schwefel riechen können.«

»Ich bin dort gewesen und habe das schreckliche Schauspiel mit angesehen«, erzählte Mathes. Bei der Erinnerung daran war ihm der Appetit vergangen, er schob seine Schüssel zur Seite.

»Du hast den Teufel gesehen?« Diesen Teil der Geschichte fand Josef am spannendsten.

»Ja, natürlich.« Jetzt grinste Mathes.

»Wie sieht der Teufel denn aus?«, wollte Jonas aufgeregt wissen.

»So wie ich.«

»So wie du?« Jonas sah ihn verwirrt an.

Nun hoben auch die anderen am Tisch den Kopf und blickten neugierig auf.

»Ich habe das Brot auf das Floß geworfen.«

»Du bist ein Teufel?«, rief Jonas sichtlich beeindruckt.

»Sei still«, sagte Judith. Sie verbot ihren Kindern nur selten das Wort. Aber im Moment konnte sie die Fragen ihrer Söhne nicht ertragen, zu angespannt fühlte sie sich, und zu groß waren ihre Sorgen um ihre Familie. »Du warst das?«

Müde nickte Mathes, und kurz war es still in der Stube. Plötzlich begann Alfred, tief und herzhaft zu lachen: »Ich wusste gar nicht, dass du nach Schwefel stinkst!«

Richard fiel in das Gelächter ein. »Dabei bist du erst vor ein paar Tagen in der Badestube gewesen!«

Nur Judith konnte in die Heiterkeit nicht einstimmen.

»Morgen soll ein weiteres Floß beladen werden«, sagte Mathes und beendete die Ausgelassenheit der Klayndl-Brüder mit einem Schlag.

»Ich weiß.« Alfred nickte. »Morgen soll es ein Floß voll mit Frauen und Mädchen sein. Ich habe es von Günter Ziesel gehört, und der weiß es von seinem Schwager, dem Gefängniswärter.«

»Sie werden wohl auch Sarah auf ein Floß setzen«, sagte Mathes tonlos, doch Alfred schüttelte den Kopf.

»Nein, Sarah wird nicht dabei sein. Wir werden sie heute Nacht aus dem Gefängnis holen.«

Mathes zog überrascht die Augenbrauen hoch.

Richard, der neben Mathes saß, schob ihm seine Suppenschüssel wieder hin: »Hier iss, denn du wirst Kraft brauchen. Wir haben eine lange Nacht vor uns.«

»Aber …«

»Iss, wir erklären dir alles später.«

51

»DIE NÄCHSTE TOTE«, SAGTE DIE mutige alte Frau, von der Sarah inzwischen wusste, dass sie Jutta Bleibtreu hieß und die Frau eines Tagelöhners war. Die Alte beugte sich über den leblosen Körper der jungen Rebecca. Seit den frühen Morgenstunden war die Frau des Goldhändlers tot. Zwei Tage lang hatte sie Durchfall gehabt und erbrochen, gestern hatte ganz plötzlich sehr hohes Fieber eingesetzt. Sarah hatte nach den Wachmännern gerufen, hatte gebettelt und gefleht, man möge den leeren Kübel erneut mit Wasser auffüllen, aber vergebens. Ein betrunkener Wachmann grölte durch die verschlossene Tür: »Wenn ich noch einmal was von Wasser höre, hol ich eine von euch raus und zeige ihr, wo Gott wohnt. Dann braucht ihr kein Wasser mehr.« Die anderen Männer stimmten in sein Lachen ein. In den frühen Morgenstunden war Rebecca in den Armen der alten Frau jämmerlich verdurstet. Alle in der Zelle fühlten sich an ihrem Tod mitschuldig, weil keine es gewagt hatte, noch einmal nach Wasser zu rufen.

Jutta deckte den Körper der Frau mit deren Umhang zu und stimmte das Totengebet an.

Plötzlich wurde die Zellentür aufgestoßen, und einer der Wachmänner trat ein. Es war jener Mann, der darauf bestanden hatte, dass Ruth Grünsteudl abtransportiert werden sollte. Sarah erkannte ihn sofort an seinem glatten, haarlosen Kopf. Mit einem wachsamen Blick erfasste er die Situation, sah die Leiche am Boden liegen und schien fast zufrieden zu grinsen.

»Die wird später abgeholt«, murmelte er kaum hörbar und fügte hinzu: »Wer von euch ist Sarah Isserlein?« Er hob seinen kahlen Kopf und blickte sich suchend um.

»Wir haben eine Leiche hier liegen. Sie hat eine ansteckende Krankheit, wenn Ihr Euch nicht um sie kümmert, sterben wir alle«, sagte Jutta, in der Hoffnung, Sarahs Abtransport ein weiteres Mal hinauszuzögern.

Der Kahlköpfige drehte sich um und fuhr Jutta an: »Schweig, altes Weib.« Er wirkte nervös, auf seiner Stirn bildeten sich trotz der Kälte, die in der Zelle herrschte, Schweißtropfen. Seine kleinen Augen blickten nach links und rechts.

Wortlos und blass stand Sarah auf: »Ich bin Sarah Isserlein.« Sie hoffte, dass der Mann das Zittern in ihrer Stimme nicht hören konnte, sie wollte ihm nicht die Genugtuung geben, ihre Angst zu spüren.

Der Wachmann nickte und winkte Sarah zu sich, dann bedeutete er ihr mit dem Kinn, zur Zellentür zu gehen. Sarah erwartete einen harten Griff, doch der Kahlköpfige ließ seine Finger von ihr. Er öffnete die Zellentür und folgte ihr. Für den Bruchteil eines Augenblicks überlegte Sarah, ob sie flüchten sollte. Aber sie befand sich im Keller des Stadtgefängnisses, der aus einem Labyrinth von Gängen bestand, wo sie sich rettungslos verlaufen würde. Bestimmt hätte man sie in kürzester Zeit wieder eingefangen. Es war besser, ihren Folterern mit hocherhobenem Kopf entgegenzutreten und zumindest für einen Moment das Gefühl zu haben, stärker zu sein als sie. Nicht schreien. Bitte, Gott, gib mir die Kraft, dass ich nicht schreie und um Gnade flehe, dachte Sarah. Sie schrak zusammen, als der Wachmann die schwere Zellentür hinter ihr zuschlug und mit einem dicken Balken verriegelte. Zusätzlich versah er den Balken mit einem schweren Schloss. Den Schlüssel dazu verstaute er unter seiner Tunika. Sarah begriff, dass sie verloren war.

»Hier lang«, sagte der Wachmann und zeigte auf einen der drei schmalen Gänge. »Und keinen Laut, sonst schneide ich dir mit dem Messer die Kehle durch.« Um seine Entschlossenheit zu demonstrieren, zog er einen langen Dolch hervor und hielt ihn Sarah gegen die Rippen. Die eiskalte Metallspitze bohrte sich durch ihr schmutziges Kleid und ritzte ihr die Haut am Rücken auf. Sie schluckte, nickte stumm und ging los.

Es kostete Sarah viel Kraft, nicht zu stolpern. Seit Tagen hatte sie kaum etwas gegessen und nur wenig getrunken. Vor ihren Augen flimmerte es, und sie fühlte sich sehr schwach. Zugleich raste ihr Herz. Kurz blieb sie stehen und hielt sich an der feuchten Steinwand fest. Ihre Finger glitten daran ab.

»Weiter«, zischte der Wachmann hinter ihr. Er schien es sehr eilig zu haben, wahrscheinlich sollte er seinen Auftrag rasch ausführen. Mutlos und immer ängstlicher stolperte Sarah weiter. Sie hatte noch in der Zelle einen Schuh verloren und spürte den kalten, feuchten Untergrund unter ihrem nackten Fuß. Zwischen ihren Zehen sammelten sich Sand und Lehm. Sie bogen um eine scharfe Kurve und schienen nun wieder der Richtung zu folgen, aus der sie gekommen waren.

Plötzlich waren Stimmen anderer Wachmänner zu hören. Der Kahlköpfige hinter ihr hielt erschrocken an, drängte Sarah aber dann noch schneller weiter. Sein Atem ging laut und rasselnd, sie konnte ihn warm an ihrem Hals spüren, und Ekel stieg in ihr auf. Aus dem Dunkel tauchte eine schmale Treppe auf, der Mann hinter ihr schob sie darauf zu. Die Stufen waren in den sandigen Erdboden gehauen und hatten unterschiedliche Höhen. Mit gerafften Röcken stieg Sarah mühsam eine nach der anderen hinauf. Als sie mit dem nackten Fuß auf einen spitzen Stein trat, fluchte sie leise. Dann wurde ihr erneut schwarz vor Augen, sie zwang sich, tief durchzuatmen, um nicht in Ohnmacht zu fallen.

Die Treppe hatte ein jähes Ende. Über Sarahs Kopf befand

sich eine Falltür, die mit einem schweren Schloss gesichert war. Der kahlköpfige Mann drängte sich an ihr vorbei, er schwitzte, und sein Schweiß roch nach Angst. Wovor fürchtete er sich? Musste er am Ende ihrer Folter beiwohnen und konnte den Anblick nicht ertragen? Fahrig nestelte der Wärter an seinem riesigen Schlüsselbund herum und fand schließlich den passenden Schlüssel. Rasch öffnete er das Schloss, hob vorsichtig den Deckel hoch und stieß ihn dann mit einem kräftigen Schwung auf. Er zwängte sich durch die Öffnung und reichte Sarah die Hand, um auch ihr herauszuhelfen. Widerwillig ergriff Sarah die kräftige, schwielige Hand mit den schwarzen Fingernägeln und ließ sich hochziehen.

Überrascht sah sie sich um. Ein kühler Luftzug umspielte ihr Gesicht, über ihr befand sich ein wolkenloser, sternenklarer Himmel. Sie stand in einem winzigen Hinterhof des Gefängnisses. Direkt vor ihr erhob sich eine hohe Mauer, von der ein Seil baumelte.

»Was, wo …?«

»Du musst schnell an diesem Seil hinaufklettern. Auf der anderen Seite wartet dein Liebster auf dich.« Der Mann grinste zum ersten Mal und legte eine Reihe überraschend weißer Zähne frei. Sarah war bis jetzt nicht aufgefallen, dass seine kleinen dunklen Augen etwas ausstrahlten, was nicht zu seinem Beruf passte. Es war Menschlichkeit.

»Aber warum …?« Sarah begriff noch immer nicht, was hier vor sich ging.

»Eine Hand wäscht die andere«, sagte der Mann und fuhr zusammen, weil neben ihm etwas raschelte.

»Es bleibt nicht viel Zeit. Du musst da rauf, wie, das bleibt dir überlassen. Von hier ab kann ich dir nicht mehr helfen. Ich muss zurück, sonst gibt es Ärger. Ich muss den anderen erklären, dass du tot in der Zelle liegst.«

»Aber das ist doch …« Sarah schlug sich die Hand vor den Mund und sagte nichts weiter.

Der Wärter nickte. Er grinste noch einmal und verschwand dann wieder im Tunnel. Sarah half ihm, die Falltür geräuschlos zu schließen. Als sie erneut den Schlüsselbund hörte, fiel ihr ein, dass sie sich nicht einmal bedankt hatte.

52

Einen Moment lang stand Sarah regungslos da und starrte die Mauer an, die schier unüberwindbar vor ihr in den Himmel ragte. Hinter ihr befand sich das Gefängnis, unter ihr ein Labyrinth aus Tunneln und Zellen, in denen verzweifelte Juden um ihr Leben fürchteten. Sarahs Augen hatten sich in den letzen Tagen an die Dunkelheit gewöhnt. Sie betrachtete die Mauer und konnte jede Kleinigkeit, jede Unebenheit, jeden ausgebrochenen Stein und jedes Büschel Moos erkennen. In Bodennähe wuchs besonders viel Moos, und ungefähr in der Mitte der Mauer gab es einen Vorsprung, auf dem man bequem stehen konnte. Außerdem wies der graue solide Stein eine Unzahl von Rillen auf, die Regen und Wind im Laufe der Jahre hinterlassen hatten.

Der Wind trieb eine große Wolke vor sich her und legte den zunehmenden Mond frei, der plötzlich ein verräterisch helles Licht in den Hof warf. Wenn jemand durch eines der winzigen Guckfenster blickte, würde er sie sehen und sofort Alarm schlagen. Sarah atmete tief durch. Sie musste handeln, und zwar rasch. Beherzt machte sie einen Schritt auf die Mauer zu und ergriff das Seil. Vorsichtig zog sie daran. Es schien völlig sicher irgendwo an der anderen Seite der Mauer befestigt zu sein.

»Dein Liebster wartet auf der anderen Seite.« Wen hatte der Gefängniswärter gemeint? War es Aaron gelungen, sich freizukaufen? Das konnte Sarah sich nicht vorstellen. Ein sommersprossiges Gesicht und dunkelblaue Augen erschienen vor ihr, und ein warmes Gefühl machte sich in ihrem Bauch breit. Ob Mathes drüben auf sie wartete?

Mühevoll zog sich Sarah am Seil hoch. Als Kind war sie eine gute Kletterin gewesen, aber im Moment war sie geschwächt. Der lange Entzug von Nahrung und Wasser machte sich bemerkbar, und die körperliche Anstrengung setzte ihr zu. Sie begann zu schwitzen, rutschte ein Stück ab und verbrannte sich die Handflächen. Der zweite Schuh war ihr im Weg, sie streifte ihn ab und ließ ihn fallen. Viel zu laut für einen kleinen Lederschuh schlug er am Boden auf. Sarah fluchte. Es war dumm von ihr, Beweismaterial zurückzulassen.

Plötzlich spürte sie, wie jemand auf der anderen Seite der Mauer an dem Seil zog, um ihr das Klettern zu erleichtern. Sie schloss die Augen, sammelte ihre Kräfte, biss die Zähne zusammen und zwang sich, trotz blutiger Handflächen weiterzuklettern. Mit den Beinen stützte sie sich an der Mauer ab, mit den Händen zog sie sich am Seil empor. Bald trennten sie nur noch wenige Meter vom oberen Ende der Mauer.

»Sarah?«, flüsterte eine Stimme von der anderen Seite, und ihr Herz machte einen Sprung. Die letzten Kletterzüge waren ein Kinderspiel. Erschöpft ließ sie sich auf dem breiten Vorsprung auf der Mauer nieder und schnaufte. Als sie Mathes' Gesicht sah, begann sich alles um sie zu drehen. Die Sterne über ihr schienen zu tanzen, in ihren Ohren sauste es.

Mathes stand am oberen Ende einer Leiter, die Alfred unten für ihn sicherte. Der Dritte war Richard, er hatte das Seil gehalten, das er sich zusätzlich um den Bauch gebunden hatte.

»Wir müssen uns beeilen. Der Wachmann kann jeden Moment von seinem Rundgang zurückkommen.« Mathes streckte Sarah beide Hände entgegen, und ihr lief ein warmer Schauer über den Rücken. Etwas wackelig kletterte sie zu Mathes auf die Leiter und ließ zu, dass er ihr beim Abstieg half.

Als sie am sicheren Boden waren, hatte Richard das Seil wieder aufgewickelt und half nun Alfred, die Leiter auf die Schultern zu nehmen.

Plötzlich ertönten feste Schritte.

»Schnell«, flüsterte Alfred. Mathes ergriff Sarahs Hand, und alle vier rannten, so schnell sie konnten, die dunkle Gasse entlang. Sie drückten sich allesamt in den nächsten Hauseingang. Von dort aus sahen sie den verwirrten Wachmann, der offensichtlich Geräusche gehört hatte. Suchend blickte er sich um. Dann schüttelte er den Kopf, schob sich den Helm in den Nacken, blickte an der Mauer hoch und drehte sich zu dem Hauseingang um, in dem Sarah und ihre Retter standen. Sarahs Herz schlug so laut, als wollte es aus ihrer Brust springen.

»Wenn er uns sieht, müssen wir ihm die Leiter über den Kopf ziehen, bevor er Alarm schlagen kann«, flüsterte Richard.

Doch der Wachmann kratzte sich nur am Hintern, erleichterte sich lautstark von unliebsamen Gasen und ging weiter. Bestimmt warteten seine Kollegen schon mit einem Würfelspiel und einem Krug voll Wein auf ihn.

Als er um die Ecke verschwunden war, begann es in Sarahs

Ohren abermals zu surren. Sie hörte die Stimmen der Männer nur noch von weitem, sah die Dunkelheit auf sich zukommen und spürte, wie Mathes sie auffing.

Es dauerte einige Augenblicke, bis Sarah wieder zu Bewusstsein kam. Es war Mathes' besorgte Stimme, die ihr klarmachte, dass der Alptraum im Gefängnis ein Ende hatte. Benommen schlug sie die Augen auf und lächelte schwach.

»Wir müssen weiter«, drängte Richard im Hintergrund.

»Ihr könnt Euch auf mich stützen«, sagte Mathes, griff Sarah unter den Arm und zog sie hoch. Sie schwankte kurz, dann flüsterte sie: »Es geht schon wieder.« Mathes' Angebot, sich auf ihn zu stützen, nahm sie dennoch bereitwillig an. Seine Nähe war tröstlich.

Ohne weitere Zwischenfälle gelangte die kleine Gruppe durch die schlafende Stadt. Die Fensterläden der Häuser waren verschlossen, und die nur spärlich vorhandene Straßenbeleuchtung – Fackeln oder Laternen an Hauswänden und Hauseingängen – war längst erloschen.

Als die vier den Hof in der Singerstraße betraten, kam ihnen Judith erleichtert entgegengelaufen.

»Endlich!«, flüsterte sie, und Tränen tropften auf ihr Kleid. Sie schloss die Schwester erleichtert in die Arme. Hinter Judith tauchte Maria auf. Die alte Frau starrte Sarah entsetzt an und fragte mit rauer Stimme: «Was haben sie mit Euch gemacht?«

Sarahs kastanienbraunes Haar hatte seinen Glanz verloren und hing verfilzt über die knochigen Schultern. Ihre Augen tränten, und ihre Arme und Beine waren von entzündeten Schürfwunden übersät. Ihre Hände bluteten, zwei der Fingernägel waren eingerissen und vereitert. Es wäre ihr lieber gewesen, Mathes hätte sie nicht in diesem Zustand gesehen, aber dazu war es zu spät.

Müde antwortete sie auf Marias Frage: »Ihr wollt es bestimmt nicht wissen. Es war grauenvoll.«

»Komm.« Judith wollte die Schwester ins Haus drängen, wo in der Küche bereits ein Badebottich mit heißem Wasser bereitstand. Doch Sarah blieb stehen und starrte fragend auf Judiths Bauch, der wieder flach war.

»Ich wollte dir eine Nachricht schicken, aber zuerst war keine Zeit dazu, und dann war es zu spät. Elza schläft in ihrer Wiege, du wirst sie später sehen.«

»Elza«, wiederholte Sarah müde. Judith hatte ihre Tochter nach ihrer Mutter genannt. Das hätte David sicher gefreut.

In der Küche half Judith ihrer Schwester, ins warme Wasser zu steigen. Während Maria die schmutzigen Kleider, die voller Ungeziefer waren, im Ofen verbrannte, schloss Sarah die Augen und tauchte seufzend im warmen, nach Pfingstrosen und Lavendel duftenden Badewasser unter. Die Last der letzten Tage fiel von ihr ab und blieb gemeinsam mit dem Schmutz der Gefängniszelle im Badebottich zurück.

Nach dem Bad flocht Maria Sarahs dichtes Haar zu einem dicken Zopf und führte sie an den gedeckten Tisch, doch Sarah war so erschöpft, dass sie außer einem Teller Suppe nichts hinunterbrachte. Völlig erschöpft fiel sie in das herrlich frische Bett, dessen Matratze nach Stroh, Heu und getrockneten Kräutern duftete.

Bevor Judith die Kammer der Schwester verließ, hielt Sarah ihre Hand fest.

»Danke«, flüsterte sie.

Judith blickte zur Decke. »Ich danke dem Herrn, dass er dich heil zu mir gebracht hat.«

»Welchen Gott meinst du?«, fragte Sarah müde.

»Ich habe immer nur zu einem Gott gebetet. Es ist der gleiche, zu dem auch du betest, genau wie Richard, Mathes, Aaron und Elias. Wir alle.« Judith wandte sich zum Gehen, leise zog sie die Tür hinter sich zu.

53

Müde schritt Rabbi Simon Blümlein die Stufen zur heiligen Lade empor, um die Thorarolle wieder in der kleinen Nische an der Ostwand der Synagoge zu verstauen. Wie oft hatte er diese glatten Steinstufen, die in der Mitte eine deutliche Vertiefung aufwiesen, schon beschritten? Es wusste es nicht. Aber der Weg war ihm noch nie so schwergefallen wie an diesem frühsommerlich heißen, schwülen Tag. Seine Knie schmerzten, und seine Schultern zogen ihn nach unten, als kündigte sich eine Erkältung an. Aber sein Körper war nicht krank, auch wenn ihm das Atmen Mühe machte und er den Eindruck hatte, jemand drückte mit aller Kraft gegen seinen Brustkorb und halte mit eisernen Händen seine Lunge zusammen. Vielleicht lag es auch am Wetter. Die feuchte Luft hing über der Stadt wie eine Glocke und lähmte das Treiben in der Stadt.

Aber Rabbi Simons Verfassung war nicht nur mit dem Wetter zu erklären. Er fühlte sich schuldig, denn er hatte sein Volk nicht gewarnt. Er hätte dafür sorgen müssen, dass all jene, die es sich leisten konnten, rechtzeitig die Stadt und das Land verließen. Aber er hatte nichts dergleichen getan. Im Gegenteil, er hatte die Gefahr unterschätzt, hatte versucht, die Zweifler zu beschwichtigen, und sich selbst und die Gemeinschaft in Sicherheit gewiegt. Jetzt bekam er die Rechnung für seine Sorglosigkeit und Naivität präsentiert. Der erkaufte Aufschub, um in Ruhe den Schabbat feiern zu können, war abgelaufen. Der Herzog hatte das Judenviertel abriegeln lassen, und niemand durfte ohne seine Erlaubnis das Tor passieren. Täglich kamen Soldaten, um weitere Männer und Frauen ins Gefängnis abzutransportieren. Angst und Unsicherheit hatte von den Menschen Besitz ergriffen, niemand wusste, wen es als Nächstes treffen würde. Überleben sollten nur jene, die bereit waren, sich von ihrem Besitz zu trennen und sich taufen zu lassen. Auf alle anderen wartete der Tod. Dennoch hofften viele der Zurückgebliebenen noch auf ein Wunder, darauf, dass die Soldaten des Herzogs bald wieder abziehen würden. Rabbi Simon jedoch hatte diese Hoffnung aufgegeben.

Wie in Trance hielt er den Gottesdienst ab. Er starrte teilnahmslos über die betenden Männer hinweg und versuchte vergeblich, seine Gedanken zu ordnen und zu Gott zu schicken. Er fühlte sich so ausgebrannt wie das Haus seiner Nachbarn, das von Soldaten mit Fackeln in Brand gesteckt worden war. Sein eigenes stand noch, in wenigen Tagen sollte es irgendeinem Christen übergeben werden.

Als der Gottesdienst endlich zu Ende war, ging er in den Schulhof der Synagoge, das Zentrum des Judenviertels. Rabbi Simon hatte diesen Ort stets geliebt, weil er Ruhe und Besinnung bot. In den letzten Jahren war er neu gestaltet worden. Die Wiener Synagoge war die größte und bedeutendste im ganzen Reich und weit über die Grenzen der Stadt hinaus bekannt. Simon Blümlein selbst hatte als Kind beim Bepflanzen des Schulhofs mitgeholfen. Eine große Linde verwandelte den Eingangsbereich im Frühling in einen Ort berauschend süßer Düfte, spendete im Sommer Schatten und sorgte im Herbst für gelbes Laub. Sollte Herzog Albrecht die Synagoge abfackeln, würde auch die Linde sterben.

Rabbi Simon wandte sich von dem prächtigen Baum ab und wollte gehen, aber er wurde von verzweifelten Menschen zurückgehalten und mit Fragen überschüttet.

»Wann wird die Ausgangssperre aufgehoben?«, wollte ein Weinhändler wissen.

»Wie viele Flöße werden noch Richtung Osten geschickt?«

Eine kleine, dürre Frau fuchtelte aufgeregt mit ihrer Hand in der Luft und rief: »Werden unsere Kinder nun zwangsgetauft?«

»Aber der Papst hat doch eine Bulle geschrieben, in der die Zwangstaufe verboten wird!«, gab jemand zur Antwort.

»Stimmt es, dass letzte Nacht wieder zwei Frauen und ein Mann im Gefängnis gestorben sind?«

Der Rabbiner zuckte zusammen. Ja, es stimmte. Der Stadtrichter hatte es ihm heute Morgen mitgeteilt, als er die neue Liste brachte, mit den Namen der Männer und Frauen, die im Laufe des Tages ins Gefängnis mussten. Rabbi Simon hasste die Liste und sich selbst, weil er es war, der sie jeden Morgen als Erster lesen musste. Es waren Namen von Freunden und Bekannten, von Menschen, die er mochte. Als Rabbiner hatte er an ihrem Leben teilgenommen, er hatte sie vermählt, die Beschneidungsrituale vorgenommen, die Bar Mitzwah der Söhne mit ihnen gefeiert. Er kannte die Ketubbas, die Hochzeitsverträge, und wusste, welche Summe einer Witwe im Falle des Todes ihres Mannes zustand. Er war sich bewusst, dass keine der Frauen, die ihre Männer im Gefängnis verloren, jemals einen Kreuzer sehen würden.

»Es tut mir leid, ich kann eure Fragen nicht beantworten«, sagte er und drängte sich an den verzweifelten Menschen vorbei. Die Zipfel seines Tallit flatterten hinter ihm her, und er eilte nach Hause. Kopfschüttelnd sahen ihm die Menschen nach. Aber Rabbi Simon wollte vermeiden, über den schrecklichen Tod der jungen Frau zu sprechen, die in einem Monat seine Schwiegertochter hätte werden sollen. Sarah war in der Nacht an einem Fieber gestorben, das hatte er einer der grausamen Listen des Stadtrichters entnommen. Heute Morgen hatte man ihren Leichnam irgendwo vor der Stadt eingescharrt, wie einen toten Hund oder die Leiche eines Schwerverbrechers.

Rabbi Simon schloss kurz die Augen und bat Gott um Hilfe. Er wusste, dass er versagt hatte, genau wie sein Sohn Aaron und all die anderen Männer in der Gemeinde, die in den letzten Wochen nicht erkannt hatten, wie ernst die Lage geworden war.

Sein Haus befand sich direkt gegenüber der Synagoge, deshalb musste er nicht durch die engen Gassen des Viertels laufen, die gesäumt waren von leerstehenden und von Christen geplünderten Häusern. Sie hatten mitgenommen, was ihnen in die Hände gefallen war, selbst vor Schabbatleuchten und Gebetsschals hatten sie nicht zurückgeschreckt. Zurückgelassen hatte sie eingeschlagene Fensterscheiben und zerstörte Möbel. Rabbi Simon hätte den Anblick ohnehin nicht ertragen. Er wollte nur nach Hause, solange das Haus noch seines war, zu seiner Frau und seinen Gästen, Rachel und Miriam Isserlein, die seit ein paar Tagen bei ihnen wohnten. Eine winzige Geste der Hilfsbereitschaft angesichts dessen, was die beiden erlitten hatten. Nachdem man Rachels Mann Elias abgeführt hatte, waren die Soldaten in ihr kleines Haus gestürmt, hatten alle Wertgegenstände mitgenommen und den Rest in Flammen aufgehen lassen. Mutter und Tochter waren mit dem Leben davongekommen – vorerst.

Als Rabbi Simon das Haus betrat, hörte er bereits die Stimme seiner Frau aus der Stube: »Simon, endlich! Hast du etwas von Jakob gehört?«

Der Rabbi trat in die Stube und schüttelte traurig den Kopf. Sein einziger Enkelsohn war seit dem Tag des Überfalls der Christen verschwunden. Niemand hatte ihn gesehen oder etwas von ihm gehört. Er war weder auf den Gefangenenlisten aufgetaucht noch auf denen mit den Juden, die auf Flößen die Donau hinabgeschickt wurden. Jakob war wie vom Erdboden verschluckt. Mittlerweile hatte Rabbi Simon die Hoffnung, dass der Junge noch am Leben war, beinahe aufgegeben.

»Ich habe nichts von Jakob gehört, aber …«, Rabbi Simons Stimme brach. Wie sollte er von Sarahs Tod erzählen? Nachdem man David erschlagen und seinen Sohn auf einem Floß Richtung Osten geschickt hatte?

»Was ist?«, fragte Ruth. Sie war seit über zwanzig Jahren mit ihrem Mann verheiratet und kannte ihn genau. Sie wusste, dass er etwas vor ihr verheimlichte.

»Die Liste der Gefangenen …«

»Was ist mit der Liste?«, meldete sich Miriam zu Wort. Das Mädchen hatte versucht, sich nützlich zu machen. Sie räumte Tonbecher in eine schwere Holztruhe ein. Man wusste, dass man das Haus in wenigen Tagen verlassen musste, und hoffte darauf, wenigstens einen Teil des Besitzes mitnehmen zu dürfen. Auch wenn noch nicht geklärt war, wohin man gehen sollte.

Ihre Mutter, die fromme Rachel, war trotz des Chaos um sie herum in der Mikweh, dem rituellen Bad, in das eine verheiratete Frau nach ihrer monatlichen Blutung eintauchen musste, um sich zu reinigen.

Simon seufzte. Es war nicht einfach, die richtigen Worte

zu finden. Er war froh, dass Aaron nicht im Raum war. Beinahe hilflos stand der alte Mann in seiner teuer eingerichteten Stube und starrte auf die holzgetäfelte Decke. Wozu der ganze Reichtum, der Luxus, wenn er ihm nicht dabei helfen konnte, die Menschen seiner Gemeinde zu retten, ja, nicht einmal seine Familie?

So als könnte Miriam seine Gedanken lesen, starrte sie ihn plötzlich an. »Sarah«, sagte sie tonlos, und der Rabbi nickte müde. Miriam wurde bleich, der Tonkrug, den sie gerade einpacken wollte, rutschte ihr aus den Händen. Ruth schrie entsetzt auf, doch weder Miriam noch Simon zuckten beim Krachen des zerschellenden Kruges zusammen.

»Ist sie tot?«, fragte Miriam, obwohl sie die Antwort schon ahnte.

Traurig nickte Rabbi Simon. Plötzlich fühlte er sich so erschöpft, dass er sich am liebsten in seine Kammer zurückgezogen hätte und auf der Stelle eingeschlafen wäre. Wie schön wäre es, erst wieder aufzuwachen, wenn der ganze Alptraum ein Ende hatte.

Einen Augenblick lang stand Miriam fassungslos da. Dann füllten sich ihre Augen mit Tränen, die ihr über die noch kindlich runden Wangen liefen. Sie schniefte, zog geräuschvoll die Nase auf und lief dann wortlos hinaus.

»Der schöne Krug«, sagte Ruth. Offenbar hatte sie gar nicht zugehört. Simon setzte sich neben sie, um ihr zu erzählen, was geschehen war. In den letzten Tagen hatte es schon so viele Tote gegeben, und es würden noch mehr werden, dessen war er gewiss.

Am Nachmittag kam Rachel mit nassem Haar unter der Haube aus der Mikweh zurück. Sie war erfrischt und sogar ein bisschen fröhlich, wie immer, wenn sie ihren Körper in das eiskalte Tauchbecken hatte hinabgleiten lassen. Als sie die Stube der Blümleins betrat, saß ihre Tochter niedergeschlagen am Tisch und starrte aus dem Fenster.

»Warum sitzt du hier herum und hilfst Ruth nicht beim Packen?«, fragte Rachel streng.

Miriam hob den Kopf, ihre Augen waren rot vom Weinen. »Tante Sarah ist tot! Die Christen haben sie umgebracht!« Die schmalen Schultern zitterten, und ihre Lippen bebten.

Rachel blieb in einigem Abstand zu ihrer Tochter stehen und horchte in sich hinein. Ihre Schwägerin war tot, aber sie spürte nichts, weder Trauer noch Bedauern. Sarahs Tod war ihr gleichgültig.

»Es ist so schrecklich«, weinte Miriam. »Zuerst Großvater … jetzt Tante Sarah.« Sie schniefte. »Glaubst du, dass Vater noch am Leben ist?«

Rachel sah ihre Tochter einen Augenblick an und sagte schließlich: »Ich weiß es nicht.« In ihrer Stimme war keinerlei Gefühlsregung zu erkennen. Dann drehte sie sich abrupt um und ging zur Tür. Dort wandte sie sich noch einmal ihrer Tochter zu: »Wenn du dich wieder beruhigt hast, komm in die Küche. Wir sind in diesem Haus geduldete Gäste. Wenn wir hier wohnen wollen, müssen wir mithelfen, wo wir können.«

Miriam nickte und schluckte den Rest ihrer Tränen hinunter.

54

Als Sarah am nächsten Morgen aufwachte, stand die Sonne bereits hoch am Himmel. Sie hatte lang geschlafen und einen seltsamen Traum gehabt, an den sie sich nur vage erinnern konnte. Nun drangen ausgelassene Kinderstimmen bei ihrem Fenster herein. Sarah schaute hinaus und traute ihren Augen nicht. Auf dem Hof liefen drei Jungen um den Brunnen, während ein Hund übermütig an ihnen hochsprang. Einer der Jungen war Jakob. Er lebte und sah nicht nur gesund, sondern auch sehr glücklich aus. Jakob strahlte, lachte und hüpfte Rufus hinterher.

Rasch schlüpfte Sarah in das Kleid, das Judith ihr gestern Nacht gegeben hatte, und ging in die Küche. Wie war Jakob in die Singerstraße gekommen? Hatte man ihn getauft?

Am schweren dunklen Eichentisch saß Mathes und erwartete sie bereits. Er hatte sein Frühstück wie alle anderen bereits beendet, war aber noch nicht in die Werkstatt gegangen.

»Guten Morgen«, sagte er und sprang auf, als Sarah eintrat.

»Guten Morgen. Wie spät ist es eigentlich?«

Mathes grinste: »Ihr habt tatsächlich sehr lange geschlafen. Eure Schwester ist auf den Markt gegangen, um Fisch zu kaufen. Maria arbeitet im Garten, und Richard und Alfred sind beide auf Günter Ziesels Baustelle.«

Sarah schüttelte erstaunt den Kopf. Nur wenige Straßen weiter war das Leben völlig aus der Bahn geraten, hier im Christenviertel gingen alle ihren üblichen Beschäftigungen nach. Sie setzte sich zu Mathes an den Tisch, er schob ihr einen Teller entgegen: »Das sind die Reste, die vom Frühstück noch da sind.«

Die Reste waren frisches Brot, süße Butter, Käse und Äpfel und dazu ein Krug verdünntes Bier. Sarah hörte, wie ihr Magen knurrte, dennoch biss sie nur zaghaft in ein Stück Brot und kaute schier endlos darauf herum.

Sie war froh, dass gestern Nacht Mathes auf der Leiter gestanden hatte und nicht Aaron. Allein sein Anblick hatte ihre Zuversicht gestärkt und ihr während der dramatischen

Flucht einen Teil der Angst genommen. Aber jetzt war sie tödlich verlegen. Wie sollte es nun weitergehen?

Schweigsam schnitt Sarah ein Stück Käse ab und nagte daran. Es waren Wochen vergangen, seit Mathes sie geküsst hatte. Sie hatten niemals darüber gesprochen, aber Sarah musste jetzt wieder daran denken.

Mathes setzte zum Sprechen an: »Sarah, ich …« Doch Sarah unterbrach ihn, indem sie die Hand ausstreckte und mit den Fingerspitzen sanft seine Lippen berührte.

»Mathes, ich weiß seit gestern, was Ihr für mich empfindet. Aber Ihr sollt wissen: Ich bin eine Jüdin und werde immer eine bleiben.« Mit jeder Faser ihres Körpers fühlte sich Sarah zu Mathes hingezogen. Aber sie würde niemals ihren Glauben aufgeben. Das hatte sie in den Tagen im Gefängnis erkannt.

»Es ist mir bekannt, dass Ihr Jüdin seid«, sagte Mathes ernst.

»Ich werde mich nicht taufen lassen. Ich kann es nicht.« Sarahs Stimme klang entschieden und sehr traurig zugleich.

Nun ergriff Mathes Sarahs Hand, und sie ließ ihn gewähren. Sie zog die Hand nicht weg, sondern fand die Wärme, die von ihm ausging, tröstlich und aufregend zugleich.

»Ich werde Euch nicht darum bitten, Euch taufen zu lassen«, sagte er und sah sie liebevoll an. »Mir ist es völlig egal, welcher Religion Ihr angehört, und wenn Ihr die alten römischen oder griechischen Gottheiten verehren würdet, so hätte ich auch nichts dagegen. Ich liebe Euch, Sarah Isserlein. Ich bewundere Euer Talent als Künstlerin. Ich liebe es, wie Ihr die Dinge auf das Wesentliche reduzieren könnt, wie Ihr mit wenigen Strichen nicht nur eine Person, sondern alles, was diese Person ausmacht, aufs Papier bringen könnt. Und ich liebe es, wie Ihr Eure Nase rümpft, wenn Euch etwas nicht passt.«

»Ich rümpfe meine Nase?« Sarah fasste sich empört ins Gesicht, und Mathes nickte lächelnd. Er beugte sich zu ihr, um sie zu küssen, aber Sarah wich ihm aus.

»Mathes, Ihr begreift nicht. Ich werde zeit meines Lebens eine Jüdin bleiben, und meine Kinder werden ebenfalls Juden sein. Ich will nicht so leben wie Judith, äußerlich Christin und heimlich noch dem alten Glauben verbunden.« Nun sah sie Mathes ernst in die Augen. Sie drohte sich in dem Dunkelblau zu verlieren, die Küche schien sich zu drehen, und sie musste auf die Tischplatte schauen, um nicht schwindelig zu werden.

»Muss denn der Vater Eurer Kinder auch ein Jude sein?«, fragte Mathes. Er kannte die Antwort, wollte sie aber aus Sarahs Mund hören.

»Nicht unbedingt«, sagte sie leise.

»Sarah, an manchen Tagen bin ich mir nicht einmal sicher, ob Gott überhaupt existiert. Wie kann er all diese Greuel dulden, wo er doch gerecht und gütig sein soll? Aber ich bewundere Euch für die Festigkeit Eures Glaubens, auch wenn ich ihn niemals teilen kann.«

»Ihr seid ein Ungläubiger. Die Christen würden Euch, wenn sie von Euren Ansichten wüssten, einen Ketzer nennen und auf dem Scheiterhaufen verbrennen«, sagte Sarah.

»Mag sein.« Mathes zuckte mit den Schultern. »Aber ich schweige, denn ich bin von der Kirche abhängig. Sie ist mein Auftrag- und Geldgeber. Ohne die Kirche könnte ich keine Skulpturen schaffen, und ohne mein Handwerk würde mir die Luft zum Atmen fehlen. Meine Arbeit ist meine Religion.«

»Ihr seid tatsächlich ein Ketzer.« Sarah hielt immer noch seine Hand. Eigentlich sollte sie sich vor Mathes fürchten, denn ein gottloser Mann war noch viel schlimmer als ein

Christ. Aber sie fühlte sich zu ihm stärker hingezogen denn je. Als Mathes sich nun erneut zu ihr beugte, wehrte sie sich nicht. Sie erwiderte den Kuss, der nichts Unschuldiges an sich hatte, sondern von einer Leidenschaft brannte, die Sarah drohte, den Boden unter den Füßen wegzuziehen.

55

Der Sack voll Lebensmittel, den Mathes auf das Floß geworfen hatte, war längst geleert, doch er hatte die hungrigen Bäuche der Männer gefüllt und ihnen genug Kraft gegeben, um die ersten Stunden auf dem Wasser zu überstehen.

Doch bereits kurz hinter Orth an der Donau trieb das ruderlose Gefährt in Stromschnellen hinein. Die Männer kauerten sich in der Mitte des Floßes zusammen und versuchten, sich an den rohen Holzstämmen festzuklammern. Einige von ihnen schrien vor Angst, andere stöhnten nur.

Plötzlich stieß das Floß mit einem harten Knall gegen einen Felsen, schaukelte, stellte sich auf und kippte schließlich um. In dem Gewirr von Leibern, die ins Rutschen gerieten, konnte sich auch Elias nicht mehr halten. Er fiel von den glitschigen Balken in das eisige Wasser des Flusses. Zum Glück konnte er schwimmen, aber es fehlte ihm die Übung, und so versuchte er verzweifelt, sich mit hektischen Bewegungen über Wasser zu halten. Die Wellen schlugen über ihm zusammen, er schluckte, tauchte wieder auf, hustete und sah, dass das Floß sich bereits ein Stück von ihm entfernt hatte. Eine weitere Welle erfasste ihn und brach über ihm zusammen. Wasser drang in seine Nase, er hustete und tauchte erneut unter. Jetzt nur nicht einatmen, nur kein Wasser in die Lungen bekommen. Er zwang sich, gleichmäßige, kraftvolle Schwimmbewegungen zu machen, das Strampeln kostete zu viel Kraft. Elias nahm die Hilferufe der anderen Männer nicht wahr, er konzentrierte sich allein auf sich und die langsamen Bewegungen, die ihn vorwärtstragen sollten. Es funktionierte, er näherte sich dem Floß. Mit aller Kraft versuchte er, sich festzuhalten, aber seine Finger rutschten an den dicken glitschigen Balken ab. Er tauchte erneut unter, hatte kurz Angst, unter das Floß zu geraten, konnte sich aber abstoßen und noch einmal nach dem Balken greifen. Diesmal erwischte er einen abstehenden Ast, an dem er sich festklammerte. Sein Herz raste. Wo waren die anderen?

»Meister Isserlein!«, schrie eine Stimme direkt neben ihm. Es war Noah. Der Bursche konnte offenbar nicht schwimmen, sein Kopf verschwand immer wieder unter der Wasseroberfläche. Verzweifelt strampelte er mit Armen und Beinen. Es gelang ihm, kurz aufzutauchen, doch dann rollte die nächste Welle über ihn hinweg.

»Halt durch, Noah!«, rief Elias.

Er war zu weit weg, um den Burschen zu fassen. Da fiel sein Blick auf das Seil, das immer noch am Floß hing. Rasch griff er danach und warf es Noah zu. Es traf den Burschen am Kopf, aber er packte blitzschnell zu, hielt sich verzweifelt daran fest und zog sich mit dem letzten Rest seiner Kraft daran in Richtung Floß. Kaum war er nah genug, fasste Elias ihn am Hemd und zog ihn zu sich. Erschöpft krochen die beiden auf das Floß, aber noch war keine Zeit durchzuatmen. Zwei weitere Männer hingen am Rand, sie drohten jeden Moment unterzugehen. Elias griff nach der Hand des einen und zog ihn mit aller Kraft aufs Floß. Der erschöpfte Mann brach augenblicklich zusammen und blieb liegen.

»Meister Isserlein, ich kann den Mann nicht halten!«, rief Noah. Er versuchte, den zweiten Mann aufs Floß zu ziehen, doch er war zu schwer und Noah zu schwach. Elias trat neben ihn, mit einem kräftigen Ruck hievten sie den alten Mann auf die breiten Balken.

»Da drüben schwimmt noch jemand!«, rief Noah und zeigte auf einen Kopf und zwei Arme, die immer wieder hilfesuchend aus dem Wasser gestreckt wurden. Der Ertrinkende befand sich nur wenige Schwimmzüge von ihnen entfernt.

»Schnell, das Seil!« Elias warf es erneut aus, verfehlte aber sein Ziel.

»Lasst mich mal«, sagte der Mann neben Elias. Er nahm sich das Seil und warf es noch einmal aus. Diesmal konnte der Mann im Wasser danach fassen, er wurde aufs Floß gezogen.

»Wo sind die anderen? Wir sind nur noch fünf«, sagte Noah und sah sich zitternd um, die Kälte und dieAngst setzten ihm zu.

»Ich kann niemanden mehr sehen.« Elias schüttelte traurig den Kopf.

»Wir müssen zum Ufer gelangen«, sagte der Mann, der eben noch auf dem Floß gelegen hatte.

»Aber wie?«

»Wir lenken mit unseren Beinen!«

»Wie soll das gehen?«

»Wir halten uns am Floß fest und versuchen, es zum Ufer zu lenken.«

»Das heißt, wir müssen noch einmal ins Wasser?«, fragte Noah entsetzt. Die anderen nickten.

»Wir haben keine andere Möglichkeit. Wir müssen es versuchen. Halte dich ganz nah beim Seil«, sagte Elias.

Alle fünf glitten zurück ins Wasser und klammerten sich an den Holzstämmen fest. Die Angst zu ertrinken verlieh ihnen ungeahnte Kräfte. Die Männer schlugen kräftig mit den Beinen und steuerten das Floß gegen die Strömung aufs Ufer zu.

Plötzlich glitten die Hände des alten Mannes neben Elias von den Balken. Der Alte verschwand augenblicklich unter dem Gefährt.

»Nein«, schrie der jüngere Mann, der neben ihnen hing. Er hatte dieselbe keilförmige Nase wie der Alte und war eindeutig sein Sohn. Aber sein Schrei wurde vom Geräusch des Wassers übertönt. Seitlich vom Floß tauchte der Körper des alten Mannes wieder auf, um kurz darauf von den Wellen erfasst zu werden und endgültig unterzugehen. Elias starrte entsetzt auf die Stelle, wo gerade noch der Kopf des Alten zu sehen gewesen war, aber es war keine Zeit zu trauern. Es galt, gegen die Kraft und die Kälte des Wassers anzukämpfen. Aus dem Nichts tauchte vor ihnen eine Sandbank auf. Unerwartet und mit einem heftigen Ruck strandete das Floß auf einer flachen Schotterinsel.

»Schnell, springt an Land!«, rief der Mann, der soeben seinen Vater verloren hatte, und bewegte sich als Erster. Er versuchte, das Floß auf die Schotterbank zu ziehen, aber ihm fehlte die Kraft. Auch die drei anderen Männer kämpften sich an Land, Elias als Letzter. Er landete bis zu den Hüften im Wasser und watete mit dem letzten Rest seinerKraft auf die Insel.

Schwer atmend blieb Elias am Rand des Wassers liegen. Die Steine vor seinen Augen rochen nach Fisch, Algen und Flusswasser. Sein Herz raste, aber er war am Leben, er atmete. Mühsam drehte er sich auf den Rücken, blinzelte in den wolkenlosen Himmel und entdeckte einen Graureiher, der majestätisch über die Auwälder glitt. Die Schönheit der

Natur passte nicht im Geringsten zu dem Leid, das er und sein Begleiter erdulden mussten, zu dem unsinnigen Tod der anderen, die mit ihnen auf dem Floß gefahren waren. Gott erlaubte sich einen ganz besonders grausamen Scherz, indem er Normalität vorgaukelte in einer Welt der Folter und der Schmerzen. Elias schloss die Augen, er wollte weder die Sonne noch die Bäume sehen. Er lauschte auf die Geräusche um sich, das Rauschen des Wassers, die Vogelstimmen und das Schluchzen des jungen Mannes, der gerade seinen Vater verloren hatte. Elias versuchte zu beten.

»Herr, ich bitte dich, lass meine Tochter nicht sterben. Sie ist alles, was ich habe. Gib, dass Mathes Rockh sie findet und retten kann!« Elias flüsterte die Worte, und während er sie aussprach, wurde ihm klar, dass er mehr Vertrauen in den Christen setzte als in Gott und in seine Frau Rachel. Er versuchte, sich das Bild seiner lebenslustigen, fröhlichen Tochter ins Gedächtnis zu rufen, wie sie wissenshungrig nach allem fragte, was sie nicht verstand. Aber alles, was er sah, war Miriam, die weinend in einer Ecke hockte und niemanden hatte, der sie tröstete. Elias' Kehle schnürte sich zusammen. Wenn er jetzt zu weinen begann, würden seine Tränen nicht mehr aufhören zu fließen. So, wie das Wasser die kleine Schotterinsel umfloss, stetig und niemals endend.

56

»Sie haben weitere Juden auf Flöße Richtung Ungarn getrieben«, sagte Aaron aufgeregt. Er lief unruhig in der Stube der Blümleins auf und ab und sah sich gehetzt um.

»Bald wird es in Wien gar keine Juden mehr geben. Der Herzog wird uns alle umbringen lassen!« Aarons Stimme kippte, er klang nun fast hysterisch. In den letzten Tagen hatte er den Männern des Herzogs nicht nur sein eigenes Vermögen gegeben, sondern auch das von David Isserlein. Dennoch wollten die Christen noch mehr Geld. Aaron hatte nichts mehr. Keinen einzigen Schuldschein, keine Goldmünze, kein Schmuckstück, gar nichts mehr.

»Ich weiß, dass David Isserlein mit Saul Israel, einem venezianischen Goldhändler, Geschäfte gemacht hat. Die Unterlagen dazu habe ich nie gefunden. Rachel, du musst darüber Bescheid wissen. Wo hat dein Schwiegervater die Papiere aufgehoben?« Aaron sah Rachel, die am Tisch saß und Miriams Haube flickte, hilfesuchend an.

Langsam schüttelte sie den Kopf und sagte: »Selbst wenn ich es wüsste, Aaron, würde ich es dir nicht sagen.«

»Was soll das heißen? Wir haben dir und deiner Tochter ein Dach über dem Kopf gegeben«, schrie Aaron empört. »Du musst es mir sagen.« Auf seiner hellen Stirn bildeten sich Schweißtropfen, und er fuhr sich nervös mit der Zunge über die breiten Lippen.

»Du hast den Christen Davids gesamtes Vermögen in den Rachen geworfen, um dich freizukaufen«, sagte Rachel voller Verachtung. Am liebsten hätte sie vor Aaron ausgespuckt. Inzwischen konnte sie verstehen, warum Sarah diesen Mann niemals hatte heiraten wollen. Aaron war ein rückgratloser Feigling.

»Wir werden uns taufen lassen müssen«, sagte Aaron. »Wenn wir es nicht tun, bringen sie uns alle um.«

»Schweig!« Simon Blümleins Stimme donnerte unerwartet scharf durch den Raum und hallte noch lange nach. Der alte Rabbi war geräuschlos in die Stube getreten und hatte schweigend dem Jammern seines Sohnes zugehört. Nun konnte er es nicht mehr ertragen.

»Niemand wird sich taufen lassen«, erklärte er.

»Du kannst mich nicht davon abhalten!«

»Doch, das kann ich, und wenn es das Letzte ist, was ich tue«, gab sein Vater zurück.

In Aarons Augen zuckte die Angst. »Ich will mich weder foltern lassen, noch will ich auf der Donau landen. Und ich will ganz sicher nicht in den Flammen eines Scheiterhaufens sterben!« Er begann zu zittern. Es gab nichts, wovor er sich mehr fürchtete als vor Feuer. Die Narbe auf seiner Schulter schmerzte und brannte beim Gedanken daran.

Simon schaute zur Decke: »Herr, warum hast du mich mit diesem feigen Sohn gestraft?«

»Lieber feig und am Leben als tot«, sagte Aaron. »Wie soll ich meinem Herrn dienen, wenn ich nicht mehr lebe?«

Rachel stand auf und trat zu Aaron. Als sie vor ihm stand, spuckte sie aus, und zwar genau auf Aarons Füße. Der sprang entsetzt und angewidert zurück: »Was fällt dir ein, du verfluchtes Weib?«

Rachel reagierte nicht. Sie verließ das Haus und ging in die Synagoge, um in der Frauenschul zu beten. So lange hatte sie mit Gott gehadert, weil er erst für Judith und dann für Sarah die Ehe mit Aaron, einem angehenden Rabbiner und angesehenen Mann, vorbehalten hatte, während sie selbst den eigenwilligen Elias hatte heiraten müssen. Inzwischen dankte sie Gott und ihrem verstorbenen Vater, denn die beiden hatten sie vor einem schrecklichen Fehler bewahrt. Rachel sank auf die Knie und betete leise: »Danke, mein Herr, dass du mir die Augen geöffnet hast.«

57

Die Äxte der Zimmermänner waren bis in die Stadt zu hören. Der Herzog bezahlte die Männer dafür, dass sie im Wienerwald Bäume schlugen, sie rasch behauten und zu einfachen Flößen zusammenbanden, um noch mehr mittellose Juden Richtung Osten zu schicken und in der Donau ertrinken zu lassen.

Täglich wurde ein neues Gefährt abgeschickt. Die Menschen darauf wurden immer magerer, elender und verzweifelter. Ihre Chancen, die Fahrt zu überleben, schrumpften mit jedem weiteren Tag, den sie im Gefängnis ausgeharrt hatten. Jeden Morgen wurden weitere Leichen jüdischer Gefangener aus den Zellen gezerrt und auf knarrenden Holzkarren vor die Stadt gebracht, um dort wie herrenlose Hunde einfach verscharrt zu werden.

Die Wiener applaudierten und schrien Beifall. Eine Welle des aufgestauten Hasses überrollte die Stadt und schwemmte jede Menschlichkeit mit sich fort.

Es war für Judith immer schlimmer, den regelmäßigen Einkauf auf dem Markt zu erledigen. Da aber Maria sich angstvoll weigerte, auf die Straße zu gehen, und Sarah sich im Haus verstecken musste, blieb ihr nichts anderes übrig. Wenigstens hatte Richard ihrer Bitte nachgegeben und einen kleinen Stall für zwei Hühner gebaut, die nun täglich frische Eier lieferten.

Mit ihrem Korb im Arm marschierte sie über den Markt und blieb vor dem Verkaufsstand einer jungen Bäuerin stehen, die frische Rüben verkaufte. Die Kundin vor ihr, eine dicke Frau, deren Haube nicht mehr ganz sauber war, unterhielt sich lautstark mit der Bäuerin. Beide schimpften auf die Bosheit der Juden.

»Diese Brut ist gefährlich!«, sagte die Bäuerin. »Heute stechen sie auf Hostien ein, morgen bringen sie unsere Kinder um!«

»Ja, ich habe meinem kleinen Hans immer gesagt, dass er nicht in der Nähe des Judenviertels spielen soll!« Die kleine, runde Frau nickte heftig mit dem Kopf. »Gebt mir noch einen Bund Zwiebeln dazu. Ja, der gefällt mir!«

Die Bäuerin packte einen Kohlkopf und einen Bund Zwiebeln in den Korb der Kundin. »Die Karotten sind ganz frisch!«, sagte sie und hielt der Frau eine entgegen.

Die Kundin nahm sie, biss hinein und entschied sich dafür. Dann beugte sie sich vertraulich über den Verkaufsstand und flüsterte, während sie noch an ihrer Karotte kaute: »Ich habe gehört, dass es Juden gibt, die kleine Kinder abstechen und essen!«

Die Bäuerin schüttelte entsetzt den Kopf: »Das Beste wäre, Herzog Albrecht lässt alle verbrennen.«

»Es heißt, er schickt sie alle auf Flößen Richtung Osten.«

Die Bäuerin schüttelte den Kopf. »Solange noch welche von ihnen herumlaufen, sind unsere Kinder nicht sicher.« Sie reichte der Kundin den Korb: »Das macht fünf Kreuzer!«

Die kleine dicke Frau kramte in ihrer Schürze und drückte die Münzen in die erdige Hand der Bäuerin. Sie verabschiedete sich und ging. Nun wandte sich die Bäuerin an Judith, die kreidebleich dastand und auf die roten Rüben starrte. Eine war aufgeschlagen, und roter Saft tropfte heraus. Es sah aus wie dickes Blut. Judith wurde übel. Sie hörte kaum, wie die Bäuerin sie erneut fragte: »Hört Ihr mich nicht? Ich habe Euch gefragt, was Ihr kaufen wollt?«

»Nichts«, hauchte Judith. Sie drehte sich um und rannte über den Markt zurück nach Hause in die Singerstraße.

Die Bäuerin schaute ihr kopfschüttelnd nach. »Was ist denn mit der los?«

Der Standbesitzer neben ihr zuckte mit den Schultern. »Wir wohnen neben dem Stadtgefängnis, und meine Frau sagt, dass sie die Juden die ganze Nacht hört, wie sie irgendwelche Flüche singen und schreien. Deshalb stopft sich meine Frau die Ohren zu, um unbeschadet schlafen zu können. Wer weiß, was diese arme Frau gehört hat? Vielleicht hat irgendein Jude ihren Verstand weggehext.«

Die Bäuerin schüttelte sich unbehaglich. Es war wirklich höchste Zeit gewesen, dass Herzog Albrecht gegen die Juden vorging, sie waren eine große Gefahr für alle braven Christen.

58

Andreas Plank, der Mann, der bis jetzt im Hintergrund die Fäden gezogen hatte, fürchtete zunehmend, dass ihm die Kontrolle entglitt. So als bewahrheitete sich die düstere Prophezeiung seines langjährigen Widersachers von Wallsee. Vor zwei Tagen hatte Plank entsetzt feststellen müssen, dass sich der jüdische Medicus, der ihm die wundervolle Medizin gemischt hatte, auf dem ersten Floß Richtung Osten befunden hatte. Das Floß war irgendwo vor Hainburg gekentert und der Mann mit Sicherheit ertrunken. Es war ein Jammer, und Plank hatte eindeutig zu spät reagiert. Aber die Ereignisse überschlugen sich. Der Protest von Papst Martin wurde immer lauter, und der Druck des Passauer Bischofs erhöhte sich ebenfalls. Gleichzeitig stieg der Hass der Wiener Bevölkerung. Plank spürte, dass er die Angelegenheit mit den Juden rasch erledigen musste, um die Stadt nicht in einen Hexenkessel zu verwandeln.

Da klopfte es an Planks Tür.

»Herein«, rief der Kanzler ungeduldig, und sein persönlicher Diener trat ein. »Einer Eurer Kuriere«, sagte der Mann und betonte das Wort »Kurier« so eigenartig, dass Plank sofort wusste, wer gemeint war.

»Lass ihn herein!«, sagte Plank.

Der Kurier war ein kleiner schlanker Mann in schmuckloser Kleidung. Ein Mann, dessen Gesicht so unauffällig war, dass er unbemerkt durch die Gassen laufen und Kirchen, Läden und Märkte betreten konnte, ohne die Aufmerksamkeit auf sich zu lenken.

»Setzt Euch«, sagte Plank und bot seinem Spion einen Platz am Feuer an.

Geräuschlos wie eine Katze nahm der Mann Platz.

»Was habt Ihr herausgefunden?« Plank ließ sich auf seinen gepolsterten Stuhl nieder, von dem aus er eines seiner Lieblingsgemälde gut betrachten konnte. Es war erst letzte Woche in Wien eingetroffen und stammte von einem flämischen Künstler. Zufrieden faltete er die Hände vor der Brust.

»Ritter Wolkenstein trifft einen Baumeister namens Rötel regelmäßig in einem billigen Gasthaus am Rande der Stadt. Bei jedem Treffen wechselt ein prall gefülltes Geldsäckchen den Besitzer.«

Planks Augen wurden schmal: »Ich habe gewusst, dass Rötel den Ritter erpresst. Aber was hat er gegen ihn in der Hand?«

Der Mann griff unter seine Tunika und holte aus einer Brusttasche ein Pergament hervor.

»Dieses Schreiben hat Rötel bei einem Juden zur Aufbewahrung hinterlegt.« Der Spion reichte Plank das Schriftstück.

»Ich nehme an, dass Ihr den Inhalt bereits kennt«, sagte der Kanzler.

Der Mann zuckte mit den Schultern: »Es besagt, dass Rötel Wolkenstein dabei beobachtet hat, wie dieser seinen Vetter, den rechtmäßigen Erben der Burg Wolkenstein, erstochen hat.«

Plank nickte. Das Schreiben bestätigte, was er geahnt hatte. Wolkenstein war ein Mörder, aber das änderte nichts an der Tatsache, dass er der brillanteste Feldherr des Reiches war und der Einzige, der Žižka besiegen konnte.

»Ihr habt gute Arbeit geleistet!«, sagte er zufrieden.

Der Spion räusperte sich und beugte sich nach vorn. »Es gibt da noch eine weitere brisante Information, die Euch vielleicht interessieren könnte.«

Plank zog seine rechte Augenbraue hoch.

»Dieser Baumeister Rötel ist der Sohn eines angesehenen Meisters der Steinmetzzunft, aber sein Vater hat sein ganzes Vermögen verloren, weil er bei einem Juden zu viel Kredit aufgenommen hat. Der damalige Judenrichter, ein Mann namens Hans Rockh, hat Rötels Vater dazu gezwungen, das Geld zurückzuzahlen, und ihn damit in den finanziellen Ruin getrieben.«

»Rötel, Rockh?« Plank faltete seine Hände und stützte beide Zeigefinger unter das Kinn. Nachdenklich starrte er auf das dunkle Gemälde, das den leidenden Christus zeigte.

»1408 wurde der Judenrichter Rockh gemeinsam mit dem Bürgermeister Konrad Vorlauf und dem Ratsherren Ramperstorffer hingerichtet. Rockhs Sohn wurde von einem Freund des Vaters, dem Steinmetz Alfred Klayndl, aufgezogen, und Rötel erlernte den Beruf seines Vaters. Aber er wuchs in Armut auf, denn der Vater hatte das Amt des Zunftmeisters an Alfred Klayndl abgeben müssen. Es heißt, dass Rötel den jungen Rockh hasst, und es gibt Stimmen, die behaupten, er hätte bereits versucht, den jungen Steinbildhauer umzubringen.«

Verärgert öffnete Plank seine Hände und trommelte mit der rechten Hand auf die Stuhllehne.

»Rockh ist ein Juwel unter den Steinbildhauern«, sagte er. »Passau, Münster, Köln und Straßburg beneiden mich um sein Talent. Ich habe vor, ihn dauerhaft an Wien zu binden, und werde ganz sicher nicht zulassen, dass eine Null wie Rötel diesen Künstler aus Neid umbringt.«

Der Spion zeigte keinerlei Gemütsregung. Er saß ungerührt auf seinem Stuhl und wartete.

»Ich habe Euch schon einmal gefragt, wärt Ihr bereit, mich in einer sehr delikaten Angelegenheit zu unterstützen?«, fragte Plank.

Der Mann schüttelte den Kopf. »Ich bringe niemanden um.«

Plank nickte. Er schätzte ehrliche Antworten, auch dann, wenn sie nicht seinen Wünschen entsprachen.

»Nun gut. Ich werde eine andere Lösung finden«, sagte er. Dann bedeutete er dem Spion mit dem Kinn, dass er aufstehen könne.

»Mein Sekretär wird Euch Euren Lohn auszahlen«, sagte er und winkte den Mann mit der Hand hinaus.

Als die Tür sich hinter dem Spion geschlossen hatte, begann Planks Herz erneut zu rasen. Gedankenverloren griff er nach der Flasche mit der Medizin, die der jüdische Medicus für ihn hatte mischen lassen. Sie stand immer griffbereit auf seinem Schreibtisch oder auf dem kleinen Tisch neben seinem Bett. Entsetzt stellte Plank fest, dass die Flasche leer war. Gut, dass der Medicus das Rezept aufgeschrieben hatte und Planks Apotheker wusste, welche Zutaten und Mengen er zusammenmischen musste. Der Tod des Juden war bedauerlich. Aber auf dem Weg nach oben gab es immer Opfer zu beklagen und das Ziel, das Plank verfolgte, war ein großes.

»Koste es, was es wolle«, sagte er leise. »Aber ich werde Bischof dieser Stadt werden, und mein Dom wird der größte und prächtigste, den die Welt je gesehen hat.«

Entspannt lehnte Plank sich zurück. Gott würde zufrieden mit ihm sein, denn noch nie zuvor hatte jemand seinen Namen derart verherrlicht wie er.

59

Sarah stand in der Küche und blickte staunend in den Flur hinaus. Jakob jagte gerade mit seinen Freuden zur Eingangstür und stürmte auf den Hof. Auf seinem Gesicht strahlte ein so ausgelassenes Lachen, wie Sarah es bei ihm noch nie zuvor gesehen hatte. Mit jedem Tag, den Jakob in der Singerstraße verbrachte, blühte er mehr auf. Während sein Leben im Haus der Großeltern aus Regeln und Vorschriften bestanden hatte, konnte er hier befreit spielen und Unfug treiben.

»Das Obers brennt an!«, rief Maria und stürzte zum Herd. Im letzten Augenblick zog sie den Topf mit einem Haken vom Feuer. Ein Teil der Sahne schwappte über und spritzte in die Flammen. Es zischte, und der Gestank von verbrannter Mich breitete sich in der Küche aus.

»Sarah, wenn Ihr einen Topf über dem Feuer hängen habt,

dürft Ihr Euch nie davon wegbewegen!«, sagte Maria tadelnd.

»Oh, das tut mir leid«, Sarah war betroffen. Sie hatte der alten Frau helfen wollen, stattdessen bereitete sie ihr zusätzliche Arbeit.

»Diesmal ist es halbwegs gut ausgegangen«, sagte Maria. Sie strich Sarah voll Mitgefühl über den Oberarm. »Aber hat Eure Mutter Euch nie beigebracht, wie man kocht?«

Sarah ließ sich auf einen der wackeligen Küchenstühle fallen. »Sie hat es versucht, aber ich habe mich stets davor gedrückt. Ich habe schon immer lieber gezeichnet.«

»Ich habe gesehen, wie Ihr Eure Nichte gezeichnet habt. Gott muss Euch sehr lieben, dass er Euch mit dieser Gabe beschenkt hat.«

»Ich habe es noch nie als Geschenk gesehen«, sagte Sarah.

»Schade«, sagte Maria und schwieg. Dann fragte sie: »Wollt Ihr es nun lernen?«

»Was?«

»Das Kochen!«, sagte Maria.

»Meine Schwägerin behauptet, dass ich zu ungeschickt sei, um kochen zu lernen. Und einen Haushalt zu führen.« Rachels Gesicht tauchte vor Sarah auf, und ihr Magen krampfte sich zusammen.

»Unsinn!«, erklärte Maria. »Jeder kann kochen lernen! Und wenn man erst einmal die Grundregeln beherrscht, kann es richtig Spaß machen. Es bedarf einer Menge Phantasie, die richtigen Zutaten und Gewürze zusammenzumischen.«

Neugierig geworden, stand Sarah auf und machte einen Schritt in Richtung Herd.

»Ich bin Jüdin. Ich muss beim Kochen ganz bestimmte Speisegesetze einhalten«, sagte sie.

»Ich weiß!«

»Du kennst die Speisegesetze der Juden?«, fragte Sarah überrascht. »Woher?«

Maria schüttelte langsam den Kopf und sah Sarah direkt an. Die Traurigkeit in ihren Augen ließ Sarah zurückweichen.

»Was muss ich denn jetzt mit dem Obers machen?«, fragte sie, um von dem Leid im Gesicht der alten Frau abzulenken.

Maria rang sich ein Lächeln ab. »Nun mischen wir Honig und Zimt dazu.«

»Klingt gut.«

»Schmeckt auch gut!«

Gegen Ende der Woche, Sarah war nun ganze fünf Tage in der Singerstraße, saß Mathes nach dem Abendessen im Hof und genoss mit Rufus, der neben ihm träge döste, die letzten Sonnenstrahlen des Tages. Plötzlich sagte jemand hinter ihm: »Ich wusste, dass ich dich hier finde.«

Mathes drehte sich nicht um, denn er hatte Sarahs Stimme erkannt. Sie ließ sich neben ihm auf der Stufe nieder. Dabei berührte ihre Schulter seinen Oberarm. Er drehte sich zu ihr um und sah sie an.

Die goldene Abendsonne fing sich in Sarahs glänzendem kastanienfarbenen Haar und ließ es wie glänzendes Kupfer erscheinen. Mathes seufzte leise. Er musste den Impuls unterdrücken, mit beiden Händen in diese üppige, leuchtende Fülle zu greifen. Bestimmt roch es wie immer nach Rosenblüten und Lavendel. Sein Blick glitt von ihrem Haar zu ihrem Schoß, wo ihre Ledermappe mit den Zeichnungen lag, die Mathes ihr gestern Abend mit dem Ausdruck echter Bewunderung zurückgegeben hatte.

»Eine Mappe voller Kostbarkeiten«, hatte er gesagt, und

auch heute lag in seinem Blick ähnliche Bewunderung, die im Moment aber nicht ausschließlich den Zeichnungen galt. Zu seiner großen Freude rückte Sarah noch näher zu ihm, so dass ihr ganzer Oberarm den seinen berührte. Mathes nutzte diese Nähe, beugte sich zu ihr und küsste sie zuerst auf den Hals, dann im Nacken und schließlich auf den Mund. Sarah schloss die Augen und genoss den Augenblick. Erst als Mathes sich wieder aufsetzte und fragte: »Wolltest du mir etwas zeigen?«, öffnete sie ihre Augen wieder.

Sarah seufzte. »Ja, ich habe heute wieder einmal die kleine Elza gezeichnet. Dabei bin ich auf die Zeichnung gestoßen, die ich damals von meiner Mutter gemacht habe. Die Ähnlichkeit der beiden ist wirklich verblüffend. Sie haben die gleichen Gesichtszüge, obwohl eine ganze Generation dazwischenliegt und meine Mutter kurz vor ihrem Tod das vierzigste Lebensjahr bereits überschritten hatte. Weißt du, welche Zeichnung ich meine?«

Sarah klappte ihre Mappe auf und holte ein zerknittertes Blatt hervor. Natürlich kannte Mathes die Zeichnung. Er hatte oft in ihrer Mappe geblättert und war jedes Mal aufs Neue begeistert gewesen über ihre präzise Strichführung. Was ihn an dieser Zeichnung aber irritiert hatte, war die Rückseite, auf der sich hebräische Schriftzeichen befanden, die er nicht lesen konnte.

»Hast du für die Zeichnung einen Brief deines Vaters verwendet?«, fragte er und nahm Sarah das Blatt ab. Die Frau hatte tatsächlich eine Ähnlichkeit mit Judiths Tochter. Dann wendete er das Papier und hielt es Sarah fragend entgegen.

»Keine Ahnung. Ich habe öfter die Seiten alter Rechnungsbücher oder Briefe verwendet, die mein Vater nicht mehr brauchte. Es wäre doch jammerschade gewesen, wenn das kostbare Papier einfach verbrannt worden wäre.«

»Das wäre es tatsächlich«, sagte Mathes und grinste. »Das Papier sieht nach einem Schuldschein aus, auch wenn ich den Inhalt nicht verstehe.« Er reichte Sarah das Blatt.

»Ein Schuldschein?« Sarah überflog die Schriftzeichen und erstarrte. Wie hatte sie so blind sein können? Das war der Schuldschein, von dem Aaron gesprochen hatte. Ein gewisser Riccardo Monetti verpfändete seinen Stadtpalast in Venedig an David Isserlein. Die Urkunde war vor zehn Jahren in Venedig unterzeichnet worden. Offenbar hatte der Ehemann der Base von Sarahs Mutter, ein gewisser Saul Israel, als Mittelsmann in diesem Geschäft agiert. David musste es in einem Zustand der Verwirrung zum Verbrennen hergerichtet haben. Sarah hatte nicht darauf geachtet, weil sie lediglich auf der Suche nach geeignetem Zeichenpapier gewesen war.

»Wenn ich alles richtig verstanden habe, was mir Aaron erklärt hat, dann ist jetzt Elias, als Vaters Erbe, Besitzer eines Stadtpalastes in Venedig«, sagte Sarah. Sie biss sich beim Erwähnen des Namens ihres Bruders so fest auf die Lippen, dass Mathes Angst hatte, sie würden zu bluten beginnen. Sanft strich er mit dem Daumen darüber.

Beim Gedanken an den jüdischen Medicus senkte sich ein Schatten über sein Gesicht. Ohne Vorrede rückte er mit dem heraus, was ihn seit Tagen belastete: »Ich habe deinem Bruder versprochen, seine Tochter zu retten.«

Überrascht hob Sarah den Kopf. Miriam, Rachel und Aaron waren immer noch im Judenviertel. Sarah hatte in den letzten Tagen oft an sie gedacht und gehofft, dass ihnen irgendwie die Flucht gelingen würde. Aber das Viertel war nach wie vor abgeriegelt, und es war schier unmöglich hineinzugelangen.

»Er hat mir vom Floß aus zugerufen: ›Rettet meine Tochter!‹, und ich habe genickt. Ich werde den erleichterten Ausdruck in seinen Augen niemals vergessen.«

Sarah strich Mathes traurig über die Wange. Es war seltsam, sie konnte einfach nicht genug davon bekommen, ihn zu berühren. Mathes ergriff ihre Hand und küsste ihre Finger, jeden einzelnen. Doch als er aufblickte, sah er noch genauso traurig aus wie zuvor.

»Dein Bruder verlässt sich auf mich. Er ist davon überzeugt, dass ich seine Tochter aus dem Judenviertel herausholen kann. Aber wie soll ich das tun? Es muss doch irgendeine Möglichkeit geben, zu ihr zu gelangen.«

Sarah zweifelte daran. Selbst wenn es Mathes gelingen würde, zu Miriam vorzudringen, würde Rachel niemals zulassen, dass ihre Tochter mit einem Christen floh. Sie selbst musste zurückkehren und Miriam zu sich holen. Aber der Gedanke, sie könnte dabei erneut im Gefängnis landen, erfüllte sie mit Panik.

»Bitte versprich mir, dass du nicht allein ins Judenviertel gehst«, sagte Mathes. Er legte den Arm um Sarah und zog sie eng an sich heran, so als könnte er auf diese Weise verhindern, dass Sarah etwas zustieß.

»Kannst du Gedanken lesen?«

Mathes zuckte mit den Schultern. »Ich bin ein Ketzer, das weißt du doch.« Dann beugte er sich erneut über Sarah, um sie zu küssen. Die Ledermappe glitt von Sarahs Schoß, doch sie bemerkte es kaum. Es konnte einfach nicht sein, dass Gott ein dermaßen wundervolles Gefühl erschaffen hatte, um es manchen Menschen dann vorzuenthalten. Sarah war davon überzeugt, dass Mathes ausschließlich für sie geschaffen worden war und sie für ihn.

60

Nach dem Abendgebet versammelten sich die Männer in der Männerschul und die Frauen in der angrenzenden Frauenschul. Am Nachmittag war erneut ein Floß Richtung Osten geschickt worden. Es war noch in Sichtweite der Schaulustigen gekentert, und die Juden darauf waren jämmerlich ertrunken. Rabbi Simon hatte versucht, das Ereignis zu verschweigen, aber die Neuigkeit hatten, sich unter den noch verbliebenen Juden rasch verbreitet, weil am späten Nachmittag Soldaten in die Synagoge eingedrungen waren und die drei durch den Unfall elternlosen Kinder mitgenommen hatten. Die Kinder sollten zuerst getauft und dann in ein Waisenhaus gesteckt werden. Stimmen murmelten, es wäre besser gewesen, man hätte sie gleich in die Donau geworfen und ihnen die Demütigung der Taufe und das Elend im Waisenhaus erspart.

»Es ist eine Schande, was sie uns antun«, rief ein Mann aufgebracht. Seine Frau und seine Tochter saßen im Gefängnis, und er wusste nicht, ob sie überhaupt noch am Leben waren.

»Ich werde mich nicht von ihnen taufen lassen«, sagte Rachel. Ihre laute, feste Stimme drang bis in die Männerschul. Zustimmendes Gemurmel war die Antwort.

Entschlossen verkündete sie: »Lieber sterbe ich durch eigene Hand.«

»Das ist eine Sünde«, rief eine Frau erschrocken. Sie sprang auf und lief aufgeregt zu der Wand, wo sich das Fenster zwischen Frauen- und Männerschul befand.

»Nicht, wenn man uns keine andere Wahl lässt«, erklärte der Rabbiner Simon Blümlein, und mit einem Mal war es völlig still in der Synagoge. Das einzige Geräusch war das Rauschen des Windes in der großen Linde im Hof.

Der Weinhändler brach mit schriller Stimme das Schweigen: »Du meinst, wir sollen uns selbst töten?«

Rabbi Simon wartete und sah in die Runde. Mit seinen müden alten Augen betrachtete er jedes einzelne Gesicht und nickte schließlich. »Nur jene, die sicher sind, dass sie sich nicht taufen lassen wollen.«

Seine Worte drangen bis in die hinterste Ecke der Synagoge. Männer, Frauen und Kinder hatten die Worte des Rabbiners gehört, und niemand wagte, etwas zu erwidern. Eine Mutter griff nach der Hand ihrer kleinen Tochter und zog sie schützend an sich. Entsetzen lag auf ihrem Gesicht.

»Die Christen wollen unsere Seelen, doch die werden wir ihnen nicht geben«, fuhr Rabbi Simon fort und deutete auf einen Kasten, der in der Mitte der sechseckigen Bima auf einem Podest lag.

Jeder der Anwesenden wusste, was das bedeutete. Rabbi Simon Blümlein hatte vor, die jüdische Gemeinde zu schächten, wie Aeneas, der Schochet, die Rinder, Schafe und Ziegen schächtete. Ein präziser Schnitt mit einem Messer, dessen Klinge so scharf war, dass man ein grobes Leinentuch durch bloßes Darüberziehen in zwei Teile schneiden konnte. Es dauerte nur den Bruchteil eines Augenblicks, und die Luft- und Speiseröhre waren ebenso durchtrennt wie wichtige Nervenstränge und die Halsschlagader.

Erneut folgte betretenes Schweigen. In der Männerschul stand jemand auf und verließ die Synagoge, zwei weitere Männer folgten ihm. Dann war es wieder still. Rabbi Simon sagte nichts, er würde niemanden zurückhalten. Auch in der Frauenschul standen Jüdinnen auf und verließen den Raum. Die Frau, die ihre Tochter schützend an sich gezogen hatte, ging als eine der Ersten. Rachel warf den Gehenden verächtliche Blicke zu. Mit hocherhobenen Kopf und zurückgezogenen Schultern saß sie im hinteren Teil des Raumes und musterte die Frauen mit strenger Selbstgefälligkeit. Selbst Ruth Blümlein, die Frau des Rabbis, wurde von ihr mit kritischen Augen betrachtet. Ruth wirkte unentschlossen. Sie hielt Rachels Blick nicht stand und schloss die Augen. Miriam, der ihre Mutter schon immer fremd gewesen war, fühlte sich von ihr nun weiter entfernt denn je.

Nach schier endlosem Schweigen, das keiner der in der Synagoge Verbliebenen brach, ging Rabbi Simon mit schweren Schritten zur Bima. Müde stieg er die Stufen hoch und stand nun vor dem Podest, von dem aus er zuvor aus der Thorarolle vorgelesen hatte. In dem Kasten vor ihm befand sich Aeneas' Messer, dessen Klinge der Rabbi erst letzte Woche streng begutachtet hatte.

»Nur wer diesen Schritt tatsächlich machen will, soll hierbleiben. Wir werden gemeinsam beten und einander um Verzeihung bitten. Wir werden das Sündenbekenntnis sprechen, dann wird einer von uns die anderen von dieser Qual erlösen, und wir werden gemeinsam zu Gott gehen.« Es fiel dem Rabbi sichtlich schwer, die Worte auszusprechen, die er seit Tagen in sich trug. Seine sonst so sichere Stimme zitterte, und er selbst schwankte, während er sprach. Er hatte lange darüber nachgedacht, hatte mit seiner Frau über seinen Plan gesprochen und schließlich befunden, dass es der einzige Weg war, der ihnen noch blieb. Herzog Albrecht war fest entschlossen, alle Juden umzubringen, dessen war er sich mittlerweile sicher. Er selbst hatte versagt, er konnte seiner Gemeinde nichts mehr anbieten als einen würdigen Tod.

Rachel war die Erste, die sich entschlossen zu Wort meldete: »Ich werde meine Seele nicht den Christen geben.«

Dann blickte sie zu Miriam: »Und die meiner Tochter auch nicht.«

Erschrocken schoss Miriams Kopf hoch. Sie wollte nicht sterben, wollte sich nicht die Kehle durchschneiden lassen. Sie sprang so eilig auf, dass ihr Sessel krachend umfiel.

»Nein!«, schrie sie entsetzt.

Der wütende Blick ihrer Mutter traf sie wie ein Schlag ins Gesicht. Wahnsinn stand in Rachels Augen, es war offensichtlich, dass sie sich von Miriam verraten fühlte.

»Setz dich«, zischte sie bitter.

»Nein, ich kann nicht!«, schrie Miriam, und ihre Stimme überschlug sich. »Ich will nicht sterben! Lieber lass ich mich taufen. Ich will leben, Vater hätte das auch gewollt.«

Rachels Gesicht wurde starr wie Stein. Hatte sie jemals Gefühle für ihre Tochter empfunden, so waren sie in diesem Moment alle erloschen. Sie wandte ihr Gesicht von Miriam ab und starrte gegen die Wand.

Miriam warf sich vor ihr auf den steinernen Boden, dass sie sich beide Knie aufschlug. »Mutter, es tut mir leid. Aber ich kann es nicht.« Sie weinte und griff nach Rachels Beinen, doch diese schenkte ihr nicht einen winzigen Blick, sagte kein Wort. Sie saß wie versteinert und rührte sich nicht.

»Mutter, sieh mich an, bitte. Ich will, dass du mir verzeihst. Ich bin zu jung zum Sterben.« Miriams Stimme brach und erstickte in einem Fluss von Tränen.

Entsetzt sahen die anderen der Auseinandersetzung zwischen Mutter und Tochter zu, niemand wagte es einzuschreiten. Auch Rabbi Simon, der von der Männerschul aus alles mithören konnte, griff nicht ein. Auch sein eigener Sohn war aufgestanden und gegangen. Er hatte ihn nicht aufgehalten.

Aus Miriams Weinen wurde lautes Schluchzen, dann wurde sie leiser, bis ihr schließlich nur noch die Tränen über ihre Wangen liefen. Rachels starre Miene veränderte sich nicht. Selbst ihr Atem ging ruhig, es war, als würde die Tochter vor ihr gar nicht existieren.

Schließlich stand Miriam auf und sagte: »Leb wohl, Mutter!« Rasch raffte das Mädchen ihre Röcke und stolperte aus der Frauenschul.

Vor Miriams Augen war alles verschwommen, noch immer flossen Tränen über ihre Wangen und wollten nicht versiegen. Ohne zu überlegen, wohin sie gehen sollte, lief sie an geplünderten und ausgebrannten Häusern vorbei. Irgendwann stolperte sie, schlug sich eines ihrer Knie noch weiter auf. Aber sie bemerkte das Blut gar nicht, das über ihr Schienbein tropfte.

Schließlich führte sie ihr zielloser Weg zurück zu Rabbi Simon Blümleins Haus. Als sie die Stube betrat, war sie überrascht und dankbar zugleich, als sie Aaron dort sitzen sah. Der hochgewachsene Mann weinte ebenfalls. Bei Miriams Anblick breitete er die Arme aus, bereitwillig warf sie sich hinein und war froh, dass er hier war, um sie zu trösten.

»Mangelnder Mut ist keine Sünde«, sagte er sanft und streichelte Miriam durchs Haar.

Die Worte konnten Miriam nicht trösten, denn sie wusste, wie mutig sie war.

61

Der Gestank verschmorten Holzes und verbrannten Fleisches hing über Wien wie ein undurchdringlicher Schleier. Rußteilchen wurden vom Wind bis in die entlegenen Teile der Stadt getragen. Selbst im Garten der Hofburg breiteten sie sich aus und bildeten auf dem sommerlich grünen Rasen unansehnliche schwarze Flecken. Obwohl Herzog Albrecht überall Schalen mit Duftölen hatte aufstellen lassen, war der Brandgeruch allgegenwärtig, auch in seinem Arbeitszimmer.

»Wie konnten die Juden es wagen, Selbstmord zu begehen und die Synagoge in Brand zu stecken?« Mit zornrotem Gesicht lief Herzog Albrecht aufgeregt von einer mit Wandteppichen behängten Wand zur anderen.

Andreas Plank saß aufrecht auf einem der gepolsterten Stühle, beobachtete den Herzog und wurde dabei zusehends nervöser.

»Setzt Euch!«, fuhr er ihn unhöflich an und schob dann ein milderes »Bitte« nach.

Der Herzog ließ sich in einen der Stühle fallen, begann aber sofort, mit den Beinen zu zappeln. Der Kanzler seufzte.

»Das Judenpack hat all seine Schätze verbrannt. Schätze, die mir gehören. Goldene Kerzenhalter und Schalen, Ringe und Schmuck, alles wurde Opfer der Flammen!«, schrie der Herzog empört und mit sich überschlagender Stimme.

Plank schüttelte den Kopf: »Ich glaube kaum, dass das Feuer so heiß war, dass es Gold zum Schmelzen gebracht hat.«

»Und wenn doch?« Nun trommelte der Herzog mit den Fingerkuppen auf der Stuhllehne. Plank widerstand dem Drang, die Hand des Herzogs festzuhalten. Er hatte von dem skandalösen Vorfall bereits in den frühen Morgenstunden erfahren. Offenbar hatte der Rabbiner Simon Blümlein mit seiner Gemeinde die ganze Nacht in der Synagoge gebetet und dann mit eigener Hand den Menschen die Halsschlagader durchtrennt. Anschließend hat er alles, auch sich selbst, mit Öl überschüttet und angezündet. Die Flammen hatten den halben Vormittag gewütet, erst um die Mittagszeit war es gelungen, den Brand zu löschen.

»Aber dieses Vorgehen wird bestraft werden«, tönte der Herzog aufgebracht.

»Was habt Ihr vor?«

»Ich werde meine Truppen noch einmal ins Judenviertel schicken, und alle, die noch in ihren Häusern hocken, herausholen und sie ins Gefängnis stecken. Nächste oder allerspätestens übernächste Woche wird das ganze Pack auf dem Scheiterhaufen brennen.«

Plank presste die schmalen Lippen aufeinander. Er hätte gerne noch etwas mehr Zeit darauf verwendet, aus den Juden auch noch die letzten Schätze herauszuholen. Einige der Verhöre im Gefängnis waren äußerst erfolgreich verlaufen, in den Häusern der Gefolterten hatte man große Reichtümer gefunden. Aber angesichts der sich zuspitzenden Situation war es wohl besser, jetzt kurzen Prozess zu machen. Die finanzielle Ausbeute war auch so schon beachtlich.

»Ich werde alles in die Wege leiten«, sagte Plank.

Der Herzog sprang erneut auf und hielt sich ein Tuch vor die Nase. »Dieser Gestank ist wirklich entsetzlich. Ehe die Scheiterhaufen auf der Gänseweide brennen, werde ich die Stadt rechtzeitig verlassen.«

»Das ist eine vortreffliche Idee«, sagte Plank. Es war schlimm genug, dass er selbst, als Domprobst, dem grausigen Schauspiel beiwohnen musste, die Vorstellung, auch noch den jammernden Herzog an seiner Seite zu haben, war schier unerträglich.

Der Herzog marschierte zum Fenster und schloss es in der vergeblichen Hoffnung, den Gestank aussperren zu können. »Ihr könnt nun gehen«, sagte er, ohne den Kanzler dabei anzusehen.

»Da wäre noch eine Sache«, sagte Plank und beugte sich ein wenig vor.

Herzog Albrecht drehte sich um und sah seinen Kanzler neugierig an.

»Ich habe gehört, dass Ihr einige der leerstehenden Häuser im Judenviertel bereits verschenkt habt.«

Herzog Albrecht nickte. »Ja, das stimmt. Interessiert Ihr Euch für eines der Objekte?«

Plank machte eine abfällige Handbewegung. »Ich interessiere mich dafür, wem Ihr bereits ein Haus versprochen habt.«

Der Herzog überlegte. Er hatte in den letzten Wochen so viele Entscheidungen getroffen, wie sollte er sich da an jede einzelne erinnern.

Um dem Herzog auf die Sprünge zu helfen, sagte Plank: »Kann es sein, dass Ihr dem Baumeister Rötel eines der Häuser gegeben habt?«

»Ja, richtig!«, rief der Herzog, erfreut, dass er die Sache nicht vergessen hatte. »Wolkenstein lag mir seit Wochen damit in den Ohren. Zuerst wollte er, dass dieser Rötel den Umbau der Hofburg übernimmt, aber davon habt Ihr mir ja abgeraten. Dann erbat er sich ein Haus für den Mann, was ich ihm schwer abschlagen konnte. Scheinbar hat er einen Narren an dem Steinmetzmeister gefressen.«

»Ich denke, dass Wolkensteins Fürsprache nichts mit Freundschaft zu tun hat.«

»Was wollt Ihr damit sagen?« Albrecht drehte nervös an dem riesigen Rubin am Ringfinger seiner rechten Hand.

Plank antwortete nicht, sondern neigte lediglich den Kopf zur Seite.

Albrecht ließ den Rubin los. »Ihr meint, Wolkenstein wird von Rötel erpresst?«

»Es wäre durchaus möglich. Dieser Rötel hat außerdem eine Rechnung offen mit einem der talentiertesten und besten Steinbildhauer der Stadt. Die Geschichte geht bis ins Jahr 1408 zurück.«

»Das war doch das Jahr, in dem mein Onkel Leopold den Bürgermeister und zwei Ratsherren hat köpfen lassen?«

Plank nickte.

»Nun, ich werde mich nicht in die Auseinandersetzungen kleiner Handwerker einmischen. Wenn Rötel mit einem anderen Steinmetz eine Fehde auszutragen hat, dann soll er das tun«, sagte der Herzog gelangweilt. Er öffnete erneut das Fenster, um es sofort wieder zu schließen. »Dieser Gestank ist eine wahre Zumutung.«

Verärgert über die Ignoranz des Herzogs, sagte Plank: »Es darf Euch aber nicht egal sein, wenn einer Eurer besten Männer erpresst wird.«

Albrecht hielt sich jetzt den Ärmel seines Hemds schützend vor die Nase. »Wollt Ihr mir vorschreiben, wofür ich mich zu interessieren habe?«, fragte er spitz. »Ein Streit zwischen zwei Handwerkern, der dreizehn Jahre zurückliegt, interessiert mich nicht. Und wenn Wolkenstein ein Problem mit Rötel hat, so ist das ebenfalls seine Sache. Ich habe eher den Eindruck, Wolkenstein mag den Mann und will ihn unterstützen. Ich weiß, dass Ihr es nicht gerne seht, wenn Männer einander helfen. Aber so funktioniert das Leben bei Hofe nun einmal. Hier in Wien genauso wie in Paris, Budapest oder Prag.« Herzog Albrecht machte eine Pause. »Akzeptiert einfach, dass Wolkenstein jemandem helfend unter die Arme greifen wollte. Sicher wird ihm dieser Mann bei anderer Gelegenheit auch einen Gefallen tun.«

»Das heißt, Rötel wird das Haus behalten?«

»Kann ich es ihm denn wieder wegnehmen?« Das Gespräch ermüdete Albrecht allmählich.

Plank schnaufte verächtlich. »Ich traue diesem Rötel nicht. Erlaubt mir, die Angelegenheit für Euch zu regeln.«

Gelangweilt fuhr sich Albrecht mit dem Handrücken über die Stirn. »Meinetwegen. Aber vergesst nicht, alles für die Verbrennung der Juden in die Wege zu leiten.«

Mühsam erhob sich Plank. Aber er hatte erreicht, was er wollte.

62

Auch in der geräumigen Stube der Blümleins stank es erbärmlich. Miriam und Aaron mussten sich Tücher vor die Nase halten, um sich nicht zu übergeben. Die ganze Nacht über hatten sie die Gebete aus der Synagoge gehört. Erst gegen Morgen waren die Stimmen verstummt, und dann ertönte der erste Aufschrei. Es war ein markerschütternder Schrei gewesen, in dem Überraschung und Schmerz zu gleichen Teilen lag. Danach waren weitere Schreie gefolgt, aber es waren auch wieder betende Stimmen zu hören gewesen.

Aaron hatte am Fenster gestanden und hinausgeschaut in den Hof, Miriam hingegen kauerte auf der Bank vor dem Kachelofen und drückte sich die Zeigefinger in die Ohren, um die Stimmen nicht zu hören. Doch als Rachels klare, hohe Stimme sich anklagend in den grauen Morgenhimmel erhob, halfen ihr auch die Finger nichts. Es war ein Schrei der Befreiung und des Triumphs gewesen. Trotz ihrer Trauer konnte Miriam nicht weinen. Als die Sonne ging, waren auch die Schreie verstummt. Die gespenstische Stille, die nun folgte, war grauenvoll.

Plötzlich war ein lautes Krachen aus der Synagoge zu hören. Aaron, der noch immer am Fenster stand, sah eine Stichflamme aus dem Dach schießen. Als die wenigen Juden, die noch in ihren Häusern waren, auf dem Platz vor der Synagoge ankamen, brannte das Gebäude schon lichterloh.

Die Menschen bildeten lange Ketten, in denen Eimer voll Wasser weitergereicht wurden. Zwei kräftige Männer kurbelten Wasser aus dem Brunnen vor der Synagoge, das sofort übernommen und ins Feuer geleert wurde. Auch Aaron hatte sich eingereiht, obwohl er vor Angst zitterte und verzweifelt auf die Flammen starrte.

Miriam hingegen blieb sitzen. Sie hielt noch immer die Hände auf die Ohren gepresst. Trotz des großen Feuers wurden die Tore des Judenviertels nicht geöffnet. Erst um die zehnte Stunde drangen Soldaten des Herzogs ein und halfen den Juden beim Löschen. Gegen Mittag waren die Flammen endlich erloschen. Die Soldaten hatten noch eine Weile in der noch glühenden Asche nach Schätzen gesucht und waren schließlich wieder abgezogen.

Als Aaron gegen Mittag verschwitzt und rußig die Stube betrat, stand Miriam von ihrer Bank auf. Sie trat ans Fenster und starrte auf die schwarzen Überreste der Synagoge. Dort, wo gestern noch das Dach gewesen war, klaffte jetzt ein riesiges Loch und öffnete sich anklagend gegen den Himmel. Grauer Rauch stieg noch immer auf und verpestete die Luft. Nur die Linde, die mitten auf dem Hof stand, war wie durch ein Wunder unversehrt geblieben. Ihr saftiges Grün hob sich vor der verkohlten Ruine ab, und in der Mittagssonne öffneten sich die ersten hellgelben Blüten, so als versuchte der Baum mit seinem süßlich betörenden Duft, gegen den Gestank des Todes anzukämpfen.

Miriam konnte nicht fassen, dass dort drüben irgendwo in Asche und Schutt die verkohlten Überreste ihrer Mutter lagen. Benommen kehrte sie zu ihrem Platz am Kachelofen zurück und begann, eine monotone Melodie zu summen, ein Einschlaflied, das Rachel oft gesungen hatte, als Miriam noch ganz klein gewesen war. Während sie summte, verschwamm das Bild ihrer Mutter vor ihrem inneren Auge, es wurde immer undeutlicher. Miriam war sich nicht mehr sicher, ob das Lied tatsächlich von Rachel stammte. Vielleicht war es Elias gewesen? Oder Sarah? Sie wusste es nicht mehr.

Plötzlich hatte Miriam furchtbare Angst, den Verstand zu verlieren. Sie dachte an ihren Großvater, der tagelang auf der Bank gesessen hatte, ohne irgendjemanden zu erkennen.

»Aaron, glaubst du, dass Wahnsinn vererbbar ist?«, fragte Miriam.

»Ich weiß es nicht«, sagte Aaron. »Aber wenn das alles noch lange dauert, werden wir alle verrückt. Ich spüre bereits, wie der Wahnsinn seine Finger nach mir ausstreckt.«

»Ich auch«, flüsterte Miriam und begann wieder zu summen.

63

Am nächsten Morgen drangen die Truppen des Herzogs brutal ins Judenviertel ein und stürmten ein Haus nach dem anderen. Sie zerrten die eingeschüchterten Bewohner aus ihren Stuben und trieben sie auf dem Platz vor der verkohlten Synagoge zusammen. Dort fesselten sie die Menschen und ließen sie warten, Männer wie Frauen, Greise wie Kinder.

»Jetzt holen sie uns alle«, sagte Aaron fassungslos. Er starrte aus dem Fenster, ohne sich zu rühren. Bis zuletzt hatte er gehofft, dass es nicht so weit kommen würde, dass sich ihnen noch ein Ausweg bot. Er hatte sich einfach nicht vorstellen können, dass der Herzog alle Juden umbringen ließ.

»Ich will nicht mitgehen«, sagte Miriam leise. »Können wir denn nicht irgendwie fliehen?«

Plötzlich hatte Aaron eine Idee. Es war ein verrückter Gedanke, aber es fiel ihm nichts Besseres ein. »In der Wand befindet sich ein geheimer Schrank, der aber nur von außen zu öffnen ist«, sagte er schnell. »Der Schrank ist winzig klein und für geheime Unterlagen gedacht. Da ich den Christen all unser Geld bereits gegeben habe, ist er jetzt leer. Wenn du dich kleinmachst, passt du hinein.«

Von draußen drangen die Hilfeschreie der wenigen Nachbarn, die noch im Viertel waren, zu ihnen.

»Aber wie komme ich aus dem Schrank wieder heraus?«, fragte Miriam.

»Jemand muss dich befreien. Es ist ein Risiko, aber es könnte deine Rettung bedeuten.«

»Wenn mich niemand befreit?« Miriams Herz schlug bis zum Hals. Erneut waren draußen Schreie zu hören. Jemand wurde mit einer Peitsche geschlagen, und ein Kind weinte jämmerlich.

»Dann verdurstest du«, sagte Aaron ernst. »Ich werde versuchen, jemandem eine Nachricht zukommen zu lassen. Irgendwie wird es mir schon gelingen.«

Schwere Schritte näherten sich. »Hier ist noch jemand«, rief ein Soldat und donnerte gegen die Eingangstür.

»Was willst du tun? Schnell!« Nervös blickte Aaron zur Tür, wo bereits das Holz splitterte.

Miriam schloss die Augen. Sie wollte nicht mitgehen, wollte nicht ins Gefängnis. Warum nur war Rachel einfach gegangen, warum waren der Vater und Sarah tot? Eine bittere Verzweiflung erfüllte sie.

»Wo ist der Schrank?«

Aaron nahm Miriam an der Hand und führte sie rasch in den ersten Stock, ins Arbeitszimmer seines Vaters. Gezielt griff er nach einem Mechanismus, der sich in der Wandtäfelung verbarg, und augenblicklich schnappte ein Riegel, und eine der Holzplatten löste sich. Eine winzig kleine Nische kam zum Vorschein.

»Da passe ich nie im Leben hinein«, sagte Miriam. Unten splitterte Holz, krachend traten die Soldaten die Tür ein.

»Natürlich geht es. Mach dich klein.« Das Mädchen musste sich hinhocken und beide Beine mit ihren Armen umfassen, dann schob Aaron sie in die schmale Öffnung. Sein Schweiß roch unangenehm säuerlich.

»Ich mach jetzt zu und laufe wieder hinunter, damit niemand Verdacht schöpft.«

Ängstlich starrte Miriam ihn an. »Wann werde ich befreit?«

»Ich weiß es nicht, aber ich werde alles versuchen, um deiner Tante eine Nachricht zukommen zu lassen.«

Miriam nickte. Wenn Judith von ihrem Versteck erfuhr, würde sie sofort kommen, das wusste Miriam. Aber wenn die Nachricht nicht ankam?

Aaron spannte den Deckel wieder ein, der Mechanismus schnappte zu, und Miriam hockte in völliger Finsternis. Sie lauschte auf die Geräusche von draußen, hörte das Trampeln von Soldatenstiefeln, hörte Aarons Proteste, weil man ihn fesselte, und schließlich einen Schrei. Offenbar hatte jemand Aaron einen Schlag verpasst. Dann verließen die Soldaten mit Aaron polternd das Haus.

Es dauerte nicht lang, da waren erneut Stimmen zu hören. Offenbar waren es zwei Männer, die die Treppe heraufkamen. Miriam hörte, wie Kisten durchwühlt und Kästen aufgerissen wurden. Jemand klopfte die Wandvertäfelung ab und kam dabei immer näher an sie heran. Miriam hielt den Atem an.

Da ertönte ein Ruf von unten, die Männer mussten offenbar gehen. Einer fluchte, klopfte ein letztes Mal auf die Vertäfelung neben ihr und drehte sich dann auf seinem Absatz um, dass der Holzboden quietschte. Dann entfernten sich die Schritte, und plötzlich war es still.

Miriams Herz raste, sie versuchte, tief durchzuatmen, aber in ihrem Versteck war zu wenig Luft. Sie konnte nur ganz flach atmen. Ein kaum sichtbarer Spalt an der oberen Kante war die einzige Öffnung. Schon jetzt schmerzten ihre Knie, sie versuchte, ihre Position zu verändern, aber es ging nicht. Ihr Körper füllte den winzigen Raum ganz aus. Aaron war verrückt gewesen, sie in diesem Loch einzusperren, sie war verrückt gewesen, dass sie sich darauf eingelassen hatte. Verzweifelt versuchte Miriam, mit aller Kraft die Vertäfelung aufzudrücken, aber es gelang ihr nicht. Sie war gefangen.

64

»Elias' Tochter ist tot«, sagte Mathes betroffen, als er die Stube betrat. Er war nach der Arbeit in der Werkstatt zum Gefängnis gegangen und hatte nach der letzten Liste der Gefangenen gefragt. Danach war er sofort in die Singerstraße zurückgekehrt. Er hatte sich noch nicht gewaschen, und sowohl sein Hemd als auch sein blondes Haar waren voller Steinstaub.

»Wer sagt das?« Sarah war von ihrer Näharbeit aufgesprungen und sofort zu ihm gelaufen.

Erschüttert ließ sich Mathes auf die Fensterbank fallen. »Ihr Name steht auf keiner der Listen. Weder auf denen vom Gefängnis noch auf denen der Deportationen«, sagte er niedergeschlagen.

»Aber vielleicht hat man sie vergessen? Es könnte doch sein, dass man ihren Namen einfach nicht aufgeschrieben hat?« Sarah wollte einfach nicht glauben, dass ihre lebenslustige Nichte tot sein sollte.

»Es ist anzunehmen, dass sie eine der Freiwilligen war, die sich von Rabbi Blümlein haben schächten lassen.«

»Rachel!«, sagte Sarah leise. Sie sank neben Mathes auf die Bank und presste eine Faust in den Mund, um nicht laut aufzuschreien. Ihre Schwägerin hatte ihr eigenes Kind umbringen lassen! Elias hätte das niemals erlaubt. In Sarahs Entsetzen mischte sich Wut.

Mathes drehte sich zu ihr um und sagte traurig: »Ich habe mein Versprechen nicht einlösen können.« Er sah Elias wieder vor sich, wie er auf dem Floß stand und ihm eine einzige Bitte zurief. Mathes hatte versagt, und er fühlte sich schrecklich.

»Kanntest du irgendwelche Namen auf der Liste?«, wollte Sarah nun wissen.

Mathes schüttelte den Kopf, außer Sarahs Familie kannte er niemanden im Judenviertel.

»Oder doch, da war ein Aaron. Heißt dein Verlobter Aaron Blümlein?«

»Sie haben Aaron gefangen genommen?«

»Sie haben alle Juden ins Gefängnis geworfen. Es platzt aus allen Nähten«, sagte Mathes.

»Aaron weiß bestimmt, ob Miriam tatsächlich tot ist«, erklärte Sarah.

»Wie willst du ihm denn eine Nachricht zukommen lassen?« Mathes wusste, dass es unmöglich war, mit einzelnen Gefangenen Kontakt aufzunehmen. Er selbst hatte tagelang erfolglos versucht, Sarah eine Nachricht zukommen zu lassen.

»Meinst du, der Schwager des Kotkönigs wäre noch einmal bereit, uns zu helfen?« Sarah erinnerte sich an den kleinen kahlköpfigen Mann, der sie durch das Labyinth im Stadtgefängnis geführt hatte.

»Wir können Alfred fragen, aber ich fürchte, der Mann hat letztes Mal schon Kopf und Kragen riskiert. Es war pures Glück, dass diese Rebecca gerade in der Nacht deiner Flucht gestorben ist.«

Sarah schüttelte den Kopf, dann stand sie auf: »Ich werde Alfred suchen und mit ihm reden.«

»Liegt dir denn viel daran, diesen Aaron zu retten?«, fragte Mathes. Im nächsten Moment hätte er sich am liebsten auf die Zunge gebissen. »Ich meine es nicht so, ich meine nur ...«

Sarah hatte Mathes schon verstanden. Lächelnd drehte sie sich zu ihm um. Wieder war sie erstaunt darüber, wie stark sie sich zu diesem Mann hingezogen fühlte.

Dann sagte sie ruhig: »Ich wünsche mir, dass Aaron am Leben bleibt. Aber ich habe nicht mehr vor, ihn jemals zu heiraten.«

Mathes zog Sarah an sich und drückte sie sanft neben sich auf die Bank. »Kannst du dir vorstellen, mich zu heiraten?«

Sarah lächelte erneut. »Ob ich das will? Ich müsste dann ständig diese strengen Hauben mit dem Gebände tragen.«

»Das müsstest du auch, wenn du einen Juden heiratest. Obwohl es in der Tat sehr schade ist, diese Pracht zu verstecken.« Mathes griff mit beiden Händen in ihr volles Haar, das heute nach Lavendel und Zitronenöl roch.

Sarah seufzte und wurde wieder ernst. »Ich weiß nicht, ob

ich dich heiraten kann«, sagte sie ehrlich. Mathes seufzte ebenfalls. Noch immer stand die Religion zwischen ihnen, und Mathes begann allmählich, Gott dafür zu hassen. Oder vielmehr die Priester und Rabbiner, die den Menschen Regeln aufzwangen, von denen sie behaupteten, Gott hätte sie gemacht.

65

»Holt mich hier raus!«, rief Aaron und trommelte mit beiden Fäusten gegen die Zellentür. »Ich bin bereit, mich taufen zu lassen. Ich habe Euch schon all mein Geld gegeben und will jetzt ein Christ werden! Außerdem habe ich eine dringende Nachricht für Judith Klayndl, die Frau des Steinmetzmeisters Klayndl!« Erneut schlug er gegen das raue, dicke Holz. Die Haut auf seinen Händen war bereits aufgeplatzt. Aaron blutete, doch er bemerkte es kaum.

»Hör auf zu schreien«, zischte einer der Männer in der winzigen feuchten Zelle. Es stank erbärmlich nach Erbrochenem und Kot. »Wer immer diese Judith Klayndl ist, sie hat es nicht verdient, von einem Feigling ins Verderben gerissen zu werden.«

Aaron hielt inne. Vielleicht stimmte es, dass er Sarahs Schwester in Gefahr brachte. Aber er konnte darauf keine Rücksicht nehmen. Er musste ganz dringend einen Wärter sprechen, musste dafür sorgen, dass Judith von Miriam erfuhr. Mittlerweile waren zwei Tage vergangen. Er machte sich immer mehr Sorgen um das Mädchen, vielleicht war es bereits tot!

Aaron drehte sich wieder zur Tür und klopfte erneut. »Ich

will die Taufe, und ich habe eine wichtige Nachricht zu überbringen!«

»Hast du nicht gehört, was ich gesagt habe?« Der alte Mann trat zu Aaron und umfasste mit unerwartet festem Griff seine Handgelenke. »Du sollst aufhören zu schreien!«

»Lass mich los«, kreischte Aaron und schüttelte die Hände des Alten ab. Dieser spuckte Aaron mitten ins Gesicht.

»Was fällt dir ein?« Angeekelt wischte Aaron die Spucke mit dem Ärmel fort.

»Du bist ein elender Feigling. Ein Jude, der den eigenen Glauben verraten will. Wir können froh sein, dass du nicht unser Rabbiner geworden bist. Was hast du in all den Jahren gemacht, in denen du die Thora und den Talmud studiert hast?«, fragte ein anderer alter Mann, der nur noch zwei Zähne im Mund hatte. »Schämst du dich denn gar nicht?«

»Wofür?«, fragte Aaron.

»Dafür, dass du deinen Glauben, dein Volk und deinen Gott verrätst und jene, die dir vielleicht helfen wollen, in Gefahr bringst», sagte der Alte.

Aaron lachte trocken. Verrat, das war ein heftiges Wort, und er selbst hatte es in den Mund genommen. Er hatte Sarahs Schwester als Verräterin bezeichnet, die Frau, von der er jetzt Hilfe erbitten wollte.

Aaron wandte sich ab. Wie sollte der alte Mann ahnen, dass Aaron ein Mädchen in einen Schrank gesperrt hatte, in dem es nun verdurstete? Wenn Miriam starb, konnte Aaron nie wieder zu Gott beten, weder als Jude noch als Christ, und diese Vorstellung machte ihm Angst. Wenn er sich selbst zum Mörder gemacht hatte, würde kein Gott ihm jemals verzeihen.

Die Gänge im labyrinthischen Stadtgefängnis, die zu den einzelnen Zellen führten, waren beinahe so dunkel wie die Zellen selbst. Dort, wo einige von ihnen aufeinandertrafen, stand ein grober Holztisch, und die Wärter, derbe Männer mit grauen Gesichtern, saßen auf schiefen Bänken und würfelten. Eine rußende Öllampe sorgte für diffuses Licht. Es stank nach Mäusekot, menschlichem Urin und billigem Schnaps.

»Hans, du bist an der Reihe, neuen Schnaps zu holen«, grölte ein langer, dürrer Mann mit einem Gesicht, das an eine Ratte erinnerte, und drückte Günter Ziesels Schwager den verbeulten Zinnkrug in die Hand.

»In Ordnung«, brummte Hans Bständig, der Schwager des Kotkönigs, und erhob sich träge. Seit das Gefängnis voll mit Juden war, fand er seine Arbeit unerträglich. Besonders die unschuldigen Kinder, die hier dahinvegetierten, setzten dem kahlköpfigen Mann zu. Meist gelang es ihm wegzuschauen, aber als er gestern einer verzweifelten Mutter ihre kleine blonde Tochter aus den Händen reißen musste, weil das Kind seit zwei Tagen tot war und die Frau sich verzweifelt wehrte, hatte er sich zum ersten Mal die Frage gestellt, ob es tatsächlich Gottes Wille war, die Juden so zu foltern und zu quälen, wie die Priester es von ihren Kanzeln predigten.

Er war gerade ein paar Schritte gegangen, als er aus einem der langen, dunklen Gänge ein Geräusch hörte. Jemand hämmerte mit den Fäusten gegen die schwere Zellentür.

»Wer ist das denn?«, fragte er verdrießlich.

»Vorgestern haben sie einen reichen Juden, einen Geldverleiher, hergebracht, der andauernd jammert, er wolle getauft werden. Da er aber der Sohn von Rabbi Blümlein ist und selbst ein Rabbiner hätte werden sollen, wird kein Priester den Feigling taufen. Niemand glaubt ihm, dass er wirklich Christ werden will.«

Hans Bständig schüttelte den Kopf.

»Der Mann will außerdem, dass wir ihm eine Nachricht abnehmen und der Frau irgendeines Steinmetzmeisters bringen. Wenn das Judenschwein noch lange Wirbel macht, muss sich mal jemand um diese Judenfreundin kümmern und ihr Dampf unterm Hintern machen.« Der dürre Wärter griff ungerührt nach den Würfeln und warf sie in den Becher. Dann schüttelte er den Becher und ließ die Würfel mit einem kräftigen Schwung über die Tischplatte rollen.

»Na, bitte«, rief er begeistert. »Vier Sechser! Wer kann da wohl mithalten.«

»Ich hol den Schnaps«, sagte Hans Bständig, griff nach der Laterne und marschierte los. Er nahm den Gang, der ihn an der Zellentür mit dem laut klopfenden Juden vorbeiführte. Ob der Mann wohl irgendetwas mit den Steinmetzmeistern zu tun hatte, die das Haus seines Schwagers umbauten? Eigentlich war er mit der Rettung der jungen Jüdin schon ein untragbares Risiko eingegangen, aber die Frau war ihm – sympathisch gewesen. Schließlich siegte seine Neugier, rasch griff er nach dem Schlüssel und öffnete die Tür. Kaum war sie offen, stürzte sich der jammernde Jude ihm zu Füßen.

»Wer immer Ihr seid, ich brauche Eure Hilfe«, keuchte er und klammerte sich an Bständigs Beine. Der begriff jetzt, was sein Kollege gemeint hatte. Der Mann war tatsächlich in der Lage, andere in Schwierigkeiten zu bringen, nur um sich selbst zu retten.

»Seid leise«, zischte Bständig. Er schüttelte Aaron von sich ab und schob ihn in eine Ecke. »Wenn Ihr eine Nachricht habt, so sagt sie schnell.«

Gehetzt blickt sich Aaron um. Er wollte nicht, dass jemand aus der Gemeinde hören konnte, was er zu sagen hatte.

»Na los!«, herrschte ihn Bständig an. Ein Blick zurück zum Tisch zeigte ihm, dass seine Kollegen immer noch Würfel spielten.

Aaron holte tief Luft und flüsterte dann so leise, dass nur Bständig ihn hören konnte: »Bitte sagt Judith Klayndl, dass ihre Nichte im Schrank des Arbeitszimmers von Simon Blümlein versteckt ist und sich selbst nicht befreien kann.«

Entsetzt starrte Bständig in Aarons ungewaschenes Gesicht: »Ihr habt ein braves Christenkind in einen Schrank eingesperrt? Dann stimmen all die Geschichten, die man sich über euch Juden erzählt?« Angeekelt machte er einen Schritt zurück, und Aaron seufzte. Wenn er nun zugab, dass Miriam ein jüdisches Kind war, würde der Wärter es nicht der Mühe wert finden, sie zu retten. Er würde sie höchstens in eines der Löcher in diesem Labyrinth stecken, und all ihre Qualen wären umsonst gewesen. Müde sagte Aaron: »Rettet das Kind, indem Ihr Judith Klayndl benachrichtigt.«

Voller Abscheu stieß Hans Bständig Aaron in die Zelle zurück: »Ich werde Eure Nachricht überbringen. Aber ich rate Euch, den Namen der Frau niemals wieder zu nennen.« Ausgerechnet die Frau von Richard Klayndl wollte dieser Mann in Gefahr bringen! Gut, dass keiner seiner Kollegen die Nachricht entgegengenommen hatte.

Aaron rappelte sich auf, dann jammerte er: »Ich brauche einen Priester, denn ich will getauft werden.«

Bständig spuckte vor ihm aus: »Ihr, ein angehender Rabbiner? Kein Priester der Welt wird Euch taufen! Und wenn Ihr den Namen der Steinmetzfamilie noch einmal nennt, dann ramme ich Euch eigenhändig mein Messer in den Bauch. Noch bevor Herzog Albrecht irgendeinen Befehl gibt. Habt Ihr mich verstanden?« Um seinen Worten Nachdruck zu verleihen, holte er sein Messer aus dem Gürtel und hielt es Aaron an die Kehle. Dessen Augen weiteten sich entsetzt, aber er hatte verstanden und zog sich schweigend in eine Ecke der Zelle zurück.

66

»Mathes, du kannst nicht einfach ins Judenviertel marschieren und im Haus der Blümleins die Holzvertäfelung von den Wänden reißen«, erklärte Richard ernst. »An den Toren stehen Wachmänner und kontrollieren alle, die hineinwollen. Welchen Grund hättest du schon?«

Alfred kratzte sich besorgt am Kinn. »Richard hat recht. Der Herzog achtet darauf, dass es nicht zu Plünderungen kommt, denn er ist der Ansicht, dass alles, was den Juden gehört hat, nun ihm zusteht.«

Die Nachricht des Gefängniswärters Hans Bständig, der in den frühen Morgenstunden in der Singerstraße erschienen war, hatte für große Aufregung gesorgt. Mathes wollte sich sofort auf den Weg machen. »Ich habe es dem Medicus versprochen«, sagte er.

Sarah hockte schweigend in einer Ecke. Sie hatte panische Angst um Miriam, die vielleicht schon im Sterben lag, und fürchtete zugleich, dass Mathes bei der Rettungsaktion etwas zustoßen könnte.

»Ich werde aufpassen«, versprach Mathes und warf Sarah einen beruhigenden Blick zu. Doch er konnte sie nicht überzeugen. Sarahs Angst blieb, sie nagte nervös an ihrem Daumennagel.

»Lass mich mitkommen«, schlug Richard vor.

Aber davon wollte Mathes nichts wissen. »Es ist leichter, allein ins Judenviertel zu gehen.« Entschlossen griff er nach seiner Mütze, setzte sie auf und zog sie tief in die Stirn. »Wenn die Wachposten mich nicht vorbeilassen, werde ich versuchen, irgendwo eine Lücke im Zaun zu finden.« Zielstrebig ging er über den Hof davon.

Mathes war nicht der Einzige, der ins Judenviertel wollte. In der Hoffnung auf reiche Beute waren viele Menschen losgezogen und versuchten, durch das hölzerne Bogentor zu kommen, das von zwei schwerbewaffneten Wachmännern kontrolliert wurde. Aber die meisten von ihnen wurden wieder fortgeschickt.

Umso überraschter war Mathes, als ihn einer der Wachmänner zu sich winkte. »Seid Ihr der Steinbildhauer, der das Taufbecken für St. Stephan macht?«, fragte der kleine, gedrungene Mann.

Mathes nickte verwundert.

»Ich habe noch nie etwas gesehen, das so schön ist.« Die Bewunderung in der Stimme des Wachmanns war echt. »Meine Frau sagt, Ihr müsst ein Heiliger sein.«

Mathes öffnete den Mund, um etwas zu erwidern, doch der Mann machte eine ungeduldige Handbewegung. »Ihr wollt Euch wohl Euren Lohn etwas aufbessern, habe ich recht?« Der Mann grinste und legte dabei eine riesige Zahnlücke frei.

Mathes beugte sich zu dem Mann und flüsterte ihm hinter vorgehaltener Hand zu: »Ich brauche dringend Gold, um die Taufkrone damit zu vollenden. Aber weder der Herzog noch der Domprobst sind bereit, dafür zu zahlen.«

»Das sieht ihnen ähnlich«, zischte der Wachmann. »Selbst füllen sie ihre Säcke, aber wenn es darum geht, ein Kunstwerk für Gott zu verschönern, dann haben sie plötzlich kein Geld mehr.«

Mathes wartete. Der Wachmann kratzte sich am Kinn, schließlich sagte er: »Rasch, lauft hinein, und sucht Euch das Gold für die Taufkrone. Ich selbst habe heute Morgen eine goldene Schüssel nach Hause getragen. Aber seid vorsichtig. Unsere Männer sind unterwegs und durchsuchen die Häuser nach Schätzen.«

Mathes nickte. »Vielen Dank! Ich werde aufpassen.«

Er drängte sich an dem Wachmann vorbei und schob sich durch einen schmalen Spalt im Tor. Ohne sich noch einmal umzusehen, lief Mathes los. Sarah hatte ihm den Weg genau beschrieben, er wusste, wie er zur Synagoge kam.

Immer noch stank es grauenvoll. Ruß und Asche bedeckten den Platz vor der Ruine, wurden vom Wind hochgewirbelt und verteilten sich auf den Dächern der umliegenden Häuser. Mathes bemühte sich, nicht an die menschlichen Überreste zu denken, die sich immer noch in den verkohlten Trümmern des Bauwerks befanden.

Entschlossen trat er auf das Haus zu, das der ehemaligen Synagoge genau gegenüberlag, und öffnete die unversperrte Tür. Hier waren bereits Plünderer am Werk gewesen. Der Boden war mit Tonscherben und Essensresten bedeckt, einem umgefallenen Stuhl fehlte ein Bein, eine Holzkiste war geöffnet und durchwühlt. Zwei Hühner lagen mit verrenkten Hälsen auf der Schwelle zur Küche. Mathes bemühte sich, das Bild der Verwüstung zu ignorieren, und rannte hinauf in den ersten Stock. Er nahm immer zwei Stufen auf einmal, die schmale Treppe knarrte unter seinen Füßen. Auf dem Treppenabsatz blickte er sich um. Sarah hatte ihm gesagt, das Arbeitszimmer befinde sich auf der rechten Seite. Er trat durch eine niedrige Tür in ein kleines holzgetäfeltes Zimmer. Auch hier hatten gierige Hände gewütet. Der Schreibtisch war verwüstet, Papiere lagen wahllos auf dem Boden, und wertvolle Bücher mit hebräischen Schriftzeichen waren respektlos zerfleddert worden. Ein Tintenfässchen lag auf dem Boden, die dunkle Flüssigkeit hatte die Bretter des Holzfußbodens ruiniert.

Mathes blickte auf die getäfelte Wand. Er hatte keine Ahnung, welche der Holzplatten er abnehmen musste, deshalb rief er laut Miriams Namen. Vielleicht würde das Mädchen sich mit Klopfzeichen melden? Angestrengt lauschte er, doch außer den Schwalben, die aufgeregt in ein Nest an der Hauswand ein- und ausflogen, hörte er nichts. Erneut rief Mathes, jetzt lauter und mit Verzweiflung in der Stimme. Er horchte wieder. Nichts.

Irgendwo in einem der benachbarten Häuser hämmerte jemand. Bestimmt die Männer des Herzogs. Drei Tage war es nun her, dass Miriam von Aaron in der winzigen Wandnische versteckt worden war. Wie lange konnte ein Mensch ohne Wasser und Nahrung überleben? Vielleicht kam Mathes schon zu spät. Mit den schrecklichsten Bildern im Kopf trat er an die Täfelung und klopfte eine Holzplatte nach der anderen ab. Irgendwo musste es ja hohl klingen. Dabei rief er immer wieder Miriams Namen.

Mathes hörte nicht, dass sich unten die Eingangstür öffnete und schwere Schritte die Treppe heraufkamen. Erst ein Knarren am Treppenabsatz ließ ihn aufmerken. Langsam drehte er sich um. Die niedrige Zimmertür war geschlossen, er hatte sie selbst zugemacht. Mathes lauschte erneut. Aber es war nichts mehr zu hören. War da jemand? Oder hatte er sich getäuscht?

Mathes griff an seinen Gürtel, wo sich gewöhnlich sein Steinhammer befand. Doch er griff ins Leere, natürlich hatte er das Gerät nicht mitgenommen. Er war völlig unbewaffnet.

Plötzlich wurde die Tür aufgestoßen, Mathes sprang erschrocken zurück. Als er den Mann sah, der da dick und mit hochrotem Kopf breitbeinig im Türrahmen stand, setzte sein Herzschlag einen Moment lang aus. Andreas Rötel hielt ein Messer in der rechten Hand und stürzte sich damit ohne Vorwarnung auf Mathes. Rasch sprang dieser zur Seite, aber Rötel war schneller. Er rammte Mathes von der Seite, warf ihn zu Boden und kniete sich mit seinem ganzen Gewicht auf Mathes' Brust. Er hielt ihm das Messer an die Kehle, dass die scharfe Klinge die helle Haut aufritzte.

»Was macht Ihr hier?«, presste Mathes unter Rötels Gewicht hervor. Er spürte einen stechenden Schmerz in den noch kaum verheilten Rippen.

»Dasselbe kann ich Euch fragen«, sagte Rötel. Er zog einen Strick hervor, mit dem er Mathes die Handgelenke fest auf dem Rücken zusammenband. Dann stand Rötel auf, warf Mathes einen verächtlichen Blick zu, holte mit dem Fuß weit aus und trat ihm ohne Vorwarnung in die Seite.

Mathes schrie laut auf. Der Schmerz fuhr mit einer Heftigkeit durch seinen Körper, dass ihm schwarz vor Augen wurde. Er würgte.

»Wollt Ihr mich umbringen, nachdem Euer letzter Versuch fehlgeschlagen ist?«, keuchte er, hustete und spuckte Blut aus.

»Das wäre eine gute Idee, aber zuerst will ich von Euch wissen, was Ihr in meinem Haus zu suchen habt.«

»Euer Haus?« Mathes glaubte, sich verhört zu haben.

Mit Stolz in der Stimme sagte Rötel: »Als zukünftiger Leiter der Dombauhütte brauche ich ein repräsentatives Gebäude, und es ist nur recht und billig, dass ich das Haus eines dreckigen Geldverleihers bekomme.«

»Ihr übernehmt die Leitung der Dombauhütte?«, fragte er benommen, während es ihm gelang, sich wieder aufzurappeln. Nun saß er, mit nach vorne gebeugtem Kopf, auf dem Boden, und das Blut aus seiner Nase tropfte auf die Holzbretter.

»Ja, und sobald ich Fuchs' Amt übernommen habe, werdet Ihr in Wien nur noch Sandstein in Quaderform klopfen, das verspreche ich Euch.«

Rötel machte einen Schritt auf Mathes zu und holte erneut mit dem Bein aus. Diesmal warf sich Mathes rechtzeitig zur Seite, und so traf ihn der Tritt mit abgeschwächter Wucht.

»Schon gut!«, keuchte Mathes, »werdet, was Ihr wollt. Aber lasst mich in Frieden.«

»Euch in Frieden lassen? Niemals!« Rötel lachte schrill auf. Es klang wie das Fauchen eines tollwütigen Tieres.

»Was wollt Ihr eigentlich von mir? Worum beneidet Ihr mich? Um mein Talent, Stein geschickter zu behauen als Ihr?«

Es folgte eine Pause. Hasserfüllt starrte Rötel Mathes an. »Euer Vater hat meine Familie ruiniert, und dafür werdet Ihr büßen.«

Mathes wusste überhaupt nicht, wovon Rötel sprach.

»Hört endlich damit auf, Unwissenheit vorzutäuschen«, schrie Rötel zornig. Er beugte sich zu Mathes hinunter und sah ihm aus nächster Nähe ins Gesicht. Sein Atem roch nach Alkohol. »Euer Vater war Judenrichter der Stadt, ein verdammter Judenfreund, wie Ihr es heute seid. Mit seinem richterlichen Urteil hat er meinen Vater dazu gezwungen, seine Schulden an den Zinswucherer zurückzuzahlen, und damit unsere ganze Familie ruiniert. Ich hole mir nur zurück, was mir seit vielen Jahren zusteht. Das Geld der Juden!« Rötels Gesicht hatte die Farbe einer reifen Erdbeere angenommen. Er schwitzte, und sein schütteres Haar hing ihm verklebt in die Stirn.

Mathes war völlig verwirrt. Wovon sprach Rötel nur?

»Ich habe gesagt, Ihr sollt nicht so tun, als hättet Ihr keine Ahnung!«, schrie Rötel wütend. Er sprang auf und machte erneut Anstalten, nach Mathes zu treten. Dann ließ er davon ab.

»Ihr wisst so gut wie ich, dass mein Vater Zunftmeister der Steinmetze war«, sagte er. »Er hat das Amt an Klayndl abgeben müssen, nachdem Euer Vater ihn zu einer armen Kirchenmaus gemacht hat.«

Fassungslos hockte Mathes da, das Blut tropfte weiter auf den Boden. »Das stimmt alles nicht«, sagte er leise.

»Natürlich stimmt es. Warum sonst hätte Klayndl Euch nach der Hinrichtung Eures Vaters bei sich aufnehmen sollen?«

»Er war sein Freund.«

»Freund, ha!« Rötels Lachen klang bitter. »Wenn es um Geld geht, gibt es keine Freundschaft. Deshalb hat Herzog Leopold Euren Vater auch um einen Kopf kürzer gemacht! Die Mächtigen sehen es nicht gerne, wenn jemand den Hebräerhunden Geld in den Rachen schaufelt.«

Mathes wurde übel, nur mühevoll behielt er sein Frühstück im Magen. Der Raum begann, sich zu drehen. Längst vergessene Erinnerungen von der Hinrichtung seines Vaters auf dem Schweinemarkt tauchten in seinem Inneren auf. Er kniff die Augen fest zusammen, aber er konnte den Holzblock, den vermummten Henker und den klapprigen Wagen mit den drei Gefangenen nicht verdrängen.

Rötel holte ihn unsanft in die Gegenwart zurück. Er stieß ihn mit dem Fuß an und fragte: »Ihr habt mir immer noch nicht gesagt, wonach Ihr in meinem Haus gesucht habt.«

Mathes schwieg.

»Redet«, schrie Rötel und kniete sich zu Mathes auf den Boden. Er hatte wieder sein Messer in der Hand und fuchtelte damit vor Mathes' Gesicht herum.

»Würde es Euch gefallen, das Augenlicht zu verlieren? Das wäre doch ein Spaß, ein blinder Steinbildhauer.« Mathes drehte den Kopf weg, doch Rötel fasste ihn brutal am Haar und bog ihn zurück. Er stieß Mathes auf den Rücken, kniete sich mit einem Knie auf seine Brust und machte ihm jede Bewegung unmöglich. Die Spitze von Rötels Messers saß direkt auf Mathes' Braue und bohrte sich ins Fleisch. Der erste Blutstropfen lief Mathes ins Auge, fest schloss er beide Augen, um sie zu schützen.

»Ihr habt die Wandtäfelung abgeklopft. Also muss es dort ein Versteck geben«, sagte Rötel und grinste. Er nahm das Messer zurück und sprang wieder auf. Hastig machte er einen Schritt auf die Wand zu. In seinen Augen glitzerte die Gier, er war überzeugt, hinter der Holzvertäfelung auf wertvolle Schätze zu stoßen.

»Was haben Eure jüdischen Freunde versteckt?«, fragte Rötel neugierig, während er mit der flachen Hand klopfte und auf das Geräusch, das er verursachte, hörte. »Pfandbriefe, Gold, Edelsteine?«

Mathes öffnete die Augen nicht. Er wollte nicht mit ansehen, wie Rötel auf das Versteck stieß und ein halbverdurstetes oder totes Mädchen herausholte.

»Hier«, rief Rötel begeistert. Er klopfte erneut gegen die Wand, wollte sichergehen, dass er richtig gehört hatte. Sein Klopfen klang nun hohl.

Rasch und gierig zugleich pochte er gleich noch einmal.

»Ich habe den Schatz gefunden«, keuchte Rötel erregt. Er machte sich nicht die Mühe, den Mechanismus zu suchen, sondern griff nach dem Hocker, der neben dem Schreibtisch stand, zertrümmerte ihn und benutzte ein zerbrochenes Bein, um die Vertäfelung wegzustemmen. Überraschend leicht löste sich die Platte, und Rötel ließ sie krachend auf den Boden fallen. Hastig griff er in die Öffnung. Rötel tastete den gesamten Hohlraum ab und kreischte dann wütend: »Man hat Euch betrogen!«

Mathes riss nun doch die Augen auf und starrte zu Rötel. Eine enge Öffnung, die bestenfalls so hoch war wie sein Unterschenkel, klaffte in der Wand.

»Das Versteck ist leer«, sagte Rötel. Er drehte sich um und funkelte Mathes mit irrem Blick an: »Habt Ihr bereits etwas herausgeholt?«

»Ja, natürlich, und ich habe alle Schätze rasch weggezaubert, bevor Ihr das Zimmer betreten habt, damit Ihr sie nicht bekommt.«

»Eure dummen Scherze werden Euch noch vergehen!«, zischte Rötel. Mit einem Satz sprang er auf Mathes zu. Er holte noch einmal aus und trat mit ungebremster Heftigkeit zu. Mathes kippte erneut um und verlor augenblicklich das Bewusstsein. Den nächsten Tritt des Baumeisters spürte er nicht mehr.

67

Während Maria in der Küche arbeitete und die Kinder auf dem Dachboden spielten, widmeten sich Judith und Sarah in der Stube halbherzig ihren Näharbeiten. Bevor Richard mit Alfred zu Günter Ziesels Baustelle aufgebrochen war, hatte er darauf bestanden, dass das Hoftor, das sonst immer offen stand, abgeschlossen wurde.

»Der Gedanke, dass jeder in den Hof spazieren kann, gefällt mir nicht«, hatte Richard gesagt. »Bitte, Judith, macht nur auf, wenn ihr wisst, wer draußen steht!«

»Du hörst dich an wie eine Mutter, die ihr Kind davor warnt, nicht allein in den Wald zu gehen«, hatte Judith geantwortet und ihren Mann zur Tür hinausgeschoben. Dabei hätte sie es eigentlich lieber gesehen, wenn Richard und Alfred zu Hause geblieben wären. Aber es half nichts. Trotz des Ausnahmezustands in der Stadt musste weitergearbeitet werden.

Nun hatte die Uhr von St. Stephan bereits die zweite Stunde nach Mittag geschlagen, und von Mathes und Miriam fehlte immer noch jede Spur. Judith und Sarah wurden beide zusehends nervöser.

Sarah legte Josefs zerrissenes Hemd, mit dem der Junge in den Himbeerbüschen hängengeblieben war, in den Schoß und seufzte. Sie konnte sich nicht auf die Arbeit konzentrieren. Immer wieder musste sie aufstehen, zum Fenster gehen und über den Hof zum verschlossenen Tor blicken. In der Hoffnung, dass Mathes gegen das schwere Hoftor klopfte, um eingelassen zu werden.

Maria kam mit mehligen Händen aus der Küche, trat zu Sarah ans Fenster und murmelte sorgenvoll: »Immer noch nichts?«

Sarah schüttelte den Kopf, doch genau in diesem Moment klopfte es ans Tor. Judith ließ die Arbeit fallen, raffte ihre Röcke und lief in den Hof. Ohne an die Mahnung ihres Ehemanns zu denken, schob sie einfach den schweren Riegel zur Seite, ohne nach dem Begehr zu fragen. Schwungvoll riss sie das Tor auf und erstarrte. Vor ihr stand nicht Mathes, sondern eine sehr dicke ungepflegte Frau, unter deren schmutziger Haube ungewaschenes Haar hervorrutschte. »Ich muss mit Euch reden«, sagte die Frau, die auch noch unangenehm aus dem Mund roch.

Während Judith noch überlegte, ob sie die Frau hereinbitten oder doch lieber auf der Straße stehen lassen sollte, löste sich aus dem Schatten der Dicken ein dürres, fast durchsichtig wirkendes Mädchen.

»Kennt Ihr die Kleine?«, fragte die Frau.

Judith schlug die Hände vor den Mund. Das Kind war Sarah wie aus dem Gesicht geschnitten, es musste ihre Nichte sein. Jetzt erkannte sie in ihr auch das Mädchen wieder, dem sie den Brief an Sarah übergeben hatte.

»Miriam!«, hauchte Judith und breitete die Arme aus. Miriam stürzte sich hinein und begann, zitternd zu weinen. Endlich war sie in Sicherheit! Benommen strich Judith über den schmalen Rücken ihrer Nichte, und das Weinen wurde heftiger.

Judith warf der dicken Frau einen fragenden Blick zu.

»Ich sag nicht, wie ich die Kleine gefunden habe, ich will schließlich keine Schwierigkeiten kriegen«, nuschelte die Frau durch die beiden letzten schwarzen Zähne in ihrer Mundhöhle. »Und weil Ihr bestimmt auch keine haben wollt, vergessen wir ganz schnell, dass wir uns jemals gesehen haben.«

Judith zögerte, sie begriff nicht, was die Frau ihr sagen wollte.

Die Dicke verdrehte die Augen. Sie beugte sich zu Judith, die ob des Gestanks sofort einen Schritt zurückmachte. »Na, die Kleine ist doch eine Jüdin«, flüsterte die Frau. »Und weder ich noch Ihr dürft ihr helfen. Ich bin froh, wenn ich sie los bin. Hab selber sechs hungrige Mäuler zu stopfen, da kann ich keinen weiteren Esser brauchen.«

Miriam hatte zu schluchzen aufgehört. Sie drehte sich um

und starrte die dicke Frau, die ihr das Leben gerettet hatte, ängstlich an.

»Wie kann ich Euch für Eure Hilfe danken?«, stammelte Judith. Sie erwartete, dass die Frau eine hohe Geldsumme fordern würde. Aber die Dicke hob abwehrend die Hände: »Schon gut. Ich hab in dem Haus der Kleinen reichlich eingesackt. Von dem Schmuck können meine Kinder ein ganzes Jahr lang fein essen. Aber ich will keine Jüdin im Haus haben, ist einfach zu gefährlich. Nichts für ungut.«

Ohne einen weiteren Gruß drehte die Frau sich um und humpelte davon. Einen Moment lang überlegte Judith, ob sie ihr hinterherrufen und sie nach ihrem Namen fragen sollte, aber da war die dicke Frau bereits um die nächste Ecke verschwunden.

Benommen zog Judith das schwere Holztor wieder zu und schob erneut den Riegel vor. Dann kniete sie sich zu Miriam, der immer noch Tränen über die Wangen liefen.

»Komm mit, in der Stube wartet deine Tante Sarah auf dich«, sagte sie sanft, legte ihren Arm um Miriam und zog sie an sich.

»Tante Sarah? Aber ich dachte, sie ist …« Miriams ängstliches Gesicht wurde von einem Hoffnungsstrahl erhellt.

»Deine Tante lebt, und sie wartet schon den ganzen Tag sehnsüchtig auf dich.«

Bereitwillig ließ sich Miriam in die Stube führen, wo Sarah ihr entgegenstürzte und sie weinend vor Erleichterung in die Arme schloss.

Es dauerte eine Weile, bis das Mädchen begriff, dass es bei seinen beiden Tanten in Sicherheit war und dass nicht nur Sarah, sondern auch Jakob den Überfall auf die Juden überlebt hatte. Nach zwei Bechern voll Honigmilch und einem riesigen Stück Kuchen, das Maria mit extra viel süßem Obers überhäufte, gelang es Miriam endlich, ihre Geschichte in Worte zu fassen.

Zwei unglaublich lange Tage und eine ganze Nacht hatte sie in ihrem engen Gefängnis verbringen müssen, ohne sich bewegen zu können. Sie hatte ständig Angst gehabt, keine Luft mehr zu bekommen. In der zweiten Nacht war dann Klara – so hieß die dicke Frau – in das Haus eingedrungen und hatte nach Wertgegenständen gesucht. Miriam hatte versucht zu schreien, aber dazu war sie längst zu schwach gewesen. Klara hatte sie dennoch gefunden, als sie die Wandvertäfelung nach einem Geheimfach abtastete. Aus Mitleid hatte die einfache Frau Miriam mitgenommen. Mitten in der Nacht hatte sie Miriam, die kaum laufen konnte, durch die Stadt geschleift und sie in ihre nasse, modrige Hütte in den Donauauen gebracht. Dort hauste Klara mit ihren sechs Kindern, von denen zwei ohne Verstand waren und eines so humpelte wie sie selbst, in einer sumpfigen, von Stechmücken heimgesuchten Gegend. In der Hütte schimmelte es, Ratten liefen darin herum, und nicht nur auf dem fauligen Strohlager der Familie, sondern auch in der Vorratskammer befand sich jede Menge Ungeziefer. Miriam zitterte beim Gedanken an die Zeit bei Klara. Doch die dicke Frau hatte sie weder verraten noch in ihrem Versteck verhungern lassen. Sie hatte ihr mageres Essen mit ihr geteilt und sie schließlich sogar zu ihrer Familie gebracht. Miriam war ihr dankbar, auch wenn sie die Hütte wohl ihr Leben lang nicht vergessen würde.

68

Nachdem Miriam ihre Geschichte erzählt hatte, war sie neben Sarah im Sitzen eingeschlafen. Sanft strich Sarah ihrer Nichte die braunen Locken aus der Stirn, hob sie hoch und brachte sie in ihr eigenes Bett. Wie gern hätte sie die schrecklichen Erlebnisse des Mädchens ungeschehen gemacht. Noch hatte Miriam nicht von Rachels Tod gesprochen, es würde wohl noch dauern, bis sie für diese Tragödie Worte finden würde.

Wieder in der Stube, trat sie ans Fenster und schaute ängstlich hinaus. Es war merkwürdig, dass Mathes immer noch nicht da war.

»Mach dir keine Sorgen«, sagte Judith. »Mathes wird bestimmt bald zurückkehren. Vielleicht ist er in die Werkstatt gegangen, um weiterzuarbeiten. Oder er ist bei Richard und Alfred.«

Doch Sarah war sicher, dass Mathes, nachdem er Miriam nicht gefunden hatte, sofort in die Singerstraße gekommen wäre. Als es zu dämmern begann und Richard und Alfred nach Hause kamen, war Mathes immer noch nicht aufgetaucht.

»Wir müssen ihn suchen«, sagte nun auch Judith.

»Wenn er in der nächsten Stunde nicht nach Hause kommt, werde ich aufbrechen und nach ihm Ausschau halten.« Richard ging unruhig im Raum auf und ab.

Sarah hätte ihren Schwager gern sofort auf den Weg geschickt. Sie wollte ihn schon fragen, warum er abwartete, aber ehe sie den Mund aufmachen konnte, drückte Judith ihr die kleine Elza in die Arme. »Kannst du dich um Elza kümmern? Ich muss in die Küche.«

Sarah nahm Elza entgegen und wiegte das kleine Mädchen im Arm, ohne ihren Platz am Fenster zu verlassen. Von der Bank aus hatte sie einen freien Blick auf das Hoftor. Sie spähte unruhig hinaus.

Richard spürte ihre Angst. »Soll ich mich gleich auf den Weg machen?«, fragte er leise.

Die Erleichterung in Sarahs Gesicht war Antwort genug.

»Ich begleite dich«, meinte Alfred. Der alte Mann war soeben in die Stube getreten. »Zwei Männer sehen mehr als einer, und falls Mathes tatsächlich etwas zugestoßen sein sollte, dann wirst du Hilfe brauchen.«

»Dann lass uns gehen«, sagte Richard und öffnete die Tür. In diesem Moment klopfte es laut und ungeduldig ans Hoftor. Es klang, als würde jemand mit dem Fuß dagegentreten.

Richard griff nach dem Rechen, der neben der Tür stand, und lief über den Hof. Vorsichtig schob er den Riegel zur Seite und spähte durch das Tor. Doch als er sah, wer davorstand, riss er mit einem kräftigen Ruck das Tor ganz auf und machte hastig einen Schritt nach vorn, um den Mann aufzufangen, der ihm entgegenfiel. Es war Mathes.

»Schnell, ich brauche Hilfe!«, rief Richard hinüber zum Haus. Sarah hatte die schlafende Elza bereits in die Wiege gelegt, jetzt lief sie mit wehenden Röcken über den Hof. Ohne zu zögern half sie Richard, Mathes zu stützen. Er konnte kaum stehen, und seine Arme waren hinter dem Rücken zusammengebunden. Nun kam auch Alfred über den Hof und packte mit an. Er schob Sarah beiseite und half Richard, Mathes ins Haus zu schleppen.

»Wie kann jemand, der so dünn ist, nur so schwer sein?«, stöhnte er.

An der Tür erwartete sie bereits Judith, die eine Hand auf

den Mund geschlagen hatte. »Um Himmels willen, was ist passiert?«, flüsterte sie.

»Setzt Mathes auf die Fensterbank, denn in der Kammer schläft Miriam«, ordnete Sarah an. Dann ging sie in die Küche und bat Maria um heißes Wasser und Verbandsmaterial.

»Mathes?«, fragte die alte Frau tonlos.

Mit Tränen in den Augen nickte Sarah. Sie nahm die Stoffstreifen, die Maria ihr reichte, und eilte zurück in die Stube. Wenig später folgte ihr Maria mit dem Wasser.

Die alte Frau stieß einen unterdrückten Schrei aus, als sie Mathes sah. Doch Alfred machte eine beruhigende Handbewegung. »Es geht ihm schon besser«, sagte er, und Richard befreite Mathes von den Fesseln an den Handgelenken.

Langsam kam Mathes wieder zu sich, und die Farbe kehrte in seine Wangen zurück. »Wer hat dir das angetan?«, fragte Richard. Aber Mathes brachte noch keine Worte heraus. Sein Kopf dröhnte, und er versuchte vergeblich, die tauben Hände zu bewegen. Leise fluchend lehnte er sich gegen die Rückenlehne der Bank und verzog schmerzhaft das Gesicht. Bestimmt hatte er bereits einen fürchterlichen Bluterguss.

Suchend blickte er sich nach Sarah um und sah sie so traurig an, dass ihr kurz der Atem stockte. Niedergeschlagen schüttelte er den Kopf: »Ich habe die Tochter deines Bruders nicht gefunden.«

»Das konntest du auch nicht«, sagte Richard. »Das Mädchen liegt in der Kammer nebenan und schläft sich gesund.«

»Sie ist … hier?« Verwirrt schaute Mathes von einem zum anderen. »Aber … wie …«

»Eine lange Geschichte, die du später erfahren sollst. Zuerst wollen wir wissen, wer dich gefesselt und so zugerichtet hat«, sagte Richard.

»Rötel«, sagte Mathes. »Jetzt weiß ich endlich, warum er

mich so sehr hasst.« Mathes sackte erschöpft nach hinten. »Er hasst mich, weil mein Vater Judenrichter war und seinen Vater dazu gezwungen hat, seine Schulden bei einem jüdischen Geldverleiher zu bezahlen. Damit hat Rötels Vater das Familienvermögen ruiniert.«

Judith sagte auf einmal laut: »Maria, du bist ganz blass. Was ist los mit dir?«

Die alte Frau, die sich an der Wand festhielt, schüttelte den Kopf. »Danke, es geht mit gut«, sagte sie leise. »Ich werde etwas zu essen holen. Sicher hat Meister Mathes Hunger.«

»Nein danke, ich will nichts essen. Ich will nur ins Bett.« Leicht schwankend erhob sich Mathes, blieb kurz stehen und stolperte dann zur Tür.

»Du kannst so nicht schlafen gehen, deine Wunden müssen verbunden werden«, rief Richard ihm hinterher. »Außerdem will ich wissen, ob ich nun endlich zu diesem Rötel marschieren und ihm die längst fällige Lektion erteilen soll.«

Judith fasste entsetzt nach seinem Oberarm: »Du wirst dich mit niemandem prügeln. Hast du mich verstanden?«

Alfred schaltete sich ein: »Judith hat recht, das würde die Sache nur noch schlimmer machen. Im Moment können wir uns kein Aufsehen erlauben.«

Mathes hielt sich am Türrahmen fest. »Lasst uns morgen weiterreden«, bat er.

»Warte, ich helfe dir hinauf in deine Kammer.« Richard stand auf, aber Mathes hielt ihm abwehrend eine Hand entgegen.

»Es geht schon, ich kann allein gehen. Schließlich habe ich es bis hierher geschafft.« Wenig später fiel die Tür ins Schloss. In der Stube waren die Geräusche der Brunnenkurbel zu hören, Wasser klatschte auf den mit Steinen ausgelegten Hof, während sich Mathes den Schmutz und das Blut vom

Körper wusch. Danach schleppte er sich die Treppe hoch in seine Kammer.

Sarah stand entschlossen auf und sagte: »Auch wenn er es nicht will, ich werde ihn dennoch verbinden. Die Wunde an der Schläfe sieht gar nicht gut aus, und wer weiß, was ihm dieser Rötel sonst noch zugefügt hat.«

»Ich fürchte, gegen die größte Wunde kannst du nichts machen«, sagte Alfred traurig.

69

DENNOCH GING SARAH MIT einer vollen Wasserschüssel über den Hof und kletterte über die schmale Stiege hoch zu Mathes' Kammer. Sie war so aufgeregt, dass sie die Schüssel nicht still halten konnte und einen Teil des Wassers verschüttete. Ohne zu klopfen, öffnete sie mit dem Ellbogen die Tür. Mathes lag rücklings auf seinem Bett und starrte zur Decke. Als Sarah eintrat, erhob er sich überrascht.

»Schickt sich das, als unverheiratete Frau in die Kammer eines Mannes zu kommen?«, fragte er mit einem spöttischen Lächeln.

»Nein, natürlich nicht. Aber da du mir schon einen Heiratsantrag gemacht hast, den ich nicht ausgeschlagen habe …«

»Aber du hast ihn auch nicht angenommen.«

»Ich kann ihn nicht annehmen, das weißt du.« Sarah stellte die Schüssel auf dem Boden ab und setzte sich zu Mathes aufs Bett. Was ganz sicher gegen jede Anstandsregel verstieß. »Ich will deine Wunden sehen.«

»Du willst, dass ich mich vor dir ausziehe?« Belustigt zog Mathes nur eine Augenbraue hoch, denn die zweite schmerzte. Er lächelte breit.

Sarah spürte, wie ihre Wangen heiß wurden. Zum Glück stammte das einzige Licht im Raum von dem zunehmenden Mond, und Mathes konnte die Röte in ihrem Gesicht nicht sehen.

»Wenn du das möchtest …« Mathes' Lächeln wurde noch breiter. Er versuchte, sich das Hemd über den Kopf zu ziehen, kam aber nicht weit. Der Bluterguss an seiner rechten Seite machte es ihm unmöglich, die Arme zu heben. Sarah half ihm und zog ihm das Kleidungsstück über den Kopf.

»Machst du das öfter?«, fragte Mathes. Er beugte sich zu ihr, und Sarah konnte die Wärme spüren, die von seinem Körper ausging.

»Was denn?«, fragte sie irritiert. Seine Nähe verwirrte sie ebenso wie der Anblick seines geschundenen muskulösen Oberkörpers.

»Ob du öfter Männern beim Ausziehen hilfst und sie dann kritisch betrachtest?«

»Ich betrachte dich nicht kritisch«, verteidigte sich Sarah und merkte zu spät, dass Mathes sich über sie lustig machte.

»Nein?«

»Nein. Der Bluterguss an deiner rechten Seite gefällt mir gar nicht.« Vorsichtig berührte sie die aufgeplatzte Haut, und Mathes zuckte zusammen.

»Langsam, aber sicher beginne ich diesen Rötel zu hassen«, sagte Sarah.

»Warum denn? Ohne ihn würdest du jetzt gar nicht in meiner Kammer sitzen, und ich könnte dich nicht küssen.«

Mathes zog Sarah zu sich heran. Zuerst küsste er sie auf

den Mund, dann auf den Hals. Sarah spürte, wie Hitze in ihr aufstieg, die nach mehr verlangte.

»Ich wollte deine Wunden verbinden«, sagte sie in einem letzten Versuch, sich gegen ihn und ihre eigene Sehnsucht zu wehren. Doch er zog sie noch näher an sich, schob ihr das Kleid sacht von der Schulter und küsste sie zärtlich aufs Schlüsselbein.

»Hast du schon einmal bei einem Mann gelegen?«, fragte er und griff nun mit beiden Händen in ihr wundervolles Haar, das vom Mond beschienen wurde und voll und satt glänzte. Seufzend vergrub er sein Gesicht darin. Er liebte diesen Duft.

»Nein, natürlich nicht!« Empört richtete Sarah sich auf, aber Mathes drückte sie sanft aufs Bett. Er küsste sie erneut und begann, langsam und behutsam die Bänder ihres Kleides zu öffnen.

»Sarah, ich will dich«, sagte er und streifte ihr das Kleid über die Schultern.

»Ich dich auch.« Es war sinnlos, sich weiterhin zu wehren. Sie wollte dieses herrliche Gefühl voll und ganz auskosten, wollte Mathes so nahe sein, wie es eine Frau einem Mann nur sein kann.

»Heißt das, du wirst mich heiraten, obwohl ich ein Christ bin?«

»Das habe ich nicht gesagt. Küss mich«, seufzte Sarah, was Mathes sich nicht zweimal sagen ließ.

Mitten in der Nacht erwachte Sarah, als ein zuckender Blitz die kleine Kammer erhellte. Wenig später folgte ein dumpfes Donnergrollen. Mathes neben ihr schlief tief und zufrieden. Sarah hatte keine Ahnung gehabt, was es bedeutete, mit einem Mann zusammen zu sein. Die Mutter hatte ihr nur wenig erzählt, und Judith hatte das elterliche Haus früh verlassen. Die Überraschung war nun umso größer gewesen. Gleichzeitig war sie sich sicher, dass die gleiche Sache mit Aaron eine Pflichtübung gewesen wäre.

Ein weiterer Blitz durchzuckte die Kammer und beleuchtete Mathes' Schultern und sein von Rötels Schlägen mitgenommenes Gesicht. Seufzend schob Sarah ihm eine der blonden Strähnen aus der Stirn und strich ihm sanft über die Wange. Träge schlug er die Augen auf und lächelte, als er erkannte, wer ihn geweckt hatte. Seine Arme streckten sich nach ihr aus, und Sarahs Körper reagierte sofort. Sie schmiegte sich an ihn, bereit, sich ein zweites Mal fallen zu lassen. Das Gewitter war jetzt über ihnen, aber weder Sarah noch Mathes nahmen es wirklich wahr. Im Licht der Blitze betrachteten sie sich gegenseitig voller Staunen. Als Mathes ein zweites Mal zufrieden neben Sarah einschlief, wusste sie, dass sie mit diesem Mann ein Leben lang zusammen sein wollte, ganz egal, ob er Christ, Jude oder Mohammedaner war.

70

Elias erwachte, als ein greller Blitz die Dunkelheit zerriss und kurz darauf ein grollender Donner über den Unterschlupf aus umgestürzten Bäumen hinwegrollte. Eine heftige Windböe fuhr in den notdürftig gebastelten Unterschlupf, eine Art Zelt aus Ästen, Blättern und Baumrinde. Noah, der neben Elias lag, öffnete kurz die Augen, schloss sie aber sofort wieder. Er hustete laut und trocken. Elias warf ihm einen besorgten Blick zu und griff ihm prüfend an die Stirn. Der Bursche glühte.

Elias fluchte leise. Er zuckte zusammen, als ein neuer Blitz die Au in ein unwirkliches blaukaltes Licht tauchte. Augenblicklich folgte der ohrenbetäubende Donner.

»Wir müssen hier raus«, sagte Daniel Stern, der Gewürzhändler.

»Unsinn«, zischte Elias. »Ein Blitz schlägt in Türme und hohe Bäume ein. Unser Unterschlupf ist viel niedriger als die gesamte Umgebung.« Seine letzten Worte gingen in einem neuen Donnergrollen unter.

»Schaut mal, dahinten brennt es!«, rief Paul Blaustein. Er war der Sohn des alten Seifenhändlers, der sich am Floß nicht mehr hatte festhalten können und ertrunken war. Mit ausgestrecktem Arm zeigte er Richtung Osten, wo sich die Stadt Hainburg befand. Der orangegelbe Schein von Feuer erhellte das Dunkel der Nacht. Dicke Rauchwolken hatten sich gebildet, und eine schmale, hohe Rauchsäule stieg anklagend in den wolkenschweren Himmel.

»Die Stadt brennt!«, sagte Daniel.

Der nächste Blitz zuckte, aber das Gewitter war nicht mehr direkt über ihnen. Es dauerte einen Augenblick, ehe der Donnerschlag krachte. Wind fuhr durch die Bäume, rüttelte am Geäst und ließ die Blätter so laut rauschen, dass die Männer schreien mussten, um sich zu verstehen.

»Der Wind bläst das Gewitter weg«, rief Paul.

Im nächsten Moment setzte ein heftiger Regen ein. Wasser stürzte in riesigen Mengen vom Himmel, so als habe jemand eine Schleuse geöffnet.

Die Männer kauerten sich zusammen. Aber der notdürftig zusammengebaute Unterschlupf hielt dem Regen nicht stand, es tropfte durch das Dach aus Blättern und Ästen. Noah stöhnte und wand sich, er drehte sich zur Seite, um sein fieberheißes Gesicht vor den eindringenden Wassermassen zu schützen. Elias hatte nichts, womit er ihn hätte zudecken können, sein Hemd war zerrissen und klebte ihm nass am Körper. Daher setzte er sich ganz nah zu Noah, der mit seinen fünfzehn Jahren fast noch ein Kind war, und versuchte, ihn zu wärmen, so gut es ging.

»Du musst diese Nacht durchhalten! Das Gewitter zieht weiter, und der Regen hört auf«, sagte Elias. Er war sich nicht ganz sicher, ob er die Worte nur an den Jungen oder auch an sich selbst richtete.

Als Elias am nächsten Morgen aus einem Dämmerschlaf erwachte, ging die Sonne gelbrot über dem träge dahinfließenden Wasser der Donau auf und kündigte einen warmen Frühsommertag an. Die Vögel sangen, die nassen Blätter glitzerten im hellen Morgenlicht, und außer ein paar abgerissenen Ästen deutete nichts auf das Unwetter der letzten Nacht hin. Müde, durchnässt und völlig ausgelaugt kroch Elias aus dem Unterschlupf. Er musste sich die Hand vor die Augen halten, um von der Sonne nicht geblendet zu werden. Im Osten hing über der Stadt Hainburg noch immer eine kleine Rauchwolke. Doch die heftigen Regenfälle schienen die Stadt vor der völligen Zerstörung gerettet zu haben.

Auch Paul Blauberg und Daniel Stern kamen herausgekrochen.

»Was für eine schreckliche Nacht«, sagte der Gewürzhändler, und Paul rief: »Noah, komm raus, und sieh dir die Sonne an!«

Aber von Noah kam nur ein Stöhnen.

Besorgt kletterte Elias in den Unterschlupf und kniete sich zu ihm. Der Junge schaffte es kaum, die Augen zu öffnen, er glühte und zitterte am ganzen Körper.

»Ich muss Noah in die Stadt bringen und dort um Hilfe bitten«, sagte Elias.

David Stern, der gerade dabei war, Blätter von einem Himbeerstrauch zu pflücken, schüttelte entsetzt den Kopf. »Wir haben alle gesehen, dass es in Hainburg gebrannt hat. Wenn heute vier zerlumpte Juden dort auftauchen, werden uns alle die Schuld für das Unglück zuschreiben.«

Paul Blaustein nickte zustimmend: »David hat recht, es ist viel zu gefährlich, wir können unmöglich in die Stadt spazieren und um Hilfe bitten. Wir haben nichts mehr außer unserem blanken Leben.«

Noah hustete, sein abgemagerter Körper zitterte. Elias zog ihn unter dem Blätterdach hervor, damit er sich in der Sonne aufwärmen konnte. Fürsorglich legte er einen Arm um den kranken Jungen. Noah brauchte dringend einen trockenen, warmen Platz, ausreichend zu essen und zu trinken und viel Schlaf. Wenn er weiterhin hier in den sumpfigen Auen hockte, würde er jämmerlich sterben.

»Ich werde gehen«, sagte Elias entschlossen. In seiner Hosentasche befand sich immer noch das kleine goldene Kreuz, das ihm Andreas Plank hatte schicken lassen. Damals hatte Elias sich darüber geärgert, doch jetzt war er froh, dass er es noch nicht weggegeben oder gar verkauft hatte. Damals hatte er es achtlos in die Hosentasche gesteckt, damit Rachel es nicht fand, und irgendwann einfach vergessen. Jetzt würde es Noah vielleicht das Leben retten.

»Ich habe ein kleines Goldkreuz, das ich gegen Nahrungsmittel und einen trockenen Schlafplatz eintauschen kann«, sagte Elias.

Daniel lachte auf. »Mach dich nicht lächerlich. Wenn du Glück hast, wird man dir das Kreuz wegnehmen und dich davonjagen, wenn du Pech hast, verbrennen sie dich auf dem

Richtplatz. Ein Jude mit einem Goldkreuz! Sie würden annehmen, du verhöhnst ihren Glauben.«

Paul schüttelte traurig den Kopf: »Ich werde nicht mitkommen.«

»Ich auch nicht«, sagte Daniel

»Was habt ihr vor?«, fragte Elias.

»Wir schlagen uns weiter durch die Au, immer an der Donau entlang Richtung Osten, bis wir auf Gebiete stoßen, wo es noch jüdische Gemeinden gibt. Dort werden wir um Aufnahme bitten.«

Elias nickte. Die beiden Männer waren kräftig genug, und der Sommer stand vor der Tür, so dass ein derart waghalsiges Vorhaben durchaus erfolgreich sein konnte.

»Der Ewige möge euch beschützen«, sagte Elias und stand müde auf. Mühevoll hievte er Noah hoch, legte den Arm des Jungen um seine eigene Schulter und packte ihn unter den Achseln.

»Warte! Ich fange uns noch einen Fisch. Lass uns zum Abschied gemeinsam essen«, sagte Daniel. Doch Elias schüttelte den Kopf. Er wollte keine Zeit verlieren.

71

»Guten Morgen«, sagte Mathes. Er saß auf der Bettkante und fuhr mit dem Zeigefinger Sarahs Schulter nach. Dabei verfing er sich in ihrem Haar und wickelte eine Strähne verspielt um seinen Finger.

»Du bist die Frau mit dem wundervollsten Haar, das ich je berührt habe«, sagte er.

»Wie viele hast du denn schon angegriffen?«

»Oh, jede Menge!« Mathes grinste verschmitzt, und Sarah spürte einen lächerlichen Stich der Eifersucht. Ihre Augenbrauen zogen sich zusammen.

»Das war ein Spaß«, sagte Mathes und beugte sich zu ihr. »Du bist die erste Frau, die mir wirklich etwas bedeutet. Du bist etwas Besonders, Sarah Isserlein, und ich liebe dich.«

Sarah setzte sich auf, dabei rutschte ihr die Decke vom Körper, und sie saß nackt vor Mathes, was ihn ganz offensichtlich nicht störte. Sie schlang die Arme um seinen Hals und zog ihn erneut zu sich ins Bett.

»Das ist ein verlockendes Angebot«, keuchte Mathes zwischen zwei Küssen. »Aber ich muss nach unten und mit deiner Nichte beratschlagen, wie wir es anstellen sollen, ihren Vater zu finden.«

»Du willst Miriam zu Elias bringen?« Sarah setzte sich erneut auf. »Wie willst du Elias finden? Wahrscheinlich ist er in den Fluten ertrunken. Das Ganze ist zu unsicher.« Die Sorge und Angst in ihrer Stimme waren unüberhörbar.

»Hätte ich eine kleine Tochter, so würde ich mir auch wünschen, dass sie jemand zu mir bringt. Dein Bruder ist der Besitzer eines Stadtpalastes, er und Miriam könnten in Venedig völlig neu beginnen. Sicher ist Meister Silvio am Hohen Markt bereit, uns die Namen von hilfsbereiten Venezianern zu nennen.«

»Aber die Suche nach ihm ist für ein kleines jüdisches Mädchen zu gefährlich«, sagte Sarah. »Willst du sie nicht lieber hierlassen?«

Mathes umfasste Sarahs Gesicht und blickte sie direkt an. »Deine Nichte ist stark und mutig, das hat sie immer wieder bewiesen. Hier in Wien ist sie in viel größerer Gefahr.« Dann schob er Sarah sanft von sich. »Wenn Miriam einverstanden ist, dann werde ich mit ihr Richtung Osten reiten und nach Elias suchen. Sie hat zwar keine Mutter mehr, aber einen Vater, der sich um sie kümmern kann und mit dem sie zusammenleben sollte. Wenn wir Glück haben, stoßen wir auf seine Spur, und wenn nicht …« Er brach mitten im Satz ab.

»… dann musst du Miriam doch wieder nach Wien bringen«, beendete Sarah den Satz für ihn. »Ich habe Angst vor der Endgültigkeit. Wenn du erfährst, dass Elias tot ist, kann ich mich nicht mehr mit der Vorstellung trösten, dass er irgendwo noch am Leben sein könnte.«

Mathes küsste Sarahs Haar. Neben Rosenöl und Zitronen roch es auch nach ihm selbst.

»Dein Bruder ist ein kluger, tapferer Mann, er kann auf sich aufpassen. Wenn er überlebt hat, werde ich ihn finden.«

»Versprich mir, auf dich aufzupassen.« Sarahs Worte gingen in Mathes' Küssen unter, und trotz seiner guten Vorsätze ließ er sich erneut ins Bett ziehen.

72

Als Mathes Miriam erklärte, was er vorhatte, wäre das Mädchen am liebsten sofort aufgebrochen. Aber sowohl Judith als auch Sarah und Maria waren dagegen.

»Miriam muss erst zu Kräften kommen. Sie ist so schwach von all den Anstrengungen, dass sie sich erst einmal erholen muss. Ein paar Tage ausreichender Schlaf und kräftigendes Essen, dann könnt ihr aufbrechen«, sagte Judith.

Doch die Hoffnung, dass Elias vielleicht noch am Leben

sein könnte, wirkte heilender als alle kräftigenden Suppen. Bereits am zweiten Morgen saß Miriam in der Küche beim Frühstück und sah Mathes mit bittenden Augen an: »Brechen wir heute auf?« Sie hatte Angst, dass mit jedem Tag, den sie noch warteten, die Aussicht geringer wurde, ihren Vater zu finden.

Sarah machte sich Sorgen, dass Miriams Hoffnungen zu groß waren, und wollte sie vor einer allzu großen Enttäuschung bewahren. Daher nahm sie das Mädchen nach dem Frühstück beiseite und sagte: »Die Möglichkeit, dass Elias noch am Leben ist, ist sehr gering. Selbst wenn er noch lebt, kann es sein, dass ihr ihn nicht finden werdet.«

»Ich weiß, Tante Sarah. Aber ich habe auch nicht geglaubt, dich oder Jakob noch lebend zu treffen. Auch wenn Mutter immer das Gegenteil behauptet hat, ich glaube, dass Gott uns liebt. Und deshalb werde ich Vater finden.«

Sarah schluckte hart. Sie wünschte sich, die Zuversicht ihrer Nichte teilen zu können.

Am Morgen des dritten Tages war es endlich so weit. Mathes hatte in der Werkstatt angekündigt, er wolle für ein paar Tage einen Kollegen im Osten von Wien besuchen, um ein Problem zu erörtern, das beim Bearbeiten des Marmors aufgetreten sei. Da sowohl die Krone als auch das Taufbecken beinahe fertig waren, ließ man Mathes bereitwillig gehen.

Zuerst hatte Alfred seine alte Rosalinde satteln wollen, doch Mathes hatte lautstark protestiert und sich ein Pferd von einem der Mietställe geliehen. Nun stand eine nicht mehr ganz junge, aber gutmütige braune Stute mit glänzendem Fell im Hof und wartete darauf, dass die beiden Reiter auf ihr Platz nahmen.

Maria hatte zwei Satteltaschen prall mit Essen gefüllt und Mathes zwei Schläuche mit Wasser gegeben. Jetzt stand sie da und unterdrückte ihre Tränen. Auch Judith musste schlucken, während Sarah sich nicht dagegen wehren konnte. Ihre Wangen waren nass und die Augen rot. Zitternd hielt sie Miriam umarmt und strich ihr immer wieder übers Haar.

»Pass gut auf dich auf«, sagte sie unter lautem Schluchzen. »Und grüße deinen Vater von mir, falls du ihn …«

»Tante Sarah«, sagte Miriam ernst. »Ich werde Vater finden!«

Sarah nickte und schniefte noch einmal laut.

Dann umarmte Miriam Judith, die nun doch die Tränen nicht mehr zurückhalten konnte: »Ich hoffe, dass du meinen Bruder findest und wir uns alle eines Tages wiedersehen. Schalom, Miriam.«

Schließlich trat Sarah noch einmal zu ihrer Nichte. Mit schniefender Nase und brüchiger Stimme schloss sie das Mädchen ein letztes Mal in die Arme. Ohne ein Wort drückte sie ihr einen Gegenstand in die Hand. Miriam erkannte die silberne Haarspange, die sie im Frühjahr gefunden hatte.

»Du wolltest sie mir doch erst geben, wenn ich erwachsen bin«, sagte Miriam.

»Ich glaube, es gibt keinen besseren Zeitpunkt.« Sarahs Tränen rannen unaufhörlich über ihre Wangen, liefen ihr über das Kinn und tropften auf ihr Kleid.

Mathes zog Miriam sanft von Sarah weg und schob das Mädchen zum Pferd.

»Wir werden deinen Bruder finden«, sagte er und küsste Sarah zum Abschied sanft auf den Mund. Sie schmeckte nach salzigen Tränen.

Sarah nickte traurig und lief ins Haus. Sie wollte nicht sehen, wie die beiden aus dem Tor ritten.

73

Ritter Wolkenstein war zum ersten Mal in den Arbeitsräumen des Kanzlers. Er war beeindruckt von der Pracht und dem Reichtum, mit dem die Zimmer ausgestattet waren. Farbenfrohe geknüpfte Teppiche zierten die Wände, überall standen prächtig geschnitzte Tische und Stühle, die mit wertvollem Samt überzogen waren. Kostbare Glasvasen und goldene Kreuze sowie eine kunstvoll geschnitzte Madonna aus dunklem Kirschholz schmückten den Raum mit dem großen Schreibtisch, hinter dem Plank sich über den staunenden Ritter amüsierte.

Das einzig Störende war die schreckliche Hitze, die das Atmen schier unmöglich machte. Der Ritter zupfte am Kragen seines Hemdes und sah sich mit einem Blick um, der sein Unbehagen verriet. Was der Kanzler von ihm wollte, wusste er nicht. Aber er hoffte darauf, endlich vorwärtszukommen. Vielleicht ließ man ihn sogar eine Sprosse höherklettern auf der Leiter zur Macht? Der Sieg in der Schlacht um Zwettl war allein sein Verdienst gewesen, er hatte sich eine Belohnung längst verdient.

Planks breiter Schreibtisch wäre einem Kaiser angemessen gewesen. Nun erlöste der Kanzler den unruhigen Ritter endlich und bedeutete ihm mit einem Nicken, auf dem bescheidenen Stuhl davor Platz zu nehmen.

»Die Sache mit den Juden ist nun bald ausgestanden, unsere Gewinne sind erfreulich«, sagte er und erwähnte mit keinem Wort den Krieg gegen die Hussiten.

Wolkenstein nickte abwartend. Er hatte immer noch keine Ahnung, was der Kanzler von ihm wollte.

Plank sah ihn lange an, verschränkte seine langen, dürren

Finger und drückte die Daumen gegeneinander. Nach einer schier endlosen Pause sagte er: »Wir haben beim Durchsuchen der Häuser interessante Unterlagen gefunden. Im Geheimschrank eines Juden fand sich ein Schreiben des Baumeisters Andreas Rötel. Ihr werdet darin erwähnt.«

Augenblicklich wich alle Farbe aus dem Gesicht des Ritters. Angespannt saß er am äußersten Rand seines Stuhls, als wollte er jeden Moment aufspringen und flüchten.

Planks Augen verengten sich. Er kostete den Moment aus, wartete darauf, dass der Ritter sich erklärte, aber Wolkenstein schwieg.

»Ich mag es nicht, wenn meine besten Männer erpresst werden«, sagte Plank schließlich.

Die Überraschung auf Wolkensteins Gesicht hätte größer nicht sein können. »Mein Vetter ... sein Tod ... es war ein Unfall«, stotterte er.

»Es interessiert mich nicht, wie Euer Vetter ums Leben gekommen ist«, antwortete Plank scharf. Er wusste genau, dass er mit diesem Satz Wolkenstein zu ewiger Dankbarkeit und Loyalität verpflichtete.

»Ihr meint, das Schreiben hat keinerlei Einfluss auf meine Stellung?«, erkundigte sich Wolkenstein erstaunt.

»Ja, das meine ich. Ich werde es vernichten.« Plank hielt erneut inne und weidete sich an der Verblüffung des Ritters. »Ich wünsche jedoch, dass diesem Rötel endgültig das Handwerk gelegt wird. Ich schätze es nicht, wenn kleine Handwerker sich zu viel herausnehmen und glauben, auf der Bühne der Macht mitspielen zu können.«

Wolkenstein sah Plank verständnislos an, und dieser spitzte die schmalen Lippen: »Ein plötzlicher Unfall, ein Sturz in den Straßengraben – es gibt Tausende von Arten, wie ein Steinmetz, der gerne trinkt, ums Leben kommen kann.«

»Ihr meint …«

Plank nickte.

»Ich verstehe«, sagte der Ritter und verstand tatsächlich. Er würde von einer Abhängigkeit in die nächste geraten. Allerdings mit dem Unterschied, dass Plank ihm Macht, Geld und Einfluss verschaffen konnte.

»Gut«, sagte Plank. Er beugte sich über eine Akte auf seinem Schreibtisch und winkte den Ritter hinaus.

Wolkenstein erhob sich. Er hatte sich den Beginn seiner Karriere am Hof des Herzogs ruhmreicher vorgestellt.

74

Elias schleppte Noah durch den sumpfigen Untergrund des Auwaldes. Scharen von Stechmücken machten sich über die beiden her, aber Elias konnte sie nicht vertreiben. Der Junge war, obwohl bis auf die Knochen abgemagert, eine schwere Last, und Elias musste seine ganze Kraft aufwenden, um nicht zu stolpern. Mit jedem Schritt, den sie sich vorwärtsbewegten, schien Noah schwächer zu werden. Er konnte die Augen kaum noch offen halten, seine Stirn glühte beängstigend, und sein Körper war nass vom Schweiß. Elias riss von seinem Hemd ein Stück Stoff ab, tränkte es in kaltem Wasser und band es Noah um die heiße Stirn. Kurz sorgte es für Erleichterung, doch dann sackte Noah erneut zusammen, und sein ganzes Gewicht lastete auf Elias' Schultern.

Nach einem schier endlos langen Marsch erhob sich plötzlich die Stadtmauer Hainburgs vor ihnen. Rauch und Ruß des Feuers lagen immer noch in der Luft, doch der Brand war offenbar gelöscht. Elias machte halt und ließ Noah neben sich zu Boden sinken. Er wusste, dass sie beide erbärmlich aussahen, deshalb hatte er sich eine fadenscheinige Geschichte ausgedacht. Er wollte sich und Noah als einen Händler mit seinem Sohn ausgeben, die auf dem Weg nach Wien von einer Räuberbande überfallen worden und dann tagelang in der Au herumgeirrt waren.

Mit letzter Kraft stemmte er sich noch einmal hoch und zerrte Noah durch das Stadttor. Niemand hielt sie auf. Der Wärter am Tor saß mit ausgestreckten Beinen auf einer Holzbank und hatte den Kopf gegen die Steinmauer gelehnt. Der Mann hatte die ganze Nacht bei den Löscharbeiten geholfen und war nun so müde, dass ihm nach einem üppigen Mittagessen die Augen zufielen. Er rülpste laut, als Elias mit Noah im Schlepptau an ihm vorbeischlich.

Kaum befanden sich die beiden innerhalb der Stadtmauer, wurden sie von der Geschäftigkeit, die hier herrschte, überrascht. Die Aufräumarbeiten waren in vollem Gang. Löcher in den Dächern wurden notdürftig geflickt, Steine, Tonscherben und Holz von den Straßen gesammelt und abtransportiert. Kaum jemand stand unnütz herum, die Menschen liefen geschäftig von einer Straßenseite zur anderen, schleppten Bauschutt weg und trugen Eimer mit Müll. Elias musste einem Pferdefuhrwerk ausweichen, aber auf diese Weise fielen sie nicht auf und konnten unbemerkt bis zum Brunnen auf dem Marktplatz gelangen. Hier setzte Elias den fiebernden Jungen auf die Steinstufen und lehnte ihn gegen den Brunnen. Mit dem Brunneneimer schöpfte er frisches Wasser, das er mit einer Kelle, die am Eimer befestigt war, an Noahs Mund hielt. Der Junge benetzte seine aufgesprungenen trockenen Lippen mit der kalten Flüssigkeit, dann begann er, so gierig zu trinken, dass er sich verschluckte und hustete. Elias klopfte ihm auf den nassen, verschwitzten Rücken und ließ sich dann erschöpft neben dem Jungen auf die Stufen gleiten. Er hatte noch keinen Plan, wie er Hilfe finden sollte.

Da kam eine rundliche Frau mittleren Alters über den Marktplatz marschiert. Ihre runden roten Wangen, die sonnengebräunte Haut und das einfache Kleid wiesen sie als Bäuerin aus, die in der Stadt war, um ihre frischen Eier zum Kauf anzubieten. Nach dem Unwetter der letzten Nacht hatte es länger als gewöhnlich gedauert, bis sie ihre Ware verkauft hatte, doch nun waren die Körbe leer, und sie konnte mit einem Beutel kleiner Münzen nach Hause zurückkehren. Als sie Elias und Noah am Brunnen entdeckte, ging sie neugierig auf die beiden zu.

»Euch habe ich hier noch nie gesehen«, sagte sie und musterte sie aus misstrauischen Augen. »Wer seid Ihr?«

Elias schreckte hoch, er hatte die Bäuerin nicht kommen sehen. Nach einer kurzen Pause erzählte er die Geschichte, die er sich zurechtgelegt hatte.

»So so! Ein Händler«, sagte die Frau zögernd und warf einen vielsagenden Blick auf Elias' Hände, die schmal, feingliedrig und hell waren. Die Hände eines Mannes, der keine harte körperliche Arbeit verrichten musste. Das Leben eines einfachen Händlers, der die Landstraßen befuhr, war dagegen beschwerlich, und seine Hände waren schwielig und braun.

»Euer Sohn ist krank, was hat er?«, die Frau nickte in Noahs Richtung.

»Er hat schlimmen Husten und hohes Fieber. Eigentlich bräuchte er Ruhe, einen Platz zum Schlafen und einen Aufguss aus Spitzwegerich und Huflattich. Außerdem müsste ich ihm regelmäßig kalte Wickel mit verdünntem Essigwasser anlegen.«

»Ihr kennt Euch mit der Heilkunde gut aus«, bemerkte die Frau. »Seid Ihr nicht eher ein Bader?« Sie musterte Elias aus zusammengekniffenen Augen.

»Nein, ich …« Elias brach ab. Er hatte nie gelernt zu lügen und ärgerte sich, dass er nicht selbst auf die Idee gekommen war, sich als fahrender Bader auszugeben.

»Ja, ich bin Bader«, sagte er niedergeschlagen.

Misstrauisch funkelte die Bäuerin ihn an. »Warum erzählt Ihr dann so eine Lüge?«

»Ich habe in der letzten Stadt Medizin verkauft, die den Menschen nicht die gewünschte Wirkung gebracht hat«, log Elias. Er fühlte sich zunehmend unwohler.

»Also seid Ihr ein Scharlatan!«, rief die Frau. Sie wirkte nicht wirklich entsetzt, scheinbar erwartete sie von einem Bader nichts anderes.

Mit gespielter Betroffenheit nickte Elias.

Die Frau überlegte. »Ihr seid also Bader. Könnt Ihr einen eitrigen Backenzahn ziehen?«

Elias begriff sofort, dass das eine Möglichkeit war, Noah einen trockenen Schlafplatz zu verschaffen. »Ja, das kann ich!«

»Dann kommt mit. Mein Mann hat Fieber und Schmerzen. Er kann seit Tagen nicht arbeiten, und das alles wegen einem kaputten Zahn.«

»Als Gegenleistung möchte ich Essen und einen trockenen Schlafplatz für meinen Sohn«, sagte Elias.

»Für wie lang?«, fragte die Bäuerin.

»So lange, bis mein Sohn wieder gesund ist.«

»Das kann ewig dauern. Das ist ein schlechtes Geschäft für mich.« Die Bäuerin drehte sich um und wollte schon gehen, doch Elias hielt sie zurück.

»Wartet!«, rief er. »Die Wegelagerer haben uns alles geraubt, was wir besaßen. Doch ich habe noch ein kleines Goldkreuz, das ich Euch geben will, wenn Ihr uns ein paar Tage lang ein Dach über dem Kopf gebt.« Er griff in seine Hosentasche und holte das kleine Goldkreuz hervor. Es war sauber verarbeitet und ein kleines Vermögen wert. Augenblicklich blitzte die Gier in den Augen der Frau auf. Sie streckte die Hand nach dem kleinen Schmuckstück aus, doch Elias zog es wieder zurück und verstaute es in seiner Tasche.

»Euer Sohn braucht Ruhe, die kann er in meiner Scheune haben. Ich richte Euch zwei Strohballen als Schlafplätze und bringe Euch zu essen und zu trinken, bis Euer Sohn wieder gesund ist. Als Bezahlung will ich, dass Ihr den Zahn meines Mannes zieht … und das goldene Kreuz.«

»Einverstanden«, sagte Elias und stand mühevoll auf. Erneut hievte er Noah auf seine Schulter und folgte der Bäuerin schwankend. Rasch lief sie durch die Stadt, bahnte sich einen Weg durch die arbeitenden Menschen und blickte sich kein einziges Mal nach Elias und Noah um. Es kostete ihn alle Mühe, sie nicht aus den Augen zu verlieren. Erst als sie das Stadttor passiert hatten, ging die Bäuerin langsamer. Der Weg, den sie einschlug, führte einen sanften Hügel hinauf, auf dem ein solider Vierkanthof stand. Das Gebäude war groß und erst vor kurzem neu umgebaut worden.

Zielstrebig durchschritt die Frau das breite Tor des Hofes und ging am Wohngebäude und an der hohen, nach frischem Stroh duftenden Scheune vorbei. Im hintersten Winkel des Hofes machte sie halt und wartete auf Elias. Hier befand sich ein weiteres Gebäude, offenbar die alte Scheune, die windschief war und eine Tür hatte, die nur noch lose in den Angeln hing. Als Elias den dunklen, feuchtkalten Raum betrat und auf dem fauligen Stroh zusammensackte, ahnte er, dass er einen schlechten Handel gemacht hatte. Aber er hatte keine Kraft mehr, mit der Frau zu streiten, und reichte ihr müde das Goldkreuz. Augenblicklich schlossen sie ihre gierigen Finger darum, und das Kreuz verschwand in der sauberen Schürze.

»Ich bringe Euch jetzt einen kräftigen Eintopf mit Schweinefleisch«, sagte die Frau, und Elias riss erschrocken die Augen auf. Abwehrend hob er beide Hände.

»Wir vertragen kein Fleisch.«

Die Frau starrte ihn fragend an.

»Wir haben uns den Magen mit Fleisch verdorben«, erklärte Elias rasch. »Eine Gemüsesuppe und ein Stück Brot reichen voll und ganz.«

Verständnislos zuckte die Bäuerin mit den Schultern und ging aus der Scheune. Wenig später brachte sie eine große Schüssel voll frischem Gemüseeintopf, ein riesiges Stück Brot und einen Krug mit frischem Wasser. Zu Elias' großer Überraschung schmeckte der Eintopf gut, er war mit frischen Küchenkräutern gewürzt. Als die Frau auch noch frisches Stroh brachte, schloss Elias die Augen und vergaß für kurze Zeit seine Angst.

75

Zum ersten Mal in ihrem Leben saß Miriam auf dem Rücken eines Pferdes, und sie fand es großartig. Bis jetzt hatte sie Kinder immer beneidet, deren Familien ein Pferd besaßen, und die heimlich, oder aber mit dem Einverständnis der Väter, darauf reiten durften. Rachel hatte ihr nicht einmal das Streicheln oder Füttern von Pferden erlaubt. Beim Gedanken an ihre Mutter tauchte erneut das schreckliche Bild der verkohlten Synagoge vor Miriam auf. Rasch schloss sie die Augen. Daran wollte sie nicht denken, nicht jetzt, wo sie so voller Hoffnung war, bald ihren Vater wiederzufinden, und das Reiten so sehr genoss. Während der Wind ihr Haar zerzauste, atmete sie tief ein und fühlte sich zum ersten Mal seit Tagen wieder lebendig.

Mathes hatte nicht den breiten Treidelweg am linken Donauufer gewählt, wo die Schiffe donauaufwärts bis nach Passau gezogen wurden, sondern einen schmalen Weg am rechten Ufer. Von hier aus konnten sie nicht nur die Donau selbst sehen, sondern hatten auch guten Einblick in die zahlreichen und teils weitläufigen Seitenarme des Flusses. Das Wetter war frühsommerlich warm, Insekten surrten, und die Frösche quakten laut und eindringlich. Ein grauer Fischreiher segelte majestätisch über die Baumwipfel und landete auf einer der flachen Schotterinseln in der Mitte des Flusses. Miriam hielt die Hand über die Augen und sah ihm fasziniert nach.

Plötzlich packte sie Mathes unerwartet am Oberarm und deutete auf die Stelle, wo sich die Donau vor der Insel teilte. Miriam wandte den Kopf und entdeckte die Überreste eines gestrandeten Floßes. Die rohen Holzstämme steckten im grauen Schotter, den der Fluss ans Ufer geschwemmt hatte, und ragten mahnend in den Himmel. Von den Menschen, die auf dem Floß gekauert hatten, fehlte jede Spur. Langsam ritt Mathes weiter, und schon kurz darauf sahen sie die nächsten zerborstenen Stämme. In den üppigen grünen Ästen eines Weißdornstrauches hingen die Fetzen von zerrissener Kleidung, und neben dem kaputten Floß lag ein angeschwemmter Schuh. Das Glücksgefühl, das Miriam eben noch gespürt hatte, war wie weggeblasen. Mathes zügelte das Pferd und ließ es im Schritt gehen. Plötzlich stieg der widerlich süße

Geruch nach verwestem Fleisch in warmen Wellen zu ihnen auf. Die Stute verdrehte die Augen und wurde unruhig.

Mathes warf einen suchenden Blick ins Dickicht und erstarrte. Vor ihnen lag der aufgedunsene, bläulich verfärbte Körper einer Wasserleiche. Leblose Augen blickten ihn an. Sofort legte er schützend die Hand über Miriams Augen, aber sie schüttelte ihn ungeduldig ab. Als sie den Leichnam sah, schrie sie entsetzt auf, konnte aber die Augen von dem grauenhaften Anblick nicht abwenden.

Mathes hatte große Mühe, die Stute zu beruhigen, sie tänzelte nervös hin und her. Als er nach links blickte, wusste er, warum die Stute von hier wegwollte: Drei weitere Leichen lagen mit verrenkten Gliedern ineinander verkeilt am Boden. Ein riesiger Vogel saß auf dem Hals einer von ihnen und hackte auf die Augen eines farblosen Gesichts ein. Es war eine Frau, ihr langes schwarzes Haar bedeckte den feuchtgrünen Boden.

Mathes musste ein Würgen unterdrücken. Rasch stieß er mit den Füßen in die Flanken seines Pferdes und trieb das Tier zum raschen Trab an. Bereitwillig lief die Stute los.

»Bitte mach die Augen zu«, flüsterte Mathes in Miriams Ohr. Aber das Mädchen konnte nicht. Sobald sie die Augen schloss, sah sie ihren Vater. Aber er war nicht mehr der gutaussehende Medicus ihrer Erinnerungen, sondern eine bläulich verfärbte Wasserleiche. Mathes trieb das Pferd tief in die Au hinein, weg vom süßlichen Gestank der Leichen. Erst als sie sicher waren, dass der schreckliche Anblick hinter ihnen lag, brachte Mathes sein Tier zum Stehen. Etwas unelegant ließ er sich von der Stute gleiten und half Miriam ebenfalls herunter. Kaum hielt er sie in den Armen, weinte sie los. Verzweifelt klammerte sie sich an seinen Mantel und schluchzte so laut, dass die Tiere im Unterholz aufhorchten und flüchteten.

»Keine der Leichen ist dein Vater gewesen«, versuchte Mathes sie vergeblich zu beruhigen. Hilflos strich er ihr über das kastanienbraune Haar, das ihn an Sarahs Haarpracht erinnerte, dann ließ er sich auf einem umgefallenen Baumstamm nieder, band das Pferd fest und zog Miriam neben sich. Das Mädchen klammerte sich erneut an ihn, und plötzlich hatte Mathes den Eindruck, dass Miriam nicht mehr wegen der schrecklichen Bilder weinte, sondern das Leid der letzten Wochen noch einmal durchlebte. Hilflos saß er neben ihr und wartete darauf, dass Miriams Weinen schwächer werden würde. Doch das Schluchzen wurde lauter und nahm an Heftigkeit zu. Wie konnte Mathes dem Mädchen helfen? Es fiel ihm nichts ein, und so saß er nur neben ihr und streichelte ihr weiterhin das Haar.

Nach einer schier endlosen Zeit hob Miriam plötzlich den Kopf und sah ihn aus verweinten Augen an. »Darf ich Euch etwas Schreckliches erzählen?«

Mathes nickte ihr aufmunternd zu, woraufhin Miriam schluckte, schniefte und sich mit dem Handrücken über die rinnende Nase wischte.

»Meine Mutter hat sich freiwillig schächten und anschließend verbrennen lassen. Sie hat mich gehasst, weil ich nicht auch so sterben wollte«, sagte sie weinend.

»Deine Mutter wollte, dass du mit ihr stirbst?« Mathes konnte seine Fassungslosigkeit nicht verbergen.

Miriam nickte. »Sie hat sich nicht einmal von mir verabschiedet. Sie hat sich von mir weggedreht.« Ihre letzten Worte erstickten in Tränen.

»Es tut weh, wenn man glaubt, die eigenen Eltern mögen einen nicht«, sagte Mathes ernst.

Miriam nickte noch einmal. Sie wischte erneut über ihre laufende Nase, der Ärmel war bereits nass.

»Meine Mutter hat mich gehasst«, sagte sie.

»Aber dein Vater liebt dich. Und er wünscht sich nichts sehnlicher, als dass du am Leben bleibst. Das hat er mir gesagt, als das Floß abfuhr. Und deshalb suchen wir ihn.«

»Und wenn wir ihn nicht finden?«

»Wir haben mit unserer Suche gerade erst begonnen«, sagte Mathes. »Da wäre es doch völlig verkehrt, jetzt schon aufzugeben.«

»Aber wo sollen wir suchen? Wo sollen wir anfangen?« Miriam hatte sich aufgesetzt. In ihrer Stimme lag wieder ein Funken von Hoffnung.

»Wir werden nach Hainburg reiten. Dort kenne ich einen Steinmetzmeister, vielleicht hat er etwas von den gestrandeten Männern und Frauen gehört. Es muss ja wohl einige geben, die die Fahrt überlebt haben,.«

Miriam nickte, sie hatten ein Ziel, und das war gut. Als Mathes die neu erwachte Hoffnung im Gesicht des Mädchens sah, fragte er sich, ob Sarah mit ihrer Warnung doch recht gehabt hatte. Vielleicht wäre es besser gewesen, zu Hause zu bleiben, in der Hoffnung, Elias lebte irgendwo? Anstatt in den nächsten Tagen möglicherweise eine schreckliche Gewissheit zu erhalten.

76

Aaron hatte versucht, von dem kahlköpfigen Wärter zu erfahren, ob die Nachricht in der Singerstraße eingetroffen war. Der Mann hatte genickt und dann sofort den Kopf geschüttelt.

»Was heißt das?«, schrie Aaron. »Ist Miriam tot? Hat Judith Kayndl sie nicht finden können?«

Doch der Wärter gab ihm keine weitere Antwort. Stattdessen packte er ihn am Kragen, zog ihn ganz nah zu sich heran und zischte: »Wagt es nicht, noch einmal den Namen einer braven Christin zu nennen.« Dann hatte er die Zellentür hinter sich ins Schloss fallen lassen.

Nun hockte Aaron zitternd in der hintersten Ecke der Zelle, dort, wo die anderen ihre Notdurft verrichteten. Er weinte um Miriam. Die anderen Männer hatten längst jeden Respekt verloren vor dem Mann, der ihr Rabbiner hätte werden sollen. Aber das war Aaron gleichgültig, viel bedeutsamer war, dass er zum Mörder eines Kindes geworden war. Wie konnte er es da wagen, selbst am Leben bleiben zu wollen? Er hatte aufgehört, um die Taufe zu betteln, und aß auch den schrecklichen Eintopf mit Schweineinnereien nicht mehr. Er brauchte keine Kraft mehr, sah keinen Sinn mehr darin, um sein Leben zu kämpfen.

Aaron bat nicht um Vergebung, denn er wusste, dass es für seine Verbrechen keine Vergebung gab. Er hatte erneut versagt, so wie damals vor vielen Jahren, damals beim großen Feuer im Judenviertel. Wenn er lang genug auf das gelbgraue Sandsteingewölbe über sich starrte, konnte er die Flammen wieder sehen, konnte die Hitze fühlen und den schrecklichen, alles verzehrenden Schmerz. Die Narben auf seinem Körper brannten, und plötzlich durchzuckte ihn eine tiefe, stechende Trauer.

Er sah sich wieder in seiner Schlafkammer, während um ihn das Feuer toste, wie er verzweifelt gegen die Tür klopfte, hämmerte und um Hilfe schrie. Die Flammen schlugen bereits aus den Wänden, der Balken über ihm knackte, das Holz drohte zu bersten. Plötzlich wurde die Tür aufgerissen, und sein Bruder stürmte in die Kammer, ein junger Mann, gerade erst Vater geworden. Sein Haar brannte, sein Gesicht war von Schmerzen verzerrt, er loderte wie eine lebende Fackel. »Hilf mir!«, stieß er hervor.

Doch er war seinem Bruder ausgewichen, war, vor Schreck erstarrt, einen Schritt zurückgetreten. »Hilf mir!«, hörte er erneut. Die Worte drangen an Aarons Ohr, sie tönten so wirklich, als würde all das jetzt und hier passieren.

Der brennende Körper seines Bruders fiel bäuchlings vor ihm auf den glühend heißen Boden, schreiend zuckte er auf und ab, so lange, bis er tot und leblos dalag. Und Aaron hatte hilflos danebengestanden.

Aaron kniff die Augen zusammen. Zwischen seinen Oberschenkeln wurde es warm. Er hatte soeben seine Blase entleert. Verdammt. Aber da, wo er jetzt saß, war es egal. Niemand konnte feststellen, woher der Gestank des Urins stammte.

Ein lautes Stöhnen ließ Aaron zusammenzucken. Er blickte in die Richtung, aus der das Geräusch gekommen war. Es war der Sohn eines Geldverleihers, der sich vor Schmerzen krümmte. Die Wärter hatten ihn heute Nachmittag mitgenommen und Stunden später als blutendes und wimmerndes Bündel zurückgebracht, übersät mit Brandwunden. Aaron hatte furchtbare Angst. Der kahlköpfige Wärter hatte gesagt, dass er der Nächste sein würde. Bestimmt bereiteten sich die Folterknechte schon auf ihn vor, sie schürten das Feuer. Aaron drückte seine Faust in den Mund, um nicht laut zu wimmern. Er wusste, er würde diese Tortur nicht überleben, und wenn doch, dann wartete der Scheiterhaufen auf ihn. Und diese Vorstellung war noch viel schrecklicher als die der Folter. Aaron hatte gehört, wie die beiden Gefängniswärter sich über die riesigen Scheiterhaufen unterhalten hatten, die seit Tagen auf der Gänseweide errichtet wurden. Darauf wollte Herzog Albrecht alle Juden verbrennen. Wortlos um Hilfe flehend, richtete Aaron den Blick gen Himmel.

Plötzlich bemerkte er einen kleinen Vorsprung im steinernen Gewölbe, einen Stein, der über die anderen hinausragte. Breit genug, um ein Seil zu tragen. Aaron hatte kein Seil. Aber er hatte ein Hemd, das man in Streifen reißen und zu einer Art Seil zusammenknoten konnte. Noch waren einige der anderen Männer wach. Aber in wenigen Stunden würden alle schlafen. Dann, wenn selbst durch den schmalen Luftschacht kein Licht mehr drang und es fast stockdunkel in der Zelle war, dann würde Aaron seinen letzten Plan in die Tat umsetzen. Es gab keinen anderen Ausweg. Er wollte nicht brennen.

77

NOAHS FIEBER STIEG TROTZ der kalten, in Essig getränkten Wadenwickel immer weiter. Die Bäuerin hatte keinen Weidenrindentee, dafür aber eine Mischung aus Linden- und Hollerblüten. Elias zwang den fiebernden Jungen, die Flüssigkeit zu sich zu nehmen, und hörte immer wieder besorgt seine Lunge ab. Aber Noahs rasselnder Husten hielt an, und Elias bat die Bäuerin, ihm heiße Ölwickel zu bringen, die er um die Brust des Jungen legte. In der zweiten Nacht endlich ging Noahs Fieber etwas zurück, und der Junge phantasierte und wimmerte nicht mehr im Schlaf. Auch sein Husten wurde lockerer, und er spuckte gelbgrünen Schleim ins Stroh.

Am nächsten Morgen kam die Bäuerin, um Elias ins Wohnhaus zu holen. Sie hatte einen Korb voll frischer Eier am Arm und warf einen fragenden Blick auf Noah. »Geht es Eurem Sohn schon besser?«

»Ein wenig«, sagte Elias.

»Das kann ich von meinem Mann nicht behaupten. Der feige Sturkopf hat inzwischen solche Schmerzen, dass er den Mund nicht mehr aufbringt«, sagte die Frau, wischte sich die schmutzigen Finger an ihrer Schürze ab und ging voraus. »Ich hab ihm schon vorgestern gesagt, dass wir einen Bader in der Scheune haben und er sich endlich den Zahn reißen lassen soll. Aber er hat sich einfach geweigert.«

Elias betrat hinter der Frau das Wohngebäude. Es war ein solides Haus aus Stein, mit einem strohgedeckten Dach. Die Familie war wohlhabend, das zeigte sich nicht nur am Gebäude selbst, sondern auch an der Einrichtung. Die Bäuerin führte Elias in eine viereckige Stube mit kleinen Fenstern und einer dunklen Fensterbank. In der Mitte stand ein massiver Tisch aus dunklem Holz, an den Wänden hingen Holzregale mit buntglasierten Tontöpfen und ein kunstvoll geschnitztes Kreuz. Auch die Stühle waren aus dunklem Holz. Auf einem davon saß der Bauer, ein finster dreinblickender Mann, der deutlich kleiner und dünner war als seine Frau. Seine rechte Backe war dick geschwollen. Neben ihm hockte ein stämmiger Junge, der entweder sein Sohn oder ein Knecht sein musste. Als Elias sich an das Halbdunkel im Raum gewöhnt hatte und den Jungen näher betrachten konnte, sah er dieselben hellgrünen Augen wie im Gesicht des Bauern und im kreisrunden Antlitz der Bäuerin. Auf der Fensterbank saßen drei weitere Kinder der Größe nach aufgereiht, sie hatten ebenfalls hellgrüne Augen und runde Gesichter. Neugierig starrten alle auf Elias.

»Das ist der Bader«, sagte die Bäuerin, und Elias nickte dem Bauern freundlich zu.

»Schabt Ihr schon schoft Schäne geschogen?«, nuschelte der Bauer fast unverständlich.

»Nein«, sagte Elias wahrheitsgemäß.

Der Bauer schüttelte ängstlich den Kopf, doch seine Frau trat energisch neben ihn. Sie ließ den Korb auf den Tisch knallen, so dass Elias um die Eier fürchtete, und stemmte die Hände in ihre breiten Hüften.

»Jetzt hör mir gut zu«, sagte sie zu ihrem Mann. »Es ist bald Erntezeit. Du kannst nicht ewig im Haus hocken und jammern. Hans ist ein braver Knecht, aber er schafft die Arbeit allein nicht. Der Zahn muss raus.«

Ergeben nickte der Bauer und öffnete den Mund. Doch Elias hob abwehrend die Hände: »Hier ist es zu dunkel. Ich kann nicht genug sehen, wir müssen in den Hof gehen.«

Also begab sich der Bauer samt Publikum in den Hof. Dort wurde ein Stuhl aufgestellt, und die Kinder ließen sich an der Wand nieder. Elias fühlte sich unbehaglich.

»Und Ihr scheid ein Bader?«, fragte der Bauer misstrauisch.

Elias antwortete nicht, sondern hieß den Mann nun seinen Mund zu öffnen. Ein schrecklicher Gestank schwappte ihm entgegen, der eitrige Backenzahn war eine schwarze Ruine. »Ich brauche eine möglichst schmale Zange, eine Flasche voll Schnaps und danach Salbeitee und frischen Frauenmantel. Ihr habt nicht zufällig etwas Schlafmohn zu Hause?«

Die Bäuerin sah Elias verständnislos an.

»Ist schon in Ordnung, der Schnaps wird es auch tun.«

Elias musterte den ältesten Sohn des Bauern und fragte sich, ob der Junge stark genug sein würde, seinen Vater zu halten, oder ob es besser wäre zu warten, bis der Knecht vom Feld zurückkehrte. Er entschied sich, auf den Knecht zu warten. In der Zwischenzeit bat er den Bauern, ein paar Gläser Schnaps zu trinken, damit die Wirkung des Getränks bereits eingesetzt hatte, wenn er anfangen konnte.

»Ich muss meine Hände gründlich waschen. Habt Ihr Seife?«, fragte Elias die Bäuerin.

»Wozu das denn?«

»Es heißt, dass die Wunden besser heilen, wenn die Ärzte sich die Hände vor der Operation waschen.«

»Ärschte, Operaschionen?«, nuschelte der Bauer misstrauisch.

Elias hätte sich am liebsten auf die Zunge gebissen. Doch die Bäuerin lief ins Haus und kam wenig später mit einem kleinen Stück teurer Seife zurück. Sie reichte es Elias, und dieser verschwand hinter dem Haus beim Brunnen.

Es dauerte nicht lang, und Hans, der Knecht, kam vom Feld zurück. Die Bäuerin erklärte ihm rasch, was er zu tun hatte, und dann hielt der kräftige Mann gemeinsam mit dem Sohn des Hauses den Bauern fest. Die Zange, die die Bäuerin gebracht hatte, war zwar schmal, aber für Elias' Zwecke doch noch recht breit. Der Bauer öffnete erneut den Mund, doch als Elias sich mit der Zange dem Zahn näherte, schrie der Mann laut auf

Entschlossen setzte Elias das Instrument an und überprüfte den Sitz. Der Bauer schrie noch lauter auf, wand sich unter dem Griff der beiden Männer und wimmerte. Mit einer präzisen und raschen Bewegung zog Elias den Zahn heraus. Doch er erkannte sofort, dass ein Stück des schwarzen Stummels immer noch im Fleisch saß.

»Der Zahn zerbröselt wie ein Stück Zwieback«, sagte er und setzte die Zange erneut an, um den letzten Rest der Zahnruine herauszuholen.

»Meinem Schwager hat der Bader um teures Geld einen

Zahn gezogen und dabei einen Stumpf im Mund vergessen. Der hat zu eitern begonnen, und dann ist der Mann am Fieber gestorben. Hat vier Kinder und eine Witwe zurückgelassen.«

»Hans, halt deinen Mund!«, schimpfte die Bäuerin. Sie warf ihrem Mann einen mitleidvollen Blick zu. Der Bauer wimmerte, verdrehte die Augen und drohte zu kollabieren. Mit einem Ruck zog Elias den schwarzen Rest des Backenzahns heraus. Der Mann unter ihm wurde schlaff und sackte zusammen.

»Hubert!«, rief die Bäuerin entsetzt. Elias griff nach dem Eimer voll kalten Wassers, der neben ihm stand, und leerte einen Teil davon dem Bauern ins Gesicht. Augenblicklich erwachte der Mann wieder. Er jammerte und spuckte Blut.

»Die Wunde in Eurem Mund ist riesig«, sagte Elias. »Spült mit dem Schnaps aus, und macht den Mund noch einmal auf. Ich muss die Wunde nähen.«

»Nähen?« Die Bäuerin trat schützend zu ihrem Mann.

»Natürlich«, sagte Elias. »Oder wollt Ihr, dass Euer Mann mit einem Loch im Mund herumläuft? Bringt mir Euer Nähzeug.«

Elias hatte noch nie zuvor im Mund eine Wunde genäht, aber es konnte nicht anders sein als die Wunden am Oberarm oder auf der Schulter eines Menschen. Geschickt und mit sicherer Hand setzte er die Nähte und brachte seine Zuschauer zum Staunen.

»Ihr seid sehr geschickt«, sagte die Bäuerin, als Elias fertig war und den Bauern aufforderte, noch einmal mit Schnaps auszuspülen. Der Mann zog es vor, das Glas, das man ihm reichte, auszutrinken und nicht wieder auszuspucken. Dann taumelte er ins Haus, wo er auf der Fensterbank zusammenbrach und augenblicklich einschlief.

»Wenn Euer Mann wieder aufwacht, soll er mit Salbeitee spülen und sauberen Frauenmantel auf die Wunde legen. Er darf nichts essen, sondern nur trinken. Macht ihm eine kräftigende Hühnersuppe, die er aber nur kühl trinken darf. Keine heißen Flüssigkeiten.«

»Ihr wisst mehr als ein normaler Bader«, sagte die Bäuerin. Neben Bewunderung lag auch Misstrauen in ihrer Stimme.

»Ich nehme meine Aufgabe ernst, das ist alles«, sagte Elias. Um weiteren Fragen zu entgehen, machte er sich auf den Weg zur Scheune, wo Noah auf ihn wartete. Das Fieber des Jungen war weiter gefallen, und seine Wangen hatten einen leichten rosa Farbton angenommen. In wenigen Tagen würde er kräftig genug sein, um weiterzuziehen. Aber wohin sollte Elias ohne Geld und Nahrung mit dem Jungen gehen?

78

Die Genesung des Bauern verlief ganz nach Elias' Wunsch. Schon nach drei Tagen war die Wunde halbwegs verheilt. Auch Noah war nun fieberfrei und konnte sich auf dem Bauernhof nützlich machen. Niemand sprach vom bevorstehenden Aufbruch, auch wenn dieser nicht mehr lange hinausgezögert werden konnte. Denn Elias und Noah würden ihre wahre Identität nicht ewig verheimlichen können.

Am Morgen des neunten Tages ihres Aufenthalts erschien ein Junge am Hof. Es war ein Lehrling aus der Stadt, der kam, um frische Eier zu kaufen. Obwohl er Elias nur von hinten sah, erkannte er ihn sofort. Als er den Medicus das letzte Mal gesehen hatte, war sein Haar weniger grau und seine Kleidung bei weitem nicht so zerrissen gewesen. Außerdem hatte er Schläfenlocken gehabt, aber es war eindeutig Elias Isserlein, der Leiter des Hospitals im Judenviertel.

»Medicus Isserlein!«, rief Jürgen aufgeregt und winkte ihm zu.

Erschrocken zuckte Elias beim Klang seines Namens zusammen und fuhr herum. Er erkannte den Jungen nicht sofort.

»Ich bin Jürgen. Als wir uns das letzte Mal gesehen haben, war ich Steinmetzlehrling in Wien, bei Meister Rötel, und habe Meister Rockh dabei geholfen, Eure verletzte Schwester und Euren verwirrten Vater zu Euch ins Hospital zu bringen.« Der Junge war ganz aufgeregt, den Medicus wiederzusehen.

Nun konnte auch Elias sich wieder erinnern. Der Junge vor ihm hatte in Wien viel zu kurze Hosen getragen. Jetzt passte ihm seine Kleidung, und er bekam deutlich mehr zu essen, denn er hatte seine entsetzlich dürre Gestalt gegen einen muskulösen Körper eingetauscht.

»Was macht Ihr hier auf diesem Bauernhof?«, fragte Jürgen.

Elias blickte sich um. Die Bäuerin stand in einigem Abstand, schielte aber misstrauisch zu ihnen herüber.

»Das ist eine lange traurige Geschichte«, flüsterte er leise.

Neugierig starrte Jürgen ihn an, doch Elias bedeutete ihm, dass er jetzt nichts darüber erzählen konnte. Aus den Augenwinkeln sah er die Bäuerin näher kommen. Eilig zog er Jürgen zur Seite und sagte: »Niemand hier weiß, dass ich Jude bin, ich bitte dich, mich nicht zu verraten. Du würdest mich und Noah in große Gefahr bringen.«

Jürgen nickte betroffen und versprach zu schweigen.

In diesem Moment trat die Bäuerin zu ihnen. »Hier sind

die Eier, und richte deinem Lehrherrn aus, dass es leider nur zwölf sind, weil unsere beste Legehenne eingegangen ist.«

Jürgen packte den Korb und lief davon. Wie gern hätte er seine Neuigkeit jemandem erzählt!

Als Elias am Abend den Bauern erneut untersuchte und ihm vorsichtig die Fäden aus der Wunde zog, machte dieser ein betrübtes Gesicht.

»Ihr habt mich bestens versorgt, und ohne Euch wäre ich vielleicht irgendeinem Scharlatan in die Hände gefallen und erbärmlich zugrunde gegangen«, sagte der Bauer. Er machte eine dramatische Pause und fügte hinzu: »Aber Ihr habt uns belogen, mich und meine Frau.«

Elias erstarrte. Plötzlich erschien ihm die Stube stickig und eng. Würde der Mann nun nach den Wachmännern der Stadt rufen? Oder warteten die Männer des Herzogs bereits vor dem Tor des Vierkanthofs?

»Ihr seid ein Medicus, was nicht weiter schlimm wäre. Aber ich fürchte, dass Ihr auch ein Jude seid. Einer von den Männern, die man in Wien auf ein Floß gesetzt und Richtung Osten getrieben hat.«

Elias überlegte fieberhaft. Er setzte zu einer Antwort an, doch der Bauer deutete ihm an zu schweigen.

»Ich will die Wahrheit nicht hören, denn dann müsste ich handeln, und das will ich nicht. Der Herzog hat das Verstecken von Juden verboten.« Der Bauer rang sichtlich mit sich selbst.

»Was werdet Ihr nun tun?«, fragte Elias.

Der Mann zuckte mit den Schultern: »Ich muss Euch fortschicken, so leid mir das auch tut.«

Überrascht starrte Elias auf den kleinen dünnen Mann vor sich.

Der Bauer fuhr fort: »Der Junge heute Morgen hat Euch erkannt. Ich hoffe für Euch und für uns, dass er nicht tratscht. Denn sollte er in der Stadt herumerzählen, dass wir zwei Juden versteckt haben, kriege ich eine Menge Ärger.«

Es war eine verkehrte Welt, in der mutige, hilfsbereite Menschen bestraft wurden.

»Meine Frau hat einen Korb mit Essen gerichtet – kein Schweinefleisch, nur Brot, Nüsse, Käse und Obst. Nehmt ihn, und brecht morgen früh, vor Anbruch der Dämmerung, auf. Es tut mir leid, dass ich nicht mehr für Euch tun kann.«

»Ich danke Euch, Ihr seid ein großzügiger Mann«, sagte Elias. Der Bauer bot ihm mehr an, als er zu hoffen gewagt hatte.

»Nein, das bin ich nicht. Wäre ich großzügig, würde ich meine Frau dazu zwingen, Euch das Goldkreuz zurückzugeben. Aber sie hat noch nie in ihrem Leben ein derart wertvolles Schmuckstück besessen und will es nicht mehr herausrücken.«

Elias lächelte: »Ich freue mich, wenn sie Verwendung dafür hat.«

Der Bauer schüttelte den Kopf: »Wir sind keine reichen Leute, nur einfache Bauern. Aber ich werde ein paar Münzen in den Korb legen. Der Vorrat an Nahrungsmitteln wird nicht lange anhalten, und dann braucht Ihr Geld, um Euch zu versorgen. Leider es ist es nicht viel, was ich Euch geben kann. Aber es wird für die ersten paar Tage reichen.«

»Und Ihr seid doch ein großzügiger Mann«, sagte Elias ernst. Nach all den bitteren Erfahrungen der letzten Wochen war er Gott dankbar für die Begegnung mit diesem Bauern, der ihm ein Stückchen von seinem Glauben an das Gute im Menschen zurückgegeben hatte.

Beim ersten Hahnenschrei brachen Elias und Noah auf. Der Horizont färbte sich gerade erst hellgrau und kündigte das Aufgehen der Sonne an. Elias schlug einen schmalen Pfad über eine der Wiesen ein, wo kalter Morgentau die Enden ihrer Beinlinge durchnässte. Schuhe hatten weder Elias noch Noah. Sie waren beim Kampf ums Überleben in der Donau untergegangen.

»Wohin gehen wir?«, fragte Noah.

»Zurück in den Wald«, sagte Elias. »Dann werden wir stromabwärts wandern und darauf hoffen, irgendwann auf ein Dorf zu stoßen, in dem es noch Juden gibt.«

79

IRGENDWANN HÖRTEN MATHES und Miriam damit auf, die zertrümmerten Flöße und die entstellten, aufgedunsenen Körper der Ertrunkenen zu zählen. Während Mathes die Augen schloss und an den verwesenden Leichen vorbeiritt, starrte Miriam sie an, jedes Mal voll Angst, es könnte ihr Vater sein. Wenn sie dann erleichtert aufatmete, fühlte sie sich schuldig.

Kurz vor Hainburg trafen sie auf ein bereits verlassenes Versteck, eine Art Unterschlupf aus Ästen und Blättern, in dem jemand geschlafen hatte. Daneben bewiesen eine Feuerstelle und die Gräten eines Fisches, dass hier vor Tagen Menschen übernachtet und gegessen hatten. Voller Hoffnung, endlich auf Überlebende zu stoßen und eine Spur von Elias zu finden, folgten sie dem schmalen Pfad und ritten direkt auf Hainburg zu. Sie passierten das Stadttor und suchten nach dem Hauptplatz.

Mathes fragte einen Händler nach dem Weg zum Steinmetzmeister Martin Kramer.

»Ihr steht direkt vor seinem Haus!«, sagte der Händler, drehte sich um und zeigte auf ein Gebäude direkt am Hauptplatz. Es stand neben dem Haus des Bürgermeisters und war aus soliden Steinen gebaut. Das Dach war aus Schindeln, kleine Erkerfenster und ein winziger verspielter Balkon zeugten vom Wohlstand seines Besitzers. Grüner frischer Wein rankte sich an der Seite des Eingangstores hinauf bis in den ersten Stock, wo in einer Nische eine Statue des heiligen Florian das Haus vor Feuer bewahren sollte.

Mathes klopfte an die Tür, und Augenblicke später öffnete eine dralle Magd. Als sie hörte, dass Mathes Rockh aus Wien stammte und ihren Herrn sprechen wollte, lief sie aufgeregt zurück ins Haus. Kurz darauf saßen Mathes und Miriam dem Baumeister gegenüber. Martin Kramer ließ es sich nicht nehmen, den berühmten Steinbildhauer zu bewirten, der ein so wundervolles Taufbecken für St. Stephan schuf.

»Jürgen ist noch in der Werkstatt, aber er wird gleich da sein«, sagte der Baumeister, dessen riesiger Bauch bewies, dass der Mann nicht nur gern bewirtete, sondern auch selbst gerne aß. »Der Junge ist übrigens der tüchtigste Lehrjunge, den ich je hatte. Er ist nicht nur geschickt, sondern auch fleißig und gewissenhaft. Ich bin Alfred dankbar, dass er ihn mir geschickt hat. Es ist eine Schande, wie Rötel ihn zugerichtet hat. Eigentlich sollte die Zunft den Mann dafür zur Rechenschaft ziehen.«

»Die Lage ist etwas kompliziert«, warf Mathes vorsichtig ein. Seine letzte Begegnung mit Rötel war ihm noch lebhaft im Gedächtnis.

»Ich weiß, aber es ist trotzdem Unrecht, dass der Mann ungeschoren davonkommt. Und nun erzählt mir von

St. Stephan. Stimmt es, dass dieser Dom größer und imposanter als Straßburg und Köln werden soll?« Neugierig lehnte sich der Baumeister über den Tisch, reichte Miriam eine mit Honig und Zimt gefüllte Schnecke und schaute Mathes gespannt an.

Als die Sonne so tief stand, dass das Licht in der Stube deutlich schwächer wurde, kehrte Jürgen von der Baustelle zurück. Er wusch sich Gesicht und Hände und betrat gemeinsam mit dem Gesellen die Stube.

»Meister Rockh!«, rief Jürgen erfreut und trat auf Mathes zu. Der hatte Schwierigkeiten, den Jungen wiederzuerkennen. Jürgen war nicht nur gewachsen, sondern hatte auch deutlich zugenommen.

»Du siehst gut aus«, sagte Mathes beeindruckt. Gemeinsam ließen sie sich am Esstisch nieder, wo inzwischen ein üppiges Mahl aufgetragen war.

Jürgen saß den ganzen Abend über wie auf Nadeln. Er wartete darauf, endlich ungestört mit dem Steinmetz sprechen zu können, er wollte ihm nicht vor den Ohren seines Lehrherrn von einem Juden erzählen. Doch Meister Kramer genoss seine Rolle als Gastgeber. Erst als das letzte Stück Käse gegessen war, erhob er sich, und Jürgen war endlich mit Mathes allein. Er platzte sofort mit seiner Neuigkeit heraus: »Ich habe den Vater des Mädchens, das Euch begleitet, gesehen.«

Mathes starrte den Jungen fassungslos an.

»Er versteckt sich gemeinsam mit einem Jungen bei einem Bauern außerhalb der Stadt.«

»Wie geht es ihm?«, fragte Mathes tonlos. Nach all den vielen verstümmelten Leichen, die er in den letzten Tagen gesehen hatte, konnte er nicht glauben, dass Elias noch am Leben war.

»Ich glaube, dass er gesund ist, die Bauern haben offensichtlich gut für ihn gesorgt. Ich habe ihm versprechen müssen, ihn nicht zu verraten. Aber Euch musste ich es einfach sagen.« Jürgen war froh, sein Geheimnis nun endlich mit jemandem teilen zu können. »Das war doch in Ordnung. Oder?«

»Natürlich«, sagte Mathes und klopfte Jürgen bestätigend auf die Schulter.

»Verrat mir, wie wir zu dem Bauernhof kommen.«

»Gleich«, sagte Jürgen. Da war noch eine andere Sache, die ihn seit Monaten beschäftigte. »Es geht um Meister Rötel«, sagte er und sah dabei verlegen auf den Fußboden.

»Was ist mit ihm?«

»Ist Euer Taufbecken schon fertig?«, fragte Jürgen und klang dabei fast ängstlich.

»Beinahe, warum?«

»Dann müsst Ihr auf der Stelle zurück nach Wien reiten. Wenn es nicht schon zu spät ist.«

»Zu spät wofür?« Der Junge stellte Mathes' Geduld auf eine harte Probe.

»Als ich noch Lehrling bei Meister Rötel war, habe ich gehört, wie er gesagt hat, dass er Euer Taufbecken zerstören wird, sobald es fertig ist. Er will Euch schaden. Will die Arbeit eines ganzen Jahres mit einem Steinbeilschlag zerstören und Euch in den finanziellen Ruin treiben.«

Mathes schluckte betroffen. Jetzt wusste er, warum Rötel ihn nicht gleich getötet hatte. Er wollte ihn noch weiter demütigen.

»Ich kann erst nach Wien zurückkehren, wenn ich Medicus Isserlein gefunden habe«, sagte Mathes. Er unterdrückte einen Fluch, denn am liebsten wäre er auf der Stelle zurückgeritten und hätte Rötel eigenhändig ein Steinbeil an den Kopf geschleudert.

»Ihr müsst durch das Stadttor und dann nicht Richtung Donau, sondern auf einen der Hügel im Süden zureiten«, erklärte Jürgen. Er fuhr mit dem Finger auf der Tischplatte einen Weg nach, und Mathes versuchte, sich die Beschreibung einzuprägen.

80

Elias und Noah fanden die Stelle wieder, an der sie sich von Daniel Stern und Paul Blaustein getrennt hatten, und beschlossen, dort zu übernachten. Die Bäuerin hatte ihnen nicht nur einen prall gefüllten Korb mitgegeben, sondern auch eine nicht mehr ganz neue Wolldecke, die ihnen eine warme und angenehme Nacht bescherte.

Am nächsten Tag brachen sie früh auf und waren den ganzen Tag unterwegs. Es war ein warmer, aber nicht zu heißer Frühsommertag, ein frischer Wind wehte, und das Wandern durch die Auwälder wäre ein Genuss gewesen, hätten sie nicht ständig darauf achten müssen, nicht entdeckt zu werden. Am Abend bauten sie sich aus Zweigen einen notdürftigen Unterstand und entfachten ein Lagerfeuer. Glücklicherweise hatte die Bäuerin auch Zündzeug in den Korb gepackt.

Während Elias trockene Äste für das Feuer sammelte, stand Noah im Wasser und bemühte sich, mit einem angespitzten Ast einen Fisch zu fangen. Überraschend schnell hatte er ein großes Tier aufgespießt. Mit einem scharfen Stein nahm er ihn aus und stopfte ihn mit wilden Kräutern. Während der Fisch in der Glut briet, starrten sie beide mit hungrigen Augen darauf. Er war groß genug, sie beide satt zu machen.

Plötzlich schreckte Elias auf.

»Was war das?«, flüsterte er.

Noah zuckte mit den Schultern, er hatte nichts gehört.

»Da, schon wieder!« Elias sprang auf und starrte in die Dunkelheit. »Da hat ein Pferd geschnaubt«, flüsterte er. Oder war es ein wildes Tier gewesen? Ein Luchs oder Auhirsch?

»Ihr habt Euch geirrt, Meister Isserlein. Setzt Euch wieder, der Fisch ist gleich fertig.« In den letzten zwei Tagen war Elias immer vorsichtiger und ängstlicher geworden. Noah kam es so vor, als fürchtete er hinter jedem Baumstamm eine neue Gefahr.

Doch dann hörte auch Noah ein Rascheln, die Huftritte eines Pferdes und menschliche Schritte.

Angespannt lauschte Noah in die Dunkelheit. War der Ankömmling ein bewaffneter Feind, so waren sie im hellen Schein des Feuers eindeutig im Nachteil. Während er sie sehen konnte, blieb er selbst im schützenden Gesträuch unsichtbar.

»Wer ist da?«, rief Elias.

Keine Antwort, die Geräusche hörten auf. Nur die Blätter raschelten im Wind, Insekten zirpten, der Schrei eines Uhus ertönte, und eine Kröte machte tiefe, erdige Geräusche, die im Dunkeln unheimlich klangen.

»Kommt hervor, und zeigt Euch«, rief Elias. Er griff nach einem dicken Ast, um sich notfalls verteidigen zu können. Der Ankömmling rührte sich noch immer nicht. Da hörten Noah und Elias plötzlich eine helle Stimme »Vater!« rufen, und aus dem dunklen Gebüsch brach lautstark eine kleine Gestalt. Es war ein Mädchen, das mit wehenden Haaren auf Elias zustürzte und sich mit voller Kraft auf ihn warf. »Vater!«

Elias war so überrascht, dass ihn die Wucht des Anpralls nach hinten warf. Es dauerte einen Moment, bis er begriff, dass es tatsächlich seine Tochter war, die da auf ihm lag und ihn mit Küssen und Tränen überschüttete.

»Miriam! Woher … wie …?«, stammelte Elias, während er sich aufrappelte und Miriam in die Arme schloss. Er blinzelte zum Feuer und erblickte einen hochgewachsenen Mann mit auffallend hellblondem Haar, den er sofort erkannte: der Steinbildhauer Mathes Rockh. Er hielt ein Pferd an den Zügeln und beugte sich nun zu einem Strauch, um das Tier festzubinden.

Noah hatte vor Schreck den Fisch fallen lassen und reinigte das Tier nun von Erde und Steinen, während er staunend immer wieder auf Miriam und Mathes blickte. Er hatte die Tochter des Medicus, mit der er so viele Stunden im Hospital verbracht hatte, sofort wiedererkannt.

Nun trat Mathes auf Elias zu. »Es war nicht einfach, Euch zu finden«, sagte er mit einem zufriedenen Lächeln. »Die Bauern, in deren Scheune Ihr Euch versteckt hattet, waren sehr argwöhnisch und ängstlich. Und nachdem sie endlich zugegeben hatten, dass Ihr bei ihnen wart, konnten sie nicht sagen, in welche Richtung Ihr gegangen seid.«

»Das kann ich mir vorstellen. Umso unglaublicher ist es, dass es Euch dennoch gelungen ist.« Elias starrte immer noch ungläubig auf seine Tochter. Sie war es wirklich, und sie sah gesund und munter aus. Wie hatte der Steinbildhauer dieses Wunder zustande gebracht?

Mathes ließ sich erschöpft neben Noah auf den Boden sinken. »Mein Magen knurrt, lasst uns gemeinsam essen«, sagte er. »Dabei können wir einander erzählen, was sich in den letzten Wochen zugetragen hat.«

»Ich habe leider nur diesen einen Fisch gefangen, ich

hoffe, er wird für uns alle vier reichen«, entschuldigte sich Noah und hielt das Tier erneut ins Feuer.

»Oh, das macht nichts«, rief Miriam. Sie sprang übermütig auf und lief zu den Satteltaschen. »Meister Kramer hat uns so viel Essen mitgegeben, dass wir die ganze Woche davon satt werden können.« Sie holte einen Sack voll Käse, Brot, Speck und Gemüse und breitete alles auf dem dunklen Waldboden aus. Sogar ein Schlauch mit köstlichem roten Wein war dabei. Den Speck schob sie zurück.

Während Mathes, Noah und Miriam tüchtig zulangten, konnte Elias vor lauter Aufregung und Freude kaum etwas essen. Mit entsetzten und staunenden Augen hörte er den unglaublichen Geschichten zu, die Mathes und Miriam gemeinsam erzählten.

»Deine Mutter ist aus freien Stücken in der Synagoge gestorben?«, fragte Elias leise.

Miriam nickte traurig.

»Ich danke dem Herrn, dass du lebst«, sagte er und umarmte Miriam erneut. Er bemühte sich erst gar nicht, die Tränen wegzuwischen, die ihm über die unrasierten Wangen liefen.

Dankbar drückte sich Miriam an seine Schulter. Nach einer Weile sagte sie: »Jakob will in der Singerstraße bei Tante Judith bleiben.«

»Jakob Blümlein?«, fragte Elias.

Miriam nickte. »Er hat sich rechtzeitig retten können.«

Elias schüttelte den Kopf, er konnte es noch immer kaum fassen. Miriam, Sarah und Jakob lebten und waren wohlauf. Es war ein Wunder. Benommen vom Glück starrte er Mathes an, unfähig zu sagen, wie dankbar er ihm war.

»Ihr werdet nun Eure Reiseroute ändern müssen«, erklärte Mathes.

»Warum?«

»Ihr seid ein reicher Mann, der einen Stadtpalast in Venedig besitzt.« Mathes genoss die sprachlose Verwunderung auf Elias' Gesicht und wünschte sich einen Skizzenblock herbei. »Sarah hat einen alten Pfandbrief Eures Vaters versehentlich als Zeichenblatt verwendet, und das war gut, denn auf diese Weise ist er nicht in die gierigen Hände des Herzogs gelangt.« Mathes reichte Elias den Brief.

Der Medicus runzelte die Stirn, rollte das Pergament auf und trat näher zum Feuer. Sein Blick fiel zuerst auf die Zeichnung, die das Gesicht seiner Mutter zeigte. Er schloss kurz die Augen.«Sarah hat ein unglaubliches Talent«, sagte er. Dann wendete er den Brief und überflog ihn.

Noch bevor er damit fertig war, sprach Mathes weiter: »In Venedig gibt es eine große jüdische Gemeinde. Wenn Ihr den Palast verkauft, werdet Ihr ihn gegen ein kleines Haus im jüdischen Ghetto eintauschen können. Meister Silvio, ein hilfsbereiter Händler am Hohen Markt, hat mir einen Brief für seine Schwester in Venedig mitgegeben. Bei ihr könnt ihr zunächst wohnen.« Mathes wühlte in der Satteltasche und holte den Brief des venezianischen Händlers hervor.

»Venedig«, flüsterte Elias. Nun hatte er ein Ziel, auch wenn er es zu Fuß wohl kaum erreichen konnte.

Aber Mathes war noch nicht fertig. Er klopfte auf den Geldbeutel, der unter seiner Tunika hing. »Ich habe genug Geld dabei. Morgen werden wir zwei Maultiere kaufen, und der Rest der Münzen wird reichen, um Euch einen Platz in einem Handelszug zu sichern, der von bezahlten Wachmännern begeitet wird.«

Völlig fassungslos starrte Elias den blonden Steinbildhauer an. Das alles musste ein Traum sein. Gleich würde er in der stickigen Zelle im Stadtgefängnis aufwachen.

»Warum tut Ihr das alles?«, fragte Elias.

»Ich habe Euch mein Wort gegeben«, sagte Mathes, so als wäre es das Natürlichste der Welt.

Elias schüttelte den Kopf: »Ihr habt Euer Leben aufs Spiel gesetzt, und nun gebt Ihr einen Teil Eures Lohns dafür aus, um zwei Maultiere für uns zu kaufen. Vielleicht seht Ihr das Geld nie wieder.«

»Das will ich stark hoffen. Ihr würdet mich beleidigen, würdet Ihr versuchen, mir die Münzen zurückzugeben. Aber falls ich irgendwann nach Venedig kommen sollte, würde ich mich über Eure Gastfreundschaft sehr freuen.«

»Ich nehme an, dass Ihr dann Teil meiner Familie geworden seid.«

Mathes zuckte mit den Schultern, Sarah hatte ihm immer noch keine klare Antwort auf seinen Heiratsantrag gegeben.

»Sarah hat großes Glück, auch wenn Ihr ein Christ seid.«

»Ich nehme das jetzt als Kompliment.«

»So war es auch gemeint«, sagte Elias ernst. »Was habt Ihr nun vor?«

»Ich werde Sarah erneut bitten, meine Frau zu werden, und ich hoffe, dass sie irgendwann einwilligt.«

»Sarah ist eine überzeugte Jüdin. Sie wird sich nicht taufen lassen, wie Judith es getan hat.«

»Das erwarte ich auch nicht von ihr«, sagte Mathes. »Aber ich kann kein Jude werden, ich arbeite für die Kirche.«

»Ich hoffe für Euch beide, dass Ihr einen gemeinsamen Weg finden werdet.«

Mathes seufzte, er hatte in den letzten Tagen über kaum etwas anderes nachgedacht. »Falls es einen Weg gibt, wird er ungewöhnlich sein, aber Eure Schwester ist ja auch eine ungewöhnliche Frau.«

Zum ersten Mal seit Wochen lachte Elias laut auf: »O ja, das ist sie!«

81

Seit den frühen Morgenstunden zogen die Menschen Richtung Wien. Zu Fuß, zu Pferd und auf Karren kamen sie aus den umliegenden Marktflecken, Dörfern und Städten. Adelige und Priester, Bürger und Handwerker, Mägde, Knechte, Bettler und Aussätzige, sie alle wollten sich das gigantische Schauspiel nicht entgehen lassen. Auch die Wiener waren unterwegs, denn heute sollten dreihundert Juden auf einmal brennen. Seit über zwei Wochen wurde Holz aus dem Wienerwald herangekarrt. Ein ganzer Waldabschnitt war geopfert worden, um genug Brennmaterial zu haben. Seit Tagen bauten Reliquienhändler und Wirte am Rande der Gänseweide außerhalb der Stadtmauern ihre Verkaufsstände auf, um die Schaulustigen zu versorgen. An solchen Tagen schauten die Menschen nicht aufs Geld.

Ritter Wolkenstein hatte große Mühe, gegen den stetigen Strom der Menschen anzukämpfen. Er versuchte, Andreas Rötel auf den Fersen zu bleiben, der statt zur Gänseweide ins Stadtzentrum lief. Er wollte den unangenehmen Auftrag so rasch wie möglich hinter sich bringen, damit er wenigstens noch das Ende des bevorstehenden Spektakels miterleben konnte.

Mit einem großen Schritt zur Seite wich er einer elegant gekleideten Frau aus, die mit hochrotem Kopf Richtung Stadttor marschierte, und verlor Rötel aus dem Blick. Im letzten Moment entdeckte er die grüne Tunika, die gerade hinter einem breiten Nussbaum verschwand. Wolkenstein lief schneller, die Hand am Griff seines Schwertes. Er hatte schon oft getötet, aber noch nie mit Vorsatz einen bestimmten Menschen umgebracht, auch wenn man ihn nach dem fatalen Unfall für den Mörder seines Vetters hielt. Was er jetzt vorhatte, war kaltblütiger Mord. Er spürte, wie sich eisige Schweißtropfen in seinen Achselhöhlen bildeten und seinen Körper entlangliefen. Nach diesem Tag würde nichts mehr so sein wie zuvor.

Inzwischen waren sie auf dem Stephansplatz angelangt, wo Rötel nun die Werkstatt der Dombauhütte aufsperrte. Der Steinmetz blickte sich verstohlen um, und Wolkenstein hatte alle Mühe, noch rechtzeitig in einen Hauseingang zu springen. Rötel verschwand in der Werkstatt und zog die Holztür hinter sich zu, ohne sie abzusperren. Kaum war der Steinmetz verschwunden, rannte Wolkenstein über den völlig leeren Stephansplatz. Die Stadt war wie ausgestorben, alle Wiener waren auf der Gänseweide.

Vorsichtig zog der Ritter die schwere Holztür auf und betrat die Werkstatt. Rötel war nirgendwo zu sehen. Plötzlich hörte er ein lautes Krachen und das Splittern von Holz, offenbar zerhackte Rötel irgendetwas. Rasch lief er in den hinteren Teil der Werkstatt, wo der Lärm herkam. Er traute seinen Augen nicht, als er Rötel in blinder Wut auf einen Holzpult einschlagen sah.

»Seid Ihr von Sinnen?«, rief er und vergaß für einen Moment, dass er den Steinmetz hinterhältig hatte umbringen wollen.

Rötel erschrak und blickte auf. In seinen Augen lagen rasender Zorn und blanke Wut, gepaart mit Irrsinn.

»Verschwindet«, rief er heiser. »Das ist erst der Anfang. Ich zerstöre sein Schreibpult, die Taufkrone und dann …«, Rötel machte eine Pause und fuhr sich mit der Zunge genüsslich über die Lippen, »dann schlage ich sein Taufbecken in Stücke!«

Entsetzt starrte Wolkenstein auf die Taufkrone und das

Taufbecken im Hintergrund, beides Meisterwerke, wie er sie noch nie zuvor gesehen hatte. Wolkenstein war kein Kunstkenner, aber er sah sofort, dass die beiden wundervoll gearbeiteten Stücke ein Vermögen wert waren. Und sie waren Gott zur Ehre geschaffen worden, sie zu zerstören, war eine Sünde.

Entschlossen trat er auf Rötel zu und hielt ihm drohend sein Schwert entgegen. »Haltet ein!«

»Steckt das Schwert weg, oder ich fege Euch mit meinem Steinbeil zur Seite«, zischte Rötel, der hochrot war vor Wut. Die Adern an seinem breiten Hals waren blau und dick geschwollen.

»Ich habe gesagt: Hört auf!«, rief Wolkenstein und machte einen weiteren Schritt auf den Steinmetz zu. Rötel brüllte laut auf wie ein zorniges Tier und schlug dann blitzschnell und unerwartet zu. Sein Steinbeil sauste auf Wolkensteins Schwert nieder, im letzten Moment griff der Ritter mit der zweiten Hand nach dem Schwert und konnte so verhindern, dass er die Waffe fallen ließ. Mit voller Kraft riss er das blitzende Schwert hoch und traf dabei Rötels Oberarm. Der Mann heulte auf. Blind vor Wut stürzte er sich auf den Ritter und knallte ihm die Faust ins Gesicht. Wolkenstein sprang zur Seite, um dem schweren Steinmetz auszuweichen, stieß dabei aber mit enormer Gewalt an eine steinerne Verstrebung, die gerade in die Wand eingepasst wurde. Vor Schmerz schrie er auf, die Schulter war gebrochen. Rötel erkannte sofort, dass der Ritter ernsthaft verletzt war, nutzte die Gelegenheit und stürzte sich auf ihn. Mit seinem ganzen Gewicht drückte er Wolkenstein zu Boden, der sich unter Schmerzen wand.

»Es war ein Fehler, sich mit mir anzulegen!« Rötel grinste und holte erneut mit der Faust aus. Doch dabei stieß auch er an die lose Säule. Er konnte nicht sehen, dass sich darüber ein loser Eckstein befand, mit einer hübsch gemeißelten Borte aus Trauben und Blättern. Der Stein geriet ins Wackeln, Rötel sah ihn noch fallen, aber es war zu spät. Mit einem dumpfen Aufprall landete die zierliche Borte zuerst auf Rötels Hinterkopf und dann direkt auf Wolkensteins Gesicht, wo sie ein schauriges Muster hinterließ. Die beiden Männer waren sofort tot. Es sollte jedoch Stunden dauern, bis sie jemand vermisste.

In der Singerstraße hatte man das Hoftor verriegelt und sich ins Haus zurückgezogen. Während Sarah, Judith und Jakob in der kleinen Kammer neben der Stube sieben Kerzen für den Schabbat angezündet hatten und leise beteten, saß der Rest der Hausbewohner in der Stube vor einem Kreuz und betete ebenfalls. Sie alle sprachen zum gleichen Gott und baten um Gottes Gnade für die armen gefolterten Menschen auf den Scheiterhaufen vor der Stadt. Eine tiefe Traurigkeit hatte sie erfasst. Wie konnte es sein, dass Christen jubelnd zusahen, während Juden unter schrecklichen Qualen verbrannten? Sie waren doch alle Menschen!

Die dritte Stunde nach Mittag war gerade vorüber, da stiegen die ersten Rauchsäulen anklagend in den Himmel. Laute Gesänge und jüdische Gebete gingen unter im Knistern des Feuers und den Schmerzensschreien der verbrennenden Menschen. Eine enorme Hitze breitete sich über der Gänseweide aus, der Gestank, der übers Feld, durch die Straßen und in jedes Haus, jede Kirche zog, war atemberaubend. Auch jene Wiener, die sich in ihren Häusern verbarrikadiert hatten, mussten den üblen Geruch des Hasses erdulden wie eine allgemeine Schuld, die sich über die gesamte Stadt erstreckte.

Die Scheiterhaufen brannten bis in die Abendstunden und

glühten noch die ganze Nacht über. Der Gestank ließ den tosenden Beifall und die ausgelassene Feierstimmung irgendwann abebben, und als es dunkel wurde und der Rauch noch immer die Sterne verdunkelte, zogen die Menschen ab und kehrten in ihre Häuser zurück.

In der Singerstraße betete man immer noch. Erst als Richard die Jungen zu Bett gebracht hatte, Alfred und Maria schon lange schliefen und Judith Elza zum letzten Mal gestillt hatte, schlich Sarah in den Hof. Sie musste sich ein Tuch vor Nase und Mund halten, um sich nicht zu übergeben. Sie wusste, dass sie keinen Schlaf finden würde, sie war viel zu aufgewühlt. Sie trauerte um all die Menschen, die sie gekannt und gemocht hatte. Sie fragte sich, ob ihr Bruder noch am Leben war und wo Mathes und Miriam blieben. Und sie wusste, dass sie sich niemals taufen lassen würde. Nach diesem Tag war das völlig unmöglich geworden.

Sarah legte den Kopf in den Nacken und schloss die Augen. So fiel ihr das Weinen leichter. Mit jeder Faser ihres Körpers sehnte sie Mathes herbei, wünschte sich, von ihm in den Arm genommen und getröstet zu werden. Wann würde dieser Alptraum ein Ende haben?

82

Zu jedem anderen Zeitpunkt hätte der Tod von Steinmetzmeister Rötel und Ritter Wolkenstein für viel Aufsehen in der Stadt gesorgt, aber einen Tag nach der Verbrennung von fast dreihundert Juden ging die Nachricht unter. Kaum einer in Wien nahm davon Notiz.

Nur in der Herrengasse war die Aufregung groß. Als Andreas Plank von dem Geschehen im Stephansdom erfuhr, sprang er entsetzt auf und schrie seinen Sekretär entrüstet an: »Rötel hat Wolkenstein erschlagen?« Gegen den Gestank, der immer noch in den Straßen und Gassen hing, hielt er sich ein in Orangenöl getränktes Tuch vor die Nase. Obwohl alle Fenster geschlossen waren, roch es auch in seinen Arbeitsräumen nach verkohlten Menschenkörpern.

Der Sekretär räusperte sich entschuldigend. »Man weiß nicht, wer wen erschlagen hat. Wahrscheinlich war es ein Unfall. Merkwürdig dabei ist, dass der Arbeitstisch von Meister Rockh zerstört wurde. Es hat den Anschein, als hätte Rötel ihn mit einem Steinbeil zertrümmert«, erklärte er.

Plank legte das Tuch mit Orangenöl zur Seite und griff nach einem, das mit Rosenöl bespritzt worden war. Sein Herz raste in einer ungesunden Geschwindigkeit, eigentlich hätte er sich hinlegen müssen. Aber das war im Moment unmöglich, er musste Entscheidungen treffen, und zwar rasch. Herzog Albrecht hatte die Stadt verlassen, er selbst hatte den Verbrennungen auf der Gänseweide beiwohnen müssen, was ein äußerst unappetitliches Ereignis gewesen war. Plank war immer noch übel davon. Auch wenn er die Juden hasste, so waren sich windende Menschenleiber im Feuer doch kein schöner Anblick. Heute Morgen hatte er zu allem Überfluss seinen geliebten roten Mantel den Wäscherinnen geben müssen, damit sie den schrecklichen Gestank aus dem Stoff wuschen.

»Was hat Rötel am Tag der Judenverbrennungen in der Werkstatt zu suchen gehabt?«, fragte Plank säuerlich.

»Vielleicht hatte er vor, auch das Taufbecken und die Krone zu zertrümmern.«

Verärgert schüttelte Plank den Kopf. Er hätte diesen

wahnsinnigen Baumeister schon viel früher beseitigen müssen. Erschöpft lehnte er sich zurück. Jetzt war er zwar endlich die Juden los, dieses hinterhältige, geldgierige Pack, das den wahren Glauben verhöhnte und Jesus Christus als Messias verleugnete. Aber nun hatte er einen Haufen neuer Probleme am Hals.

»Dieser verdammte Baumeister hat so viel Schaden angerichtet wie eine ganze Heerschar von Ketzern«, stieß Plank hervor. »Wo bekomme ich einen neuen Feldherrn für den Kampf gegen die Hussiten her?« Nur zu gern hätte er jemandem die Schuld an diesem Unglück zugeschoben, es war mehr als unerfreulich, dass er selbst für den Tod des Ritters verantwortlich war.

»Was steht Ihr hier rum und starrt mich an?«, fuhr er den Sekretär an.

Der Mann verbeugte sich tief, froh, dass er Planks Ärger entkommen konnte. Doch bevor er noch die Türklinke in die Hand nehmen konnte, rief Plank: »Halt!«

Der kleine bucklige Mann wartete ergeben.

»Lasst nach dem Zunftmeister der Steinmetze rufen, und bringt mir auch seinen Bruder, den Mann, der einige Jahre in Straßburg verbracht hat«, befahl Plank in ungeduldigem Ton.

Der Sekretär nickte, verneigte sich noch tiefer und wandte sich erneut zur Tür. Doch Plank fiel noch etwas ein: »Außerdem will ich den Steinbildhauer Mathes Rockh sehen.«

»Ich werde unverzüglich nach den drei Männern rufen lassen.«

»Gut, und dann bringt mir die Medizin, die mein Apotheker für mich gemischt hat. Die Flasche steht auf meinem Nachttisch.«

Der Sekretär nickte und ging, bevor dem Kanzler noch weitere Aufträge einfallen konnten.

Plank schloss die Augen, er hatte eine Vision. Mit dem kostbar bestickten Hut eines Bischofs, veredelt mit goldenem Garn, schritt er unter einem prunkvollen Baldachin auf das Taufbecken und die Taufkrone zu. Nun würde ihn nichts mehr davon abhalten, dass alles, wovon er träumte, Wirklichkeit wurde.

83

Seit Mathes aufgebrochen war, um nach Elias zu suchen, waren volle drei Wochen vergangen, und er hatte keine Nachricht geschickt. Beim Frühstück hatte Richard verkündet: »Wenn die beiden in den nächsten zwei Tagen nicht auftauchen, reite ich los und mache mich auf die Suche.«

Am liebsten hätte Sarah ihn gleich losgeschickt. Stattdessen saß sie mit ihrem Zeichenmaterialien im Hof, und nur Rufus und Elza leisteten ihr Gesellschaft. Richard und Alfred waren längst auf der Baustelle, Judith und Maria waren mit den drei Jungen auf den Markt gegangen. Ein heißer Sommertag kündigte sich an.

Sarah hatte sich einen Platz unter dem Nussbaum gesucht, wo sie noch eine ganze Weile Schatten haben würde. Elzas Korb neben sich, öffnete sie ihre Ledermappe und holte ihre Zeichnungen hervor. Der Entwurf für die Holztruhe fiel ihr in die Hände. Es war schier eine Ewigkeit her, dass sie diese Zeichnung gemacht hatte. Sie würde sie immer an die erste Begegnung mit Mathes erinnern.

Sarah seufzte und schob den Entwurf zurück. Sie suchte nach einem leeren Blatt und versuchte, sich zu konzentrieren. Wenn sie die eigenen Augen schloss, konnte sie Mathes' dunkelblaue Augen sehen, sein kantiges Gesicht und die unzähligen Sommersprossen. Sein Lachen, bei dem sich kleine Fältchen rund um seine Augen bildeten. Während sie sich gerade vorstellte, wie Mathes seine blonden Locken hinter die Ohren steckte, bemerkte Sarah nicht, dass jemand den Hof betrat und von hinten auf sie zukam. Als sich zwei Hände um ihre Hüften legten, erschrak sie so heftig, dass sie laut aufschrie und die Mappe fallen ließ. Rufus sprang auf, bellte kurz und lief schwanzwedelnd davon. Sarah fuhr herum und erstarrte: »Du?«

Ganz dicht vor ihr stand Mathes und sah sie fragend an: »Ich hoffe, du hast keinen anderen Mann erwartet?«

»Natürlich nicht!« Sarah lief rot an. Da erst begriff sie, dass Mathes wieder da war, dass er lebendig und gesund zurückgekehrt war. Sie schlang die Arme um seinen Hals und konnte sich nicht gegen die Tränen wehren, die ihr über die Wangen liefen.

»Ich bin so froh, dass du wieder da bist!«, schluchzte sie.

Wie gern hätte Mathes Sarah jetzt hochgehoben und in seine Kammer getragen, aber in diesem Moment betraten Judith und Maria den Hof. Mit einem vollen Einkaufskorb und drei lärmenden Jungen kamen sie auf die beiden zu. Judith rief voller Freude: »Mathes, da bist du ja endlich! Wir haben uns alle solche Sorgen gemacht! Wo ist Miriam? Habt ihr Elias gefunden?«

An Zweisamkeit war nicht mehr zu denken, denn nun musste Mathes ausführlich berichten. »Erst drei Tage, nachdem wir Proviant und Maultiere besorgt hatten, erfuhren wir von einem fahrenden Händler, dass ein bewachter Tross in knapp einer Woche von Güssing aus Richtung Venedig aufbrach.«

»Güssing? So weit?«, sagte Sarah. »Da wundert es mich nicht, dass du so lange weg warst.«

»Wir sind auf der Stelle aufgebrochen und konnten den Tross gerade noch rechtzeitig erreichen. Zwei schwerbewaffnete Männer begleiten ihn, in einigen Wochen werden Elias und Miriam sicher in Venedig ankommen.«

Als Richard und Alfred von der Baustelle zum Mittagessen nach Hause kamen, musste Mathes alles noch einmal bis ins Kleinste erzählen. Als er geendet hatte, sagte Alfred: »Übrigens, der Kanzler will dich unbedingt sprechen. Er wollte dich bereits letzte Woche sehen.«

»Dann ist es ja nicht so schlimm, wenn er noch einen Tag wartet«, sagte Mathes. Er war müde von dem langen Ritt und hatte keine Lust, jetzt gleich in die Herrengasse aufzubrechen.

»Ich denke, es wäre wichtig«, sagte Alfred ernst. »Letzte Woche ist Rötel in der Werkstatt unter nicht geklärten Umständen gestorben, nachdem er dein Arbeitspult zertrümmert hatte.« »Nur das Pult?«, fragte Mathes besorgt.

Alfred nickte. »Bei dem Unfall ist nicht nur Rötel ums Leben gekommen, sondern auch Ritter Wolkenstein.« Er legte die Stirn in Falten.

»Wolkenstein? Was hatte denn der in der Werkstatt zu suchen?«

Alfred zuckte mit den Schultern. »Um all diese Fragen zu klären, solltest du zum Kanzler gehen.«

Mathes seufzte und erhob sich schwerfällig von der Bank. Aber Alfred war noch nicht fertig. »Du solltest wissen, dass Richard und ich letzte Woche ebenfalls von Plank vorgeladen worden sind.«

Mathes' Augenbrauen schossen erstaunt nach oben.

»Er hat uns gefragt, ob wir uns vorstellen könnten, die

Umbauarbeiten an der Hofburg zu übernehmen«, sagte Alfred und betrachtete dabei seine Fingernägel. Richard neben ihm grinste wie ein Schuljunge.

»Wie bitte?«, rief Mathes überrascht aus. Das war eine unglaubliche Neuigkeit. Aufgeregt sagte er: »Das heißt, ihr müsst vergrößern. Ihr braucht mindestens zwei Gesellen und einen Lehrling, und ihr müsst weitere Kräfte zukaufen ...«

Doch Alfred machte eine beschwichtigende Handbewegung. »Immer langsam«, sagte er. »Wir haben noch nicht zugesagt. Richard weiß noch nicht, ob er dauerhaft in Wien bleiben wird. Nach dem letzten Samstag ist das ... schwierig.« Alfred sah zu Judith hinüber. Er konnte nur zu gut verstehen, wenn sie nicht in einer Stadt leben wollte, in der dreihundert Juden verbrannt und sechshundert weitere vertrieben worden waren.

Doch Judith schüttelte den Kopf. »Ich habe meine Wahl bereits getroffen. Da wir dich nicht zum Gehen überreden können, werden wir bleiben. Du bist Teil unserer Familie, wir brauchen dich.«

»Das ist ...«, stotterte Alfred. Verstohlen zwinkerte er eine Träne weg.

»Na gut«, sagte Mathes. »Dann gehe ich jetzt in die Herrengasse und höre mir an, was der Kanzler mir zu sagen hat. Vielleicht will er mir kein Geld zahlen, weil ihm mein Taufbecken nicht gefällt.«

»Das glaube ich kaum«, sagte Richard. »Das Taufbecken und die Krone sind Kunstwerke, die in die Geschichte eingehen werden.«

84

Als Mathes am späten Nachmittag die Räume des Kanzlers wieder verließ, war er so aufgewühlt, dass er unmöglich sofort in die Singerstraße zurückkehren konnte. Er lief am Donauufer entlang in der Hoffnung, ein wenig Ordnung in seine Gedanken zu bringen. Plank hatte ihm in den letzten Stunden eine Reihe von Fragen beantwortet, die Mathes seit Jahren beschäftigt hatten, aber noch gab es einige offene Fragen, und denen wollte er nun auch noch auf den Grund gehen. Mathes drehte sich um. Worauf sollte er noch warten? Er wollte die ganze Wahrheit erfahren, und zwar jetzt. Entschlossen machte er sich auf den Weg nach Hause. Er erreichte das Stadttor gerade noch rechtzeitig und schlüpfte durch, bevor es zugesperrt wurde.

»Wo warst du so lang?«, fragte Alfred vorwurfsvoll. Gemeinsam mit den anderen Bewohnern der Singerstraße hatte er in der Stube auf Mathes gewartet. Das Geschirr vom Abendessen war längst abgetragen. Maria holte aus der Küche noch eine Schüssel mit Eintopf für Mathes und stellte sie vor ihm auf den Tisch.

Geräuschvoll ließ sich Mathes auf die Bank in der Stube plumpsen. »Plank hat versucht, mich zu erpressen.«

»Wie das?«, fragte Richard neugierig.

Mathes richtete seinen Blick auf Alfred: »Er hat bei den Verhören im Gefängnis einiges über meinen Vater erfahren, und dieses Wissen versucht er nun, gegen mich zu verwenden.«

Maria sog geräuschvoll die Luft ein. »Ich bringe die Kinder ins Bett«, flüsterte sie leise. Die alte Frau war blass geworden.

»Das kann Judith machen«, sagte Alfred. »Komm, Maria,

setz dich! Es ist höchste Zeit, dass Mathes die ganze Geschichte erfährt. Was hat Plank dir erzählt?«

»Dass mein Vater Rötel in den finanziellen Ruin getrieben hat, das wusste ich bereits. Aber dass er sich nach dem Tod meiner Mutter in eine Jüdin verliebt hatte, war mir neu.«

Maria senkte den Kopf und starrte auf die Tischplatte vor sich. Eine Pause entstand, und schließlich sagte Maria so leise, dass fast niemand sie verstand: »Ich habe nicht immer Maria Korn geheißen.« Nach einer Weile fügte sie tonlos hinzu: »Mein eigentlicher Name ist Rebecca Goldblatt. Ich bin Jüdin, die Schwester von Ruth Goldblatt, der späteren Ruth Blümlein, und ich habe Euren Vater geliebt.«

Mathes schluckte. Plank hatte dasselbe gesagt, aber aus seinem Mund hatten die Worte gehässig und voller Hohn geklungen.

»Das heißt, du bist Jakobs Großtante?«

Maria nickte: »Euer Vater wollte mich heiraten, aber meine Familie war gegen die Verbindung. Deshalb wollte Euer Vater beweisen, dass er auf der Seite der Juden stand, und traf eine gerechte, aber sehr ungewöhnliche Entscheidung. Als Judenrichter zwang er den alten Rötel, seine Schulden an meinen Vater zurückzuzahlen. Rötels Rache war …« Marias Stimme versagte. Sie starrte auf ihre alten, knöchernen Hände.

Alfred räusperte sich und sagte knapp: »Rötel heuerte Männer an, ließ Maria überfallen und schänden. Dass sie überlebt hat, verdankt sie allein der Hebamme Brunhilde. Aber sosehr sich Brunhilde auch bemühte, sie konnte das Leben von Marias ungeborenem Kind nicht retten. Ich denke, sie hat sich deshalb zeit ihres Lebens Vorwürfe gemacht.«

Mathes schob die Schüssel mit dem Eintopf nun endgültig beiseite, der Appetit war ihm vergangen. Alfred fuhr fort: »Daraufhin kannte die Rache deines Vaters keine Grenzen.

Er sorgte dafür, dass Rötel seine Ämter als Ratsherr und als Zunftmeister verlor. Die Familie musste aus ihrem Haus ausziehen und bei Verwandten unterschlüpfen. Der alte Rötel starb bald darauf an einer Lungenkrankheit, und sein Sohn wuchs als mittelloser Steinmetzlehrling auf.«

»Und warum wurde mein Vater am Schweinemarkt geköpft?«

»Rötels alte Freunde nutzten die Verwirrungen des Bürgerkrieges. Auch sie hatten hohe Schulden bei den Juden und gleichzeitig Angst, dein Vater könnte noch einmal eine solche Entscheidung treffen.«

Mathes schüttelte traurig den Kopf.

»Nach dem Tod deines Vaters nahm ich dich und Maria bei mir auf. Das hätte ich übrigens auch getan, wenn ich nicht zum Zunftmeister gewählt worden wäre!«, sagte Alfred mit Nachdruck.

»Wir haben damals beschlossen, niemanden von Marias Geschichte zu erzählen, auch dir nicht, um sie zu schützen. Im Nachhinein war das vielleicht ein Fehler. Du hättest eher davon erfahren sollen.«

Mathes machte eine abwehrende Handbewegung, er verspürte keinen Groll, sondern war einfach nur froh, endlich die Wahrheit zu kennen.

»Und wie wollte Plank dich nun erpressen?«, fragte Alfred.

»Er weiß von Maria, und ihm ist auch bekannt, dass Judith eine konvertierte Christin ist. Wenn ich mich dazu verpflichte, weiterhin für ihn zu arbeiten, dann wird er großzügig über diese Tatsache hinwegsehen. Sollte ich mich dagegen entscheiden, würde er in Frage stellen, ob die beiden auch wirklich ihren alten Glauben abgelegt haben.«

»Dieses miese Schwein!«, zischte Richard und schlug mit

der flachen Hand auf den Tisch. Alfred warf ihm einen beschwichtigenden Blick zu: »Beruhig dich!« Dann wandte er sich an Mathes: »Was hast du ihm gesagt?«

»Ich habe mir einen Tag Bedenkzeit erbeten«, sagte Mathes und warf nun Sarah, die bis jetzt schweigend in einer Ecke der Stube gesessen hatte, einen fragenden Blick zu. »Diese Entscheidung will ich nicht allein treffen.«

Mathes ging in seine Kammer, um in Ruhe nachzudenken. Sarah fand ihn an seinem Schreibpult.

»Darf ich?«, fragte sie und deutete auf den Hocker.

»Natürlich!« Mathes rückte zur Seite »Hast du noch einmal darüber nachgedacht, ob du mich heiraten willst?«

»Ich habe an nichts anderes gedacht, während du weg warst.«

»Und?«

»Ich will dich sehr gern heiraten.«

»Wirklich?« Mathes starrte sie beglückt an. Er hatte nicht damit gerechnet, so rasch die erhoffte Antwort zu bekommen.

Sarah nickte und lächelte.

»Und wo willst du leben? Hier in Wien, wo der Herzog die gesamte jüdische Bevölkerung umgebracht hat? Oder lieber in Venedig, bei deinem Bruder?«

»Ich mag diese Stadt. Ich will mich von einem geldgierigen Herzog nicht vertreiben lassen«, sagte Sarah trotzig.

»Auch wenn dieser Herzog dir die Ausübung deines Glaubens verbietet?«

»Hier ist mein Zuhause und auch deines. Hier leben die Menschen, die wir lieben und die uns brauchen. Es wäre falsch, nun zu gehen. In ihren Herzen sind Judith und Maria immer Jüdinnen geblieben, genau wie Jakob immer einer bleiben wird. Und als Söhne einer jüdischen Mutter werden auch Josef und Jonas Juden werden, genau wie unser Kind …«

Sarah brach ab und legte beide Hände auf ihren Bauch.

»Unser Kind?«, fragte Mathes begriffsstutzig.

Sarah lachte. »Es kann dich kaum verwundern, dass ich schwanger bin, oder?«

»Aber wir haben doch nur …« Mathes fasste Sarahs Hände. »Bist du dir sicher?«

»Meine Monatsblutung hätte schon vor zwei Wochen einsetzen sollen, und mir ist morgens so übel, dass ich mich täglich vor dem Frühstück übergeben muss.«

»Wir bekommen ein Kind«, sagte Mathes. Dann stieß er einen lauten Freudenschrei aus, sprang von der Bank auf, hob Sarah hoch und drehte sie einmal im Kreis, bevor er sie wieder vor sich absetzte.

»Ist das der einzige Grund, warum du mich heiraten willst?«, fragte er plötzlich verunsichert.

»Reicht der denn nicht?«

Mathes legte den Kopf schief und wartete.

»Ich will dich heiraten, weil ich dich liebe«, sagte Sarah und legte beide Arme um Mathes' Hals.

»Wir werden weder einen Rabbiner noch einen Priester finden, der uns trauen wird«, sagte Mathes.

»Wir werden uns von einem Priester trauen lassen, und derselbe Mann wird auch unsere Kinder taufen, was aber keine Bedeutung haben wird, denn sie werden als Juden aufwachsen«, sagte Sarah ernst und bestimmt.

»Und das wird reichen?«, fragte Mathes.

»Es muss reichen, denn im Moment habe ich in dieser Stadt keine andere Wahl. Und ich will leben.«

»Wir könnten einen Ort suchen, an dem Juden willkommen sind.«

»Zurzeit sind Juden nirgendwo willkommen, sie werden höchstens geduldet. Und genau deshalb habe ich nicht vor, mich vertreiben zu lassen.«

»Es wird ein gefährliches Leben, das wir führen werden. Plank wird uns nicht aus den Augen lassen.«

»Seit wann stört dich das?«

Auf Mathes' Gesicht zeichnete sich ein Lächeln ab. »Nun gut. Das heißt, Wien bekommt einen Baldachinaltar, den eine Jüdin entwerfen wird.«

»Ganz recht. Aber zuvor musst du noch eine Truhe schnitzen.«

»Ach, ja. Die Truhe«, sagte Mathes. Er nahm Sarah an der Hand und führte sie aus seiner Kammer und die Treppe hinunter in den Hof.

»Wohin gehen wir?«, fragte Sarah.

»In die Scheune.«

»Meinst du nicht, in deiner Kammer wären wir ungestörter?«

Mathes zog Sarah hinter sich her. An der Scheunentür ließ er ihr den Vortritt. In einer Ecke befand sich ein quadratischer Gegenstand, der von einem Tuch bedeckt war. Mit einem Schwung zog Mathes das Tuch fort, und darunter kam Sarahs Kleiderkiste zum Vorschein. Sie war ein Meisterwerk der Schnitzkunst und beinahe genau nach Sarahs Entwurf ausgeführt.

»Könnte es sein, dass die Gesichter des Liebespaares jetzt eine gewisse Ähnlichkeit mit uns haben?«

»Könnte sein«, sagte Mathes, nahm Sarah in den Arm und küsste sie. »Aber jetzt gehen wir wieder in die Kammer!«

Dagegen hatte Sarah nichts einzuwenden.

Nachwort

Obwohl ich mich bemüht habe, mich weitgehend an die historischen Fakten zu halten, habe ich mir in diesem Roman einige schriftstellerische Freiheiten genommen, um eine runde, spannende Geschichte zu erzählen. Die größte Veränderung betrifft den zeitlichen Rahmen, denn ich habe einen Zeitraum von vierzehn Monaten auf etwa zwei Monate verkürzt. Tatsächlich befahl Herzog Albrecht am 23. Mai 1420, sämtliche Juden in seinem Reich gefangen zu nehmen. Ihr Vermögen wurde eingezogen, und Zwangstaufen fanden statt. Viele Juden wehrten sich gegen die Taufe. Die Armen unter ihnen wurden auf Flößen oder flachen Kähnen Richtung Osten geschickt, die Reichen behielt man als Geiseln und folterte sie, um zu erfahren, wo sie noch etwaige Schätze versteckt hatten.

Die Wiener Gesera, eine jüdische Chronik zu den Ereignissen der Jahre 1420 und 1421, erzählt über die Gefangennahme der Juden und berichtet von den verzweifelten Entschlossenen, die sich in der Synagoge versammelten, um dort den Selbstmord als gottverherrlichende Antwort auf die christliche Repression zu wählen.

Erst am 12. März 1421 ließ Herzog Albrecht die verbliebenen 200 bis 300 Juden auf der Gänseweide verbrennen. Es ist bis heute noch nicht völlig geklärt, wie es zu diesem grausamen Vernichtungsfeldzug gegen die Juden kommen konnte. Wahrscheinlich ist die Antwort in einer Mischung aus vielen unterschiedlichen Gründen zu finden: ein schwacher und labiler Herrscher, der viel zu jung Macht übernehmen musste und von Ratgebern abhängig war, eine von religiösen Fanatikern geleitete Universität, Geldnöte des Reiches, der Krieg gegen die Hussiten, in dem eine Niederlage drohte, der Wunsch nach einem Bistum und die ewige Konkurrenz zu Passau, ein unvollendeter Dom, ein latenter Antisemitismus in der Bevölkerung, der durch angebliche Hostienschändungen geschürt wurde, sowie die sozialen Folgen eines jahrelangen Bürgerkriegs. All das sorgte dafür, dass man allein in Wien zwischen 800 und 900 Juden vertreiben, foltern und töten ließ.

Viele der handelnden Personen haben tatsächlich gelebt, wobei ich mir erlaubt habe, einige frei nach meiner Phantasie agieren zu lassen. Ich weiß nicht, ob Reimprecht von Wallsee bei einem Jagdunfall ums Leben gekommen ist, und es ist fragwürdig, ob er tatsächlich versucht hat, die Juden zu schützen. Dagegen ist historisch belegt, dass Andreas Plank ein politisch ambitionierter Kanzler und Domprobst war, der die Vertreibung der Juden vorangetrieben hat. Sein Traum eines Bistums wurde erst 1469 verwirklicht, also nach seinem Tod.

Bis heute wird darüber spekuliert, ob die Hinrichtung des Bürgermeisters Konrad Vorlauf und der beiden Ratsherren Rampersdorfer und Rockh in Zusammenhang mit Verwicklungen und Zahlungen der jüdischen Gemeinde standen. Die Geschichte rund um Mathes Rockh und Sarah Isserlein ist frei erfunden. Aber es ist durchaus möglich, dass sie genau so stattgefunden hat …

Mathes' Taufbecken mit Taufkrone gibt es tatsächlich. Sie sehen genauso aus, wie ich sie beschrieben habe, und sind im Wiener Stephansdom zu besichtigen. Beide wurden rund um

1470 von einem unbekannten Künstler erschaffen, also etwa ein halbes Jahrhundert, nachdem Mathes und Sarah in Wien lebten. Aber was sind schon fünfzig Jahre …

Falls ich jüdische oder katholische Bräuche falsch wiedergegeben habe, so entschuldige ich mich dafür. Ich selbst bin ein Mensch ohne religiöses Bekenntnis und musste mir all die Informationen über den Glauben anlesen.

Und zuletzt noch ein paar Dankesworte. Auf dem Deckblatt eines Buches steht ein Name, nämlich der des/der Autors/ in, und der/die Leser/in glaubt, dass das Buch, das er/sie gerade liest, ausschließlich von dieser Person geschrieben wurde.

Das stimmt nicht, denn es gibt eine Reihe von Menschen, die beim Schreiben mithilft. In meinem Fall sind das meine Lektorin Uta Rupprecht, die eine geniale Mischung aus motivierendem Lob, konstruktiver Kritik und konkreten Verbesserungsvorschlägen gefunden und damit maßgeblich zur Entstehung dieses Buches beigetragen hat, sowie mein Mann, der einfach immer an mich glaubt, ganz egal, was ich schreibe. Und dann gibt es all die Menschen, die mit interessanten Gesprächen und witzigen Bemerkungen dazu beitragen, dass Geschichten wie diese geschrieben werden … ihnen allen meinen aufrichtigen Dank.

JETZT NEU
Aktuelle Titel
Login/ Registrieren
Über Bücher diskutieren
Jede Woche vorab in einen brandaktuellen Top-Titel reinlesen, ...
... Leseeindruck verfassen, Kritiker werden und eins von 100 Vorab-Exemplaren gratis erhalten.
vorablesen.de